汉代文学与文化研究

上 册

赵敏俐 主编

2018年·北京

图书在版编目（CIP）数据

汉代文学与文化研究：全二册 / 赵敏俐主编. —北京：商务印书馆，2018
ISBN 978-7-100-15295-2

Ⅰ.①汉… Ⅱ.①赵… Ⅲ.①中国文学－古典文学研究－汉代 Ⅳ.①I206.34

中国版本图书馆CIP数据核字（2017）第222510号

教育部人文社会科学重点研究基地
首都师范大学中国诗歌研究中心成果

权利保留，侵权必究。

汉代文学与文化研究
（全二册）
赵敏俐　主编

商　务　印　书　馆　出　版
（北京王府井大街36号　邮政编码 100710）
商　务　印　书　馆　发　行
三河市尚艺印装有限公司印刷
ISBN 978－7－100－15295－2

2018年12月第1版　开本 710×1000　1/16
2018年12月第1次印刷　印张 56 1/2

定价：168.00元

前　言

赵敏俐

　　汉代是中国历史上一个辉煌的时代，也是中华文化转型的重要时代。汉代的诗、文、赋在中国文学史上也以其独特的成就影响后世。为此，首都师范大学中国诗歌研究中心、首都师范大学文学院、《文学遗产》编辑部联合发起，于2012年8月15—18日主办了全国首届"汉代文学与文化国际学术研讨会"，来自台湾、香港和内地各大学的70多位从事汉代文学与文化研究的学者参加了此次大会。有关会议学术讨论的具体情况，详见有关会议报道。

　　本次会议共收到60余篇论文，涉及汉代文学与文化研究的多个方面，关系到文学、音乐、政治、思想、宗教等各个领域，创获丰厚。提交这次会议的论文，此后大都在全国各地学术刊物上发表，产生了良好的学术反响，对新世纪的汉代文学研究起到了重要的推动作用。现经作者同意、修改，我们将本次会议论文编辑出版，以纪念此次盛会，并为今后的汉代文学研究提供一份宝贵的文献材料。这是所有与会学者共同的心愿，也包含了他们对学术发展的热情期待。

　　汉代是中华文化的盛世，由秦代开始、至汉代而正式稳固下来的大一统专制帝国，奠定了自汉到清两千多年的政治制度，由汉代而确立起来的新的文学与文化格局，同样影响了此后的两千余年。它是中国上古文学的结束，中国中古文学的开端。因而，从中华民族大的时代变革角度来研究汉代文学，在当前尤有重要意义，这也正是近年来汉代文学研究越来越受到学界关注的原因。我们期望以本次会议为起点，团结更多的学界同仁，共同推进汉代文学研究的深入开展，为当下的中华民族文化建设提供更多的历史资鉴。

在论文集的编辑过程中，诗歌中心刘洋老师负责与作者的联系和前期的排版校对等大量工作，我的博士生孙海龙、硕士生郝青霄也帮忙完成了论文集的初校，在此表示感谢。同时也感谢商务印书馆金寒芽女士、编辑关杰为本论文集出版所付出的辛勤劳动。

2017 年 5 月 31 日

目　录

汉代文学综合研究 ... 1

汉初文学的秦文化语境 ... 许志刚　3

读书仕进与精思著文
　　——论汉代官僚士大夫与文人文学之关系 ... 赵敏俐　20

汉武帝时代两越西南夷开发之争及文章创作中的文化地理观 ... 王德华　43

汉晋之间的青土隐逸及其文化意蕴 ... 陈　君　61

汉代诗歌研究 ... 79

《古诗十九首》札记 ... 黄灵庚　81

汉铙歌《石留》句读、笺注与本事考论 ... 刘　刚　88

汉铙歌与北朝乐府民歌之比较 ... 高人雄　104

《秋风辞》与汉武帝天汉年间的精神世界 ... 柏俊才　115

汉代上层文人心态与东汉文人五言诗幻灭感 ... 舒大清　125

《列女颂》文体特色及遭六朝批评冷遇原因 ... 陈丽平　135

汉铙歌《将进酒》作时及其他
　　——兼论汉代的宴会歌诗评诗风气 ... 韩高年　142

论汉代人才培养、选拔对《诗经》的影响 ... 韦春喜　150

乐府总章考论 ... 许继起　170

论清代乾嘉诗坛对汉代诗歌的接受 ... 胡小林　188

II 汉代文学与文化研究

关于《迢迢牵牛星》释读的两个问题
　　——兼及庾信的《七夕诗》与苏轼的《渔家傲·七夕》词......冷卫国　196
试论建安时期诗歌创作的代言现象......林大志　203
刘桢的气论及文学实践......谢建忠　孙欢喜　216
论汉代寓言诗及与其他文体之关系......王　莉　刘运好　233
《汉鼓吹铙歌十八曲》四首简释......姜晓东　246
从服饰看汉乐府的世俗性与娱乐性
　　——以《羽林郎》为中心......刘　玲　261

汉代辞赋研究　　　　　　　　　　　　　　　　　　　　277

论贾谊《吊屈原文》......朱晓海　279
东方朔与屈原......方　铭　297
从武化到文化之转变谈汉大赋的形成......汪春泓　311
西汉社会转型对王褒文学创作新变的影响......龙文玲　336
赵壹、祢衡咏鸟赋研究......杨　允　348
枚乘的创作、思想与行迹论略
　　——以对其作品语源的考察为中心......赵建成　358
刘歆《遂初赋》的创作背景及其赋史价值......徐　华　373
关于司马相如"东受七经"......鲁红平　389
西汉赋家的郎官身份对其赋作的影响......蔡丹君　399
班彪《北征赋》和杜甫《北征》之比较研究......史　文　417

汉代文学综合研究

汉初文学的秦文化语境

许志刚

汉朝初期陆贾、贾谊陈述秦王朝灭亡的教训，规谏最高统治者避免暴力施治，对刘邦起到警示作用。然而，刘邦在数年间平定天下，建立汉王朝。对于这样庞大国家的统治，刘邦集团并没有充分的思想准备和文化储备，而摆在新王朝面前的却是一个必须立即着手治理的国家与臣民。于是，他们在没有其他选择的情况下，自觉不自觉地将秦文化移植到新生的汉家政治文化土壤中。

汉王朝对秦文化的移植是全面的。秦文化深刻地影响、制约着汉初社会与文学，其中尤以政治思想层面、朝廷礼仪层面、职官设置层面最为显著。这是汉初文学生存与发展的环境。汉初士人都生活在这样的文化氛围中，他们面对社会发出的感慨，大多萌生于这样的现实中。

一、力征与文治的反思

汉初统治集团的主要成员在秦王朝统治时期都处身社会下层。刘邦为乡里豪强，秦时为亭长，处理乡间讼诤之事。萧何为沛主吏掾，曹参为沛狱掾，都是小吏。他们都缺少文化方面的知识储备与修养。

他们投身反秦起义之后，依靠攻城野战起家。无论秦的影响，还是自身征战经验，都导致他们只知战场拼杀和军事谋略的重要。刘邦出身微贱，尚武轻文，长年的战争经历，更使他只知良将、谋臣的作用，而不承认儒道等学派的士的社会作用。汉王朝建立后,他面临的迫切问题是削平叛乱,巩固王朝政权,至于国家长治久安的大政方针和文化建设,尚未进入他的视野。刘邦只承认直接、间接地在战争中发挥作用的知识分子。他称张良、萧何、韩信为"人杰",称赞他们"运筹策帷帐之中,决胜于千里之外","镇国家,抚百姓,给馈饷,不绝粮道","连百万之军,战必胜,攻必取"①,肯定他们在破秦、灭楚战争中的贡献。

刘邦周围的武将集团也以战功自负,以身被数十创的流血为荣。他们否定文人的作用,甚至否定本集团中不在战场拼杀的任何人。这一点在刘邦封赏萧何时就表现得很突出。《史记·萧相国世家》云:"群臣争功,岁余功不决。高祖以萧何功最盛,封为酂侯,所食邑多。功臣皆曰:'臣等身被坚执锐,多者百余战,少者数十合,攻城略地,大小各有差。今萧何未尝有汗马之劳,徒持文墨议论,不战,顾反居臣等上,何也?'"②虽然刘邦对萧何的功劳给予充分的肯定,但只重攻城略地之功却是当时统治集团的普遍认识。

在汉初政治文化建构过程中,汉王朝最高统治者经历了从否定文化到自觉探寻文化发展的思想转变,汉初士人则以强烈的使命意识和自觉精神促进了汉家文化的建构。

刘邦不喜欢儒生,甚至轻视、侮辱他们,《史记·郦生陆贾列传》云:"沛公不好儒,诸客冠儒冠来者,沛公辄解其冠,溲溺其中。与人言,常大骂。"③他宁愿礼遇酒徒,也不相信儒生会有什么作用。在这方面,刘邦的认识还不如陈胜。陈胜为楚王,而鲁诸儒持孔氏之礼器往归之,他还接纳孔子后裔孔鲋为博士。刘邦则拒绝接纳儒生,更不喜欢他们的言论。

这是士人阶层极为不利的生存环境。尽管如此,他们仍然从上下两个方面发挥作用,促进汉初文化建设。

一些学者如申公、伏生等坚信文化建设的重要意义,他们身居民间,聚徒讲授《诗》《书》,培养人才,传播学术与文化,为新王朝的文化建设预做准备。

---

① (汉)司马迁:《史记》,中华书局1982年版,第381页。
② (汉)司马迁:《史记》,中华书局1982年版,第2015页。
③ (汉)司马迁:《史记》,中华书局1982年版,第2692页。

更有一些士人着眼于上层统治者的思想，他们直接批评、引导决策者，使统治者认识到凭借武力可以夺取政权，却不能有效地建设新的王朝，他们力矫统治集团重力征、轻文治的错误倾向，进而以切实有效的思想与宏观决策影响统治者。这是对秦以力征经营天下，将文化视为暴力统治的辅助手段的政治思想的批判与否定。

陆贾在汉初文化转型中发挥了重要的作用。陆生在刘邦面前时时说称《诗》《书》。高帝骂之曰："乃公居马上而得之，安事《诗》《书》！"陆生曰："居马上得之，宁可以马上治之乎？且汤武逆取而以顺守之，文武并用，长久之术也。昔者吴王夫差、智伯极武而亡；秦任刑法不变，卒灭赵氏。乡使秦已并天下，行仁义，法先圣，陛下安得而有之？"高帝不怿而有惭色，乃谓陆生曰："试为我著秦所以失天下，吾所以得之者何，及古成败之国。"陆生乃粗述存亡之徵，凡著十二篇。每奏一篇，高帝未尝不称善，左右呼万岁，号其书曰"新语"。[①]

刘邦居马上得天下，这与秦兼并六国实现统一，在本质上没有区别，特别是刘邦的态度，完全拒绝士人对文化建设的呼吁，内心深处隐然存在着暴力崇拜倾向，如不及时矫正，就必然会产生一个仅仅改换姓氏的暴力政权。陆生的批评是对刘邦的严重警示：不与秦的残暴统治划清界限，就会迅速灭亡，不总结秦的覆辙，就会不知不觉地陷入秦王朝建立与灭亡的魔咒。这场简短的思想交锋表现出上层统治者同有思想的士人在治国基本思想方面的矛盾，表现出最高统治者一定程度的对暴力统治的迷恋，也表现出敏感的士人对汉王朝是否重蹈秦迅速败亡覆辙的忧虑，对人民命运的关切。

陆贾提出以秦为鉴的命题，对亲身经受秦王朝统治、亲见其迅速败亡，而今登上政治舞台的新统治者来说，无疑具有极大的震撼力。他的文章在当时起到了发蒙震聩的作用，使得刘邦及上层统治集团开始认识到避免秦败亡覆辙的紧迫感。陆贾成功地将文学引导到总结秦兴亡教训的主题上，以至于成为论说文的时代性话题。

以秦为鉴，避免汉王朝重蹈秦以暴力经营天下的覆辙，这一警策性的论述

[①] （汉）司马迁：《史记》，中华书局 1982 年版，第 2699 页。

为刘氏统治集团所接受,连樊哙这样的鲁莽将军也能将现实问题与秦的失败联系在一起。《史记·樊郦滕灌列传》云:

> 高祖尝病甚,恶见人,卧禁中,诏户者无得入群臣。群臣绛、灌等莫敢入。十余日,哙乃排闼直入,大臣随之。上独枕一宦者卧。哙等见上流涕曰:"始陛下与臣等起丰、沛,定天下,何其壮也!今天下已定,又何惫也!且陛下病甚,大臣震恐,不见臣等计事,顾独与一宦者绝乎?且陛下独不见赵高之事乎?"高帝笑而起。①

由此可见,秦衰亡过程中的许多教训已引起汉初统治集团的高度警觉。

又如汉十二年,高祖欲以赵王如意易太子,叔孙通谏上曰:"昔者晋献公以骊姬之故废太子,立奚齐,晋国乱者数十年,为天下笑。秦以不蚤定扶苏,令赵高得以诈立胡亥,自使灭祀,此陛下所亲见。今太子仁孝,天下皆闻之;吕后与陛下攻苦食啖,其可背哉!陛下必欲废嫡而立少,臣愿先伏诛,以颈血污地。"高帝曰:"公罢矣,吾直戏耳。"叔孙通曰:"太子天下本,本一摇天下振动,奈何以天下为戏!"高帝曰:"吾听公言。"②

文帝时,贾山撰《至言》,借秦为谕,言治乱之道。其文云:

> 昔者,秦政力并万国,富有天下,破六国以为郡县,筑长城以为关塞。秦地之固,大小之势,轻重之权,其与一家之富,一夫之强,胡可胜计也!然而兵破于陈涉,地夺于刘氏者,何也?秦王贪狼暴虐,残贼天下,穷困万民,以适其欲也。……秦皇帝以千八百国之民自养,力罢不能胜其役,财尽不能胜其求。一君之身耳,所以自养者驰骋弋猎之娱,天下弗能供也。劳罢者不得休息,饥寒者不得衣食,亡罪而死刑者无所告诉,人与之为怨,家与之为仇,故天下坏也。③

---

① (汉)司马迁:《史记》中华书局 1982 年版,第 2659 页。
② (汉)司马迁:《史记》中华书局 1982 年版,第 2724—2725 页。
③ (清)王先谦:《汉书补注》(影印本),中华书局 1983 年版,第 1090—1091 页。

贾山认为，秦虽拥有强大的兵力、坚固的地势，但秦王以残暴、贪婪的统治造成人民的贫困、疲弊，与天下人民为敌，导致其灭亡。这样警策的论述对汉初统治者具有深刻的教育意义。当时文帝率豪俊之臣，方正之士热衷于狩猎，虽与秦的贪狼暴虐有本质的区别，却也起到警示作用。"其言多激切，善指事意，然终不加罚。"朝廷也从积极的方面看待这些以秦为鉴的言论。

在这类文章中，最具影响，成为此类文章典范的首推贾谊的《过秦论》。

《过秦论》是汉代以秦为鉴话题中成就最高的作品，是贾谊政论散文的代表作。司马迁在《史记》中引述这组文章为《秦始皇本纪》《陈涉世家》篇末的论赞文，班固《汉书·项羽传》篇末也以此文为论赞，后世论散文者无不对此文称颂备至。[①]

贾谊在《过秦论》中指出："周五序得其道，而千余岁不绝；秦本末并失，故不长久。由此观之，安危之统相去远矣。"又云："君子为国，观之上古，验之当世，参以人事，察盛衰之理，审权势之宜，去就有序，变化有时，故旷日长久而社稷安矣。"全篇宗旨在此数语中。

《过秦论》分上中下三篇，论述秦兼并群雄，统一天下的强盛，及秦王朝由盛而衰，迅速败亡的经验教训。

上篇以精练的语言概述秦自孝公至秦始皇七代君臣雄心勃勃，持续扩张，蚕食诸侯，吞并六国，建立统一的中央王朝的历程，然而秦王朝却仅仅维持了十几年的短暂统治，"一夫作难而七庙堕，身死人手，为天下笑者，何也？仁义不施，而攻守之势异也"。这是作者对秦灭亡教训总结："仁义不施，而攻守之势异也。"在这样的总结中，人们往往注意到这句话的前半部分，即"仁义不施"导致秦的灭亡。然而，在文章上篇论及的秦壮大过程中，从未行仁义，而以六国诸公子为代表的贤士仁君却无法对抗强秦，这似乎与"仁义不施"而导致秦败亡之说有些矛盾。诸侯谋弱秦，人才、兵力、土地皆过于秦，仁义也胜于秦，然而，纵散约解，强国请伏，非关仁义之事。下文论陈涉，极言其与秦对比，与六国对比，皆弱，而陈涉"非有仲尼、墨翟之贤"，也无关于仁义，此仅可见秦不施仁义，至于自弱。作者纵览秦强盛到衰败的过程，并非仅仅关

[①] 所引《过秦论》见（汉）司马迁：《史记》，中华书局1982年版，第276—284页。

注仁义在施治中的作用。他主张治国应重仁义,此仅仅一个方面,在作者看来,"攻守之势"不同,仁义的作用也不同。上篇限于所论的中心不同,未将观点作全面展开,而是留在中、下篇展开论证。

中篇论始皇、二世治国失误,即"正(政)之非",提出兼并与守国根本策略的不同:"并兼者高诈力,安危者贵顺权,以此言之,取与攻守不同术也。"战国兼并之时,虽有六国诸公子之贤,终究未能扭转局面,是因为秦与六国的历史证明"并兼者高诈力"。贾谊《新书·时变》也阐述了这一观点,他指出:"秦国失理,天下大败。众掩寡,智欺愚,勇劫惧,壮陵衰;攻击奋者为贤,贵人善突盗者为忻(哲)。"①

在他看来,建立秦王朝之后则不同。而秦没认识到"攻守之势"已经发生了变化,其政策应作彻底的调整。相反,"秦王怀贪鄙之心,行自奋之智,不信功臣,不亲士民,废王道,立私权,焚文书而酷刑法,先诈力而后仁义,以暴虐为天下始"。守天下之时,仍然坚持诈力、暴虐,而与人民的期望相反。他认为,安民为治理之要务,"故先王者,见终始之变,知存亡之由,是以牧民之道,务在安之而已矣"。然而,二世不能安之,"自群卿以下至于众庶,人怀自危之心,亲处穷苦之实,咸不安其位,故易动也。是以陈涉不用汤、武之贤,不藉公侯之尊,奋臂于大泽而天下响应者,其民危也"。

下篇论子婴救世之误,进一步言势与仁义的关系。"自缪公以来,至于秦王,二十余君,常为诸侯雄。岂世世贤哉?其势居然也。且天下尝同心并力而攻秦矣……然困于阻险而不能进……岂勇力智慧不足哉?形不利、势不便也。"这里补充论述了秦兼并六国时势与诈力的作用。贾谊认为陈涉起义之后,山东虽乱,只要秦"守险塞而军,高垒毋战,闭关据阨,荷戟而守之",以待反秦义军疲弊,"秦之地可全而有",甚至"不患不得意于海内"。这里所谓"其救败非",就是指子婴君臣不知用势、用险,放弃了"秦地被山带河以为固,四塞之国"的势。

《过秦论》分析秦的盛衰,及论天下大事,重"势",重"仁义"。贾谊以"势"与"仁义"论史议政,这是他史学思想与政治思想的两大支点。他的这

---

① 参王洲明等:《贾谊集校注》,人民文学出版社 1996 年版,第 92 页。

一基本观点在其他政论文中也得到充分的发挥。

陆贾、贾谊所阐述的"以秦为鉴"的思想,及他们撰写的政论散文,取得了政治思想方面的成功,也获得了极大的文学成就,同时,他们也引导了政论散文对当下时局与政治问题的殷切关注。

陆贾、贾谊批评秦灭绝典籍、实施暴力统治的论述,旨在帮助汉王朝统治者在政治思想上摆脱秦的影响,他们的论述具有强烈的现实针对性与紧迫性,对于汉初最高统治者如何治理新王朝,汲取秦迅速灭亡的教训,起到发蒙振聩的作用。

二、秦礼汉用:新瓶与旧酒

汉王朝建立之初,统治集团内部及整个社会都因长期的战争而处于秩序混乱的状态。《史记·刘敬叔孙通列传》云:"汉五年,已并天下,诸侯共尊汉王为皇帝于定陶,叔孙通就其仪号。高帝悉去秦苛仪法,为简易。群臣饮酒争功,醉或妄呼,拔剑击柱,高帝患之。"①这些呼号等行为固然表现出刘邦与群臣间亲密的淳朴的感情,表现出他们多年战争中结成的密切关系,以及他们出身于社会下层而具有的朦胧的平等关系;但也表现出因刘邦"悉去秦苛仪法"而产生上层集团内部的无序,使得众将领沉迷于彼此亲密关系而显得无拘无束。汉初统治集团已经由秦朝"苛仪法"转向其相反的无序状态,这样是无法施行上层社会管理的,自然也更谈不上整个国家的治理。

朝廷探寻国家治理与社会秩序稳定发展的对策之时,秦文化的阴影在政治文化的各个领域发挥作用,乃至被大面积地移植于汉初社会。汉代新瓶中注入秦文化的旧酒。

《史记·刘敬叔孙通列传》记载,刘邦对上层集团内部的混乱无序很反感,云:"高帝患之。"叔孙通深知刘邦对统治集团内部混乱状态的反感,乃曰:"夫儒者难与进取,可与守成。臣愿征鲁诸生,与臣弟子共起朝仪。"叔孙

---

① (汉)司马迁:《史记》,中华书局1982年版,第2722页。

通征鲁诸生与自己的弟子演习、制定朝仪。汉七年十月，诸侯群臣皆朝，庆贺长乐宫建成，并欢庆新一年的开始。叔孙通遂将秦朝廷礼仪移植为汉王朝君臣大礼：

> 汉七年，长乐宫成，诸侯群臣朝十月。仪：先平明，谒者治礼，引以次入殿门。廷中陈车骑戍卒卫官，设兵，张旗志。传曰"趋"。殿下郎中侠陛，陛数百人。功臣、列侯、诸将军、军吏以次陈西方，东乡；文官丞相以下陈东方，西乡。大行设九宾，胪句传。于是皇帝辇出房，百官执戟传警，引诸侯王以下至吏六百石以次奉贺。自诸侯王以下莫不震恐肃敬。至礼毕，尽伏，置法酒。诸侍坐殿下皆伏抑首，以尊卑次起上寿。觞九行，谒者言"罢酒"。御史执法举不如仪者辄引去。竟朝置酒，无敢喧哗失礼者。于是高帝曰："吾乃今日知为皇帝之贵也！"拜通为奉常，赐金五百斤。通因进曰："诸弟子儒生随臣久矣，与共为仪，愿陛下官之。"高帝悉以为郎。通出，皆以五百金赐诸生。诸生乃喜曰："叔孙生圣人，知当世务。"①

《汉书·礼乐志》云："汉兴，拨乱反正，日不暇给，犹命叔孙通制礼仪，以正君臣之位。高祖说而叹曰：'吾乃今日知为天子之贵也！'以通为奉常，遂定仪法，未尽备而通终。"②叔孙通以秦王朝尊君卑臣的礼仪改造汉王朝君臣关系，使刘邦感受到天子的高贵尊显，诸侯大臣再不敢以战友与弟兄的态度看待刘邦，而是认识到尊卑的差别，感受到皇帝的天威，怀着诚惶诚恐的心情，拜伏在天子前。刘邦享受到皇帝的威福，高高在上地接受群臣朝拜，无比高兴。

制定朝廷大礼仅仅是叔孙通移植秦文化的一个方面而已。汉初的重要礼仪几乎都是他主持建立的。

汉五年，诸侯上疏，要刘邦上皇帝尊号。"于是诸侯王及太尉长安侯臣绾等三百人，与博士稷嗣君叔孙通谨择良日二月甲午，上尊号。汉王即皇帝位于

---

① （清）王先谦：《汉书补注》（影印本），中华书局1983年版，第1019—1020页。
② （清）王先谦：《汉书补注》（影印本），中华书局1983年版，第476页。

汜水之阳。"诸侯王推动其事,但上尊号,谨择良日,却不是他们特长。还是博士稷嗣君叔孙通提出良辰吉日和尊号问题。

此外,宗庙仪式与礼乐,也是汉初统治者急于解决的问题。

《汉书·礼乐志》云:

> 汉兴,乐家有制氏,以雅乐声律世世在大乐官,但能纪其铿锵鼓舞,而不能言其义。高祖时,叔孙通因秦乐人制宗庙乐。大祝迎神于庙门,奏《嘉至》,犹古降神之乐也。皇帝入庙门,奏《永至》,以为行步之节,犹古《采荠》《肆夏》也。乾豆上,奏《登歌》,独上歌,不以管弦乱人声,欲在位者遍闻之,犹古《清庙》之歌也。《登歌》再终,下奏《休成》之乐,美神明既飨也。皇帝就酒东厢,坐定,奏《永安》之乐,美礼已成也。[①]

叔孙通率领秦乐人制宗庙乐,制作了祭祀高祖的乐舞,即《武德》《文始》《五行》等。《武德》舞,高祖四年作,以象天下欢庆高祖振武除乱的丰功伟绩。《文始》舞是依据舜《招》舞改制的,高祖六年更名曰《文始》,以示不相袭也。《五行》舞,是以周舞为蓝本,秦始皇二十六年将这乐舞更名曰《五行》,叔孙通将它用于高祖庙乐舞中。高祖六年又作《昭容》乐、《礼容》乐。这都是选择秦人祭祖乐舞而移植的。因此,《汉书·礼乐志》云:"大氐皆因秦旧事焉。"[②] 其中一些乐舞如《文始》《五行》等又被用于文帝、景帝、武帝庙奏祭祀中。

汉初急需解决的朝廷礼仪、宗庙祭祀礼仪等重大场合的礼乐文化建设,改变朝廷无序的混乱状态,在叔孙通的主持下,实现了秦礼汉用,顺利地解决了汉王朝迫在眉睫的重大典礼的实践问题。

叔孙通对秦文化的移植是在缺乏比较的情况下采取的应急措施。但是,初步实践却使刘邦感受到被自己推翻的王朝有值得珍惜的东西。高祖悦而叹曰:

---

① (清)王先谦:《汉书补注》(影印本),中华书局1983年版,第480—481页。
② (清)王先谦:《汉书补注》(影印本),中华书局1983年版,第481页。

"吾乃今日知为天子之贵也！"这句话道出了秦文化的核心价值，即尊君卑臣的本质，也道出了汉初文化建设的走向。此后，在进行更全面的汉文化建设中，有些内容做了更新、调整，但尊君卑臣的秦文化的核心价值，却坚守如一，是不能改变的。

刘邦集团是推翻暴秦统治的主要力量之一，也是推翻秦王朝的最大受益者。他们是秦始皇的臣民，也是这个暴君的掘墓人。这种地位决定了刘邦对秦既仇恨又崇拜、羡慕的双重心理。

《史记·高祖本纪》云："高祖常繇咸阳"，"高祖以亭长为县送徒郦山"。《史记·秦始皇本纪》云："始皇初即位，穿治郦山，及并天下，天下徒送诣七十余万人，穿三泉，下铜而致椁，宫观百官奇器珍怪徙臧满之。"①《汉旧仪》云："（骊山）多黄金，其南多美玉，曰蓝田，故始皇贪而葬焉。使丞相李斯将天下刑人徒隶七十二万人作陵。"②

刘邦作为秦王朝下层小吏要押送刑人徒隶，赴咸阳服徭役，要参加秦始皇陵的修建工程。他奔波劳苦，地位虽高于刑徒，却是大量徭役的直接参与者，有时还与刑徒的命运紧密相连。《史记·高祖本纪》云："高祖以亭长为县送徒郦山，徒多道亡。自度比至皆亡之，到丰西泽中，止饮，夜乃解纵所送徒。曰：'公等皆去，吾亦从此逝矣！'徒中壮士愿从者十余人。"③这样的社会地位和身家安全缺乏保障的处境，在关键时刻很自然地爆发出对秦的仇恨，走上反抗暴秦的道路。

另一方面，秦始皇的严威与巨大成功又令他欣羡万分。《史记·高祖本纪》云："高祖常繇咸阳，纵观，观秦皇帝，喟然太息曰：'嗟乎，大丈夫当如此也！'"④在这样的慨叹中流露出他的人生价值取向。

《汉书·礼乐志》云："汉兴，拨乱反正，日不暇给，犹命叔孙通制礼仪，以正君臣之位。高祖说而叹曰：'吾乃今日知为天子之贵也！'"⑤又是一次慨

---

① （汉）司马迁：《史记》，中华书局1982年版，第344、347、265页。
② （元）马端临：《文献通考》，中华书局1986年版，第1115页。
③ （汉）司马迁：《史记》，中华书局1982年版，第347页。
④ （汉）司马迁：《史记》，中华书局1982年版，第344页。
⑤ （清）王先谦：《汉书补注》（影印本），中华书局1983年版，第476页。

叹。他"说（悦）而叹"是因为昔日共同战斗的兄弟，现在已定格于尊卑关系中，再不敢在他面前呼号喧嚣。他找到了凌驾万民之上的感觉。他从亲历亲受中产生对秦文化的高度认同。

在维护皇权方面，秦始皇还制订一些显示独尊地位的标志性术语：天子尊号为皇帝，天子自称曰"朕"，天子发布的命为"制"，令为"诏"。《史记·秦始皇本纪》《集解》引蔡邕曰："朕，我也。古者上下共称之，贵贱不嫌，则可以同号之义也。皋陶与舜言'朕言惠，可底行'。屈原曰'朕皇考'。至秦，然后天子独以为称。汉因而不改。"[①]从称号、自称，到发布命令、告示，都纳入尊君卑臣的秦文化体系中。汉初统治者将这些皇权的标志性文化要素全部移植，以彰显自己的崇高与威严。《史记·礼书》云："至秦有天下，悉内六国礼仪，采择其善，虽不合圣制，其尊君抑臣，朝廷济济，依古以来。至于高祖，光有四海，叔孙通颇有所增益减损，大抵皆袭秦故。自天子称号下至佐僚及宫室官名，少所变改。"[②]

这些尊君卑臣的朝廷礼仪经过汉王朝的长期实践与修补，成为汉代文化的核心部分，被历代封建王朝统治者视为治理臣僚、愚民的法宝，视为维护皇帝权威、利益的金科玉律。

此外，汉初在宗教信仰方面也受秦的直接影响。《史记·封禅书》云："（汉王）二年，东击项籍而还入关，问：'故秦时上帝祠何帝也？'对曰：'四帝，有白、青、黄、赤帝之祠。'高祖曰：'吾闻天有五帝，而有四，何也？'"乃立黑帝祀，"悉召故秦祝官，复置太祝、太宰，如其故仪礼"。[③]不仅礼拜秦时诸神，还任用秦时主持祭祀的官员，连同祭神仪式，全盘迁入汉王朝，为自己祈求福祉。

在律历方面，汉初沿用秦正朔，以十月为岁首。据《史记·张丞相列传》载：

（张苍）好书律历。秦时为御史，主柱下方书。……善用算律历。……张苍为计相时，绪正律历。以高祖十月始至霸上，因故秦时本以十月为岁

[①] （汉）司马迁：《史记》，中华书局1982年版，第237页。
[②] （汉）司马迁：《史记》，中华书局1982年版，第1160页。
[③] （汉）司马迁：《史记》，中华书局1982年版，第1378页。

首，弗革。吹律调乐，入之音声，及以比定律令。①

《史记·历书》云：

> 汉兴，……是时天下初定，方纲纪大基，高后女主，皆未遑，故袭秦正朔服色。②

对此，汉初有识之士不断提出改正朔，作为汉王朝文化的开端，反对沿袭秦正朔。

《史记·屈原贾生列传》云："贾生以为汉兴至孝文二十余年，天下和洽，而固当改正朔，易服色，法制度，定官名，兴礼乐。乃悉草具其事仪法，色尚黄，数用五，为官名，悉更秦之法。孝文帝初即位，谦让未遑也。"③贾谊明确提出了要在正朔、服色、制度、官名、礼乐等方面要区别于秦的主张，而且草拟了具体的汉家文化构想，表现出超人的智慧与见地。但是，他的政治主张和超拔引起权臣的妒忌、排挤，未能得到文帝的支持。

鲁人公孙臣上书曰："始秦得水德，今汉受之，推终始传，则汉当土德，土德之应黄龙见。宜改正朔，易服色，色上黄。"是时丞相张苍好律历，以为汉乃水德之始，年始冬十月，色外黑内赤。张苍凭借权势否定了公孙臣的意见。此时，赵人新垣平以望气见，颇言正历服色事，贵幸。于是建言设立渭阳五庙，祀五帝。又伪造玉杯，制造所谓的祥瑞，妄称东北汾阴有金宝气，使人临河，打捞周鼎。后有人上书告新垣平所言宝气神异等事都是欺诈造作所致，遂诛夷新垣平。文化建设与祥瑞欺诈混淆，致使文帝做了些荒诞事。此后，文帝怠于改正朔、服色、神明之事。④

秦文化中还有一个恋鼎情结，也为汉初统治者所认同、所继承。

史书记载禹铸九鼎，《史记·封禅书》云："禹收九牧之金，铸九鼎，皆尝

---

① （汉）司马迁：《史记》，中华书局 1982 年版，第 2681 页。
② （汉）司马迁：《史记》，中华书局 1982 年版，第 1260 页。
③ （汉）司马迁：《史记》，中华书局 1982 年版，第 2492 页。
④ （汉）司马迁：《史记》，中华书局 1982 年版，第 1381、1260、430 页。

亨觞上帝、鬼神。"①《汉书·郊祀志》也有同样的记载。此外尚有一些文献记载为禹铸九鼎。此后，殷、周之主都将九鼎视为国之重宝，珍藏之、礼拜之。

秦灭周与六国，独占九鼎，但鼎却不知所终。在一些方士的阐释中，九鼎"遭圣则兴，鼎迁于夏、商。周德衰，宋之社亡，鼎乃沦没，伏而不见"②。

《史记·秦始皇本纪》云："始皇还，过彭城，斋戒祷祠，欲出周鼎泗水。使千人没水求之，弗得。"③

秦皇寻鼎梦断，汉帝继续梦里追寻。

《史记·封禅书》云："（新垣）平言曰：'周鼎亡在泗水中，今河溢通泗，臣望东北汾阴直有金宝气，意周鼎其出乎？兆见不迎则不至。'于是上使使治庙汾阴南，临河，欲祠出周鼎。"④方士独具慧眼，发现了鼎放射出"金宝气"，天子便热热闹闹地去迎接，接不成，又指责方士"所言气神事皆诈也。下平吏治，诛夷新垣平"。文帝素以俭朴著称，却对秦始皇恋鼎梦饶有兴趣。

《史记·封禅书》云：汾阴巫锦祭神时得鼎。汉武帝"乃以礼祠，迎鼎至甘泉"⑤，公卿大夫皆议请尊宝鼎，那些善于谈论符命的儒生又引经据典地讲述九鼎"遭圣则兴"的神话。

汉初移植的秦文化强调尊君卑臣，由尊君卑臣衍生出天子家族的高贵。皇帝之女为公主，必与诸侯结婚，称为"尚主"。

《史记·绛侯周勃世家》载，周勃去世，太子胜之代侯。尚公主，不和，坐杀人，国除。与公主结婚不能说娶妻，而要称为"尚"，也就是侍奉。这被视为皇家的恩惠。侍奉不称公主心，就会产生婚变。

"尚主"的列侯不居自己封国，而与公主居京城。公主不满意，便找理由将丈夫赶走，另寻大婿。《汉书·卫青霍去病列传》云："初，青既尊贵，而平阳侯曹寿有恶疾就国，长公主问：'列侯谁贤者？'左右皆言大将军。主笑曰：'此出吾家，常骑从我，奈何？'左右曰：'于今尊贵无比。'于是长公主风白

---

① （汉）司马迁：《史记》，中华书局1982年版，第1392页。
② （汉）司马迁：《史记》，中华书局1982年版，第1392页。
③ （汉）司马迁：《史记》，中华书局1982年版，第248页。
④ （汉）司马迁：《史记》，中华书局1982年版，第1383页。
⑤ （汉）司马迁：《史记》，中华书局1982年版，第1392页。

皇后，皇后言之，上乃诏青尚平阳主。与主合葬，起冢象卢山云。"①卫青是平阳公主家僮所生，则他与公主年龄相差悬殊，况且卫青已为大将军，三子为列侯，早已成家。但只要公主选中，就要奉天子命成婚。因为这是皇家的恩宠，臣子不能选择。

平阳公主称曹寿有恶疾，令其就国，似乎念及"尚主"之情，只是将他赶回封国而已。周胜之却没有这样幸运，公主不满意，竟以杀人罪，丢掉了封国。《汉书·樊郦滕灌傅靳周传》载，夏侯婴曾孙颇尚主，主随外家姓，号孙公主，故滕公子孙更为孙氏。公主随外公姓，夏侯婴的子孙竟也随公主改为孙姓。

汉末有些人对这一制度提出批评，《后汉书·荀韩钟陈列传》载荀爽对策曰："《春秋》之义，王姬嫁齐，使鲁主之，不以天子之尊加于诸侯也。今汉承秦法，设尚主之仪，以妻制夫，以卑临尊，违乾坤之道，失阳唱之义。……宜改尚主之制，以称乾坤之性。"②在汉家礼法中，"尚主"为荣耀之事，子孙能随公主的姓，也在恩宠之列，所谓的"夫为妻纲"在"尚主"的家庭中自然要被颠覆。

汉初统治者对秦的礼制、文化由最初的被动的应急之需，到后来的对秦王朝礼仪的认同和全面移植，并使之成为汉家文化构建的核心成分。

三、百官设置　皆袭秦故

刘邦立为汉王，便开始设置官吏，管理臣民。建立汉王朝之后，更要设置官府佐僚，治理天下大事。《史记·礼书》云："至秦有天下，悉内六国礼仪，采择其善，虽不合圣制，其尊君抑臣，朝廷济济，依古以来。至于高祖，光有四海，叔孙通颇有所增益减损，大抵皆袭秦故。自天子称号下至佐僚及宫室官名，少所变改。"③这就是说，汉初官府佐僚的设置，都是从秦王朝移植的。

汉代三公即丞相、太尉、御史大夫的设定及其职责，都与秦同。

---

① （清）王先谦：《汉书补注》（影印本），中华书局1983年版，第1147页。
② （南朝宋）范晔：《后汉书》，中华书局1965年版，第2053页。
③ （汉）司马迁：《史记》，中华书局1982年版，第1159—1160页。

汉初，萧何、曹参相继为相国。《汉书·百官公卿表》云："相国、丞相，皆秦官，金印紫绶，掌丞天子助理万机。秦有左右，高帝即位，置一丞相，十一年更名相国，绿绶。"① 丞相协助天子管理国家政务，一人之下，万民之上，地位最高。担任丞相意味着为天子分忧、操劳，也在特殊情况下替天子受过。

《史记·萧相国世家》载：

> 相国因为民请曰："长安地狭，上林中多空地，弃，愿令民得入田，毋收稾为禽兽食。"刘邦大怒曰："相国多受贾人财物，乃为请吾苑！"乃下相国廷尉，械系之。数日，王卫尉侍，前问曰："相国何大罪，陛下系之暴也？"上曰："吾闻李斯相秦皇帝，有善归主，有恶自与。今相国多受贾竖金而为民请吾苑，以自媚于民，故系治之。"王卫尉曰："夫职事苟有便于民而请之，真宰相事。陛下奈何乃疑相国受贾人钱乎！且陛下距楚数岁，陈豨、黥布反，陛下自将而往，当是时，相国守关中，摇足则关以西非陛下有也。相国不以此时为利，今乃利贾人之金乎？且秦以不闻其过亡天下，李斯之分过，又何足法哉。陛下何疑宰相之浅也。"高帝不怿。是日，使使持节赦出相国。相国年老，素恭谨，入，徒跣谢。高帝曰："相国休矣！相国为民请苑，吾不许，我不过为桀纣主，而相国为贤相。吾故系相国，欲令百姓闻吾过也。"②

设丞相为自己分劳，其主导思想是从秦的统治经验中来。而且对丞相作用的考核，也以李斯"有善归主，有恶自与"，表明刘邦对秦文化中尊君内涵极为赞同。然而，一个小人物王卫尉却能认识到萧何所做的乃"真宰相事"，而李斯为秦始皇承担过失乃是佞臣之举，只能加速秦的灭亡，"又何足法哉"！他尖锐地反驳了刘邦心目中的贤相理念，批评了他对秦文化的迷恋。

在汉初政权结构中，丞相为众臣中地位最高的官员。萧何自任丞相为刘

---

① （清）王先谦：《汉书补注》（影印本），中华书局1983年版，第296页。
② （汉）司马迁：《史记》，中华书局1982年版，第2018—2019页。

邦守卫关中根据地，为刘邦补充兵源、粮饷，处处表现对刘邦的忠诚，显示出自己毫无政治野心，并将自己的亲属送到军前，让刘邦放心。但刘邦却因他没将一切盛德、功劳归于天子，将一切过失、罪责承担在自己身上，而给予严惩。丞相的处境尚且如此，太尉、御史大夫在汉初政治结构中也不可能有更好的状况。

汉初名将周勃与其子周亚夫先后任太尉并做出重要贡献。从他们的经历中也可以看出汉王朝对太尉设置与人选的认识。

《史记·高祖本纪》载，刘邦临终前对吕后说："周勃重厚少文，然安刘氏者必勃也，可令为太尉。"①孝惠帝六年，置太尉官，以勃为太尉。十岁，高后崩。吕禄以赵王为汉上将军，吕产以吕王为汉相国，秉汉权，欲危刘氏。太尉周勃与丞相陈平谋，终于诛诸吕而立孝文皇帝。

景帝三年，以周亚夫为太尉，将三十六将军，往击吴楚，破吴兵，平定七国之乱。

《汉书·百官公卿表》云："太尉，秦官，金印紫绶，掌武事。"②太尉乃秦王朝设立的主管军事的最高官位。汉初统治者选拔良将，命为太尉，握重兵，权倾朝野，甚至不奉诏而专断于外。最高统治者只有在国家危急时才将这样的权力交付大臣。

不仅丞相、太尉、御史大夫等尊官用秦制，其他官职也沿用秦旧制。文帝亲自至霸上、棘门、细柳慰劳三将军之军队，称赞周亚夫："真将军矣！"乃拜亚夫为中尉。《汉书·百官公卿表》云："中尉，秦官，掌徼巡京师。"即掌管京城军队与安全，其后，周亚夫以中尉为太尉，掌握朝廷军队大权。

汉王朝的开创者刘邦、萧何、曹参等人在缺少其他比较的情况下，被动地吸收秦文化，而一批秦王朝遗老如叔孙通等人也将秦文化移植到汉王朝。汉初有识之士对秦文化的反对、批评之声不断，皆就秦重功利、严刑罚，而轻德治等方面着眼。至于秦文化中尊君卑臣，强化统治等政治思想与施政原则，都被汉王朝继承下来。汉初文学正是在这样的语境中生成，并显示出过

---

① （汉）司马迁：《史记》，中华书局1982年版，第392页。
② （清）王先谦：《汉书补注》（影印本），中华书局1983年版，第296页。

渡性的特点。此后，在几代士人、儒生的努力下，吸收经过儒家阐释的周文化，修补矫正，而建立起德刑并用，高扬儒术，兼采刑名的汉家文化。宣帝所谓"汉家自有制度"，乃是对区别于秦、周文化而独具特色的汉家文化的宣示。

（作者单位：辽宁大学文学院）

读书仕进与精思著文
——论汉代官僚士大夫与文人文学之关系

赵敏俐

在中国文学史上，文人占有重要地位。这不仅仅是因为他们传世的作品数量最多，艺术水平最高，而且还因为文人文学代表着中国古典文学的审美传统与发展方向。值得注意的是，中国古代的文人文学虽然极为发达，但是基本上并不存在专以写作为职业的文人作家群体。中国封建社会文人的基本身份是官僚士大夫或者是没有进入官僚阶层的儒家知识分子。读书仕进、辅政安民是他们的人生追求，他们从来都不以文学创作为终极目的。从这一点来讲，文学创作只是他们的余事或者说是副业。但是，他们又是那样热情地投入写作，以致形成一个优良的传统，成为中国文学中最为亮丽的一道风景。那么，在中国古代的文学发展中这种现象是从什么时候出现的？我们如何认识中国古代的这些"文人"？他们的读书仕进之路与精思著文之间到底是一个什么关系？我们又如何认识中国古代文人文学的本质？这就是本文所要讨论的内容。

一、汉初儒生的不遇与选士制度的变迁

通过读书—仕进而成为官僚士大夫，这是自汉代以来形成的重要的中国文化传统。而作为读书人主体的儒生群体的产生，其远源最早可以追溯到先秦社会的"士"。"士"在周代社会的基本身份是各级贵族，他们从小就受到很好的

贵族教育，文武兼修，长大后通过世袭的方式参与政治。① 到了春秋后期，秉承上古诗书礼乐文化传统的"文士"崛起，成为中国古代的知识阶层，他们以"体道"为己任，以"三不朽"为自己的人生理想，以积极参与国家政治实践为要务。战国时代的大变革给他们提供了最好的实现人生理想的社会舞台，百家争鸣的学术环境张扬了他们的思想与个性。但是，接下来的中国历史却发生了重大转折，秦始皇统一中国，焚书坑儒，废儒家之"王道"而尚法家之"霸道"，奖励军功，以吏为师，建立了一套新的选官制度。以读书为主的儒生群体，在秦代社会的政治制度中受到了严重的排斥。

汉承秦制，汉初的儒生们步入仕途的这一道路也充满了坎坷。《汉书·百官公卿表》："秦兼天下，建皇帝之号，立百官之职。汉因循而不革，明简易，随时宜也。"《汉书·高帝纪下》："初，高祖不修文学，而性明达，好谋，能听，自监门戍卒，见之如旧。初顺民心作三章之约。天下既定，命萧何次律令，韩信申军法，张苍定章程，叔孙通制礼仪，陆贾造《新语》。又与功臣剖符作誓，丹书铁契，金匮石室，藏之宗庙。虽日不暇给，规摹弘远矣。"可见，在汉高祖刘邦建国之初，当务之急是稳定社会秩序。在政治制度的建设上延用秦制，"明简易，随时宜"。而汉高祖本身不好"文学"，瞧不起儒生，在用人政策上更强调实用。丞相萧何本是秦代文吏出身，有很强的管理能力。选拔文吏从事各级政府的管理，也符合当时的社会实际。《汉书·艺文志》："汉兴，萧何草律，亦著其法，曰：'太史试学童，能讽书九千字以上，乃得为史。又以六体试之，课最者以为尚书、御史、史书令史。'"汉惠帝以后到文、景之世，虽然社会已经安定，但是几任皇帝仍然不喜欢儒术。《史记·儒林列传》："孝惠、吕后时，公卿皆武力有功之臣。孝文时颇征用，然孝文帝本好刑名之言。及至孝景，不任儒者，而窦太后又好黄老之术，故诸博士具官待问，未有进者。"可见，纯粹的儒生在汉初是得不到重用的。

---

① 关于西周时代"士"的身份，顾颉刚认为主要是指下层贵族，而且最早的"士"当以习武为主，以后才有文士的兴起，详见顾颉刚：《武士与文士之蜕化》，《史林杂识初编》，中华书局1963年版。不过根据本人对先秦文献和文化的理解，我认为西周时代的"士"应该指各级贵族。其教育方式是文武兼修的，此即所谓"六艺"（礼、乐、射、御、书、数）之教。《礼记·王制》："乐正崇四术，立四教。顺先王诗、书、礼、乐以造士，春秋教以礼、乐，冬夏教以诗、书。"观《诗经》《春秋》《左传》等先秦文献，可知那时的贵族有很高的文化修养。

儒生在汉初得不到重用，与他们本身管理能力缺乏也有很大的关系。"夫儒者以六艺为法。六艺经传以千万数，累世不能通其学，当年不能究其礼，故曰'博而寡要，劳而少功'"①，儒者以学习六经为主，以传承文化知识为己任，因而，他们很难承担起治理国家的重任。对于儒生的这一弱点，王充在《论衡·超奇篇》中有生动的描述："著书之人，博览多闻，学问习熟，则能推类兴文。文由外而兴，未必实才学文相副也。且浅意于华叶之言，无根核之深，不见大道体要，故立功者希。安危之际，文人不与，无能建功之验，徒能笔说之效也。"典型例子是汉武帝时期的博士狄山，《史记·酷吏列传》中曾记载了他的故事：

> 匈奴来请和亲，群臣议上前。博士狄山曰："和亲便。"上问其便，山曰："兵者凶器，未易数动。高帝欲伐匈奴，大困平城，乃遂结和亲。孝惠、高后时，天下安乐。及孝文帝欲事匈奴，北边萧然苦兵矣。孝景时，吴楚七国反，景帝往来两宫间，寒心者数月。吴楚已破，竟景帝不言兵，天下富实。今自陛下举兵击匈奴，中国以空虚，边民大困贫。由此观之，不如和亲。"上问汤，汤曰："此愚儒，无知。"狄山曰："臣固愚忠，若御史大夫汤乃诈忠。若汤之治淮南、江都，以深文痛诋诸侯，别疏骨肉，使蕃臣不自安。臣固知汤之为诈忠。"于是上作色曰："吾使生居一郡，能无使虏入盗乎？"曰："不能。"曰："居一县？"对曰："不能。"复曰："居一障间？"②山自度辩穷且下吏，曰："能。"于是上遣山乘鄣。至月余，匈奴斩山头而去。自是以后，群臣震慑。

博士狄山在汉武帝面前议论横生，引述历史，陈述和亲之利，不能说没有道理。但是他显得过于迂腐，既不能揣摩人主之意，还要说汉武帝宠臣张汤的坏话。于是惹怒了汉武帝，发配他去守卫一个城堡。一个手无缚鸡之力的儒

---

① （汉）司马迁：《史记·太史公自序》，中华书局1959年版，第3290页。
② "居一障间"一语，（唐）张守节《正义》云："障谓塞上要险之处别筑城，置吏士守之，以扞寇盗也。"（汉）司马迁：《史记·酷吏列传》，中华书局1959年版，第3141页。《史记·白起王翦列传》："陷赵军，取二鄣四尉。"（唐）司马贞《索隐》："鄣，堡城。"（汉）司马迁：《史记·酷吏列传》，中华书局1959年版，第2334页。

生，何以能做这样的事情？不到一个月，狄山的脑袋就被匈奴砍掉了。此正所谓"安危之际，文人不与，无能建功之验，徒能笔说之效也"。这个例子虽然有点极端，但是汉初儒生缺乏社会实践能力却是不争的事实。

促进汉代社会重视儒生的客观条件，首先是整个社会对儒家思想文化的要求。汉初统治者推行黄老之术，以吏为师，虽然有利于社会的稳定和经济的发展，但是也潜藏着巨大的矛盾。汉武帝即位之时，这些矛盾进一步增强，诸侯王的图谋不轨、豪党之徒的武断乡曲、公卿大夫的奢侈豪华与广大农民的破产，构成了社会的极不稳定因素。与此同时，汉王朝内部却缺少一种统一人心的治国理论，从上到下都面临着深刻的思想危机。以无为而治为精髓的黄老思想在这方面显得无能为力，唯功利是求的法家政治本身更是对人文道德的破坏。在汉帝国走向强盛的同时，必须要整治人心，以维护帝国事业的向前发展。汉武帝对此有深刻认识，就在他即位当年，首先就听从丞相卫绾的建议，在朝廷举荐人才中摒弃了法家与纵横家。"建元元年冬十月，诏丞相、御史、列侯、中二千石、二千石、诸侯相举贤良方正直言极谏之士。丞相绾奏：'所举贤良，或治申、商、韩非、苏秦、张仪之言，乱国政，请皆罢。'奏可。"五年后窦太后崩，第六年（元光元年）汉武帝就下《策贤良制》，征询"何行而可以章先帝之洪业休德，上参尧、舜，下配三王"的大计。向封建帝国社会重新提供思想库的这一重任，自然就落在了儒家学者的身上，于是有董仲舒的《天人三策》出。董仲舒认为，这就要"承天意而从事"，"任德教而不任刑"。为政不行，就必须更化，才能治理。那么，如何才能更化呢？董仲舒根据儒家的理论提出了一系列的主张，其中主要有以下几点：一是要"明尊卑，异贵贱，而劝有德"；二是要对百姓进行教化，让他们"少则习之学，长则材诸位，爵禄以养其德，刑罚以威其恶，故民晓于礼谊而耻犯其上"；三是举贤授能，"量材而授官，录德而定位"。要做到以上几点，当务之急就是要统一思想，"罢黜百家，独尊儒术"[①]。他希望在现有的封建制度基础上加强社会道德秩序的建设，包括兴学教民，改变官吏选拔的办法。这从理论上解决了大汉治国必须要用儒学来整治人心，必须要用儒家贤人来管理社会的问题。它适应了汉

---

① 详见（汉）班固：《汉书·武帝纪》和《汉书·董仲舒传》，中华书局1962年版。

帝国政治发展的需要，因而得到了汉武帝的赏识。

如果说，董仲舒的《天人三策》是汉武帝实行一系列改革的理论指导，那么，汉武帝从即位以来就重用儒生的策略则推动了这一新的官僚选拔制度的实现。《汉书·儒林传》："及窦太后崩，武安君田蚡为丞相，黜黄老、刑名百家之言，延文学儒者以百数，而公孙弘以治《春秋》为丞相，封侯，天下学士靡然乡风矣。"这其中，尤以公孙弘的作用为重要。

公孙弘是自汉兴以来第一位以儒家学者的身份登上丞相高位的人，他少年时曾为狱吏，年过四十余才开始学习《春秋》，六十岁以贤良征为博士。当时对策者百余人，汉武帝对他最为赏识，"擢弘对为第一"。以后为内史多年，再迁为御史大夫，"元朔中，代薛泽为丞相"。在公孙弘为博士期间，曾上书汉武帝，提出兴办儒学，培养人才，并建议多用儒生中的高第者承担国家中的重要职位，由此在汉代选拔人才的方向上产生了重要影响。《汉书·儒林传》对此有详细记载，其要点如下：第一，建议汉武帝在京师立太学，招收博士弟子，郡国县官也有推荐之责。第二，一年之后经过考核，成绩优秀，能通一艺者可以重用，成绩差者淘汰。第三，在低层官吏向上升迁的过程中，将是否通达儒学看成一个重要的条件。公孙弘的建议得到了汉武帝的同意。自汉武帝开始，汉代官吏的选拔政策有了重大改革，儒生们从此有了一条名正言顺的可以通过读书而仕进的道路。汉武帝以后，博士弟子逐渐增多，"昭帝时举贤良文学，增博士弟子员满百人，宣帝末增倍之。元帝好儒，能通一经者皆复。数年，以用度不足，更为设员千人，郡国置《五经》百石卒史。成帝末，或言孔子布衣养徒三千人，今天子太学弟子少，于是增弟子员三千人。岁余，复如故"。"自武帝立《五经》博士，开弟子员，设科射策，劝以官禄，讫于元始，百有余年，传业者浸盛，支叶蕃滋，一经说至百余万言，大师众至千余人，盖禄利之路然也。"尽管这一读书仕进之路与后世的科举考试还有很大区别，但是它的确改变了以往多从郎中、中郎、和吏二千石子弟中选官的办法，从此以后，"公卿大夫士吏彬彬多文学之士矣"（《汉书·儒林传》）。从这个意义上讲，延续了近二千年的中国古代社会的"读书仕进"之路，也是从汉武帝时代才真正开始的。

二、儒生的自我改造及其与文吏的融合

汉代儒生读书仕进之路的形成,与汉代儒生的自我改造也是密不可分的。客观上讲,由于先秦的儒生以学习六经、传授知识为主,在秦汉官僚政治社会里是缺少从政的技能与本领的。为了实现他们的政治理想,走向仕途,他们就必须进行自我改造,以适应这个社会的需要。这个改造过程,实际上从汉初就已经开始。当时的几位著名儒生,如陆贾,虽然以儒者自居,但他不是纯粹的儒者,他的思想中带有明显的法家意识和道家倾向。叔孙通本为秦博士,楚汉战争时投奔项羽,以后又投靠刘邦,为刘邦制定礼仪制度,因而得到刘邦的重用。但是他的这些所作所为,已经超出了一个儒者的范畴。司马迁对他评价颇高,认为他"希世度务,制礼进退,与时变化,卒为汉家儒宗"[①]。汉文帝时儒家出身的贾谊,关心国政、议论纵横,其很多政治主张,也早就超出了儒家学派的界域。晁错也算一位曾修习过儒家经典的人,但是他更喜好的还是申商刑名之学。公孙弘的经历也很能说明这一点。他少时习吏,四十岁以后才学习儒学。史称其"每朝会议,开陈其端,使人主自择,不肯面折庭争。于是上察其行慎厚,辩论有余,习文法吏事,缘饰以儒术,上说(悦)之,一岁中至左内史"。汉武帝为儒生们开启了一条通向仕途之路,这在中国政治和文化史上都是一件大事,这为儒生们实现自己的治世理想创造了条件,同时也对他们提出了新的要求。儒生们往往从书本出发,把现实社会理想化,其处世或议论常不免宏阔迂腐;而统治者则需要的是务实的治国人才。因此,一个儒生如何才能把自己通过经书学习而得到的文化知识变成政治智慧,是对他们的一个严峻考验。《汉书·循吏传》说:"孝武之世,外攘四夷,内改法度,民用凋敝,奸轨不禁。时少能以化治称者,惟江都相董仲舒、内史公孙弘、倪宽,居官可纪。三人皆儒者,通于世务,明习文法,以经术润饰吏治,天子器之。"可见,汉武帝在当时虽号称重儒,所重视的也不是那些腐儒,而是像董仲舒、公孙弘、倪宽那样"通于世务,明习文法,以经术润饰吏治"的儒家。

[①] 《史记·叔孙通列传》。

儒生和文吏在汉初属于两个不同的社会群体，二者之间有着严格的区别。儒生有时候可以被称为"文学"，而文吏之俗称则为"刀笔吏"。如《史记·张丞相列传》载高祖时，赵尧年少，为符玺御史。周昌笑曰："尧年少，刀笔吏耳。"贾谊在《陈政事疏》中说："夫移风易俗，使天下回心而向道，类非俗吏之所能为也。俗吏之所务，在于刀笔筐箧，而不知大体。"王先谦《补注》引周寿昌语："刀笔以治文书，筐箧以贮财币，言俗吏所务在科条征敛也。"文吏虽然也要有一定的文化知识，但是他们并不以宣传文化为己任，也不把自己视为文化的承载者，他们所关心的，只是如何执行自己的官僚职能而已。

文吏们接受的教育，也与儒生有别。他们从小所学的不是经书，而是文字记录法律条文以及做吏的职责等，"欲进入吏途，则都是必先有一个学吏的过程的，不论通过官学或私学，或向正式吏员去做学徒，总是先取得做吏的业务能力与资格，然后再结合长吏的辟置而进入吏途，故汉有'文吏之学'产生"。[1] 这些文吏在政治上的升迁，主要看他们的业务能力和任职年限。汉代的许多大臣，就是从地方官吏步步升迁上来的。如赵禹以佐史补中都官用廉为令史，尹齐以刀笔吏稍迁至御史，尹赏以郡吏察廉为楼烦长，龚胜为郡吏，病去官，征为谏大夫，王䜣以郡县吏积功，稍迁为被阳令，丙吉为鲁狱史，积功劳，稍迁廷尉右监，于定国为狱史，郡决曹，补廷尉史。[2]

因为文吏是汉初官吏的主体，儒生步入仕途就会对他们造成很大的影响，所以那时这两个群体之间的矛盾是很大的。由于他们出身不同，教养不同，在政治上的看法也不同，互相间又有比较大的利益冲突，发生争论是必然的。这种争论一直持续到东汉还没有结束。王充在《论衡·程材》中对此曾有较好的辨析。他说：

> 论者多谓儒生不及彼文吏，见文吏利便而儒生陆落，则诋訾儒生以为浅短，称誉文吏误用之深长，是不知儒生，亦不知文吏也。
>
> 儒生、文吏皆有材智，非文吏材高而儒生智下也。文吏更事，儒生

---

[1] 阎步克：《士大夫政治演生史稿》引张金光语，北京大学出版社1996年版，第17页。
[2] 此处可参考（宋）徐天麟：《西汉会要·选举下》，上海人民出版社1977年版，第529—530页。

不习也。谓文吏更事，儒生不习，可也；谓文吏深长，儒生浅短，知妄矣。世俗共短儒生，儒生之徒亦自相少。何则，并好学仕宦，用吏为绳表也。儒生有阙，俗共短之；文吏有过，俗不敢訾。非归于儒生，付是于文吏也。

文吏以事胜，以忠负；儒生以节优，以职劣。二者长短，各有所宜。

然则儒生所学者，道也；文吏所学者，事也。……儒生治本，文吏理末，道本与事末比，定尊卑之高下，可得程矣。

由王充所论我们可知，即便是在东汉，世俗仍有轻儒生而高文吏的习气。王充为此而为儒生抱不平，他认为儒生所治为本，文吏所事为末。王充虽有偏袒儒生之意，但在客观上也说明，儒生在事功方面确有不如文吏之处，他们在走入仕途的过程中必须要改造自己，在坚持自己的政治理想和道德操守的同时，一定要具有优秀的管理能力。真正由读书出身而在政治上又居高位的优秀官僚，必须是二者的结合。之所以如此，是因为汉代的政治制度从本质上讲并不是纯粹的儒家制度，而是儒法的融合，内儒外法，是"霸王道杂之"。据《宋书·百官下》："汉武帝纳董仲舒之言，元光元年，始令郡国举孝廉……限以四科，一曰德行高妙，志节清白；二曰学通行修，经中博士；三曰明习法令，足以决疑，能案章覆问，文中御史；四曰刚毅多略，遭事不惑，明足决断，材任三辅县令。"这四科当中，前两项是对文化修养与道德操守的要求，后两项是对管理才能的考量。事实也是如此，自汉以后的儒生在中国的政治领域之所以占有越来越重要的地位，就是因为他们经过了这样的改造，符合以上四科的要求。可以看出，这一改造的过程也是与文吏融合的过程。拒绝接受这种改造和融合的儒生，不是迂腐之辈，就是狂放之人，他们在仕途上是不可能得意的。

在汉代政治舞台的较量中，经过自我改造的儒生最终打败了文吏。之所以如此，除了汉代社会历史发展的需要之外，文吏们缺少崇高的人文关怀是其最为致命的缺陷。文吏们以商鞅、韩非的法家理论治国，排斥礼义仁爱孝悌等人文道德关怀，严刑峻法，刻薄少恩。汉代以文吏出名者莫过于张汤，少儿时即显出不凡的吏治才能，官至御史大夫。治法严明，为官清廉，断狱无数，甚得汉武帝信任。但即便是张汤这样的人，同样缺少高尚的儒家人文关怀和坚持正义的精神，断狱往往按主上意旨，"所治即上意所欲罪，予监史深祸者；即上意所欲释，与监史轻平者。"至于像王温舒那样的酷吏，没有任何道德操守可言。史称："自温舒等以恶为治，而郡守、都尉、诸侯二千石欲为治者，其治大抵尽放温舒，而吏民益轻犯法，盗贼滋起。"司马迁有感于此而做《酷吏列传》，他虽然肯定了张汤等人的可取之处，所谓"其廉者足以为仪表"，但是更重要的是对这些酷吏的严厉的批评，所谓"其污者足以为戒"。而对于那些极为残暴者："至若蜀守冯当暴挫，广汉李贞擅磔人，东郡弥仆锯项，天水骆璧推咸，河东褚广妄杀，京兆无忌、冯翊殷周蝮鸷，水衡阎奉朴击卖请，何足数哉！何足数哉！"①由此而反观儒生之从政，其意义不仅仅在于他们经过自我改造后也具备了吏治之才干，而在于他们把儒家的人文关怀渗透到国家的政治管理当中。一个真正优秀的儒家出身的官吏，不仅要使其民能够"安居乐业"，而且还能够做到"移风易俗"，其代表人物就是蜀守文翁：

> 文翁，庐江舒人也。少好学，通《春秋》，以郡县吏察举。景帝末，为蜀郡守，仁爱好教化。见蜀地辟陋有蛮夷风，文翁欲诱进之，乃选郡县小吏开敏有材者张叔等十余人亲自饬厉，遣诣京师，受业博士，或学律令。减省少府用度，买刀布蜀物，赍计吏以遗博士。数岁，蜀生皆成就还归，文翁以为右职，用次察举，官有至郡守刺史者。
>
> 又修起学官于成都市中，招下县子弟以为学官弟子，为除更徭，高者以补郡县吏，次为孝弟力田。常选学官僮子，使在便坐受事。每出行县，益从学官诸生明经饬行者与俱，使传教令，出入闺阁。县邑吏民见而荣之，数年，争欲为学官弟子，富人至出钱以求之。由是大化，蜀地学于京师者比齐鲁焉。至武帝时，乃令天下郡国皆立学校官，自文翁为之始云。
>
> 文翁终于蜀，吏民为立祠堂，岁时祭祀不绝。至今巴蜀好文雅，文翁之化也。②

---

① 《史记·酷吏列传》。
② 《汉书·循吏传》。

文翁的意义，不仅在于使蜀地人民安居乐业、移风易俗，为汉代树立了一个儒生出身的官吏的正面形象，而且还在于他的事迹从深层次上说明了儒家士大夫政治所以优于法家文吏政治之处。它使得这个社会的官僚体系不是仅仅停留在事功的层面上，而是把儒家的道德伦理观念深深地融注其中，使这个士大夫官僚体系具有了高尚的道德价值取向，从而建立了一个新的道器相通的政治文化模式。按阎步克所说："这种政治文化模式认定，每一个居身上位者相对于其下属，都同时地拥有官长、兄长、师长这三重身份，都同时地具有施治、施爱、施教这三层义务。尊尊、亲亲、贤贤之相维相济，吏道、父道、师道之互渗互补，君、亲、师之三位一体关系，再一次地成为王朝赖以自我调节与整合社会基本维系，并由此造成了一种特殊类型的专制官僚政治——士大夫政治：'君子治国'之政治理想，'士、农、工、商'之分层概念，也就一直维持到了中华帝国的末期。"① 其意义之大，自然也是不言而喻的。

三、汉代文人群体的产生与价值期许

明确了汉代儒生读书仕进之路的形成和儒生与文吏之别，我们再来探讨中国古代"文人"的产生及其在中国文学史上的意义，也就有了明晰的历史认识基础。

从历史文献来看，"文人"这一名称，最早出现于《尚书》和《诗经》。《尚书·文侯之命》里有"追孝于前文人"之语，孔安国传将其解释为"文德之人"。《诗经·大雅·江汉》："告于文人"。《毛传》："文人，文德之人也。"郑玄更进一步将之解释为"有德美见记者"。可见，先秦时期所说的"文人"，指的乃是有德之人，与后世所称的"文人"并不一样。而且，"文人"这一名称，在我们所查找的现存先秦文献中仅此两见②，可见其使用面很窄。即使是到了现存的西汉诸子与《史记》《汉书》中，也不见"文人"一词的踪影。事

---

① 阎步克：《士大夫政治演生史稿》，北京大学出版社1996年版，第477页。
② 按以上统计是根据《中国文学史电子史库》查找的结果，不包括近年的出土文献。

实上，较多地使用"文人"这一词汇，并对其身份进行界定的是东汉早期的王充。他在《论衡·超奇篇》中说：

> 通书千篇以上，万卷以下，弘畅雅闲，审定文读，而以教授为人师者，通人也。杼其义旨，损益其文句，而以上书奏记，或兴论立说、结连篇章者，文人鸿儒也。……故夫能说一经者为儒生，博览古今者为通人，采掇传书以上书奏记者为文人，能精思著文连结篇章者为鸿儒。故儒生过俗人，通人胜儒生，文人逾通人，鸿儒超文人。故夫鸿儒，所谓超而又超者也。①

王充在这段话里把"儒生""通人""文人""鸿儒"按照其学问大小与写作能力的水平进行排列，具有很深的意味。它说明，在王充的观念或者说在汉人的观念里，文人并不是一般的读书人，也不是专指有知识的人，而是指那些能够"采掇传书以上书奏记者"，他们与"儒生""通人""鸿儒"同属于一个读书人系列，是这个系列中达到较高水平的一个阶段。其最高境界则为鸿儒。那么，何谓鸿儒呢？就是能知"大道体要"、能为国家建功立业之人。他接着说：

> 商鞅相秦，致功于霸，作《耕战》之书。虞卿为赵，决计定说，行退作春秋之思，起城中之议。《耕战》之书，秦堂上之计也。陆贾消吕氏之谋，与《新语》同一意。桓君山易晁错之策，与《新论》共一思。观谷永之陈说，唐林之宜言，刘向之切议，以知为本，笔墨之文，将而送之，岂徒雕文饰辞，苟为华叶之言哉？精诚由中，故其文语感动人深。是故鲁连飞书，燕将自杀；邹阳上疏，梁孝开牢。书疏文义，夺於肝心，非徒博览者所能造，习熟者所能为也。

---

① （汉）王充：《论衡·超奇篇》，上海书店1986年影印世界书局版《诸子集成》，第7册，下同。

可见，在王充的眼里，"文人"和"鸿儒"虽然同属于一类，但是境界之高下却大有不同。用我们今天的话来说，"文人"最多不过是能写那些辞藻华丽而无实用之文章的"文学家"，真正的"鸿儒"则是通过自己的文章才学最终为国家建功立业的人，是商鞅、陆贾、桓谭、刘向、鲁连、邹阳之类的人，他们以文章成就了事功。至于在王充的家乡，则"前世有严夫子，后有吴君商高，末有周长生"，他们也"非徒文人，所谓鸿儒者也"[1]。可见，"鸿儒"才是王充心目中的人生理想。

王充的这段论述，既表达了他个人的理想，也代表了汉代儒生人生观和价值观的转向。这既是汉代儒生自我改造的结果，也是儒家士大夫政治系统形成以后读书人的必然选择。读书是为了从政，只有从政才能实现自己的社会抱负和人生理想。但是，在汉代还没有形成一个读书人通过科举考试而直接进入官场的条件，援引、举荐还是汉代儒生们进入官僚队伍的主要方式。在这种情况下，儒家读书人要让别人了解自己便只有"兴论立说、结连篇章"了。这成为汉代儒家读书人向外展示自己的最佳方式，也是他们自我形象的塑造。寄望以文章来表现自己的才学、表达自己的思想，有补于事功，从而被人推荐、援引，进而建立不朽的功名。于是"文人"之名生焉。

由此可见，在这种政治转化的过程中，不管汉代"文人"之文章写作的到底有多好，"为文"本身并不能成为一个社会职业，也不是"文人"的终极理想，而只是他们个体能力的一种表现而已。哪怕他一生真的靠"文"而成名（如司马相如、司马迁、杨雄、张衡等），他的社会职业也肯定不是"文人"，"文人"只不过是他们在自己的社会职业之外而获得的另外一个特殊称呼罢了。由此我们便回到王充的论述上来，发现他之所以把"鸿儒"当作人生的最高的追求，之所以瞧不起唐勒、宋玉之流的人物[2]，自然也就很好理解了。

---

[1] （汉）王充：《论衡·超奇篇》："古昔之远，四方辟匿，文墨之士，难得记录，且近自以会稽言之，周长生者，文士之雄也，在州为刺史任安举奏；在郡为太守孟观上书，事解忧除，州郡无事，二将以全。……长生之才，非徒锐於牒牍也，作《洞历》十篇，上自黄帝，下至汉朝，锋芒毛发之事，莫不纪载，与太史公《表》《纪》相似类也。上通下达，故曰《洞历》。然则长生非徒文人，所谓鸿儒者也。"

[2] （汉）王充：《论衡·超奇篇》："孔子曰：'文王既没，文不在兹乎！'文王之文在孔子，孔子之文在仲舒。仲舒既死，岂在长生之徒与？何言之卓殊，文之美丽也！唐勒、宋玉，亦楚文人也，竹帛不纪者，屈原在其上也。"

王充对于"文人"的上述议论，表达了他自己的人生理想，也代表了东汉时代读书人群体的人生理想。但是在实际生活中，汉代的读书人当中却并没有几个人达到了自己的人生最高目标，真正成为"鸿儒"，包括王充本人。这在客观上也说明了像王充这样的"文人"在汉代社会中的尴尬处境：他们虽然有着满腹的才学，但是却得不到施展的空间，没有建功立业的机会。他们处于政治生活的下层，没有条件参与官僚政治管理，大多疏阔于事情，所做之"文"自然也不会切合时用，因而给人的印象不过是一群只会舞文弄墨之徒而已。被人讥讽为"浅意於华叶之言，无根核之深"也就不足为奇，其结果必然是"不见大道体要，故立功者希"。所以，"文人"这个称呼，从他们可以"兴论立说、结连篇章"的角度看固然了不起，但是若把它放在汉代政治社会里当作对一个人的称呼，多少是带有一些贬义的。这一点，当我们把它与"士大夫"这一称谓比较时会看得更为明显。

但是"文人"这个称谓，在儒家读书人那里的确具有一定的神圣意义，这不仅仅是由于结体撰文可以展现他们的才能，而且还寄托了儒家读书人一份崇高的社会责任。从这一点来说，他们与先秦时代有志于道的"士"有一定的继承关系。孔子说："士不可以不弘毅，任重而道远。仁以为己任，不亦重乎？死而后已，不亦远乎？"在汉代社会官僚政治的变迁中，儒生最后之所以取代文吏，也正在于儒生把社会道德价值观引入行政管理中来，从而使"尊尊、亲亲、贤贤之相维相济，吏道、父道、师道之互渗互补，君、亲、师之三位一体"，建立了一个具有"中国特色"的封建官僚体制。正因为如此，在未入仕之前儒家读书人通过"采撷传书以上书奏记"来显示自己的才能固然是应有之义，在入仕之后继续"精思著文连结篇章"仍然是他们的重要责任。这就是汉代文人们对自己的期许，也是他们进行文章写作的动力，更是他们的自觉意识。

以"读书仕进"为目的的汉代儒生，"精思著文"既是他们展示才能的手段，也是他们人生价值追求的重要方面。二者相较，读书仕进显然更为重要，通过读书仕进实现崇高的政治理想，是汉代儒家读书人的最高追求。但是，由于受时代、环境、际遇、个体条件等多种因素的制约，汉代这些儒家读书人很难实现自己的这一理想。退而求其次，"精思著文"就成为很多儒家读书人的人生选择。早在先秦时期，贵族士大夫就有人生三不朽之说："太上有立德，其次有立功，其次有立言。虽久不废，此之谓不朽也。"三者当中，"立德"本是圣人之事，对普通人而言遥不可及。"立功"会受到各种条件的限制，也难以做到。只有"立言"才更为实际，是可以通过自己的努力而达到的。由此我们就可以理解，为什么自汉代以来的儒家读书人、"知识分子"，不管是终身不遇还是身在官位，会有那么多的人热衷于"精思著文"。

通过以上分析，我们可以对汉代出现的"文人"这一称谓有一个立体化的认识。从其所表现出来的能力看，它在汉代社会首先指那些可以"兴论立说、结连篇章"的儒家读书人，并因为其文章写作的不切实用而使这一称呼带有一定的贬义。从自我的期许的角度来看，它又代表了官僚士大夫及其预备队成员对人生理想及立言不朽的伟大抱负的追求，从而使这一称呼具有崇高的意义。"文人"不是汉代社会的一个阶级或阶层，而是对以儒家读书人为主体的汉代官僚士大夫以及其预备队的另一种特殊称谓。因而，论及"文人"，我们切不可只重视他们"精思著文"的写作能力，更要重视他们的精神世界和人生价值追求，重视在他们身上所承载的优秀的士大夫文化传统。

四、承载着文人社会关怀的大汉"文章"

从文学史的角度来讲，"文人"的出现有着划时代意义。它标志着从汉代开始，"文人"成为中国文学创作的主体。他们是士大夫这一阶层在文学领域里的代表，他们把先秦以来养成的士大夫传统的文化精神灌注于文学当中，在其中寄托着他们的政治理想与人生理想，表现着他们高超的为文技巧。由于他们介入文学领域，逐渐成为后世文学的主要创造者，进而产生出一批著名文学家，成为后世文学的主流并主导了其发展的方向。

在汉代文人文学中，最值得注意的当属以奏策书论等为代表的政论文章。之所以如此，显然与汉代文人读书仕进的人生目标及崇高的文化自我期许有关。因为读书的目的是为了仕进，关心时政就成为汉代文人的重要品质。因为有崇高的文化期许，坐而论道就成为其重要的生活内容。而这两者在文学上的表现，就是大量的奏策书论之类文章的产生。上引王充之言："能说一经者为儒生，博览古今者为通人，采撷传书以上书奏记者为文人，能精思著文连结篇章者为鸿儒。"这四者层层递进的关系，恰恰是以其书写能力为重要判断标准的。其书写的主要形式，自然是那些奏策书论类的文章。这其中，贾谊的政论文章，尤其值得我们重视。

贾谊的论说文中，自以《过秦论》与《陈政事疏》（又名《治安策》）最为有名。其《过秦论》分为上中下三篇，总论秦所以得天下与所以失天下的原因，议论纵横、气势磅礴、雄辩滔滔。行文波澜起伏，文笔酣畅淋漓。《陈政事疏》一篇，感情充沛，说理绵密。"援古证今，左譬右喻，举前代之已然，明当代之必然，断断乎欲措汉室上跻唐、虞之治，不翅烛照数计，蓍筮龟卜。直言激切，冀以感悟人主之听。"[①]将贾谊的文章与先秦诸子的文章相比，一个最大的不同在于，诸子之文重在纯粹的理论阐述，为未来的社会或人生构建一个理想的政治模式或者思想模式。而贾谊之文则重在分析历史与现实，为当下的国家政治出谋划策。这说明，社会政治的变革最终改变了学术发展的方向，也影响了文体的发展和文学的风格。

汉代文章以政论类散文创作最多，与汉代文人积极参加社会制度和文化建设紧密相关。在上者广开言路之门，下诏命制，在下者则结体撰文积极应对，奏疏对策，竭诚尽智以抒其忠。这其中，董仲舒的《天人三策》可谓对策之文的代表。

与贾谊长于对秦汉社会历史与现实的深刻分析不同，董仲舒的《天人三策》是为了解答汉武帝所提出的问题，是为其进行政治改革和文化建设提供理论思想武器。第一篇对策专论教化在治国中的重要作用，第二篇提出兴教化、选官吏、举贤人的具体主张，第三篇讲天之祥瑞本是人事之应，国家治乱之基在于君王是否有正确的思想，最终提出用儒术统一人心的观点："《春秋》大一统者，天地之常经，古今之通谊也。今师异道，人异论，百家殊方，指意不同，是以上亡以持一统；法制数变，下不知所守。臣愚以为诸不在六艺之科孔

---

① （明）乔缙：《贾生才子传序》，载王洲明、徐超校注：《贾谊集校注》，人民文学出版社1996年版，第493页。

子之术者，皆绝其道，勿使并进。邪辟之说灭息，然后统纪可一而法度可明，民知所从矣。"①三篇文章，环环相扣，层层递进，言语诚恳，态度雍容，体现了儒家大师的风范。刘熙载曰："董仲舒学本《公羊》，而进退容止，非礼不行，则其于礼也深矣。至观其论大道，深奥宏博，又知于诸经之义无所不贯。"这的确是董仲舒文章的特点。

以奏策书论为代表的汉文，其内容大多针对时政，内容充实，切合实用。刘勰说："自汉以来，奏事或称'上疏'，儒雅继踵，殊采可观。若夫贾谊之务农，晁错之兵术，匡衡之定郊，王吉之劝礼，温舒之缓狱，谷永之谏仙，理既切至，辞亦通畅，可谓识大体矣。后汉群贤，嘉言罔伏，杨秉耿介于灾异，陈蕃愤懑于尺一，骨鲠得焉；张衡指摘于史职，蔡邕铨列于朝仪，博雅明焉。""自两汉文明，楷式昭备，蔼蔼多士，发言盈庭，若贾谊之遍代诸生，可谓捷于议也。至如主父之驳挟弓，安国之辩匈奴，贾捐之陈于珠崖，刘歆之辩于祖宗。虽质文不同，得事要矣。"②

汉文之所以取得如此高的成就，与汉代文人积极用世的态度息息相关。虽然汉初的文吏政治对儒家读书人的仕进不利，他们本身也缺少管理的才能。但是经过自身的改造，儒生们在传承文明道统方面的巨大优势便显现出来。他们以高昂的热情投身到社会的政治文化建设，表现出高度的社会责任感，思考一些具有重大意义的社会问题，这是那些文吏和武夫们所不能做到的。秦人二世而亡，尽人皆知，但原因何在？唯有贾谊的分析最为透辟："仁义不施，而攻守之势异也。"汉文主政，节俭躬行，民生安稳，初现太平之气象。但是"是时，匈奴强，侵边。天下初定，制度疏阔。诸侯王僭拟，地过古制，淮南、济北王皆为逆诛"，潜在的新的社会危机已经显露端倪，很少有人察觉，唯贾谊能看到其严重性。"臣窃惟事势，可为痛哭者一，可为流涕者二，可为长太息者六，若其他背理而伤道者，难遍以疏举。进言者皆曰天下已安已治矣，臣独以为未也。曰安且治者，非愚则谀，皆非事实知治乱之体者也。夫抱火厝之积薪之下而寝其上，火未及燃，因谓之安，方今之势，何以异此！本末舛逆，首

---

① 《汉书·董仲舒传》。
② 王利器：《文心雕龙校证》，上海古籍出版社1980年版，第161、169页。

尾衡决，国制抢攘，非甚有纪，胡可谓治！陛下何不壹令臣得孰数之于前，因陈治安之策，试详择焉！"①因为思考国家大政之安危而痛哭、流涕、太息，这样强烈的参政意识和高度的社会责任感，在整个中国古代都是少有的。

汉代文人积极用世的态度，与汉代帝王的开明政治也有直接关系。汉高祖刘邦虽然不喜欢儒生，但是仍然对叔孙通信任有加，也能接受陆贾的批评建议。自汉文帝始，帝王们广开言路之门，下诏求贤，求治国之良策，文人们因而敢畅所欲言。即使是文吏与儒生之间在治国理念发生冲突之时，也敢于当庭辩论，折冲是非。汉武帝末年，桑弘羊为御史大夫，盐铁官营，与民争利。"昭帝即位六年，诏郡国举贤良文学之士，问以民所疾苦，教化之要。皆对愿罢盐、铁、酒榷均输官，毋与天下争利，视以俭节，然后教化可兴。弘羊难，以为此国家大业，所以制四夷，安边足用之本，不可废也。乃与丞相千秋共奏罢酒酤。"②贤良文学的主张虽然没有全被采纳，但是通过他们这种敢于面对权势据理力争的态度，却可以鲜明地看出那时儒生的精神风采。此次辩论的内容其后被桓宽辑录下来，据他所记："当此之时，豪俊并进，四方辐凑。贤良茂陵唐生、文学鲁国万生之伦，六十馀人，咸聚阙庭，舒《六艺》之风，论太平之原。智者赞其虑，仁者明其施，勇者见其断，辩者陈其词。闾阎焉，侃侃焉，虽未能详备，斯可略观矣。"③

汉代政治的稳定，国家的繁荣和对文人的逐渐重视，带来了整个汉代文人参政心态的高涨，著书立说的热情。这不仅仅表现在奏策书论方面，还表现在汉人的其他各类著述方面。汉人著述甚丰，《汉书》《后汉书》中都有丰富的记载。班固《汉书·艺文志》："汉兴，改秦之败，大收篇籍，广开献书之路。迄孝武世，书缺简脱，礼坏乐崩，圣上喟然而称曰：'朕甚闵焉！'于是建藏书之策，置写书之官，下及诸子传说，皆充秘府。至成帝时，以书颇散亡，使谒者陈农求遗书于天下。诏光禄大夫刘向校经传诸子诗赋，步兵校尉任宏校兵书，太史令尹咸校数术，侍医李柱国校方技。每一书已，向辄条其篇目，撮其指意，录而奏之。会向卒，哀帝复使向子侍中奉车都尉歆卒父

---

① 《汉书·贾谊传》。
② 《汉书·食货志》。
③ （汉）桓宽：《盐铁论·杂论第六十》，上海书店1986年影印世界书局版《诸子集成》，第8册，第62页。

业。歆于是总群书而奏其《七略》。""大凡书,六略三十八种,五百九十六家,万三千二百六十九卷。"在这些书中,除了先秦古籍占有一部分比例外,大部分都是西汉人的著作。

汉代文章著述之丰,与汉代的强盛国势与汉代文人高昂的政治热情紧密结合,对此,汉人自己也有清楚的认识。如王充在《论衡》中说:"周有郁郁之文者,在百世之末也。汉在百世之后,文论辞说,安得不茂?喻大以小,推民家事,以睹王廷之义。庐宅始成,桑麻才有,居之历岁,子孙相续,桃李梅杏,奄丘蔽野。根茎众多,则华叶繁茂。汉氏治定久矣,土广民众,义兴事起,华叶之言,安得不繁?夫华与实,俱成者也,无华生实,物希有之。山之秃也,孰其茂也?地之泻也,孰其滋也?文章之人,滋茂汉朝者乃夫汉家炽盛之瑞也。天晏,列宿焕炳;阴雨,日月蔽匿。方今文人并出见者,乃夫汉朝明明之验也。"

如此丰富的汉代文章著述,与汉代文人自觉的创作意识更是密不可分。当然,在汉代文人的著述中,我们不能不提到《史记》。关于此书与司马迁的研究,成果已足够丰富。在这里我们只是强调一点,即司马迁极为自觉和强烈的著作意识。《史记》中对此做了明确的交代。首先是他的父亲司马谈的史家意识。他认为自己适逢百年盛世,有责任将当今"海内一统,明主贤君忠臣死义之士"的事迹记述下来,认为这既是作为太史家族最大的"孝",也是像孔子作《春秋》一样的伟大的圣人的事业。司马迁接受父亲的教诲,以更加自觉的态度开始了《史记》的写作。不仅写就了从五帝到炎汉三千年这样一部内容极为丰富的中国通史,构建了十二本纪、十表、八书、三十世纪家、七十列传这样一个互相发明和照应的严密的通史体例,而且还表达了自己深刻的历史观念和史家思想,"原始察终,见盛观衰","厥协六经异传,整齐百家杂语","究天人之际,通古今之变,成一家之言"。这样宏大的气魄和伟大的著述,后世史家无可比拟,后世"文学家"也难有其匹。

刘熙载《艺概·文概》云:"西汉文无体不备,言大道则董仲舒,该百家则《淮南子》,叙事则司马迁,论事则贾谊,辞章则司马相如。人知数子之文,纯粹、旁礴、窈眇、昭晰、雍容,各有所至,尤当于其原委穷之。"[1]刘熙载这

---

[1] (清)刘熙载:《艺概·文概》,上海古籍出版社1978年版,第10页。

里所说的原委,既应该包括汉代盛世的浸润,更源自于汉代文人们热情的社会人文关怀和强烈自觉的创造意识。

五、先秦诗歌传统与汉代文人的诗赋创作

从历史的角度来讲,广义的"文人"其实很早就已经介入了诗歌史的写作。他们的远源是先秦时代的"士",他们早在《诗经》中就已经扮演了重要的角色。

首先,"士"是《诗经》作品中所歌唱的重要人物,是抒情诗中的主人公之一,他们的形象不仅大量出现在《国风》中,也出现在《雅》《颂》里。这说明,"士"是《诗经》时代抒情诗中最活跃的社会群体。其次是"士"作为《诗经》的作者。由于历史的原因,《诗经》中的诗篇绝大多数都没有留下作者的名字,这为我们考察其作者问题增加了巨大的困难,但即便如此,通过诗篇本身,我们还是能够看出,《诗经》中的很多诗篇,特别是《大雅》和《小雅》当中的相当大的一部分诗篇的作者,应该属于周代社会的士,亦即各级贵族。这说明,在当时"士"阶层已经广泛地参与了诗歌的创作,抒发自己的情感,而且将其作为表达自己政治见解的重要方式。这也正是后世从《诗经》中阐发其诗教观的文本依据。其三是先秦儒家之"士"对《诗经》文化精神的阐释。"士"阶层在《诗经》作品以及创作中不仅扮演重要角色,同时也是《诗经》文化精神的阐释者。以孔子为代表的儒家诗论,不仅开启了中国古代《诗经》阐释学的不二法门,而且奠定了中国古代的诗教传统,对后世文人的诗学观以及其诗歌创作产生了至为深远的影响。

汉代文人无论从创作主体还是创作精神两个方面,都在继承和发扬先秦贵族士大夫的诗学传统的基础之上,开启了中国文学发展的一个全新的时代。这包括以下几个方面。

首先是"文人"从汉代开始作为一个特殊的社会群体走上历史的舞台,他们是以与先秦时代的"士大夫"不同的身份来参与汉代诗歌创作的。虽然早在先秦时代,士大夫不但积极地参与了《诗经》的创作,并且奠定了中国儒家的

诗学传统，但是周代社会的士大夫与汉代的文人在社会身份上还是有着很大的不同，其中最为重要的一点，是周代的士大夫在从政以前，其身份基本上都是贵族，包括屈原也是这样。他们生活于世卿世禄制的社会制度之中，从小所受的是贵族教育，长大后从政是顺理成章的事情。因而，在春秋以前，在"士大夫"这个名称里，"士"的贵族身份与"大夫"社会官职这两者基本上是统一的。可是自战国以后，"士"的主体已经基本上是下层平民，他们虽然是"大夫"这一阶层的主要人选储备，但是这并不意味着他们将来一定就会走向仕途。而到了汉代，随着封建官僚政治制度的最终确立，"士大夫"这一名称已经变成了各级官僚的代名词，而"文人"则指的是那些在"读书仕进"的道路上善于结体撰文的人，这两者之间虽然有着很大的关联，却不再是统一体。读书的目的和出路在于仕进，但是能实现其目的和理想的人数并不多，大部分的学子皓首穷经，其最终结果仍然是一介平民。因而，汉代的"文人"与先秦时代的"士"是以不同的社会身份来参与社会生活、进行诗歌创作的。

其次，即便是从汉代社会那些由读书而仕进的幸运者来说，他们在封建社会官僚政治体制下所承担的"士大夫"官职，与先秦贵族社会里的"士大夫"官职也有相当大的不同。在周代社会里，从天子的卿士到诸侯的士大夫，他们不仅仅是一级官员，而且还是世袭地占有一方或者一邑的领主，保有一个固定的贵族身份，世代享有各种特权，甚至与天子和诸侯还有扯不断的血缘关系。而汉代的官吏则完全不是这样，他们当中的大部分人在入仕之前不过是一介平民，入仕之后成为朝廷的官吏，但是他们只能享受一份官吏的俸禄，他们既没有一片世袭的土地，也没有一个世袭的贵族地位[①]，官场上的沉浮不定预示着他们随时都可以从"士大夫"的身份回归为一介平民。因而，相对于他们随时都会有变化的"士大夫"官职来讲，这些人的"文人"的身份却是比较固定的，这使他们不可能产生先秦社会"士大夫"的贵族情结。

---

① 当然，在汉代，也有一部分人作为皇帝的亲属或者有功的高官而获得一定的爵位或者土地，子孙也会因为"荫庇"而得到相应的官职，但是这与周代社会的分封制与世卿世禄也有着相当大的区别。如汉初的诸侯王只有爵位和土地却往往没有行政官职，并且会受到地方官的管辖和制约；高官受"荫庇"的子孙并不能世袭父祖辈的官职，只不过受到额外照顾而得到一个品位较低的官位而已。更何况，即便是这种制度，也只是汉代以后封建社会里的辅助性制度，并不代表汉代以来封建官僚制度的主体。

最后，因为有上述两点的不同，所以汉代的"文人"们对先秦《诗经》传统与儒家诗教的继承，也与周代社会的贵族诗人，包括与楚臣屈原有着很大的不同。他们立足于自己所处的时代，结合自身的社会实践，以及自己对于生活的认识，重新诠释并理解《诗》《骚》精神，开启着汉代诗歌发展的新方向。这主要表现为三个方面。

（一）他们继承并发扬了《雅》《颂》中的颂美讽刺传统，对汉代社会进行了热情的讴歌。对国家政治的颂美与讽谏，本来是《诗经》雅颂中的两大主题，这其中，对周代社会盛世的歌颂在《诗经》特别是在雅颂中又占有重要的地位。以司马相如等人为首的汉代文人，对于汉帝国的热情讴歌，正是出于这样一种文化心态。在他们看来，汉代社会的繁荣强盛，足可以媲美于三代之盛世。由此而产生的一代之文学——汉代的散体大赋，正是汉代文人自觉地继承《诗经》传统，试图以诗歌为工具，来参与时政，表达自己对于社会政治的关心，抒写自己社会理想的艺术实践。

（二）他们继承并发扬了《楚辞》的哀怨精神，抒写了自己在政治上的哀怨不平之情。《毛诗序》曰"乱世之音怨以怒"，"亡国之音哀以思"，产生于西周社会末世的变风变雅本来就不乏哀怨之音，到楚臣屈原那里这一传统得到了进一步的张扬。汉代的文人虽然大都生于承平盛世，没有体会过乱世的苦难与亡国的哀痛，但是封建集权的官僚政治制度却给他们的个体生命造成了沉重的压抑，因而，哀叹自己生不逢时、怀才不遇，就成了汉代文人最重要的抒情主题。他们或者代屈原立言，或者自抒其慨，或指刺时政，或情寄老庄，这一特点，在汉代骚体抒情赋中得到了最为充分的表现，也对汉代以后的文人抒情诗产生了深远的影响。

（三）他们继承了《诗经》的风诗传统并受汉乐府影响，充分表现了自己的世俗之情。《诗经·国风》本是世俗的歌唱，男女相恋之情的抒发与各种世俗生活的描写是它的基本主题。汉代文人在继承先秦诗学传统的过程中，《诗经·国风》也对他们产生了巨大影响。在关心政治、抒写自己政治情怀的同时，并没有忘记对于世俗生活的关注，他们除了积极参与汉乐府的创作之外，还创作了以《古诗十九首》为代表的文人五言诗。而且，无论是汉代文人乐府诗还是文人五言诗，男女相思、及时行乐、人生短促等都是其共同的抒情主题。它们从另一个方面体现了汉代文人对于生活和生命的态度，从内容和形式两个方面同时奠定了后世文人五言诗的基础，成为后世文人五言诗的典范。

汉代文人在继承先秦诗骚传统上所进行的诗歌创作，不仅表达了新的文化内容与抒情模式，还表现为新的文体形式。汉代文人诗从广义上讲包括以下几大类型：第一是四言诗；第二是赋体诗；第三是五言诗；第四是七言诗；第五是乐府诗。以上五类中，除了乐府诗属于歌诗之外，其他都属于诵诗。这说明，在汉代诗歌在由歌到诵的发展转换中，文人起了相当重要的作用。他们除了参与乐府歌诗的创作之外，更是诵诗的主要创作者。他们把从《诗经》以来的四言歌诗演变为诵诗；他们在屈宋的基础上不仅把散体赋由"古诗之流"变而为汉代主要的代表性文学文体，而且把骚体赋变成了抒写个人情志的最主要的文学体裁。他们不仅积极地参与了五言诗与七言诗的创作，而且奠定了这两种文学的抒情范式，为魏晋以后这两种诗体的发展打下了坚实的基础。

六、余论

以上从五个方面讨论了汉代官僚士大夫阶层的形成与文人文学的关系，之所以有如上讨论，源自于本人对于中国文学本质问题的一些思考。一部中国古代文学史，基本上是以文人士大夫的写作为主的，特别是在戏曲小说等文学形式没有形成的宋代以前，文人士大夫的诗文更是其主要形态。当我们把这些作品纳入当代的"文学"研究体系中来的时候，对它的阐释不可避免地带上了现代的色彩。但仔细研究我们就会发现，在中国古代本来就没有一个与我们当代完全相对的"文学"观念。如我们上引的汉代文献："高祖不修文学，而性明达。"汉武帝元朔元年下诏："选豪俊，讲文学。"汉昭帝始元五年下诏："郡国文学高第各一人。"六年下诏："诏有司问郡国所举贤良、文学民所疾苦。"这里所说的"文学"，都是指修习儒家经典的读书人。事实上，中国古代的诗文写作正是与这些儒家读书人，特别是与以这些儒家读书人为基础的官僚士大夫有着直接的关系。因而，要研究中国古代文学，就不能不研究它们与中国古代官僚士大夫之间的关系，舍此便无法理解中国古代文学的本质。而汉代既是中国封建社会官僚士大夫政治形成的时期，也是中国古代"文人"这一群体真正产生的时期，二者基本重合。因此，研究汉代官僚士大夫阶层的形成、儒家读书人的文化心态、他们通过读书走向仕途的过程、他们对于著书立说的理解及写作目的等等，对于我们认识中国文学的本质及其发展历史也就具有特殊重要的意义。魏晋南北朝以后，中国文学虽然有了较大的发展，但是作为中国古代文学创作的主体——以官僚士大夫身份而参与创作的"文人"群体却基本上没有太大的变化，他们对文学的基本态度也没有太大的变化。因而从这一角度我们可以说，汉代文人群体的产生，是中国文学史上的一件划时代的大事，他们以积极、主动、自觉的亲身创作实践，对中国文学的文化本质和艺术特征进行了很好的诠释，并由此而开启了魏晋六朝以后的中国文人文学之路。

（本文已刊发于《文学遗产》2013年第3期。人大报刊复印资料《中国古代近代文学研究》2013年第8期全文复印，《新华文摘》2013年第19期转载）

（作者单位：首都师范大学中国诗歌研究中心）

汉武帝时代两越西南夷开发之争及文章创作中的文化地理观

王德华

汉武帝甫一继位,便着手外定四边、内兴文教。两汉在对待四边的政策上,尤其是对匈奴的态度,大致而言,高祖至景帝时以和亲为主,武帝时则以征伐为主。而无论何时都不同程度地存在着和亲与征伐的争论。这一点,班固《汉书·匈奴传赞》就给予了总结,言"《书》戒'蛮夷猾夏',《诗》称'戎狄是膺',《春秋》'有道守在四夷',久矣夷狄之为患也!故自汉兴,忠言嘉谋之臣曷尝不运筹策相与争于庙堂之上乎?高祖时则刘敬,吕后时樊哙、季布,孝文时贾谊、朝错,孝武时王恢、韩安国、朱买臣、公孙弘、董仲舒,人持所见,各有同异,然总其要,归两科而已。缙绅之儒则守和亲,介胄之士则言征伐,皆偏见一时之利害,而未究匈奴之终始也"。[1] 班固此言虽是针对西汉与匈奴的关系而发,用之于西汉与两越、西南夷的关系上也大致不差。本文拟就汉武帝时代在出兵两越、开发西南夷问题上的争论及文章创作,探讨争论双方的文化地理观及对后世的影响。

一、汉武帝时代出兵两越之争及刘安《上疏谏伐闽越》文化地理观

《史记》有《东越列传》《南越列传》及《西南夷列传》,班固《汉书》将

---

[1] (汉)班固:《汉书》卷九四下《匈奴传》,中华书局1962年版,第3830页。

其合并再加上朝鲜,为《西南夷两粤朝鲜传》,"越"与"粤"通。《史记》中的《东越列传》,包括东越、闽越,《汉书》的"两越"重点指南越及闽越,由于东越、闽越同属越王勾践后代,在地理与文化上多有关联,《汉书》叙及闽越时往往牵涉东越,正如《史记》以东越为主而兼及闽越。所以本文所说的两越,沿用了班固的"两粤"的地理概念,实际上包含南越、闽越及东越。

南岭以南的广大地区,包括浙江东南部,自古以来分布着众多部落,史称"百越"。经过部落之间的兼并,至秦汉时,形成几个较强的王国,即东越、闽越、南越、西瓯以及雒越等,其地域大致相当于今天的浙江、福建、广东、广西等地。与秦汉发生较多联系的也就是《史记》《汉书》着重记载的东越、闽越及南越。秦汉时的东越主要活动于浙东瓯江流域一带,所以又称东瓯。闽越主要分布在今福建。而南越疆域最广,主要包括今广东、广西两省的大部分,以及福建、湖南、贵州及云南的部分地区,还有今越南的北部地区。

在汉与南越、闽越的关系上,从汉高祖刘邦至景帝,两越已经成为汉王朝的外臣,除吕后时期南越王赵佗与汉王朝有冲突外,基本上保持着和平相处的状态。这为汉武帝进一步推进对两越的控制,奠定了很好的基础。而汉武帝继位之初,对四边的开发与平定,首先也是从两越开始的。

汉武帝建元三年(前138),因闽越举兵围东越,东越告急于汉,汉武帝决定出兵闽越。这是刚即位三年的汉武帝第一次对闽越发兵,时武帝年未二十。发兵前,汉武帝询问太尉田蚡,田蚡以为:"越人相攻击,其常事。又数反复,不足烦中国往救也。自秦时弃不属。""不足烦中国",在两汉反战派的言论中是出现频率较高的一句话,对四方边夷,采取的是可有可无的态度,所以田蚡又说"自秦时弃不属"。时为中大夫的严助诘难田蚡曰:"特患力不能救,德不能覆,诚能,何故弃之?且秦举咸阳而弃之何?何但越也。今小国以穷困来告急,天子不振,尚安所愬?又何以子万国乎?"严助以为当今汉朝有能力与仁德救助小国,如果任由事态发展,弃之不顾,就没有资格使外臣臣服。而在这件事上,汉武帝是主张发兵的,对严助说:"太尉不足与计。吾新即位,不欲出虎符发兵郡国。"于是派严助以节发兵会稽。会稽守欲拒不为发兵,严助乃斩一司马,晓喻天子之意指。"遂发兵浮海救东瓯。未至,闽越引兵罢。"这是第一次在对待越人内斗而出兵问题上的争论。从中我们感受到,"新即位"的汉武帝，虽贵为天子，但可能因崇尚黄老的窦太后尚健在，而大臣田蚡等崇尚儒学等原因，使汉武帝预感到发兵郡国会遇到难以解决的障碍，所以派严助持节发会稽兵浮海救东越。而会稽守想拒而不发，又说明了汉武帝即位之初的威望尚未树立。但汉武帝与他的支持者在定边问题上迈出的第一步无疑对以后出击匈奴、平定四边的举动具有重要的意义。

三年后，即建元六年，"闽越复兴兵击南越。南越守天子约，不敢擅发兵，而上书以闻。上多其义，大为发兴，遣两将军将兵诛闽越。淮南王安上书谏曰：……"[①] 这是第二次在对待越人内斗上引起发兵与否的争论。《汉书·西南夷两粤朝鲜传》载："粤使人上书曰：'两粤俱为藩臣，毋擅兴兵相攻击。今东粤擅兴兵侵臣，臣不敢兴兵，唯天子诏之。'于是天子多南粤义，守职约，为兴师，遣两将军往讨闽粤。兵未逾领，闽粤王弟余善杀郢以降，于是罢兵。"这又是一次有征无伐的举动，汉武帝颇为高兴，让严助晓谕淮南王刘安，其目的说明对待越人态度上发兵决策的正确与重要。淮南王也幡然觉悟，甚赞武帝英明。元鼎五年南越相吕嘉反，武帝再次发兵南越，元鼎六年（前111）平定南越，"遂以其地为儋耳、珠崖、南海、苍梧、郁林、合浦、交趾、九真、日南九郡"[②]，使南越的版图正式纳入大汉的统治之下。

由上可见，在对待两越问题上，汉武帝与严助是主兴兵的代表，而田蚡与刘安则是反兴兵的代表。淮南王刘安写了一篇很长的谏书，劝谏汉武帝用兵闽越。刘安劝谏的理由与田蚡类似，只不过铺写成文。刘安这篇《上疏谏伐闽越》[③]，典型地体现了两汉意识形态领域中具有代表性的文化地理观，对它的分析与把握对我们认识两汉乃至整个中国封建时代意识形态领域中的文化地理观也具有重要的意义。

刘安之所以劝谏武帝出兵闽越，从地理角度来看，主要有以下几个方面的原因：

一是从自然地理角度来看，越地自然地理状况极其恶劣，不宜发兵闽越。

---

① 以上所引见《汉书》卷六四上《严助传》，中华书局1962年版，第2776页。
② 以上所引见《汉书》卷九五《西南夷两粤朝鲜传》，中华书局1962年版，第3853、3859页。
③ 以下所引刘安《上疏谏伐闽越》，见《汉书》卷六四上《严助传》，中华书局1962年版，第2777—2785页。

如文中言:"越非有城郭邑里也,处溪谷之间,篁竹之中,习于水斗,便于用舟,地深昧而多水险,中国之人不知其势阻而入其地,虽百不当其一。得其地,不可郡县也;攻之,不可暴取也。以地图察其山川要塞,相去不过寸数,而间独数百千里,阻险林丛弗能尽著。视之若易,行之甚难。"

二是越地气候与中原不同,士卒不服水土,疾疫易生,不利作战。如文中言:"今发兵行数千里,资衣粮,入越地,舆轿而逾领,拖舟而入水,行数百千里,夹以深林丛竹,水道上下击石,林中多蝮蛇猛兽,夏月暑时,呕泄霍乱之病相随属也,曾未施兵接刃,死伤者必众矣。"

三是自然形成的山川屏障,完全没有必要担心闽越危害边城。如文中言:"不习南方地形者,多以越为人众兵强,能难边城。淮南全国之时,多为边吏,臣窃闻之,与中国异。限以高山,人迹所绝,车道不通,天地所以隔外内也。其入中国必下领水,领水之山峭峻,漂石破舟,不可以大船载食粮下也。越人欲为变,必先田余干界中,积食粮,乃入伐材治船。边城守候诚谨,越人有入伐材者,辄收捕,焚其积聚,虽百越,奈边城何!"

四是越地民俗愚戆轻薄,背信弃义,反复无常,不宜以中国礼义治理。如文中言:"越,方外之地,劗发文身之民也,不可以冠带之国法度理也","且越人愚戆轻薄,负约反复,其不用天子之法度,非一日之积也。一不奉诏,举兵诛之,臣恐后兵革无时得息也"。

以上是刘安对闽越的自然地理与人文地理的认知,而这种认知,有着悠久的文化地理观作为思想支撑。文中言:"自三代之盛,胡越不与受正朔,非强弗能服,威弗能制也,以为不居之地,不牧之民,不足以烦中国也。故古者封内甸服,封外侯服,侯卫宾服,蛮夷要服,戎狄荒服,远近势异也。"这里刘安以三代对边远蛮夷采取的政策为例,又以古代五服制所采取的对待边远夷狄政策,说明处理汉越关系的理想原则,即是"不居之地,不牧之民,不足以烦中国也",意同田蚡所说的弃之不顾。刘安所提到的五服制,据《史记·夏本纪》,源于三代的夏朝。《国语·周语上》记载周穆王将出兵征犬戎,祭公谋父根据五服制,劝谏穆王修德以来远。祭公曰:"夫先王之制,邦内甸服,邦外侯服,侯、卫宾服,蛮、夷要服,戎、狄荒服。甸服者祭,侯服者祀,宾服者享,要服者贡,荒服者王。日祭、月祀、时享、岁贡、终王,先王之训也。有不祭则修意，有不祀则修言，有不享则修文，有不贡则修名，有不王则修德，序成而有不至则修刑。于是乎有刑不祭，伐不祀，征不享，让不贡，告不王。于是乎有刑罚之辟，有攻伐之兵，有征讨之备，有威让之令，有文告之辞。布令陈辞而又不至，则增修于德而无勤民于远，是以近无不听，远无不服。"① 五服与王朝的关系不仅是地理远近层属关系的反映，也是文化差异的一种反映。而且尤其值得注意的是，祭公强调对最边远的荒服之地的戎狄，即使有不按规定朝贡的，也强调君王修德怀远，而不要随意发兵，"勤民以远"。刘安引用五服制，正是希望汉武帝对待荒服的闽越采取以德怀远的政策，不要轻易发兵。所以，他在文中建议武帝"玩心神明，秉执圣道，负黼依，冯玉几，南面而听断，号令天下，四海之内莫不向应。陛下垂德惠以覆露之，使元元之民安生乐业，则泽被万世，传之子孙，施之无穷。天下之安犹泰山而四维之也，夷狄之地何足以为一日之闲，而烦汗马之劳乎！《诗》云'王犹允塞，徐方既来'，言王道甚大，而远方怀之也"，即希望武帝实行以德怀远的对待夷狄的政治策略，无疑反映了刘安内诸夏而外夷狄的华夷之别的文化地理观。

建元三年与建元六年，汉武帝两次因越人互扰而出兵，其结果都是有征无伐，达到出兵震慑的效果。这正如严助奉武帝之命晓喻刘安时所说，"此一举，不挫一兵之锋，不用一卒之死，而闽王伏辜，南越被泽，威震暴王，义存危国，此则陛下深计远虑之所出也"②。很显然，汉武帝以及严助等人支持用兵者，与田蚡、刘安的思考角度不同。田、刘对四边的看法还停留在中国为中心的五服制的文化地理层面，而以汉武帝为首的主张开边派，更多的是从实际情况出发，认为"自五帝、三王禁暴止乱，非兵，未之闻也"③，即禁暴止乱必须用兵的军事策略，并以此应对以德怀远的文化政策。其结果拓展了中国版图，推动了民族融合，使留存于意识形态领域中的"普天之下，莫非王土；率土之滨，莫非王臣"的文化地理观，在汉武帝时代逐渐成为一种可以操控的现实。

---

① 徐元诰：《国语集解》，中华书局 2002 年版，第 6—8 页。
② （汉）班固：《汉书》卷六四上《严助传》，中华书局 1962 年版，第 2788 页。
③ （汉）班固：《汉书》卷六四上《严助传》，中华书局 1962 年版，第 2787 页。

二、西南夷开发之争及司马相如《喻巴蜀檄》《难蜀父老》的文化地理观

西南夷，以汉时蜀郡作为参照，蜀南为南夷，蜀西为西夷。《汉书·西南夷两粤朝鲜传》载：

> 南夷君长以十数，夜郎最大。其西，靡莫之属以十数，滇最大。自滇以北，君长以十数，邛都最大。此皆椎结，耕田，有邑聚。其外，西自桐师以东，北至叶榆，名为嶲、昆明，编发，随畜移徙，亡常处，亡君长，地方可数千里。自嶲以东北，君长以十数，徙、莋都最大。自莋以东北，君长以十数，冉駹最大。其俗，或土著，或移徙。在蜀之西。自駹以东北，君长以十数，白马最大，皆氐类也。此皆巴、蜀西南外蛮夷也。[①]

据此，汉时西南夷，其所在地相当于今天的四川西部、南部以及云南、贵州地区。《史记·西南夷列传》记载，早在秦朝就开始通西南夷并设吏管辖了。秦亡后，汉初几十年间中央政府将精力集中于内部的巩固和北方边境的安宁，无暇顾及西南夷。西汉对西南夷的开发，主要是在汉武帝时代。

汉武帝对西南夷的开发主要有两个历史阶段：第一阶段是建元六年（前135）至元朔三年（前126）前后约九年时间；第二阶段是元狩元年（前122）至元封二年（前109）前后约十三年时间。

汉武帝开发西南夷，原出于制服南越的一种设想。《汉书·西南夷两粤朝鲜传》载：

> 建元六年，大行王恢击东粤，东粤杀王郢以报。恢因兵威使番阳令唐蒙风晓南粤。南粤食蒙蜀枸酱，蒙问所从来，曰："道西北牂柯江，江广数里，出番禺城下。"蒙归至长安，问蜀贾人，独蜀出枸酱，多持窃出

[①]（汉）班固：《汉书》卷六五《西南夷两粤朝鲜传》，中华书局1962年版，第3837页。

市夜郎。夜郎者，临牂柯江，江广百余步，足以行船。南粤以财物役属夜郎，西至桐师，然亦不能臣使也。蒙乃上书说上曰："南粤王黄屋左纛，地东西万余里，名为外臣，实一州主。今以长沙、豫章往，水道多绝，难行。窃闻夜郎所有精兵可得十万，浮船牂柯，出不意，此制粤一奇也。诚以汉之强，巴、蜀之饶，通夜郎道，为置吏，甚易。"上许之。①

正如刘安《上疏谏伐闽越》所说的，汉与闽越、南越有着天然的山川屏障，唐蒙对南越的视察，看到南越"名为外臣，实一州主"，若从长沙、豫章出兵南越，水道多绝，难行。而开发南夷道，是制越的一个便利途径。汉武帝采纳了唐蒙的建议，并于元光五年（前130）"夏，发巴蜀治南夷道"②。

除唐蒙外，司马相如在汉武帝开发西南夷的过程中起到相当大的作用。他两次奉汉武帝之命，出使西南夷。第一次是在元光五年。《史记·司马相如列传》载："相如为郎数岁，会唐蒙使略通夜郎、西僰中，发巴蜀吏卒千人，郡又多为发转漕万余人，用军兴法诛其渠帅，巴蜀民大惊恐。上闻之，乃遣相如责唐蒙，因喻告巴蜀民以非上意。"③相如《喻巴蜀檄》中云"今闻其乃发军兴制，惊惧子弟，忧患长老，郡又擅为转粟运输，皆非陛下之意也"④，所言正是唐蒙擅自"用军兴法"之事。由此可见，司马相如元光五年第一次出使西南夷，是奉汉武帝之命责备唐蒙等治南夷道过程中不当之举并晓喻巴蜀官民的。相如第二次出使西南，是继唐蒙开发南夷道之后，奉命开发西夷的。《史记·司马相如列传》第一次出使西南夷，"相如还报"天子后，言：

> 唐蒙已略通夜郎，因通西南夷道，发巴、蜀、广汉卒，作者数万人。治道二岁，道不成，士卒多物故，费以巨万计。蜀民及汉用事者多言其不便。是时邛筰之君长闻南夷与汉通，得赏赐多，多欲愿为内臣妾，请吏，比南夷。天子问相如，相如曰："邛、筰、冉、駹者近蜀，道亦易通，

---

① （汉）班固：《汉书》卷六五《西南夷两粤朝鲜传》，中华书局1962年版，第3839页。
② （汉）班固：《汉书》卷六《武帝纪》，中华书局1962年版，第164页。
③ （汉）司马迁：《史记》卷一一七《司马相如列传》，中华书局1959年版，第3044页。
④ （汉）司马迁：《史记》卷一一七《司马相如列传》，中华书局1959年版，第3044页。

秦时尝通为郡县,至汉兴而罢。今诚复通,为置郡县,愈于南夷。"天子以为然,乃拜相如为中郎将,建节往使。……司马长卿便略定西夷,邛、筰、冉、駹、斯榆之君皆请为内臣。除边关,关益斥,西至沫、若水,南至牂柯为徼,通零关道,桥孙水以通邛都。还报天子,天子大说。①

以上材料说明,虽然唐蒙开南夷道,"蜀民及汉用事者多言其不便",但是"邛筰之君长闻南夷与汉通,得赏赐多,多欲愿为内臣妾,请吏,比南夷",西夷君长出于利益考虑,主动要求与南夷一样成为汉朝的内臣,在此情况下汉武帝咨询司马相如,相如认为开发西夷"愈于南夷",汉武帝即派司马相如出使西夷,相如也出色地完成了开发西夷的任务。

在唐蒙、司马相如相继奉命出使西南夷的同时,就遭到朝中大臣及蜀父老的反对。元光五年,汉武帝派司马相如前往西南督责唐蒙同时,还派了公孙弘前去视察。公孙弘视察后,言巴蜀民多苦于开发南夷道,反对开发西南夷,汉武帝并没有听取他的意见。《史记·平津侯列传》又载:"元朔三年,张欧免,以弘为御史大夫。是时通西南夷,东置沧海,北筑朔方之郡。弘数谏,以为罢敝中国以奉无用之地,愿罢之。于是天子乃使朱买臣等难弘置朔方之便。发十策,弘不得一。弘乃谢曰:'山东鄙人,不知其便若是,愿罢西南夷、沧海而专奉朔方。'上乃许之。"②《史记·西南夷列传》载:"及弘为御史大夫,是时方筑朔方以据河逐胡,弘因数言西南夷害,可且罢,专力事匈奴。上罢西夷,独置南夷夜郎两县一都尉,稍令犍为自葆就。"③时隔五年,公孙弘又提出罢西南夷,汉武帝同意了他的提议,独罢西夷,见出汉武帝因专力事匈奴的关系,不得已在西夷开发上做出了罢西夷的决策转变。史书明确记载公孙弘谏罢西南夷有两次,可以看出,从元光五年至元朔三年这五年间,"弘数言西南夷害",公孙弘始终未放弃他的罢西南夷的主张。

汉武帝开发西南夷的第二阶段,是元狩元年(前122)至元封二年(前109)前后约十三年的时间。这次开发是由张骞提议,得到汉武帝的支持。《汉书·西

---

① (汉)司马迁:《史记》卷一一七《司马相如列传》,中华书局1959年版,第3046页。
② (汉)司马迁:《史记》卷一一二《公孙弘列传》,中华书局1959年版,第2950页。
③ (汉)司马迁:《史记》卷一一六《西南夷列传》,中华书局1959年版,第2995页。

南夷两粤朝鲜传》载，张骞于元狩元年提议开发西南夷，是为了避免匈奴的阻碍，通过打通西南道路，通往东南的身毒国（即今印度），并由身毒通往大夏（今阿富汗东北部地区），这就是南方丝绸之路。在这次长达十三年的开发过程中，汉武帝恩威并施，终于在元封二年平定了西南夷。而这次开发西南，并无第一次那样的争论。

就汉武帝建元六年至元朔三年开发西南夷而论，唐蒙、司马相如属于主张开发的一派，公孙弘则是不主张开发的代表。公孙弘虽没有留下阐述他的观点的文章，但是我们从史书记载他的言论及司马相如《难蜀父老》中蜀父老的言论，可知以公孙弘为代表的反开发者的主要观点有二：一是西南夷乃荒蛮之地，没有开发价值，且劳民伤财，天下苦之；二是自古以来对待四夷的最好的办法是施行羁縻的文化政策，强调以德怀远。这与刘安的观点基本相同。

唐蒙与张骞或出于军事需要，或出于商贸需求，主张开发西南的。他们对西南地理的认知与注重，都出于实际需要。作为主开发代表之一的司马相如，较之唐蒙、张骞，更多的是从文化角度立论。司马相如两次出使西南夷，留下了《喻巴蜀檄》和《难蜀父老》两篇文章，《史记》《汉书》及《文选》皆有收录。《汉书·司马相如传》载：

> 相如为郎数岁，会唐蒙使略通夜郎、僰中，发巴、蜀吏卒千人，郡又多为发转漕万余人，用军兴法诛其渠率。巴蜀民大惊恐。上闻之，乃遣相如责唐蒙等，因谕告巴蜀民以非上意。[①]

由此可知，《喻巴蜀檄》[②]作于元光五年，因唐蒙开南夷道，惊扰巴蜀民，引起民愤，武帝派相如前往，责备唐蒙，安抚当地民众。文章开头即说明汉武帝即位后，对侵犯边境的蛮夷，兴师征伐，如北讨匈奴，移师闽越，都收到屈膝请和、太子入朝的震慑效果。西南夷君长，向风慕义，欲为内臣，但苦于"道里辽远，山川阻深，不能自致"，所以天子派使者，接受他们的归附，并

[①] （汉）班固：《汉书》卷五七上《司马相如传》，中华书局1962年版，第2577页。
[②] 本文所引《喻巴蜀檄》，见《汉书》卷五七下《司马相如传》，中华书局1962年版，第2577—2580页。

征用巴蜀士民各五百人，持礼奉币，卫护使者，并不是想兴起战事。这是天子之意。作者一方面责备唐蒙"发军兴制，惊惧子弟，忧患长老"，批评二郡"又擅为转粟运输"；另一方面又批评"当行者"即被征调的巴蜀民，"或亡逃自贼杀，亦非人臣之节也"。檄文接下来，专就"或亡逃自贼杀，亦非人臣之节"展开议论。以边郡之士冒死作战、奋不顾身作对比，说明边郡之士并非乐死恶生，而是他们计深虑远，能急国家之难，乐尽人臣之道，以国事为己任。他们生前"有剖符之封，析圭而爵，位为通侯，居列东第"，死后"遗显号于后世，传土地于子孙，事行甚忠敬，居位甚安佚，名声施于无穷，功烈著而不灭"。以此再看巴蜀民众，"今奉币役至南夷，即自贼杀，或亡逃抵诛，身死无名，谥为至愚，耻及父母，为天下笑"，与冒死疆场的边郡之士相比，真是目光短浅。这也与巴蜀教化缺失，俗不长厚有关。相如的对比，无疑是晓喻巴蜀官民，应该像边郡之士一样，能够计深虑远，急国家之难，乐尽人臣之道。最后直接点出天子派使者晓谕百姓的前因与希望："陛下患使者有司之若彼，悼不肖愚民之如此，故遣信使，晓谕百姓以发卒之事，因数之以不忠死亡之罪，让三老孝弟以不教诲之过。"由此可以看到，责备唐蒙只是其中的一部分内容，其最终目的是让巴蜀官民知晓开发南夷的意义，能够为国尽忠效力，懂得礼义廉耻。

相如《难蜀父老》[①]作于元朔二年，是相如第二次奉命出使西南，略定西夷后返回蜀都时所作[②]。与《喻巴蜀檄》相较，《难蜀父老》驳难的意味更浓。文章的主体部分是驳斥蜀父老眼光的狭隘，阐述"通西南夷"的重要意义。文章借"耆老大夫搢绅先生"之口，说出了反开发者的理由：

> 耆老大夫搢绅先生之徒二十有七人，俨然造焉。辞毕，进曰："盖闻天子之于夷狄也，其义羁縻勿绝而已。今罢三郡之士，通夜郎之涂，三年于兹，而功不竟。士卒劳倦，万民不赡；今又接之以西夷，百姓力屈，恐不能卒业，此亦使者之累也，窃为左右患之。且夫邛、笮、西僰之与中国

[①] 本文所引《难蜀父老》，见《汉书》卷五七下《司马相如传》，中华书局1962年版，第2582—2589页。

[②] 具体详见拙文《司马相如〈难蜀父老〉新论》，载《四川师范大学学报》2012年第4期。

并也，历年兹多，不可记已。仁者不以德来，强者不以力并，意者殆不可乎！今割齐民以附夷狄，弊所恃以事无用，鄙人固陋，不识所谓。"

反开发者理由主要有二。一是从文化政策上讲，自古以来天子对夷狄都是采取怀柔羁縻政策。《史记》司马贞索隐云："羁，马络头也。縻，牛缰也。《汉官仪》：'马云羁，牛云縻。'言制四夷如牛马之受羁縻也。"[①] 很显然，"羁縻"是一形象化的比喻，按司马贞的说法，"言制四夷如牛马之受羁縻也"，明显地含有夷夏之别，视四夷为异族别种，不可以教化，只是用"羁縻"的方法加以控制而已。况且西夷自古以来与"中国"并立，既不可德化，也难以征伐。蜀父老所言"羁縻勿绝"政策，与刘安的五服制有相同之处，反映了华夷之别的文化地理观。蜀父老的第二个原因是出于现实利益考虑，即"通西南夷"不切合实际，前者唐蒙开南夷道业已耗时三年，功业不竟，士卒困顿，万民不安，若再通西夷，民力已尽，难成此业，只会劳民伤财，于国无益。

针对"耆老大夫搢绅先生之徒"的诘难，相如首先以巴蜀变服化俗为例，言"必若所云，则是蜀不变服而巴不化俗也。仆尚恶闻若说"，意谓若只是一味采取羁縻政策，如今的巴蜀也不能变服化俗。正是巴蜀的变化，今日才能推进到对西南夷的开发。相如针对蜀父老诘难依据的羁縻文化政策，强调圣上征讨开发四夷，是在羁縻政策失效下，即文中所言"内之则犯义侵礼于边境，外则邪行横作"，化服变俗，泽被蛮夷，功在千秋的举措。而针对蜀父老开边病民的观点，相如认为自来帝王都是"始于忧勤，终于佚乐"，说明了劳民与化民的统一。总之，羁縻与征伐，劳民与化民，相如从长远利益与眼前利益的角度，解决了主开发与反开发的对立。也使诸大夫慨叹："允哉汉德，此鄙人之所愿闻也。百姓虽怠，请以身先之。"相如的驳论，使蜀父老理解了汉天子开发西南夷的意义，并决定不辞劳苦，以身作则，垂范百姓。

由上分析我们也可知，此篇与《喻巴蜀檄》有相通之处：一是汉武出师四夷，其目的是化洽天下，将开发与仁德联系起来，对汉武帝的开边之举都做了颂扬；二是开发西南夷，百姓虽劳，但功在千秋，蜀老将士，应急国家之难，

---

① （汉）司马迁：《史记》卷一一七《司马相如列传》，中华书局1965年版，第3050页。

乐尽人臣之道。

司马相如对开发西南夷意义的论述，反映了不同于公孙弘等反对派的文化地理观念。汉从高祖至景帝，对边远四夷大都采取羁縻的文化政策，但其效果甚微，尤其是匈奴屡屡侵边，说明羁縻文化政策如果没有强大的国力作为后盾，就如同一块遮羞布，是自欺欺人。相如把汉武帝开边行动，看作是化洽天下的仁义之举。他认为"是以六合之内，八方之外，浸淫衍溢，怀生之物有不浸润于泽者，贤君耻之"，职此之故，他认为汉武帝"北出师以讨强胡，南驰使以诮劲越……关沫、若，徼牂牁，镂灵山，梁孙原"开边征讨，是"创道德之涂，垂仁义之统"的表现，其效果必将"博恩广施，远抚长驾，使疏逖不闭，呴爽暗昧得耀乎光明，以偃甲兵于此，而息讨伐于彼。遐迩一体，中外禔福"，此乃"拯民于沉溺，奉至尊之休德，反衰世之陵夷，继周氏之绝业"。相如所论完全超越了五服制与羁縻政策下的华夷之别的文化地理观念，是"遐迩一体"大一统文化地理观的反映。他对汉武帝禁暴止乱必须用兵的军事策略，又增加了一层"化洽天下"的文化色彩。

可以这么说，在意识形态领域存在着的以"羁縻"文化政策处理四边关系的汉代，司马相如《难蜀父老》中对征伐开边的论述，其大一统的文化地理观，无疑给汉武帝开疆拓土的军事决策以文化意义上的支持，具有很强的现实意义。当初司马相如因各种原因不敢直谏，著书以风的《难蜀父老》，在汉武帝时代的影响却是巨大的。

三、争论双方文化地理观对后世的影响

虽然，相如大一统的文化地理观在汉武帝时代极具价值，但是武帝之后，五服制及羁縻政策的文化地理观，却得到后世的强有力的支持。班固《汉书·匈奴传赞》《汉书·西南夷两粤朝鲜传赞》中对两种文化地理观的评价最具代表。《匈奴传赞》曰："故先王度土，中立封畿，分九州，列五服，物土贡，制外内，或修刑政，或昭文德，远近之势异也。是以《春秋》内诸夏而外夷狄，夷狄之人贪而好利，被发左衽，人面兽心，其与中国殊章服，异习

俗，饮食不同，言语不通，辟居北垂寒露之野，逐草随畜，射猎为生，隔以山谷，雍以沙幕，天地所以绝外内也。是故圣王禽兽畜之，不与约誓，不就攻伐；约之则费赂而见欺，攻之则劳师而招寇。其地不可耕而食也，其民不可臣而畜也，是以外而不内，疏而不戚，政教不及其人，正朔不加其国；来则惩而御之，去则备而守之。其慕义而贡献，则接之以礼让，羁縻不绝，使曲在彼，盖圣王制御蛮夷之常道也。"[1]班固的论述虽然针对匈奴而言，但与刘安、公孙弘等反开发的文化地理观是一致的。班固糅合了五服制、羁縻政策以及"《春秋》内诸侯而外夷狄"华夷之别的观念，对"圣王制御蛮夷之常道"的"羁縻不绝"的文化政策，阐述得更加明确详细。班固在《西南夷两粤朝鲜传赞》称"三方之开，皆自好事之臣。故西南夷发于唐蒙、司马相如，两粤起严助、朱买臣，朝鲜由涉何。遭世富盛，动能成功，然已勤矣。追观太宗填抚尉佗，岂古所谓'招携以礼，怀远以德'者哉"[2]，正是以"招携以礼，怀远以德"的羁縻文化政策，批评司马相如等赞成开边之人为"好事之臣"。司马相如大一统文化地理观体现的以开边征讨的方式化洽天下的一面，没有得到应有的理解与认同。而这一点使得司马相如在后世不断地遭到非议。

  开边与征伐，无疑是要付出代价的，尤其是在对匈奴的作战上。武帝晚年也意识到了这一点，去世前一年，颁发了《轮台诏》，对以往开边劳民多有检讨。因而，武帝之后，汉代统治者对待四夷叛乱的策略也多有调整，即开始向羁縻政策靠近。如汉元帝元初元年，珠厓（在今海南省琼山县东南）又反，贾谊之曾孙贾捐之建议放弃珠厓。其所作的《弃珠厓议》[3]一文，首先否定了以实际疆域大小作为判断国家强盛的依据，提出仁者无疆的文化地理观。他以古圣王为例，指出圣王治天下，德柔四方，并不在于疆域的大小。相反，君若无德，虽广袤万里，也会土崩瓦解。接着对比分析了汉文帝与汉武帝不同的治国方略，文帝偃武行文，武帝穷兵黩武。一文一武，一是为百姓着想，一是开边病民。然后指出汉元帝之时国家所面临的危机："民众久困，连年流离，离其

---

[1] （汉）班固：《汉书》卷九四下《匈奴传》，中华书局1962年版，第3834页。
[2] （汉）班固：《汉书》卷九五《西南夷两粤朝鲜传》，中华书局1962年版，第3868页。
[3] 本文所引《弃珠厓议》及汉元帝诏书，皆见《汉书》卷六四下《贾捐之传》，中华书局1962年版，第2830—2835页。

城郭，相枕席于道路。人情莫亲父母，莫乐夫妇，至嫁妻卖子，法不能禁，义不能止，此社稷之忧也。"如果再发兵珠厓，无异于"驱士众挤之大海之中，快心幽冥之地，非所以救助饥馑，保全元元也"。思古想今，"求之往古则不合，施之当今又不便"。

其次，贾捐之对朱厓的自然地理与民俗的评价与刘安相同，如言："骆越之人，父子同川而浴，相习以鼻饮，与禽兽无异，本不足郡县置也。颛颛独居一海之中，雾露气湿，多毒草虫蛇水土之害，人未见虏，战士自死。又非独珠厓有珠犀玳瑁也，弃之不足惜，不击不损威。其民譬犹鱼鳖，何足贪也！"视珠厓之民犹鱼鳖，其俗与禽兽无异，其地在天涯海角，"雾露气湿，多毒草虫蛇水土之害"。因而，贾捐之很自然地提出自己弃珠厓的观点："臣愚以为非冠带之国，《禹贡》所及，《春秋》所治，皆可且无以为。愿遂弃珠厓，专用恤关东为忧。"仍是以《禹贡》的地理概念及《春秋》的华夷内外之别的文化地理观作为弃珠厓之议的理论基础。朝议后，汉元帝似乎无奈地接受了贾捐之弃珠厓的建议，下诏曰："珠厓虏杀吏民，背畔为逆，今廷议者或言可击，或言可守，或欲弃之，其指各殊。朕日夜惟思议者之言，羞威不行，则欲诛之；孤疑辟难，则守屯田；通于时变，则忧万民。夫万民之饥饿，与远蛮之不讨，危孰大焉？且宗庙之祭，凶年不备，况乎辟不嫌之辱哉！今关东大困，仓库空虚，无以相赡，又以动兵，非特劳民，凶年随之。其罢珠厓郡。民有慕义欲内属，便处之；不欲，勿强。"珠厓由是罢。汉元帝下诏罢珠厓，虽迫于"关东大困，仓库空虚，无以相赡"，但其中言"民有慕义欲内属，便处之；不欲，勿强"，仍然体现了羁縻的文化政策。

武帝后对西南边郡的政策，也有变化。如汉成帝河平年间，"夜郎王兴与钩町王禹、漏卧侯俞更举兵相攻。牂柯太守请发兵诛兴等，议者以为道远不可击，乃遣太中大夫蜀郡张匡持节和解。兴等不从命，刻木象汉吏，立道旁射之"，在"议者以为道远不可击"而采用遣使和解无效的情况下，杜钦建议出兵征讨，其《谏王凤处置夜郎等国》云：

  太中大夫匡使和解蛮夷王侯，王侯受诏，已复相攻，轻易汉使，不惮国威，其效可见。恐议者选耎，复守和解，太守察动静有变，乃以闻。如此，则复旷一时，王侯得收猎其众，申固其谋，党助众多，各不胜忿，必相殄灭。自知罪成，狂犯守尉，远臧温暑毒草之地，虽有孙、吴将，贲、育士，若入水火，往必焦没，知勇亡所施。屯田守之，费不可胜量。宜因其罪恶未成，未疑汉家加诛，阴敕旁郡守尉练士马，大司农豫调谷积要害处，选任职太守往，以秋凉时入，诛其王侯尤不轨者。即以为不毛之地，亡用之民，圣王不以劳中国，宜罢郡，放弃其民，绝其王侯勿复通。如以先帝所立累世之功不可堕坏，亦宜因其萌牙，早断绝之，及已成形然后战师，则万姓被害。①

杜钦建议出兵，出其不意，斩杀不轨之王侯，之后可凭"不毛之地，亡用之民，圣王不以劳中国"为由，罢郡弃民，不与往来。这与反开发者刘安、公孙弘等人的观点一致。如果要继续守护前代帝王开发的功业，也应该急早出兵，以免其势力壮大后形成难以控制的局面。可以看出，无论是和解还是征伐，他们对西南夷的看法是一致的，既没有眼前实际需求的考虑，也无长远利益的思考，反映了他们还是本着中原自大的文化地理意识以及对蛮夷的排斥心态，解决汉与边郡的关系。

尽管武帝之后，汉统治者对岭南、西南的态度转向羁縻政策，但司马相如大一统文化地理观中体现的合理因素，即将四边纳入中国版图的同时，向四边施行中国的礼义教化，这一点在后世也还存在着影响。如东汉和帝"永和二年，日南、象林徼外蛮夷区怜等数千人攻象林县，烧城寺，杀长吏"，"公卿百官及四府掾属"皆主张发兵征讨，唯大将军从事中郎李固力排众议，提出不能出兵的七条理由之后，并未像贾捐之那样建议罢弃，而是提出了权宜之计："宜更选有勇略仁惠任将帅者，以为刺史、太守，悉使共住交阯。今日南兵单无谷，守既不足，战又不能。可一切徙其吏民，北依交阯，事静之后，又命归本。还募蛮夷，使自相攻，转输金帛，以为其资。有能反间致头首者，许以封侯列士之赏。""四府悉从固议，即拜祝良为九真太守，张乔为交阯刺史。乔至，开示慰诱，并皆降散。良到九真，单车入贼中，设方略，招以威信，降者

---

① （汉）班固：《汉书》卷九五《西南夷两粤朝鲜传》，中华书局1962年版，第3843—3844页。

数万人,皆为良筑起府寺。由是岭外复平。"[①] 其实,李固的观点体现了他恩威并用对待蛮夷的策略,平衡了德柔与控制二者之间的矛盾。从其达到的"岭外复平"的效果来看,李固的建议应该是一个值得推广的办法。而李固提出的一个重要的措施,即"宜更选有勇略仁惠任将帅者,以为刺史、太守,悉使共住交阯",所谓"勇略仁惠",强调的是既有军事上"勇略",又有文教上的"仁惠",与相如的大一统的文化地理观有着相近之处。

就《后汉书·南蛮西南夷列传》来看,西南诸夷称臣献贡的越来越多,儒家提倡的羁縻文化政策,收到了很好的效果。而对开边劳民之举,已出现讥刺时政的民歌。民歌是针对汉明帝永平十二年开发哀牢,置永昌郡一事的。开头歌"汉德广,开不宾",似是称赞汉德,但最后言"度兰仓,为它人",其讽谏意味很浓,也是反开发者所说的"不毛之地,亡用之民,圣王不以劳中国"的观点一致,也包含着夷夏之别的观念。也是在汉明帝永平年间:

> 益州刺史梁国朱辅,好立功名,慷慨有大略。在州数岁,宣示汉德,威怀远夷。自汶山以西,前世所不至,正朔所未加。白狼、槃木、唐菆等百余国,户百三十余万,口六百万以上,举种奉贡,种为臣仆。朱辅上疏曰:
>
> 臣闻《诗》云:"彼徂者岐,有夷之行。"传曰:"岐道虽僻,而人不远。"诗人诵咏,以为符验。今白狼王、唐菆等慕化归义,作诗三章。路经邛来大山零高坂,峭危峻险,百倍岐道。襁负老幼,若归慈母。远夷之语,辞意难正。草木异种,鸟兽殊类。有犍为郡掾田恭与之习狎,颇晓其言,臣辄令讯其风俗,译其辞语。今遣从事史李陵与恭护送诣阙,并上其乐诗。昔在圣帝,舞四夷之乐;今之所上,庶备其一。
>
> 帝嘉之,事下史官,录其歌焉。
>
> 《远夷乐德歌诗》曰:
>
> 大汉是治〔堤官隗构〕,与天合意〔魏冒逾糟〕。吏译平端〔罔驿刘脾〕,不从我来〔旁莫支留〕。闻风向化〔征衣随旅〕,所见奇异〔知唐桑

[①] (南朝宋)范晔:《后汉书》卷八六《南蛮西南夷列传》,中华书局1965年版,第2837—2839页。

艾]。多赐缯布[邪毗继辅]，甘美酒食[推潭仆远]。昌乐肉飞[拓拒苏便]，屈申悉备[局后仍离]。蛮夷贫薄[偻让龙洞]，无所报嗣[莫支度由]。愿主长寿[阳雒僧鳞]，子孙昌炽[莫稚角存]。

《远夷慕德歌诗》曰：

蛮夷所处[偻让皮尼]，日入之部[且交陵悟]。慕义向化[绳动随旅]，归日出主[路旦拣雒]。圣德深恩[圣德渡诺]，与人富厚[魏菌度洗]。冬多霜雪[综邪流簜]，夏多和雨[莋邪寻螺]。寒温时适[藐浔泸漓]，部人多有[菌补邪推]。涉危历险[辟危归险]，不远万里[莫受万柳]。去俗归德[术叠附德]，心归慈母[仍路孳摸]。

《远夷怀德歌》曰：

荒服之外[荒服之仪]，土地境埆[犁籍怜怜]。食肉衣皮[阻苏邪犁]，不见盐谷[莫砀粗沐]。吏译传风[罔译传微]，大汉安乐[是汉夜拒]。携负归仁[踪优路仁]，触冒险陕[雷折险龙]。高山岐峻[伦狼藏幢]，缘崖磻石[扶路侧禄]。木薄发家[息落服淫]，百宿到洛[理历髭雒]。父子同赐[捕茞菌毗]，怀抱匹帛[怀稿匹漏]。传告种人[传室呼敕]，长愿臣仆[陵阳臣仆]。①

以上三首夷语颂歌，是对汉德的歌颂，可以说是对儒家以德怀远文化政策的反映。但是白狼王、唐菆的慕化归义，又尝不可以看作是司马相如"遐迩一体，中外褆福"大一统文化地理观的再现呢？后世对相如的批评，过多地看到了其赞成开边的一面，却忽视了他在开边问题上所体现出的化洽天下的大一统文化地理观的意义。

综上，汉武帝时代在开发两越、西南夷问题上的争论，从文化地理角度来看，反映了两种不同的文化地理观。田蚡、刘安、公孙弘等人的文化地理观是建立在华夷之别之上的，司马相如大一统的文化地理观，则是建立在"遐迩一

---

① 《后汉书》卷八六《南蛮西南夷列传》，中华书局1965年版，第2584—2587页。又，歌诗三章中方括号，为笔者所加，乃夷言记音。《汉书》颜师古注云："《东汉纪》载其歌，并载夷人本语，并重译训诂为华言，今范史所载者是也。今录《东观》夷言，以为此注也。"

体，中外禔福"大一统理想之上的。刘安等人的观点反映了反开发派自大、自足、闭锁的文化心理，而相如的观点反映了开发派地理扩张与文明传播并进的大一统的文化地理观，其历史的进步意义无疑是值得我们注意的。

（本文已刊发于《安徽大学学报》2013年第2期）

（作者单位：浙江大学人文学院）

汉晋之间的青土隐逸及其文化意蕴

陈 君

两汉魏晋南北朝时期，隐逸作为一种社会现象，与本土的儒家、道家（道教）以及外来的佛教思想都发生了密切的联系。总的来看，西晋以前的隐逸主要受到儒家和道家思想的影响，东晋以后，佛教思想逐渐成为塑造隐逸文化的一个重要方面。[①] 在这样的历史背景下，汉晋之间的"青土隐逸"以其典型的儒学特征，格外引人注意。"青土隐逸"的说法见于《晋书》卷九一《儒林·氾毓传》，指西晋时期生活在今山东北部地区的一些隐逸士人，如氾毓、刘兆、徐苗等，因其生活的地域属《尚书·禹贡》古青州及汉代青州刺史部之范围，故史家称为"青土隐逸之士"。如果我们将视野放宽一些，汉魏时期出现在青州地区的薛方、栗融、禽庆、苏章、逄萌、邴原、管宁、王烈、徐幹等人，同样有着避世隐居的生活经历，且清虚廉白，也可以归入"青土隐逸"的行列。汉晋之间的"青土隐逸"，是在青州浓郁的儒学氛围中孕育出来的隐逸文化，具有典型的儒学特征及特定的时代风貌，对理解中古社会思潮及隐逸传统的变迁有不少启示，本文试搜集相关史料，对此问题做一初步的探讨，尚祈海内博雅君子不吝赐教。

[①] 六朝时代许多高僧贞风迈俗、岩栖山居，与隐士无异，故现代史学家陈垣谓慧皎之《高僧传》，"实为一部汉魏六朝之高隐传，不徒详于僧家事迹而已"。见陈垣：《中国佛教史籍概论》，上海世纪出版集团、上海书店出版社2005年版，第18页。

一、汉代的青土隐逸及其儒学特征

今天的泰山以东至于渤海的地域，先秦时期称为青州，属古"九州"之一，《尚书·禹贡》云："海岱惟青州。"①《周礼·夏官司马·职方氏》曰："正东曰青州。"关于"青州"的得名，东汉许慎《说文·丹部》云："青，东方色也。"刘熙《释名·释州国》曰："青州在东，取物生而青也。"隋陆德明《尔雅释文》引《太康地记》的解释则更为详细："青州，东方少阳，其色青，其气清，岁之首，事之始，故以青为名焉。"②西周初年，太公吕尚封于齐，都营丘（今山东临淄），青州归齐国。春秋战国之世，青州均属齐地。秦始皇统一六国后，在齐国旧地设临淄、胶东等郡。汉武帝元封五年（前106）设青州刺史部，东汉时青州辖有济南、平原、乐安、北海、东莱、齐国六郡，刺史治所在齐国临淄。

西汉末年，汉室衰微、王莽篡位。在政治形势的激荡下，社会上形成了一股隐逸风潮，"士之蕴藉义愤甚矣……裂冠毁冕，相携持而去之者，盖不可胜数"。③在青州这片土地上出现了不少隐逸士人，有齐国薛方、栗融，北海逢萌、徐房、禽庆、苏章等。

薛方字子容，尝为郡掾祭酒，尝征不至，王莽以安车迎方，方因使者辞谢曰："尧舜在上，下有巢由，今明主方隆唐虞之德，小臣欲守箕山之节也。"使者以闻，莽说其言，不强致。方居家以经教授，喜属文，著诗赋数十篇。……光武帝刘秀即位，征薛方，道病卒。④

---

① 《吕氏春秋·有始览》："东方为青州，齐也。"《史记》卷二《夏本纪》裴骃《集解》引郑玄云："东自海，西至岱。"中华书局点校本1959年版，第55页。
② 以上参见（清）孙诒让撰，王文锦、陈玉霞点校：《周礼正义》，中华书局1987年版，第2661页。青州以"青"为名，其事盖与汉代长安城东都门名为青门相类。《后汉书》卷八三《逸民·逢萌传》："解冠挂东都城门。"（唐）章怀太子注："《汉宫殿名》曰：'东都门一名青门也。'《前书音义》曰：'长安东郭城北头第一门。'"《汉书》卷九九中《王莽传中》："（始建国三年）七月辛酉，霸城门灾，民间所谓青门也。"（唐）颜师古注曰："《三辅黄图》云长安城东出南头名霸城门，俗以其青，名曰青门。"说法与以上不同。
③ 《后汉书》卷八三《逸民传序》，中华书局点校本1965年版，第2756页。
④ 《汉书》卷七二《王贡两龚鲍传》，中华书局点校本1962年版，第3095—3096页。

逢萌字子康，北海都昌人。家贫，给事县为亭长，后弃去，之长安学，通《春秋经》。时王莽杀其子宇，萌谓友人曰："三纲绝矣！不去，祸将及人。"即解冠挂东都城门，归，将家属浮海，客于辽东。萌素明阴阳，知莽将败，因遂潜藏。及光武即位，乃之琅邪劳山，养志修道，人皆化其德。北海太守素闻其高，遣吏奉谒致礼，萌不答。后诏书征萌，托以老耄，迷路东西，语使者云："朝廷所以征我者，以其有益于政，尚不知方面所在，安能济时乎？"即便驾归。连征不起，以寿终。[①]

徐房，北海人，名见《后汉书》卷八三《逸民·逢萌传》："初，萌与同郡徐房、平原李子云、王君公相友善，并晓阴阳，怀德秽行，房与子云养徒各千人。"

栗融字客卿，禽庆字子夏，苏章字游卿，皆儒生，王莽时并辞官不仕。三人生平事迹疏略，附见于《汉书》卷七二《王贡两龚鲍传》。《后汉书》卷八三《逸民传》又载禽庆与向长俱游五岳名山，后竟不知所终。

根据史书的记载，可以看到王莽对青州隐逸士人的态度还是比较宽容的，并未对他们的不合作施以任何惩罚，这显然与王莽好浮名虚誉，以及薛方等采取"回避以全其道"、委婉而不偏激的隐逸策略有关。后来割据四川的公孙述残酷迫害和杀戮蜀地隐士，与王莽较为开明的态度形成了鲜明的对比。光武帝刘秀即位后，对王莽时期的隐士颇为推重、大力表彰，青州隐逸也在其列，如薛方、逢萌等均为刘秀所征召，但他们或"道病卒"，或"连征不起"，并没有为东汉政府所用。

东汉末年，天下大乱，先后爆发黄巾起义、董卓之乱，之后又形成军阀割据、相互混战的局面，青州地区成为战祸最为深重的地区之一。在艰难的时代环境中，青州地区再次出现了一些隐逸之士，有邴原、管宁、王烈、徐幹等，他们或"乘桴浮于海""避乱辽东"，或"避地海表""绝迹山谷"，带有显著的逃亡色彩。

"邴原字根矩，北海朱虚人，少与管宁俱以操尚称，州府辟命皆不就。黄巾起，邴原将家属入海，住郁洲山中。时孔融为北海相，举原有道。原以黄巾方盛，遂至辽东。……原在辽东，一年中往归原居者数百家，游学之士、教授

---

① 《后汉书》卷八三《逸民·逢萌传》，中华书局点校本1965年版，第2759—2760页。

之声不绝。后得归,太祖辟为司空掾。"①《魏志·邴原传》裴注引《邴原别传》云:"自反国土,原于是讲述《礼》《乐》,吟咏《诗》《书》,门徒数百,服道数十。时郑玄博学洽闻,注解典籍,故儒雅之士集焉。原亦自以高远清白,颐志澹泊,口无择言,身无择行,故英伟之士向焉。"②

"管宁字幼安,北海朱虚人。年十六丧父,与平原华歆、同县邴原相友,俱游学异国。……天下大乱,闻公孙度令行海外,遂与其友邴原及平原王烈等至于辽东。既至,乃庐于山谷。时避难者多居郡南,而宁居北,示无迁志,后渐来从之。曹操为司空,辟宁,度子康绝命不宣。……中国少安,客人皆还,唯宁晏然若将终焉。……文帝即位,征宁,遂将家属浮海还郡。……诏以宁为太中大夫,固辞不受。自黄初至于青龙,征命相仍,常以八月赐牛酒。正始二年(241)……特具安车蒲轮,束帛加璧聘焉。会宁卒,时年八十四。"③皇甫谧《高士传》卷下又载,管宁家居"常坐一木榻上,积五十五年,未尝箕踞,榻上当膝皆穿。常着布裙貂裘,唯祠先人,乃着旧布单衣,加首絮巾"。

王烈字彦方,平原人,在汉末享有大名,声望甚至高于邴原、管宁。为避董卓之乱,他浮海至辽东,辞公孙度长史,以商贾自秽。后曹操命为丞相掾,未至,卒于海表。④《魏志·王烈传》裴注引《先贤行状》云:"烈通识达道,秉义不回。……察孝廉,三府并辟,皆不就。会董卓作乱,避地辽东,躬秉农器,编于四民,布衣蔬食,不改其乐。东域之人,奉之若君。时衰世弊,识真者少,朋党之人,互相谗谤。自避世在东国者,多为人所害,烈居之历年,未尝有患。使辽东强不陵弱,众不暴寡,商贾之人,市不二价。太祖累征召,辽东为解而不遣。以建安二十三年寝疾,年七十八而终。"⑤

徐幹字伟长,北海剧人,早岁"避地海表",继而"绝迹山谷,幽居研几",后为曹操(司空)军谋祭酒。⑥佚名《〈中论〉序》记其事云:"会上公

---

① 《三国志》卷一一《魏书·邴原传》,中华书局点校本1959年版,第350—351页。
② 《三国志》卷一一《魏书·邴原传》,裴注引《邴原别传》,中华书局点校本1959年版,第353页。
③ 《三国志》卷一一《魏书·管宁传》,中华书局点校本1959年版,第354—360页。
④ 《三国志》卷一一《魏书·管宁附王烈传》,中华书局点校本1959年版,第355页。
⑤ 《三国志》卷一一《魏书·管宁附王烈传》,裴注引《先贤行状》,中华书局点校本1959年版,第355—356页。
⑥ 其事"至迟在建安十三年六月曹操为丞相前","或在建安十一、二年"。见曹道衡、沈玉成:《中古文学史料丛考·汉魏卷》"无名氏《中论序》'历载五六'"条,中华书局2003年版,第53页。

（笔者按：指曹操）拨乱，王路始辟，遂力疾应命，从戎征行。历载五六，疾稍沉笃，不堪王事，潜身穷巷，颐志保真，淡泊无为，惟存正道。环堵之墙，以庇妻子，并日而食，不以为戚。养浩然之气，习羡门之术"①，可见徐幹在加入曹操幕府后，生活上仍然清苦自励、怀素抱朴，富有隐逸色彩。曹植《赠徐幹》也生动描绘了这位身处蓬室的清节之士："顾念蓬室士，贫贱诚足怜。薇藿弗充虚，皮褐犹不全。……亮怀玙璠美，积久德逾宣。"②徐幹不慕富贵而尚道德，其品行在"建安七子"中最为人称道，当时就有王昶等人效法③，魏文帝曹丕亦云："观古今文人类不护细行，鲜能以名节自立，而伟长独怀文抱质，恬淡寡欲，有箕山之志，可谓彬彬君子者矣！"④

两汉之际与汉魏之际的"青土隐逸"，虽然时代不同、风格各异，却具有共同的特征，那就是服膺六艺，尊崇儒学。如薛方"居家以经教授"，栗融、禽庆、苏章"皆儒生"，逄萌"通《春秋经》"，邴原"讲述《礼》《乐》，吟咏《诗》《书》"，管宁"耽怀道德，服膺六艺"⑤，王烈"以典籍娱心，育人为务"⑥，徐幹"以名节自立"，所撰《中论》亦以儒家思想为本。因此我们可以说，儒学与隐逸的结合，是青土隐逸的主要特征。

青土隐逸儒学特征的形成，不能仅仅归结于时代环境的影响，而是与青州的地域儒学传统有密切的关系，是青州儒学孕育出来的独特文化现象。

汉代"青土隐逸"所在的地域，先秦时期属齐国，"带山海，膏壤千里，宜桑麻，人民多文綵布帛鱼盐"⑦。都城临淄为海、岱之间的一大都会，经济、文化相当繁荣，后来在齐威王、宣王时期出现了著名的稷下学宫，大儒孟子、

---

① 《三国志》卷二一《魏书·王粲传》裴注引《先贤行状》也记载："幹清玄体道，六行修备，聪识洽闻，操翰成章，轻官忽禄，不耽世荣。建安中，太祖特加旌命，以疾息。后除上艾长，又以疾不行。"中华书局点校本1959年版，第599页。

② 《文选》卷二四，台北艺文印书馆1983年影印清胡克家刻本，第346—347页。

③ 《三国志》卷二七《魏书·王昶撰》载昶《戒子书》云："北海徐伟长，不治名高，不求苟得，澹然自守，惟道是务。其有所是非，则托古人以见其意，当时无所褒贬。吾敬之重之，愿儿子师之。"

④ （三国）曹丕：《与吴质书》，《文选》卷四二，台北艺文印书馆1983年影印清胡克家刻本，第603页。

⑤ 《三国志》卷一一《魏书·管宁传》载魏明帝诏中语，中华书局点校本1959年版，第356页。

⑥ 《三国志》卷一一《魏书·管宁附王烈传》裴注引《先贤行状》，中华书局点校本1959年版，第355页。

⑦ 《史记》卷一二九《货殖列传》，中华书局点校本1959年版，第3265页。

荀子均曾游于此，荀子还曾三为稷下祭酒。① 除了稷下学士外，齐国学者还有治《春秋》学的公羊高等。秦汉时期，齐学成为青州儒学的主要内容，《汉书》卷八八《儒林传序》云："汉兴，言《易》自淄川田生；言《书》自济南伏生；言《诗》……于齐则辕固生……言《春秋》，于齐则胡毋生。"武帝时期青州地区的儒生有以儒术致身宰相的公孙弘、请缨出使南越的终军等。元、成以后，各地的儒学更加发达，青齐地区出现了房凤等著名学者。以上就是两汉之际青土隐逸之士大量涌现的重要背景。

至东汉时期尤其是东汉末年，青州学者在学术上达到了一个高峰，这与青州学者游学四方的经历以及融汇众家的胸襟有很大关系。如北海大儒郑玄初"造太学受业，师事京兆第五元先，通《京氏易》《公羊春秋》《三统历》《九章算术》，又从东郡张恭祖受《周官》《礼记》《左氏春秋》《韩诗》《古文尚书》"，后西入关，事扶风马融。又如邴原、管宁俱游学于异国，王烈"以颍川陈太丘为师，二子为友"②，并与颍川荀爽、贾彪、李膺、韩融等名士相亲。游学四方之经历，使青州学者增长了学识，开阔了眼界，加上弥纶群言、整齐百家之努力，使青州在东汉时期突破了"齐学"的局限，成为全国学术的重镇。在东汉末年的青州学者中，影响最大的是郑玄与邴原。郑玄博学洽闻，兼采今古、遍注群经，形成了"括囊大典，网罗众家，删裁繁诬，刊改漏失，自是学者略知所归"③的局面。邴原亦为汉末儒学大师，以其"高远清白，颐志澹泊，口无择言，身无择行，故英伟之士向焉"。邴原的声名足以与郑玄相抗衡，史称"是时海内清议，云青州有邴、郑之学"④，又云"东州郑玄学该古今，北海邴原清高直亮，皆儒生所仰，群士楷式"⑤，邴、郑之学行，是汉魏之际青土隐

---

① 参见钱穆著《先秦诸子系年》卷三"稷下通考"及卷四"荀卿齐襄王时为稷下祭酒考"中的有关论述，商务印书馆2001年版，第268—272、505—507页。

② 《三国志》卷一一《魏书·管宁附王烈传》裴注引《先贤行状》，中华书局点校本1959年版，第355页。

③ 《后汉书》卷三五《郑玄传论》，中华书局点校本1965年版，第1213页。

④ 以上两处引文见《三国志》卷一一《魏书·邴原传》裴注引《邴原别传》，中华书局点校本1959年版，第353页。东汉末年的青州儒家学者，除郑玄、邴原外，还有郑玄的学生国渊，渊字子尼，乐安盖人，师事郑玄，后与邴原、管宁等避乱辽东。《三国志》卷一一《魏书·国渊传》裴注引《魏书》曰："渊笃学好古，在辽东，常讲学于山岩，士人多推慕之，由此知名。"中华书局点校本1959年版，第339页。

⑤ 《后汉书》卷七〇《郑太传》载郑太（"太"本当作"泰"，范晔避父讳改）语，中华书局点校本1965年版，第2259页。

逸及其儒学特征的重要渊源。

二、"边缘"的意义 —— 青土隐逸与西晋世风

逢萌、邴原等汉魏学者以儒学而为隐逸的特征，也为西晋时期的"青土隐逸"氾毓、刘兆、徐苗等所继承。《晋书》卷九一《儒林·氾毓传》云：

> 氾毓字稚春，济北卢人也。奕世儒素，敦睦九族，客居青州，逮毓七世，时人号其家"儿无常父，衣无常主"。毓少履高操，安贫有志业。父终，居于墓所三十余载。至晦朔，躬埽坟垄，循行封树，还家，则不出门庭。或荐之武帝，召补南阳王文学、秘书郎、太傅参军，并不就。于时青土隐逸之士刘兆、徐苗等皆务教授，惟毓不蓄门人，清净自守。时有好古慕德者咨询，亦倾怀开诱，以一隅示之。合《三传》为之解注，撰《春秋释疑》《肉刑论》，凡所述造七万余言。年七十一卒。[1]

氾毓本为济北卢人，地属兖州，但因氾氏"客居青州"已历七世，故《晋书》将其置于"青土隐逸"之列。氾氏奕世儒素，颇重孝行，氾毓在父亲去世后居于墓所三十余载，可谓"久丧"[2]，再视其"儿无常父，衣无常主"诸事，足知其家风之美，后来南朝梁任昉在《奏弹刘整》中也讲到"氾毓字孤，家无常子"[3]之事。《氾毓传》还提到了其他两位青土隐逸之士——刘兆与徐苗，称他们"皆务教授"，显然是指儒学而言。《晋书》卷九一《儒林·刘兆传》云：

> 刘兆，字延世，济南东平人，汉广川惠王之后也。兆博学洽闻，温笃善诱，从受业者数千人。武帝时五辟公府，三征博士，皆不就。安贫乐

---

[1] 《晋书》，中华书局点校本 1974 年版，第 2350—2351 页。
[2] 东汉士大夫以行丧三年为常事，"久丧"为东汉士大夫"八义"之一，见钱穆《国史大纲》（修订本）第三编第十章之概括与评论，商务印书馆 1996 年修订第三版，上册，第 187 页。
[3] 《文选》卷四〇，台北艺文印书馆 1983 年影印清胡克家刻本，第 570 页。

道，潜心著述，不出门庭数十年。以《春秋》一经而三家殊涂，诸儒是非之议纷然，互为仇敌，乃思三家之异，合而通之。《周礼》有调人之官，作《春秋调人》七万余言，皆论其首尾，使大义无乖，时有不合者，举其长短以通之。又为《春秋左氏》解，名曰《全综》，《公羊》《穀梁》解诂皆纳经传中，朱书以别之。又撰《周易训注》，以正动二体互通其文。凡所赞述百余万言。①

刘兆所撰除《春秋调人》《春秋左氏全综》《周易训注》外，又有《春秋公羊穀梁传》②，这些著作均已不存，唯经史注疏、中古类书、佛典音义中时见吉光片羽，又日本僧人中算《妙法莲华经释文》三卷引刘兆之说甚多，见日本《大正藏》第五十六卷，此当指刘氏所著《春秋公羊穀梁传》而言。③《晋书》卷九一《儒林·徐苗传》云：

> 徐苗，字叔胄，高密淳于人也。累世相承，皆以博士为郡守。……苗少家贫，昼执锄耒，夜则吟诵。弱冠，与弟贾就博士济南宋钧受业，遂为儒宗。作《五经同异评》，又依道家著《玄微论》，前后所造数万言，皆有义味。……郡察孝廉，州辟从事、治中、别驾，举异行，公府五辟博士，再征，并不就。……永宁二年卒。④

徐苗虽撰有道家色彩的《玄微论》，但从其家学渊源及个人学术风貌总体而言，仍以儒学为主，其所撰除《五经同异评》外，又有《周易筮占》。⑤ 当时青土隐逸学者除氾毓、刘兆、徐苗三人外，又有北海营陵人王褒，褒字伟元，

---

① 《晋书》，中华书局点校本1974年版，第2349—2350页。
② 《隋书》卷三二《经籍志一》"经部"："《春秋公羊、穀梁传》十二卷，晋博士刘兆撰。"中华书局点校本1973年版，第931页。知刘兆或曾先为晋之博士，后又还家教授，而氾毓、徐苗二人则以徵士终老。
③ 参见汤用彤先生《谈一点佛书的〈音义〉——读书札记》一文，载汤著《魏晋玄学论稿及其他》，北京大学出版社2010年版，第282页。
④ 《晋书》，中华书局点校本1974年版，第2351—2352页。
⑤ 《隋书》卷三四《经籍志三》"子部"："梁有《周易筮占》二十四卷，晋征士徐苗撰。亡。"中华书局点校本1973年版，第1033页。

王脩之孙、王仪之子，因其父为司马昭所诛，"绝世不仕，立屋墓侧，以教授为务"①。东晋习凿齿《汉晋春秋》亦载："褒与济南刘兆字延世俱以不仕显名。褒以父为文王所滥杀，终身不应征聘，未尝西向坐，以示不臣于晋也。"②

综观氾毓、刘兆、徐苗三家之学，氾毓合《三传》为之解注，撰《春秋释疑》，刘兆撰《春秋调人》《春秋左氏全综》《周易训注》《春秋公羊穀梁传》，徐苗撰《周易筮占》二十四卷，可知青土隐逸长于《春秋》与《易》学，由徐苗所著题曰《周易筮占》，可知其学延续了汉代的象数之学，而与王弼为代表的尚义理的新易学有很大距离。与此同时，氾毓著《肉刑论》，参与后汉末年以来关于"肉刑"问题的讨论，从一个方面说明青土隐逸对当时的政治学术热点问题也有所关注。总的来看，青土隐逸承袭汉魏以来的旧学风，似乎没有受到当时流行的洛阳新学风的感染，这是值得我们注意的倾向。

如果将西晋时期与汉魏之际的"青土隐逸"之士做一下比较，可以发现二者有很多相同之处，如家居清素、以儒学教授、不同于流俗等特征，但因为时代环境不同，二者的学术地位和历史意义也有很大差异——以郑玄为代表的汉末青州儒学在当时成为学术的主流，影响所及，当时还出现了与"汝颍巧辩"相对的"青徐儒雅"③的说法，随着青州儒学影响的扩大，邴原、管宁等人也在曹魏时期的政治和学术上被尊崇；而西晋时期玄学兴起，"青土隐逸"由于地域偏东、学风保守等原因而处于被边缘化的地位，其地位和影响显然无法与汉魏之际的青州学术相提并论，然而，"边缘"自有"边缘"的价值，从社会风习方面看尤其如此。

经过了魏晋之际政治斗争的血雨腥风，司马氏代魏以后，对待士人的政策比较宽容，尤其是平吴之后，南北为一，海内清平，形成了宽松夷旷的社会风气。④在对待隐逸的态度上，与东汉社会尚有对处士"纯盗虚声"的批判之声不同，西晋朝野很少指责，而以赞赏、褒奖居多，如西州皇甫谧享有高名，屡

---

① 《三国志》卷一一《魏书·王脩传》裴注引王隐《晋书》，中华书局点校本 1959 年版，第 348 页。
② 《三国志》卷一一《魏书·王脩传》裴注引，中华书局点校本 1959 年版，第 349 页。
③ 《晋书》卷七一《陈頵传》载："张彦真以为汝颍巧辩，恐不及青徐儒雅也。"中华书局点校本 1974 年版，第 1892 页。张彦真即汉末文人张升，字彦真。
④ 参见徐公持先生《魏晋文学史》一书关于西晋社会特点的相关论述，第二编"西晋文学"第一章"西晋文学概说"第一节"西晋社会文化与文学"，人民文学出版社 1999 年版，第 243—257 页。

辞征聘，终身不仕，撰《高士传》《逸士传》《列女传》等，均为褒扬高士、贞女之作。其中《高士传》乃拟嵇康《圣贤高士传赞》而作，叙三代至魏高士可考者九十余人。① 当然也有不同的观点，如张协《七命》借冲漠公子与殉华大夫之口，表达了对仕与隐的看法，主张盛世应建功立业，不应隐逸，文章先描写冲漠公子"含华隐曜，嘉遁龙盘，玩世高蹈。游心于浩然，玩志乎众妙。绝景乎大荒之遐阻，吞响乎幽山之穷奥"，过着隐逸自得的生活。殉华大夫来访，初以音乐、居处、田猎、宝剑、骏马、饮食六事说之，冲漠公子不为所动，只有当大夫提出当今乃圣明之世，只有出仕才能实现自己的社会价值，公子才被说服。但入仕后面临的仕途之艰险与吏事之繁杂，不能不让人羡慕隐逸之士的自由与洒脱。陆机《君子行》就表达了对于机患的忧虑："天道夷且简，人道险而难。休咎相乘蹑，翻覆若波澜。去疾苦不远，疑似实生患。"另外他还在诗歌中抱怨了"终朝理文案，薄暮不遑瞑"② 的官场琐务。种种人间之事的烦恼，使在朝之人常常流露出丘壑之念，如石崇《思归引序》云："欻复见牵，羁婆娑于九列。困于人间烦黩，常思归而永叹。"③ 陆机也在《赠潘尼诗》中称赞其"遗情市朝，永志丘园"之举。

在西晋社会自由的思想背景下，各种观点互相交锋，促进了隐逸书写的兴盛。由南入北的吴地士人陆云先有《逸民赋》，后有《逸民箴》；吴人孙拯有《嘉遁赋》之作，陆机则撰写《应嘉赋》以为回应；此外陆机还作有《幽人赋》。北方士人左思在《招隐诗》中留下了"何必丝与竹，山水有清音"的名句，潘岳则作有《闲居赋》，其中写道："览止足之分，庶浮云之志。……身齐逸民，名缀下士。……仰众妙而绝思，终优游以养拙。"④ 表明自己虽然身在魏阙，心却在江湖。至于潘岳的生活理想，他在《秋兴赋》中有所描绘：

> 苟趣舍之殊涂兮，庸讵识其躁静。闻至人之休风兮，齐天地于一

---

① 《四部备要》本《高士传》，上海中华书局据《汉魏丛书》本校刊。皇甫谧的《高士传》对辞赋创作也有影响，陆云《与兄书》云："前省皇甫士安《高士传》，复作《逸民赋》。"黄葵点校：《陆云集》，中华书局1988年版，第135页。
② 《文选》卷二四陆机《答张士然》，台北艺文印书馆1983年影印清胡克家刻本，第356页。
③ 《文选》卷四五，台北艺文印书馆1983年影印清胡克家刻本，第653页。
④ 《文选》卷一六，台北艺文印书馆1983年影印清胡克家刻本，第230—232页。

指。……且敛衽以归来兮,忽投绂以高厉。耕东皋之沃壤兮,输黍稷之余税。泉涌湍于石间兮,菊扬芳于崖澨。澡秋水之涓涓兮,玩游鲦之潎潎。逍遥乎山川之阿,放旷乎人间之世。优哉游哉,聊以卒岁。①

东皋沃壤的出产足以输纳王税,让人经济自立,而大自然的恩赐却更为丰厚——石间山泉涌流,崖边菊花扬芳,涓涓秋水,潎潎游鲦,真让人流连难忘,起遨游人间、蔑弃缨冕之想。但将潘岳的言行两相对照,却很容易发现,他所高唱的"归来"之歌,只不过是一种士大夫的风雅和标榜!

石崇之所为,亦与潘岳类似,他早年就向往"身名俱泰"②的贵游生活,"晚节更乐放逸,笃好林薮,遂肥遁于河阳别业。其制宅也,却阻长堤,前临清渠,百木几于万株,流水周于舍下。有观阁池沼,多养鱼鸟。家素习技,颇有秦赵之声。出则以游目弋钓为事,入则有琴书之娱"③。虽然言"肥遁""好林薮""养鱼鸟"等,但他的生活哪儿有一点隐逸的意思呢?完全是贵族阶层的享乐生活。像潘岳、石崇这样的人,从年轻时就热衷权势,汲汲以求名位,却还要拿隐逸来自我标榜,正所谓"志深轩冕,而泛咏皋壤;心缠几务,而虚述人外"④,西晋社会的虚诞与西晋名士的虚伪由此可见一斑。不仅潘岳、石崇二人如此,整个西晋社会对于隐逸的追求,也大多流于口头表达,能实践者甚少。关于西晋士人谈论隐逸的装饰性,王瑶先生在《论希企隐逸之风》⑤一文中很精辟地指出:"于是不但隐逸成了太平政治的点缀,同时隐逸的希企也成了士大夫生活的点缀了。"⑥金代元好问论潘岳的两句诗"心画心声总失真,文章宁复见为人"⑦,是对西晋文士隐逸书写的最好的反讽。但从某种意义上来说,西晋社会崇

---

① 《文选》卷一三,台北艺文印书馆1983年影印清胡克家刻本,第197—198页。
② 《晋书》卷三三《石苞附石崇传》:"(崇)尝与王敦入太学,见颜回、原宪之象,顾而叹曰:'若与之同升孔堂,去人何必有间。'敦曰:'不知余人云何,子贡去卿差近。'崇正色曰:'士当身名俱泰,何至瓮牖哉!'其立意类此。"中华书局点校本1974年版,第4册,第1007页。
③ 《文选》卷四五石崇《思归引序》,台北艺文印书馆1983年影印清胡克家刻本,第356页。
④ (南朝宋)刘勰:《文心雕龙·情采篇》,见范文澜:《文心雕龙注》,人民文学出版社1958年版,下册,第538页。
⑤ 王瑶:《中古文学史论》,北京大学出版社1986年版,第176—195页。
⑥ 王瑶:《中古文学史论》,北京大学出版社1986年版,第195页。
⑦ (金)元好问:《论诗绝句》其六。

尚隐逸之风，所造成的文学和文化上的雍容之美、纡徐之度，是"元康高致"①形成的重要原因，也是太康文学盛世中特具异彩的部分，不能一概否定。

儒素之人在社会生活中常常是沉默的少数，而身处西晋浮华社会之中的"青土隐逸"，更是少数中的少数。在当时虚伪而浮躁的社会风气里，以氾毓、刘兆、徐苗为代表的"青土隐逸"迥出于流俗之外，他们的思想和实践与主流文化趣舍异路、躁静殊途，成为西晋社会默默流淌的一股清流，呼唤着陶渊明等伟大的后来者。

三、"青土隐逸"与中古隐逸传统的嬗变

上古之隐逸，多属个人自然之举，温和者如许由洗耳，拒尧天下之让；偏激者如夷齐不食周粟，饿死西山。秦汉以来的隐者，多有意而为之，儒家或道家的思想资源成为他们隐逸生活的重要凭借，如汉代的关陇高士或尊《六经》，或崇黄老，即是显著的例子。东晋以后，随着佛教势力的渗透，隐逸加入了不少佛教的成分，高士与高僧比肩、隐逸与沙门同行，中国固有的隐逸传统从此改变了旧有的面貌。从中古时期青州地域文化变迁的角度来观察，在儒学氛围中孕育成长的"青土隐逸"，历汉至晋，是一个单纯的没有外来佛教思想影响的隐逸士人群体，实为两晋南北朝间儒家与佛教势力转换的一个节点。

西晋末年，天下大乱，东莱人王弥起兵反晋、祸乱青徐②，"青土隐逸"退出了历史舞台。随后晋室南渡，青州地区沦入北方少数民族政权之手。东晋末年，刘裕平南燕慕容氏，青州入南。南朝刘宋时期，杜预的玄孙杜骥、骥兄坦

---

① "元康高致"的说法，见《隋书》卷七六《文学·王贞传》载贞《上齐王暕启》云："赏逐时移，出门分路，变清音于正始，体高至于元康。"中华书局点校本1973年版，第1737—1738页。

② 《晋书》卷一三《天文志下》："明年（晋怀帝永嘉元年，307），王弥起青徐，汲桑乱河北，毒流天下。"中华书局点校本1974年版，第400页。《晋书》卷一〇〇《王弥传》："王弥，东莱人也。家世二千石。祖颐，魏玄菟太守，武帝时，至汝南太守。弥有才干，博涉书记。……惠帝末，妖贼刘伯根起于东莱之惤县，弥率家僮从之，伯根以为长史。伯根死，聚徒海渚，为苟纯所败，亡入长广山为群贼。弥多权略，凡有所掠，必豫图成败，举无遗策，弓马迅捷，膂力过人，青土号为'飞豹'。后引兵入寇青、徐……所在陷没，多杀守令，有众数万，朝廷不能制。"中华书局点校本1974年版，第2609页。

在宋文帝刘义隆时先后为青州刺史[①]，使杜预的《左氏》学在这里广为流布。北魏献文帝皇兴三年（宋明帝泰始五年，469），慕容白曜平青齐土民以后，杜预的《左氏》学在青州地区仍盛行不衰。当时，北方《左传》学流行的是东汉服虔的注疏，青齐儒学因为宗奉杜注而在北朝经学中独树一帜，故每为史家所提及。此外，在"平齐民"中出现了刘芳、崔光、刘孝标等重要的学者文人，使青州学者在当时颇引人注目，如刘芳入北魏后，在艰苦卓绝的环境中凭借儒学终以自立，对北方儒学的发展有重大贡献[②]；又如刘孝标后来从北朝返回南朝，成为南北文学交流的重要人物，曾为《世说新语》作注，所撰《辨命论》《广绝交论》等析理名作，也均为《文选》所收录。与此同时，青州也出现了佛教影响的痕迹，如《魏书》卷九一《术艺·崔彧传》曾记载"彧少尝诣青州，逢隐逸沙门，教以《素问》九卷及《甲乙》，遂善医术"，《素问》与《甲乙》均为医家要籍，《隋书》卷三四《经籍志三》"子部"有《黄帝素问》九卷及《黄帝甲乙经》十卷。这位擅长医术的"隐逸沙门"，透露出青州地区佛教成长的讯息。此后历东魏、北齐至周隋，青齐一带的佛教势力逐渐强大起来。1996年10月在青州龙兴寺出土的东魏、北齐时代佛教造像证明，这里已成为北朝佛教和造像艺术的中心之一，堪与首都邺城相比肩。在这样的历史条件下，如果将当时盛行的"胡化"之风考虑进来，东魏北齐时期青州儒学的生存空间以及与佛教的互动关系，确实是值得进一步深入探讨的问题。

如果我们从长时段的地域视角来观察中古隐逸传统的演进，不难发现，东晋以前，北方高士是隐逸传统的主流，其中尤以"青土隐逸"、关陇高士为代表。这两个地域不但隐逸士人数量众多，而且有鲜明的群体风格。如前所述，汉晋之间的"青土隐逸"，是在青州浓郁的儒学氛围中孕育出来的隐逸文化，具有典型的儒学特征与特定的时代风貌，而汉代的关陇高士则以儒道兼综为特征，

[①] 宋文帝刘义隆于424至453年在位。据《宋书》卷六五《杜骥传》，杜骥为青州刺史在元嘉十七年（440），在任八年，二十四年（447）征左军将军，兄坦代为刺史。《资治通鉴》卷一二四则记载杜坦为青州刺史的时间是元嘉二十三年（446），与《宋书》不同。

[②] 《魏书》卷五五《刘芳传》载，芳"才思深敏，特精经义，博闻强记，兼览《苍》《雅》，尤长音训，辨析无疑"，撰郑玄所注《周官》《仪礼音》、干宝所注《周官音》、王肃所注《尚书音》、何休所注《公羊音》、范宁所注《穀梁音》、韦昭所注《国语音》、范晔所注《后汉书音》各一卷，《辨类》三卷，《徐州人地录》四十卷，《急就篇续注音义证》三卷，《毛诗笺音义证》十卷，《礼记义证》十卷，《周官》《仪礼义证》各五卷。中华书局点校本1974年版，第1220、1227页。

与"青土隐逸"有很大不同。① 这里所说的关陇，主要包括关中和陇右两个地区。以汉代为例，指属于司隶校尉部的三辅地区（包括京兆尹、左冯翊、右扶风）及属于凉州的天水（汉阳）②、陇西等郡。虽然关中和陇右因为陇山的一山之隔，分属司州（或称司隶校尉部）和凉州两个行政区，但两地自秦汉以来在政治、军事、经济、文化上的相互依存关系，使二者完全可以视为同一个文化区。

西汉时期关陇地区的隐逸士人有：挚峻，京兆长安人；安丘望之，京兆长陵人；张仲蔚，扶风平陵人；魏景卿，扶风平陵人；郑朴，冯翊谷口人；郭钦，扶风鄠糜人；蒋诩，京兆杜陵人；王真，京兆杜陵人；韩顺，天水成纪人；宣秉，冯翊云阳人；王丹，京兆下邽人。东汉时期有：梁鸿，扶风平陵人；高恢，京兆人；井丹，扶风郿人；挚恂，京兆长安人；王符，安定临泾人③；矫慎，扶风茂陵人；马瑶，扶风人；丘䜣，扶风人；韩康，京兆霸陵人；法真，扶风郿人；任棠，汉阳人；姜岐，汉阳上邽人。关陇隐逸士人主要集中出现在两个时期，一是两汉之际，有安丘望之、张仲蔚、魏景卿、郑朴、郭钦、蒋诩、王真、韩顺、宣秉、王丹等10人；一是东汉安、顺之间，有挚恂、王符、矫慎、马瑶、丘䜣、韩康、法真、任棠、姜岐等9人。两个时期的高士加起来共有19人之多，占整个关陇高士的83%。这两个时期都是汉代政治、军事相对衰落的阶段，隐逸士人的勃兴恰好反衬出汉代政治的颓势，从中可见作为文化现象的隐逸与政局之间密切的关联。关陇高士隐居山野，生活清素质朴、不同流俗，他们中的不少人从事体力劳动，布衣蔬食，有些人甚至因为"逃名"而躲入深山，不愿进入城市。与魏晋以后相对"优雅"和"体面"的隐逸生活相比，汉代关陇高士的生活是非常艰苦的。

关陇高士中有不少都擅长儒学，以《五经》教授，如挚恂"明《礼》《易》，遂治《五经》，博通百家之言……渭滨弟子扶风马融、沛国桓驎等，自远方至者十余人"④，法真"好学而无常家，博通内外图典，为关西大儒，弟子

---

① 关于关陇高士的探讨，参见拙文《中古隐逸传统中被忽略的一环——关陇高士及其对隐逸传统的建构》，载《中山大学学报》2014年第4期。
② 东汉明帝永平十七年（74）改称汉阳，见（晋）司马彪：《续汉书·郡国志五》。
③ 严格说来，王符不能算是关中人，但他所在的安定临泾在泾水之畔，南距扶风郡甚近，王符又与关中文人马融、窦章相友善，因此笔者也将其归入关陇高士之列。
④ （晋）皇甫谧：《高士传》卷下《挚恂传》，《四部备要》本。

自远方至者陈留范冉等数百人"①，任棠"少有奇节，以《春秋》教授，隐身不仕"②，姜岐"治《书》《易》《春秋》，恬居守道，名重西州"③。当时人对关陇高士就称誉有加，如顺帝永和（136—141）中尝博求名儒，公卿荐挚恂"行侔颜闵、学拟仲舒、文参长卿，才同贾谊"④，又如同郡田弱曾举荐法真"体兼四业，学穷典奥，幽居恬泊，乐以忘忧"⑤。关陇高士对经学研究和教授的重视，开启了魏晋以后高士以学术和创作传名后世的传统。除了儒学以外，道家的《老子》也是关陇高士的重要思想资源，如安丘望之少治《老子》经，著《老子章句》，老氏有安丘之学；高恢少治《老子》经，恬虚不营世务；矫慎少好黄老，隐遁山谷，因穴为室，仰慕松、乔导引之术；王符《潜夫论》也受到《老子》的巨大影响，《老子》是其批判思想的重要来源。

更重要的是，关陇高士有意建构一个属于自己的隐逸传统。东汉前期，已有梁鸿"仰慕前世高士，而为四皓以来二十四人作颂"⑥，残存至今的有《安丘、严平颂》两句："无营无欲，澹尔渊清。"⑦这是对西汉隐士安丘望之和严遵（即庄遵）的赞美之词，富有道家色彩。东汉中期京兆霸陵人苏顺，曾整理过前代高士事迹，皇甫谧《高士传序》就有"苏顺科高士"的记载。苏顺在和、安间以才学见称，早年"好养生术，隐处求道"⑧，后来才出仕，拜郎中。苏顺对前代高士事迹的整理工作，很可能是在他早年隐居期间完成的。到了东汉后期，京兆长陵人赵岐撰写的《三辅决录》，褒扬了三辅士人"好高尚义，贵于名行"⑨的气节，其中记载了不少关中高士的事迹，如蒋诩舍中三径、二仲从之游的故事，因为陶渊明在诗文中每每提及⑩，尤为人所熟知。由上可知，在东汉时

---

① 《后汉书》卷八三《逸民·法真传》，中华书局点校本 1965 年版，第 2774 页。
② （晋）皇甫谧：《高士传》卷下《任棠传》，《四部备要》本。
③ （晋）皇甫谧：《高士传》卷下《姜岐传》，《四部备要》本。
④ （晋）皇甫谧：《高士传》卷下《挚恂传》，《四部备要》本。
⑤ 《后汉书》卷八三《逸民·法真传》，中华书局点校本 1965 年版，第 2774 页。
⑥ 《后汉书》卷八三《逸民·梁鸿传》，中华书局点校本 1965 年版，第 2766 页。
⑦ 《文选》卷一九束皙《补亡诗·白华》李善注引，台北艺文印书馆 1983 年影印清胡克家刻本，第 278 页。
⑧ 《后汉书》卷八〇上《文苑·苏顺传》，中华书局点校本 1965 年版，第 2617 页。
⑨ 《后汉书》卷六四《赵岐传》章怀太子注引《三辅决录序》，中华书局点校本 1965 年版，第 2124 页。
⑩ （晋）陶渊明《归去来兮辞》中的"三径就荒，松菊犹存"，以及《与子俨等疏》中的"邻靡二仲，室无莱妇"，都讲到了这个故事。

期,关陇士人对隐逸传统的建构已颇成规模,这种构建工作,可以视为关陇高士自我意识的觉醒。

在青土隐逸和关陇高士这两大隐逸士人群体之后,影响最大的隐士就是陶渊明了。在陶渊明之前,南方有名的隐士有屈原笔下的渔父,以及汉魏时期隐居襄阳地区的襄阳人庞德公、颍川阳翟人司马徽(字德操,世谓水镜先生)等人,东晋时期会稽和庐山周围也出现了许多隐逸士人,这些都是陶渊明出现的有利条件。关于陶渊明的隐逸及其与时代和地域的关系,学界十分关注历史文化语境对陶渊明的影响,如晋宋之际特殊的政治环境、晋宋隐逸风尚、江州地区独特的文化氛围等方面。① 除了这些角度,如果从宏观的历史视野来观察陶渊明,他与"青土隐逸"和关陇高士的渊源也是应该注意的一个方面。陶渊明之所以伟大,就在于他不仅承继了之前的传统,而且实现了自己的超越,从而创造了一种新的范式。

陶渊明对北方隐逸传统的继承,主要表现在学术和思想上。陶渊明的思想儒道互补,这与关陇高士的儒道兼综及"青土隐逸"的崇尚儒学,是一脉相承的。对于关陇高士建构的隐逸传统,陶渊明的体认非常自觉,陶渊明撰有《咏贫士七首》《扇上画赞》《读史述九章》等,其笔下的"二仲""蓬头王霸之子"等人物形象,既是对名士风度的推崇,也暗含着承续这个隐逸传统的意思。同时对于汉晋之间的"青土隐逸",陶渊明也深致敬意,他不仅作有《禽庆赞》,称赞"禽生善周游,周游日以远。去矣寻名山,上山岂知反"②的隐逸之举,而且将北海逢萌、徐房列入自己的《集圣贤群辅录》,予以表彰。③ 此外,他对以氾毓为代表的青土隐逸家风也颇为推重,他在《与子俨等疏》中特别讲到氾毓之事:"济北范稚春,晋时操行人也。七世同财,家人无怨色。"④ 西晋青土隐逸之士的活动,距离陶渊明生活的时代约七八十年左右,风流尚在,余韵未已,遗闻轶事还有不

---

① 代表性的论著有袁行霈先生:《陶渊明与晋宋之际的政治风云》(见袁著《陶渊明研究》,北京大学出版社 1997 年版)、李剑锋先生:《论江州文学氛围对陶渊明创作的影响》(《文学遗产》2004 年第 6 期)、范子烨先生:《悠然望南山——文化视域中的陶渊明》(东方出版中心 2010 年版)中篇"入道与拒佛:对陶渊明的宗教文化解读"等。
② (晋)陶渊明:《尚长禽庆赞》,见袁行霈:《陶渊明集笺注》,中华书局 2003 年版,第 603 页。
③ 袁行霈:《陶渊明集笺注》"外集"《集圣贤群辅录上》,中华书局 2003 年版,第 583 页。
④ 袁行霈:《陶渊明集笺注》,中华书局 2003 年版,第 530 页。宋本《陶集》此句下小字注云:"《南史》作幼春,《宋书》作氾稚。"

少流传人间，陶渊明对他们的仰慕与向往，是很自然的事。从某种意义上说，正是有了汉晋之间关陇高士和"青土隐逸"以儒道思想为基础的践履，才使得陶渊明的出现成为一种自然的历史衔接。在清静而寂寞的庐山脚下，在樽中酒、篱下菊的平淡生活中，陶渊明以儒道思想为根基对抗佛教文化的浸润，这与关陇高士的儒道兼综以及"青土隐逸"的儒者之隐是一脉相通的。

陶渊明对前人的超越，主要体现在生活和创作方面。相对于关陇高士朴素甚至清苦的生活相比，陶渊明虽然亲自参加农业劳动，也曾写过"衣食当须纪，力耕不吾欺"(《移居》其二)、"晨出肆微勤，日入负耒还(《庚戌岁九月中于西田获早稻》)的诗句，但总的来看，其生活还是相对优雅和体面的。加上永嘉之乱后衣冠南渡，江南经济得到开发，包括庐山周围和武陵山水在内的江南秀丽风光，是陶渊明得以山水自娱并形成个人诗文风格的重要原因，也是他得以超越北方隐士的重要条件。古之圣贤有立德、立功、立言"三不朽"的追求，隐逸士人如果没有太过显著的事迹，很难在历史上留下名字。[①] 从历史的发展来看，西晋以前的高士"立言"多以经学研究为主，关陇高士如此，"青土隐逸"也是如此。东晋以后，陶渊明则以其杰出的诗文创作，开启了高士"立言"的另外一个"法门"。文学创作从此取代学术撰著，成为隐逸士人的生命寄托和传名后世的主要凭借。[②] 从这个意义上来说，陶渊明超越了"青土隐逸"和关陇高士，在南方的土地上创造了属于自己的隐逸范式。

（原载《文学遗产》2015 年第 6 期）

（作者单位：中国社会科学院文学研究所）

[①] 古代高士之名多不传于后世，司马迁《史记》卷六一《伯夷列传》云："岩穴之士，趣舍有时，若此类名湮灭而不称，悲夫！"中华书局点校本 1959 年版，第 2127 页。陶渊明《集圣贤群辅录》末对此有一番感慨："凡书籍所载及故老所传，善恶闻于世者，盖尽于此矣。汉称田叔、孟舒等十人及田横两客、鲁八儒，史并失其名。夫操行之难而姓名翳然，所以抚卷长慨，不能已已者也。"袁行霈：《陶渊明集笺注》"外集"《集圣贤群辅录下》，中华书局 2003 年版，第 595—596 页。

[②] 蒋寅先生《陶渊明隐逸的精神史意义》一文对此有深入的论述和阐发，载《求是学刊》2009 年第 5 期。后收入蒋著《金陵生文学史论集》，辽海出版社 2010 年版。

汉代诗歌研究

《古诗十九首》札记

黄灵庚

《古诗十九首》[①]雅称"五古之原"[②]。无论从风神气度、抑或韵律、寄兴、托寓等表现手法，均臻至于完美无瑕之境界，标志两汉"五言"诗体成业已熟。十九首非作于一人，一时，一地，内容庞杂，或抒其逐臣弃妇之感，或寄其朋友契阔之情，或发其游子他乡之思，或叙其生离死别之思，然浑融一体，若出于一人之手，一人之怀者。信自《三百篇》《楚辞》以来，旷古未有之奇构也。余于汉诗素无研究，惟应赵先生会议之邀，乃诵读《古诗十九首》，方悟古人每言学诗须从汉五言诗始之道理，且涵咏玩味既已，于字句之间亦不无剩义。据李善、五臣旧注，聊申己见，则为"札记"若干条，以质之于高明，幸恕其鄙陋，有以辱教焉。

1. 胡马依北风，越鸟巢南枝。[③]

李善注："《韩诗外传》：'《诗》：代马依北风，飞鸟栖故巢。'皆不忘本之谓也。"

李周翰注："皆思旧国。"

按：此诗之意，叙朋友二人"生别离"之苦。二人情投意合，然一者赴北，一者走南，相隔万里，天各一方。胡为中国之最北，越为中国之极南，皆绝远之区，本是胡马、越鸟栖居之地，而吾与汝竟分别居之。"道路阻且长"，

[①] 见《昭明文选》卷二十九。
[②] （清）郎庭槐：《师友诗传录》，见《诗法萃编》卷十下。
[③] 《行行重行行》。

期会已不可再。故"胡马依北风,越鸟巢南枝"二句,非寄兴"不忘本""思旧国"者,喻"生别离"分隔之远也。至于二人何以走越赴胡?是否"逐臣"远斥之边陲之地?皆不得而知。然"浮云蔽白日"之喻,似见其出朝远赴之消息。"游子"云者,犹寄食宦客也。"不顾返",言二人既不能归朝廷,又不得返故乡也。"思君"之"君",非指君上,而指"生别离"之友也。

2. 弃捐勿复道,努力加餐饭。①

吕延济注:"'努力加餐饭',自逸之辞。"

按:努力,究为何义,古皆未解。郭在贻谓"努力",非"勉力",犹"保重""自爱"之义,且以《三国志》卷九《魏书·诸夏侯曹传》裴注引《魏末传》"君方到并州,努力自爱"等为书证,"汉魏六朝隋唐时期"之新义。②是也。然其引例无见于汉世典籍者。考《汉书·外戚传·孝成赵皇后》:"告伟能:努力饮此药,不可复入。"此"努力",犹"保重""自爱"之意。当补之。又,《史记·信陵君窃符救赵》:"侯生曰:'公子勉之矣!老臣不能从。'"此侯生祝福公子语,言公子自己保重啊,老臣不能跟从了。勉,盖亦有"保重""自爱"之义。

3. 盈盈楼上女,皎皎当窗牖。③

李善注:"《广雅》曰:'嬴,容也。'盈与嬴同,古字通。"

吕向:"盈盈,不得志貌。"

按:李注是也。五臣非是。明方以智《通雅》卷九"嬺嬺犹盈盈"条:"《方言》曰:'娥、嬺,好也。秦曰娥,宋、魏曰嬺。'郭璞曰:'言娥娥,嬺嬺也。'嬺音盈。按声义如此,再无他见。则十九首之'盈盈楼上女',即此嬺嬺矣。汉时即分别之,造此'嬺'字。"以为"盈盈"本字作"嬺嬺",盖亦无余蕴矣。然则"盈"为盈满,嬴为嬴余,皆有多义,故引申为美好也。《陌上桑》"盈盈公府步",亦为美好,则不专于女容也。下文《庭中有奇树》"盈盈一水间",刘良注:"盈盈,端丽貌。"则亦同此义。

---

① 《行行重行行》。
② 郭在贻:《郭在贻文集》第一册,中华书局 2002 年版,第 259 页。
③ 《青青河畔草》。

4. 昔为倡家女，今为荡子妇。①

李善注："《史记》：'赵王迁母，倡也。'《说文》：'倡，乐也。'谓作妓者。"

吕延济注："昔为倡家女，有伎艺未用时也。"

按：王献唐云："《九章·抽思》有'少歌'、有'倡'、有'乱'，乐节分为三种。大抵'少歌'之前为普通歌调。少犹小，至此声调降低。又至'倡'，则声大矣。唱后之乱，更大合唱矣。《九歌》之《东皇太一》，言'安歌'，言'浩倡（唱）'。安歌，即普通歌调。浩倡，即声大之倡。只不言'少歌'、'倡'、'乱'，此殆安歌也。《大招》'讴和阳阿'，正与《淮南》字同。王注：'扬，举也。阿，曲也。'揆王注旨，盖名'唱啊'，在楚国当时已沿为歌调之定名矣。其言讴和等，谓以讴歌和之。楚、蔡接壤，蔡能讴，楚亦能之。徒歌曰讴。徒乃步行，犹言行吟，盖且唱且走，亦似秧歌。惟不言'扭'。今山左之讴，已演变戏剧矣。倡，本不分男女，后专指女，又造'娼'字。而字书训'倡'为'女乐'，沿后世之俗也。唱、舞，古多合演。舞则身肢动摇，摇、优音义相通，因有'倡优'之名。"② 其以乐节说"倡"字之义，足破千古惑矣。"倡家女"者，犹今云"女高音歌手"也。倡、娼亦古今字。

5. 人生天地间，忽如远行客。③

李善注引《列子》："死人为归人，则生人为行人。"

按：善注妙达诗旨。此诗感叹"人生之长勤"也。古者凡谋生为宦者，皆去离故居而远行之，颠沛劳苦，至死而不得归反。意谓人之生于天地之间者，皆属远行之客。然则何日是归期耶？必命终之时也。是以至今犹谓"生人"为"客人"，人死为"回老家"者也。明冯时可《雨航杂录》："《离骚》：'秋之为气也，憭慄兮若远行，登山临水兮送将归。'是数语沓渺悽清，味之不歇。古诗十九首有'人生天地间，忽如远行客'句。祖此也。"其以宋玉《九辩》"憭慄兮若远行，登山临水兮送将归"比况"远行客"者，盖亦是也。"远行客"者，犹离乡背井之"羁旅人"云尔。

---

① 《青青河畔草》。
② 见清乾隆三年戊午弱水草堂刻屈复《楚辞新注》卷一《离骚》"乱曰"句上批注，藏山东省图书馆。
③ 《青青陵上柏》。

6. 令德唱高言，识曲听其真。①

李善注："《庄子》：曰'是以高言不出于众人之口。'《广雅》曰：'高，上也。'谓辞之美者。"

吕延济注："高言，高歌也。识曲，谓知音人。"

按：唱，读如《史记·礼书》"清庙之歌一唱而三叹"之唱，谓领唱也。高言，绝妙歌词。言，指歌词也。《宋书·谢灵运传》："至于高言妙句，音韵天成，皆暗与理合，匪由思至。"高言、妙句并列为文，高言犹妙言也。《南史·何点传》："吴国张融少时免官，而为诗有高言。"谓为诗有妙词也。唱高言，谓领唱绝好歌词也。

7. 一弹再三叹，慷慨有余哀。②

李善注："《说文》曰：'叹，太息也。'又曰：'慷慨，壮士不得志于心也。'"

案：此"三叹"之"叹"，非谓叹息，犹应和也。《诗大序》："言之不足故嗟叹之，嗟叹之不足故永歌之。"孔疏："《乐记》注云：'嗟叹，和续之也。'谓发言之后，咨嗟叹息为声以和其言而继续之也。"一弹再三叹，亦同"一唱而三叹"，谓一人领唱而众人齐和之也。

8. 还顾望旧乡，长路漫浩浩。③

李善注引郑玄《毛诗笺》曰："迴首曰顾。"

按：还亦回首也。《庄子·秋水》"还虷蟹与科斗"，陆德明《释文》引司马云："还，顾视也。"还顾，并列同义，汉世已成词。王褒《九怀·株照》"还顾世俗兮"，刘向《九叹·忧苦》："思念郢路兮，还顾睠睠。"又《思古》："还顾高丘，泣如洒兮。"《史记·钩弋夫人传》："夫人脱簪珥叩头，帝曰：'引持去，送掖庭狱。'夫人还顾。帝曰：'趣行，女不得活。'夫人死云阳宫。"《郭舍人传》："舍人曰：'即入见，辞去，疾步，数还顾。'乳母如其言，谢去，疾步，数还顾。郭舍人疾言骂之曰：'咄！老女子何不疾行？陛下已壮矣，宁尚须汝乳而活邪？尚何还顾？'于是人主怜焉悲之。"皆是也。

---

① 《今日良宴会》。
② 《西北有高楼》。
③ 《涉江采芙蓉》。

9. 昔我同门友，高举振六翮。①

李善注引《论语》曰："有朋自远方来，不亦乐乎。"

吕向注："同志曰友，同门曰朋。"

按：邢昺《论语疏》："同门者，同在师门以受学者也。"则"同门友"云者，为双重身份，既同师门又同志者也。此诗叙交友之道颇合孔儒伦理，以为交友之谊，必讲诚信，始终如一，不离不弃，绝不以位之高卑而易之。《论语》"与朋友交而不信乎"，疏云："与朋友结交而得无不诚信乎"。故诗比拟之以"磐石"。如无诚信，则形同陌路，徒有"朋友"之虚名矣。

10. 奄忽随物化，荣名以为宝。②

李善注："化，谓变化而死也。不忍斥言其死，故言随物而化也。《庄子》曰：'圣人之生也天行，其死也物化。'"

李周翰注："人非金石，将疾随万物同为化灭矣。将求荣名以为宝贵，扬名于后世亦为美也。"

按：形曰变，质曰化。言"变"者，但形貌有所改易，而本相仍旧。言"化"者，非其原物，成异类也，若庄生梦蝶化为蝶者，故化有死义。荣名者，犹芳名也，美名也。《离骚》"恐修名之不立"，修名亦美名也。人生奄忽易逝，惟其不灭与天地同始终者，则"荣名"是也。阮籍《咏怀诗》："千秋万岁后，荣名安所之。"陆机《演连珠》："是以德教俟物而济，荣名缘时而显。"然则所谓"荣名"者，必兼备君子之"三立"。荀彧云："立德、立功而又兼立言，诚仲尼述作之意，显制度于当时，扬名于后世，岂不盛哉。"其是之谓欤！

11. 下有陈死人，杳杳即长暮。③

李善注："《庄子》曰：'人而无人道，是之谓陈人也。'郭象曰：'陈，久也。'"

按：陈，旧也；旧，久也。《汉书·文帝纪》"或以陈粟"，颜注："陈，久旧也。"吾乡谓隔年谷物为"陈谷""陈粮"，存其古义。陈死人，谓久死之人也。

---

① 《明月何皎皎》。
② 《迴车驾言迈》。
③ 《驱车上东门》。

12. 为乐当及时,何能待来兹。①

李善注:"《吕氏春秋》曰:'今兹美禾,来兹美麦。'高诱曰:'兹,年。'"

吕延济注:"来兹,谓后期也。"

按:善注引高诱"兹年"之训,年,谓谷熟也,非年岁也。来兹,谓来岁也。五臣注"后期"。至确。《史记·司马相如列传》:"故休烈显乎无穷,声称浃乎来兹。"来兹,亦谓后期也。

13. 锦衾遗洛浦,同袍与我违。②

李善注:"《毛诗》曰:'岂曰无衣,与子同袍。'"

吕延济:"遗,与也。洛浦,宓妃。喻美人也。同袍,谓夫妇也。言锦被赠与美人,而同袍之情与我相违也。"

按:善注引《诗》,见《秦风·无衣》,谓秦人出征,同仇敌忾,亲若夫妇,共其裳袍,不别彼此也。五臣注"同袍谓夫妇"云云,妙达《诗》比喻之旨。此诗以斥"良人"贪婪新欢,以锦衾遗与洛浦美人,而不念"同袍"夫妇之旧情,不肯"枉驾惠前绥"也。

14. 一心抱区区,惧君不识察。③

李善注:"李陵《与苏武书》曰:'区区之心窃慕此尔。'《广雅》曰:'区区,爱也。'"

张铣注:"敬重之心常抱区区,惧夫之不知察也。"

案:区区,诚悫貌。或作叩叩。繁钦《定情诗》:"何以致叩叩,香囊系肘后。"《广雅·释训》:"悾悾、悫悫、恳恳、叩叩,诚也。"又云:"拳拳、区区、款款,爱也。""拳拳"亦作謇謇、蹇蹇、悚悚、款款。《离骚》"余固知謇謇之为患"是也。"悾悾",亦作空空。《论语·子罕篇》"有鄙夫问于我,空空如也",邢疏:"空空,虚心也。"即竭诚之义,非空虚也。与"悫悫""恳恳""区区""悃悃""叩叩"等,皆声转也。前修有言,连语之字义存乎声,不在其形,宜因声求义,未可拘其形体。详参余著《楚辞章句疏证》④。

---

① 《生年不满百》。
② 《凛凛岁云暮》。
③ 《孟冬寒气至》。
④ 拙著《楚辞章句疏证》,中华书局 2007 年版,第 117 页。

15. 著以长相思，缘以结不解。①

李善注："郑玄《仪礼》注曰：'著，谓充之以絮也。'郑玄《礼记》注曰：'缘，饰边也。'"

李周翰注："言被中著绵，谓长相思绵绵之意。缘被四边，缀以丝缕，结而不解之意。"

按：明杨慎《丹铅余录》卷十一："长相思，谓以丝缕络绵交互网之使不断，'长相思'之义也。结不解，按《说文》：'结而可解曰纽。''结不解曰缔。'谓以针缕交锁连结混合其缝，如古人'结绸缪'、'结同心'，制取'结不解'之义也。既取其义以著爱而结好又美，其名曰'相思'、曰'不解'云。合欢被，宋赵德麟《侯鲭录》有解。会而观之，可见古人咏物托意之工矣。"② 然据其"长相思谓以丝缕络绵交互网之使不断"云云，盖"思"犹谐音"丝"者，双关语也。

16. 出户独彷徨，愁思当告谁。③

按：愁思，并列复语，思亦愁也，非思绪之思。《诗大序》："亡国之音哀以思。"言哀以忧也。王逸《天问序》："以渫愤懑，舒泻愁思。"愁思，平列同义，思亦愁也。《涉江》"欸秋冬之绪风"，王逸注："言己登鄂渚高岸，还望楚国，向秋冬北风愁而长叹，心中忧思也。""忧思"，亦平列同义。思亦忧也。《抽思》者，犹道忧也，故篇末云"道思作颂"，道思、抽思，并谓抒忧也。

（作者单位：浙江师范大学人文学院）

---

① 《客从远方来》。
② （清）何文焕：《历代诗话续编》，中华书局1983年版，第690页。
③ 《明月何皎皎》。

汉铙歌《石留》句读、笺注与本事考论

刘 刚

汉之铙歌十八曲自《宋书·乐志》著录以来，就被认为难于句读，不可通解。宋郭茂倩《乐府诗集》引《古今乐录》曰："汉鼓吹铙歌十八曲，字多讹误。"① 明胡应麟亦云："铙歌词句难解，多由脱误致然。"② 而其中第十八曲《石留》尤为难读，近人孔德总述清以来《石留》之解读实况时说："陈祚明曰：'都不可解。后之拟者，以水流去而石留不动，比臣节。'庄述祖曰：'有其声，而词失传。'陈沆曰：'声辞久淆，不可复诘。'德案：此曲几不能句读，如何可作解？只能阙疑。"③ 闻一多作《乐府诗笺》，于此曲亦未笺一字。近来，笔者研读《石留》，受秦汉谶纬歌诗启发，颇感曲中语多隐讳，而诸多隐讳又都与汉开国功臣韩信有关，兹撰写成文，以求教于方家。

句 读

《石留》乃乐府歌诗，需配乐而演唱，故其句读必先求之于声韵，以其韵断之，再以其语言之逻辑停顿为证。曲字注音，依据唐作藩《上古音手册》比对标识；曲韵韵例，依据王力《诗经韵读》《楚辞韵读》之研究成果，标注韵脚。至于语言之逻辑停顿分析，研究时与韵脚分析同步互证，至于文字叙述只好留于下节"笺注"中说明。《石留》句读如下：

---

① （宋）郭茂倩：《乐府诗集》，中华书局1979年版，第225页。
② （明）胡应麟：《诗薮》，上海古籍出版社1979年版，第8页。
③ 孔德：《汉短箫铙歌十八曲考释》，载《东方杂志》第23卷第9号。

石留凉阳凉（阳韵），石水流为沙，锡以微、河为香（阳韵），向始躱冷将风阳（阳韵）。北逝肯无（鱼韵），敢与于杨（阳韵，鱼阳通韵）。心邪（鱼韵），怀兰志金，安薄北方（阳韵，鱼阳通韵）？开留离兰（元韵，阳元合韵）！

此曲用韵较密，十句凡八韵，即：凉，阳韵来纽平声；香，阳韵晓纽平声；阳，阳韵喻纽平声；无，鱼韵明纽平声；杨，阳韵喻纽平声；邪，鱼韵邪纽平声；方，阳韵帮纽平声；兰，元韵来纽平声。其中用韵以阳部韵为主，间有两个鱼部韵和一个元部韵。鱼、元两韵，按照王力拟音与其总结的对转和旁转等规律，鱼韵上古韵母为"a"，阳韵上古韵母为"ang"，属于阴阳对转的通韵，元韵上古韵母为"an"，与阳韵"ang"，属于元音相同、韵尾相近而不符合对转规律的合韵。总观此曲之韵，完全符合秦汉时期的用韵规律。至于其韵韵例，既不是句句韵，也不属于偶句韵，用韵有欠整齐，这当是乐府歌诗用韵比之《诗经》、楚辞更为自由的特殊表现，与《诗经》中特殊篇什的韵脚位置也相吻合。据此，我们对此曲的句读首先有了"以韵为断"的学理根据。

笺注

关于此曲的句读，有了"以韵为断"的基础，还不够，还必须得到曲中用语的语言逻辑停顿的验证。关于汉铙歌的训诂，前人颇存误区：（一）以为汉铙歌"乐人传习，口相师祖，所务者声，不先训以义"[1]，故以声相求，过度地以通假为训；（二）以为汉铙歌"声、辞、艳相杂"[2]，故于不可解处，则一味地以声词作解；（三）以为汉铙歌"曲字多讹误"[3]，故每遇难解字，则专于校勘，以改字为训。识通假、辨声词、校勘讹误，并不违背训诂原则，但绝不可拘泥，若拘泥甚或无原则地滥用，不但无益于训诂解读，而且会导致"诗无定解"的无理现象。因此，我们遵循的训诂原则是：以著录汉铙歌的祖本《宋书·乐志》为底本，以《乐府诗集》等转录本为校本，若祖本字词可解，绝不求之于通假，或改字为训，亦不轻采古人"一作"之校语；至于必以通假、校

---

[1] 《宋书》，《二十五史》本，上海古籍出版社、上海书店1986年版，第1652页。
[2] 《宋书》，《二十五史》本，上海古籍出版社、上海书店1986年版，第1709页。
[3] （宋）郭茂倩：《乐府诗集》，中华书局1979年版，第225页。

改为训方通者，则谨慎为之，依证立言，以求稳妥。至于所谓"声辞相杂"之说，本为前人悬测之语，据笔者对汉铙歌十八曲的研究，汉之乐府歌诗除巾舞歌辞外，似无有记声词者，故不以为法。

  石留凉阳凉：石留，此二字化用汉之熟语。《说苑·说丛》："孝于父母，信于交友，十步之泽必有香草，十室之邑必有忠士。草木秋死，松柏独在；水浮万物，玉石留止。"①"石留"一语当从此化出，用以比喻即孝且信、名留于世的人物。凉阳凉：前一"凉"通"两"，或原本应作"两"字，因与后一"凉"字双声叠韵而误写成后一"凉"字，甚或有意而为之，以造成隐秘效果。阳凉：古关隘名。《宋史·地理志》灵石县下本注："中。有阳凉南关、阳凉北关。"②《山西通志·关隘》："宋《地理志》：'灵石有阳凉南关、阳凉北关。'《明一统志》：'关在县南二十里，汾水西。其地燥亢，视冷泉（关隘名）迤北差煖，故名。'"③《中国历史地图集》第五册《北宋·河东路》标示，阳凉北关在灵石县北位于雀鼠谷（古亦名冠爵谷）北口，阳凉南关在灵石县南位于雀鼠谷南口。《明一统志》所说的阳凉关的地理位置仅是指阳凉南关，而因阳凉北关明代已称为冷泉关，故不再言说。阳凉北关的地理位置当在今山西省灵石与介休之间。关于雀鼠谷，《水经注·汾水》已有记载，其于"冠爵津"下注曰："汾津名也，在界休县之西南，俗谓之雀鼠谷，数十里间道险隘，水左右悉结偏梁阁道，累石就路，萦带岩侧，或去水一丈，或高五六尺，上戴山阜，下临绝涧，俗谓之鲁般桥。盖通古之津隘矣，亦在今之地险也。"④记载中，说鲁般桥"通古之津隘"，就是说其贯通雀鼠谷北口的阳凉北关和雀鼠谷南口的阳凉南关，而"古之津隘"还在，"在今之地险也"，这就透露了阳凉北关与阳凉南关被废弃的原因是"地险"，秦末楚汉战争结束后，这两个关隘已失去其作为军事要塞而存在的意义，人们自然会开辟新的更易于通行的津渡。只惜《水经注》没有将这两个古关隘的名称记录下来。然北宋时期，宋河东路与辽西京道长期军事对峙，特别在北宋后期，金兵南下进犯中原，曾用"锁城法"围太原

---

 ① 向宗鲁：《说苑校证》卷一六《谈丛》，中华书局1987年版，第389页。
 ② 《宋书》，《二十五史》本，上海古籍出版社、上海书店1986年版，第5466页。
 ③ 《山西通志》，影印文渊阁《四库全书》本，上海古籍出版社1987年版，第542册，第336页。
 ④ 《水经注》，商务印书馆1958年版，第2册，第5页。

二百六十天，企图以太原为跳板进一步南侵，于是太原以南的雀鼠谷作为由燕代进入关中、中原的主要通道，其要塞价值又凸显出来，因而北、南阳凉关又被恢复，且载入史册。据史念海绘制的《战国时代经济都会图》标示，沿汾水的古道是战国时由关中经魏、赵至燕的主要通道，而雀鼠谷正是这条道路上的天险，可知《水经注》所记的"古之津隘"，古当有之。楚汉交战时，韩信在这一带歼灭了夏说之军。《汉书·曹参传》："从韩信击赵相（此称为夏说先前之职）夏说军于邬东，大破之，斩夏说。"①"邬"，汉县名，在今山西介休北，亦即阳凉北关之北。《山西通志》卷九《灵石县》："韩侯岭在南二十里，汾河东，相传葬淮阴侯首于岭。灵石有韩信岭，志传多讹。按：《汉书》曹参从韩信击赵相国夏说军于邬东，大破之。信下井陉，而令参还围赵别将，军于邬城，戚将军出走，追斩之。邬城即古邬城泊，苏林曰：'邬，太原县。'今介休地，介休南即灵石。是必夏说尝阻雀鼠谷之险，而信据岭以扼其要，乃克破之于邬城东耳。"②韩信岭，一名高壁岭，地理位置与南、北阳凉关参照，大约正处于二者中间，但并不在一南一北阳凉关所扼守的汾水峡谷雀鼠谷中，而在其东，灵石县之正南。由于古之阳凉关有南北两座，故可知前"凉"字为"两"字之借字。此句字面的意思是，玉石留止在南北两座阳凉关上，而隐层次则暗示此处留有韩信的事迹与遗迹。

石水流为沙：此句意为，"石留"被水流冲刷变成了泥沙，有寓指韩信后来被诬以"谋反"而贬以虚爵淮阴侯、由玉石而变成泥沙之命意。《史记·陈丞相世家》载，"人有上书告楚王韩信反"，于是高祖用陈平计，诱捕韩信，"即执缚之，载后车，信呼曰：'天下已定，我固当烹。'帝顾谓信曰：'若毋声，而反明矣'"。高祖后悉知韩信谋反事不实，"还至洛阳，赦信，以为淮阴侯"。③此句承上句转折为说，意为于"凉（两）阳凉"立下战功的韩信，并未被尊为开国功臣，而是被视为刘氏王朝家天下的绊脚石，以致毁之为泥沙。《汉书·五行志》："玉化为石，贵将为贱也。"④此又言"流为沙"，则极贱之也。

---

① 《汉书》，《二十五史》本，上海古籍出版社、上海书店1986年版，第555页。
② 《山西通志》，影印文渊阁《四库全书》本，上海古籍出版社1987年版，第542册，第336页。
③ 《史记》，《二十五史》本，上海古籍出版社、上海书店1986年版，第239页。
④ 《汉书》，《二十五史》本，上海古籍出版社、上海书店1986年版，第502页。

锡以微、河为香：锡，通"赐"，古为通例。微，《说文》："微，隐行也。"《尔雅》："瘗、幽、隐、匿、蔽、窜，微也。"郭璞注："微，谓逃藏也。""锡以微"意为，韩信虽被高祖"恩赐"赦罪，但从此而有意隐居。《史记·淮阴侯列传》载："（高祖）至洛阳，赦信罪，以为淮阴侯。信知汉王畏恶其能，常称病不朝从。"[1] 河，此指秦汉之际的两河地区。韩信在两河地区特别是在河东一带屡建战功。《淮阴侯列传》载蒯通说韩信之言："臣请言大王功略，足下涉西河，虏魏王，禽夏说，引兵下井陉，诛成安君，徇赵胁燕……此所谓功无二于天下。"[2] 语中"虏魏王，禽夏说，下井陉"均在河东。香：此为名词，犹言香草。将德惠于人之人喻为香草，屈原《离骚》早有其法，汉人仍习用不改，上引《说苑》"孝于父母，信于交友，十步之泽必有香草，十室之邑必有忠士"[3] 语，是其证。"河为香"是说两河地区因为韩信之战功卓著，平定一方，而被喻之为犹如香草的美德之人。此句与前句亦为转折关系，意为韩信在朝中虽遭贬谪而不得不隐退赋闲，但在河东地区却传颂着他的美名。

向始穌冷将风阳：向始，追述以往、当初的时间副词。穌，今所见古之字典辞书无此字，《古诗纪》校作谿，不知所据，或因二字声旁相同而"改字为训"。徐仲舒主编《汉语大字典》据冯惟讷《古诗纪》说"同谿"，亦未能详考。穌，从禾，奚声；谿，从谷，奚声。二字虽声旁相同，但形旁所主之义"风马牛不相及"，《说文》："禾，嘉谷（穀）也……从木，象其穗。"[4] "谷，泉出通川为谷。"[5] 按照训诂原理，只可看作通假，不可视为异体。疑穌即"稀"字，二字为形旁相同而声旁是音同形不同的异体字。奚，支韵匣纽平声；希，微韵晓纽平声。两个"声旁"合韵邻纽同调，读音相近。《说文》："稀，疏也。"若此，"穌冷"当解为疏远与冷落，指韩信归汉之初曾一度被汉王与汉军将领所疏远、冷落。《史记·淮阴侯传》："信亡楚归汉，未得知名，为连敖……信度（萧）何等已数言上，上不我用，即亡。何闻信亡，不及以闻，自

---

[1] 《史记》，《二十五史》本，上海古籍出版社、上海书店1986年版，第294页。
[2] 《史记》，《二十五史》本，上海古籍出版社、上海书店1986年版，第294页。
[3] 向宗鲁：《说苑校证》卷一六《谈丛》，中华书局1987年版，第389页。
[4] （清）段玉裁：《说文解字注》，上海古籍出版社1981年版，第320页。
[5] （清）段玉裁：《说文解字注》，上海古籍出版社1981年版，第570页。

追之。"①将，动词，意为拜将。风阳，《汉书·天文志》："巽在东南为风。风，阳中之阴，大臣之象也。"②此句以阴阳家"风阳"之象指代拜为大将军的韩信。此句是追述韩信归汉之初曾一度遭受冷遇，后来得到萧何力荐，才被拜为大将军事。《汉书·高帝纪》："于是汉王齐戒设坛场，拜信为大将军。"③

北逝肯无：北逝，向北行进。王逸《九思·伤时》："乃回揭兮北逝，遇神娇兮宴娭。"④肯无，意为可以首肯否？无，同否。汉乐府《陌上桑》："宁可共载不（通否）？"⑤与此句疑问表示法相同。无，鱼韵明纽平声；否，之韵帮纽上声；不，之韵帮纽平声；鱼、之为合韵，明、帮为邻纽，三字可通。此句转述韩信俘虏魏王豹之后，对汉王提出的北伐请求。《汉书·韩信传》："魏王豹惊，引兵迎信，信遂虏豹，定河东。使人请汉王，愿益兵三万人，臣请以北举燕赵，东击齐，南绝楚之粮道，西与大王会于荥阳。汉王与兵三万人，遣张耳与俱，进击赵代。"⑥据史载，韩信于汉高祖二年至三年，在安邑（今山西夏县附近）、平阳（今山西临汾西南）相继打败了魏王豹，在阳凉北关附近的邬（今山西介休东南）东打败了代相夏说，又在井陉（今河北石家庄西北）打败了赵王歇。以其"北举"的进军路线说，韩信实是实现了"北逝"即一路向北推进的承诺。

敢与于杨：此句意为，汉王敢于在韩信进军至杨县的时候将北伐赵代、东平齐国的重任交与他。与，赐予。《说文》"舆"字条段注："舆当作与。与，赐与也。"⑦《汉书·高帝纪》："信使人请兵三万人，愿以北举燕赵，东击齐，南绝楚。汉王与之。"⑧杨，汉地名。《汉书·地理志》河东郡杨县注："应劭曰杨侯国。"⑨杨，《乐府诗集》作"扬"，当为杨县之"杨"之本字。《汉书·扬雄传》："其先人出自有周伯侨者，以支庶初食采于晋之扬，因氏

---

① 《史记》，《二十五史》本，上海古籍出版社、上海书店1986年版，第292页。
② 《汉书》，《二十五史》本，上海古籍出版社、上海书店1986年版，第493页。
③ 《汉书》，《二十五史》本，上海古籍出版社、上海书店1986年版，第371页。
④ （宋）洪兴祖：《楚辞补注》，中华书局1983年版，第324页。
⑤ （宋）郭茂倩：《乐府诗集》，中华书局1979年版，第410页。
⑥ 《汉书》，《二十五史》本，上海古籍出版社、上海书店1986年版，第541页。
⑦ （清）段玉裁：《说文解字注》，上海古籍出版社1981年版，第105页。
⑧ 《汉书》，《二十五史》本，上海古籍出版社、上海书店1986年版，第372页。
⑨ 《汉书》，《二十五史》本，上海古籍出版社、上海书店1986年版，第515页。

焉……扬在河汾之间。"应劭注："今河东扬县。"① 杨与扬本通。以韩信的进军路线言，杨县在安邑与邬之间。《汉书·曹参传》："与韩信东攻魏将孙遫东张……击魏王于曲阳，追至东垣② 生获魏王豹，取平阳，得豹母、妻、子，尽定魏地。"③ 这里说到的"平阳"在今山西临汾稍偏西南，而杨县就在今山西临汾东北，两地直线距离仅七十华里左右。按古代交通条件计算信使的往返，韩信接到"汉王与之"的命令时，很可能已进兵至杨县附近。此处提及于阳凉一带败夏说之前之事，是承"向始"之提引表示追述，从而凸显韩信"北举"的战功。

心邪：此指韩信事汉之本心。邪，同耶，句尾语气助词，于此表示慨叹。

怀兰志金：怀有芬芳如兰的仁厚，具有坚定如金的意志。此句化用古之熟语，《周易正义·系辞上》："二人同心，其利断金；同心之言，其臭如兰。"④ 此句意在说明韩信宅心仁厚，本对汉王忠心有如金石。《汉书·韩信传》载，项王使武涉说韩信"三分天下"，韩信回之以"夫人（指汉王刘邦）深亲信我，背之不祥"。⑤《史记·淮阴侯列传》又载，蒯通建议韩信拥兵而自立，韩信曰："汉王遇我甚厚，载我以其车，衣我以其衣，食我以其食。吾闻之：乘人之车者，载人之患；衣人之衣者，怀人之忧；食人之食者，死人之事。吾岂可以乡利倍义乎。"⑥ 而蒯通反复劝谏，韩信终"不忍倍汉"。事实上，韩信在无辜被贬为淮阴侯之前，对于汉王刘邦从无谋反之心。按：据《汉书》，在武涉说韩信时，有"今足下虽自以为与汉王为金石交，然终为汉王所禽"语，以此可知，世人皆知韩信以"金石交"事汉王，曲中称"怀兰志金"，虽化用熟语，但亦是言之有据，并非臆说。

安薄北方：安，疑问代词。薄，迫近。《说文》："薄，林薄也。"段注："按：林木相迫不可入曰薄，引伸凡相迫皆曰薄。"⑦ 此句以上句为条件，用疑

---

① 《汉书》，《二十五史》本，上海古籍出版社、上海书店 1986 年版，第 689 页。
② 《史记》作"武垣"。
③ 《汉书》，《二十五史》本，上海古籍出版社、上海书店 1986 年版，第 555 页。
④ 《周易正义》，《十三经注疏》本，中华书局 1980 年版，第 79 页。
⑤ 《汉书》，《二十五史》本，上海古籍出版社、上海书店 1986 年版，第 542 页。
⑥ 《史记》，《二十五史》本，上海古籍出版社、上海书店 1986 年版，第 294 页。
⑦ （清）段玉裁：《说文解字注》，上海古籍出版社 1981 年版，第 41 页。

问句式表达，前提条件具备后所产生的必然结果。意为韩信假若没有"怀兰志金"之忠心，怎么能迫近"北方"，为汉王刘邦打下半壁江山。

开留离兰：此句是由上句转出的感慨。开留，此二字是承"石留"的寓意而言，是说汉王最终抛开了既"忠孝"又"诚信"的有如水中玉石、流不可移的韩信。离兰，此二字是承"怀兰志金"的寓意而言，责问汉王背离了韩信如兰如金的一片忠诚。此语暗示韩信无辜被贬，实出于高祖刘邦的多疑与私心。以韩信遭遇言之，冤哉！以歌者心理言之，愤其不平！

以上对此曲进行了逐字逐句的训诂解读，并以韩信的史事加以印证，既解读了《石留》选叙韩信事迹、叹惋韩信无辜被贬的歌诗大意，也证明了参之以语言逻辑停顿所佐证的《石留》句读的合理性。

考 论

（一）《石留》难解在于其隐讳言事。从以上的训诂解读可知，《石留》所述与汉代开国功臣韩信有关。考之《史记》《汉书》所记，韩信归汉后之事迹，可编年概述如下：汉元年，韩信亡楚归汉，至南郑，初颇受冷落，后因萧何力荐，拜为大将军，与汉王论夺天下之大计。是年八月，遂与汉王出陈仓，定三秦。汉二年，随汉王出函谷关。四月，汉王兵败彭城，信复收散兵，与汉王会于荥阳，击破楚军于京索之间，楚不能西，汉与楚和。六月，魏王豹反汉，与楚约和。八月，汉王以信为左丞相击魏，信渡夏阳，在河东于东张败魏将孙速，于安邑败魏将王襄，进而击魏王豹于曲阳，追至东垣而虏之，遂下魏都城平阳，平定魏地。于是韩信请增兵三万以北举赵燕，汉王遣张耳与信俱，引兵东北击赵代。九月，于邬东破代相夏说军，于阏与擒夏说而斩之。汉三年，十月，破赵军于井陉，斩陈余泜水上，擒赵王歇。平赵后，又用广武君李左车计发使降燕，迫使燕归服降汉。汉四年，汉王拜韩信为相国，发赵兵东击齐，信以蒯通说为然，渡河，袭历下，破临淄，追齐王至高密，于潍水败楚援兵龙且军，于城阳虏齐王广，遂平齐。此后韩信请为假齐王，汉王封之为真齐王，随即征其兵击楚。项王恐，使武涉说韩信以"三分天下"，信回之曰："夫人深亲信我，我倍之不祥，虽死不易。"[①] 齐人蒯通亦屡谏韩信拥兵自立，信谢之曰：

[①] 《史记》，《二十五史》本，上海古籍出版社、上海书店 1986 年版，第 294 页。

"汉遇我厚,吾岂可见利而背恩乎!"①终不忍背汉。汉五年,灭项羽后,汉王袭夺韩信军,徙齐王信为楚王。同年,汉王即皇帝位。汉六年,人有上书告楚王信反,高祖以陈平计擒韩信,贬以虚爵淮阴侯,信遂称病不朝从。汉七年,信唆使赵相国陈豨反汉。汉十年,陈豨果反。汉十一年春,韩信欲为内应袭吕后及太子,吕后用萧何计缚信而斩之。韩信事迹,于《史记》《汉书》中,虽需依据本传并参考其他相关别纪、别传读之,但事迹本末、事件因果,绎之可寻。然而,曲中选取韩信事迹而叙述之,并不像史书那样有明确的叙事对象、清楚的叙事内容、简明的叙事语言,而是隐去了表现对象,模糊了叙事内容,遣词作语也隐讳为说,从而构成了叙事隐晦、言情婉曲的类于谶语式的歌诗风格。这就是造成此曲难以解读的根本原因所在。因而,若要解读此曲,则必须首先解读曲中隐言之事,而后由事及人,揭秘曲中的叙事对象。事实上,本文的"笺注"就是按照这一思路实践的。由于曲中隐言之事的解读,都无一例外地表现出事件与韩信的联系,所以可以确定此曲的叙事对象只能是韩信。关于这一判断,还可以在此曲叙事言情的隐讳方式的分析中,得到进一步的印证。

(二)《石留》叙事抒情的隐讳方式分析:总括《石留》中隐讳方式,可以归类为三种。1. 叙述地名的隐讳方式:曲中凡言及韩信征战之地名,不言史家所记之地名,而以其附近地名言之,如史家记韩信诛夏说于邬东,而曲中吟唱却隐言说"阳凉";史家记韩信的征战事迹主要是在河东地区,而曲中吟唱却隐言说"河";史家记韩信请战北上时是在魏都平阳一带,而曲中吟唱却隐言说"杨"。2. 利用修辞格的隐讳方式:曲中凡指称韩信及其事迹,均以比兴、借代、省称等修辞手法言之,如赞美韩信品行,化用"玉石留止"的熟语,并简缩为"石留"二字言之;述说韩信拜将,选用阴阳家天象谶语"凤阳"借代言之;讲述韩信被贬的经历,暗用"玉化为石""石流为沙"之相术语隐喻言之;讲述韩信北伐魏、代、赵、燕,只言其方位,以"北迩""北方"来表述;甚至对简省之语再度简省之,如将已作简省的"石留"一语,再度简省为"留";将化用"其利断金""其臭如兰"的简省语"怀兰志金",再度简省为"兰"。3. 叙事略去施事主语的隐讳方式:如叙说韩信诛

---

① 《汉书》,《二十五史》本,上海古籍出版社、上海书店 1986 年版,第 569 页。

夏说，只说诛杀之地"凉（两）阳凉"；叙说韩信被贬后唯求隐居，只说其事之要点"锡以微"；叙说韩信归汉之初遭受冷遇，只说其境遇"䫻冷"；叙说韩信向汉王请战，只说请战之内容"北逝肯无"；叙说韩信平定魏、代、赵、燕，仅以其方位代之说"安薄北方"；叙说汉王拜韩信为将，只说事件之结果"将凤阳"；叙说汉王答复韩信请战，只说其旨意传达到的地点"于杨"。上述的隐讳方式，构成了《石留》的隐讳叙事抒情的基本特色。而这个基本特色的本质特征，就是有意识地将叙事与抒情神秘化，在神秘的歌唱中传达歌曲内容的暗示。这种隐讳言事的歌诗，在后世人看来，由于难以解读，显得越发神秘，但是对于汉代的传唱者来说，并不陌生，因为在先秦两汉一直有这种隐讳言事的歌诗在世间流行。

（三）隐讳言事是先秦两汉流行的一种特殊诗体。以隐讳之语创作歌诗，是为古代歌诗中特殊的一种诗体，先秦即已有之。例如《左传·僖公五年》记载："八月甲午，晋侯围上阳，问于卜偃曰：'吾其济乎？'对曰：'克之。'公曰：'何时？'对曰：'童谣云："丙之晨，龙尾伏辰。均服振振，取虢之旂。鹑之贲贲，天策焞焞。火中成军，虢公其奔。"其九月、十月之交乎！丙子旦，日在尾，月在策，鹑火中，必是时也。'冬十二月丙子朔，晋灭虢。"①这段文字中，记述的童谣就是一首特殊的歌诗，歌诗是用天文星象预示"晋灭虢"的时间，作词造语隐讳言事，带有巫筮文化的神秘色彩，若没有卜偃的一番解说，连晋侯也一时不能理解其中的"玄机"。这种特殊的歌诗体在先秦有着深厚的社会基础，其对文学创作也产生了不可忽视的影响。战国末荀子《赋篇》之《礼》《智》《云》《蚕》《箴》五篇，就借鉴了这种歌诗体的手法，以隐讳语吟唱，只不过他为了教化的推而广之，将谶语"谜语"化，将神秘语通俗化，并在赋写的篇尾交代了"谜底"。以此推论，《石留》隐讳手法的选用，可谓来源有自。其实在原始巫术于汉代以谶纬学形式逐渐回潮的文化背景下，这种特殊诗体的歌诗也表现出回潮的趋势，据《汉书·五行志》记载，若《井水溢》《燕燕尾涎涎》《邪径败良田》等都是这类特殊的歌诗，如汉成帝时歌谣说："邪径败良田，谗口乱善人。桂树华不实，黄爵巢其

---

① 《春秋左传正义》，《十三经注疏》本，中华书局1980年版，第1795—1796页。

颠。故为人所羡，今为人所怜。"《五行志》解释说："桂，赤色，象汉家；华不实，无继嗣也。王莽自谓黄，象黄爵（通雀）巢其颠也。"[1] 其谶纬意义是预言王莽篡汉将带给刘汉王朝毁灭性的灾难。歌诗中运用比喻、象征、借代等多种修辞方法，而桂之赤色、黄爵之所指王莽，更使用了历史掌故，成为此诗隐讳言事的关键隐语。这一切与汉铙歌《石留》的表现手法基本一致。这种隐讳言事的歌诗，在先秦两汉的流行，无疑为《石留》的创作提供了借鉴，而且为它的传播提供了文化土壤。从《左传》所记卜偃对"童谣"的解说、《汉书·五行志》对《邪径败良田》的解释，以及荀子《赋篇》在歌诗结篇处交代"谜底"等实例分析，先秦两汉隐讳言事的歌诗都有相应的解读与之伴生。以此类推，《石留》在传唱之初，隐讳的曲词与隐讳曲词的解读，亦当是一明一暗并行于世的，当时当事者传唱它自有其不同于一般歌诗的传唱与解读方式，因而只要有解读伴生，其暗示之内容的传播就不存在什么难解难读的障碍。问题的症结在于，《石留》一曲，其"明处"歌唱的隐讳的曲词籍于朝中乐官被记录下来，其"暗处"流传的隐讳曲词的解读却由于没有文字记录而被历史所湮没，这才让时代相隔越来越远的学者感到"使人读之茫然"而致使"句读之不知"。言说至此，又引出了另一个不可回避的问题，即《石留》的作者为什么要隐讳言事呢？

（四）《石留》隐讳言事有其必然的政治原因。从上文关于《石留》的笺注可知，曲词的核心内容是表现对韩信无辜被贬的不平和对韩信遭遇兵权被夺与政治冷落的同情。在汉初天下初定、政局不稳的政治环境中，本性多疑的汉高祖刘邦对异姓王始终怀有戒心，特别是对于韩信更是高度戒备，他在剪除项羽之后，立即"驰入齐王信壁，夺其军"，夺去了韩信的兵权，不得以封韩信为楚王后，仅仅一年，便以"人告楚王信谋反"为口实，既不调查事实真相，也不顾及这样做所造成的君臣信任危机对巩固政权的负面影响，即急不可待地计擒韩信，贬以虚爵淮阴侯，软禁于长安。汉王擒韩信后，有田肯者贺曰："甚善！陛下得韩信，又治秦中。"[2] 可谓深知刘邦之用心。事实上，刘邦在韩信

---

[1] 《汉书》，《二十五史》本，上海古籍出版社、上海书店 1986 年版，第 502 页。
[2] 《史记》，《二十五史》本，上海古籍出版社、上海书店 1986 年版，第 43 页。

"假齐王"之时,就将其视为不亚于项羽的有可能威胁其刘氏天下的政治对手和心腹之患,久有剪灭韩信之心。因此,同情韩信则势必迁怒于朝廷,甚或有冒犯帝王、丢掉身家性命之虞;何况《石留》所歌,不仅寓有批评汉高祖"兔死狗烹""鸟尽弓藏"之讽,而且更具有借韩信无辜被贬的事件传播反汉情绪的潜在意识,因而歌者不得不采取特殊歌诗隐讳言事的手法,隐而歌之。唯有如此,曲之作者才能规避获罪而使之面世,曲之传播者才能蒙蔽朝廷而使之传唱。尽管如此写作,与正常的歌诗相比,其表意言情不免显得晦涩,对其传播不免多有不利,但好在当时人对这种歌诗并不陌生,歌曲在军旅部伍或里巷街陌的传播中,接受者只要有传播者的"指点迷津",自然会"心有灵犀一点通"。关于《石留》创作的政治因素,若以汉初河东代、赵之政治形势言之,对于《石留》之作之传播的寓意,则会从另一个角度得到更为具体的佐证。

(五)汉初河东形势与《石留》的作者及创作动机和时间。自汉建国伊始,十有余年,河东屡反:汉二年,有魏王豹、赵王歇之反;汉五年,有燕王臧荼之反;汉七年,有韩王信之反;汉十年,有赵相国陈豨之反。足见高祖刘邦在河东的政治影响实在是根基不稳,同时也说明汉初河东吏民涵养着积蓄历久的反汉意识。在河东之反中,值得注意的是,与韩信有直接关系的陈豨之反。据《史记》《汉书》记载,陈豨,宛朐人。曾从汉王至霸上,定代,封阳夏侯。韩王信反,高祖封豨为列侯,以赵相国将监赵、代边兵,边兵皆属焉。赴任前,陈豨"辞于淮阴侯,淮阴侯挈其手,辟左右,与之步于庭,仰天叹曰:'子可与言乎?欲与子有言也。'豨曰:'唯将军令之。'淮阴侯曰:'公所居,天下精兵处也,而公陛下之信幸臣也。人言公之畔,陛下必不信;再至,陛下乃疑矣,三至,必怒而自将。吾为公从中起,天下可图也。'陈豨素知其能也,信之曰:'谨奉教'"。

陈豨至任所后,果有赵相周昌者见高祖言'恐豨有变',高祖因之疑而立案,侦察陈豨。陈豨恐,于汉十年九月,联合韩王信旧时部将王黄等反,自立为大王,劫略赵代。陈豨反,高祖自将而往,韩信称病不从。汉十一年春,韩信"阴使人至豨所曰:'弟举兵,吾从此助公。'信乃谋与家臣夜诈诏赦诸官徒奴,欲发以袭吕后、太子"。吕后用萧何计"缚信斩之长乐钟室"。汉十一年十二月，高祖于东垣败陈豨军，还师。汉十二年冬，"樊哙军卒追斩豨于灵丘"①。以陈豨之反分析：1. 其反汉源于韩信的唆使。陈豨之所以相信韩信的话，一则如史家所言"素知其能"，二则当是鉴于韩信被诬而失势的前车之鉴，也可以说，陈豨作为封疆大吏，面对汉高祖以诛罚功臣来维护刘氏天下的"既定方针"，也存在着心理恐惧。2. 其反汉必然要做充分的准备。《史记·陈豨传》载，"豨宾客随之者千余乘"，"阴令客通使王黄、曼丘臣所"②，此即是其反汉前的人事贮备与军事联盟的准备；除此之外，陈豨还应该做必要的舆论准备，起码在他的军队中要使官兵有事变的心理预期，而这一准备则绝不可公开，必须隐密进行。基于以上两个方面的分析，自然会得出如下的推理，即《石留》极有可能是陈豨为反汉所做的舆论准备，作者很可能是陈豨豢养的宾客，若此，其写作的时间应在汉高祖七年至十年之间，也就是陈豨拜赵之相国后与反汉之前。此时韩信尚未被诛，陈豨之所以选择韩信事作为舆论准备的素材，是因为一方面韩信无辜被贬之事有着无可替代的典型的策反说服力，另一方面还可以用"既成事实"的隐言歌诗，巩固与韩信的反汉同盟。我们如此推理，除了以上两个背景因素外，就《石留》的文本内容来讲，亦可与之相互印证：韩信在河东的事迹，最为屡屡反汉的河东人所了解；韩信被诬谋反的遭遇，最可以直接揭露汉高祖排挤、戕害功臣的内心险恶；韩信为汉尽忠而无辜被贬，最具有说明反汉所需的充分理由；韩信战功卓著却无功而受过，最能够激发军中将士特别是将领因心理恐惧而产生的反汉共鸣。由此进一步推理，《石留》在创作之初，很可能是流行于陈豨所辖的赵、代边兵中的铙歌，此后亦有可能流转传布于整个河东地区，甚或更广。

（六）《石留》在西汉的流传，与汉人为韩信不平的普遍心理有关。考之《史记》《汉书》，韩信无辜而贬为淮阴侯，实是冤案；韩信唆使陈豨谋反，实因为蒙冤而生怨，亦可说，其人生期待遭遇强大压抑而逆反为之。故司马迁惋惜曰："假令韩信学道谦让，不伐己功，不矜其能，则庶几哉于汉家，勋可比周、召、太公之徒。"③另者，韩信之反，又有高祖刘邦出于巩固刘氏天下之私

---

① 《史记》，《二十五史》本，上海古籍出版社、上海书店1986年版，第295页。
② 《史记》，《二十五史》本，上海古籍出版社、上海书店1986年版，第295页。
③ 《史记》，《二十五史》本，上海古籍出版社、上海书店1986年版，第294页。

心而排除异己的被逼迫的因素。司马贞《史记索引》述赞曰:"君臣一体,自古所难。相国深荐,策拜登坛。沉沙决水,拔帜传飧。与汉汉重,归楚楚安。三分不议,伪游可叹。"① 作为史家司马迁、司马贞尚有此叹,汉之世人亦必有同感。事实上,史书中业已透露了这方面的信息,陆贾《楚汉春秋》载:"北郭先生献带于淮阴侯,曰:'牛为人任,用力尽,犹不置其革。'"② 司马迁《史记》载:"人言:'狡兔死,良狗亨;高鸟尽,良弓藏;敌国破,谋臣亡。'"③ 这两条被史家引用的早已流行的谣谚,就是当时民间对韩信遭遇的评价。平心而论,《石留》之歌者对韩信的同情与叹惋,尤甚于史家,这亦不失为情理之中之事;且《石留》之歌者对韩信遭际深感不平,正与汉代民间评价同调,因而无疑会被民间淳朴之是非意识所认同。这应该是《石留》虽有不满于汉高祖的微词与讥讽,却得以流传于世的重要原因。

(七)《石留》被汉音乐机关收录,最有可能在东汉初期。《石留》为《宋书·乐志》所录时,收于《汉鼓吹铙歌十八曲》之中,排序在最后,为第十八曲。《石留》为汉代之乐府歌诗历来无有争议。那么,这样一首对汉高祖颇有微词、被赋予反汉弦外之音的河东叛地的铙歌,何以能被汉朝廷所容纳呢?这在西汉当然不大可能,西汉的历代帝王,绝不可能让具有反汉背景的任何歌诗成为朝廷的乐歌。然而,到了东汉情况就不同了,东汉开国皇帝光武帝刘秀,虽然是西汉高祖刘邦的九世之孙,但是,他中兴汉室所采取的大政方针并没有恪守"祖宗家法",甚或扬弃了西汉高祖的"既定方针"。这里仅就与本文有关的问题为说。刘邦开国,视天下为己有,凡功臣若权高震主或拥兵自重者,则一律被视为有可能威胁君权的心腹之患,于是大开杀戒以巩固刘氏"家天下"的专制统治,更留下遗训"非刘氏而王,天下共击之"④。然而刘秀开国,虽对开国功臣也心存防范,但并未因猜忌而枉杀无辜,而是采用了防患于未然的"制御"措施。据《后汉书·马武传论》所述,东汉初期"制御"功臣的措施可以概括为三:一是限制封地,使开国功臣在经济与军事等方面不能具备与中

---

① 《史记》,《二十五史》本,上海古籍出版社、上海书店 1986 年版,第 294 页。
② (汉)陆贾:《楚汉春秋》,《中国野史集成》本,巴蜀书社 1993 年版,第 219 页。
③ 《史记》,《二十五史》本,上海古籍出版社、上海书店 1986 年版,第 294 页。
④ 《史记》,《二十五史》本,上海古籍出版社、上海书店 1986 年版,第 41 页。

央政权对抗的实力。刘秀分封功臣，"虽寇（恂）、邓（禹）之高勋，耿（弇）、贾（复）之鸿烈，分土不过大县数四"①，封地只有四个县，着实控制了他们权力欲望与军事实力的扩张。二是限制权力，使绝大多数开国功臣脱离开政治中心，使他们没有政治资本威胁帝王之君权，如上举寇、邓、耿、贾四大元勋，其封爵虽是"所加特进"，其权力却只有"朝请而已"，完全是一个虚有爵位的空架子。三是大肆表彰，给予开国功臣以极高的荣誉，平衡其不平的心理。光武帝建武十三年，"大飨将士，班劳策勋，功臣增邑更封，凡三百六十五人，其外戚恩泽封者四十五人"②。明帝"永平中，显宗追感前世功臣，乃图画二十八将于南宫云台，其外又有王常、李通、窦融、卓茂合三十二人，故依其本第系之篇末，以志功臣之次云尔"③。这一系列措施，有效地化解了君主与功臣的信任危机，致使东汉开国功臣皆能"保其福禄，终无诛遣者"④。东汉初光武帝与显宗明帝的上述"制御"措施，实是来源于对历史的深刻反思，《后汉书·马武传》在总结刘邦时代历史教训时，有一段极为要紧的话："势疑则隙生，力侔则乱起，萧、樊且犹缧绁，信、越终见菹戮。"⑤在这一反思中，不难看出，东汉光武帝及明帝对萧何、樊哙、韩信、彭越之政治遭遇，开始有了实事求是的客观评价。其如此评说，虽说算不上为韩信等人平反昭雪，但是起码认识到了高祖刘邦猜忌贤良、枉杀功臣的政治失误。有了帝王倾向于萧、樊、信、越无辜蒙冤的"御旨"或曰"圣意"，又有汉人同情韩信的普遍心理为社会基础，为韩信鸣不平的《石留》被东汉初年的音乐机关所采录，那就是再自然不过的合情合理的事情了。《石留》有了"合法"的身份，于是便可以从东汉建国起始，在军旅中或者在宴享中公开地演唱。而公开演唱《石留》，如果从东汉光武帝、明帝"制御"功臣的角度设想，无疑有着政治功利目的，因为它至少可以向朝野传达出一个信息，即中兴的刘氏帝王不会重蹈汉高祖刘邦的覆辙，不会重演西汉诛杀开国功臣的悲剧。于是，《石留》

---

① 《后汉书》，《二十五史》本，上海古籍出版社、上海书店 1986 年版，第 875 页。
② 《后汉书》，《二十五史》本，上海古籍出版社、上海书店 1986 年版，第 770 页。
③ 《后汉书》，《二十五史》本，上海古籍出版社、上海书店 1986 年版，第 875 页。
④ 《后汉书》，《二十五史》本，上海古籍出版社、上海书店 1986 年版，第 875 页。
⑤ 《后汉书》，《二十五史》本，上海古籍出版社、上海书店 1986 年版，第 875 页。

这首具有特殊艺术手法、特殊历史政治背景、特殊表现内容与特殊附加意义的铙歌，才在乐府歌诗的传承中，得以流传至今。

（本文已发表于《文艺研究》2012年第10期）

（作者单位：湖北文理学院宋玉研究中心）

汉铙歌与北朝乐府民歌之比较

高人雄

汉铙歌和北朝乐府民歌，有着许多相通之处，在乐府分类中铙歌与保留在南朝梁乐府中的北朝乐府民歌一脉相承均属于横吹鼓曲，都具有刚健的音乐风格。铙歌和北朝乐府民歌的歌辞句式多变，有较多杂言句式，节奏灵活多变。保留下来的歌辞虽数量不多，但包含了丰富的内容，反映了较广阔的社会生活，有显著的民间特征。

一、关于铙歌

"铙歌"一名最早见于蔡邕《礼乐志》中，其云：汉乐共有四品，"三曰《黄门鼓吹》，天子所以宴乐群臣"，"其短箫、铙歌，军乐也"。[1]《宋书》卷十九《乐志一》说："鼓吹，盖短箫铙歌。蔡邕曰：'军乐也，黄帝岐伯所作，以扬德建武，劝士讽敌也。'《周官》曰：'师有功则恺乐。'《左传》曰，晋文公胜楚，'振旅，恺而入'。《司马法》曰：'得意则恺乐恺歌。'"[2] 崔豹《古今注》卷中《音乐第三》所言与此一致。[3]

"鼓吹"在《汉书》卷一百上《叙传第七十上》云："始皇之末，班壹避

---

[1] （汉）蔡邕：《礼乐志》，转引自（南朝宋）范晔：《后汉书》，中华书局1965年版，第3132页。
[2] （南朝梁）沈约：《宋书》，中华书局1974年版，第558页。
[3] 参见（晋）崔豹：《古今注》，景印文渊阁《四库全书》本。

地于楼烦，致马牛羊数千群。值汉初定，与民无禁，当孝惠、高后时，以财雄边，出入弋猎，旌旗鼓吹。"①刘瓛《定军礼》云："鼓吹未知其始也，汉班壹雄朔野而有之矣。鸣笳以和箫声，非八音也。"② 这段话告诉我们"鼓吹乃夷乐，非中土旧有之声调"③。黄镇成《尚书通考》："（后魏）太武帝破赫连获古乐，平凉州得伶人器服，并择而存之。后通西域，又以般悦国鼓吹设于乐部署"④，由此可见，鼓吹源于西域诸国。陆机说"原鼓吹之攸始，盖秉命于黄轩"⑤，就是说汉鼓吹曲源于黄帝，这纯属无稽之谈。《旧唐书》卷二十九《音乐志二》载："鼓吹本军旅之音，马上奏之，故自汉以来，北狄乐总归鼓吹署。"⑥

据上所述，铙歌是一种军乐。沈约认为汉时只名短箫铙歌，不名鼓吹。郑樵在《通志·乐略》中继承这一说法："按汉晋谓之短箫铙歌，南北朝谓之鼓吹曲。"⑦郭茂倩《乐府诗集》反驳沈、郑之说："《晋中兴书》曰：'汉武帝时，南越加置交趾、九真、日南、合浦、南海、郁林、苍梧七郡，皆假鼓吹。'《东观汉记》曰：'建初（章帝）中，班超拜长史，假鼓吹麾幢。'"⑧看来短箫铙歌在汉时已名鼓吹，并不是从魏晋才开始的。李贤注《后汉书》卷四十七《班超传》则以为假给班超的鼓吹是指横吹曲，并说："横吹麾幢，皆大将所有，超非大将，故言假。"⑨"横吹"，如郭茂倩所说，"其始亦谓之鼓吹"⑩。《乐府诗集》云："自汉以来，北狄乐总归鼓吹署。其后分为二部：有箫笳者为鼓吹，用之朝会、道路，亦以给赐。""有鼓角者为横吹，用于军中，马上所奏者是也。"⑪崔豹《古今注》曰："汉乐有黄门鼓吹，天子所以宴乐群臣也。短箫铙歌，鼓

---

① （汉）班固：《汉书》，中华书局1962年版，第4197—4198页。
② （南朝齐）刘瓛：《定军礼》，转引自（宋）郭茂倩编：《乐府诗集》，中华书局1979年版，第223页。
③ 萧涤非：《汉魏六朝乐府文学史》，人民文学出版社1984年版，第84页。
④ （元）黄镇成：《尚书通考》，景印文渊阁《四库全书》本。
⑤ （晋）陆机：《鼓吹赋》，载（清）严可均校辑：《全上古三代秦汉三国六朝文》，中华书局1958年版，第2014页。
⑥ （后晋）刘昫等：《旧唐书》，中华书局1975年版，第1071页。
⑦ （宋）郑樵：《通志二十略》，王树民点校，中华书局1995年版，第888页。
⑧ （宋）郭茂倩编：《乐府诗集》，中华书局1979年版，第224页。
⑨ （南朝宋）范晔：《后汉书》，中华书局1965年版，第1578页。
⑩ （宋）郭茂倩编：《乐府诗集》，中华书局1979年版，第309页。
⑪ （宋）郭茂倩编：《乐府诗集》，中华书局1979年版，第309页。

吹之一章耳，亦以赐有功诸侯。然则黄门鼓吹、短箫铙歌、与横吹曲，得通名鼓吹，但所用异尔。"①

二、关于北朝乐府

据《魏书·乐志》记载，北魏末年，还存有乐府五百曲。但据《唐书·乐志》所载，在周隋时还和凉州乐杂奏，到唐代只剩下五十三曲了。因战乱和语言隔阂，只有少数诗歌译成汉语而保留下来。燕魏乐府有个别传到南方，保留于南朝梁乐府中。《乐府诗集》引《古今乐录》曰："梁鼓角横吹曲有《企喻》《琅琊王》《钜鹿公主》《紫骝马》《黄淡思》《地驱乐》《雀劳利》《慕容垂》《陇头流水》等歌三十六曲。"②其中可以确定为十六国时期的作品有《企喻歌》《琅琊王歌辞》《钜鹿公主歌》《紫骝马歌辞》（第一、二首）《慕容垂歌辞》《折杨柳枝歌》《幽州马客吟歌辞》《慕容家自鲁企由谷歌》《陇头歌辞》。③据《乐府诗集》卷二十一载：横吹曲开始也叫鼓吹，在马上演奏，属于军乐；而北狄乐因为也在马上演奏，所以从汉代以来，北狄乐便被划归到鼓吹署。后来鼓吹分为两部：有箫、笳者为鼓吹；有鼓、角者为横吹。前者用于朝会、道路和给赐；后者用于军中马上奏之。④《晋书·乐志》曰："胡角者，本以应胡笳之声，后渐用之横吹，有双角，即胡乐也。汉博望侯张骞入西域，传其法于西京，唯得《摩诃兜勒》一曲。李延年因胡曲更造新声二十八解，乘舆以为武乐。后汉以给边将，和帝时，万人将军得用之。魏晋以来，二十八解不复具存，而世所用者有《黄鹄》等十曲。"⑤后其辞失传，又有了《关山月》等八曲。"后魏之世，有《簸逻回歌》，其曲多可汗之辞，皆燕魏之际鲜卑歌，歌辞虏音，不可解晓，盖大角曲也。"⑥至隋代以后，与鼓吹列为四部，统称为鼓吹，以供大驾及皇太

---

① （晋）崔豹：《古今注》，景印文渊阁《四库全书》本。
② （宋）郭茂倩编：《乐府诗集》，中华书局1979年版，第362页。
③ 郎樱、扎拉嘎主编：《中国各民族文学关系研究》，贵州人民出版社2005年版，第189—190页。
④ 参见（宋）郭茂倩编：《乐府诗集》，中华书局1979年版，第309页。
⑤ （唐）房玄龄等：《晋书》，中华书局1974年版，第715—716页。
⑥ （宋）郭茂倩编：《乐府诗集》，中华书局1979年版，第309页。

子、王公等。其第一部"曰棡鼓部,其乐器有棡鼓、金钲、大鼓、小鼓、长鸣角、次鸣角、大角七种。棡鼓金钲一曲,夜警用之。大鼓十五曲,小鼓九曲,大角七曲,其辞并本之鲜卑。"① 至唐初,太常鼓吹乐基本沿用隋制。《梁鼓角横吹曲》有《企喻》等三十六首,乐府胡吹旧曲又有《隔谷》等三十首,所以《乐府诗集·梁鼓角横吹曲》收录共六十六首。

总之,横吹与鼓曲是由汉代北方和西北少数民族地区输入中原的音乐。"鼓吹"在《汉书》卷一百上《叙传第七十上》云:"始皇之末,班壹避地于楼烦,致马牛羊数千群。值汉初定,与民无禁,当孝惠、高后时以财雄边,出入弋猎,旌旗鼓吹。"② 刘瓛《定军礼》云:"鼓吹未知其始也,汉班壹雄朔野而有之矣。鸣笳以和箫声,非八音也。"③ 说明鼓吹乃夷乐,非中土旧有之声调。鼓吹源于北方诸少数民族地区。横吹兴起于汉武帝时期,《晋书》卷二十三《乐志下》曰:"横吹,有双角,即胡乐也。张博望入西域,传其法于西京,惟得《摩诃兜勒》一曲。李延年因胡曲更造新声二十八解,承舆以为武乐。"④《乐府诗集》卷二十一"横吹曲辞"解题说:"横吹曲,其始亦谓之鼓吹,马上奏之,盖军中之乐也。"⑤《旧唐书》卷二十九《音乐志二》载:"鼓吹本军旅之音,马上奏之,故自汉以来,北狄乐总归鼓吹署。"⑥ 说明横吹鼓曲非中原固有音乐。

三、横吹鼓曲的发展

1. 汉铙歌的发展

东汉时朝廷设有黄门鼓吹乐署,出承华令掌管。黄门鼓吹乐署的乐人演奏的音乐称黄门鼓吹。黄门鼓吹乐包括相和歌和杂舞曲两大部分。在汉代,相和

---

① (宋)郭茂倩编:《乐府诗集》,中华书局1979年版,第310页。
② (汉)班固:《汉书》,中华书局1962年版,第4197—4198页。
③ (南朝齐)刘瓛:《定军礼》,转引自(宋)郭茂倩编:《乐府诗集》,中华书局1979年版,第223页。
④ (唐)房玄龄等:《晋书》,中华书局1974年版,第715页。
⑤ 参见(宋)郭茂倩编:《乐府诗集》,中华书局1979年版,第309页。
⑥ (后晋)刘昫等:《旧唐书》,中华书局1975年版,第1071页。

歌等与短箫铙歌同属黄门鼓吹乐署，黄门鼓吹乐的主要乐章是相和歌辞，但短箫铙歌也由黄门鼓吹乐人演唱，只因为它是军乐，与用于宴会的相和歌辞等性质不同，所以别为一类。曹魏设立清商署开始，清商曲和杂舞曲就从黄门鼓吹署中独立出来，成为清商新声的主体。此时鼓吹皆指短箫铙歌和横吹曲。后来横吹曲又从鼓吹曲中分出，《乐府诗集》云："自汉以来，北狄乐总归鼓吹署。其后分为二部：有箫笳者为鼓吹，用之朝会、道路，亦以给赐。""有鼓角者为横吹，用于军中，马上所奏者是也。"①这时鼓吹曲的含义最为狭窄，仅指短箫铙歌。所以《乐府诗集》卷十六"鼓吹曲辞"解题说："鼓吹曲，一曰短箫铙歌。"②崔豹《古今注》曰："汉乐有黄门鼓吹，天子所以宴乐群臣也。短箫铙歌，鼓吹之一章耳，亦以赐有功诸侯。然则黄门鼓吹、短箫铙歌、与横吹曲，得通名鼓吹，但所用异尔。"③

鼓吹曲的歌辞，以汉铙歌十八曲最为古老，《古今乐录》曰："汉鼓吹铙歌十八曲，字多讹误。一曰《朱鹭》，二曰《思悲翁》，三曰《艾如张》，四曰《上之回》，五曰《拥离》，六曰《战城南》，七曰《巫山高》，八曰《上陵》，九曰《将进酒》，十曰《君马黄》，十一曰《芳树》，十二曰《有所思》，十三曰《雉子斑》，十四曰《圣人出》，十五曰《上邪》，十六曰《临高台》，十七曰《远如期》，十八曰《石留》。又有《务成》《玄云》《黄爵》《钓竿》，亦汉曲也。其辞亡。或云：汉铙歌二十一无《钓竿》，《拥离》亦曰《翁离》。"④这十八曲内容庞杂，有叙战阵，有记祥瑞，有表武功，还有言男女之情的。

魏晋以来，历代均在汉铙歌的基础上有新作。《晋书》卷二十三《乐志下》："及魏受命改其十二曲，使缪袭为词以述功德代汉……是时吴亦使韦昭创十二曲名，以述功德受命……及武帝受禅，乃令傅玄制为二十二篇，亦述以功德代魏。"⑤魏以下的铙歌内容已不再像汉铙歌那样丰富，而多为统治者颂扬标榜自己功德的歌辞。从曹魏、东吴和西晋所作铙歌的曲名就能明显地看

---

① （宋）郭茂倩编：《乐府诗集》，中华书局1979年版，第309页。
② （宋）郭茂倩编：《乐府诗集》，中华书局1979年版，第223页。
③ （晋）崔豹：《古今注》，景印文渊阁《四库全书》本。
④ （南朝陈）释智匠：《古今乐录》，转引自（宋）郭茂倩编：《乐府诗集》，中华书局1979年版，第225页。
⑤ （唐）房玄龄等：《晋书》，中华书局1974年版，第701—702页。

出这种变化（具体情况请看下表）。而且从文体上说，魏以后的铙歌更接近于《汉郊祀歌》及《安世房中歌》，越来越趋于雅乐化。汉铙歌全部是杂言，杂有声辞，训释起来较困难，曹魏、东吴、西晋的铙歌句式比较整齐，一般都以三言句、四言句居多，五言、六言、七言也有且比较整齐，并不杂以声辞，明白易晓。

曲名 \ 朝代	曹魏	东吴	西晋
朱鹭	楚之平	炎精缺	灵之祥
思悲翁	战荥阳	汉之季	宜受命
艾如张	获吕布	摅武师	征辽东
上之回	克官渡	伐乌林	宣辅政
拥离	旧邦	秋风	时运多难
战城南	定武功	克皖城	景龙飞
巫山高	屠柳城	关背德	平玉衡
上陵	平南荆	通荆门	文皇统百揆
将进酒	平关中	章洪德	因时运
有所思	应帝期	从历数	惟庸蜀
芳树	邕熙	承天命	天序
上邪	太和	玄化	大晋承运期
君马黄			金灵运
雉子斑			于穆我皇
圣人出			仲春振旅
临高台			夏苗田
远如期			仲秋猎田
石留			顺天道
			唐尧
			玄云
			伯益
			钓竿

永嘉之乱使得雅乐受到重创，而鼓吹乐在很大程度上发挥着雅乐的作用。终晋一世，鼓吹乐多用于朝廷礼仪活动，而少见于娱乐场合。宋齐以来，鼓吹乐不仅继承汉晋以来的传统，用于朝廷，而且越来越广泛的用于歌舞娱乐领域。并且文人拟作鼓吹曲辞也多起来，齐梁两代是文人拟作鼓吹曲辞的高潮。如齐代的王融、谢朓和沈约等人都有鼓吹拟作留世。梁代作家有 19 人拟作鼓吹曲辞 32 首，陈代作家有 10 人拟作鼓吹曲 27 首。内容以艳情为主，与齐梁文学的整体面貌是一致的。

随着时代的变迁，鼓吹乐的曲调内容，演奏形式与演奏方法也不断发展变化，有些场合不一定需要演唱，逐渐向器乐的方向发展了。

2. 北朝民歌的形成

永嘉之乱后，匈奴、鲜卑、羯、氐、羌、敕勒、柔然等处于边缘地带的各游牧部族大量入据黄河流域，一时间北方大地出现了由少数民族或汉族建立的大大小小二十几个割据政权。据《隋书》卷十三《乐志》载："晋氏不纲，魏图将霸，道武克中山，太武平统万，或得其宫悬，后收其古乐，于时经营是迫，雅器斯寝。孝文颇为诗歌，以勖在位，谣俗流传，布诸音律。大臣驰骋汉魏，旁罗宋齐，功成奋豫，代有制作。莫不各扬庙舞，自造郊歌，宣畅功德，辉光当世，而移风易俗，浸以凌夷。"①

我们可从中推知，北魏乐府机构一方面收罗中原音乐旧制，一方面将各民族歌曲收归进来，并且在孝文帝的汉化政策影响下，一部分胡语民歌被改造为汉语布诸音律。现存的北朝民歌曲辞我们只能在宋人郭茂倩所编的《乐府诗集》中找到，其卷第二十五《横吹曲辞》五之"梁鼓角横吹曲"解题云："《古今乐录》曰：'梁鼓角横吹曲有《企喻》《琅琊王》《钜鹿公主》《紫骝马》《黄淡思》《地驱乐》《雀劳利》《慕容垂》《陇头流水》等歌三十六曲。二十五曲有歌有声，十一曲有歌。是时乐府胡吹旧曲有《大白净皇太子》《小白净皇太子》《雍台》《擒台》《胡遵》《利卅女》《淳于王》《捉搦》《东平刘生》《单迪历》《鲁爽》《半和企喻》《比敦》《胡度来》十四曲。三曲有歌，十一曲亡。又有《隔谷》《地驱乐》《紫骝马》《折杨柳》《幽州马客吟》《慕容家自鲁企由

---

① （唐）魏徵等：《隋书》，中华书局 1973 年版，第 286—287 页。

谷》《陇头》《魏高阳王乐人》等歌二十七曲,合前三曲,凡三十曲,总六十六曲。'"① 江淹《横吹赋》云:"奏《白台》之二曲,起《关山》之一引。采菱谢而自罢,绿水惭而不进。"则《白台》《关山》又是三曲。按歌辞有《木兰》一曲,不知起于何代也。

笔者具体验之,计有《企喻辞》四曲、《琅琊王歌辞》八曲、《钜鹿公主歌辞》三曲、《紫骝马歌辞》六曲、《紫骝马歌》一曲、《黄淡思歌辞》四曲、《地驱乐歌辞》四曲、《地驱乐歌》一曲、《雀劳利歌辞》一曲、《慕容垂歌词》三曲、《陇头流水歌辞》三曲、《隔谷歌》二曲、《淳于王歌》二曲、《东平刘生歌》一曲、《捉搦歌》四曲、《折杨柳歌辞》五曲、《折杨柳枝歌》四曲、《幽州马客吟歌辞》五曲、《慕容家自鲁企由谷歌》一曲、《陇头歌辞》三曲、《高阳乐人歌》二曲、《木兰》一曲,共计六十七首;还有几首并不如此集中,即《乐府诗集》卷第七十八"杂曲歌辞十八"之《阿那瓌》、卷第八十五"杂歌谣辞三"之《陇上歌》、卷第八十六"杂歌谣辞"之《咸阳王歌》《敕勒歌》以及《魏书》列传第四十一《李孝伯、李冲传附安世传》所载之"李波小妹歌",总计七十余首。

"北朝民歌"的形成有以下特点:其一,发生的时间久,从西晋灭亡(316)到隋统一全国(589),长达二百七十余年;其二,它发生的地域广,主要是在我国北部及西北边疆地区,包括今天的山西、陕西、河南、河北、甘肃、内蒙古等地;其三,它的创作、传唱群体包含的民族众多,不只有多个游牧民族,还有汉族以及汉化了的农耕民族,具有鲜明的多民族色彩;其四,部分北方民歌经北朝乐府机构改造入乐,在不同时期南传并被南朝乐府机构保留下来,因此具有乐府歌辞性质。

四、丰富的社会内容

与房中歌、郊祀歌亦或南朝乐府民歌相比,汉铙歌和北朝民歌更具丰富的

---

① (宋)郭茂倩编:《乐府诗集》,上海古籍出版社1998年版,第299页。

社会内涵。《古今乐录》曰:"汉鼓吹铙歌十八曲,字多讹误。一曰《朱鹭》,二曰《思悲翁》,三曰《艾如张》,四曰《上之回》,五曰《拥离》,六曰《战城南》,七曰《巫山高》,八曰《上陵》,九曰《将进酒》,十曰《君马黄》,十一曰《芳树》,十二曰《有所思》,十三曰《雉子斑》,十四曰《圣人出》,十五曰《上邪》,十六曰《临高台》,十七曰《远如期》,十八曰《石留》。又有《务成》《玄云》《黄爵》《钓竿》,亦汉曲也。其辞亡。或云:汉铙歌二十一无《钓竿》,《拥离》亦曰《翁离》。"① 无论原有多少曲,汉铙歌今只存十八曲。十八曲内容庞杂,有叙战阵,有记祥瑞,有表武功,也有言男女之情。所以有人认为铙歌是杂凑之作,也不足为怪。如陈本礼《汉诗统笺》所云:"按今所传《铙歌》十八曲不尽军中乐,其诗有讽,有颂,有祭祀乐章;其名不见于《史记》,亦不见于《汉书》,惟《宋书·乐志》有之。似汉杂曲,历魏晋传讹,《宋书》搜罗遗佚,遂统名之曰铙歌耳。"② 但萧涤菲先生认为《铙歌》并非沈约杂凑备数而成。③ 李德裕《鼓吹赋》云:"厌桑濮之遗音,感箫鼓之悲壮。"④ 铙歌作为北狄西域之新声,节奏参差,变化无常,全然不同于以楚声为显著代表的"赵代秦楚之讴",故在汉时日益风行,施用范围愈来愈广,由最初的军乐发展为"凡属于人之事者殆莫不用焉"。

北朝乐府民歌保存不多,但却深刻反映了北方社会无休止的战争,酷寒艰险的羁旅之悲,与"老女不嫁,踏地唤天"⑤ 的社会畸形婚恋现象。民间普遍的尚武风习、婚恋风俗、离乡与贫苦之悲等,民众生活的方方面面都有真实反映。北朝民歌与汉乐府古辞有某些相似的精神特质。汉乐府中保留的"古辞"是汉代无名氏作品,其中一部分是民歌,所谓"汉世街陌谣讴"⑥。不少古辞反映了广阔的社会生活和下层人民的痛苦,"感于哀乐,缘事而发"⑦,如《战城

---

① (南朝陈)释智匠:《古今乐录》,转引自(宋)郭茂倩编:《乐府诗集》,中华书局1979年版,第197页。
② (清)陈本礼:《汉诗统笺·汉乐府三歌笺注》,载王德毅主编:《丛书集成三编》第34册"文学类",台湾新文丰出版公司1997年版,第298页。
③ 参见萧涤非:《汉魏六朝乐府文学史》,人民文学出版社1984年版,第49—50页。
④ (清)董诰等编:《全唐文》,中华书局1983年版,第7144页。
⑤ (宋)郭茂倩编:《乐府诗集》,中华书局1979年版,第366页。
⑥ (南朝梁)沈约:《宋书》,中华书局1974年版,第549页。
⑦ (汉)班固:《汉书》,中华书局1962年版,第1756页。

南》《陇西行》《上山采蘼芜》《十五从军征》等，饱含着丰富的生活内容。这些古辞语言朴素，描绘的情节生动逼真，对汉魏五言诗的发展及文人诗创作产生了积极作用。至魏晋后，南北分裂，北朝民歌（也称北歌），反映生活，内容丰富，风格质朴，与汉古辞是相似的。与同时期的南方民歌吴声歌、西曲歌相比，数量不多，内容却丰富得多。

五、刚健的音乐特征和灵活多变的歌辞节奏

1. 刚健的风格及其演变

尽管铙歌的享用者身份很高贵，但其文字的风格则近于风谣杂曲，不登大雅之堂。《汉书》全载《安世》《郊祀》两歌，独对铙歌不着一字，原因大概即在于此。汉哀帝时罢乐府，特严雅郑之分。郊祭乐，及古兵法武乐，因为不是郑卫之乐而在未罢之列。铙歌作为军乐也就流传下来。然而从这以后，正如萧涤非所言："其用渐专，其格渐高，故至东汉明帝时，乃列铙歌为四品之一。下迄魏晋，铙歌纯为赞扬武功之颂什。由繁杂而趋于单纯，由酷爱而变为点缀，由杂曲而渐成颂什。其流转之际，固甚宛然。不能执魏晋之拟作，以上论汉品，而疑为后人之杂凑。"[1] 据《隋书·乐志》记载，汉明帝时乐有四品，其名是：（一）大予乐，用于郊庙上陵；（二）雅颂乐，用于辟雍飨狩；（三）黄门鼓吹乐，用于天子宴群臣；（四）短箫铙歌乐，用于军中。[2] 其中一二品是雅乐，由大予乐令管辖，第三四品是俗乐，有承华令管辖。汉代，相和歌等与短箫铙歌同属黄门鼓吹乐署，黄门鼓吹乐的主要乐章是相和歌辞，但短箫铙歌也由黄门鼓吹乐人演唱，只因为它是军乐，与用于宴会的相和歌辞等性质不同，所以别为一类。魏晋以后，黄门鼓吹署衍为鼓吹署，专典武乐。别设清商乐署，专门管理三调相和歌等俗乐，此后鼓吹一名被汉代黄门武乐一系所专用。说明鼓吹曲具刚健的音乐特征，又与相和歌同在黄门鼓吹乐署演奏，彼此必有一定交流。

---

[1] 萧涤非：《汉魏六朝乐府文学史》，人民文学出版社1984年版，第47页。
[2] 参见（唐）魏徵等：《隋书》，中华书局1973年版，第286页。

2. 多变的歌辞节奏

铙歌与北歌都具有浓厚的民间特征，与文人诗、宫廷诗大相径庭。如铙歌《上邪》："上邪，我欲与君相知，长命无绝衰。山无陵，江水为竭，冬雷震震夏雨雪，天地合，乃敢与君绝。"[1] 北歌《地驱乐歌》："月明光光星欲堕，欲来不来早语我。"[2]《雀劳利歌辞》："雨雪霏霏，雀劳利。长嘴饱满，短嘴饥。"[3] 多脱口而出，不思修饰，语言节奏随情绪自然起落。另者受音乐节奏影响，传统四、五言诗节律对其制约也较弱。

可谓铙歌开启了我国诗歌的杂言时代，十八曲中大多长短句，其格调确实是此前诗歌所没有的。《诗经》中以四言为主，偶有杂言，但较铙歌之变化无常，不可方物，乃如小巫见大巫也。这是由于铙歌为北狄西域之新声，故与当时楚声之《安世》《郊祀》二歌面目全异。而音乐对于诗歌之影响颇深。铙歌本是少数民族音乐，为了入乐，字词的安排就需与音乐节奏相适应，所以十八曲多用衬字、虚字，且字数不定，句式语气多变换。苏东坡论文尝云："大致如行云流水，初无定质。但行于其所当行，止于其所不可不止。"[4] 萧涤非读铙歌亦认为有此境。铙歌不独在诗体上独树一帜，自成一派，其文字亦时挟奇趣，即属颂诗，亦不像郊祀歌古奥艰深，出自当时黄门倡及乐工之手。至其中一部分民歌，则尤饶情趣。

就诗歌艺术成就而言，北歌不在南朝民歌之下。如果说南朝民歌，大抵五言四句，语言清新自然，对南朝文人的抒情小诗和唐代的五言绝句产生了很大影响，那么北歌在沿用四、五言诗的同时，创造了七言四句的七绝体，并发展了七言古体和杂言体，这是南朝民歌所不及的。同时北朝民歌情调慷慨豪爽，语言刚劲直率，对唐代的诗歌精神具有积极影响。

（作者单位：石河子大学文学艺术学院、西北民族大学文学院）

---

[1] （宋）郭茂倩编：《乐府诗集》，中华书局1979年版，第231页。
[2] （宋）郭茂倩编：《乐府诗集》，中华书局1979年版，第367页。
[3] （宋）郭茂倩编：《乐府诗集》，中华书局1979年版，第367页。
[4] （宋）苏轼：《与谢民师推官书》，载张志烈等主编：《苏轼全集校注·苏轼文集校注》，河北人民出版社2010年版，第5291页。

《秋风辞》与汉武帝天汉年间的精神世界

柏俊才

汉武帝刘彻一曲《秋风辞》唱响寰宇，震烁古今，成为千百年来诗坛佳话。特别是大文豪鲁迅先生许以"缠绵流丽，虽词人不能过也"[①]之评，使得这篇65字的楚歌成为汉代诗歌之翘楚。近年来，随着旅游产业的蓬勃发展，许多文人墨客登上秋风楼，一遍又一遍地吟诵《秋风辞》，使得这首不太引人瞩目的诗什渐趋展现在人们的面前。关于这首诗，目前研究不多，许多问题尚未解决，故撰此篇，以求教于方家。

一、《秋风辞》作于天汉四年考

汉武帝《秋风辞》作于何时？这是学术界争论不休的问题。据《文选》录《秋风辞序》云："上行幸河东，祠后土，顾视帝京欣然，中流与群臣饮燕，上欢甚，乃自作《秋风辞》曰……"[②]知此诗为汉武帝至河东汾阴（今山西万荣）祭祀后土之作。汉武帝祀后土，见于史籍所载者有5次，分别是元封四年（前107）三月、元封六年（前105）三月、太初二年（前103）三月、天汉元年（前100）三月和元鼎四年（前113）十一月。其中，四次在春三月，一次在冬

[①] 鲁迅：《汉文学史纲要》，人民文学出版社1973年版，第16页。
[②] （南朝梁）萧统：《文选》，上海古籍出版社1986年版，第2026页。

十一月。汉武帝《秋风辞》描绘秋季,与史载五次祀后土的季节不一致,于是纷争起矣。

龚克昌先生以为作于元狩二年(前121):"《汉书·郊祀志》记载的元狩二年幸汾阴未具时间,可能《秋风辞》所写的就是这一次。"① 武帝元狩二年祀后土,是个历史的误会,后文有考。说汉武帝《秋风辞》作于此年,是不可信的。

王益之认为作于天汉元年:"天汉元年春三月,行幸河东,祠后土,上作《秋风辞》。"②《汉书·武帝纪》明载天汉元年春三月祠后土,这与汉武帝《秋风辞》所描写之秋景不相吻合。刘跃进先生《秦汉文学编年史》从王益之所说,并不确定地说:"只是推测之词"③,事实上刘先生也不认为王说正确。故汉武帝《秋风辞》不作于天汉元年已明。

白庭认为作于元鼎四年十一月:"武帝祭祀后土者六:五幸河东,一幸高里。幸河东皆在三月,独始立祠脽上乃元鼎四年十一月也。以辞中物色考之,曰木落雁南,盖其时尚循秦旧,以亥为正,十一月即夏正八月也。辞作于此时无疑。"④ 白庭为了解决《汉书》所载时令与《秋风辞》不合的问题,颇费周折。他认为班固在《汉书》中沿用了秦朝旧历,以亥为正月,由此后推十一个月即为酉,也就是夏历八月。这种诠释与史实不符,班固撰《汉书》时已改历法,不用夏历。而且《汉书·武帝纪》记述此事时云:"冬十一月甲子",明言是冬季。白庭之说牵强附会,不予采信。

大约受白庭的启发,逯钦立先生亦试图解决时令不合的问题。他发现了《郊祀志》与《武帝纪》中所载元鼎四年于河东汾阴脽上得鼎之事,便发挥道:"据《武纪》,事在元鼎四年。得鼎既在六月中,并经遣使验问,则帝之河东当值秋时。《秋风辞》即此行之作乎。"⑤ 龙文玲先生顺着逯钦立的思路继续发挥道:"汉武帝于元鼎四年初行幸河东,往返需两个月。而此次六月中得鼎后,武帝行幸汾阴,中间还应加上行幸前层层上报耽误的时间,故武帝此次至河东

---

① 龚克昌:《中国辞赋研究》,山东大学出版社2010年版,第431页。
② 王益之:《西汉年纪》,中州古籍出版社1993年版,第235页。
③ 刘跃进:《秦汉文学编年史》,商务印书馆2006年版,第186页。
④ 白庭:《湛渊静语》,清乾隆间木版《文选·秋风辞》眉批引,汲古阁本,乾隆二十四年(1759),第3页。
⑤ 逯钦立:《先秦汉魏晋南北朝诗》,中华书局1983年版,第94页。

祠汾阴后土，就应在七月以后了，而此时恰恰值秋季，正与《秋风辞》所云'秋风起兮白云飞'的时令相和。"①如果龙文玲先生观点正确的话，汉武帝元鼎四年初行幸河东，往返两个月；六月得鼎后往河东礼祠，往返两个月；十一月祀后土，往返亦需两个月。在元鼎四年，汉武帝先后累计用了六个月的时间往返于长安与河东汾阴后土祠之间，无乃太久乎？逯钦立、龙文玲之说值得商榷之处在于：一是汉武帝元鼎四年秋季祀后土于史无征；二是河东汾阴是长安近郊，往返根本不需要那么多的时间；三是对河东汾阴未做实际调研，不了解当地气候状况。笔者寓居山西临汾长达十五年之久，曾不止一次前往河东汾阴考察。像汉武帝《秋风辞》所描写的"秋风起兮白云飞，草木黄落兮雁南归"这样的季节特征，大约是在9月底10月初之深秋之时。故汉武帝《秋风辞》不作于元鼎四年秋季。

因此，汉武帝《秋风辞》的作时尚待进一步考证。

汉武帝祀后土，始于何时？《汉书》所载含混，值得推敲。《郊祀志》云：

> 其明年（即元狩二年），天子郊雍，曰："今上帝朕亲郊，而后土无祀，则礼不答也"。有司与太史令谈、祠官宽舒议："天地牲角茧栗。今陛下亲祠后土，后土宜于泽中圜丘为五坛，坛一黄犊牢具，已祠尽瘗。而从祠衣上黄。"于是天子东幸汾阴。汾阴男子公孙滂洋等见汾旁有光如绛，上遂立后土祠于汾阴脽上，如宽舒等议。上亲望拜，如上帝礼。礼毕，天子遂至荥阳。还过洛阳，下诏封周后，令奉其祀。②

读这一段文字，很容易得出武帝立后土祠于元狩二年。这其实是个错觉。本段文字叙述了武帝郊雍、大臣议建祠以及立祠于汾阴三件事，不全发生在元狩二年。大约武帝郊雍、大臣议建祠是在元狩二年，立祠于汾阴是他年之事也。《武帝纪》云："（元鼎四年）十一月甲子，立后土祠于汾阴脽上。礼毕，行幸荥阳。还至洛阳，诏曰：'祭地冀州，瞻望河、洛，巡省豫州，观于周室，

---

① 龙文玲：《汉武帝与西汉文学》，社会科学文献出版社2007年版，第249—250页。
② （汉）班固：《汉书》，中华书局1964年版，第1221—1222页。

邈而无祀。询问耆老，乃得孽子嘉。其封嘉为周子南君，以奉周祀。'"[1] 元鼎四年十一月，武帝礼祠后幸荥阳，过洛阳，封嘉为周子南君等事与《郊祀志》所载相吻合。《水经注》亦云："河水东际汾阴脽，县古城在脽侧。汉高帝六年，封周昌为侯国。"《魏土地记》曰："河东郡北八十里有汾阴城，北去汾水三里。城西北隅曰脽邱，上有后土祠。《封禅书》曰：'元鼎四年，始立后土祠于汾阴脽邱是也。'"[2] 故武帝立后土祠，祀后土始于元鼎四年十一月。

为什么元狩二年议建祠，而九年后的元鼎四年方建成后土祠？个中原因，亦可考知。这九年间，西汉王朝战争与灾祸相继，汉武帝无暇顾及建祠。元狩二年春夏间，霍去病两出西北边塞，抵御皋兰、居延之敌。同年夏天，李广出右北平攻打匈奴。元狩三年（前120）秋，匈奴攻入右北平、定襄，杀略千余人。元狩四年（前119）大将军卫青出定襄、将军霍去病出代抗击匈奴，取得了对匈奴战争的胜利；元狩四年，关东民贫，徙关东民至陇西、北地、西河、上郡、会稽等地，用度不足。元狩五年（前118），奸猾吏民日多，土地兼并日巨，民不聊生，汉武帝罢半两钱，行五铢钱。元狩六年（前117），雨水亡冰，农业欠收，百姓生活困顿。元鼎二年（前115）三月，大雨雪。夏，大水，关东饿死者以千数。元鼎三年（前114）夏四月，雨雹，关东郡国十余饥，人相食。在这灾难继踵而至的九年间，民生艰巨，国家困败，尽管汉武帝采取了许多措施去缓解灾情，但同时又寄希望于神灵。于是在元鼎四年十一月建祠于河东汾阴，祈求神灵保护一方安宁。

自元鼎四年始，史载武帝先后于元封四年、元封六年、太初二年、天汉元年等多次前往河东汾阴祀后土。间隔二、三年一次，符合三年一祠的礼制。自元鼎四年至元封四年间隔了七年，这期间武帝先后对南越、西羌、东越、朝鲜用兵，直至元封二年战争结束，四年方再次祀后土。据此，若没有战争等重大灾害发生，武帝基本上是两三年祀后土一次。照此算来，自元鼎四年至武帝去世之后元二年（前87），武帝祀后土不少于八次。史载五次祀后土均不在秋季，故汉武帝《秋风辞》作于天汉元年至后元二年某个秋日。

---

[1] （汉）班固：《汉书》，中华书局1964年版，第183—184页。
[2] 陈桥驿：《水经注校注》，中华书局2007年版，第105页。

那么，《秋风辞》是汉武帝暮年之作吗？像陈振民先生就认为《秋风辞》"写于汉武帝老年的一个秋天祭祀后土之时"①。此外，张兴廉《汉武帝与〈秋风辞〉》、葛勇《刘彻〈秋风辞〉的审美内涵》等均持此论。对于此说，笔者不敢苟同。

汉武帝《秋风辞》有"少壮几时兮奈老何"云云，果真武帝已届暮年吗？笔者以为未必。关于此事，尚需结合诗中的"佳人"来讨论。诗中的佳人是谁？后世学者也是仁者见仁，智者见智。概括起来有五说：一是泛指美人，二是指武帝特别钟爱的李夫人和钩弋夫人，三是指群臣，四是泛指有才能的贤达志士，五是辞作于祀土之时，佳人指的是后土。对于此五说，亦容易辨析。武帝前往汾阴祀后土祈福，心中想着心爱的女人或美人，想必武帝没有那么恶俗，故一、二两说不确；武帝礼祠，群臣随从，自不必思念，三说不妥；得人才者得天下，武帝即位后重用了大批贤能之士，故"佳人"指有才能的贤达志士似有可能，然与祀后土的情境不合，故四说不大令人接受；武帝把后土娘娘当作神祇敬奉，用"佳人"指代，不免唐突神灵。况且刚刚祭祀结束，也未必心存挂念，五说恐误。笔者以为"佳人"尚需进一步考证。

汉武帝《秋风辞》是非常典型的汉代楚歌，是"离骚之遗"②，在艺术上借鉴了屈原"美人迟暮"的艺术表现技巧。屈原《离骚》有云："启江离与辟芷兮，纫秋兰以为佩。汨余若将不及兮，恐年岁之不吾与。朝搴阰之木兰兮，夕揽洲之宿莽。日月忽其不淹兮，春与秋其代序。惟草木之零落兮，恐美人之迟暮。"③屈原《离骚》作于楚怀王十六年至十八年（前313—前311）④，是屈原28—30岁时的作品⑤，此时屈原正值青壮年。"恐美人之迟暮"并不是说自己老了，而是屈原自身政治失意的写照。虽然汉武帝距屈原时代久远，但楚骚遗响犹存。刘邦《大风歌》、刘友的《幽歌》、刘安的《八公操》、枚乘《七发》附歌、司马相如《美人赋》附歌等汉代楚歌，虽内容不似楚辞，但形式还具备了

---

① 陈振民：《汉武帝〈秋风辞〉研究》，《山西社会主义学院学报》2005年第2期。
② 陈祚明：《采菽堂古诗选》，上海古籍出版社2008年版，第87页。
③ （宋）洪兴祖：《楚辞补注》，中华书局1983年版，第4—6页。
④ 屈原《离骚》的作时争议颇大，说法不下十种。本文采用了陈学文的最新考证结论，详见陈学文：《离骚创作时地新探》，《武汉大学学报》2008年第1期。
⑤ 屈原生卒年有争议，本文采用郭沫若之说，生于公元前340年，卒于公元前278年，享年63岁。详见郭沫若：《屈原研究》，新文艺出版社1953年版。

楚辞的特征。汉武帝《秋风辞》中泽兰秋菊之象，佳人之喻，惜时叹老之意，与《离骚》何其相似！因此，汉武帝《秋风辞》中"少壮几时兮奈老何"之"老"是屈原"美人迟暮"艺术精神的延续，是自己失意的慨叹。据此，《秋风辞》是汉武帝中、青年之作，绝非晚年所作。

汉武帝卒于后元二年，享年70岁，是同时代人中寿命较长的一位。笔者考察了汉武帝同时代人的寿命情况，发现长寿之人颇多，像公孙弘享年80岁、董仲舒享年76岁、桑弘羊享年73岁，然亦有一些人寿命并不长，像司马相如享年53岁、金日磾享年49岁、霍去病享年24岁。综合诸种情形，笔者认为以61岁为晚年之始，大概符合汉武帝时代的实际情况。太始元年（前96），汉武帝61岁，《秋风辞》当是此年之前的作品。

综上所考，《秋风辞》作于天汉元年至太始元年的某个秋天。根据现有资料来看，武帝基本是间隔两三年祭祀后土一次。天汉元年三月武帝祀后土有史可载，那么他下一次祀后土的时间应该是天汉三年（前98）或四年（前97）。天汉三年秋季，匈奴入侵雁门，汉武帝募兵抵抗。大凡有战争等灾祸，汉武帝会停止祀后土，故天汉三年汉武帝不会前往河东祭祀后土。据此，武帝祀后土的时间只可能是天汉四年。天汉四年"秋九月，令死罪入赎钱五十万减死一等"[1]，这说明连年战争导致国库亏空，入不敷出，汉武帝以赎死罪敛钱。然此诏令之推行，却带来更大的灾难，"奸邪横暴，群盗并起，至攻城邑，杀郡守，充满山谷，吏不能禁，明诏遣绣衣使者以兴兵击之，诛者过半，然后衰止"[2]。在这样一个多事之秋，汉武帝自然又想到后土神，祈求神灵庇护汉王朝渡过难关。于是前往河东礼祀，《秋风辞》亦当作于此时。然天汉四年秋季汉武帝祠后土不见史乘，大约为史籍漏载之故。

二、天汉年间汉武帝的精神世界

天汉四年，汉武帝60岁。刘彻于景帝后元三年（前141）登基，于今已

---

[1] （汉）班固：《汉书》，中华书局1964年版，第205页。
[2] （汉）班固：《汉书》卷七十八《萧望之列传》，中华书局1964年版，第3278页。

45年了。在这将近半个世纪里,汉武帝摆脱了以窦太后、王皇后为代表的旧势力的束缚,网罗群英,励精图治,不断创新,开拓了不朽之盛世。他多次对匈奴用兵,解除了汉兴百年来匈奴对北方农业区的威胁;通西南夷、平南越、平朝鲜,确立了与四夷和平相处的睦邻友好关系格局;两次派遣张骞出使西域,开辟丝绸之路,打开了汉王朝与西亚各国经济文化交流的渠道;尊崇儒学,兴太学,改正朔,延揽英才,改革财政,使得汉王朝经济文化、政治军事达到或超过当时世界的先进水平。故汉武帝被后世称之为"功至著"[1]、"冠于百王"[2]、"功越百王"[3]的汉家天子。

气吞山河、雄视天下、不可一世的汉武帝在政治、军事、文化等诸方面取得了超越前世的伟大成就,彪炳史册,辉耀古今。然其精神世界极为苦闷,源自于立嗣和祈求长生。

大凡有作为的皇帝,为了使自己的事业后继有人,江山稳固,总会在继嗣问题上颇费周折,选择一个自己信得过的人继承大统。在继嗣问题上,汉武帝更显现出良苦用心。汉武帝初娶陈阿娇,婚后数年,一直无子嗣。继娶卫子夫,连生三女而无一男。元朔元年(前128)春,卫子夫不负众望,为汉武帝生下长子刘据。29岁的刘彻喜得贵子,大喜过望,让枚皋与东方朔作《皇太子生赋》《立皇子禖祝》为贺,立子夫为皇后,大赦天下,与民同乐。元狩元年(前122),7岁的刘据被立为皇太子,并选派教师传授《公羊》《谷梁》之学,使之学习治国平天下的道理。弱冠之后,刘据入主东宫,武帝又为之设立博望苑,让其在苑内广泛结交宾客,增长知识才干。加之刘据的舅父卫青、表兄霍去病都是朝中的主要将领,他们统帅大军抗击匈奴、拓地开边,为国家立下汗马功劳。卫氏家族贵盛无比,太子的地位稳如磐石,武帝庆幸自己霸业有继。然而随着刘据年龄的增长,汉武帝发现太子秉性仁弱,礼让恭谦,与自己好大喜功、穷兵黩武、酷暴无情的性格大相径庭。刘据经常劝谏武帝少征伐以减轻百姓负担,重用宽厚的长者以排挤武帝之酷吏。太子与武帝的分歧逐渐增大,朝臣亦自分为两派,"宽厚长者皆附太子,而深酷用法者皆毁之;邪臣多党与,

---

[1] (汉)班固:《汉书》卷七十三《韦贤列传》,中华书局1964年版,第3126页。
[2] (汉)应邵:《风俗通义》,天津人民出版社1980年版,第126页。
[3] 丁宴:《曹集铨评》,文学古籍刊行社1957年版,第139页。

故太子誉少而毁多"①。更为要紧的是刘据之外家亦渐趋衰落。元狩六年,刘据表兄冠军侯、骠骑将军霍去病英年早逝,其子嬗继承冠军侯爵位,七年后霍嬗薨而爵位被废除。霍去病死后不久,卫青的三个儿子卫伉、卫不疑和卫登因故而失侯爵。元封五年(前106),卫青去世,长子卫伉袭长平侯。次年,卫伉因触犯刑律而被废除侯爵。霍去病、卫青两个强势集团的彻底废除,对太子集团无疑是致命的打击。奸佞之徒乘机构陷刘据,太子之位岌岌可危。到天汉年间,汉武帝与刘据之间的矛盾加剧,武帝陷入了更换继嗣的重重矛盾与精神苦闷之中。

像汉武帝这样的英雄之主,总希望帝业永固,长命百岁。然由于种种原因,汉代人寿命不永,故有人生苦短之叹。雄才大略的汉武帝欲突破这种规律的限制,祈慕长生,从而陷入了无尽的精神苦痛之中。汉武帝即位之初,"尤敬鬼神之祀"②。自谓七十而不老、遍干诸侯、不治产业而饶给的李少君被武帝待若上宾,奉为神人,他的一套长生理论对汉武帝更具迷惑性:"祠灶则致物,致物而丹沙可化为黄金,黄金成以为饮食器则益寿,益寿而海中蓬莱仙者可见,见之以封禅则不死,黄帝是也。"③丹砂化为黄金,吃黄金可以长寿,长寿后可见蓬莱山上的神仙,封禅则不死。并以吃大如瓜之枣而成仙的安期生为例,使汉武帝坚信他理论的操作性。具有讽刺意味的是,李少君不久病逝,汉武帝却相信他坐化成仙。李少君死了,另一位可以让死去的李夫人(一说为王夫人)容貌显现的方士少翁得到武帝重用,被拜为文成将军。少翁画云气车,广布台室,施展法术招神,神仙不至,终为武帝所杀。李少君之同学栾大以"黄金可成,而河决可塞,不死之药可得,仙人可致也"④之论备受武帝推崇,被拜为五利将军,妻以卫长公主。栾大身佩六印,贵震天下,受武帝之嘱东入海寻找其师,终未找到神仙师傅,以欺罔之罪被腰斩。方士一个个死去,神仙却一个未见,然武帝求仙之梦未醒。太初三年(前102),武帝东巡海上,求神仙,均无验。天汉年间,汉武帝对求仙之事感到

---

① (宋)袁枢:《通鉴记事本末》,中华书局1979年版,第198页。
② (汉)司马迁:《史记》,中华书局1959年版,第451页。
③ (汉)司马迁:《史记》,中华书局1959年版,第455页。
④ (汉)班固:《汉书》,中华书局1964年版,第1223页。

厌倦，但成仙之梦并未泯灭。

据此，天汉年间，汉武帝的精神世界中既有英雄豪迈的一面，又有苦闷悲凉的一面。这种精神状态淋漓尽致地体现在他的名篇《秋风辞》中：

> 秋风起兮白云飞，草木黄落兮雁南归。兰有秀兮菊有芳，携佳人兮不能忘。泛楼船兮济汾河，横中流兮扬素波。箫鼓鸣兮发棹歌，欢乐极兮哀情多。少壮几时兮奈老何！[1]

这首诗为我们展现了两幅动人的画面：一为秋日怀人图，一为中流放歌图。天高云淡，秋风萧瑟，草木摇落，孤雁南飞，渲染了斑斓的秋日景色。在这肃杀的秋景中，一切植被都闻风而色变，唯有兰与菊傲霜开放，显示出顽强的生命力。在这样的情境中，诗人想到自己年纪老大，然帝国大业尚有许多未了心愿，不免有美人迟暮之叹。清人张玉谷认为"此辞有感秋摇落系念仙意。怀佳人句，一篇之骨"[2]。"系念仙意"不一定准确，但"怀佳人"句在全诗中确实有重要的地位。"秋风百代情至之宗"[3]，诗歌开篇置于萧瑟的秋风之中，令人悲不自禁。何以解忧？唯有中流放歌。当楼船在汾河中流疾驶，潺缓的碧水，顿时扬起一片白色的波浪。在酒酣耳热之际，不禁随着棹橹之声叩舷而歌。箫鼓齐鸣，歌舞齐发，一时热闹欢乐之极，好像所有的忧愁和感伤都被这样的气氛消解了。但其实这是一种反衬的手法，"蝉噪林愈静，鸟鸣山更幽"，这样的热闹却没有带来内心的欢乐，没能平息自己的忧郁，反而更加深了感伤的气氛。"欢乐极兮哀情多，少壮几时兮奈老何"尽情抒发其内心"时不我待"的豪情，即使青春不再，但壮心依旧，面对自己的感伤，又不甘被时间轻易击退，尽管"奈何老矣"，但仍要争取更大成就。楼船竞渡，中流扬波，何等雄伟！箫鼓齐鸣，櫂歌清越，何等欢快！这种豪放的风格正是汉武大帝功成名就的体现。美人迟暮之悲，是汉武帝内心忧愁苦闷的外现。这二种风格相辅相成，是天汉年间汉武帝精神世界的写照。

---

[1] （南朝梁）萧统：《文选》，上海古籍出版社1986年版，第2026—2027页。
[2] 张玉谷：《古诗赏析》，上海古籍出版社2000年版，第69页。
[3] （明）胡应麟：《诗薮·内编》，上海古籍出版社1958年版，第58页。

综上所述,《秋风辞》作于天汉四年(前97)。该诗展现了汉武帝英雄豪迈与苦闷悲愁相交织的情感特征,是汉武帝天汉年间精神世界的写照。

(原载《乐府学》第八辑)

(作者单位:陕西师范大学文学院)

汉代上层文人心态与东汉文人五言诗幻灭感

舒大清

汉朝是中国历史上一个最完整的帝国，也是中国知识分子充分建功立业的时代。虽然这种功业并不完全表现在政治和商业上，但是文化道德功业的建立上，基本是贯穿四百余年之间的。而在东汉中后期，却出现了一种特殊的文化现象，即文人五言诗中，有了人生理想幻灭的声音。这令人感到惊异，为什么出现这种现象？发出这种声音的群体是哪一阶层？需要我们的分析和研究，以下尝试论之。

一、汉代中上层文人的文化道德功业意识和东汉文人五言诗中的幻灭心态现象

西汉初年的贾谊是第一个表达自己文化功名自信心态的文人。在《吊屈原赋》和《鵩鸟赋》中，贾谊表达了自己的自信，前一篇说他若是屈原，将会"远浊世而自藏"[1]，保存自己的性命，表面代屈原发言，实际表达的是自己的心态。在后一篇中，他要"智人遗物，独与道俱"[2]，用道家的信仰，保存自己，表现他不为外物所伤，爱惜自己的羽毛的心态，与前篇的思想大体相似。两篇

---

[1] （汉）班固：《汉书》，中华书局2007年版，第486页。
[2] （汉）班固：《汉书》，中华书局2007年版，第486页。

文章中，贾谊并没有谈论自己的建功立业理想，但是保存自己，不受外物的伤害，难道不是为生于世间，成就一番功名做准备？因此也可以说，贾谊是西汉第一个具有强烈建功思想的作家。

而董仲舒的《士不遇赋》表现他在政治生活遭到失败后的文化自信。"嗟天下之偕违兮，怅无与之偕返。孰若返身于素业兮，莫随世而转轮。"① 董仲舒在政治上，因为公孙弘等人的排挤而不得志，只能在著书立说上用力，他最后建立了西汉意识形态的业绩。至于司马迁，其建立文化功绩的心态，与董仲舒极为相似。《悲士不遇赋》："没世无闻，古人惟耻。……委之自然，终归一矣。"② 在道家思想中找到寄托，同时他的文化事业并未受到损害，成为其人生寄托。《报任安书》"藏之名山，传之其人"③，相信《史记》必然不朽。而东方朔的《答客难》的思路与董仲舒司马迁基本相似："虽然，安可以不务修身乎哉？……苟能修身，何患不荣？"④ 也体现他的文化道德自信。扬雄《解嘲》："仆诚不能与此数公并者，故默然独守吾《太玄》。"⑤ 政治上没法与王莽等争雄，但是《太玄》之类的文章，王莽辈是没有的，这成了他的信心源头。

而东汉初年的冯衍依然沿袭西汉文人的心态。《显志赋》："处清净以养志兮，实吾心之所乐……嘉孔丘之知命兮，大老聃之贵玄。"⑥ 以自己信仰孔老之说作为人生的寄托。班固《幽通赋》也然："复心弘道，惟圣贤兮。"⑦ 以圣贤自命，自信因此建立。其《答宾戏》说："仆亦不任厕技于彼列，故密尔自娱于斯文。"⑧ 这即指他的文化事业，人生基础于是树立。张衡《思玄赋》也对自己的著作产生极大的自信："御六艺之珍驾兮，游道德之平林，结典籍而为罟兮，驱儒墨而为禽。"⑨ 其《归田赋》："弹五弦之妙指，咏周孔之图书。挥翰墨以奋

---

① 龚克昌：《汉赋新选》，湖北教育出版社2001年版，第107页。
② 龚克昌：《汉赋新选》，湖北教育出版社2001年版，第127页。
③ （汉）班固：《汉书》，中华书局2007年版，第622页。
④ （汉）班固：《汉书》，中华书局2007年版，第657页。
⑤ （汉）班固：《汉书》，中华书局2007年版，第870页。
⑥ 《后汉书》，中华书局2007年，第298页。
⑦ 龚克昌：《汉赋新选》，湖北教育出版社2001年版，第338页。
⑧ 龚克昌：《汉赋新选》，湖北教育出版社2001年版，第360页。
⑨ 《后汉书》，中华书局2007年版，第566页。

藻，陈三皇之轨模。"① 与《思玄赋》如出一辙。崔篆《慰志》："静潜思于至賾兮，骋六经之奥府。"② 与张衡心态极为近似，在六经的玩赏中获得人生的支持。崔篆之孙崔骃《达旨》还是这种自信："固将因天质之自然，诵上哲之高训。"③ 蔡邕《释诲》："方将驰骋乎典籍之崇涂，休息乎仁义之渊薮，槃旋乎周、孔之庭宇，揖儒墨而与为友。"④ 依然是张衡一样的心意。

　　以上诸人生活时间贯穿两汉始终，近四百年，但是思想竟然极为近似，变化很少。这一方面是汉代此类文章的仿效效应所致，前人有此一类文章，后人沿袭不变；其次是汉代上层文人的社会生活背景没有大的变化。这些文章的中心思想，基本都体现为在现实政治生活中遇到挫折，于是将自己的理想集中到著述或者对孔老的信仰事业之上。也就是说，建立政治、军事、外交、商业、功业没有希望，那就建立文化事业，或者树立道德楷模，立德立言的事业终究实现，虽不及三立之全备，但是得到了其中的两部分，依然是不错的人生选择，汉代上层文人的安身立命得到充分的保证，人生的痛苦得以消解，最后获得幸福。因此此类文章是汉代高层文人的心灵写照，从这个角度讲，这些文字，是汉代独特的文学样式，是汉代文学的重要组成部分。

　　汉代文人的主流是幸福的，但是否两汉时代所有层次的文人都达到这样的境界和状态呢？答案是否定的。在东汉中后期，显然出现了另外的声音，也即汉代文人五言诗，特别是以古诗十九首为代表的诗歌中，竟然出现了痛苦和绝望的叫喊。文人五言诗的基调是慨叹人生的不幸，即学术界常说的几大主题：游子思妇的相思离别，功名未建的希望和绝望，人生苦短故应及时行乐。没有快乐，更没有幸福，全部是苦痛，全部是怨叹。不幸是其精神的核心，没有人生的精神寄扎。

　　如《古诗十九首》之一："行行重行行，与君生别离。相去万余里，各在天一涯。道路阻且长，会面安可知。胡马依北风，越鸟巢南枝。相去日已远，衣带日已缓。浮云蔽白日，游子不顾返。思君令人老，岁月忽已晚。弃捐勿复

---

① 龚克昌：《汉赋新选》，湖北教育出版社2001年版，第505页。
② 《后汉书》，中华书局2007年版，第504页。
③ 《后汉书》，中华书局2007年版，第505页。
④ 《后汉书》，中华书局2007年版，第575页。

道,努力加餐饭。"这是《古诗十九首》的第一首,表达的是夫妻亲人的分离远隔,而且会合遥遥无期,表现了作者的无限哀怨。第二首的《青青河畔草》也是同类题材。第五首《西北有高楼》说一个妇女期待丈夫的归来。第六首《渡江采芙蓉》,也讲夫妻之离居。第八首《冉冉孤生竹》,写一个女子盼望丈夫迎娶自己。第九首《庭中有奇树》也是情人之间的遥隔不通。第十首的《遥遥牵牛星》写两位相爱的人不能团聚。第十四首《去者日以疏》表达游子希望回到故乡。第十六首《凛凛岁云暮》表现妻子对远方丈夫的无限思念。第十七首的《孟冬寒气至》,写夫妻的遥隔思念。第十八首的《客从远方来》也是写女子对丈夫的思念,期望丈夫的归来,永不分离。第十九首《明月何皎皎》也写对亲人丈夫的思念。游子思妇是《古诗十九首》习见的主题,而且达十二首之多,诉说的是人生的痛苦忧患。

当然《古诗十九首》中,还有一种功名无成的绝望,以及对这种境况的反映——及时行乐。这类诗歌说自己失去进身机会之后,那就享受现在,是事业失败之后的典型表现。如第三首:"青青陵上柏,磊磊涧中石。人生天地间,忽如远行客。斗酒相娱乐,聊厚不为薄。驱车策驽马,游戏宛与洛。洛中何郁郁,冠带自相索。长衢罗夹巷,王侯多第宅。两宫遥相望,双阙百余尺。极宴娱心意,戚戚何所迫?"写一个游子漂泊京城,眼见厕身富贵无望,只好饮酒作乐,快意当前。第四首"今日良宴会"也是说饮酒时极度放纵。第十三首《驱车上东门》中说"服食求神仙,多为药所误。不如饮美酒,被服纨与素。"主张饮酒极意,华服舒适。第十五首:"生年不满百,常怀千岁忧。昼短苦夜长,何不秉烛游!为乐当及时,何能待来兹?"要快意眼前,不做长远之打算。第十二首《东城高且长》劝自己"荡涤放情志,何为自结束!燕赵多佳人,美者颜如玉。"故乡回不去,那就与妓女或当地女子相爱,纵情放荡!总之只顾现在,不管将来。

在对富贵荣华的态度上,也是舍弃道德而只管成功,背离了传统的儒家价值观,远离汉代上层文人的习惯。《古诗十九首》第四首《今日良宴会》中说:"何不策高足,先据要路津。无为守贫贱,坎轲长苦辛。"主张取富贵而远贫贱,与孔子的"不义而富贵,于我如浮云"的观点正好相反。第十一首《回车驾言迈》说:"人生非金石,岂能长寿考?奄忽随物化,荣名以为宝。"因人生苦短，拼命攫取富贵，病急乱投医，孔子所谓"小人穷斯滥矣""小人长戚戚"，即指这种急躁心态。

要之无论是人生无望，及时行乐，还是汲汲富贵，不管德行，这些诗歌作者的情怀，都是典型的末世纪心态，表现强烈的悲哀情绪，也令读者十分感伤。

二、两种不同心态形成的社会层次原因

两汉高层文人和东汉中后期士人的心态正好相反，前者是怀抱希望，对未来人生充满信心，即使没有现实的物质成功，但是精神上特别充实，因为还有著述的事业。即使不著述者，也特别自信，因为自己在读书，有孔老或墨家的信仰，只要有信仰有理想，精神强大，任何时候都不堕落。而后者无论是游子思妇的天涯远隔，还是一事无成的时间紧迫感，都体现为现实的完全失败。在同样的遭遇下，东汉文人并未走向文化信仰和文章著述，而是想不择手段地获取富贵，或者达不到目的就寻欢作乐，急急如狂，表现出一副绝望者的模样，体现为失去精神依赖后的错乱和荒唐。

这种差别为何如此之大？只能从两种人所属的社会层次和生活的时代背景来理解了。汉代著名文人，皆是上层人物，都被立传。贾谊官至太中大夫、长沙王傅、梁怀王太傅；董仲舒官至二千石，做过江都王傅、胶西王傅，东方朔为太中大夫，一千石；司马迁曾为六百石的太史令，后为一千石的中书令；扬雄官至大夫，至少一千石；冯衍纵横于两汉之间，官至将军；班固官至窦宪中护军；张衡做过太史令、侍中、河间王相、尚书；崔篆官至王莽朝建新大尹，崔骃官至车骑将军窦宪掾，相当于二千石；蔡邕做过尚书、侍中、左中郎将，封侯。以上诸人官职最小的是一千石的官员，大的至封侯，而诸人或为当时的第一文人，或执著史之权，名冠天下，足表他们的社会地位之尊显，名望之赫赫。他们既是朝廷官员，同时兼为名人，体制内体制外一身而二任，只要拥有其中的一种，也会有一种成就感，况且二者兼备，于是文化信心就特别充实，所以他们的文章，都表现了心灵的快乐。

而东汉中后期士人，即做文人五言诗的人，地位是无法与著名文士相比的。我们现在已经无法知道《古诗十九首》的作者，但是文人五言诗作者的社会地位是可考知的。如著名的诗人秦嘉，就是典型代表。赵敏俐先生《论汉代文人五言诗与汉代社会思潮》："在汉代有主名的文人五言诗中，秦嘉的《赠妇诗》三首，是和《古诗十九首》、李陵录别诗的情感、内容、风格等最为接近的诗作。……李炳海先生考证秦嘉的生年当在上限公元121年，下限131年之间，写诗时的年龄在30岁左右……如此来看，秦嘉的主要仕宦生涯都在桓帝时期。……李炳海先生经过比较研究后又指出：《古诗十九首》只能产生秦嘉《赠妇诗》之前而不可能在其后。"[1] 秦嘉的身份与古诗十九首的作者非常接近，因此了解他的身世，也可以帮助理解古诗十九首作者的背景。秦嘉的地位是什么级别？赵敏俐先生："秦嘉字士会，陇西人，先举为上计掾，入洛，后除黄门郎，居数岁，病卒于津乡亭。"[2] 上计掾是什么官职，就是汉代辅佐郡国长官的手下人员，代表郡国长官到京城汇报钱粮赋税治理情况。而黄门郎呢？《后汉书·百官三》："黄门侍郎，六百石。本注曰：无员。掌侍从左右，给事中，关通中外。及诸王朝见于殿上，引王就坐。"[3] 《后汉书·百官三》中在黄门侍郎之前的官员是中常侍，后面的是小黄门和黄门令，皆以宦者充当，不知为什么，《后汉书》没有注明黄门侍郎不用宦者为之。但是《后汉书》中《宦者列传》等传记中，一般为黄门侍郎的几乎都是宦官。学术界习惯认为黄门侍郎也称"黄门郎"，但是黄门侍郎到底是不是黄门郎，现在已经无法说清了。按照汉代的风气，黄门侍郎手下是有众多人员的，一般由宦者为之。如曹操曾祖宦官曹腾："安帝时，除黄门从官。"[4] 后来曹腾迁官小黄门，再迁中常侍。则知黄门郎有可能只是黄门侍郎下面的普通郎员，黄门侍郎是六百石，则黄门郎俸禄必低于六百石。故知黄门郎官职低微，收入甚低。当然秦嘉在写《赠妇诗》，还在上计掾的位置上。而他后来除黄门郎，在某种程度上，已经是投靠宦官了，此时单超等五位宦官杀梁冀握大权，朝廷日乱，天下士人已经视宦官为公

---

[1] 赵敏俐：《周汉诗歌综论》，学苑出版社2002年版，第319页。
[2] 赵敏俐：《周汉诗歌综论》，学苑出版社2002年版，第319页。
[3] 《后汉书》，中华书局2007年版，第1026页。
[4] 《后汉书》，中华书局2007年版，第738页。

敌①,这种尴尬的位置恐怕也使作者不安。因此写诗时诗人地位卑微,力量短浅,不能使自己到达方便舒服的处境,是明白清楚的。

与秦嘉时代稍后的两位诗人赵壹、郦炎地位也非常低。他们都活动在灵帝时代。赵壹也曾做过上计掾。《后汉书·文苑列传》:"赵壹字元叔,汉阳西县人也。……光和元年,举郡上计到京师。……初,司徒袁逢使善相者相壹,云'仕不过郡吏',竟如其言。"②赵壹的级别甚至还低于秦嘉。光和是汉桓帝在位时的第三个年号,共七年,其元年即公元178年。至于郦炎,《后汉书·文苑列传》:"郦炎字文胜,范阳人。……灵帝时,州郡辟命,皆不就。……炎后风病慌忽。……妻始产儿惊死,妻家讼之,收系狱。……熹平六年,遂死狱中,时年二十八。"③虽然高才博学,但一生未仕,上计掾的地位都未到,以布衣早逝。诗人高彪,吴郡无锡人,曾举郡孝廉,除郎中,校书东观,后为外黄县令。④《后汉书·文苑列传》还记载其他文人的情况。侯瑾"字子瑜,敦煌人也。……州郡累召,公车有道征,并称疾不到。作《矫世论》以讥切当时。而徙入山中。"⑤也是一生白衣。至于汉末名士祢衡,所做官职不过是曹操的鼓吏,及江夏太守黄祖的书记员而已。⑥则知东汉的众多文人,地位低下的大有人在。

前面我们看到汉代上层文人,也曾在现实中遭到挫折,但可以返回到著述事业上去,或者寄身于孔老墨学之中。东汉中后期的文人为什么不可以学习上层文人的人生选择,从而使自己有精神寄托?其实汉代上层文士固然在现实中受了挫折,但是这种挫折并不是致命的,贾谊虽然做不了公卿,但仍然是诸侯王傅,董仲舒虽被排挤,但还是江都王胶西王傅,司马迁后来曾为中书令,东方朔也做了大夫,扬雄也是大夫,冯衍曾做过将军,班固做过窦宪的中护军,张衡做过诸侯王傅和尚书,蔡邕还受封侯之赏。也就是说,汉代高层文人纵然遭到挫折,但官员身份犹在,丰厚的爵禄继续享用,如果将他们的这种地位爵位全然褫夺,他们的文化自信是不会那么坚实的。而东汉

---

① 《后汉书》,中华书局2007年版,第739页。
② 《后汉书》,中华书局2007年版,第772页。
③ 《后汉书》,中华书局2007年版,第775页。
④ 《后汉书》,中华书局2007年版,第776页。
⑤ 《后汉书》,中华书局2007年版,第776页。
⑥ 《后汉书》,中华书局2007年版,第778页。

中后期的文人们情况如何？显然不可相比。如秦嘉，写诗的时候不过是上计掾，离开本郡来到京城，夫妻分离，而且前途不可度测，家庭的幸福难以保证，"人生譬朝露，居世多屯蹇"，你叫他怎能不悲伤？赵壹作为上计掾到首都，司徒袁逢接待各郡上计掾数百人，大家拜服庭中，无人敢仰视袁逢，足见上计掾地位的卑下。而只有赵壹敢长揖平视，袁逢叫人责备赵壹，说一个偏远小郡的上计掾竟敢平揖三公，被自信的赵壹回答震服，才待之以礼。之后赵壹去见河南尹羊陟，又是长时间不得见。后赵壹回家乡，路经弘农郡，拜访郡守皇甫规，被看门人所阻，气愤离去。[①] 所以如此，不就是赵壹地位低下，王公贵人对他这种小人物不屑一顾吗？所以赵壹《刺世疾邪赋》说："顺风激靡草，富贵者称贤。……执家多所宜，咳唾自成珠。"袁逢乃袁安之曾孙，袁术之父，官至三公，羊陟是名流，皇甫规更是汉末名将兼当时名士，德行高洁，他们的举动不过如此，而更能指望那些世戚官宦？至于郦炎就更悲惨。他有文才，精音律，能言善辩，自视极高，不屑于州郡辟召。后病风，妻死被讼，死于狱中。所以如此，不就是出身卑下，没有世族的帮扶吗？故他感叹"富贵有人籍，贫贱无天录"，"抱玉乘龙骥，不逢乐与和"，与左思"世胄蹑高位，英俊沉下僚。地势使之然，由来非一朝"的感叹何其相似！桓灵之际，世族与寒族的鸿沟初现，贫贱之徒逐渐被排斥在仕途之外，所以诗人们越来越绝望。如文人侯瑾因此就遁入山中做隐士。当然狂士祢衡的出现，更是反抗汉末贵族与寒门分裂现象的标志性事件。他以自己的狂放，对抗当时代的势利，故而他反曹操，反刘表，反黄祖，举凡一切权力掌控者，都是自己的敌人，是以所向皆狂悖不常，发泄自己的愤怒，最终牺牲了性命。从赵壹到祢衡，其中的发展线索，是再清晰不过了。

从东汉中后期文人们的行径看《古诗十九首》，就能理解其中的心态和举止了。《明月皎夜光》中说"昔我同门友，高举振六翮。不念携手好，弃我如遗迹"，正是东汉中后期的现实反映。当年的同学做了大官，你自己尚在下僚，与他已是不同的阶层了，他怎么可能施以援手？一旦上不去，也许就永远失去未来了，其结果只会是两种：要么继续希望着，羡慕富贵中人；要么绝望，自

[①] 《后汉书》，中华书局2007年版，第772页。

暴自弃，寻欢作乐。《古诗十九首》之四《今日良宴会》中"何不策高足，高据要路津。无为守贫贱，坎轲长苦辛"，以及《回车驾言迈》中"奄忽随物化，荣名以为宝"，表明作者保持对将来的幻想。当然更多的时候则是绝望，及时行乐，自我放弃了。"极宴娱心意，戚戚何所迫。""荡涤放情志，何为自结束！""不如饮美酒，被服纨与素。""为乐当及时，何能待来兹。"这是典型的自我放弃，之所以如此，还是残酷的现实使然，哪怕有再好的品德，再高的才华，也没有出人头地的机会。诚如赵敏俐先生所说："以《古诗十九首》为代表的文人五言诗……这些诗的作者大都属于中下层地主阶级的知识分子。"[①] 他们生不逢时，命运屯蹇。

至于《古诗十九首》中的游子思妇的作品，其情况与秦嘉大体相似。长期在京城漂泊，总希望找到机会，但现实阻碍了理想的实现，这是当时文士不敢回家的主因。相反，如果功名已成，官爵在手，完全可以将妻儿子女接到一起，哪有分离之苦？游子思妇之歌表面上是高唱离情，实际是诉说家庭问题不能得到解决，是个人功名失败的特殊表现。从古到今的此类歌曲，都是间接表现人生和事业的失败，所以这类诗歌特别能打动读者，就在于它们包括了爱情和事业的两层意义。

总之，东汉文人五言诗之所以表现人生的绝望感情，最根本的原因，是在于文人们在现实中功名富贵的失败，所有的成功机会已经被上层贵族世族所把持，下层知识分子已经失去希望，最后只能在幻想中度日，或者是放弃理想，苟安一时，在自我沉沦中了此一生。在东汉和帝、安帝、顺帝、桓帝、灵帝、献帝六朝，状况尤甚，宦官、外戚轮流执政，小人把持朝权，至桓帝、灵帝时期发展到高潮[②]，再加之其时世族势力的形成，下层士人已经无法进入中高层，同时他们自身因为起点低，素质有限，不能像高层文人那样著书立说；再加上国家权威的流失，意识形态的崩坍，儒家思想失去神圣性，人们精神无所依托，最后只能是彻底的幻灭。从这个角度讲，东汉中后期的中下层文人士子特别痛苦，无论是功业、道德、文化事业，一无所有，表现了全

---

① 赵敏俐：《周汉诗歌综论》，学苑出版社 2002 年版，第 326 页。
② 《梁启超学术论著集》，华东师范大学出版社 1998 年版，第 119 页。

方位的失败，这种失败，也意味着一个伟大朝代灭亡的前奏，所以《诗大序》说"乱世之音怨以怒，亡国之音哀以思"，以《古诗十九首》为代表的文人五言诗，尤其体现这种特质。当然新的文化和希望，也在绝望中诞生，这就是后来建安诗歌中建功立业主题出现的原因，而国家民族得以新生，从而开始了中国文化新的轮回。

（作者单位：湖北师范学院文学院）

《列女颂》文体特色及遭六朝批评冷遇原因

陈丽平

《列女颂》与刘向《列女传》是同时见诸史籍记载的,《汉书·艺文志》首次对其进行了著录,之后,曹植等也创作了《列女颂》,本文讨论范围仅限于伴随着刘向《列女传》保留下来的《列女颂》。然而《列女颂》在文献流传过程中,其保存状态及作者著录经过了变迁,宋代以来《列女颂》版本存在状态扭曲了这些颂作的原貌,并错误地将其著作者由刘歆改为刘向[①]。

一、汉代颂体发展的趋势

对于《诗》颂,《诗大序》解释为"美盛德之形容",《诗经》颂文体风格大体一致,表现为以四言为主的韵文,典雅质重,是在祭祀仪式中告于神明的作品。汉颂发展中,除了保留《诗经》颂的这些特征外,更多的颂作者借鉴了散文、赋的题材与表现方法。

与《诗》颂相比,汉颂最大的变化在于文体表现领域大大扩展,汉颂的表现领域主要在以下几个方面:

第一,沿袭《诗经》颂传统,对国君及其功绩的颂扬。

[①] 宋建安余氏本保存的《列女颂》应该为刘歆创作,具体考辩参见陈丽平《〈列女颂〉创作的文体背景及其价值——兼及〈列女颂〉作者考辨》,载《中国社会科学院研究生院学报》2008年第2期。

如西汉李思《孝景帝颂》，共有十五篇，刘向《高祖颂》、东汉崔骃《明帝颂》与傅毅《显宗颂》。这些以国君为颂扬对象的作品，有的用于祭祀，被称为"庙颂"，如《后汉书·傅毅传》："毅追美孝明皇帝功德最盛，而庙颂未立。乃依《清庙》作《显宗颂》十篇奏之。"① 这些颂以《诗经》颂为范式："若夫子云之表充国，孟坚之序戴侯，武仲之美显宗，史辰之述熹后；或拟清庙，或范駉那，虽浅深不同，详略各异，其褒德显容，典章一也。"② 其表现对象及风格特征大体是向《诗》颂的回归。但是，汉颂更多的颂扬对象扩展至臣、民等，如汉代文献中记载对赵充国、蔡邕、胡广、黄琼等人的颂作。

此外，更多的"民"，不同的贤德者进入了作家的视野，成为颂体新的表现对象。这些新的表现对象有：圣人先贤，如张超《尼父颂》，是对汉儒宗师孔子的颂作；隐逸高士，如梁鸿《安丘严平颂》；梁鸿为四皓以来四十四人作颂，即皇甫谧《高士传序》提到的"梁鸿颂逸民"；贤德妇女，《华阳国志·先贤士女总赞》："叔纪，霸女孙也，适广汉王遵。至有贤训，事姑以礼。生子商，海内名士。广汉周干、古朴、彭勰、汉中祝龟为作颂，曰：'少则为家之孝女，长则为夫之贤妇，老则为子之慈亲。终温且惠，秉心塞渊，宜谥曰孝明惠母。'"③

第二，颂的表现对象为具体的事件。

东汉作家常用颂体反映一些时事，这些作品很有时代性，展现了时代风貌。突出的有：汉明、章帝时期的出巡题材，反映了这个时期皇帝巡视四方的事件，如班固《东巡颂》《南巡颂》、马融《东巡颂》及崔骃《四巡颂》；而一些军事题材，也成为颂作取材的热点，如班固《窦将军北征颂》、傅毅《窦将军北征颂》《西征颂》、李尤《怀戎颂》、史岑《出师颂》；更有些颂作品反映了一些官员的政绩，如蔡邕《京兆樊惠渠颂》《颍川太守王立义葬流民颂》；崔瑗《南阳文学颂》歌颂了南阳地区经学教化成功、风俗淳正；黄香《天子冠颂》反映了天子行冠礼的盛况；边韶《河激颂》，记述了阳嘉三年治理黄河的情况。

---

① （南朝宋）范晔：《后汉书·傅毅传》，中华书局1995年版，第2613页。
② （南朝梁）刘勰著，周振甫注：《文心雕龙注释》，人民文学出版社2002年版，第95页。
③ （晋）常璩撰，刘琳校注：《华阳国志校注》，巴蜀书社1984年，第733页。

第三，颂的表现对象是物。

以颂咏物、赞物，战国的屈原《橘颂》已经开其端，屈原对作品中的橘赋予人的高贵品格，以橘况己。汉代作家继承了屈原以颂咏物，这类颂作有：班固等人《神雀颂》、王褒《碧鸡颂》、崔骃《杖颂》、蔡邕《五灵颂》、班昭《欹器颂》、王粲《灵寿杖颂》等。

汉颂中还有一些思想性强、表现作者特定观点的颂作品，如董仲舒《山川颂》、王褒《圣主得贤臣颂》、马融《广成颂》。

随着汉颂表现领域的扩大，汉颂的文体表现方法也随之丰富，在外观上汉颂的文体特征复杂化了。

首先，在语言形式上突破四言，出现了各式杂言。对韵要求不严格，有的颂废韵不用，如《山川颂》。其次，篇幅无定制，短篇、中篇、长篇参差不齐，尤其出现了以往罕见的长篇，如《圣主得贤臣颂》《甘泉宫颂》《窦将军北征颂》《广成颂》等。颂前有的出现序文，序形式体制与颂文的长短比例不固定。再次，受赋、散文表现方法影响，行文借用典故、比喻、罗列铺排、对比、想象、夸张等，比原先以叙述、描写为主的手法丰富。最后，取材上颂作明显受汉赋影响，表现宫殿、物色，如王褒《甘泉宫颂》、崔瑗《四皓墟颂》、马融《梁大将军西第颂》、王粲《太庙颂》。

二、刘歆《列女颂》对汉代颂体创作的因循与创新

《列女颂》形式上为整齐四言、押韵，篇幅固定为八句，文体总体风格是向《诗》颂传统的同归，显得正式而庄重。但是，更多呈现出创新。

第一，现存《列女颂》由大序一篇、小序七篇、七类颂计一百零四篇颂文组成（原本一百零五篇，《母仪颂》中一篇于宋代失传）。同时为这么多人作颂，并且类别清晰，在作颂的规模与系统性上，是刘歆的独创。《列女颂》的系统性除了表现在七类的编排繁而不乱、形式上类别清晰外，还表现在小序、颂文各自的规模统一，语言特征、风格一致。小序及颂均采用四言韵文的形式，小序每篇十句（除《孽嬖传》小序现存六句），颂文每篇八句，形式上极

为整齐划一。

《列女颂》小序与颂在表达内容层次关系上相对固定。以《母仪传》小序为例,"惟若母仪,贤圣有智。行为仪表,言则中义。胎养子孙,以渐教化。既成以德,致其功业。姑母察此,不可不法",十句中包含了三层递进意思:首先解释"母仪"的内涵,接着概括这类人物言行特征,即德操所在,最后点出哪些人物要学习"母仪"的德行。十五篇颂文以小序为纲,围绕着小序,为紧扣中心的辅翼,讲述了十五篇符合这个纲目特征的故事。颂文内容的层次关系也与此相类似。每篇颂文均为整齐的四言八句,于短短的三十二字中,叙述了历史上一个个家国兴亡事件,以及在这个事件中形形色色女子所起到的重要作用,依次交代历史事件主人公、身份、主要事件、女性人物与事件兴衰关系。以"卫姑定姜"的颂文为例,首先交代主人公身份称呼"卫姑定姜",接着概括她的事迹:"送妇作诗。恩爱慈惠,泣而望之。数谏献公,得其罪尤。"最后是对这个人物的评价(有时人物评价包含在事件结局的交代中),"聪明远识,丽于文辞"。这模式也反映了其他各类人物颂的内容层次关系。

第二,《列女颂》在题材选择上是对以往颂体的超越。

刘歆选用"颂"体来表现这些女子的事迹,对于贤德女子充满敬意,完全站在颂扬的立场上,这超越了当时礼制上男尊女卑的界限,女子只要贤德,符合母仪、贤明、仁智等道德标准,便可以颂、可以尊,完全以个体的历史作用作为衡量标准,生发出来对女性的尊敬与肯定,这需要思想的开明及尊重历史与事实的精神,刘歆的这种做法是超越时代的。

按《列女颂》表现对象的道德倾向及作者的价值判断,分为褒善与贬恶两类。母仪、贤明、仁智、贞顺、节义、辩通的表现对象是作者褒扬的各类女子。而《孽嬖传》的小序"惟若孽嬖,亦甚嫚易。淫妒荧惑,背节弃义。指是为非,终被祸败"到其中的十五篇颂文,刘歆对孽嬖类女性持明确的批判态度。

把遭鞭挞的"孽嬖"类人物置于颂的表现范围,是刘歆的又一不同寻常之举。《诗大序》"颂者,美盛德之形容,以其成功,告于神明者也"[①]是《毛诗》学者对于《诗》颂的理解。汉颂在创作实践上有许多方面是超越了这个理解

---

① 《十三经注疏》,上海古籍出版社 1997 年版,第 272 页。

的，如扩展了"盛德"的颂扬范围，颂不必"告神明"等，但汉颂创作的主流是对颂表现对象的褒扬[①]，即颂的对象是在汉人观念中值得歌颂的善与美。刘歆将《孽嬖传》中人物置于"颂"的题目下，确实不合乎传统颂的文体特征，也不合乎汉人创作习惯。这应该是"连类而及"的产物，即前六类传文适用此文体及作者创作意图，而这最后一类不便于改换文体，但不管是何种创作机缘，《孽嬖传》在颂的文体特征及传统下，在汉颂的创作实践中确实因为题材的道德特征而显得不协调。

第三，叙事中微言大义的突出。

在语言的叙事性上，《列女颂》文字概括力强，擅长动态历史的概述。复杂的历史事件浓缩在短短三十二字中，可取代较长的《列女传》文，同样达到讲故事的目的。如"晋献骊姬"的传文约千余字，情节曲折，依次交代了晋献公娶的主要妻妾、子嗣关系，骊姬设计让太子及各公子到边境任职，挑拨太子与献公关系，陷害太子申生，太子自杀，众公子逃离晋国，五世混乱。这样复杂的历史事件，时间跨度大，而颂文同样用四言八句概括了事件经过。

另外，刘歆借鉴了春秋笔法，于事件叙述中，体现了鲜明的主观爱憎，"骊姬继母，惑乱晋献，谋谮太子，毒酒为权。果弑申生，公子出奔。身又伏辜，五世乱昏"。对颂中人物的态度通过遣词用句、交代事件结果表达出来，爱憎褒贬态度鲜明。如"晋献骊姬"中，选用了"惑乱""谋谮""弑"等表示贬义的词语，描述骊姬的所作所为。而结局"身又伏辜，五世乱昏"，言外意是骊姬作恶太甚，波及五世，她的被杀是罪有应得。作者对这人物的鄙视、戒惧的态度是很鲜明的。

第四，语言简练、通俗。

在文字总体艺术风格上，做到了通俗与典雅并重。同时，颂文用字极为通俗，便于读者对故事理解。《列女颂》总体上呈现出一种既郑重、严肃又通俗易懂的风格。颂文郑重的气氛跟作者讲史的教化目的有关，提供正、反两方面关乎家国兴亡的血的教训，而通俗易懂的风格是为了读者更容易看懂这些教化

[①] （汉）东方朔《旱颂》铺陈了大旱中，自然界种种状态，农夫的愁苦。《艺文类聚》保留了残篇，其文情感倾向不宜仅凭残篇论定。

故事，融劝、讽于一体。四言八句的规格中，简洁叙述一个相对完整的历史故事，既完成了对女性人物的褒扬（贬），同时也对读者起了劝讽的警示作用。《列女颂》与《列女传》配合，欲完成"以著祸福荣辱之效，是非得失之分"的教化目的，其内容高度概括，与传文一一相对，一长一短，二者同样讲述了女子重要历史作用，《列女颂》可替代较长的传文，独立阐述一个列女故事，完成其教化功能。

三、六朝批评家正统的颂体观念与对《列女颂》的排斥

刘歆《列女颂》在历史上是有回音的。建安时期的曹植作《列女颂》一卷，六朝时人缪袭撰《列女传赞》一卷，甚至到了明代黄鲁曾模仿《列女颂》形式撰写了《列女赞》。而在文学批评领域，《列女颂》却为历代文学批评所忽视。

刘勰《文心雕龙》专设"颂赞"篇，对《列女颂》只字未提，萧统《文选》选录的"颂赞"类作品也未见《列女颂》。再有，汉代作品传之后代者十不存一，据统计，见于文献记载的汉代颂体（包括残篇及只存颂题）作品不过三四十篇。然而，在文献如此匮乏的汉代颂体及韵文研究领域，这一百余篇《列女颂》很少为人提及与统计，这种矛盾是如何形成的？

王充《论衡·须颂》专门论述了臣子对君主有做颂的义务，这反映了汉代正统颂体观，而刘歆将身份不一的女子作为高高在上的颂扬对象，这种做法在王充这样学者的眼中颇显叛逆。而六朝时期的批评家们对颂体同样持正统的观念。刘勰在"颂赞"篇中认为："至于班、傅之《北征》《西巡》，变为序引，岂不褒过而谬体哉！马融之《广成》《上林》，雅而似赋，何弄文而失质乎？又崔瑗《文学》，蔡邕《樊渠》，并致美乎序，而简约乎篇。"[①] 刘勰的这段话正道出对形式上背离《诗》颂的汉代颂体作品的评价与态度，认为班固、傅毅的颂作变成序、引一类的文字，赞扬过头而违背正确的颂体，马融颂作为追求文采

---

① （南朝梁）刘勰著，周振甫注：《文心雕龙注释》，人民文学出版社2002年版，第95—96页。

也失去了颂的本质，而崔瑗、蔡邕之失在于把序文写得华美，颂文简约，本末倒置。相反，他赞美以《诗》颂为范式的模拟之作，如扬雄《赵充国颂》、班固《安丰戴侯颂》、傅毅《显宗颂》等作品，认为这些作品模仿了《周颂·清庙》《鲁颂·駉》《商颂·那》，虽然深浅不同，但赞美功德、显扬仪容、合乎颂体的典则是一致的。

他要求颂的表达方式及形成的风格要有分寸："颂惟典懿，辞必清铄，敷写似赋，而不入华侈之区；敬慎如铭，而异乎规戒之域；揄扬以发藻，汪洋以树义……"① 同时，在题材选择及作者在颂中所持的主观态度，刘勰认为："晋舆之称原田，鲁民之刺裘鞸，直言不咏，短辞以讽……斯则野颂之变体，侵被乎人事矣……陆机积篇，惟功臣最显；其褒贬杂居，固末代之讹体也。"② 刘勰称褒贬杂居的陆机颂为"讹体"，称民间含讽刺规谏意味的作品为"变体"，可见刘勰对颂的看法是很保守的。他要求颂体应该以《诗》颂为典范，"褒德显容，典章一也"，反对汉代颂体形式上的变化，反对褒贬杂居的颂体，而这正与东汉王充表达的颂体观点一致。《列女颂》把不正义的孽嬖类人物作为颂的表现对象，贬斥批评，这与刘勰对颂的理解相悖，刘勰认为这是改变颂的体制，以贬入褒，是"讹体"，在刘勰的标准下，刘歆的颂作毫无疑问应归入"野颂"，即不合颂体规范的变体颂。

萧统《文选序》"颂者，所以游扬德业，褒赞成功"③ 这一观点与《诗大序》、刘勰的观念是一脉相承的。《文选》重文采，重视颂体"褒赞"特点，选择的范文与刘勰颂体观一致。因此，对褒贬杂居的《列女颂》不看好更在情理之中。

（作者单位：辽宁大学文学院）

---

① （南朝梁）刘勰著，周振甫注：《文心雕龙注释》，人民文学出版社 2002 年，第 96 页。
② （南朝梁）刘勰著，周振甫注：《文心雕龙注释》，人民文学出版社 2002 年，第 95 页。
③ （南朝梁）萧统：《文选》，中华书局 1995 年，第 2 页。

汉铙歌《将进酒》作时及其他
——兼论汉代的宴会歌诗评诗风气

韩高年

汉乐府《铙歌》十八曲有《将进酒》云:"将进酒,乘大白。辨加哉,诗审博。放故歌,心所作,同阴气,诗悉索,使禹良工歌者苦。"[1]《铙歌》十八曲,《古今乐录》称"字多讹误"[2],"皆声、辞、艳相杂,不可复分"[3],因此历来号称难读。此诗经闻一多先生《乐府诗笺》校证文字,疏通句意,遂使全篇豁然明朗。《将进酒》描写了汉代宴饮场合歌诗诵赋的风气,借此可以观汉代诗、赋创作,尤其是诗歌创作以及文学欣赏的情形,而此诗之作时亦可由其中所反映之文学风气得以确定。

一

汉代大一统帝国的辉煌造就了高度自信的时代心理与民族文化心理,受其影响,汉代普遍重视文学的娱乐性。这种风气使文学的场域发生了位移,诗歌和辞赋的创作与欣赏常在宴饮聚会间进行。借助《将进酒》一诗,可窥其一斑。

宋郭茂倩《乐府诗集·汉铙歌》解题云:"古词曰:'将进酒,乘大白。'

---

[1] (宋)郭茂倩:《乐府诗集》,中华书局2007年版,第229页。
[2] (宋)郭茂倩:《乐府诗集》,中华书局2007年版,第225页。
[3] (南朝宋)沈约:《宋书》,中华书局1974年版,第667页。

大略以饮酒放歌为言。宋何承天《将进酒》篇曰:'将进酒,庆三朝。备繁礼,荐嘉肴。'则言朝会进酒,且以濡首荒志为戒。若梁昭明太子云:'洛阳轻薄子',但叙游乐饮酒而已。"[①] 乐府古辞《将进酒》叙宴饮赋诗之事甚详,兹以此诗为主,结合相关材料加以梳理。

"将进酒,乘大白"句反映当时宴会饮酒的情形。闻一多《乐府诗笺》[②]云:"《汉书·叙传》上'皆引满举白',注:'白者罚爵之名也。'《文选·吴都赋》'飞觞举白',刘注:'白,罚爵名也。'《说苑·善说篇》:'饮不爵者,浮以大白。'""乘",举也。则此二句叙宴会饮酒之欢。

"辨加哉,诗审博"句,闻说云:"辨读为辩。辩者以言辞相角斗,故辩有斗义。加者……《匡谬正俗》一曰'刘昌宗、周续等音加为架',今俗语口角谓之吵架,即以恶言交相陵加之谓。此义与辩最近,故诗以辩加连文。或倒之曰加辩,《楚辞·大招》:'伏戏驾辩,楚劳商只。'……诗犹辞也,《毛诗指说》引梁简文帝曰:'诗者辞也,在辞为诗。'《说文》:'审,悉也。'悉,详尽也。审博义近。《中庸》:'博学之,审问之',亦二字并用而为对文。'诗审博'犹言其辞详尽而繁博也。燕饮赋诗,奇思黠语,转相陵加,以为戏斥,又胜者私以罚爵,世所传宋玉《大言赋》《小言赋》《登徒子好色赋》及《风赋》,司马相如《美人赋》,并孝武时柏梁诗赋,皆其类也。所作之辞,或有即席播为声乐者,故《大招》之《驾辩》,王注以为乐曲名。"[③]

据闻说对《将进酒》此二句的发明,可以看出汉代宫廷宴会以歌诗诵赋娱乐助兴之风的盛行。可以说,宫廷宴会场合以歌诗斗文娱乐的风气是汉代诗、赋创作和传播欣赏的一个重要动因。《汉书·霍光传》载光等奏昌邑王罪状云:"大行在前殿,发乐府乐器,引内昌邑乐人,击鼓歌吹作俳倡。会卜述,上前殿,击钟磬,召内太一宗庙乐人辇道牟首,鼓吹歌舞,悉奏众乐。"[④] 这段记载中"击鼓歌吹作俳倡"正是贵族生活中宴会以歌诗诵赋为娱乐的真实写照,可与《将进酒》所述相发明。

---

① (宋)郭茂倩:《乐府诗集》,中华书局2007年版,第229页。
② 闻一多:《乐府诗笺》,《闻一多全集》第五卷,湖北人民出版社1993年版,第726页。
③ 闻一多:《乐府诗笺》,《闻一多全集》第五卷,湖北人民出版社1993年版,第726—727页。
④ (汉)班固:《汉书》,中华书局1962年版,第2940页。

《将进酒》"辨加"一语，道出辞赋家为娱乐主宾而即兴创作，各逞才学的情况。西汉时期大多数体制短小，写物寓意，语带机锋，幽默诙谐的小赋，皆出于此种需要的刺激。枚乘的《七发》描写了贵族在狩猎结束后宴会间以文为戏的场面：

> 既登景夷之台……于是使博辩之士，原本山川，极命草木，比物属事，离辞连类。浮游览观，乃下置酒于虞怀之宫……列坐纵酒，荡乐娱心。景春佐酒，杜连理音。滋味杂陈，肴糅错该。练色娱目，流声悦耳。于是乃发《激楚》之结风，扬郑卫之皓乐。使先施、徵舒、阳文、段干、吴娃、闾娵、傅予之徒，杂裾垂髾，目窕心与。①

"博辩之士"即知识广博、能言善辩之人，实即指辞赋家。"原本山川"数句意谓辩士们讲解山川的历史，尽举花草树木的名称，把同类事物加以罗列，最终通过文章把这些事物加以描绘。这段记载由"博辩之士"逞辞及善歌之人歌诗为娱的场面，可与《将进酒》所述互参，表明宴会以歌诗诵赋为娱是汉代盛行的风气。《西京杂记》所载公孙诡、羊胜诸小赋，以及同期同题共作之赋，最足以发明《将进酒》"辨加"之义。《汉书·艺文志》载枚皋小赋一百二十篇，均为"品物毕图"之作，亦为此类。《文心雕龙·诠赋》云："至于草区禽族，庶品杂类，则触兴致情，因变取会。拟诸形容，则言务纤密；象其物宜，则理贵侧附。斯又小制之区畛，奇巧之机要也。"② 道出此类小赋创作上的特点，与《七发》的记载相通。

二

为突出文学的娱乐性，文士们在创作中各逞才学，求新求奇，创为新声

---

① （南朝梁）萧统编，（唐）李善注：《文选》，上海古籍出版社1986年版，第1565—1566页。
② （南朝梁）刘勰著，范文澜注：《文心雕龙注》，人民文学出版社2008年版，第135页。

曲。《将进酒》云："放故歌，心所作。"闻一多解此句云："放，弃也，故，旧也。言旧传之歌，悉弃而弗用，皆各抽密思，自铸新词也。"① 这句叙说当时求新求奇、创为新曲的诗歌创作风气。汉武立乐府之前，乐承楚声，颇改旧制。高祖《安世房中歌》楚声也。楚人旧俗："结撰至思，兰芳假些，人有所极，同心赋些，酣饮尽欢，乐先故些。"② "肴羞未通，女乐罗些。陈钟按鼓，造新歌些。《涉江》《采菱》，发《扬荷》些。"③ 武帝立乐府后，诗歌创作中创为新辞的风气更加突出。《文心雕龙·乐府篇》云：

> 暨武帝崇礼，始立乐府；总赵、代之音，撮齐、楚之气，延年以曼声协律，朱、马以骚体制歌。《桂华》杂曲，丽而不经；《赤雁》群篇，靡而非典。河间荐雅而罕御，故汲黯致讥于《天马》也。至宣帝雅颂，诗效《鹿鸣》。迄及元、成，稍广淫乐。正音乖俗，其难也如此。④

因为雅正的音乐越来越不能满足人们尚奇求新的审美趣味，所以西汉初年以至武宣元成之世，雅乐旧章逐渐式微，而新声胡乐大行。与此相适应，李延年、司马相如、朱买臣等人依新声而度曲制歌，以适应新的娱乐风气的要求。《将进酒》言悉弃旧歌，自铸新辞，即指此种风气。

武帝《郊祀歌》这种庙堂祭祀之乐尚且如此求新求丽，则其他场合如燕饮、朝会之歌诗追求娱心悦耳、适情豫性的倾向更可想见。此即刘勰所谓"孝武爱文，柏梁列韵。严、马之徒，属辞无方"者是也。"属辞无方"是说写诗没有一定的程式，即不遵循前代诗歌所立的范式，自铸新词。清人陈本礼《汉乐府三歌笺注》认为《将进酒》作于武帝元封五年冬大；王先谦《汉铙歌释文笺正》亦主此说，并谓《将进酒》为武帝《泰一杂甘泉寿宫歌诗》之一。结合上述武帝时期求新求奇的诗风来看，陈、王二氏对《将进酒》的主题的笺释多有附会，但对于诗的作时的判断却有其合理性。

---

① 闻一多：《乐府诗笺》，《闻一多全集》第五卷，湖北人民出版社 1993 年版，第 727 页。
② （宋）洪兴祖：《楚辞补注》，中华书局 2008 年版，第 213 页。
③ （宋）洪兴祖：《楚辞补注》，中华书局 2008 年版，第 209 页。
④ （南朝梁）刘勰著，范文澜注：《文心雕龙注》，人民文学出版社 2008 年版，第 101—102 页。

萧涤非先生的《汉魏六朝乐府文学史》在考察了《铙歌》之后指出：

(一)《铙歌》其始即《鼓吹曲》。输入于汉初，而其有辞，则当在武帝时。(二)《铙歌》乃夷乐，非雅乐亦非楚声，故体裁独异。[1]

这是说《铙歌》歌辞大部分产生于武帝时，且为一种新声曲。在上述方面，《将进酒》足以代表《铙歌》。《将进酒》一诗所反映的宴会"放故歌，心所作"的情形，与武帝朝的求新诗风相吻合，据此可以推知此诗当产生于武帝朝前后。

三

西汉诗歌注重"表演"，强调现场性，故形式上以歌诗为主，"讴者""歌人"是诗歌创作与传播的重要角色。因为材料较少，以往学者们对汉诗的创作、传播、欣赏与批评情况谈得很少，也不够深入和具体，《将进酒》这首诗恰巧为我们提供了这方面的材料。

《将进酒》篇末云："同阴气，诗悉索，使禹良工观者苦。"此句文字有衍误，甚难通读。旧解"禹"指治水之大禹，结合全诗来看，此解殊为不辞。闻一多《乐府诗笺》疏解云：

禹当为爾字之误也。古隶……相似，故爾误为禹。观当为歌，声之误也。歌、观歌元对转，崔适谓伪古《五子之歌》即五观之误，是其比。苦疑当为若，与白博作索韵。同即同律之同。《周礼·太师》"掌六律六同，以合阴阳之声……"《典同》："掌六律六同之和，以辨天地四方阴阳之声，"故《书》同作铜，郑众注曰："阳律以竹为管，阴律以铜为管，竹阳也，铜阴也，各顺其性，凡十二律。"同为阴声，故曰"同阴气"

---

[1] 萧涤非：《汉魏六朝乐府文学史》，人民文学出版社1984年版，第59页。

也……案悉索双声连语……声转为悉率,以为虫名,则作蟋蟀,蟋蟀者以其鸣声微而得名也。若,顺也。此言歌律协六同之阴气,其音靡妙幽细,使歌者引声赴节,曲折浮沉,能尽其巧也。①

就全诗观之,闻氏之解较旧说为长。陈直先生撰《汉铙歌十八曲新解》言:"审博喻饮酒后赋诗风格之美,悉索喻奏乐后赋诗声咏之美。"②是对闻说的进一步发挥。

如闻说可信,那么此上数句是对汉代贵族宴会歌诗者的歌唱及乐工的伴奏所产生的实际效果的描述和评论。《史记·乐书》云:"乐者,通于伦理者也。是故知声而不知音者,禽兽是也;知音而不知乐者,众庶是也。唯君子为能知乐。是故审声以知音,审音以知乐,审乐以知政,而治道备矣。"③此为汉代正统乐论。《将进酒》评乐不及政,表明诗作者的音乐、诗歌思想与正统乐论有别,而与武帝朝主于娱乐的风气相同。太史公谓武帝即位,"作十九章,令侍中李延年次序其声,拜为协律都尉。通一经之士不能独知其辞。皆集五经家,相与共讲习之,乃能通知其意"④,评诗及乐,语涉阴阳之学,故须"五经家""相与讲习之"。

此外,由《将进酒》来看,宴会歌诗之人有职业化倾向,"歌者"即为操此业者。在西汉当时,"歌者"实即歌诗创作方面善于推陈出新的艺术家。属于"歌者"一类的人,见于典籍记载的还有"讴者""歌儿""歌童""歌人"几种,虽称谓不一,但其身份大体相同。

"讴者"或称"讴歌者",战国时代即有以善讴歌而著称的"讴者"⑤,作为一种职业乐人,"讴者"常在诸侯国宫廷中行走服务。汉代亦复如此,《史记·外戚世家》载:"卫皇后子夫,生微矣。盖其家号曰卫氏,出平阳侯邑。子夫为平阳主讴者。武帝初即位,数岁无子。平阳主求诸良家子女十余人,饰

---

① 闻一多:《乐府诗笺》,《闻一多全集》第五卷,湖北人民出版社1993年版,第727—728页。
② 陈直:《汉铙歌十八曲新解》,《文史考古论集》,天津古籍出版社1988年版,第80页。
③ (汉)司马迁:《史记》,中华书局2008年版,第1043页。
④ (汉)司马迁:《史记》,中华书局2008年版,第1038页。
⑤ 《史记·孟子荀卿列传》载"人有献讴者于梁惠王",同书《张仪传》载靳尚对郑袖言秦王将"以宫中善讴歌者为媵",均提及"讴者"。

置家。武帝祓霸上还,因过平阳主。主见所侍美人,上弗说。既饮,讴者进,上望见,独说卫子夫。是日,武帝起更衣,子夫侍尚衣轩中,得幸。"①卫子夫即为平阳主"讴者"。考察汉代宫廷多以"讴者"娱乐之风的成因,当与武帝朝崇尚"新乐"的审美好尚有关。汉代讴者多出赵及中山等地。《汉书·地理志》载:"赵、中山地薄人众,犹有沙丘纣淫乱余民。丈夫相聚慷慨,起则椎剽掘冢,作奸巧,多弄物,为倡优。女子弹弦跕躧,游媚富贵,遍诸侯之后宫。"②《汉书·礼乐志》:"武帝……乃立乐府,采诗夜诵,有赵、代、秦、楚之讴。"③遂使属于地域性的"讴歌"之风向上层社会传播。

"歌儿"与"讴者"身份类似,既充任宫廷歌者,亦服务于贵族个人的私宴娱乐。《史记·高祖本纪》:"及孝惠五年,思高祖之悲乐沛,以沛宫为高祖原庙。高祖所教歌儿百二十人,皆令为吹乐,后有缺,辄补之。"④《封禅书》:"于是塞南越,祷祠太一、后土,始用乐舞,益召歌儿,作二十五弦及空侯琴瑟自此起。"⑤《日者列传》载当时所谓"尊官""贤才":"食饮驱驰,从姬歌儿,不顾于亲,犯法害民,虚公家……"⑥

"歌儿"的大量出现与其走入富贵之家娱乐场合是西汉时的一个新现象。《盐铁论·散不足》载:

> 古者,土鼓陶枹,击木拊石,以尽其欢。及其后,卿大夫有管磬,士有琴瑟。往者民间酒会,各以党俗,弹筝鼓缶而已,无要妙之音,变羽之转。今富者钟鼓舞乐,歌儿数曹,中者鸣竽调瑟,郑舞赵讴。⑦

桓宽站在儒家立场上对当时富贵之家生活中蓄养"歌儿"娱乐的风气进行了批评,然而换个角度观察,正是这些"歌儿"的大量出现推动了当时歌诗的

---

① (汉)司马迁:《史记》,中华书局 2008 年版,第 1586 页。
② (汉)班固:《汉书》,中华书局 1962 年版,第 1655 页。
③ (汉)班固:《汉书》,中华书局 1962 年版,第 1045 页。
④ (汉)司马迁:《史记》,中华书局 2008 年版,第 276 页。
⑤ (汉)司马迁:《史记》,中华书局 2008 年版,第 1189 页。
⑥ (汉)司马迁:《史记》,中华书局 2008 年版,第 2437 页。
⑦ 王利器校注:《盐铁论校注》,中华书局 1992 年版,第 353 页。

创作与传播。

此外，见于文献记载的以服务于宫廷宴会歌诗为职业的还有"倡讴""歌童""歌僮"等，其身份特点大体都与"讴者""歌儿"相似。当时宴会娱乐，"妖童美妾，填乎绮室；倡讴妓乐，列乎深堂"[①]，可谓盛极一时。娱乐需求的刺激使诗歌创作与传播出现了新的变化，这是之前的时代所没有的。

（原载《乐府学》第八辑，学苑出版社 2013 年 4 月）

（作者单位：西北师范大学文学院）

---

① （宋）陈仁子：《文选补遗·昌言·仲长统》卷二十二，清《文渊阁四库全书》本。

论汉代人才培养、选拔对《诗经》的影响

韦春喜

人才培养、选拔是中国古代社会的重要政治内容，它是一种社会政治统治、文化制度得以发展、延续的重要前提和手段。其中，汉代是古代人才培养、选拔制度的重要发展阶段。这种人才选拔的标准虽然涉及德行、吏能、战功等方面，但是以经术取士则是其中最重要的一项内容，汉代士子多通过研习《诗经》诸经而步入仕途。在这种情况之下，研究人才培养、选拔与《诗经》诸经等的关联问题，成为一个很值得探讨的问题。

一、人才培养、选拔与社会对《诗》的崇尚

西汉建立之初，在官员选拔任用方面，多侧重于军功吏能之士，实即班固所谓："汉兴二十余年，天下初定，公卿皆军吏。"① 在楚汉纷争与汉初政权尚未稳固时，注重军吏系统人员的选拔与任用，对汉政权的建立与维护自有其必要性。但是打天下与安天下毕竟是两种性质不同的社会行为，一个政权一旦建立，就需要一种由"打"入"安"即由看重攻城略地到致力于社会治理的政治文化策略的转移。对此，以陆贾为代表的有识之士敏锐地感受到了这个问题，并通过鲜明的兴亡对比，使汉高祖明白了马上得天下，不能马上治天下的道

---

① （汉）班固：《汉书》卷四十二《张周赵任申屠传》，中华书局1962年版，第2098页。

理，要实现国家的长治久安必须进行思维转换，注重"行仁义，法先圣"，"事《诗》《书》"。[①]在这种情况下，选拔何种人才、如何选拔人才以投入到这种治安天下的洪流，成为统治者所要思考的问题。

汉初时期，刘邦就下诏曰："盖闻王者莫高于周文，伯者莫高于齐桓，皆待贤人而成名。……今吾以天之灵，贤士大夫定有天下，以为一家，欲其长久，世世奉宗庙亡绝也。贤人已与我共平之矣，而不与吾共安利之，可乎？贤士大夫有肯从我游者，吾能尊显之。布告天下，使明知朕意。御史大夫昌下相国，相国酂侯下诸侯王，御史中执法下郡守，其有意称明德者，必身劝为之驾，遣诣相国府、署行、义、年。"[②]要求天下郡国推荐人才，报送京师，开启了汉代察举制的先声。惠帝、吕后时，曾诏举"孝弟力田"[③]，可视为察举制的雏形。至文帝时，汉代察举制度开始正式形成。文帝二年（前178）、十五年（前165）先后下诏："举贤良方正能直言极谏者，以匡朕之不逮。"[④]"诏诸侯王公卿郡守举贤良能直言极谏者，上亲策之，傅纳以言。"[⑤]但察举没有时间、人数、范围的规定，远远不能满足政权建设对人才的需求。

其后，建元六年（前135），儒学大师董仲舒在贤良对策中，提出择吏民之贤者，岁贡二人，定额定期，实行自下而上的贡举；要求"诸侯、吏二千石皆尽心于求贤"，将求贤作为各级政府、官员的一大政务；士子的选拔以"贤能为上"，"量材而授官"，"录德而定位"，重在贤能德行，这样"天下之士可得而官使也"，白衣素士可以通过察举而入仕；选士目的是为了社会能够达到"三王之盛"；为培养人才，政府可以"兴太学，置明师，以养天下之士"[⑥]。汉武帝接受了董仲舒的建议，元光元年（前134）令郡国各举孝廉一人，元朔元

[①]《史记·陆贾传》云："陆生时时前说称《诗》《书》。高祖骂之曰：'乃公居马上而得之，安事《诗》《书》！'陆生曰：'居马上得之，宁可以马上治之乎？且汤武逆取而以顺守之，文武并用，长久之术也。昔者吴王夫差、智伯极武而亡；秦任刑法不变，卒灭赵氏。向使秦已并天下，行仁义，法先圣，陛下安得而有之？'高帝不怿而有惭色，乃谓陆生曰：'试为我著秦所以失天下，吾所以得之者何，及古成败之国。'陆生乃粗述存亡之征，凡著十二篇。每奏一篇，高帝未尝不称善，左右呼万岁，号其书曰《新语》。"见《史记》卷九十七，中华书局1959年版，第2699页。

[②]（汉）班固：《汉书》卷一《高帝纪》，中华书局1962年版，第70页。

[③]（汉）班固：《汉书》卷二《惠帝纪》、卷三《高后纪》，中华书局1962年版，第90、96页。

[④]（汉）司马迁：《史记》卷十《孝文本纪》，中华书局1959年版，第422页。

[⑤]（汉）班固：《汉书》卷四《文帝纪》，中华书局1962年版，第127页。

[⑥]（汉）班固：《汉书》卷五十六《董仲舒传》，中华书局1962年版，第2512—2513页。

年（前 128）诏令各郡国必须按规定察举，二千石官员"不举孝，不奉诏，当以不敬论。不察廉，不胜任也，当免"。① 可以说，在理论上，董仲舒的人才培养选拔的途径、方法、目的等已比较系统："及仲舒对册，推明孔氏，抑黜百家，立学校之官，州郡举茂材孝廉，皆自仲舒发之。"② 而汉武帝在政治上的有力推行，则保证了人才选拔由理论到现实的实践。二者的结合，标志着在选拔人才方面汉代进一步清扫了先秦世卿世禄制的残余，找到了适应大一统政治需要的选贤任能机制，意味着以察举为核心的人才培养、选拔制度的基本形成。

一个社会要维系其存在与稳定必须确立一种社会指导思想与国家意识形态。在社会管理与统治过程中，汉代统治者逐步发现了儒家思想所具有的文治意义。特别是在董仲舒适应当时大一统的政治形势与皇权专制的需要，完成了儒学的改造后，汉武帝罢黜百家，独尊儒术，从国家政理上确立了儒学作为国家意识形态与社会指导思想的地位。"今师异道，人异论，百家殊方，指意不同，是以上亡以持一统，法制数变，下不知所守。臣（按：指董仲舒）愚以为诸不在六艺之科、孔子之术者，皆绝其道，勿使并进。邪辟之说灭息，然后统纪可一而法度可明，民知所从矣。"③ 并且，朝廷也通过具体的选士措施，打压黄老刑名之学，扶植儒学之士。建元元年（前 140），"丞相（卫）绾奏：'所举贤良或治申、商、韩非、苏秦、张仪之言，乱国政，请皆罢。'奏可。"④ 建元六年，田蚡秉承武帝之意，在人才选拔上，公开"黜黄老、刑名百家之言，延及文学儒者数百人"。⑤ 可以说，在文治方面，武帝时期确立的以儒学为本的国家意识形态与重在儒者的选士机制成为后武帝时代的根本国策。

由于国家在意识形态上以儒学为宗，并从利禄仕途上给予劝诱，以经取士，从而导致了汉代教育的经学化。《汉书·儒林传》赞云："自武帝立《五经》博士，开弟子员，设科射策，劝以官禄，讫于元始，百有余年，传业者浸盛，支叶蕃滋，一经说至百余万言，大师众至千余人，盖禄利之路然也。"又

---

① （汉）班固：《汉书》卷六《武帝纪》，中华书局 1962 年版，第 167 页。
② （汉）班固：《汉书》卷五十六《董仲舒传》，中华书局 1962 年版，第 2525 页。
③ （汉）班固：《汉书》卷五十六《董仲舒传》，中华书局 1962 年版，第 2523 页。
④ （汉）班固：《汉书》卷六《武帝纪》，中华书局 1962 年版，第 156 页。
⑤ （汉）司马迁：《史记》卷一百二十一《儒林列传》，中华书局 1959 年版，第 3118 页。

《汉书·韦贤传》载，韦贤"笃志于学，兼通《礼》《尚书》，以《诗》教授，号称邹鲁大儒。征为博士，给事中"，最终官拜丞相。其子韦玄成继承其经学，"复以明经历位至丞相"，为时人所慕，以至于谚语云："遗子黄金满籯，不如一经。"由此可见，为维护、巩固国家的思想文化意识形态，朝廷实施了利禄劝学、以经取士的政策。可以说，利禄仕途的劝诱是汉代崇奉六经，经学社会得以形成的原动力。

在经学典籍中，《诗经》作为六经的重要组成部分，备受士子关注。特别是在经学学习时，其重叠复沓、节奏鲜明、音节流畅的文体特征，使其具有朗朗上口，便于记诵的优势。因此在注重名物制度记诵的教育体系中，它与颇难理解而不具备阅读优势的《尚书》等经相比，自然备受士子青睐。另外，汉代以察举为核心的选士机制，规定士子明一经即可入仕[1]，享受诸多待遇。《汉书·儒林传》载："古者政教未洽，不备其礼，请因旧官而兴焉。为博士官置弟子五十人，复其身。太常择民年十八以上仪状端正者，补博士弟子。郡国县官有好文学，敬长上，肃政教，顺乡里，出入不悖。所闻，令相长丞属所二千石。二千石谨察可者，常与计偕，诣太常，得受业如弟子。一岁皆辄课，能通一艺以上，补文学掌故缺；其高弟可以为郎中，太常籍奏。……请选择其秩比二百石以上及吏百石通一艺以上补左右内史、大行卒史。""元帝好儒，能通一经者皆复。"上述因素使汉代很容易产生研读、专治《诗经》的风尚。《史记·儒林列传》载，申公善《诗》，"弟子为博士者十余人，孔安国至临淮太守，周霸至胶西内史，夏宽至城阳内史，砀鲁赐至东海太守，兰陵缪生至长沙内史，徐偃为胶西中尉，邹人阙门庆忌为胶东内史。其治官民皆有廉节，称其好学。学官弟子行虽不备，而至于大夫、郎中、掌故以百数。言《诗》虽众，多本于申公"[2]。《后汉书·儒林传》云："魏应字君伯，任城人也。少好学。建武初，诣博士受业，习《鲁诗》。……教授山泽中，徒众常数百人。永平初，为博士，再迁侍中。……应经明行修，弟子自远方至，著录数千人。"[3]"（杜抚）

---

[1] 东汉中后期后，数经并受之风盛行。见王绍玺：《中国学术思潮史·经学思潮》，上海社会科学出版社2006年版，第169页。

[2]（汉）司马迁：《史记》卷一百二十一《儒林列传》，中华书局1959年版，第3122页。

[3]（南朝宋）范晔：《后汉书》卷七十九《儒林列传》，中华书局1965年版，第2571页。

少有高才。受业于薛汉，定《韩诗章句》。后归乡里教授。沉静乐道，举动必以礼。弟子千余人。"① 申公、魏应、杜抚等专治《诗经》，受业弟子多达数百、数千人，应当说除了个别学生出于对《诗经》的学术喜好外，如此众多的学生趋同性地选习、专读《诗经》，充分说明了与其他诸经相比，《诗经》所具有的便于记诵学习的优势，以及由这种优势而产生的崇尚《诗经》的社会风气。

二、人才培养、选拔的思想指导原则与《诗》的诠解倾向

由于选士制度是汉代政治制度的一个有机组成部分，目的是为了选拔封建一统所需要的政治、文化人才，以推行思想文化统治。因此，在以经取士时，自然会按照统治阶级的社会政治、思想文化要求，去选拔习读、研治《诗经》者。士子要想以《诗》入仕，其《诗》学诠解必须坚持汉代统治者的社会政治、思想文化要求，维护汉代的思想意识形态。

由于武帝以前并没有明确的一体化的官方意识形态，致使在选士时，国家并没有统一的思想指导原则，所察举、选拔的人才有黄老、法家、刑名、纵横之士，当然也不乏儒者。这导致了士子的学习各有所宗，涉及各家各派。如晁错："学申、商、刑名于轵张恢先所，与洛阳宋孟及刘礼同师。以文学为太常掌故。"② "（直）不疑学《老子》言。其所临，为官如故，唯恐人知其为吏迹也。不好立名称，称为长者。"③ "主父偃者，齐临菑人也。学长短纵横之术，晚乃学《易》《春秋》、百家言。"④ 并且，选拔权并没有完全集中于中央，地方诸侯王也有相对独立的人事察举、选拔权。诸侯王往往根据自己的政治、文化喜好去选士。"高祖时诸侯皆赋，得自除内史以下，汉独为置丞相，黄金印。诸侯自除御史、廷尉正、博士，拟于天子。"⑤ 最为典型的例子是梁孝王："招延四

---

① （南朝宋）范晔：《后汉书》卷七十九《儒林列传》，中华书局1965年版，第2573页。
② （汉）司马迁：《史记》卷一百一《袁盎晁错列传》，中华书局1959年版，第2745页。
③ （汉）司马迁：《史记》卷一百三《万石张叔列传》，中华书局1959年版，第2771页。
④ （汉）司马迁：《史记》卷一百一十二《平津侯主父偃列传》，中华书局1959年版，第2953页。
⑤ （汉）司马迁：《史记》卷五十九《五宗世家》，中华书局1959年版，第2104页。

方豪桀，自山以东游说之士莫不毕至。齐人羊胜、公孙诡、邹阳之属。公孙诡多奇邪计，初见王，赐千金，官至中尉，梁号之曰公孙将军。"[①] 由于诸侯王选拔的人才任职、效命于诸侯王，以至于羊胜、公孙诡之属受梁孝王之命，"阴使人刺杀袁盎及他议臣十馀人"[②]，这可以说是对朝廷的公然挑衅。在此情况下，汉朝必须确立自己的思想意识形态，并以此作为察举人才的思想指导原则；另外，要收回地方诸侯的人事权，确立朝廷在人才选拔上的独一无二的权力，以期所有士子为朝廷皇权服务。这成为历史的必然。

汉代思想意识形态的确立始于武帝时。武帝即位伊始，就让各地举荐贤良。其中，董仲舒在应诏的"前后数百"人中，上"天人三策"，名列第一，为群儒之首，其根本原因在于他的阐释符合新时代形势下的思想文化构建的要求。因此，可视为汉代官方意识形态的集中表达：充分肯定封建大一统，认为"《春秋》大一统者，天地之常经，古今之通谊也"[③]；强化君权，认为君权神授，"天之所大奉使之王者，必有非人力所能致而自至者，此受命之符也"，天下之人必须"同心归之"[④]；维护等级秩序，强调礼制，"制度文采玄黄之饰，所以明尊卑，异贵贱，而劝有德也"[⑤]；社会的治理必须采取儒家教化而非矛盾斗争的方式，使社会达到和谐状态，"教化立而奸邪皆止"，"教化废而奸邪并出"，"古之王者明于此，是故南面而治天下，莫不以教化为大务"[⑥]。

上述官方意识形态实际上也是汉代培养、选拔人才的根本指导思想，无论是官学还是私学均须按照这种意识形态塑就人才，从而稳固、推进王朝的思想统治。自然而然，《诗经》诸经作为培养教育人才的教材，也须按照这种指导思想进行诠释。这就决定了汉代的《诗》学，从根本上不是纯粹形而上的学术意义上的研究，而是一种为现实政治服务的解说。政治性是其主要属性与倾向，这是国家意识形态对人才选拔制度所作出的必然要求。士子在凭借经学知识步入仕途之后，多以之作为参与政治、发表见解的依据，"皇帝诏书，群臣

---

① （汉）司马迁：《史记》卷五十八《梁孝王世家》，中华书局1959年版，第2083页。
② （汉）司马迁：《史记》卷五十八《梁孝王世家》，中华书局1959年版，第2085页。
③ （汉）班固：《汉书》卷五十六《董仲舒传》，中华书局1962年版，第2523页。
④ （汉）班固：《汉书》卷五十六《董仲舒传》，中华书局1962年版，第2500页。
⑤ （汉）班固：《汉书》卷五十六《董仲舒传》，中华书局1962年版，第2510页。
⑥ （汉）班固：《汉书》卷五十六《董仲舒传》，中华书局1962年版，第2503页。

奏议，莫不援引经义，以为据依"①。如东汉樊准上疏云："以经术见优者，布在廊庙。故朝多皤皤之良，华首之老。每燕会，则论难珩珩，共求政化。"②汉灵帝曾因灾异之事，向蔡邕进行咨询："以邕经学深奥，故密特稽问，宜披露失得，指陈政要，勿有依违，自生疑讳。具对经术，以皁囊封上。"③这些资料都说明了《诗经》诸经所具有的现实政治性。

由于立足于现实政治的需要去看待《诗经》，因此在教育子弟、培养人才时，自然要从维护一统、宣扬皇权王化的角度去解读。如关于《出车》，今文鲁诗曰："周宣王命南仲吉甫攘狁玁，威蛮荆。"齐诗曰："懿王曾孙宣王，兴师命将以征伐之，诗人美大其功。"④关于《灵台》"王在灵囿，麀鹿攸伏，麀鹿濯濯，白鸟翯翯，王在灵沼，于牣鱼跃"句，韩诗曰："文王圣德，上及飞鸟，下及鱼鳖。"⑤关于"于论鼓钟，于乐辟雍"句，韩诗曰："辟雍者，天子之学，圆如璧，壅之以水，示圆言'辟'，取有德。不言'辟水'，言'辟廱'，取其廱和也。所以教天下春射秋飨，尊事三老五更。"⑥鲁、齐诗关于《出车》的注解表现出推崇一统、宣扬皇权威严的意识，而韩诗则从王化的角度予以注解。

同时，汉代统治者认为，社会的治理必须采取儒家教化而非矛盾斗争的方式，以达到社会伦理秩序的和谐状态。这种思想意识使当时的教育系统在培养人才、阐释《诗经》时，自然而言表现出重教化、尚礼制的倾向。礼制教化说，是先秦儒家积极倡导的一种《诗》学观念。在礼崩乐坏的时代，孔子就说过《诗经》可以"迩之事父，远之事君"⑦，注重在礼制上启发学生⑧。但它在社会思想文化中得以广泛集中的阐发与运用，则是在两汉时期。《毛诗序》"经夫妇，成孝敬，厚人伦，美教化，移风俗"⑨之言，是这种礼制教化说的集中表

---

① （清）皮锡瑞著，周予同注释：《经学历史》，中华书局2004年版，第67页。
② （南朝宋）范晔：《后汉书》卷三十一《樊宏阴识列传》，中华书局1965年版，第1125页。
③ （南朝宋）范晔：《后汉书》卷六十下《蔡邕列传》，中华书局1965年版，第1998页。
④ （清）王先谦：《诗三家义集疏》，中华书局1987年版，第585页。
⑤ （清）王先谦：《诗三家义集疏》，中华书局1987年版，第863页。
⑥ （清）王先谦：《诗三家义集疏》，中华书局1987年版，第865页。
⑦ 《论语·阳货篇》，见杨伯峻：《论语译注》，中华书局1980年版，第185页。
⑧ 《论语·八佾篇》："子夏问曰：'"巧笑倩兮，美目盼兮，素以为绚兮。"何谓也？'子曰：'绘事后素。'曰：'礼后乎？'子曰：'起予者商也！始可与言诗已矣。'"见杨伯峻：《论语译注》，中华书局1980年版，第25页。
⑨ （唐）孔颖达等：《毛诗正义》，北京大学出版社1999年版，第10页。

达。其他各家也是如此，如西汉著名的齐诗派代表匡衡，针对元帝宠爱傅昭仪过于皇后事，谏曰："臣又闻室家之道修，则天下之理得，故《诗》始《国风》，《礼》本《冠婚》。始乎《国风》，原情性而明人伦也；本乎《冠婚》，正基兆而防未然也。……圣人动静游燕，所亲物得其序；得其序，则海内自修，百姓从化。……诗云：'于以四方，克定厥家。'"①在成帝即位后，"上疏戒妃匹，劝经学威仪之则"，在解释《关雎》时说："婚姻之礼正，然后品物遂而天命全。孔子论《诗》以《关雎》为始。言太上者民之父母，后夫人之行不侔乎天地，则无以奉神灵之统而理万物之宜，故诗曰：'窈窕淑女，君子好仇。'言能致其贞淑，不贰其操，情欲之感无介乎容仪，宴私之意不形乎动静，夫然后可以配至尊而为宗庙主，此纲纪之首，王教之端也。"②匡衡曾官居丞相，其《诗》论典型体现了官方意识形态要求下的《诗经》诠解的教化礼制倾向。

官方人才培养、选拔指导思想要求士子须通过《诗》的学习为政治服务。这决定了汉儒在授《诗》时，多从政治讽谏的角度进行传授。《汉书·儒林传》记载了一个很有趣的例子：汉昭帝崩后，昌邑王嗣立，因"行淫乱废，昌邑群臣皆下狱诛"，王式作为其师，"系狱当死，治事使者责问曰：'师何以亡谏书？'式对曰：'臣以《诗》三百五篇朝夕授王，至于忠臣孝子之篇，未尝不为王反复诵之也。至于危亡失道之君，未尝不流涕为王深陈之也。臣以三百五篇谏，是以亡谏书'"③。结果得以减死。此例说明，当时《诗》的讲授、学习，实际上极力贯穿着一种政治讽谏意识。这种意识反映在文本诠释上那就是《诗》的美刺模式。无论是齐、鲁、韩三家诗，还是毛诗，大多把《诗》篇分为美刺两类。如关于《伐木》，鲁说曰："周德始衰，《伐木》有'鸟鸣'之刺。"④《采薇》，鲁说曰："懿王之时，王室遂衰，诗人作刺。"⑤《麟之趾》，韩说云："麟趾，美公族之盛也。"⑥从学理上讲，一家诗说自有一家的诠解特点，即个性化的言说方式。共同的《诗》学诠解模式恰恰说明，有一种共同的外在性

---

① （汉）班固：《汉书》卷八十一《匡张孔马传》，中华书局1962年版，第3340页。
② （汉）班固：《汉书》卷八十一《匡张孔马传》，中华书局1962年版，第3341—3342页。
③ （汉）班固：《汉书》卷八十八《儒林传》，中华书局1962年版，第3610页。
④ （清）王先谦：《诗三家义集疏》，中华书局1987年版，第569页。
⑤ （清）王先谦：《诗三家义集疏》，中华书局1987年版，第580页。
⑥ （清）王先谦：《诗三家义集疏》，中华书局1987年版，第61页。

的文化要求在控制着《诗》学研治与教授。《诗》学讲授者——无论是官方的《诗》学博士，还是私相授学者，都在按照统治者的经学讲授的政治化原则，自觉不自觉地走向了美刺政治的讲解，在文本上形成了《诗经》的美刺模式。

三、人才培养、选拔制度下的教学规律与《诗》的诠释体式

关于汉代《诗经》的诠释文献，《汉书·艺文志》著录有：

> 《鲁故》二十五卷。《鲁说》二十八卷。《齐后氏故》二十卷。《齐孙氏故》二十七卷。《齐后氏传》三十九卷。《齐孙氏传》二十八卷。《齐杂记》十八卷。《韩故》三十六卷。《韩内传》四卷。《韩外传》六卷。《韩说》四十一卷。《毛诗》二十九卷。《毛诗故训传》三十卷。[1]

可以看出西汉时对《诗经》的诠释主要可分为"故""说""传"三种体式。关于"故"。此字通"诂"，《说文解字》释云："训故言也。"[2] 颜师古注云："故者，通其指义也。"[3] 又云："故谓经之旨趣也。"[4] 孔颖达疏《毛诗·周南·关雎诂训传》云："诂者，古也，古今异言，通之使人知也。"[5] 段玉裁曰："训故言者，说释故言以教人，是之谓诂。"[6] 故言，是指古代经典的语言，因其历史悠久，所以称为故言。所谓训故言就是指以现在的语言解释故语，使人明白经书的意思。看来"故"体着重是为了解决语言障碍问题，其内容自然应以解释字、词、句的意思为主。这一点在清马国翰《玉函山房辑佚书》中的申培《鲁诗故》、韩婴《韩诗故》中得以集中体现。如："凯风自南（笔者按：《邶风·凯风》句），南风曰凯风。""招招舟子（笔者按：《邶风·匏有苦叶》

---

[1] （汉）班固：《汉书》卷三十《艺文志》，中华书局1962年版，第1707—1708页。
[2] （汉）许慎：《说文解字》，中华书局1963年版，第52页。
[3] （汉）班固：《汉书》卷三十《艺文志》，中华书局1962年版，第1708页。
[4] （汉）班固：《汉书》卷八十八《儒林传》，中华书局1962年版，第3598页。
[5] （唐）孔颖达等：《毛诗正义》，北京大学出版社1999年版，第2页。
[6] （清）段玉裁：《说文解字注》，上海古籍出版社1988年版，第92页。

句),以手曰招,以言曰召。"① "昔我往矣(笔者按:《小雅·采薇》),昔,始也。"② "熏胥以痛(按:今本《诗经》无此句),熏,帅也;胥,相也;痛,病也。言此无罪之人而使有罪者相率尔病之,是其大甚。"③ 前三句解释字词之意。第四句是在解释字词意思的基础上,对句意进行诠释。

关于"说",《说文解字》释云:"说,释也。"④ 即解释分析的意思。以"说"释经,在先秦时期就已表现出来。《墨子》卷十有"经上第""经下第"两部分,也有"经说上第""经说下第"对"经"进行解释分析。仅举一例:

经:知,材也。⑤
说:知也者,所以知也,而必知,若明。⑥

可以看出这样一种信息,即"说"体包含着对词语的解释("知也者,所以知也"),但最主要的是表达对经义的更深一层理解("而必知,若明"),主体性的解悟更为重要。这与孟子"故说《诗》者,不以文害辞,不以辞害志。以意逆志,是为得之"⑦ 的说《诗》理论可互为启发。

那么汉代的说《诗》体式又是如何呢?马国翰所辑佚的《韩诗说》虽然所辑资料不多,但却有助于我们的理解:

经:我姑酌彼金罍(按:《周南·卷耳》句,下同)
说:金罍,大夫器也。天子以玉饰诸侯、大夫,皆以黄金饰。士以梓,无饰。⑧

---

① (汉)申培:《鲁诗故》卷上,见(清)马国翰:《玉函山房辑佚书》,广陵书社2005年版,第466页。
② (汉)韩婴:《韩诗故》卷下,见(清)马国翰:《玉函山房辑佚书》,广陵书社2005年版,第519页。
③ (汉)韩婴:《韩诗故》卷下,见(清)马国翰:《玉函山房辑佚书》,广陵书社2005年版,第521页。
④ (汉)许慎:《说文解字》,中华书局1963年版,第53页。
⑤ (清)孙诒让:《墨子间诂》,中华书局2001年版,第309页。
⑥ (清)孙诒让:《墨子间诂》,中华书局2001年版,第333页。
⑦ 《孟子·万章上》,见杨伯峻:《孟子译注》,中华书局1960年版,第215页。
⑧ (汉)韩婴:《韩诗说》,见(清)马国翰:《玉函山房辑佚书》,广陵书社2005年版,第530页。

经：我姑酌彼兕觥。

说：一升曰爵，爵，尽也，足也。二升曰觚，觚，寡也。饮当寡少。三升曰觯，觯，适也，饮当自适也。四升曰角，角，触也，不能自适，触罪过也。五升曰散，散，讪也，饮不自适，为人谤讪。总名曰爵，其实曰觞。觞者，饷也。兕亦五升，所以罚不敬。兕，廓也。所以著明之，貌君子有过，廓然著明，非所以饷不得名觞。①

经：匪风发兮，匪车揭兮！（按：《桧风·匪风》句）

说：是非古之风也，发发者，是非古之车也，揭揭者，盖伤之也。②

再结合 1973 年 12 月湖南长沙马王堆汉墓出土的帛书《五行》一篇。此篇有经有说，如：

经："尸（鸤）（鸠）在桑，其子七氏（兮）。叔（淑）人君子，其宜（仪）一氏（兮）。"能为一然后能为君子。③

说：七也，与囗也。囗囗囗囗囗囗囗囗囗囗囗囗者，义也，言其所以行之义之一心也。能为一，然后能为君子。能为一者，言能以多囗囗。以多为一者也，言能以夫囗为一也。④

《韩诗说》对字词的释义更为详尽，知识点的介绍往往由此及彼，更为全面，由此引申出词、句背后的大义，如"我姑酌彼兕觥"条通过饮酒器重在阐释礼制及对君子的讽谏意义。再结合《五行》一篇，可知"说"体与"故"体相比，是一种解释更为全面深入，知识点更为丰富，重在引申经文大义的体式。

在汉代《诗》学体式中，"传"体所占的比重较大，有《齐后氏传》《齐孙

---

① （汉）韩婴：《韩诗说》，见（清）马国翰：《玉函山房辑佚书》，广陵书社 2005 年版，第 530 页。
② （汉）韩婴：《韩诗说》，见（清）马国翰：《玉函山房辑佚书》，广陵书社 2005 年版，第 531 页。"盖伤之也"句，"玉函山房"本无，据《汉书》卷七十二《王贡两龚鲍列传》补，见第 10 册，第 3058 页。
③ 魏启鹏：《德行校释》，巴蜀书社 1991 年版，第 11 页。
④ 魏启鹏：《德行校释》，巴蜀书社 1991 年版，第 29 页。

氏传》《韩内传》《韩外传》等。"传"的本意是驿站的意思，后来引申为驿站所用的车马。因车马的作用在于把某种东西、事物由此地运至彼地，进一步引申出由此及彼者，可谓之"传"。在语言上也是如此，把古今之语串联沟通起来，也可以称为"传"。具体到"传"的内涵，东汉班固深处当时的经学时代，他的理解应较为准确："汉兴，鲁申公为《诗》训故，而齐辕固、燕韩生皆为之传。或取《春秋》，采杂说，咸非其本义。与不得已，鲁最为近之。"[①]在这里，他对鲁申公的批评有失公允。在上面的论述中，我们知道，"故"重在字、词、句意思的解释，应当说是紧靠《诗经》的，肯定不是"非其本义"的。可能是他感觉到把申公的训诂置于被批评的行列，有失公允。因此又说"与不得已，鲁最为近之"，加以回护。除此点外，他对齐、韩之传的批评是很准确的。对此，我们可以结合仅存于今的《韩诗外传》来说明。在此传中，作者的重点实际上是表达基于汉朝思想意识形态下的政治、伦理、天命等观念，或借助故事，或通过对话，或直接阐释，或引用他人、他书中的论述。为加强说服力，作者往往根据叙述表达的需要引用诗句，但引用多断章取义，与所表达的教化伦理之间的关联多涉牵强。从这一点讲，它已不算是严格的《诗》学著作。故《四库全书总目》评云："其书杂引古事古语，证以《诗》词，与经义不相比附。"并基于"《外传》引诗以证事，非引诗以明诗"，"已无关于诗义"[②]，置于附录，以示与传统的《诗》学著作有别。可见，与"故""说"相比，"传"通过引用杂说、故事等，重在传达某一时代文化环境下的作传者本人的思想观念，从本质上，《诗》已不再是阐释的重点，而是重在利用《诗》作为国家意识形态文本，所具有的经典性、权威性加强说服力、公信力。

在汉代，无论是《鲁故》《鲁说》，还是《齐后氏传》《韩内传》等，它们都是用于教授生徒的《诗经》课程教材，须适应汉代教育的发展需要。汉代教育分为官学与私学两大系统，其中前者又有中央与郡县之分。中央官学主要是指太学，充分反映了汉代教育与人才培养状况。汉武帝初立太学时，设五经博士，博士弟子仅五十人。至元、成二帝时，博士弟子分别增至一千、

[①] （汉）班固：《汉书》卷三十《艺文志》，中华书局1962年版，第1708页。
[②] （清）纪昀等：《钦定四库全书总目》卷十六，中华书局1997年版，第214页。

三千人。到汉平帝时，王莽专政，扩建太学，增设博士（每经五位），学生已达至万人。东汉太学教育又有所发展，至顺帝时，学生竟达三万之多。郡县学自武帝时蜀郡文翁创建以来，也得到很大发展，有些郡县学校的学生能达数百人。在私学方面，一些大儒收徒数量非常惊人。如王莽之际的牟长"自为博士及在河内，诸生讲学者常有千余人，著录前后万人。……子纡，又以隐居教授，门生千人"①。东汉郭太"博通坟籍……及党事起，知名之士多被其害，唯林宗及汝南袁闳得免焉。遂闭门教授，弟子以千数"②。学生数量庞大，年龄段不同，就学时间不一。这种情况决定了作为官学的齐、鲁、韩等诗派，为培养官方所需要的人才，必须按照这种教育状况，遵循教授学生的基本规律，针对不同学习段的学生，形成教材，由浅入深，由具体深入的学习走向适应社会政治要求的应用。

首先，《诗》是古代语言，与汉时有异，因此必须扫清语言障碍，让学生了解字、词、句的基本意思，但也不可过于复杂，否则学生接受起来过于困难，违背由浅入深的教学规律。因此，便有了"故"体的产生。但仅仅把握基本的字义、词义，还是不够的。还必须在这个基础上，对《诗》蕴含的大义有深入的认识，这就需要以阐释经义为主的教材，于是便有了"说"的产生。但是，对于经学，统治者所关注的不是经学义理的学术性发展，而是"国有疑事，掌承问对"③，把《诗经》运用于具体的现实政治实践中，为封建统治服务。比如，本始四年（前70），宣帝针对地震之事，下诏云："丞相、御史其与列侯、中二千石博问经学之士，有以应变，辅朕之不逮，毋有所讳。"④成帝初年，"上尽召直言之士诣白虎殿对策"，要求士子针对"王者之法何如""当世之治何务"等策问，务必"各以经对"⑤。统治者的这种要求，决定了士子学习、探究《诗经》并不是主要目的，最主要的是通经致用。如王吉针对宣帝"颇修武帝故事，宫室车服盛于昭帝"事，上疏云："臣闻圣王宣德流化，必自近始。

---

① （南朝宋）范晔：《后汉书》卷七十九上《儒林列传》，中华书局1965年版，第2557页。
② （南朝宋）范晔：《后汉书》卷六十八《郭符许列传》，中华书局1965年版，第2225—2226页。
③ （唐）杜佑：《通典》卷二十七《职官九》，中华书局1988年版，第766页。
④ （汉）班固：《汉书》卷八《宣帝纪》，中华书局1962年版，第245页。
⑤ （汉）班固：《汉书》卷六十《杜钦传》，中华书局1962年版，第2673页。

朝廷不备，难以言治；左右不正，难以化远。民者，弱而不可胜，愚而不可欺也。圣主独行于深宫，得则天下称诵之，失则天下咸言之。行发于近，必见于远，故谨选左右，审择所使。左右所以正身也，所使所以宣德也。《诗》云：'济济多士，文王以宁。'此其本也。"① 贡禹针对元帝时社会经济疲敝问题，上疏言政："方今天下饥馑，可亡大自损减以救之，称天意乎？天生圣人，盖为万民，非独使自娱乐而已也。故《诗》曰：'天难谌斯，不易惟王；''上帝临女，毋贰尔心'。"② 在政治生活中，能这么熟练地运用《诗》句，围绕某问题进行疏谏，不经过相当程度的教育培养、熏陶是不可能的，而这种培养、训练所需要的教材可能就是"传"。

在学习了经义的基础上，"传"要培养学生在具体的政治实践中运用诗的能力，难点已不在诗义，而是重在：其一，提供一种具体而真实的历史政治场景，以便为《诗》义的置身其中提供条件。因此在《韩诗外传》中，韩婴讲述了大量的历史故事，以阐述礼义仁道等儒家经义。然后证以《诗》句之义，如卷四第八章云："齐桓公伐山戎，其道过燕，燕君送之出境。桓公问管仲曰：'诸侯相送，固出境乎？'管仲曰：'非天子不出境。'桓公曰：'然则燕君畏而失礼也。寡人不可使燕君失礼。'乃割燕君所至之地以与之。诸侯闻之皆朝于齐。诗曰：'静恭尔位，好是正直。神之听之，介尔景福。'"③ 通过这种大量的历史政治场景的提供，使学生渐渐学会何种政治问题运用何种诗，培养出把握政治问题与《诗》的关联性的素质。其二，理论问题的设置与《诗》义证明。我们知道，一个社会政治文化问题要得以解决，前提是对问题的理论辨析必须获得人们的理解。因此，为培养学生对现实政治问题进行理论分析的能力，教导学生学会理论辨析是很重要的。同时，为强化观点与辨析的说服力、权威性，引用为社会崇奉的经文是必不可少的。但是理论辨析与经文引用，应如何结合，同样需要学习，需要以案例为证进行训练。在这种情况下，《韩诗外传》有时也直接以义理的分析、探寻为重点，最后落脚于《诗》义。如卷二第三十四章："原天命，治心术，理好恶，适情性，而治道毕矣。原天命则不惑

---

① （汉）班固：《汉书》卷七十二《王贡两龚鲍传》，中华书局1962年版，第3062—3063页。
② （汉）班固：《汉书》卷七十二《王贡两龚鲍传》，中华书局1962年版，第3072页。
③ （汉）韩婴撰，许维遹校释：《韩诗外传集释》，中华书局1980年版，第136页。

祸福,不惑祸福则动静循理矣。治心术则不妄喜怒。不妄喜怒则赏罚不阿矣。理好恶则不贪无用。不贪无用则不以物害性矣。适情性则欲不过节,欲不过节则养性知足矣。四者不求于外,不假于人,反诸己而存矣。夫人者说人者也,形而为仁义,动而为法则。《诗》曰:'伐柯伐柯,其则不远。'"[1] 总之,通过其一、其二这种用诗方式的大量讲解,旨在培养学生以经为用的素质,适应统治者对经学人才的要求。因此,在《汉书》《后汉书》等史料中,我们很少见到已入仕途的士子对《诗》本身字、词、义的注解与分析,更多的是在政治生活中对《诗》的运用。

总之,"故""说""传"等作为《诗》诠释的三种体式,在很大程度上是针对学生的学《诗》状况,依据某些教学规律,出于教育、培养经学人才的需要而产生的。这是同一诗派如韩诗派,"故""说""传"等体式均有的原因。

四、人才培养、选拔政策的变化与《诗》学风气

武帝时代,儒学被确立为官方指导思想,《诗经》诸经成为体现国家思想文化意识的经典,而建元五年(前136),五经博士制度的建立则意味着国家开始以官方行为的姿态进行着经典的诠释,着手人才的培育。其后,博士制度不断发展。到宣帝时期,增加为十四博士,主要有施雠、孟喜、梁丘贺《易》学三博士;欧阳高、夏侯胜、夏侯建《书》学三博士;戴德、戴圣《礼》学二博士;严彭祖、颜安乐《公羊春秋》二博士,另新立《谷梁春秋》一家,《诗》仍为齐、鲁、韩三家。统治者之所以设置较多的诸家博士,笔者认为其原因在于:第一,由于当时各地文化传统与发展水平不一,各地所崇奉、熟知的经书不同,把不同地域的诸家设为博士,有助于选拔人才,为士子提供较多的仕进之路,维护社会的稳定,如《易》学博士施雠、孟喜、梁丘贺三人,分别来自于沛、东海、琅琊等地。而大家所熟知的今文三家诗,之所以长久地被立为博士,这和齐、鲁、燕赵作为三大地域文化圈各自形成了特色鲜明的《诗》学传

---

[1] (汉)韩婴撰,许维遹校释:《韩诗外传集释》,中华书局1980年版,第77—78页。

统相关。第二，自武帝始，朝廷确立的文教政策的目的是致力于一种彬彬之盛的文教局面，而设置较多的经学诸家博士，进行人才培养，是实现这种局面的必要手段，也是儒学繁荣、经学发达的保证。

任何朝代选拔人才都是有一定的规定与要求的，汉代也不例外。武帝时期，公孙弘为学官，针对当时"文学儒者数百人""天下之学士靡然乡风"的情况，提出：

> 请选择其秩比二百石以上，及吏百石通一艺以上，补左右内史、大行卒史；比百石已下，补郡太守卒史；皆各二人，边郡一人。先用诵多者，若不足，乃择掌故补中二千石属，文学掌故补郡属，备员。①

又《汉官仪》载：

> 博士，秦官也。武帝初置五经博士，后增至十四人。太常差选有聪明威重一人为祭酒，总领纲纪。其举状曰："生事爱敬，丧没如礼。通《易》《尚书》《孝经》《论语》，兼综载籍，穷微阐奥。……行应四科，经任博士。②

"先用诵多者""兼综载籍，穷微阐奥"等，实际上都是对经学人才选拔的要求：强调对经书及其相关典籍的记忆、背诵，注重对经书的精微阐释等。这种要求导致了经师在注释经书，以便传授学生时，必然朝着这一方向努力。为此须尽量增加经书字词的笺释、名物制度的陈列、儒学大义的辨析阐发等。这一方面促成了新经派的产生，同时也决定了章句之学作为一种典型的治经方法的产生。《后汉书·章帝纪》载建武以前经学发展情况时云："盖三代导人，教学为本。汉承暴秦，褒显儒术，建立五经，为置博士。其后学者精进，虽曰承师，亦别名家。孝宣皇帝以为去圣久远，学不厌博，故遂立大、小夏

---

① （汉）司马迁：《史记》卷一百二十一《儒林列传》，中华书局1959年版，第3119页。
② （南朝宋）范晔：《后汉书》卷三十三《朱冯虞郑周列传》，中华书局1965年版，第1145页。

侯《尚书》，后又立京氏《易》。至建武中，复置颜氏、严氏《春秋》，大、小戴《礼》博士。此皆所谓扶进微学，尊广道艺也。"① 所谓"虽曰师承，亦别名家"，李贤注曰："言虽承一师之业，其后触类而长，更为章句，则别为一家之学。"② 由此可见朝廷人才选拔的具体规定对经学诸家产生的影响，以及朝廷对后来诸家的支持态度。仅就《诗》学而言，所产生的《诗》学派别就有：鲁诗有韦、张、唐、褚氏学，其中张家又派生出许氏学；齐诗有翼、匡、师、伏氏学；韩诗有王、食、长孙氏学等。同时，官方对章句之学也持支持态度。《后汉书·循吏传》载，光武时，任延为武威太守，"造立校官，自掾史子孙，皆令诣学受业，复其徭役。章句既通，悉显拔荣进之。郡遂有儒雅之士"③。《儒林传》载，明帝永平年间，"复为功臣子孙、四姓末属别立校舍，搜选高能以受其业，自期门羽林之士，悉令通《孝经》章句，匈奴亦遣子入学"④。由此可见，章句之学是颇受官方支持的，已成为培养学生的主要方式。朝廷的这一导向，也使《鲁诗魏君章句》《鲁诗许氏章句》《齐诗伏氏章句》《韩诗薛氏章句》等解授《诗经》之作⑤得以产生。

但是，新的经派的产生与章句之学也有很大的弊端。就前者而言，新的经学派别的产生意味着经学"新"义的产生。当然，这种"新"义是否符合儒学真谛是另当别论的，但它很容易导致儒学思想的矛盾与冲突，与大一统思想文化建设的初衷是相悖离的，不符合统治阶级的思想统治要求。对此范晔在《后汉书·儒林列传》中论云："自光武中年以后，干戈稍戢，专事经学。……其耆名高义开门受徒者，编牒不下万人，皆专相传祖，莫或讹杂。至于分争王庭，树朋私里，繁其章条，穿求崖穴，以合一家之说。故杨雄曰：'今之学者，非独为之华藻，又从而绣其鞶帨。'夫书理无二，义归有宗，而硕学之徒，莫之或徙，故通人鄙其固焉，又雄所谓'谫谫之学，各习其师'也。"⑥ 就后者而

---

① （南朝宋）范晔：《后汉书》卷三《肃宗孝章帝纪》，中华书局1965年版，第137—138页。
② （南朝宋）范晔：《后汉书》卷三《肃宗孝章帝纪》，中华书局1965年版，第138页。
③ （南朝宋）范晔：《后汉书》卷七十六《循吏列传》，中华书局1965年版，第2463页。
④ （南朝宋）范晔：《后汉书》卷七十九《儒林列传》，中华书局1965年版，第2546页。
⑤ 关于这些章句类《诗》学著述情况可参见赵茂林《两汉三家诗研究》第四章第二节"三家《诗》著述考述"部分，巴蜀书社2006年版。
⑥ （南朝宋）范晔：《后汉书》卷七十九《儒林列传》，中华书局1965年版，第2588—2589页。

言，一些经师为了炫耀学识，标新立异，只能不断地"左右采获"，"具文饰说"①，导致章句极为繁琐。对此，应劭云："汉兴，儒者竞复比谊会意，为之章句，家有五六，皆析文便辞，弥以驰远，缀文之士，杂袭龙鳞，训注说难，转相陵高，积如丘山，可谓繁复者矣。"②一个极为典型的例子就是"秦延君能说《尧典》，篇目两字之说，至十余万言。但说'曰若稽古'二三万言"③。这种繁琐的章句导致了幼童白首而不能明一艺。这种情况一方面很不利于人才的培养，另一方面所培养的人才也不能为社会所用，只能是死守章句的"守文之徒"而已。

针对这种经学教育的弊端，统治者一方面强化师法、家法，按照师法、家法选拔人才。永元十四年（102），徐防上奏："伏见太学试博士弟子，皆以意说，不修家法，私相容隐，开生奸路。每有策试，辄兴诤讼，论议纷错，互相是非。……若不依先师，义有相伐，皆正以为非。"④阳嘉元年（132），左雄改革察举，建立"诸生试家法，文吏课笺奏"⑤的制度，从而从政策上防止了《诗经》诸经过多经家派别产生的问题。同时，朝廷组织大量人力讲论、校正五经，以求统一经义。如建初四年（79），汉章帝就曾"亲称制临决"，召集诸将、大夫、博士、议郎、诸生、诸儒，集会白虎观，主要议题就是为了"讲议《五经》异同"⑥，解决《诗经》诸经在传授过程中所出现的经义驳杂与矛盾问题。另一方面，出于培养人才的考虑，统治者开始有意识地要求删减章句。在光武中元元年（56），朝廷已有因"五经章句繁多，议欲减省"之举，到章帝建初四年（79）白虎观会议得以实现⑦。与朝廷的这一文化举措相回应，一些授《诗》者多删定、改定《诗经》章句，以教授生徒。《后汉书·儒林列传》载："伏恭字叔齐，琅邪东武人也，司徒湛之兄子也。湛弟黯，字稚文，以明《齐诗》，改定章句，作《解说》九篇，位至光禄勋，无子，以恭为后。……恭少

---

① （汉）班固：《汉书》卷七十五《夏侯胜传》，中华书局1962年版，第3159页。
② （汉）应劭：《风俗通义·序》，见王利器校注：《风俗通义校注》，中华书局1981年版，第4页。
③ （汉）桓谭撰，朱谦之校辑：《新辑本桓谭新论》，中华书局2009年版，第38页。
④ （南朝宋）范晔：《后汉书》卷四十四《徐防传》，中华书局1965年版，第1500—1501页。
⑤ （南朝宋）范晔：《后汉书》卷六十一《左雄传》，中华书局1965年版，第2020页。
⑥ （南朝宋）范晔：《后汉书》卷三《肃宗孝章帝纪》，中华书局1965年版，第138页。
⑦ （南朝宋）范晔：《后汉书》卷三《肃宗孝章帝纪》，中华书局1965年版，第138页。

传黯学,以任为郎。……太常试经第一,拜博士,迁常山太守。敦修学校,教授不辍,由是北州多为伏氏学。……初,父黯章句繁多,恭乃省减浮辞,定为二十万言。"① 又载:"(杜抚)受业于薛汉,定《韩诗章句》。后归乡里教授。沉静乐道,举动必以礼。弟子千余人。……其所作《诗题约义通》,学者传之,曰'杜君法'云。"② 由此可见,东汉章帝之后删减章句以教授学生的《诗》学风气。

与此同时,社会对于章句之学拘泥于琐碎,不知大体,不利于人才培养的弊端有了较清醒的认识。东汉建初(76)元年,杨终奏曰:"宣帝博征群儒,论定五经于石渠阁。方今天下少事,学者得成其业,而章句之徒破坏大体,宜如石渠故事,永为后世则。"③ 桓谭认为:"及博见多闻,书至万篇,为儒教授数百千人,只益不知大体焉。"④ 所谓"不知大体"是指章句之学不得其要,不能把握经书深髓精义,更好地为世所用而言。出于这种认识,统治者表现出向古文经学倾斜的意识。章帝建初八年(83)诏云:"《五经》剖判,去圣弥远,章句遗辞,乖疑难正,恐先师微言将遂废绝,非所以重稽古,求道真也。其令群儒选高才生,受学《左氏》《谷梁春秋》《古文尚书》《毛诗》,以扶微学,广异义焉。"⑤ 安帝延光二年(123),"诏选三署郎及吏人能通《古文尚书》《毛诗》《谷梁春秋》各一人"⑥。灵帝光和三年(180),"诏公卿举能通《古文尚书》《毛诗》《左氏》《谷梁春秋》各一人,悉除议郎"⑦。《后汉书·逸民列传》载:"(梁鸿)后受业太学,家贫而尚节介,博览无不通,而不为章句。"⑧ 由这些史料可以看出,官方已开始察觉到了古文所具有的"道真"特点与价值,表现出疏远今文经学,以古文《毛诗》《左氏》等培养、选拔人才的意识。在这种情况下,

---

① (南朝宋)范晔:《后汉书》卷七十九《儒林列传》,中华书局1965年版,第2571页。
② (南朝宋)范晔:《后汉书》卷七十九《儒林列传》,中华书局1965年版,第2573页。
③ (南朝宋)范晔:《后汉书》卷四十八《杨终传》,中华书局1965年版,第1599页。
④ (汉)桓谭撰,朱谦之校辑:《新辑本桓谭新论》,中华书局2009年版,第12页。
⑤ (南朝宋)范晔:《后汉书》卷三《肃宗孝章帝纪》,中华书局1965年版,第145页。
⑥ (南朝宋)范晔:《后汉书》卷五《孝安帝纪》,中华书局1965年版,第237页。
⑦ (南朝宋)范晔:《后汉书》卷八《孝灵帝纪》,中华书局1965年版,第344页。
⑧ (南朝宋)范晔:《后汉书》卷八十三《逸民列传》,中华书局1965年版,第2765页。

古文《毛诗》以其高度的政治化[1]，兼容诸家的开放性学术品格[2]，从而符合东汉中后期培养通儒的人才要求而走向凸显，渐次战胜今文三家诗而获得认可。

（原载《文学遗产》2011 年第 6 期）

（作者单位：中国海洋大学文学与新闻传播学院）

---

[1] 王洲明：《论汉代〈诗〉经化过程中的复杂现象》，载《诗赋论稿》，山东大学出版社 2006 年版。
[2] 参刘毓庆、郭万金：《从文学到经学——先秦两汉诗经学史论》，华东师范大学出版社 2009 年版，第 414—415 页。

乐府总章考论

许继起

总章是一种建筑形式的总名，两周时期成为明堂西堂的专称。到东汉，总章除指明堂西堂外，还成为管理宫廷乐舞的音乐机构及音乐职官名称。总章在由明堂西堂的专名到成为乐官及乐署之名的转换中，蕴含了较丰富的文化内容。总章乐官及总章乐署，主要管理宫廷舞伎，是东汉以迄南北朝音乐制度建设的重要内容。尤其东晋南朝时期，总章舞伎成为最为活跃的乐府文艺品类之一。关于总章，过去的研究者主要从两方面展开，一是从建筑的角度进行研究，多与明堂的研究相联系[1]；二是从音乐官署、音乐职官制度的度角度进行研究[2]。但是目前，还没有人对总章作为建筑物的文化属性，以及这种文化属性与总章作为音乐官署、音乐职官之间的联系进行详细考察。针对这种现象，本文拟探讨总章由明堂西堂之名转变为掌管宫廷乐舞的乐府职官之名及乐署之名的文化内涵，考察汉魏晋六朝间总章乐署的设立、职官建置，揭示这一音乐职官制度产生的原因、背景及相关职能。

---

[1] 可参王国维：《明堂庙寝通考》，见《观堂集林》卷三，中华书局1999年影印。张一兵：《明堂制度研究》列专章介绍，参第二章第八节"'总章'名义考"，中华书局2005年版，第162—167页。

[2] 学界对总章乐署以及总章乐官的研究，散见于一些研究著作以及论文中，但多语焉不详。黎国韬《总章考》对总章职官建制的时间、功能等问题有论及（《音乐研究》，2008年第5期，以下称"黎文"）。该文称"近代研究中亦未有专门考证之学术论文"（第39页），又"由于史料稀缺，历来对于总章官署的沿革及职能，颇少有人注意"云云（第45页），实为不确。可参许继起在博士后工作报告《魏晋南北朝乐府制度研究》中"总章乐署及其乐舞考"（2005年完成），对总章乐署、总章乐官以及相关乐舞做过详细的研究。

一

据传，有虞氏（舜）时就有总章之名，是指一种建筑样式的总称。黄帝时称合宫[1]，殷商称阳馆或曰重屋，两周时称明堂。总章之名，最早见于《尸子》，即战国初年就有此名。《初学记》卷十三"明堂"之"玄堂"注引《尸子》曰："黄帝曰合宫，有虞氏曰总章，殷人曰阳馆，周人曰明堂。"[2]《三辅黄图校注》"明堂"条："周明堂，明堂所以正四时，出教化，天子布政之宫也。黄帝曰合宫，尧曰衢室，舜曰总章，夏后曰世室，殷人曰阳馆，周人曰明堂。"《汉书·平帝纪》颜师古注引应劭注说："明堂上圆下方，八窗四达，布政之宫，在国之阳。……黄帝曰合宫，有虞总章，殷曰阳馆，周曰明堂。"这些记录，反映了两汉时期人们对总章之名在先秦时期的演变及明堂建筑的相关功能的认识。

关于先秦明堂设置的时间、建制、功能等问题多有争议。秦汉时人据《周礼·冬官·考工记》《吕氏春秋》"十二纪"、《礼记·月令》《明堂位》及郑玄注、《大戴礼记·月令》《明堂》、《小戴礼记·月令》等文献，基本认为周代明堂为五室或九室。尤其秦汉时期更是信之不诬，王莽时期还建造了大型五室结构的"亚"形明堂建筑[3]。王国维综合各种传世文献、甲骨文、金文以及明清学者关于明堂考证和复原的明堂图，认为周代明堂与庙寝建筑的结构大致相同，即为五室十二堂。《明堂庙寝通考》说："自余说之，则明堂之制，本有四屋、四堂相背于外，其左右各有个，故亦可谓之十二堂。堂后四室相对于内，中央有太室，是为五室。"关于四堂之名，又说："明堂之制，外有四堂，东西南北，两两相对，每堂又各有左右二个，其名则《月令》诸书谓之青阳太庙、青阳左个、清阳右个、明堂太庙、明堂左个、明堂右个、

---

[1] 有研究者据甘肃秦安大地湾遗址 F901，推测黄帝时的合宫是由堂、室、旁、夹室组成，以堂为中心的空间的组合建筑。参杨鸿勋：《宫殿考古通论》，紫禁城出版社 2001 年版，第 25 页。

[2] 《初学记》卷十三，中华书局 1962 年版，第 329 页。《艺文类聚》卷三十八"礼部上"之"明堂"条引《尸子》同。

[3] 黄展岳：《汉长安城南郊礼制建筑遗址群发掘报告》，《考古》1960 年第 7 期。王世仁：《汉长安城南郊礼制建筑（大土门村遗址）原状推测》，《考古》1963 年第 9 期。

总章太庙、总章左个、总章右个、玄堂太庙、玄堂左个、玄堂右个。"并认为夏代"世室"、商代"重屋"与周代明堂、寝庙相类,亦为五室。自周秦以来,无论五室说,还是九室说,均将明堂西堂称为总章堂。可见,总章至两周时期已成为明堂西堂的专称。它是明堂建筑的一部分,是一种堂室结构,大致包括总章堂,总章左个,总章右个。总章堂即为总章庙,总章左个和总章右个分别指总章左室和总章右室①。

与明堂相联系,总章具有较为明确的政治功能。据《周礼·冬官·考工记》《吕氏春秋》"十二纪"、《礼记·月令》《明堂位》及郑玄注等文献,周代的明堂具有祭祀天地、听朔布政、朝会诸侯、养老耕藉、乡射选士、尊师立学等多种礼仪功能。总章作为明堂之西堂,承担了其中部分政治功能,也具备了稳定的文化意义。这为总章在汉代向乐舞职官之名及乐舞乐署之名的转换奠定了较稳固的文化基础。

"总章"一词有何含义?为何以此命名明堂之西堂?关于总章之义,汉代高诱解释得比较完整。《吕氏春秋·孟秋纪》说:"孟秋之月:……天子居总章左个,乘戎骆,驾白骆,载白旂,衣白衣,服白玉,食麻与犬,其器廉以深。"陈奇猷《吕氏春秋校释》引高诱注云:"总章,西向堂也。西方总万物,章明之也,故曰总章。左个,南头室也。"西方统万物,是万物所归之处,代表了秦汉甚至更早时期人们在观念上对西方方位的文化属性的确认。依五行理论,西方属金位,代表四季中的秋季。据《吕氏春秋》"十二纪"、《礼记·月令》,古代帝王在春、夏、秋、冬四季,分别在明堂的青阳、明堂、总章、玄堂四堂进行祭祀天帝、朝会诸侯、飨老赏功、行教施政等事务。在孟秋、仲秋、季秋之月,天子分别居总章左个、总章太庙(堂)、总章右个以行施政令。以此来看,在天子居明堂行政事的礼仪中,总章堂与秋季建立了密切的联系。在古人节侯观念中,秋季有收敛之义。《礼记·月令》说:"是月(季秋)也,申严号令。命百官贵贱无不务内,以会天地之藏,无有宣出。"郑玄注:"内谓收敛入之也。会犹聚也。"孔颖达《正义》说:"于此月之时,敕命百官贵之与贱无不务内。内谓收敛其物,言贵之与贱,无有一人不勤务

---

① 沈祖绵:《读吕纪随笔》"天子居青阳左个"条,《中华文史论丛》第 2 辑,中华书局 1962 年版。

收敛内物。'以会天地之藏'者,会犹趣也,言心皆趣乡天地所藏之事,谓心顺天地以深闭藏也。'无有宣出'者,以物皆收敛,时又闭藏,无得有宣露出散其物,以逆时气。"《春秋繁露·五行对》:"春主生,夏主长,季夏主养,秋主收,冬主藏。"

天子在秋季居总章行政事,是"取万物之成功"之意。《大戴礼记·少闲》云:"子曰:'(成汤)发厥明德,顺民天心啬地,作物配天,制典慈民。咸和诸侯,作八政,命于总章'。"王聘珍《解诂》云:"卢(辩)《注》云:'总章者,重屋之西堂。于此命事,取万物之成功也。'""章"除了了具有高诱所说"章明"的含义,还是一个音乐术语,表示一段乐曲的结束。《说文·音部》云:"章,乐竟为一章。从音从十。十,数之终也。"段玉裁注:"歌所止曰章。"又解释"竟"字:"乐曲尽为竟,从音儿。"段玉裁注:"曲之所止也,引申之,凡事之所止,土地之所止,皆曰竟。"此"章"与"竟"亦有互训之意。"章"为乐曲结束,与秋季收敛之意、"西方统万物"、西堂命事"取万物之成功"具有相似的文化背景,以总章命名明堂西堂当与此相关。

总章室为白帝庙室,秋季时帝王居此室祀白帝。周时即有祠白帝礼仪,从《礼记·月令》《吕氏春秋》"十二纪",可知在总章堂祭祀白帝具有很早的文化渊源。秦人设明堂。汉陈留阮谌《三礼图》:"明堂者,布政之宫。周治五室,东为木室,南为火室,西为金室,北为水室,土室为中。秦为九室十二阶,各有所居。(《御览》)"[1] 隋宇文恺奏《明堂议表》云:"《礼图》曰:'秦明堂九室十二阶,各有所居。'《吕氏春秋》曰:'有十二堂。'"春秋时秦人尚白,四季奉祀白帝。《史记·封禅书》说:"(秦襄公)自以为主少皞之神,作西畤,祠白帝,其牲用 驹黄羊各一云。其后十六年……(文公)十是作鄜畤,用三牲郊祭白帝焉。"《史记·秦本纪》司马贞《索隐》又说:"襄公始列为诸侯,自以居西,西,县名,故作西畤,祠白帝。"至秦始皇灭六国,仍奉白帝为祖先神,四季进行祠祀。可见,白帝在秦国的文化观念中充当了极为重要的角色。随着秦国势力的不断强大至最终统一天下,其奉祠西方白帝的行为,对"西方统万物"的文化观念起到了极大的强化作用。在此背景下,与祭祀青帝、炎

---

[1] (清)王谟辑:《汉魏遗书钞》,上海古籍出版社 1996 年影印本。

帝、黄帝、北帝的青阳、明堂、玄堂庙室相比,总章作为明堂西堂与祭祀白帝的堂室,具有更为重要的文化意义和政治地位。

在古代音乐理论中,有"舞象功,歌咏德""声以依咏,舞以象功"的观念。古代郊祀、宗庙及朝会的舞乐,也主要是表现、纪念、歌颂祖先神及列祖列宗的文治与武功,具有追祖怀宗的神圣意义。如《周礼·春官·大司乐》说:"以乐舞教国子,舞《云门》《大卷》《大咸》《大韶》《大夏》《大护》《大武》。"郑玄注云:"此周所存六代之乐,黄帝曰《云门》《大卷》,黄帝能成名万物,以明民共财,言其道德如云之所出,民得以有族类。《大咸》《咸池》,尧乐也。尧能殚均刑法以仪民,言其道德无所不施。《大韶》,舞乐也,言其道德能绍尧之道也。《大夏》,禹乐也。禹治水傅土,言其道德能大中国也。《大濩》,汤乐也。汤以宽治民而除其邪,言其道德能使天下得其所也。《大武》,武王乐也。武王伐纣以除其害,言其道德能成武功。"

汉魏晋时期可考的郊祀、宗庙乐舞也主要是表现祖宗功德。《史记·孝文本纪》载景帝制文帝宗庙乐舞时,下诏说:"盖闻古者祖有功而宗有德,制礼乐各有由。闻歌者,所以发德也。舞者,所以明功也。"明帝时,群臣奏请制作宗庙《章斌》舞乐时也说:"夫哥以咏德,舞以象事。于文,文武为斌,兼秉文武,圣德所以章明也。"① 可见,郊祀、宗庙舞乐的主要礼仪功能在于彰明列祖列宗的文治武功。郊祀、宗庙之乐大致分为五节,乐舞居其末。《周礼·春官·大司乐》云:"以六律、六同、五声、八音、六舞大合乐,以致鬼神示,以和邦国。"孙诒让《正义》说:"盖古乐大节凡五,先金奏,次升歌,次下管笙入,次间歌,而终以合乐,合乐则兴舞,此宾祭大乐之恒法也。"② 合乐兴舞往往居于乐节之末,是郊祀、宗庙祭祀礼仪之乐的基本模式。合乐兴舞,也意味表示乐章即将结束,有总其成的含义。

由上可知,周至秦汉时,总章为明堂之西堂、帝王在秋季居总章堂颁行政令、秋季收敛之义、"章"表示乐曲结束、郊庙祭祀礼之仪乐中合乐兴舞居于乐曲之末、郊庙祭祀舞乐彰显祖宗功德的礼仪功能,与总章"总万物而章明

---

① 《宋书·乐志一》,中华书局1974年版,第436页。
② (清)孙诒让:《周礼正义》,中华书局2000年版,第1732页。

之"的含义表现出相近的文化内涵。这使得"总章"之名与礼仪乐舞自然地建立了密切的联系。也正是在此文化背景下，总章被用作掌管宫廷乐舞的音乐职官及管理宫廷乐舞的音乐机构的名称①。

二

汉代何时设总章之官，文献没有明确记载。《后汉书·献帝纪》载："（建安）八年冬十月己巳，公卿初迎冬于北郊，总章始复备八佾舞。"李贤注引袁宏《后汉纪》说："'迎气北郊，始用八佾。'佾，列也。谓舞者之行列。往因乱废，今始备之。总章，乐官名。古之《安代乐》。"此处说"总章始复备八佾舞"，说明总章用作乐官及乐舞机构之名，应在献帝建安八年（203）之前。总章乐官的设立，显然与汉代郊祀佾舞制度的建立有密切联系。

西汉是否有佾舞制度，史籍没有明确记载。东汉至晚到明帝永平二年（59）开始设迎气之礼，并备以八佾舞乐。《续汉书·祭祀志中》"迎气"条云："立春之日，迎春于东郊，祭青帝句芒。车旗服饰皆青。歌《青阳》，八佾舞《云翘》之舞。……立夏之日，迎夏于南郊，祭赤帝祝融。车旗服饰皆赤。歌《朱明》，八佾舞《云翘》之舞。先立秋十八日，迎黄灵于中兆，祭黄帝后土。车旗服饰皆黄。歌《朱明》，八佾舞《云翘》《育命》之舞。立秋之日，迎秋于西郊，祭白帝蓐收。车旗服饰皆白。歌《西皓》，八佾舞《育命》之舞。……立冬之日，迎冬于北郊，祭黑帝玄冥。车旗服饰皆黑。歌《玄冥》，八佾舞《育命》之舞。"据《后汉书·明帝纪》，明帝永平三年（60）改太乐令为大予令。《续汉书·百官志》又说："大予乐令一人，六百石。本注曰：掌伎乐。凡

---

① 黎文认为："东汉总章官署之得名，或就是因为此乐官官署之乐舞常用于明堂（总章）以祀五帝。"（第42页）这种推理有本末倒置之嫌。据《续汉书·祭祀志中》刘昭注补引蔡邕《明堂论》，东汉分别在清阳、明堂、总章、玄堂、太室五堂，祭祀青帝、炎帝、白帝、黑帝、黄帝五帝（中华书局1996版，第3178页）。如果在祭五帝时均用佾舞，为什么不用"青阳""明堂""玄堂""太室"，单用"总章"命名乐舞官署的名称呢？又东汉明帝永平中行迎气礼仪，分别在东郊去邑八里、南郊去邑七里、中兆去邑五里、西郊去邑八里、北郊去邑六里的地方举行（第3181—3182页），这些地点跟明堂、总章没有关系。另外，汉代佾舞也多用于帝王朝会殿庭、宴会群臣等重要的礼仪场合，这与明堂总章堂无任何关联。因此，黎文关于东汉总章官署得名的推论难以成立。

国祭祀，掌请奏乐，及大飨用乐，掌其陈序。丞一人。"李贤注引《汉官》说："员吏二十五人……乐人八佾舞三百八十人。"可见明帝时，大予佾舞人数众多，超过了西汉哀帝罢乐府后剩余乐府乐员的总和，因此有必要设立专门的乐舞职官掌管佾舞之乐。联系明帝大兴礼仪制度建设的历史以及李贤注引《汉官》所载众多的佾舞人数，可以推知总章乐官大致始设于明帝永平年间，属东汉大予乐令属官，主要掌管宫廷佾舞伎乐[①]。

总章乐官所掌之乐与《后汉书·献帝纪》李贤注引《袁宏纪》所云"安代乐"也有关系。何为"安代乐"，史籍并无提及。"代"本为"世"，应是李贤注《后汉书》时，为避唐太宗李世民名讳所改。所谓"安代乐"应指汉代《安世房中乐》[②]。因此，总章乐官也应掌管房中佾舞女乐。《宋书·乐志一》说："今诸王不复舞佾，其总章舞伎，即古之女乐也。殿庭八八，诸王则应六八，理例坦然。"这里虽然是说南朝总章舞伎的性质相当于古代女乐，不过这种管理女乐的职能可以看作汉代总章乐管理职能的遗留。值得注意是，汉代《安世房中乐》用于庙堂之上，以歌颂祖宗事迹，是汉宗庙之乐的一部分。这与总章乐官掌管郊祀、宗庙舞乐的职能相一致。另外，佾舞之乐也多用之殿庭。帝王朝会诸王、宴乐群臣，以及诸王、列侯在重要的礼仪场合宴乐宾时多用佾舞。古代佾舞制度有严格的等级规定，所谓天子八佾，诸侯六佾、卿大夫四佾、士二佾。《论语·八佾》说："孔子谓季氏：'八佾舞于庭，是可忍也，孰不可忍也！'"何晏《集解》云："马（融）曰：'孰，谁也。佾，列也。天子八佾，诸侯六，卿大夫四，士二。八人为列，八八六十四人。'"从这个角度看，东汉早期总章乐官的一个重要职能是掌管郊祀、宗庙祭祀，以及殿庭宴飨的佾舞之乐，而佾舞人员的选拔、管理、训练、佾舞舞制的编排，也均在总章乐官的管

[①] 黎文认为汉代总章官署建立的时间大致是桓帝在位的二十年间（147—166），就其依据的两条史料来看，此推论恐难成立。（第42页）

[②] 关于《安代乐》即指汉《安世乐》的问题，许继起博士学位论文《秦汉乐府制度研究》（2002年完成）第七章"东汉的乐府的制度"已有论述。对此问题的判定，是进一步分析总章乐官管理职能的关键所在。在此之前，没有人对"安代乐"问题做出解释，但也有人注意到这个问题，如张一兵指出："《后汉书·献帝纪·注》说：'总章，乐官名，古之"安代乐"。''乐官'或是官名，但是后面又提到了一个'安代乐'，则其与'安代乐'之间的关系就成了问题，因无其它资料，详情待考。"（《明堂制度研究》，第166页）

理下进行①。不过，在不同时代，如曹魏、刘宋、梁、北魏时期，随着乐舞规模的壮大、舞类的繁荣以及伎人的增加，总章乐署及总章乐官管理舞乐职能也日渐扩大（见后文）。

曹魏时期乐府是否有总章乐官，史无记载。值得一提的是，魏明帝在青龙元年（233）曾筑总章观，专门蓄养后宫才人、女伎及诸百戏、杂伎，以供宫廷燕享娱乐。《三国志·魏书·明帝纪》："（青龙元年）是时，大治洛阳宫，起昭阳、太极殿，筑总章观。"裴松之注引《魏略》说："（青龙元年）是年起太极诸殿，筑总章观，高十余丈，建翔凤于其上；又于芳林园中起陂池，楫櫂越歌；又于列殿之北，立八坊，诸才人以次序处其中，贵人夫人以上，转南附焉，其秩石拟百官之数。帝常游宴在内，乃选女子知书可付信者六人，以为女尚书，使典省外奏事，处当画可。自贵人以下至尚保，及给掖庭洒扫，习伎歌者，各有千数。"《太平御览》卷一七九"居处部七"之"观"条云："《百叶钞》：魏筑总章观，建翔凤于其上，使八方才人、六宫女尚书居之，引谷水过九龙殿前，玉井绮栏，水转百戏。"《玉海》卷一百六十六"宫观"之"观"条引《洛阳宫殿簿》云："总章观，阁十三间。"

魏明帝时在总章观设立八坊之制，容纳后宫才人、女伎乐人，规模可谓巨大。明帝时在后宫人员的管理上也仿拟百官制度设官分职，各定品秩，观内女子可以知书付信，典省奏事。可见，总章观是曹魏宫廷重要的娱乐机构，而且观内蓄养的伎人均有一定的文化水平，这为曹魏时期歌舞伎乐的发展和繁荣提供了重要条件。总章观除容纳歌舞伎人之外，还收藏管理韵语歌诗类的音乐典籍。庾信《赵国公集序》曰："文参历象，即入天官之书；韵涉丝桐，咸归总章之观。"②这从侧面反映了总章观的音乐管理职能。

---

① 黎文说："这同时表明，东汉总章乐官与西汉掖庭女乐在本质上并无不同，因为他们都宫廷女乐，而且都应用祭祀礼仪之中。"（第40页）该表述文理不通，乐官是一种职官，女乐是一种音乐文艺，比对二者没有任何意义。笔者按：总章舞乐与掖庭女乐的相同之处是，总章佾舞之乐与掖庭女乐中的房中乐、佾舞之乐，均可用于郊祀、宗庙祭祀以及殿庭宴飨。除此之外，掖庭女乐更多地包含了汉代早期清商、相和等音乐歌舞技艺。就目前的资料来看，东汉的总章舞乐主要包括用于郊祀、宗庙、殿庭的佾舞之乐。就此而言，东汉总章舞乐与掖庭女乐包含的音乐文艺类型有明显的不同。

② （北周）庾信撰，（清）倪璠注，许逸民校点：《庾子山集注》，中华书局1980年版，第656页。

据《通典·职官典》，曹魏武帝时置总章戏马监①，列为第九品，与"殿中监典事""左右太官督监内者"等宫廷内官相并列。戏马，是一种由人与马配合表演的杂技艺术，古代常演于宫廷。石季龙时定都邺城，常率女骑游于邺城戏马观。此戏马观应是曹魏戏马台观的遗留。《晋书·石季龙载记上》说："百姓妻有美色，豪势因而胁之，率多自杀。石宣及诸公又私令采发者，亦垂一万。总会邺宫。季龙临轩简第诸女，大悦，封使者十二人皆为列侯。自初发至邺，诸杀其夫及夺而遣之缢死者三千余人……季龙常以女骑一千为卤簿，皆著紫纶巾、熟锦袴、金银镂带、五文织成靴，游于戏马观。观上安诏书五色纸，在木凤之口，鹿卢回转，状状若飞翔焉。"《太平御览》卷一七九"居处部七"之"观"条引《百叶钞》云："石虎（季龙）起灵台九殿，女官十有八等，又女妓二千为卤簿，皆著紫纶巾、熟锦袴、金银镂带、五文织成靴，游于戏马观。"②据文献记载，六朝时期又有戏马台，往往是赋诗行酒娱乐及饯别送行之地。《宋书·王昙首传》载："行至彭城，高祖大会戏马台，豫坐者皆赋诗。"又《宋书·孔季恭传》说："（孔季恭）辞事东归，高祖饯之戏马台，百僚咸赋诗以述其美。"谢瞻、谢灵运有《九日从宋公戏马台集送孔令诗》，江夏王有《彭城戏马台集诗》。可以想见戏马台观饮酒赋诗、送行饯别，应有戏马歌舞娱乐之事。由此可以推知，曹魏总章戏马监是掌管戏马台观、戏马杂技及相关歌舞娱乐事务的职官。依此而论，总章观内所设馆阁台观，也有相应的总章职官，其中应不乏掌管总章观伎人的专职乐官。

晋代的总章之官，史籍多有提及。《宋书·律历志》记叙晋武帝泰始九年（273）荀勖定乐律时就提到了"总章"之名："勖又以魏杜夔所制律吕，检校太乐、总章、鼓吹八音，与律乖错。"《晋书·乐志上》也说："泰始九年，光禄大夫荀勖以杜夔所制律吕，校太乐、总章、鼓吹八音，与律吕乖错，乃制古尺，作新律吕，以调声韵。事具《律历志》。律成，遂班下太常，使太乐、总

---

① 清人洪饴孙认为戏马可能是台观之名，而"总章戏马监"亦为二官：总章监、戏马监。清杨晨《三国会要·职官上》"钩盾令"条云："《通典》有灵芝监、总章戏马监，在第九品，洪（饴孙）分三监，疑戏马为台观名。"中华书局 1998 年版，第 151 页。按：史有明文，戏马为台馆名确实不误，但是否设戏马监，洪氏并无依据。据《通典》，总章戏马监与其职官并列，盖为职官无疑。

② （宋）李昉等撰：《太平御览》卷一七九，第 1 册，第 873、860 页。

章、鼓吹、清商施用。"这两条材料了均把总章与太乐、鼓吹、清商等并列相称。《晋书·刘弘传》也将总章、太乐并提:"(惠帝太安中)时总章太乐伶人,避乱多至荆州,或劝可作乐者。"这大致可以说明西晋武帝时,总章是与太乐、鼓吹、清商并列的乐署机构。另外,晋也保留了总章观的建筑,大致是曹魏总章观的遗留。《太平御览》卷一七六"居处部四"之"楼"附"堂皇"条云:"《晋宫阁名》云:'晋有祠星楼。'又曰:'总章观,仪凤楼在观上。广望观之南,又别有翔凤楼。又有庆云楼。'"[1]

清人对总章、太乐、鼓吹、清商四者并列相称的现象提出了另外的看法。纪昀《历代职官表》卷十"乐部"说:"晋代但置太乐、鼓吹令,而据《册府元龟》所载,则尚有总章、清商二乐,而未见其官。当是以太乐兼总章,鼓吹兼清商,而令乐工分隶之,各司其事,不相凌杂,故有此四名也。"[2] 馆臣认为太乐兼掌总章乐事,鼓吹兼管清商乐事,各职官分而相属,各负其责。但是,这种说法看似合理,详细考之,却有欠妥当,今辨证如下。

首先,据《晋书·职官志》,晋代设太乐、鼓吹令丞,属太常;设清商令,属光禄勋。纪氏据《册府元龟》所记,判定"晋代但置太乐、鼓吹令",显然有误。其次,两晋时期的乐府职官曾发生过很大变化,馆臣将两晋统而言之,不加辨证,有失妥当。据《晋书·乐志下》说:"(元帝)江左初立宗庙……于时以无雅乐器及伶人,省太乐并鼓吹令。是后颇得登歌、食举之乐,犹有未备。太宁末,明帝又访阮孚等增益之。咸和中,成帝乃复置太乐官,鸠集遗逸,而尚未有金石也……(穆帝)永和十一年,谢尚镇寿阳,于是采拾乐人,以备太乐,并制石磬,雅乐始颇具。"东晋之时争乱纷起,由于前朝宫廷乐人、乐器辗转流散,一时阙而难俱,元帝时被迫"省太乐并鼓吹令"。这说明,元帝之初是由鼓吹令兼管太乐、总章、清商乐事。咸和中成帝又复置太乐,此时并有太乐、鼓吹二令。又据《通典·职官典》"鼓吹署"条,东晋哀帝时又省鼓吹并太乐[3]。相承而下,穆帝时谢尚等人又制作礼乐器物,兴太乐之事。因此

---

[1] (宋)李昉等撰:《太平御览》卷一七九,第1册,第873、860页。
[2] (清)纪昀:《历代职官表》卷十"乐部",上海古籍出版社1989年影印武英殿本,第198、199页。
[3] 《通典·职官七》"鼓吹署"条云:"晋置鼓吹令、丞,属太常。元帝省太乐并鼓吹,哀帝复省鼓吹而存太乐。"

馆臣所谓"太乐兼管总章，鼓吹兼管清商"应是成帝咸和年间的事。以下事件也可以证之。《晋书·慕容超载记》载："（慕容）超遣其仆射张华、给事中宗正元入长安，送太乐伎一百二十人于姚兴。……（张）华曰：'自古帝王，为道不同，权谲之理，会于功成。故老子曰："将欲取之，必先与之。"今总章西入，必由余东归，祸福之验，此其兆乎！'"此事发生在晋末安帝义熙年间，前面称"太乐伎"，张华则又称"总章西入"，大致可以说明此时太乐令已兼管总章乐事。历史上由于礼乐不兴、乐器不全、人员缺乏、省官并职等原因，由职能相近的职官兼掌并管的情况，应是较为常见的现象①。因此馆臣所说两晋时期总章、清商乐事由太乐、鼓吹乐署兼掌并管，应是晋代历史上特殊时期出现的情况，并非两晋历朝都是这种管理模式。

由上大体可知，西晋武帝泰始九年荀勖修定乐律之时，乐府设太乐、鼓吹、总章、清商乐署，并置相应职官。晋室南渡之初，由于乐人、乐器残阙，元帝省太乐并入鼓吹署，由太乐官兼掌太乐、总章、清商乐事。经过明帝、成帝二代的努力，江左初备雅乐，因此成帝咸和时复置太乐官，此时太乐、鼓吹两令分别兼掌总章、清商乐事。

三

南朝刘宋时设立总章机构，下设总章校尉、总章都尉、总章监。《宋书·礼志五》载："太医校尉、都尉，总章协律中郎将校尉、都尉，银印，青绶。朝服，武冠。"又说："总章监、鼓吹监、司律、司马，铜印，墨绶，朝服。鼓吹监、总章协律、司马，武冠。总章监、司律、司马，进贤一梁冠。"总章监下设立专门的总章工伎。据《宋书·乐志一》，宋文帝元嘉十三年（436），司徒彭城王刘义康参加元正之会，受赐总章舞伎，有"总章工冯大列"云云。刘宋时期值得关注的是，帝王后宫设置总章职官，如置总章帅、总章伎仗，并各有品秩，主管总章女伎。《宋书·后妃传》又载，后宫设音乐总长乐正，铨六宫乐

---

① 许继起：《黄门乐署考》，《云南艺术学院学报》2002年第4期。

人。赞乐女史，置一人，铨人士。典乐帅，置人无定数，设"总章帅，置人无定数"，官品第五。又设总章伎伥，准二卫五品，敕吏比六品。并设清商帅，置人无定数，官品第五，又有典乐人等职官。刘宋后宫的音乐职官设置，可谓完备。较之前代，这是刘宋时期宫廷音乐管理的一个重要特色。这职官结构的改变，反映了刘宋时期后宫女乐曾出现过极度繁盛的局面。

今据上述资料，将刘宋总章职官建置列表如下：

朝官	总章协律中郎将、校尉、都尉		银印，青绶。朝服，武冠
	总章监		铜印，墨绶，朝服，进贤一梁冠
	总章协律		武冠
后宫	乐正，铨六宫	总章帅	置人无定数，官品第五
		总章伎伥	主衣，二卫五品，敕吏比六品

刘宋时期总章机构设置了较多的官职，如有监、协律中郎将、协律、校尉、都尉、伎伥、卫等职官，并备品秩、等级之别。对总章各级官职的礼仪服饰做了明确的规定，这说明刘宋时已建立了完备的总章管理体制。总章帅、总伎伥等总章女官的设立，说明总章伎乐是刘宋帝王后宫最重要的娱乐形式之一。另一方面，也反映了刘宋时期总章女乐的迅猛发展。从总章乐官分职看，刘宋总章乐伎大致分为两部分：一类是朝官所掌，一类是后宫管理。二者在功能上有所区别：前者大致由总章监、总章协律中郎将、总章协律、总章校尉、总章都尉等掌管，用于郊祀、宗庙、朝会、宴飨等重要的礼仪场合；由后宫乐正掌管下的总章帅、总章伥伎主要管理由帝王、皇后参加后宫礼仪、举行饮燕时所用的后宫女乐。

用于朝会等正式场合的总章佾舞与平时燕居时总章舞伎有所区别，汉晋以来，帝王、诸王、列侯所用总章舞伎品类、制度，也有较明确的规定。《宋书·乐志一》说："宋文帝元嘉十三年，司徒彭城王义康于东府正会，依旧给伎。总章工冯大列云：'相承给诸王伎十四种，其舞伎三十六人。'太常傅隆以为：'未详此人数所由。唯杜预注《左传》佾舞云诸侯六六三十六人，常以为非。夫舞者所以节八音者也，八音克谐，然后成乐，故必以八人为列，自天子至士，降杀以两，两者，减其二列尔。预以为一列又减二人，至士止余四人，岂复成乐。按服虔注《传》云："天子八八，诸侯六八，大夫四八，士二八。"其义甚允。今诸王不复舞佾，其总章舞伎，即古之女乐也。殿庭八八，诸王则应六八，理例坦然。'"依总章工冯大列所说，元正朝会时宋代诸王、列侯所用总章舞伎伎人三十六人。太常傅隆批评了刘宋列侯不用佾舞的状况，提出总章舞伎应恢复诸侯六八的体制。这说明刘宋宫廷上下所用总章佾舞已混同于用之后庭饮燕娱乐的总章舞伎。可见，刘宋时期的总章舞伎不仅是非正式礼仪场合下宫廷燕饮娱乐的重要力量，而且进入了元正朝会等重要的礼仪场合。

较之魏晋，刘宋时期民间杂舞之乐大量进入宫廷，不管是从体制上，还是从音乐风格上，均对传统的礼仪之乐造成了巨大的冲击，这也使其宫廷舞乐进一步世俗化。刘宋顺帝升明二年（478），尚书令王僧虔曾上表要求调整被俗化的佾舞乐、女乐及朝享乐。《宋书·乐志一》载："夫钟县之器，以雅为用，凯容之制，八佾为体。故羽籥击柎，以相谐应，季氏获诮，将在于此。今总章旧佾二八之流，袿服既殊，曲律亦异，推今校古，皎然可知。又哥钟一肆，克谐女乐，以哥为称，非雅器也。大明中，即以宫县合和鞞、拂，节数虽会，虑乖雅体。将来知音，或讥圣世。若谓钟舞已谐，不欲废罢，别立哥钟，以调羽佾，止于别宴，不关朝享，四县所奏，谨依雅则，斯则旧乐前典，不坠于地。"宋废帝大明年间，总章佾舞从乐人服饰、乐曲音律均发生了改变，与过去雅乐名义下的总章佾舞不同。其女乐钟肆取名，也不合古雅。鞞舞、拂舞等民间四夷杂舞与宫悬之器配合表演，也被认为不合礼制。但是杂舞进入庙堂为时势所趋，又不能尽废。因此王僧虔提出两存的折中办法，即别宴娱乐可以用哥钟、女乐、夷舞，朝享礼仪只能用宫悬雅器、雅乐及佾舞。刘宋时期民间四夷杂舞大量涌入宫廷，成为殿庭庙堂之乐，也成为繁荣刘宋总章舞伎的重要力量。也正是在此音乐文化背景下，刘宋总章乐署及总章乐官制度建设得到了极大地加强。由此，刘宋后宫设置大量总章乐官的现象就可得以解释了。

南齐礼乐之事多承刘宋而来，其乐府机构及职官应多因之。《南齐书·百官志》："齐受宋禅，事遵常典，既有司存，无所偏废。"另外，南齐郊祀、宗庙、明堂祠五帝礼仪之乐的确定，也多因袭刘宋旧仪，并多用其乐辞，这也反映了南齐多承袭刘宋礼乐制度的事实①。《历代职官表》卷十"乐部"载南齐设总章之官："《宋书·乐志》宋文帝元嘉十三年，有总章工冯大列给诸王舞伎事，是宋、齐亦有总章乐事，而不言所属。"宋、齐时代应是总章舞乐繁荣发展的重要阶段，这一时期民间杂舞之乐大量进入宫廷，而且参与朝飨、宴会等宫廷礼仪。刘宋建立起完备的总章职官体系以适应其宫廷音乐结构的变化，而南齐禅宋而来，其宫廷应设总章乐署及相应职官。

梁初音乐多因齐旧②，其职官也基本依宋、齐之名。梁置总章校尉、总章监。《隋书·百官上》载："天监七年，以太常为太常卿……统明堂、二庙、太史、太祝、廪牺、太乐、鼓吹、乘黄、北馆、典客馆等令丞，及陵监、国学等。又置协律校尉，总章校尉、监，掌故，乐正之属，以掌乐事。"梁太常下设太乐、鼓吹令丞、总章校尉、总章监、协律校尉、乐正等职官，其太乐下又设清商署丞，以上诸官共掌梁代乐事。史志明确指出梁代设立太乐、鼓吹、总章、清商四个独立的音乐机构，前三者同属太常。清商署虽隶属太乐，但也是一个相对独立的乐署。因此，清馆臣认为到南朝梁代才开始设立专门的总章职官。《历代职官表》卷十"乐部"说："至梁设校尉，而总章始置专官，又别立清商署丞，于是太乐、总章、鼓吹、清商四乐遂各有分掌。"据前面论述，到东汉献帝时即设总章专官，因此纪氏认为至梁代始设总章专官的说法明显有误。至于太乐、鼓吹、总章、清商至梁时才各有分职的说法，也显然不符合前朝之事。曹魏之时已立清商乐署，属光禄勋。晋受魏禅，其职官制度多依汉魏。泰始年间武帝定礼仪、乐律及百官制度，其太乐、鼓吹、总章、清商四者往往分而言之，而相应的乐类又为一时所重。东晋南迁，由于礼仪器服残阙、乐人奔难，出现太乐、鼓吹共掌兼管总章、清商乐事的局面。但是到刘宋时代，置总章校尉、总章监、总章协律、总章帅、总章伎伥，具备了完善的总章体制。刘宋时总章、清商各设专官，而太乐、鼓吹官署更是不可或缺。因此清人所说梁代始设总章专官及太乐、鼓吹、总章、清商始各有分职的认识显然有

---

① 据《宋书·乐志》《南齐书·乐志》，南齐所用南北郊祀、宗庙、明堂祠五帝乐，多用刘宋旧仪。其礼仪乐歌有的改变个别字词，有的则直接援用刘宋时所用乐辞。
② 《隋书·音乐志》："梁氏之初，乐缘齐旧。"

误，应加以驳证。

梁代对总章舞官的服饰，有明确规定。《隋书·礼仪志》说："（梁）总章协律，铜印环钮，艾绶，兽爪鞶，朱服，武冠。"又说："（梁）总章监、鼓吹监，铜印环钮，艾绶，朱服，武冠。"总章、鼓吹服武官之服，说明二乐多用于在相同性质的礼仪活动中。另外，梁宫廷也建有总章观。《梁书·张弘策传》载："时东昏余党初逢赦令，多未自安，数百人因运荻炬束仗，得入南北掖作乱，烧神虎门、总章观。"梁代"总章观"之名，应是沿自曹魏，当与后宫伎乐有关。陈初武帝诏求宋齐旧事，礼仪并用梁乐。《隋书·音乐志》说："陈初，武帝诏求宋、齐故事……是时并用梁乐，唯改七室舞辞。"天嘉元年（560），陈文帝制定南北郊、明堂及宗庙乐仪时，都官尚书仲举权的建议多采用刘宋祠祀旧乐。而太建三年（571），定三朝朝飨之乐，又均依梁代所设，即所谓"祠用宋曲，宴准梁乐"。① 陈代礼乐多因袭刘宋及梁代，其制度也多依宋、梁之制。依此推之，陈应设总章之官。《陈书·徐陵传》也曾提到总章的说法："至如荆州刺史湘东王，机神之本，无寄名言，陶铸之余，犹为尧、舜，虽复六代之舞，陈于总章，九州之歌，登于司乐，虞夔拊石，晋旷调钟，未足颂此英声，无以宣其盛德者也。"

由此观之，南朝各代承东晋而来，基本都设总章机构及总章乐官，刘宋、南齐、梁代总章机构及总章职官的建置最为完备。从音乐发展史的角度看，刘宋、齐、梁时代是南朝宫廷音乐及民间音乐极为繁盛的时代，设立完备的总章机构管理宫廷乐舞及日渐繁盛的民间舞乐无疑显得尤为必要。

四

北魏建国初所设职官多依汉晋制度，至道武帝设立官职多有改革，但是还是保存了总章之名，并且道武帝天兴元年（396）所用宗庙乐舞，设专门的总章之乐。《魏书·乐志》说："皇帝行礼七庙，奏陛步，以为行止之节；皇帝出

---

① 《隋书·音乐志》："梁氏之初，乐缘齐旧。"

门,奏总章,次奏八佾舞,次奏送神曲。"①可见,北魏在天兴初年仍沿用总章乐官的管理体制。至天兴六年(403),道武帝下诏太乐、总章、鼓吹增修杂伎之事。《魏书·乐志》载:"(天兴)六年冬,(道武帝)诏太乐、总章、鼓吹增修杂伎,造五兵、角觝、麒麟、凤皇、仙人、长蛇、白象、白虎及诸畏兽、鱼龙、辟邪、鹿马仙车、高絙百尺、长趫、缘橦、跳丸、五案以备百戏。大飨设之于殿庭,如汉晋之旧也。"对此,《历代职官表》认为:"魏收《乐志》载:太祖天兴六年,诏太乐、总章、鼓吹增修杂技,是三乐并建,与前代相同。太和中惟置太乐官,盖当兼领总章、鼓吹也。"②说明太祖道武帝时期设总章乐署,至太和中以太乐兼领总章及鼓吹乐事③。

考《魏书·官氏志》,北魏孝文帝太和中,诏集群僚重新议定百官及其名号,其音乐职官:协律中郎,从第四品下;协律郎,从第五品上。方舞郎庶长,从第五品上;方舞郎,从第六品中。太乐祭酒,第五品中;太乐博士,第六品下;太乐典录,从第七品下;秘书钟律郎,右从第六品上。

依此,孝文帝时不设总章机构及乐官,而是设置方舞郎庶长、方舞郎之官。此职官的品秩也颇高。其具体职能史籍却没有记录。"庶长"一职,始设于北魏建国前昭成帝(拓拔什翼犍)为代国国王时,主要管理四方归服的人。《魏书·官氏志》载:"(昭成帝)其诸方杂人来附者,总谓之'乌丸',各以多少称酋、庶长。"方舞指四方之舞。《魏书·冯氏传》说:"太后曾与高祖幸灵泉池,燕群臣及藩国使人、诸方渠帅,各令为其方舞。"北魏庶长的主要职能是管理四方之人。依此推之,方舞郎庶长、方舞郎的职能,应是管理四方乐舞杂伎。道武帝曾大量吸纳四方之乐,在天兴六年时下诏归之太乐、总章、鼓吹乐署。至太和年间,雅乐残阙,四方歌舞多增列太乐。《魏书·乐志》说:"太和初,高祖垂心雅古,务正音声。……于时卒无洞晓声律者,乐部不能立,

---

① 有研究者认为总章有三种用法:一为乐官名,二为乐舞机构名,三为乐曲名。参李方元、李渝梅:《北魏宫廷音乐机构考》,《音乐研究》1999年第2期,第41页。按:笔者认为,陛步、总章、八佾舞与文中所谓送神曲,应是泛指一类音乐,并非乐章的专名。

② (清)纪昀:《历代职官表》卷十"乐部",上海古籍出版社1989年影印武英殿本,第198页,199页。

③ (清)纪昀:《历代职官表》卷十"乐部",上海古籍出版社1989年影印武英殿本,第198页,199页。

其事弥缺。然方乐之制及四夷歌舞，稍增列于太乐。金石羽旄之饰，为壮丽于往时矣。"太和年间定设方舞郎庶长、方舞郎，职掌诸乐舞杂伎，无疑是为适应这一时期四方乐舞发展的需要。换言之，孝文帝时期的方舞庶长及方舞郎，在一定程度上取代了过去的总章乐官掌管其舞乐杂伎的职能。

  北齐乐府职官，主要有太乐、鼓吹署令及清商部丞等。过去的总章之乐分属太乐、鼓吹两部。据《隋书·百官志中》，北齐设"都兵"一职，掌鼓吹、太乐、杂户等事。又说："太常，掌陵庙群祀、礼乐仪制……协律郎、二人，掌监调律吕音乐……太乐，掌诸乐及行礼节奏等事……鼓吹，掌百戏、鼓吹乐人等事……太乐兼领清商部丞，掌清商音乐等事。鼓吹兼领黄户局丞，掌供乐人衣服。"至北周依《周礼》置礼乐职官，总章之官遂阙。

  结合以上论述，我们对总章可以做出以下解释：先秦时就有总章之名。两周之时，总章成为明堂西堂的专称，并用以祀白帝。总章作为明堂西堂的称名，与"西方总万物，章明之"意义大体一致，体现了周秦时代"西方总万物"、西堂命事"取万物之成功"的方位文化观念。郊祀、宗庙及部分朝会舞乐具有彰明祖宗功德的礼仪功能，而在郊庙、朝会等礼仪用乐中，合乐兴舞往往居于乐节之末，具有总其成的涵义，这使得郊祀、宗庙中的礼仪乐舞与作为明堂西堂的总章具有了相似的文化内涵。也正是在此文化背景下，总章遂被用作管理宫廷乐舞的职官及乐舞机构之名。东汉始设总章乐官，盖为东汉大予令属官乐其主要职能是掌管郊祀、宗庙祭祀，以及殿庭宴飨的佾舞之乐，同时，也掌管佾舞人员的选拔、管理、训练以及舞制的编排。曹魏时期设总章戏马监是掌管戏马台观、戏马杂技及相关歌舞娱乐事务的职官。魏明帝修建总章观，用以容纳后宫才人和女伎，并用以收藏音乐典籍，这与总章作为乐官的性质相联系。西晋时期，泰始年间大兴礼乐，乐府分置总章、太乐、鼓吹、清商乐署。晋室南迁，由于礼乐、器物、乐人残阙，出现了由太乐、鼓吹署兼掌总章乐事的局面。刘宋时建立起了较完备的总章职官体系，在后宫设置完备的总章女官，反映了这一时期总章伎乐的迅猛发展。南齐多因袭刘宋制度，也设有总章乐官。梁代在刘宋及南齐的基础上，进一步完善了总章职官制度建设，使总章机构的管理体制趋于完备。北魏初职官设置多依汉晋之旧，总章、太乐、鼓吹三署并立。但是孝文帝时，随着大量方制之乐及四夷歌舞不断涌入，北魏的宫廷音乐结构发生了巨大变化。加之，北魏泰始以后百官建制又多随事立名，孝文帝太和年间设立方舞郎庶长及方舞郎掌管日趋繁盛的四方之乐，二者基本取代了前代的总章之官，总章伎乐盖止于礼仪雅乐。北齐、北周承北魏而来，不设总章之官。隋、唐两代，诸乐舞杂技分属太乐、鼓吹及诸乐部分掌，总章遂不以名官。

（作者单位：中国社会科学院文学研究所）

论清代乾嘉诗坛对汉代诗歌的接受

胡小林

一、问题的提出

清代乾嘉诗坛是中国诗歌史上唐宋诗之争最为激烈的时期，各个流派在宗唐、宗宋的问题上各执一端，认为古诗亦应宗法唐、宋，遑论近体。其实，在乾嘉诗坛唐宋诗之争的表象之下，还隐藏着诗坛对汉代诗歌的接受。那么乾嘉诗坛对待汉代诗歌态度如何？乾嘉诗坛接受汉代诗歌的方式有哪些？乾嘉诗坛接受汉代诗歌的最终原因是什么？乾嘉诗坛接受汉代诗歌对于清代诗学建构而言有何意义？影响如何？这些均是清代诗学研究不可回避的问题。

二、回溯清初诗坛对汉代诗歌的认知

受到明前、后七子及云间派宗法汉魏六朝以及盛唐诗歌的复古诗学思潮影响，整体而言，清初诗坛对待汉代诗歌的态度，虽然经历了一个由热到冷的过程，但基本上是肯定的。

清初诗坛对汉代诗歌最早提出肯定态度的是西泠派，西泠派的复古诗学主张与云间派相近，认为汉代诗歌是《诗三百》风、雅精神的再现，而汉乐府和文人五言古诗是当之无愧的古诗学习典范和法则，柴绍炳在《西泠十子诗选序》中说："考镜五言，气质为体。俳丽存古，仰逮犹近；浏亮为工，失之逾远。"①西泠派之后，虞山诗派钱谦益亦对汉代诗歌持肯定态度："《三百篇》变而为《骚》，《骚》变为汉、魏古诗，根柢性情，笼挫物态，高天深渊，穷工极变……今不读古人之诗，不知其言志永言真正血脉，而求师于近代，如躄人之学步，如伧父之学语，其不至于胃足沓舌者，则亦鲜矣。"②钱谦益在强调学习古人的重要性的同时，也非常注重自成一家，不能如同前、后七子拟古不化。王夫之也认为汉代诗歌是《诗三百》的最好继承者："汉、魏以还之比、兴，可上通于《风》《雅》。"③钱谦益和王夫之甚至认同明李攀龙的观点，认为五言古诗以汉魏为宗，否定唐及以后的五言古诗。清初诗坛吴伟业、宋琬、施闰章、朱彝尊等名家对待汉代诗歌的认识，与钱谦益、王夫之的观点大致相同。

康熙诗坛，以王士禛为代表的格调派独尊盛唐诗歌。其实，即便是格调派的领袖人物王士禛，也不排斥举汉代诗歌："夫诗之道，有根柢焉，有兴会焉，二者率不可得兼。镜中之象，水中之月，相中之色，羚羊挂角，无迹可求，此兴会也。本之《风》《雅》以导其源，沂之楚《骚》、汉魏乐府诗以达其流，博之《九经》《三史》、诸子以穷其变，此根柢也。"④认为汉代诗歌是诗歌流变史上不可缺少的一部分，亦为诗之根柢。王士禛本人学诗便笼盖百家，囊括千载，尤其奉汉代诗歌为圭臬。但是，格调派的后学并没有领悟王士禛的诗学思想真谛，非盛唐诗歌不学，抛弃了汉魏古诗。

康熙诗坛对于汉魏古诗的丢弃，不单是格调派，还有以吴之振、汪琬、叶燮之代表的宋诗派。这从王士禛《鬲津草堂诗集序》所论可以略知一二："三十年前，予初出交当世名辈，见夫称诗者，无一人不为《乐府》，《乐府》必汉《铙歌》，非是者弗屑也；无一人不为《古选》，《古选》必十九首《公宴》。非是者不屑也。予窃惑之，是何能为汉魏者之多也？历六朝而唐宋，千有余岁，以诗名其家者甚众，岂其才尽不今若耶？是必不然。故尝著论，以为唐有诗，不必建安、黄初也；元和以后有诗，不必神龙、开元也；北宋有诗，不必李、杜、高、岑也。二十年来，海内贤知之流，矫枉过正，或乃欲祖宋而

---

① （清）毛先舒：《西泠十子诗选》卷首，清顺治刻本。
② （清）钱谦益：《有学集》卷十七，上海古籍出版社1996年版，第759页。
③ （清）王夫之著，戴鸿森笺注：《薑斋诗话笺注》卷一，人民文学出版社1981年版，第1页。
④ （清）王士禛著，张宗柟辑：《带经堂诗话》卷三，人民文学出版社1963年版，第78页。

桃唐，至于汉魏《乐府》《古选》之遗音荡然无复存者。江河日下，滔滔不返，有识者惧焉。"①

这段论述透露出两个信息：第一，清初诗坛对代汉代诗歌的态度经历了一个由热到冷的过程，从建朝之初的非汉诗不屑，到康熙年间汉诗之遗音荡然无存。当然，这个过程也伴随着清诗从模拟因袭到力图创新的探索历程。第二，清初诗坛虽然不满于全然因袭之风，但又不免矫枉过正，或完全摒弃古人，或另辟蹊径，寻找其他可以模拟的典范，如祖宋桃唐，以至于汉诗遗音无复存在。可见，作为康熙诗坛的领军人物，王士禛对于清初诗风的嬗变有着清醒的认识，尤其对汉魏古诗经典地位的被颠覆将会对诗风走向造成的后果而忧惧。

正是在清初汉代诗歌遇冷的情况下，陈祚明编纂了《采菽堂古诗选》。其编纂的目的就是要拓宽格调派独尊盛唐诗歌的狭隘学诗门径，为清代学诗者追寻诗歌的真正源头和典范即汉代诗歌："今为近体如不读古诗，见不高，取材也狭隘。……予亟表古诗、示准的，学者游息其中，譬寻河得源，顺流而下至溟渤，盖无难焉。"②对于汉代诗歌，陈祚明最为推重的还是《古诗十九首》："《十九首》所以为千古至文者，以能言人同有之情也。"③

费锡璜继陈祚明之后继续为汉诗张目，他在《汉诗总说》中首先肯定了汉诗在中国诗歌史上的地位及独特的艺术个性："《三百篇》后，汉人创为五言，自是气运结成，非人力所能为。故古人论曰：'苏李天成，曹刘自得。'天成者，如天生花草，岂人剪裁点缀所能仿佛；如铸就钟镛，一丝增减不得。"④汉诗上承《诗三百》，下启魏晋及唐宋诗歌，是诗歌史上的关键一环，后世诗人即便是盛唐杜甫、李白，皆从汉诗中获得启发。因此，费锡璜对清初诗坛祖宋桃唐的诗风颇为不满，进而指出学诗的正确路径当为："学诗须从第一义着脚，如立泰华之巅，一切培塿，皆在目中。何谓第一义？自具手眼，熟读楚骚、汉诗；透过此关，然后浸淫于六朝、三唐，旁及宋、元、近代，此据上流

---

① 吴宏一等：《清代文学批评资料汇编》，台湾成文出版社1978年版，第289—290页。
② （清）陈祚明：《采菽堂古诗选》卷首，《续修四库全书》第1590册，上海古籍出版社2002年版，第584页。
③ （清）陈祚明：《采菽堂古诗选》卷三，《续修四库全书》第1590册，上海古籍出版社2002年版，第642页。
④ 丁福保：《清诗话》，上海古籍出版社1999年版，第943页。

法。单从唐人入手,犹属第二义,况入手于苏、陆乎?"①汉诗的声韵格调浑然天成,典质朴奥,是一味追求句法、字法技巧的魏晋乃至唐、宋诗人无法望及项背的,是当之无愧的学诗入门典范。需要指出的是,费锡璜的《汉诗总说》虽然在清初诗坛的影响甚微,但它对于清代中后期诗风的走向无疑起到了导向作用。

三、乾嘉诗坛对汉代诗歌的认同与张扬

乾嘉诗坛基本上继承了明末清初的诗学复古思潮,对于汉代诗歌持以认同态度,并从诗歌的本体特质和教化功能两个方面同时入手,进一步张扬汉代诗歌,这主要体现乾嘉诗坛各个流派领袖人物中的诗论中。

格调派领袖沈德潜对于汉代诗歌的推崇,集中呈现于其诗选《古诗源》。沈德潜说:"诗至有唐为极盛,然诗之盛非诗之源也。"②《古诗源》编选目的就在于追溯诗之源头。沈德潜认为汉乐府是《诗经》之《风》《雅》《颂》的再现:"《安世房中歌》,《诗》中之《雅》也。《汉武郊祀》等歌,《诗》中之《颂》也。《庐江小吏妻》《羽林郎》《陌上桑》等篇,《诗》中之《国风》也。"③又曰:"《十九首》大率逐臣弃妻,朋友阔绝,死生新故之感。中间或寓言,或显言,反覆低徊,抑扬不尽,使读者悲感无端,油然善入,此《国风》之遗也。"④从上古、先秦两汉到魏晋六朝,沈德潜从史家角度勾勒先唐诗歌的发展脉络,试图寻找诗歌的源头,从而在清代诗坛恢复《诗》的风雅精神和温柔敦厚的艺术特质,迎合乾嘉统治者在思想文化领域对儒学的尊崇。《古诗源》也的确起到了引领乾嘉诗风的作用:"(沈德潜)选《古诗源》及三朝诗《别裁集》以标示宗旨,吴下诗人翕然从之。受业者,其初以盛锦、周准、陈樾、顾诒禄为最著。其后则有王鸣盛、王昶、钱大昕、曹仁虎、黄文运、赵文哲、吴

---

① 丁福保:《清诗话》,上海古籍出版社1999年版,第944页。
② (清)沈德潜:《古诗源》卷首《序》,中华书局1963年版。
③ (清)沈德潜:《古诗源》卷首《例言》,中华书局1963年版。
④ (清)沈德潜:《古诗源》卷四,中华书局1963年版,第92页。

泰来之'吴中七子'……乾、嘉以来之诗家,师传之广,未有如德潜者。"①

浙派领袖厉鹗并没有明确的认同汉代诗歌的言论,但他在清代诗坛宗唐宗宋莫衷一是之际,以其在唐宋诗之争问题上的通达见解为浙派指出向上一路,由此可以管窥他对汉诗的态度。厉鹗有意跳出了诗派论的困局,提出诗体论:"诗不可以无体,而不当有派。诗之有体,成于时代,阙乎性情,真气之所存,非可以剽窃似,可以陶冶得也。是故去卑而就高,避缛而趋洁,远流俗而向雅正,少陵所云'多师为师',荆公所谓'博观约取',皆于体是辨。众制既明,炉鞴自我,吸揽前修,独造意匠,又辅以积卷之富,而清能灵解,即具其中。盖合群作者之体而自有其体,然后诗之体可得而言也。"②诗体论相对于诗派论而言,更加持中公允,尤其是在解决模拟复古与自我创新之间的矛盾上,诗体论允许诗人可以熔铸古今百家之体而自成一体,这与宗唐宗宋偏狭的诗派论更加符合学诗的客观实际。由此不难看出厉鹗诗学观融通包容的特质,那么可以推论厉鹗对于自《诗经》以至汉代诗歌所形成的温柔敦厚的传统诗风,基本是认同的,这从袁枚以《诗》之《风》《雅》对厉鹗进行批评可以得到印证:"小雅才兼大雅才,僧虔用典出新裁。幽怀妙笔风人旨,浙派如何学得来。"③相对于厉鹗,浙派杭世骏对待汉代诗歌的态度要更加明确:"然则诗人言诗,徒盛称夫唐宋,而未博观夫六朝汉魏以迄自前古,皆自弃于高听,无涉于文流者也。"④直接批评了宗唐宗宋者固步自封的诗学观念,指出诗歌的源流是不可截断的,否则只能本末倒置,不得其门而入。

乾隆三十年(1765)以后,格调派与浙派的影响渐趋式微,性灵派与肌理派先后崛起,新的二元鼎立格局在诗坛形成,袁枚与翁方纲相继成为诗坛的新盟主。袁枚的诗学观相对于沈德潜和厉鹗而言显得更为通达:"夫诗,无所谓唐、宋也。唐、宋者,一代之国号耳,与诗无与也。诗者,各人之性情耳,与唐宋无与也。若拘拘焉持唐宋以相敌,是子之胸中有已亡之国号,而无自得之

---

① (清)徐珂:《清稗类钞·文学类》,中华书局1984年版,第3900页。
② (清)厉鹗:《樊榭山房集·文集》卷三,上海古籍出版社1992年版,第735页。
③ (清)袁枚著,顾学颉校点:《小仓山房诗集》卷二十七,上海古籍出版社1988年版,第689页。
④ (清)杭世骏:《道古堂文集》卷八,《续修四库全书》第1426册,上海古籍出版社2002年版,第275页。

性情，于诗之本旨已失矣。"①赵翼对当时诗坛争唐论宋的现象尤为不满："宋调唐音百战场，纷纷唇舌互雌黄。此与世道何关系，竟似儒家辟老庄。"②张问陶也说："文章体制本天生，祗让通才有性情。模宋规唐徒自苦，古人已死不须争。"③可见，"无分唐宋"诗学包容共存之观念，实为性灵派人的共同主张。在包容共存的诗学思想指导下，性灵派对于汉代诗歌的价值，自然是非常肯定的，亦认为汉代诗歌是学诗的入门之径。袁枚认为："诗虽小技，然必童而习之，入手先从汉、魏、六朝，下至三唐、两宋，自然源流各得，脉络分明。"④主张学诗兼融各朝各家，而不能偏囿于一隅。薛雪在《一瓢诗话》中则说："即有胸襟，必取材于古人，原本《三百篇》、楚《骚》，浸淫乎汉魏六朝唐宋诸大家，皆能会其指归，得其神理。以是为是，正不伤庸，奇不伤怪，丽不伤浮，博不伤僻，决无剽窃吞剥之病矣。"⑤薛雪是叶燮的门生，这段论述其实师承了叶燮《原诗》的观点，认为学诗者当沿波讨源，始可得诗之本，而汉代诗歌是诗歌源流中重要组成部分，亦是学诗的典范之作。

　　以翁方纲为代表的肌理派继吴之振之后，以宋诗为宗，强调义理、文理与学问之于诗歌的重要性。同时，他也强调诗歌创作当然应该学古，但他认为今人写诗不能泥古，尤其不能偏执于一家一代诗的格调，必须转益多师，这明显是吸取了明前、后七子字拟句摹的失败经验。他在《格调论》中说："古之为诗者皆具格调，皆不讲格调，格调非可口讲而笔授也。唐人之诗未有执汉魏六朝之诗以目为格调者，宋之诗未有执唐诗为格调，即至金元诗亦未有执唐宋为格调者。独至明李、何辈乃泥执《文选》体，以为汉魏六朝之格调焉；泥执盛唐诸家，以为唐格调焉。于是不求其端，不讯其末，惟格调之是泥。于是上下古今只有一格调，而无递变递承之格调矣。"⑥叩见，在翁方纲的诗学建构中，汉代诗歌被纳入到中国诗歌格调变迁史之中，认为汉代诗歌也是中国诗歌格调

---

① （清）袁枚著，顾学颉校点：《小仓山房文集》卷十七，上海古籍出版社1988年版，第1506页。
② （清）赵翼著，李学颖点校：《瓯北集》卷四十八，上海古籍出版社1997年版，第1233页。
③ （清）张问陶：《船山诗草》卷十一，中华书局2000年版，第262页。
④ （清）袁枚著，顾学颉校点：《随园诗话》卷四，人民文学出版社2006年重印版，第123页。
⑤ （清）薛雪：《一瓢诗话》，人民文学出版社1979年版，第91页。
⑥ （清）翁方纲：《复初斋文集》卷八，《续修四库全书》第1455册，上海古籍出版社2002年版，第421页。

的一种，与《诗三百》和唐宋诗的格调相提并论，足见翁方纲对汉代诗歌的重视。肌理派另一代表人物谢启昆在其论诗诗中，大量引用《诗经》和汉乐府的风雅精神来论诗，认为诗歌应具有政治讽谏的外在教化功利作用，与翁方纲的诗歌本体论形成了互补。

  乾嘉诗坛张扬汉代诗歌的方式，主要有诗话著作、诗歌拟作、选本选诗和考评笺释四种方式。（一）诗话著作。乾嘉诗人关于汉代诗歌的诗话著作，主要有沈德潜《说诗晬语》、袁枚《随园诗话》、方东树《昭昧詹言》等。（二）诗歌拟作。乾嘉诗人对于汉代诗歌的学习也主要体现为诗歌的拟作，尤其是对汉乐府和文人五言诗的拟作。乾嘉诗人的拟汉诗之作主要为两类：一是单纯的模拟之作，如沈德潜《拟古》诸篇，明显有模仿《古诗十九首》的痕迹。一类是将汉代诗歌风雅精神内注于诗歌创作之中，如沈德潜《禽言》、郑板桥《孤儿行》等，指刺世事，继承了汉乐府"感于哀乐、缘事而发"的现实主义精神。（三）选本选诗。清代古诗选本在明代的基础上又有较大发展。乾嘉时期的古诗选本主要有沈德潜《古诗源》、张玉谷《古诗赏析》、刘大櫆《历朝诗约选》等。这些古诗选本一方面是乾嘉诗人复古诗学思想的体现，同时又是乾嘉诗人学诗的范本，直接影响了汉代诗歌在乾嘉诗坛的传播和接受。（四）考证笺释。乾嘉诗坛还出现了一大批考证笺释汉代诗歌的学术著作，如闻人倓《古诗笺》、张玉谷《古诗赏析》等。乾嘉诗人具有深厚的小学功底和高超的诗歌鉴赏能力，尤其注重从音韵考辨、义理阐发、本事考正、艺术赏析等角度研究汉代诗歌，与乾嘉朴学遥相呼应。

四、乾嘉诗坛张扬汉代诗歌的原因与意义

  作为中国诗歌史上唐宋诗之争最为激烈的时期，乾嘉诗坛汉代张扬诗歌的原因，主要有以下三个方面：（一）汉代诗歌是中国诗歌流变史之中非常重要的组成部分，是唐宋诗歌达到顶峰的基石。乾嘉诗人意识到了明清以来唐宋诗之争的短处所在，他们继明人之后，将眼光投向中国诗歌流变的历史，跳出明代前后七子对汉代诗歌的误读怪圈，重新发现了汉代诗歌重要价值和地位，并对汉代诗歌进行全新的阐释和接受。（二）乾嘉学风影响所致。乾嘉学人对于

汉代学术尤其是经学和史学推崇备至,而乾嘉学人大多本身就是诗人,在治学之余,自然会对汉代的诗歌产生极大兴趣。乾嘉学人以治经史的态度来研究汉代诗歌,以学人的权威声音来阐释和解读汉代诗歌,一方面对于汉代诗歌的文献整理和辨伪考证工作做出了极大贡献,另一方面对于汉代诗歌的传播和接受起到了积极的推进作用。(三)乾嘉时期儒家诗教的必然结果。自清王朝步入康乾盛世,清初诗坛慷慨悲凉的高歌,便被儒家诗教倡导的温柔敦厚的吟诵所替代,这也正是清王朝统治者期望的结果。乾嘉诗人则将诗歌的功利性提升到与审美性相同的高度,强调"温柔敦厚之旨"是诗歌审美与功利最完美的结合方式,尤其推重以《汉乐府》《古诗十九首》为代表的汉代诗歌,因为它既是汉代儒家诗教的产物,契合了乾嘉时期世运的要求,同时,汉代诗歌温柔敦厚、哀而不伤之美,也与清代文字狱重压之下乾嘉诗人的心灵悸动形成了异代共鸣。

乾嘉诗坛对于汉代诗歌的接受,继承了中国诗歌史对汉代诗歌的一贯褒扬态度,扭转了清初汉代诗歌一度遇冷,诗学发展无根基可依的狭窄格局,保证了乾嘉诗人在唐宋诗之争的大潮下,依然能够清醒地认识到诗歌的源流之别,从而树立诗歌史上真正典范之作,把持住诗歌发展的正确走向,为清代诗学建构提供了可资借鉴的诗学资源。另外,乾嘉诗坛对于汉代诗歌的认同,一直影响到清代后期诗坛。张应昌《清诗铎》专选清人乐府诗,便是对汉代诗歌讽谕、教化精神的极度张扬。刘熙载、王国维则对《古诗十九首》极尽溢美之辞,刘熙载评道:"《十九首》凿空乱道,读之自觉四顾踌躇,百端交集。诗至此,始可谓其中有物也矣。"① 王国维《人间词话》论曰:"写情如此,方为不隔。"② 尤其是清晚期以王闿运为代表的汉魏六朝诗派,其追摹汉魏六朝诗篇的宗旨,与乾嘉诗坛的宗汉之风,形成了异时回应。

(本文于 2016 年 3 月发表在《中国诗歌研究》第十二辑)

(作者单位:湖北文理学院文学院)

---

① (清)刘熙载著,袁津琥校注:《艺概注稿》卷二,中华书局 2009 年版,第 244 页。
② 王国维:《人间词话》,人民文学出版社 1960 年版,第 212 页。

关于《迢迢牵牛星》释读的两个问题
——兼及庾信的《七夕诗》与苏轼的《渔家傲·七夕》词

冷卫国

在中国古代诗歌的释读过程中，经常会遇到语词的训释问题。而语词训释不但是我们对古典诗歌进行阐释的基础，而且往往涉及对文法、篇章的理解。诗歌与散文不同，在散文中，字词之间的语法逻辑结构通常是明晰的，因而也就很少出现歧义。而诗歌则不然，诗歌中的字词之间通常没有明晰[①]的语法逻辑结构，甚至有时要故意打破正常的语言逻辑结构而造成"陌生化"的审美效果。因此，如果说，散文语言的字词排列是线式的，那么诗歌语言的字词排列则是点式的，前者字词之间的逻辑关系是连续的，后者字词之间的逻辑关系是断开的。也正因为如此，前者给读者提供的想象空间往往较为有限，而后者则可以为读者提供更多的想象空间。所以，就此而言，诗歌这一体式也就获得了更大的语言张力——这也就是为什么会造成"诗无达诂"的根本原因。落实到诗歌的语词训释的层面来说，造成语义多歧的根源正在于此。

"古诗十九首"被钟嵘称之为"一字千金"[②]，刘勰则誉其为"五言之冠冕"[③]。其中的"迢迢牵牛星"一诗，在十九首中别具一格，是不可多得的古代诗歌神品。它以思妇的口吻，借天上的牵牛、织女的分离，影写人间的夫妇暌隔的哀怨。"不但表现了离别相思的哀怨，而且给人以具有生活意义的美感，在汉、魏

[①] 《朱自清马茂远说古诗十九首》，上海古籍出版社1999年版，第172页。
[②] （南朝梁）钟嵘：《诗品》卷上。
[③] 《文心雕龙·明诗》。

诗歌中是不多见的。"但是，对于该诗的释读，涉及其中的"相去复几许""盈盈一水间"两句时，却一直存在两歧之说。有鉴于此，实有加以辩说的必要。

一、"相去复几许"——距离远还是近

"河汉清且浅，相去复几许"，在《文选》卷二十九李善注中没有任何注释。其实，这里的"几许"，犹"几何"，即多少的意思。但是，今人对"相去复几许"的解释却存在着两种截然相反的意见。

1. 此处的"几许"表示距离遥远。王运熙、邬国平先生持此说。

王运熙、邬国平先生将"河汉清且浅，相去复几许"译为："一条银河又清又浅，两星相隔可知多么漫长。"[1] 显然，根据译文来看，认为牵牛、织女两星之间的距离是漫长的、遥远的。

2. 另一种意见正好相反，认为此处的"几许"表示距离近的意思。余冠英、马茂元、曹道衡等先生持此说。

以上三位先生的解说，以马茂元先生的解释最为具体。马茂元先生引周密《癸辛杂识》前集："'以星历考之，牵牛去织女，隔银河七十二度。''几许'，犹言几何，谓距离之近。"[2]

现在不少高校通行的袁世硕先生主编的《中国古代文学作品选》，关于该句诗的注释如下："复几许：又能有多远呢？意为不远。"[3]

3. 对两歧之说的去取——如何看待两歧之说？

面临以上的两种不同的解释，究竟应该如何去取呢？笔者认为，联系下句"盈盈一水间，脉脉不得语"来看，牵牛、织女之间的距离并不遥远。李善注："《尔雅》曰：'脉，相视也。郭璞曰：脉脉，谓相视貌也。'"[4] 既曰相视，则牵牛织女之间的距离则并不远。

---

[1] 《古诗一百首》，上海古籍出版社1997年版，第68页。
[2] 《朱自清马茂元说古诗十九首》，上海古籍出版社1999年版，第167页。
[3] 《中国古代文学作品选》，人民文学出版社2002年版，第448页。
[4] 《文选》胡刻本，中华书局1977年版，第411页。

如果说，对以上两种意见还是难以去取的话，那么，我们还可以将"河汉清且浅，相去复几许"这两句诗放到文学接受史的范围内来进行观观察，从而以此来取得一个阐释上的基本参照。笔者认为庾信的《七夕诗》恰好为这一问题的解决提供了一个很好的例证，在此，我们不妨先引证庾信的这首诗——

七夕诗

牵牛遥映水，织女正登车。星桥通汉使，机石逐仙槎。隔河相望近，经秋离别赊。愁将今夕恨，复著明年花。

该诗见于逯钦立《先秦汉魏晋南北朝诗》[1]，不见于清倪璠《庾子山集注》。此处庾信化用了"迢迢牵牛星"的典故，既然在诗中明言"隔河相望近，经秋离别赊"，那么，在庾信看来，"相去复几许"显然是说牵牛织女之间的距离近而不是远。由此，我们可以进一步理解，"河汉清且浅，相去复几许"这两句，表达的正是牵牛、织女咫尺天涯的暌违之苦——愈写其近，倍增其哀，这在诗歌艺术的表现手法上，用的正是反衬之法。反过来，倘若不是如此，而是以其远衬其哀，则艺术效果恐怕就要大打折扣了。在这里，诗人面对浩淼的星空，发出天真的童话之问，以出神入化的简括之笔，传达了无尽的情韵。

"隔河相望近"，本来有两歧之说，但是把这句诗放在文学接受史的范围内，借助庾信的《七夕》诗来看庾信对该句的理解，至此，两歧之说也就涣然冰释了。

二、"盈盈一水间"——"盈盈"所指是"河汉"还是"河汉女"

"盈盈一水间"，《文选》卷二十九李善注对本句无注。对"盈盈"一词，也历来存在两种不同的解释。

---

[1] 《先秦汉魏晋南北朝诗》，中华书局1983年版，第2376页。

1. 一说"盈盈"义为"水清浅貌"，循此理解，则其所指为"河汉"无疑。马茂元、余冠英、曹道衡等先生持此说。

马茂元先生对此的解释是："盈盈，水清浅貌。"除此之外，马先生还在注释中特别指出："与《青青河畔草》篇'盈盈楼上女'义异。'水'，指河汉。"① 显然，马茂元先生意识到了词例的差别问题。

余冠英先生《乐府诗选》选了该诗，但对"盈盈"无注。② 曹道衡先生《两汉诗选》认为，"盈盈"，形容银河"清且浅"的样子。③

袁世硕先生主编的《中国古代文学作品选》对"盈盈"的注释也是"水清浅貌"。④

2. 一说指"盈盈，端丽貌"，据此理解，则该词的具体所指为河汉女。《文选》五臣注、袁行霈先生认为指的是"河汉女"。此处袁先生的依据显然是五臣注。

《文选》五臣注："盈盈，端丽貌。"显然，既曰"端丽"，则所指不是"河汉"明焉。袁行霈先生据此进行了具体的生发，并详细分析了其中的原因。在此，不妨先将袁行霈先生对"盈盈"的解读引录如下：

> "盈盈"或解释为形容水之清浅，恐不确。"盈盈"不是形容水，它和下句的"脉脉"都是形容织女。《文选》六臣注："盈盈，端丽貌。"是确切的。人多以为"盈盈"既置于"一水"之前，必是形容水的。但盈的本意是满溢，如果是形容水，那么也应该是形容水的充盈，而不是形容水的清浅。把盈盈解释为清浅是受了上文"河水清且浅"的影响，并不是盈盈的本意。《文选》中出现"盈盈"除了这首诗外，还有"盈盈楼上女，皎皎当窗牖。"亦见于《古诗十九首》。李善注："《广雅》曰：'嬴，容也。'盈与嬴同，古字通。"这是形容女子仪态之美好，所以五臣注引申为"端丽"。又汉乐府《陌上桑》："盈盈公府步，冉冉府中趋。"也是形容人的

---

① 《朱自清马茂元说古诗十九首》，上海古籍出版社1999年版，第168页。
② 《乐府诗选》，人民文学出版社1954年第2版。
③ 《两汉诗选》，中华书局2005年版，第111页。
④ 《中国古代文学作品选》，人民文学出版社2002年版，第448页。

仪态。织女既被称为河汉女,则其仪容之美好亦映现于河汉之间,这就是"盈盈一水间"的意思。[1]

袁先生由五臣注"端丽貌"生发开来,从"盈"字本义是"满溢"这一基本义项出发,指出这一义项与"河汉清且浅"在文本意义上明显存在着矛盾;然后再谈到"盈"与"嬴"的通假,继而举出《古诗十九首》中的内证,辅之以汉乐府中的"盈盈"作为外证,如同剥茧抽丝,层层推阐,比较周详地论证了"盈盈"指的应该是织女"仪容之美好"这一结论。

关于"盈盈"的词例,除了袁先生所举的例子之外,我们还可以在古诗词中找到更多的例证,以进一步证成以上的结论。

朝来户前照镜,含笑盈盈自看。(庾信《舞媚娘》)

十五嫁王昌,盈盈入画堂。

杳杳神京,盈盈仙子,别来锦字终难偶。(柳永《曲玉馆》)

蛾儿雪柳黄金缕,笑语盈盈暗香去。(辛弃疾《青玉案·元夕》)

凌波仙子生尘袜,水上盈盈步微月。(黄庭坚《王充道送水仙花五十枝欣然会心为之作咏》)

古婵娟,苍鬟素靥、盈盈瞰流水。

侵晨浅约宫黄,障风映袖,盈盈笑语。(周邦彦《瑞龙吟》)

寸寸柔肠,盈盈粉泪。楼高莫近危阑倚。(欧阳修《踏莎行》)

从今袅袅盈盈处,谁复端端正正看。(范成大《鹧鸪天》)

盈盈笑靥,称娇面爱学,宫妆新巧。(朱淑真《绛都春·梅》)

显然,以上所引的"盈盈"词例,其具体含义指的都是人的仪态,与水无涉。

如果说,以上的证据还不充分,如果我们把《迢迢牵牛星》一诗纳入到文学接受史的范围,借助苏轼的《渔家傲·七夕》词,对"盈盈"的理解就可

---

[1] 《汉魏六朝诗鉴赏辞典》,上海辞书出版社1992年版,第148页。

以得到更为明晰的判断。从文学接受的角度上来看，该词与该诗的关系至为密切，因而该词也就尤其值得引起注意。

渔家傲·七夕

　　皎皎牵牛河汉女，盈盈临水无由语。望断碧云空日暮，无寻处，梦回芳草生春浦。

　　鸟散余花纷似雨，汀洲蘋老香风度。明月多情来照户，但揽取，清光长送人归去。[①]

显然，苏词一开始的两句，就分别化用了《迢迢牵牛星》一诗的首尾两句——"迢迢牵牛星，皎皎河汉女"和"盈盈一水间，脉脉不得语"的句意。苏轼对"盈盈"一词的理解，他认为指的是织女之仪态，而绝非是对水的状貌的描写。前面已经指出，《文选》李善注对"盈盈"一词无注，据此，也可从另一个侧面看出《文选》五臣注的传播对苏轼的影响。

三、结论

庾信的《七夕诗》、苏轼的《渔家傲·七夕》词，均在用典中化用了《迢迢牵牛星》的句子。显然，其用典的前提是庾信、苏轼对该诗已有了基本的理解。况且古人的用典，往往要经过对作品进行充分的沉潜涵泳的功夫，以至于达到随手拈来的地步。因此，针对上述两处语词的两歧之说，再通过庾信的《七夕诗》、苏轼的《七夕》词对"迢迢牵牛星"句意的化用，我们可以看出庾信、苏轼对这首诗的理解，从而为我们厘清纷纭之说提供了基本的参照。

正好，这首诗分别有庾信一首诗、苏轼的一首词化用了这首诗的语词或诗意，在古典诗歌的阐释中，有时经常会遇到类似"几许""盈盈"等语词的两歧之说，有时甚至是多歧之说。通过以上的讨论，我们意在说明，对文学作品

---

① 邹同庆、王宗堂：《苏轼词编年校注》，中华书局2002年版，第270页。

的语词训释，通过单纯的语词工具书或单纯的语词解释，就字面来寻求意义，有时是无法解决问题的。在这种情况下，解决此类问题的另一种思路就是把该作品放入到文学史的大背景下，放入到文学接受史的范围内来寻绎历代关于该诗的解释，从而有助于斩断纷纭，彰显更为接近本义的训释。而通过《迢迢牵牛星》一诗的传播以及庾信的《七夕诗》、苏轼的《七夕》词对该诗的接受与化用，从而为解决这两处的歧解提供了一条有效的路径。中国古典诗歌的阐释过程中，这样的例子也在在多有，通过这两个例证，庶几可以起到一定的发凡起例的作用。

（作者单位：首都师范大学文学院）

试论建安时期诗歌创作的代言现象

林大志

建安时期，文人的诗歌创作手法出现了不少值得关注的改变和创新，代言一体的大量出现则是这些改变的表现之一。本文拟就此问题做一些初步的讨论。献帝建安年号起自公元196年，迄至公元220年。然而，文学史上的"建安"与史学意义上的"建安"并不相同，其时间跨度大体达到四五十年，这是学界的基本看法。当然，建安文学的断限时间各方意见不尽一致，但这并不影响我们将其视为一个整体加以研究的现状。

一

建安是一个异彩纷呈的时代，时代和社会出现大的变故，文人集会活动却并未减少，甚至出现了许多新的、值得关注的变化。曹魏集团的邺下之地则尤为热络。其中，以邺下为核心的建安文人创作了一批数量可观的代言之作，这便是一个值得关注的文学现象。试观曹丕《代刘勋妻王氏杂诗》。其一："翩翩床前帐，张以蔽光辉。昔将尔同去，今将尔共归。缄藏箧笥里，当复何时披。"其二："谁言去妇薄，去妇情更重。千里不唾井，况乃昔所奉。远望未为遥，踟蹰不得共。"

此诗题目自标一"代"字，径言非己之情，系代人伤情之作。类似这样诗题有显著标志者，无疑属于代言体一类。该诗源出《玉台新咏》，题为《刘勋妻王氏杂诗二首》，以为王氏自作。题下有小序："王宋者，平虏将军刘勋妻也，入门二十余年。后勋悦山阳司马氏女，以宋无子出之，还于道中，作诗二首。"小序提供了诗歌本事的相关信息。同时，由序中"无子出之，还于道中，作诗二首"之语，确是王氏自作之意。但是，自《艺文类聚》以下，包括《诗纪》《汉魏六朝百三家集》《曹集铨评》等均作曹丕诗，当前学界观点也多从《类聚》。此诗其二（谁言去妇薄），逯钦立先生则主张系曹植之作。参见《先秦汉魏晋南北朝诗》魏诗卷四"魏文帝"诗相关按语。

在建安文人那里，这类代言之作大多并不在诗题中明标"代"字，而须根据诗歌内容来加以分辨。例如，曹丕为人熟知的《燕歌行》二首，其一："秋风萧瑟天气凉，草木摇落露为霜。群燕辞归雁南翔，念君客游多思肠。慊慊思归恋故乡，君为淹留寄他方？贱妾茕茕守空房，忧来思君不可忘。不觉泪下沾衣裳，援琴鸣弦发清商。短歌微吟不能长，明月皎皎照我床，星汉西流夜未央。牵牛织女遥相望，尔独何辜限河梁。"其二："别日何易会日难，山川悠远路漫漫。郁陶思君未敢言，寄声浮云往不还。涕零雨面毁形颜，谁能怀忧独不叹。展诗清歌聊自宽，乐往哀来摧心肝。耿耿伏枕不能眠，披衣出户步东西。悲风清厉秋气寒，罗帷徐动经秦轩。仰戴星月观云间，飞鸽晨鸣声可怜，留连怀顾不自存。"此二首以独守空闺的思妇口吻结构篇章，篇题虽不见"代"字，却是代言体无疑。这两首诗源出《宋书·乐志》，其一又见《文选》。《乐府诗集》"相和歌辞七"收录宋以前《燕歌行》14篇，曹丕诗居首，诗前题解引《乐府解题》曰："晋乐奏魏文帝'秋风'、'别日'二曲，言时序迁换，行役不归，妇人怨旷无所诉也。"像这样的诗篇，内容是以妇人口吻诉怨旷之辞，作者却是贵公子曹丕，故称之为代言体。

类似这样的作品，在建安文人的笔下较为大量地产生，这一现象在之前是没有过的，而这也正是我们有必要重点审视和关注的原因。

何谓代言一体是首先应予厘清的一个问题。这一点学界已有所讨论，但尚未形成普遍接受的一致意见。李军先生《"代言体"辨识》一文："所谓代言体是指诗人代人设辞，假托他人（多为女子）的身份、心理、口吻、语气来创作构思，表面上是诗人代诗中抒情主人公言而实质上是诗中抒情主人公代诗人言的一种诗歌体式、创作模式与表现方式。……'代'人'言'是'代言体'诗最主要最突出最鲜明的特征。"①

　　胡大雷先生论"苏李诗"时曾涉及这一问题："为什么会有代人立言的诗作出现呢？作为主动地代人作诗的诗人来说，社会生活是非常广阔的，诗人在诗中要吟咏自己的事或情，但也要在诗中吟咏别人的事或情。吟咏自己的事或情用第一人称，这当然是可以理解的，吟咏别人的事或情用第三人称，这也是可以理解的。问题在于：吟咏别人的事或情如用第一人称怎么办？会不会与吟咏自己的事或情的第一人称相混淆？当时诗人对此就用这种'代'的方式。"②这是以诗中所使用人称为标准区分代言。他认为现存那7首"苏李诗"并非后人有意伪托之作，而是汉末代人立言的创作风气使然。这一观点对笔者多有启发，只是先生未就代言体界定问题作专节论述。我们这里再略加赘补。

　　窃以为，代言体界定应兼顾作品内容、形式两个方面。代言体存在狭义、广义两种不同情形。此类作品的甄别须具备两个必要条件：第一，作品表达内容（大多为情感抒发）不是作者（诗人）本人之情、之事，而是言他人情、事。作者与抒情主体呈现不同一性。第二，作品使用第一人称的表达方式。不难发现，其时，大量作品言他人他事，符合第一个条件，但使用的人称却是第三人称，是旁观者的全知视角。这样的作品不是代言体。简言之，代言体需同时具备以上两个条件，即使用第一人称言他人他事。此类完全符合条件之作，可称为狭义代言体。

　　然而，审视具体作品我们会发现，实际情况却又并不这样简单，这样整齐划一。试观曹植《七哀诗》：

　　　　明月照高楼，流光正徘徊。上有愁思妇，悲叹有余哀。借问叹者谁？言是宕子妻。君行逾十年，孤妾常独栖。君若清路尘，妾若浊水泥。浮沉各异势，会合何时谐？愿为西南风，长逝入君怀。君怀时不开，妾心当何依。

　　曹植此诗，论者均视之为代言之作。观该诗后半以"妾"之口吻代思妇言

---

①　李军：《"代言体"辨识》，《安顺师专学报》2001年第3期。
②　胡大雷：《中古诗人抒情方式的演进》，中华书局2003年版。

情，似应归入代言之列。然观其前半，却又见"借问叹者谁？言是宕子妻"二句，显然是发问的旁观者身份，是第三人称的形式。就是说，作品使用的人称前后并不一致，中间发生了身份转换，由作者本人转变为所咏思妇。这一类代言之作，仅仅部分内容符合代言标准，与上述狭义的一类有所不同，若以相对宽泛的标准衡量也可勉强归入代言之列。类似这样的篇章我们姑且称之为广义代言体。

代言之作在建安时期集中出现，是文学史上此类作品创作的第一个高潮阶段。按照上述较为狭义的标准统计，建安时期现存代言诗尚有约20首，此外，还有约十篇代言体辞赋存世，如曹丕《出妇赋》《寡妇赋》《永思赋》，曹植《出妇赋》《寡妇赋》《叙愁赋》《愍志赋》《感婚赋》，王粲《出妇赋》《寡妇赋》等。这样，我们可以看到的建安代言体诗赋合计还有近30篇，这无疑是一个不算太小的数字。若从存世作品占比角度而言，这一数量则尤为可观。建安作家现存诗赋总数合计也不过约三百篇（零章残什不计），代言体占了约10%。

我们认为，代言体的出现是相对较晚的事情，是文人诗发展到一定阶段的产物。张衡《同声歌》是现存最早的代言诗。此后的代言之作当属《古诗十九首》和"苏李诗"。当然，这里存在一个前提，即我们赞同《古诗十九首》、"苏李诗"的产生时间为东汉后期甚至末期的观点。一般意义而言，分辨一篇作品是否为代言体，应当以知晓其作者为前提。否则，代言便无从谈起。但是特定情况下对某些作品来说，或也不尽然。《古诗十九首》即属这种情况。我们都知道，《古诗十九首》有约三分之一的诗明显是以闺中女子的口吻来抒写怀抱的，按照一般的推想和普遍接受的观点，这些诗的作者恐怕大多为男性，虽然不能排除少数作品或许的确是女性所为的可能。那么，换一个说法，反过来讲，即使不强调大多数，至少可以肯定的是，十九首中第一人称女性口吻之作不完全是女性作者所为。这样的话，这一些作品则当归入代言体之列。需要指出的是，这一判断是以十九首系文人诗的立场为前提的。这之后，建安时期称得上是文学史上第一个文人诗创作高潮，在这一过程中，代言体表达方式得到较为频繁的使用，作品数量显著增加。

二

代言体集中出现的原因是值得我们思考的一个问题。作者为什么使用代言这一方式，情感表达的需要应该是原因之一。

从作品情感内涵的角度分析，代言之作的情感表达存在两种不同情况：一类是言己之情，一类是代人言情。言己之情的一类，往往是作者因为环境、遭遇所迫，内心情感不便言说或不敢言说，而假托他人口吻间接表达；有时则是作者主动选择这种表达方式有意为之，而并无不便，是作者选择艺术化表达方式的结果。代人言情的一类，往往是作者有感于他人情、事，发而为诗，少数时候也存在受他人请托、代而为文的情况。后世，此类受人请托代而为文之作明显增多，并且开始有人总结其规律。例如《颜氏家训·文章篇》："凡代人为文，皆作彼语，理宜然矣。至于哀伤凶祸之辞，不可辄代。……古人之所行，今世以为讳。"自然，这并非本文的讨论范围，故不赘述。这样概括起来，代言体的情感内蕴便包括以上两大类型四种情况。从现存建安文人作品看，最后一种情形较少，其他三种情形相对较多。受人请托代而为文这一小类，现存似乎只有王粲《为潘文则思亲诗》一首。上引《颜氏家训·文章篇》曾有论及。

从逻辑学角度观之，这样的分类方法还是可行的，但是，在对具体作品相应归类的时候会发现，这一方法实际上存在一些问题。因为面对一篇作品，很多时候我们实际无法准确判定作者的创作本意究竟是什么，是言己之情，还是代人言情。例如前述曹植《七哀诗》，丁晏《曹集铨评》论曰："此其望文帝悔悟乎？"刘履《选诗补注》卷二："子建与文帝同母骨肉，今乃浮沉异势，不相亲与，故特以孤妾自喻，而切切哀虑之也。"赵幼文先生也说，"其意若欲曹丕追念骨肉之谊，少予宽待，乃藉思妇之语，用申己意。"都认为是曹植借孤妾口吻言己之情。应该说，这种可能性是较大的，然而，是否一定是这样，我们没有铁证。再如曹丕《燕歌行》二首，王尧衢《古唐诗合解》卷三认为此诗是"魏文代为北征者之妇思征夫而作"。王夫之《古诗评选》卷一评曰："所思为何者，终篇求之不得。可性可情，乃《三百篇》之妙用。盖唯抒情在己，弗待于物，发思则虽在淫情，亦如正志，物自分而己自合也。"进而有学者认为该诗抒发的是曹丕与曹植在立太子之争的早期备受冷落的自伤之情。[①] 但是我们看曹丕《感离赋并序》："秋风动兮天气凉，居常不快兮中心伤。出北园兮彷徨，望众慕兮成行。柯条憯兮无色，绿草变兮萎黄。脱微霜兮零落，随风雨兮飞扬。日薄暮兮无惊，思不衰兮愈多。招延伫兮良久，忽踟蹰兮忘家。"两相对照可以看出，此赋内容与《燕歌行》很有些相似之处，也许它们创作于同一个时间段也未可知。而其赋前小序说："建安十六年，上西征，余居守，老母诸弟皆从，不胜思慕，乃作赋曰……"曹丕的意思是说，家人从父西征，自己独自留守邺城，心生思亲感伤之情。况且，此时曹丕新拜五官中郎将不久，为副丞相，置官属，境况当不至于很糟糕。那么，其赋其诗的题旨究竟为何，这里罗列的几种情况差距就比较大了。可以看到，用这种方法分析，结合作者生平、环境等相关文献，的确可以做出一些判断，但是由于作品本事等史料的阙失，实际很难保证判断的真实性和准确性，甚至可以说其中往往存在较多的主观推测。其结论往往也就见仁见智，不尽相同了。

当然，文本真实与文本阐释并不是一回事，使用这种方法实现文本接受和文本分析自然是有例可循的。

对于这类作品的观照，情感分析的方法之外，或有必要从艺术的角度给予审视。从这一角度分析，代言体可以说是建安文学渐趋文人化的一个表征，是文人诗逐步成熟的反映，是建安文人对艺术化表达方式主动选择的结果。

在艺术与技巧的方面，建安文学的前后期发生过较为显著的变化，作品的艺术特征存在明显差异。诗歌领域，其特点或可概括为直抒胸臆的诗人之诗向注重形式技巧的文人之诗的初步转变。这种变化，将曹操与丕、植兄弟之作加以对比可以看得较为清楚，将建安七子早期创作与他们归附曹氏、迁居邺城时期的创作相比同样不难看出其中的分别。例如，吟咏同一个事件，曹操的《薤露行》和曹植的《惟汉行》《薤露行》就有明显不同。曹操歌曰："惟汉二十世，所任诚不良。沐猴而冠带，知小而谋强。犹豫不敢断，因狩执君王。……"曹植《惟汉行》则咏道："太极定二仪，清浊始以形。三光照八极，天道甚著明。……在昔怀帝京，日昃不敢宁。济济在公朝，万载驰其名。"总

[①] 郭娜：《论曹丕的代言体诗》，《现代语文》2007年第4期。

体看，曹操诗铺叙陈述的语言、质朴浑成的风格，与曹植诗偏于雅致，讲究辞采讲究用典的特点呈现着较为显著的差异。

应当指出的是，建安文学的文人化趋向，其特点表现在诸多方面，好用代言手法只是诸多变化的表现之一。其他方面的表现，例如语言上的相对质朴向讲究辞采的转变，乐府民歌向偏于雅化的文人拟作的转变，形式上章法结构的变化创新等，都是这种变化的具体体现。学界这方面成果较多，影响较为广泛者，如徐公持先生《魏晋文学史》的相关论述；近年来所见成果，如张明华等著《曹氏文学家族研究》等。只是这些问题研究成果已经较为丰富，而代言体与这种变化的关系关注则尚不够充分。

三

窃以为，建安文学诸如此类的变化，与这一时期文学集团的快速发展存在较为紧密的内在联系。

邺下文学集团是中古时期为人熟知的一个重要文学群体，在文学史上的地位和作用得到后世的高度评价。曹操以其政治地位、文学才能号令天下，丕、植兄弟紧随其后交相辉映，以父子三人为核心，天下才士纷纷投附，形成了一个规模宏大的文士群体。"其人数超过此前任何文人群体，中国文学史上的一个高潮由此兴起。"[①] 这一群体以曹氏父子为领袖，带有皇室文学集团的色彩。值得庆幸的是，他们不仅个人文学才能出众，对投附文士也多能给予礼遇，文人以及文学在社会上的地位得到提升，一时间形成彬彬之盛的繁荣局面。

"巍巍主人德，佳会被四方。开馆延群士，置酒于斯堂。辨论释郁结，援笔兴文章。"开馆接延群士，堂上欢宴著文，应场的这首《公宴诗》描写的场面想来是对这一群体昔日状貌的真实记录。由现存文献提供的信息可以推知这一文学集团的一些基本情况：游戏宴饮活动频繁；群体性创作行为较为普遍；成员间关系比较亲近、平等。

---

① 徐公持：《魏晋文学史》，人民文学出版社1999年版，第4页。

其一，游戏活动种类多样，例如斗鸡、弹棋、投壶、六博。曹植、应玚、刘桢现存均有《斗鸡诗》。弹棋亦颇盛行，曹丕《与吴质书》："每念昔日南皮之游，诚不可忘。既妙思六经，逍遥百氏，弹棋间设，终以六博……"《典论·自叙》："余于他戏弄之事少所喜，唯弹棋略尽其巧，少为之赋。"据李善注《与吴质书》，弹棋需两人对垒，想来也是丕、植兄弟与众文士之间的游戏。王粲《弹棋赋序》①也曾记录相关活动："夫注心锐念，自求诸身，投壶是也。清灵体道，稽谟玄神，弹棋是也。因行骋志，通权达理，六博是也。"此序原出《太平御览》。《全后汉文》分作《投壶赋序》《围棋赋序》《六博赋序》，俞绍初先生认为"属一篇之序"，题作《弹棋赋序》；并以为"围"系"弹"字之误。曹丕、王粲各存《弹棋赋》一篇，唯王粲的《弹棋赋》作者两见，《艺文类聚》作丁廙，《太平御览》作王粲。邯郸淳现存则有《投壶赋》。

宴饮活动尤为频繁。曹丕《又与吴质书》："昔日游处，行则连舆，止则接席，何曾须臾相失！每至觞酌流行，丝竹并奏，酒酣耳热，仰而赋诗。当此之时，忽然不自知乐也。"三曹七子题为《公宴诗》《宴会诗》的现存即有曹植、陈琳、王粲、应玚、刘桢、阮瑀6首。曹植《侍太子坐》、曹丕《夏日诗》等也都是同类题材内容。王粲《公宴诗》："高会君子堂，并坐荫华榱。常闻诗人语，不醉且无归。"曹植《公宴诗》："公子敬爱客，终宴不知疲。"曹植又有《宴乐赋》，现仅存残句。酒酣耳热，不醉无归，诸如此类的场景在邺下文人的笔下屡见不鲜，此处不必赘言。

其二，邺下文人的群体性创作行为较为普遍。现存三曹七子诸文士的诗赋，相当比例是相互之间的唱和、同题之作。乐府诗不计，唱和之作如王粲《赠杨德祖诗》、刘桢《赠徐幹诗》《又赠徐幹诗》《赠五官中郎将四首》、徐幹《答刘桢诗》、曹丕《见挽船士兄弟辞别诗》、徐幹《于清河见挽船士新婚与妻别》（徐幹此诗，《玉台新咏》作曹丕，《艺文类聚》作徐幹，待考），曹植更有《赠王粲》《赠徐幹》《赠丁仪王粲》《赠丁仪》《赠丁翼》《送应氏二首》等。再如上文所及曹植等三人现存之《斗鸡诗》，陈琳、王粲等六人现存之《公宴诗》，应玚《侍五官中郎将建章台集诗》。曹丕有《芙蓉池作诗》《登城赋》，

---

① 俞绍初辑校：《建安七子集》卷三，中华书局2005年版，第109页。

曹植有《芙蓉池诗》《侍太子坐诗》《娱宾赋》等，陈琳有《游览诗二首》。

　　这些诗赋，有的是两人或数人之间的酬赠行为的记载，有的是集体宴饮、游览行为的描绘，无论哪一类都是其群体性创作行为的反映。我们认为，邺下文人的群体活动，建安前期，曹操为领袖，曹丕、曹植兄弟为核心，建安后期，曹丕为领袖，曹植等为核心。其间的分界可以建安十六年曹丕拜五官中郎将为标志。观曹操集，唱和、公宴之类无一首存世，但这并不能排除其曾参与相关活动的可能。曹丕《登台赋序》："建安十七年春，（上）游西园，登铜雀台，命余兄弟并作。其词曰……"《三国志·魏书·陈思王植传》："时邺铜爵台新成，太祖悉将诸子登台，使各为赋。"可见曹操还是参与了这类创作活动的。此外，邺下文人还创作了数量可观的咏物小赋。从现存文献记载看，其中相当部分是奉命之作。这是一个值得关注的现象。

　　此类诗赋，不妨先用表格的形式略举其要：

序号	作品	作者						
		三曹	七子					其他
1	公宴诗①		曹植	陈琳	王粲		阮瑀	应场	刘桢	
2	斗鸡诗		曹植				应场	刘桢	
3	大暑赋		曹植	陈琳	王粲			刘桢	
4	愁霖赋②	曹丕	曹植		王粲		应场		
5	喜霁赋③	曹丕	曹植		王粲				缪袭
6	西征赋				徐幹		应场		
7	述征赋④	曹丕	曹植		王粲	徐幹	阮瑀		繁钦
8	浮淮赋	曹丕			王粲				
9	登台赋	曹丕	曹植						
10	校猎赋⑤	曹丕			王粲		应场		
11	节游赋		曹植						杨修
12	寡妇赋	曹丕			王粲				
13	出妇赋	曹丕	曹植		王粲				
14	神女赋			陈琳	王粲		应场		杨修
15	止欲赋			陈琳			阮瑀		

续表

序号	作品	作者						
		三曹		七子				其他
16	酒赋		曹植		王粲			
17	弹棋赋	曹丕			王粲			
18	柳赋①	曹丕		陈琳	王粲		应玚	
19	槐赋	曹丕	曹植		王粲			
20	白鹤赋		曹植		王粲			
21	孔雀赋		曹植					杨修
22	鹖赋		曹植		王粲			
23	鹦鹉赋		曹植	陈琳	王粲	阮瑀	应玚	
24	莺赋	曹丕			王粲			
25	玛瑙勒赋	曹丕		陈琳	王粲			
26	迷迭赋	曹丕	曹植	陈琳	王粲		应玚	
27	车渠碗赋	曹丕	曹植	陈琳	王粲	徐幹	应玚	
28	橘赋⑦		曹植			徐幹		
29	悼夭赋⑧	曹丕			王粲			

① 陈琳作《宴会诗》。
② 王粲《愁霖赋》今不存，此据俞绍初辑校《建安七子集》所附《建安七子佚文存目考》。
③ 王粲《喜霁赋》今不存，此据俞绍初辑校《建安七子集》所附《建安七子佚文存目考》。
④ 徐幹作《序征赋》，阮瑀作《纪征赋》。王粲《述征赋》今不存，此据俞绍初辑校《建安七子集》所附《建安七子佚文存目考》。
⑤ 王粲作《羽猎赋》。
⑥ 应玚作《杨柳赋》。
⑦ 徐幹《橘赋》今不存，此据俞绍初辑校《建安七子集》所附《建安七子佚文存目考》。
⑧ 王粲作《伤夭赋》。曹丕《悼夭赋序》云，此赋盖伤其族弟曹文仲，受母命而作。俞绍初辑校《建安七子集》卷三王粲《伤夭赋》按语云："盖粲亦受命而和之。同作者有应玚、杨修等。"然检俞先生辑校《建安七子集》，严可均《全上古三代秦汉三国六朝文·全后汉文》卷四十二《应玚集》、卷五十一《杨修集》，俱无该赋。俞先生《建安七子集》所附《建安七子佚文存目考》考证应玚曾作《伤夭赋》。

此外，曹植有《扇赋》、徐幹有《圆扇赋》，徐幹有《齐都赋》、刘桢有《鲁都赋》、吴质有《魏都赋》。

曹丕《玛瑙勒赋序》："玛瑙，玉属也，出自西域……余有斯勒，美而赋之。命陈琳、王粲并作……"类似该赋这样，丕、植兄弟命某某文士并作的情况十分多见。从这些赋作及相关记载不难推知，相当比例的作品都是命题作文的结果。而且，因年代久远，上述这些多人同题之作，有一些肯定已经散佚不存，这里所胪列出来的，仅仅是当年同题创作的部分篇章。换言之，当时建安文士同题创作的"景象"应远比我们现在看到的情况更为壮观，更为热闹。这是我们可以确认的一个判断。有些篇章已经全部佚失，有些篇章则基本不存，而只留下一篇，甚至一二残句。例如，现存杨修《孔雀赋序》云："魏王园中有孔雀，久在池沼，与众鸟同列。其初至也，甚见奇伟，而今行者莫视。临淄侯感世人之待士，亦咸如此，故兴志而作赋。并见命及，遂作赋曰……"此序明言该赋是受临淄侯曹植之命而作，其他人是否受命同作不得而知，至少曹植同题赋已然不存，只余杨修一赋。但我们可以确认，此赋当时至少有曹植、杨修二人同作。从上表也可看出，同题之作，曹丕、曹植、陈琳、王粲、应玚五人所作存世数量最大。七子之中，或因孔融年辈较早，没有留下同题之作。另外，少量作品系因部分文士早亡，在世文人伤悼其人之作，这样，同题创作的人数自然会有减少。例如《寡妇赋》，系曹丕伤悼阮瑀而作，并命王粲并作。曹丕《寡妇赋序》述及此事。

这样看来，建安文士两人以上同为一题的诗赋现存还有约30篇。这是一个非常可观的数字，也是一个非常值得关注的现象。这一现象在辞赋一体中表现尤为突出。这些赋数量可观且类别多样，节候、纪行、田猎、游览、咏物、哀伤等俱有涉及。并且，大部分人辞赋存世数量并不很大，同题之作却占据了相当的比例。例如建安七子，陈琳存赋13篇，同题之作8篇，占了全部赋作的62%；王粲存赋28篇，同题之作21篇，占了全部赋作的75%；徐干存赋11篇，同题之作4篇，占了全部赋作的36%；阮瑀存赋4篇，同题之作3篇，占了全部赋作的75%；应玚存赋17篇，同题之作8篇，占了全部赋作的47%；刘桢存赋7篇，同题之作1篇，占了全部赋作的15%。此处，统计数据依据俞绍初先生辑校《建安七子集》；存赋数量计算包含存目。"七子"之中，陈琳、王粲、阮瑀三人的同题之作占据现存作品总数的50%以上，应玚同题之作也接近半数。丕、植兄弟的同题赋作在其个人现存辞赋中占比也比较高。由此可以看出，当年建安文士的群体性创作行为是十分普遍的。

其三，集团文士之间的关系比较亲近、平等。这一方面的事例最为我们熟知的当属"吊王粲"的故事了。《世说新语·伤逝》："王仲宣好驴鸣，既葬，文帝临其丧，顾语同游曰：'王好驴鸣，可各作一声以送之。'赴客皆一作驴鸣。"包括曹丕在内的众文士共作驴鸣，这场景似乎颇有几分滑稽。然而，从另一面看，这一举动显然需要建立在成员之间关系亲密平等的前提基础之上。考察建安文士间往来书信的语言、措辞也能发现这一特点。曹丕给刘桢的《借取廓落带嘲刘桢书》，言语间戏谑、玩笑之态溢于言表。曹丕《答繁钦书》，开首便是"披书欢笑，不能自胜"八个字。若非关系亲近，必然不会如此坦率和随意。曹丕与吴质关系密切，展读二人往来书信，忆叙友情，谈论文学，内容多是朋友般推心置腹式的言语方式。曹丕死后，吴质作《思慕诗》寄追怀伤悼之意。刘桢《谏平原侯植书》，劝谏曹植优礼邢颙，措辞也较为大胆而少有顾忌。

这里应当格外关注的是建安文学集团的兴盛所导致的文学创作发生机制的改变。刘勰说："昔诗人什篇，为情而造文；辞人赋颂，为文而造情。"[1] 刘勰所指并非建安，但是，创作上为文造情相对普遍的出现实肇始于建安。

一般而言，情感与创作行为的关系，自然是情感触发在前，创作行为在后，即因情而生文。建安社会乱离，生灵涂炭，诗人忧愁忧思并发而为诗；光阴流逝，青春不再，诗人心生慨叹亦发而为诗。正如《文赋》："遵四时以叹逝，瞻万物而思纷。悲落叶于劲秋，喜柔条于芳春。心懔懔以怀霜，志眇眇而临云。"《诗品序》："气之动物，物之感人，故摇荡性情，行诸舞咏。……若乃春风春鸟，秋月秋蝉，夏云暑雨，冬月祁寒，斯四候之感诸诗者也。"凡此种种，大体都是自觉、自发的创作行为，是情感催生的结果。概言之，是先有情感，后有创作行为。建安时期，此类创作行为无疑仍是主流，然而，与此同时，相反的情况也开始较多出现，即为文而造情。这就使创作发生机制产生了根本性改变。

约略言之，这一时期至少有三类创作属于这种情况。一是一部分代言体诗文；一是以公宴诗为代表的宴饮唱和之作；一是奉命所作之文。在这些场合或条件下，情感体验与审美创造的原发机制出现了重要的变化。例如，在宴会席上创作同题诗赋，诗人对于那一个题目原本可能并无内心的深切感受和情感

---

[1] （南朝梁）刘勰著，范文澜注：《文心雕龙注》，人民文学出版社1958年版，第538页。

触动，也并无什么创作欲望，但是宴会环境这一特定场合，客观上约束其必须在相对短暂的限定时段内完成这一创作活动。王粲《公宴诗》："合坐同所乐，但愬杯行迟……愿我贤主人，与天享巍巍。"应玚《公宴诗》："巍巍主人德，佳会被四方……穆穆众君子，好合同欢康。"浏览这些诗作不难看出，它们并非建立在深挚情感基础上的创作成果，而大多是没有什么深意的应时应景之作。与上述有感而发者相反，这几类情形的创作其共同特点是，并非内心情感触发导致创作冲动，而是创作行为的客观需求迫使创作主体调动情感。即为文而造情。

无疑，这是一个非常重要的变化。魏晋以降直至南渡江左，这类创作行为不是少了，而是愈来愈多起来。作为这种变化的开端，建安显然是一个值得加以关注和重视的阶段。

（作者单位：闽南师范大学文学院）

刘桢的气论及文学实践

谢建忠　孙欢喜

陆厥《与沈约书》和刘勰《风骨》篇皆把曹丕、刘桢的文气说并列而论，文学批评史界多论曹丕文气说的价值意义，却鲜有人关注和深入讨论刘桢的气论。事实上，刘桢气论不仅早于曹丕，而且其"重气之旨"还具有自己的特点和独立的价值意义，也深刻制约着其文学创作。

一、刘桢气论早于曹丕文气说的考述

曹丕的文气说，历来受到人们重视和关注，然而鲜有人关注刘桢的气论及其所产生的时间及背景，这不利于完整地理解和把握建安时期作家雅好慷慨、梗概多气的文学创作发展过程和全貌。事实上，正如刘勰所说，君山、公幹之徒"泛议文意，往往间出"[1]，只不过因刘桢文论散佚过多，也不够集中、系统，故未能引起人们的重视，遑论有人关注刘桢气论产生的时间。

刘桢的气论，散见于各种著述中，姑列如下：

1. 《北堂书钞》卷一百五十一："《诗义问》云：'夫妇失礼则虹气盛。有赤色在上者，阴乘阳气也。'"
2. 刘桢《鲁都赋》："贵交尚信，轻命重气。义激毫毛，怨成梗概。"

---

[1]（南朝梁）刘勰著，范文澜注：《文心雕龙注》下册，人民文学出版社2000年版，第726页。

3.《文心雕龙·风骨》:"公幹亦云:'孔氏卓卓,信含异气,笔墨之性,殆不可胜。'并重气之旨也。"

4.《文心雕龙·定势》:"刘桢云:'文之体指实强弱,使其辞已尽而势有余,天下一人耳,不可得也。'公幹所谈,颇亦兼气。"

第一条见于《毛诗义问》。《隋书·经籍志》载:"《毛诗义问》十卷,魏太子文学刘桢撰。"[①]这条佚文是对《鄘风·蝃蝀》"蝃蝀在东"的经义阐释。刘桢佚文所谓的"阴乘阳气",指阴气凌驾于阳气之上,是"三纲"即从夫妇到君臣的宗法人伦秩序被颠覆的表征。这一条佚文是刘桢对《毛诗》的经学阐释,虽然带着阴阳谶纬学说的神秘色彩,但其以"气"来阐释《鄘风·蝃蝀》具体诗歌意象的观点,却不失为一种理解诗歌时特殊的"气"说。第二条出自刘桢《鲁都赋》残句,所谓"轻命重气"指人的气节,但人的气节本身就是人内在气质品性的构成,这一气质品性就是建安作家雅好慷慨、梗概多气的文学创作之内在原因,不啻也是刘桢重气说及文学观念的自白。至于第三条,刘勰把它与曹丕的文气说并列而总结说"并重气之旨也"。第四条刘勰说"公幹所谈,颇亦兼气"。尽管四条材料各有所指,而且带有"泛议"的特征,但却皆含有"气"的不同层面的意义,这些恰好构成刘桢气论的不同方面。

上述四条材料的作年毫无疑问是在建安二十二年(217)以前的。第一条出自《毛诗义问》,《隋书》卷三十二《经籍志》载"《毛诗义问》十卷,魏太子文学刘桢撰"。前人早已提出质疑,魏文帝始立太子为建安二十二年,刘桢卒于是年,《隋书》称魏太子文学未确[②]。《后汉书》注引《魏志》"桢字公幹,为司空军谋祭酒,五官将文学……转为平原侯庶子"[③],而曹丕为五官中郎将在建安十六年正月[④],可见刘桢从建安十六年起为五官中郎将文学。而曹植始封平原侯在建安十六年正月,建安十九年徙封临淄侯[⑤],可见刘桢在建安十六至十九年期间先为五官中郎将文学后转为平原侯庶子。换一句话说,刘桢以"文学"

---

① (唐)魏徵等撰:《隋书》卷三十二,中华书局1996年版,第916页。
② 俞绍初辑校:《建安七子集》,中华书局1989年版,第340页。
③ (南朝宋)范晔:《后汉书》卷八十下《刘梁传》,中华书局2003年版,第2640页。
④ (晋)陈寿:《三国志》卷一《武帝纪》,中华书局2005年版,第34页。
⑤ (晋)陈寿:《三国志》卷一《武帝纪》注、卷十九《曹植传》,中华书局2005年版,第34、557页。

之职在曹丕手下的时间始于建安十六年，不晚于十九年。由此可定，《毛诗义问》既署名"文学刘桢"，那么完成时间当在建安十六至十九年间。

第二条出自刘桢《鲁都赋》，一般认为作年不详。现存尚有徐幹《齐都赋》。徐、刘两篇赋虽不同程度残缺，但基本脉络和精神大致可见。基本脉络是首起略点鲁、齐都之渊源，接下顺势以铺张扬厉的语言酣畅淋漓地铺叙山川形胜、物产人文，充满自豪昂扬的意气，未见汉赋讽谏的蛛丝马迹。如刘桢《鲁都赋》"邦乃大狩，振扬炎威。教民即戎，讲习兴师"，徐幹《齐都赋》"王乃乘华玉之辂，驾玄驳之骏。翠幄浮游，金光皓旰。戎车云布，武骑星散。钲鼓雷动，旌旗虹乱"，奋发昂扬，颂扬之旨溢于言表。刘勰《诠赋》篇曾评徐幹赋"伟长博通，时逢壮采"，范文澜认为徐幹《齐都赋》："殆彦和所谓时逢壮采者欤？"① 这两篇赋皆有壮采，主题类似，疑或作于同一时间。从刘桢《鲁都赋》的昂扬意气来看，颇与其《射鸢诗》中"我后横怒起，意气凌神仙"的精神近似，《射鸢诗》作于在曹操麾下为司空军谋祭酒时无疑，那么《鲁都赋》或作于同一时期。

第三条出自《文心雕龙·风骨》篇。范文澜注曰："刘桢论孔融文佚。观其语意，推重融文甚至。"② 刘桢论孔融文已佚，刘桢与孔融的关系也无可考，故刘勰所引刘桢推重孔融文气的这一资料就极为珍贵。刘桢论孔融的人品和文气，揣摩公幹文意，似为孔融盖棺定论，而孔融于建安十三年被诛，故刘桢此段文字必作于建安十三年后，最迟不晚于建安二十二年。

第四条存于《文心雕龙·定势》篇。俞绍初据《南齐书》卷五十二《陆厥传》中厥《与沈约书》"刘桢奏书，大明体势之至"语，说《定势篇》此条乃刘桢奏书中语③，不无道理。刘桢作奏书的时间，或在曹操麾下任司空军谋祭酒期间。因其建安十六年转为五官中郎将文学，文学之职乃如郝经《续后汉书》卷六十八下所说"以善诗赋、能文章者为之"，从《续后汉书》卷六十八所载官秩俸禄看，文学的俸禄为百石，《后汉书》也载文学为百石，且位列百官俸

---

① （南朝梁）刘勰著，范文澜注：《文心雕龙注》上册，人民文学出版社 2000 年版，第 150 页。
② （南朝梁）刘勰著，范文澜注：《文心雕龙注》下册，人民文学出版社 2000 年版，第 518 页。
③ 俞绍初辑校：《建安七子集》，中华书局 1989 年版，第 203 页。

禄十六个层级的第十四层级[①]，俸秩很低。从文学的职属和位阶看，上"奏书"似无可能性。

上引刘桢四条材料的作年不迟于建安二十二年，因刘桢卒于是年。该年曹丕被立为太子[②]。《魏书·文帝纪》注引《魏书》"帝初在东宫，疫疠大起，时人彫伤，帝深感叹"[③]，"初在东宫"即初立为太子，"士人彫落"即曹丕《又与吴质书》所说的"昔年疾疫，亲故多离其灾：徐、陈、应、刘，一时俱逝"[④]。《三国志》卷二十一《王粲传》也载"琳、瑒、桢二十二年卒"[⑤]，刘桢卒于建安二十二年无疑。

曹丕的文气说见于《典论·论文》，《典论》的始作年为建安二十二年。《三国志·魏书·武帝纪》载，建安二十二年"以五官中郎将丕为魏太子"，《文帝纪》亦载"二十二年，立为魏太子"[⑥]。《三国志·文帝纪》注引《魏书》"帝初在东宫……与素所敬者大理王朗书曰：'生有七尺之形，死唯一棺之土，唯立德扬名，可以不朽，其次莫如著篇籍。疫疠数起，士人彫落，余独何人，能全其寿？'故论撰所著《典论》、诗赋"[⑦]，这段记载证明了《典论》的始作年为"帝初在东宫"时，即建安二十二年，还表明了作《典论》的动机是有鉴包括刘桢等士人"彫落"，欲立言不朽。在《典论·论文》中，曹丕明确提出孔融等"七子"并驰，"以此相服，亦良难矣。盖君子审己以度人，故能免于斯累，而作论文……融等已逝，唯幹著论，成一家言"[⑧]，也明确说融等六人已逝，其中孔融、阮瑀早逝，王粲、陈琳、应瑒、刘桢皆卒于建安二十二年，唯徐幹仍在。因而《典论·论文》必作于建安二十二年至二十三年春二月之间。俞绍初先生定《典论·论文》作于建安二十二年可谓确论。[⑨]

[①] （南朝宋）范晔：《后汉书》志第二十五《百官二》、志第二十八《百官五》，中华书局2003年版，第3583、3632页。

[②] （晋）陈寿：《三国志》卷一《武帝纪》：建安二十二年冬十月"以五官中郎将丕为魏太子"，中华书局2005年版，第49页。

[③] （晋）陈寿：《三国志》卷二《文帝纪》，中华书局2005年版，第88页。

[④] 傅亚庶：《三曹诗文全集译注》，吉林文史出版社1997年版，第464—465页。

[⑤] （晋）陈寿：《三国志》卷二十一《王粲传》，中华书局2005年版，第602页。

[⑥] （晋）陈寿：《三国志》卷一《武帝纪》、卷二《文帝纪》，中华书局2005年版，第49、57页。

[⑦] （晋）陈寿：《三国志》卷二《文帝纪》，中华书局2005年版，第88页。

[⑧] 傅亚庶：《三曹诗文全集译注》，吉林文史出版社1997年版，第524—525页。

[⑨] 俞绍初辑校：《建安七子集》，中华书局1989年版，第441页。

综上可见，刘桢的气论尽管散见在不同的文献里，但其提出时间要早于曹丕《典论·论文》的写作时间。由此，刘桢的气论在中国古代文论发展史上不无筚路蓝缕之功，尽管其理论形态并不完整。

二、刘桢气论的价值意义

刘桢把"气"这一概念运用于不同的语境，虽然涉及几个方面诸如气与时代、气与人格、气与文学等方面，但都包含着如刘勰《文心雕龙·风骨》所谓"重气之旨"的含义，这些概念和语境构成了刘桢的气论。刘桢的气论对于建安文学重气和曹丕文气说的提出都具有重要的认识价值。

首先是在文学阐释中提出了气与时代政治的关系。清人马国翰《玉函山房辑佚书》据《北堂书钞》卷一百五十一辑录了刘桢的一条佚文：

《诗义问》云：夫妇失礼则虹气盛。有赤色在上者，阴乘阳气也。

这条佚文通过对《毛诗·鄘风·蝃蝀》"蝃蝀在东"的经义阐释，表述了时代政治伦理与特殊的"气"的关系。《毛传》云："蝃蝀，虹也。夫妇过礼则虹气盛，君子见戒而惧讳之，莫之敢指。"[1]把刘桢的佚文与《毛传》对照，有两点值得注意，一是佚文前句"夫妇失礼则虹气盛"同《毛传》，只是把"过礼"改成了"失礼"罢了，把自然现象"蝃蝀"的解释通过"比兴"引向夫妇之礼，此乃典型的《毛诗》经学阐释法。通观《蝃蝀》的《序》《传》《笺》，大意说夫妇男女当按"礼"行事即按照夫妇男女的伦理道德行事，如果越过"礼"的界限而妄自行事，上天将"垂象以见戒"，即呈现鲜明的彩虹来警告，这是"天人感应说"在《毛诗》经学阐释中的应用。二是刘桢佚文的后句承前提出了《毛传》所无的一种新解释：虹霓出现而"有赤色在上者，阴乘阳气也"，阴、阳气的秩序出现了颠倒。阴、阳气秩序，对应经学家所强调的夫妇、

---

[1] （唐）孔颖达撰，李学勤主编：《毛诗正义》卷第三，北京大学出版社1999年版，第204页。

父子、君臣阳尊阴卑、阳上阴下的秩序。①阳气在上、阴气在下的秩序被颠倒，就是社会政治人伦秩序被颠覆的表征，就是国家祸乱降临的表征。正如顺帝时的郎顗所说："白虹春现，掩蔽日曜，凡邪气乘阳，则虹霓在日……此其变常之咎也。"②所谓的"邪气乘阳"就是刘桢所说的"阴乘阳气"，阴气凌驾于阳气之上，是时代政治人伦秩序被破坏的表征，也是国家动乱的表征和警示。刘桢的阐释采用了"气"这一概念，尽管带着谶纬阴阳学说的神秘色彩，但却折射出他对汉末社会政治局势的深刻理解，具有很强的现实针对性。

东汉末桓、灵至献帝约七十余年间，统治集团内部宦官、后戚与皇权的剧烈矛盾，导致了封建人伦君臣、父子、夫妇秩序的混乱，使"阳气在上，阴气在下，故正尊卑之义"③的礼谛受到破坏，导致了朝纲的紊乱和朝政的动荡。桓、灵至献帝时期，虹霓的出现都被人解释为阴气凌驾于阳气之上，预兆着政治伦理秩序的破坏和国家灾难的降临。如灵帝中平六年二月乙未白虹贯日，被解释为："《易谶》曰：'聪明蔽塞，政在臣下，婚戚干朝，君不觉悟，虹蜺贯日。'"④此前的光和元年，也有虹霓降于殿前，大臣杨赐仰天而叹，上书说："《春秋谶》曰：'天投霓，天下怨，海内乱。'……今妾媵嬖人阉尹之徒，共专国朝，欺罔日月。又鸿都门下，招会群小……殆哉之危，莫过于今！"⑤杨赐认为方今内多嬖婢，外任小臣，上下并怨，喧哗盈路，是以灾异屡见，出现虹霓是必然的。他将虹霓的出现解释为现实政治局势混乱的表征，向统治者发出了国家危殆就在眼前的严重警告。无独有偶，在文学领域也有同样的认识，曹操《薤露》"白虹为贯日，亦以先受殃。贼臣持国柄，杀主灭宇京。荡复帝基业，宗庙以燔丧"，认为初平元年出现的虹霓，是贼臣董卓兴乱篡汉导致国家丧乱的表征。总上可见，虹霓出现，阴、阳之气颠倒，是社会现实反常的表征，成为当时许多有识之士认识现实政治动乱之源的共同判断和谶学解释。

---

① （唐）孔颖达撰，李学勤主编：《毛诗正义》，北京大学出版社1999年版，第5页。
② （南朝宋）范晔：《后汉书》卷三十下，中华书局2003年版，第1067页。
③ （南朝宋）范晔：《后汉书》卷三十五，中华书局2003年版，第1195页。
④ （南朝宋）范晔：《后汉书》志第十八，中华书局2003年版，第3373—3374页。
⑤ （南朝宋）范晔：《后汉书》卷五十四，中华书局2003年版，第1779—1780页。

刘桢《毛诗义问》的这条佚文,从接受《毛传》经义解释开始,延伸到以阴阳之气来解释社会政治乱象之因,传递出作者对现实中天下政治局势的忧虑和愤慨之情,以及一种充满社会责任感的慷慨之气。佚文的精神实质与刘勰《时序》篇里的"世积乱离,风衰俗怨,并志深而笔长,故梗概多气也"不无神似之处。

其次是提出了气与人格气节的关系。刘桢《鲁都赋》"贵交尚信,轻命重气。义激毫毛,怨成梗概",提絜出了鲁地儒士"轻命重气"的品格气节。其实,"轻死重气"[①]的品格气节不惟鲁地儒士所独有,也是汉末桓灵献帝时期儒士所崇尚的群体人格,是儒士身上正气、侠气的体现。赵翼《廿二史劄记》卷五"东汉尚名节"条曾说"盖其时轻生尚气已成习俗,故志节之士好为苟难,务欲绝出流辈,以成卓特之行",可谓确论。像陈蕃、李膺、杜密、范滂等党锢之士无不具有一种"正身无玷,死心社稷"的正气品格。李膺临危不去时说"事不辞难,罪不逃刑,臣之节也"[②],为了保持自己为"臣"的气节而毫不畏死。桓、灵帝时期的"三君""八俊""八顾""八及""八厨"等天下名士煽起了慷慨激昂、卓特绝俗的狂澜。《后汉书》卷六十七《党锢列传》载:

> 逮桓灵之间,主荒政缪,国命委于阉寺,士子羞与为伍,故匹夫抗愤,处士横议。遂乃激扬名声,互相提拂,品覈公卿,裁量执政,婞直之风于斯行矣。

海内以"婞直"互相标榜,向靡从风,波及太学生三万余人及诸郡生徒,"轻命重气"的风气影响广远,形成了儒士的群体人格气质,一直延续到献帝时期。

孔融是献帝建安文人中"轻命重气"的典型人物。《后汉书·孔融传》说"融负其高气,志在靖难","若夫文举之高志直情,其足以动义慨而忤雄

---

① (南朝宋)范晔:《后汉书》卷六十七《党锢列传》,中华书局2003年版,第2184页。
② (南朝宋)范晔:《后汉书》卷六十六《陈蕃传》、卷六十七《李膺传》,中华书局2003年版,第2166、2197页。

心……夫严气正性……懔懔焉，皓皓焉，其与琨玉秋霜比质可也"[1]，范晔用"琨玉秋霜"这种高洁的比喻来赞孔融"轻命重气"的人格气节，在《后汉书》里尚属仅见，反映出范晔的推崇之意。

不惟孔融，其实建安文人也多重气节人格。如曹植《七启》《求自试表》《魏德论》等文一方面写出阴阳舛错、四海鼎沸、国势危殆，另一方面表达了"君子""多士"面对国难而"慷慨死难""忧患共之""奋节显义""危躯成仁""重气轻命"，"挥袂则九野生风，慷慨则气成虹霓"[2]，飚扬起一种慷慨激昂的风发义气，展示了汉末儒士以天下为己任、挽狂澜于既倒、拯国家于危亡的悲壮人格。

在这种高扬群体人格气节的时代环境下，在其"处穷困不易其常，在盈溢不变其操"[3]的家风熏陶下，刘桢"辞气锋烈"，崇尚"轻命重气""禀气贞正"[4]的人格气质的形成就并非偶然了。重气轻命的时代精神气候和土壤在孕育刘桢气论形成的过程中具有不可或缺的作用。

再次是提出了人格气质与文学创作的关系。刘桢论气与文学的材料作为刘勰《文心雕龙》论气与文学关系的论据而保存下来。《文心雕龙·风骨》：

> 故魏文称文以气为主，气之清浊有体，不可力强而致。故其论孔融，则云体气高妙；论徐幹，则云时有齐气；论刘桢，则云有逸气。公幹亦云，孔氏卓卓，信含异气，笔墨之性，殆不可胜。并重气之旨也。

刘勰这段话指出刘桢、曹丕的文论皆具"重气之旨"，而且曹丕、刘桢皆甚推崇孔融之文，或称其"体气高妙"，或称其"孔氏卓卓，信含异气，笔墨之性，殆不可胜"。比之曹丕，刘桢的论述更进一步指出孔融之文能够达到这种至胜的境界，与孔融的卓卓异气之间具有因果联系。所谓卓卓异气，就是范

---

[1] （南朝宋）范晔：《后汉书》卷七十，中华书局2003年版，第2264、2280页。
[2] 赵幼文：《曹植集校注》，人民文学出版社1998年版，第11页。
[3] （汉）刘梁：《七举》，见费振刚等辑校《全汉赋》，北京大学出版社1997年版，第544页。
[4] （北魏）郦道元著，陈桥驿校证：《水经注校证》卷一六《縠水注》引《文士传》语，中华书局2007年版，第394页。

晔所说的"负其高气""严气正性",也即张溥所说的"少府诗文,豪气直上,孟子所谓浩然"①之气也。卓卓异气也是孔融文章高情壮采的人格气质根源,正如刘勰《体性》篇所说"气以实志,志以定言,吐纳英华,莫非情性","壮丽者,高论宏裁,乐烁异彩者也"。可见刘桢的文"气"说既为曹丕的"文以气为主"提供了论据,也为刘勰气与风骨的论述和建安文学"志深而笔长,故梗概而多气"的判断提供了论据。

刘桢气论的意义还在于开启了曹丕的文气说。正如上节所述,刘桢的气论产生于建安二十二年以前,而曹丕的《典论·论文》则写成于建安二十二年至建安二十三年春二月之间,两者一先一后构成了一种开启和呼应的关系。这种开启和呼应关系,尽管在刘桢、曹丕的诗文里没有直接的说明,但仍有一些线索可寻。一是刘桢《赠五官中郎将》四首其二"清谈同日夕,情盼叙忧勤"中的"清谈",指清雅的言谈,正如余英时所说"汉末名士之清谈,除人物评论之外,固早已涉及学术思想之讨论矣"②,这至少证明刘桢、曹丕谈论学术思想很投机,从早到晚谈论一些话题不知疲倦,其中也或有谈文论气的交流。二是刘桢、曹丕赞扬孔融文气的观点接近。曹丕《典论·论文》说"孔融体气高妙,有过人者",刘桢说"孔氏卓卓,信含异气,笔墨之性,殆不可胜",曹丕的"体气高妙"与刘桢的"卓卓异气"皆指孔融的文气所达到的高卓境界,在同时代作家中是无人可以企及的。两人的评价皆把体气高妙、异气卓卓作为推崇孔融文章的一条重要标准,绝非偶然,从发表时间的先后来看,曹丕的评价与刘桢的评价在逻辑上不无一定的承传关系。

刘桢的气论与曹丕的文气说自然有同有异。其共同点在于,首次把从先秦以来形成的"气"的多种概念整合改造为文学理论的新概念,并用新概念作为一条重要的评论标准来解释文学的相关问题,表明了文学批评思想的进步,是"文学自觉"的理论体现。其不同点在于,刘桢的气论主张"卓卓异气""势强",强调作家人格气节的清高与文学作品阳刚之气的关系,忽略了文学的多样风格,显得比较片面,比较倾向气盛还导致了其创作如钟嵘所说"仗气爱

---

① (明)张溥著,殷孟伦注:《汉魏六朝百三家集题辞注》,人民文学出版社1963年版,第57—58页。

② 余英时:《士与中国文化》,上海人民出版社1987年版,第325页。

奇""雕润恨少"的不足，刘勰虽然有所肯定刘桢的文气说，但也批评了其片面性；而曹丕的文气说既从总体上讲"文以气为主"，又用文气评论作家作品，既讲"体气高妙"也讲"齐气""逸气""气有清浊"，显然认识到了文学风格的多样性，显得比较全面。此外，刘桢文气说的理论化形态的程度不及曹丕，正如刘勰所说还处于"泛议文意"①的形态；而曹丕文气说的理论化形态的程度更胜一筹，主要得力于其《典论·论文》中对建安文学的理论梳理和总结。

三、刘桢气论的文学实践

刘桢从不同方面描述文气的表征，体现出对重气之旨的理性认识。刘桢把自己的理性认识付诸创作实践，从而形成了如谢灵运《拟魏太子邺中集》所谓的"文最有气"的创作特点。正是基于对气的理性认识，其重气之旨会在文学创作的主题立意、文章体势、表现艺术、结构行文和语言声韵等方面表现出来，从而形成一种文学的气势②。

首先是刘桢诗歌主题立意所表现的重气之旨。其代表作组诗《赠从弟》三首以比体诗的艺术形式抒写自我的人格气节和志气抱负，涌流出作者高情壮思的力量和气势，在展现诗人入世怀抱和高远志向的抒情主题之中充满了人格刚正、志气高扬的阳刚之气。组诗的艺术构思以水边的蘋藻、山上的青松和凌云的凤凰等三个意象群来象征品性的圣洁、人格的刚贞和理想的高远，塑造的人格脱俗超凡，意境的画面从水面移向山巅再飞升云空，诗情画意中充满一种壮逸之气。朱嘉徵评曰"刘文学《赠从弟诗》以勉之，兴高有逸气"③，也与曹丕所说的"公幹有逸气"十分吻合。《赠从弟》其二中人格气节的诗意形象最受评论家好评，姑引全诗如下：

---

① （南朝梁）刘勰著，范文澜注：《文心雕龙注》下册，人民文学出版社2000年10月版，第726页。
② 参考钱志熙《魏晋诗歌艺术原论》："如说刘桢的诗尚气，是指诗中体现的'气势'，它通过感情、结构、骋辞等因素表现出来，是文学风格的范畴，也可以说是美的范畴。"北京大学出版社1993年版，第132页。
③ 郁贤皓、张采民：《建安七子诗笺注》，巴蜀书社1988年版，第220页。

亭亭山上松，瑟瑟谷中风。风声一何盛，松枝一何劲。冰霜正惨悽，终岁常端正。岂不罹凝寒，松柏有本性。

其主题立意虽脱胎于《论语·子罕》格言"岁寒，然后知松柏之后彫也"，但却以五言诗的形式把一种坚贞卓立的气节操守用松柏不屈冰霜严寒环境而刚贞不移、傲然挺立的诗意形象表现出来，产生出理性和情感的审美气势，引起评论家的强烈共鸣。刘勰《文心雕龙·隐秀》赞扬说"公幹之青松，格刚才劲"，可谓建安风骨"骨劲而气猛"的典范之作。钟嵘《诗品》说"魏文学刘桢诗，其源出于古诗，仗气爱奇，动多振绝，真骨凌霜，高风跨俗"，也提絜出了刘桢这类诗歌"仗气"的风格和真骨凌霜的气节人格。这类诗歌创作的主题立意既反映了诗人自觉追求"卓卓异气"的文学实践，也是诗人人格心理无所屈挠、禀气坚贞的阳刚气质的写照。

其次是刘桢文章体势的重气之旨。刘勰《定势》篇曾引刘桢的观点"文之体指实强弱，使其辞已尽而势有余，天下一人耳，不可得也"，并说"公幹所谈，颇亦兼气"，意谓刘桢对文学体势的看法兼有文气说的含义。范文澜下案语说："《抱朴子·尚博篇》云：'清浊参差，所禀有主。朗昧不同科，强弱各殊气。'疑公幹语当作文之体指，实殊强弱，《抱朴子》语或即本之公幹也。"[①]按此理解，文学作品体指强则可产生"辞已尽而势有余"的文势力量。刘桢现存完整的文有《谏平原侯植书》《答曹丕借廓落带书》和《处士国文辅碑》三篇，以《谏平原侯书》为例，则可见其体势的任气条畅。从文体的角度看，按照刘勰的分类，《谏平原侯书》具有"谏"和"书"的特征。

刘勰把"谏"列在《奏启》篇里，对谏、奏文章的"体"有很深刻的见解："谷永谏仙，理既切至，辞亦通畅，可谓识大体矣。"又举东汉杨秉、陈蕃、张衡、蔡邕等和魏代王观、王朗、晋代刘颂、温峤等一系列人谏、奏文章的要旨为例，总说："奏之为笔，固以明允笃诚为本，辨析疏通为首，强志足以成务，博见足以穷理，酌古御今，治繁总要，此其体也。"[②]谏、奏文章为

---

① （南朝梁）刘勰著，范文澜注：《文心雕龙注》下册，人民文学出版社2000年版，第535页。
② （南朝梁）刘勰著，范文澜注：《文心雕龙注》下册，人民文学出版社2000年版，第422页。

达成其陈述的目的，必须具有文章要素的综合，就称之为谏奏文章的"体"，而"立范运衡，宜明体要。必使理有典刑，辞有风轨，总法家之式，秉儒家之文，不畏强御，气流墨中，无纵诡随，声动简外，乃称绝世之雄，直方之举耳"①。在构思创作谏奏文章时，明了其"体"，理正辞严，正气浩然，就能产生不可阻挡的强烈气势。

刘勰的《书记》篇论"书"，要"贵在明决"，"汉来笔札，辞气纷纭"，"史迁之报任安""子云之答刘歆"，"志气盘桓，各含殊采"，"详总书体，本在尽言，言以散郁陶，托风采，固宜条畅以任气，优柔以怿怀"。"书"这一类文章的"体"包含"使敬而不慑，简而无傲，清美以惠其才，彪蔚以文其响，盖笺记之分也"的行文规范，按照这些规范来构思创作，来"散郁陶，托风采"，就能产生出或刚或柔的气势。《书记》篇里还把刘桢的笺列入"笺之为善者"："公幹笺记，丽而规益，子桓弗论，故世所共遗；若略名取实，则有美于为诗矣。"②刘桢的《谏平原侯书》当可入在"笺之为善者"之列。

《谏平原侯植书》的体势属于刘桢所谓"体指强"的一类，文章壮言慷慨，表达明决劲健，颇含阳刚之气：

> 家丞邢颙，北土之彦。少秉高节，玄静澹泊，言少理多，真雅士也。桢诚不足同贯斯人，并列左右。而桢礼遇殊特，颙反疏简。私惧观者将谓君侯习近不肖，礼贤不足，采庶子之春华，忘家丞之秋实。为上招谤，其罪不小，以此反侧。

《三国志·邢颙传》载，邢颙讲法度重德行，曹操令他为曹植家丞，因其"防闲以礼，无所屈挠"而不受曹植礼遇，庶子刘桢因此投书谏劝。《谏平原侯书》行文直率，对比有理有节，态度坦诚，劝谏之旨鲜明。文章中的家丞、庶子在《后汉书·百官志》《舆服志》记载里官阶是并列的，按规定列侯、食邑千户以上者各置一人。而谏书却撇开官阶秩禄的并列，起首便从德行高低着

---

① （南朝梁）刘勰著，范文澜注：《文心雕龙注》下册，人民文学出版社2000年版，第423页。
② （南朝梁）刘勰著，范文澜注：《文心雕龙注》下册，人民文学出版社2000年版，第455—457页。

眼,开门见山地叙述"北土之彦"刑颙的"真雅士"品格,又谦称自己不足以与之并列,形成一重对比,掀起一层波澜。紧接又是一重自己所受礼遇"殊特"而雅士反而"疏简"的对比,以归谬的逻辑推出了又一层波澜,把刑颙所受待遇不当的道理说得无可辩驳。接下再用两组对比直陈自己担忧旁人非议君侯待人不当,第二组对比"采庶子之春华,忘家丞之秋实",正是刘勰所谓的"辞有风轨","彪蔚以文其响","丽而规益",两组对比一质一文,把旁观者非议君侯待人不当而有损君侯礼贤形象的要害凸显了出来。最后三句把招谤之罪归咎于己,己心反侧难安。刘桢《谏平原侯植书》虽为短篇,但却敬而不慑,简而无傲,理正辞畅,词气锋烈,其体所喷涌的气势犹如机发矢直,不可阻挡,令人不得不折服,堪称其"辞已尽而势有余"观点的实践典范。

再次是刘桢诗歌表现艺术的重气之旨。刘桢现存诗歌作品不多,大多为抒情诗。其表现艺术多采用直抒胸臆,方东树评《赠五官中郎将》其二曰"直书胸臆,于此可会",评《赠徐幹》曰"直书胸臆,一往清警"[1],陈延杰则从整体上评价说"公幹诗气特苍郁,直抒怀抱"[2]。有的评论家称这一表现艺术为"质直",如吴淇说"公幹诗,质直如其人,譬之乔松,挺然独立"[3],陆时雍评《赠五官中郎将》"质直详赡"[4]。我们认为,直抒胸臆或者说质直的表现艺术,明显体现在刘桢诗歌直叙、直抒、直议的表达方式上[5],如果移用刘勰《明诗》篇所说的"造怀指事,不求纤密之巧;驱辞逐貌,唯取昭晰之能",来评论刘桢诗歌的特点,那也是十分中肯的。

直叙、直抒、直议是刘桢诗歌常见的表现手法。其诗歌起首部分的直叙,如《公宴诗》"永日行游戏,欢乐犹未央",《赠五官中郎将》其一"昔我从元后,整驾至南乡"、其二"余婴沉痼疾,窜身清漳滨"、其三"秋日多悲怀,感慨以长叹",《赠徐幹》"谁谓相去远,隔此西掖垣",《杂诗》"职事相填委,文

---

[1] (清)方东树:《昭昧詹言》卷二,人民文学出版社1984年版,第78页。
[2] 陈延杰:《诗品注》卷上,人民文学出版社1980年版,第22页。
[3] 《六朝选诗定论》卷六,见河北师范学院中文系古典文学教研组编:《三曹资料汇编》,中华书局1980年版,第352页。
[4] 郁贤皓、张采民:《建安七子诗笺注》,巴蜀书社1988年版,第207页。
[5] 也有论者用钟嵘《诗品》的"直寻"概念来归纳刘桢诗歌的这一表现艺术。参卢佑诚:《由刘桢诗漫话文气》,许昌师专学报1986年第1期。

墨纷消散"等,用叙述的方式直陈诗歌的主题或胸臆的起因,陈祚明的"楚楚直叙,情自宛切,句亦俊快"①,切中了刘桢诗直叙切情俊快的肯綮。直抒情感,指刘桢常在诗中直述表白自己的喜怒哀乐,如《赠五官中郎将》其一"四牡向路驰,欢悦诚未央"、其二"常恐游岱宗,不复见古人",《赠徐幹》"拘限清切禁,中情无由宣""我独抱深感,不得与比焉"等。《赠徐幹》直抒情感,既源于其性格"卓荦偏人"(谢灵运语)和"公幹气褊"(刘勰语),又源于其平视甄氏被刑输作的不幸遭遇,吴淇说"公幹戆直招忌,故独抱深感","所感尤深,要知只是慨愤不平"②。而刘、徐两人为友,"文学相接之道并如气类"③,故刘桢唯向徐幹直白倾述,把长期压抑在心里的"鹡鹆栖翔凤之条,鼋鼍游升龙之渊,识真者所为愤结也"④的不平之气倾述出来。总的看来,哀乐情意的直白倾泄,确有如钟嵘所指出的"仗气"而"雕润恨少"特点。刘桢的直议往往凸显诗歌主旨或诗人胸臆,常体现在疑问、反诘句式的运用上。如《公宴诗》"生平未始闻,歌之安能详",《赠五官中郎将》其三"泣涕洒衣裳,能不怀所欢"、其四"小臣信顽卤,黾勉安能追",还包括有些比兴体中的反诘句,如《赠从弟》三首"岂无园中葵,懿此出深泽""岂不罹凝寒,松柏有本性""岂不常勤苦,羞于黄雀群",《杂诗》"安得肃肃羽,从尔浮波澜"等。无论是直接疑问、反诘句式或者比兴体中的疑问、反诘句式的运用,都是表达诗人心中早已有了答案的意见,借用疑问、反诘句式和语气来引人注意、加强印象,有力地突出己见、启发思考,激起诗歌理性意义的波澜,产生出呼唤读者理解赞同己见的力量和气势。

  第四是刘桢诗文结构行文的重气之旨。刘桢诗文的结构多明快短促,意脉带着锋颖,行文有时节奏紧凑急速,既反映出"公幹气褊"的心理特点,又透漏出"慷慨以任气,磊落以使才"的创作特点。其文如《答曹丕借廓落带书》:

---

 ①《采菽堂古诗选》卷七,见河北师范学院中文系古典文学教研组编:《三曹资料汇编》,中华书局1980年版,第358页。
 ②《六朝选诗定论》卷六,见河北师范学院中文系古典文学教研组编:《三曹资料汇编》,中华书局1980年版,第353页。
 ③(唐)房玄龄等撰:《晋书》卷四十八《阎缵传》,中华书局2003年版,第1355页。
 ④(魏)应璩:《与刘公幹书》,见(清)严可均辑:《全三国文》上册,商务印书馆1999年版,第303页。

桢闻荆山之璞，曜元后之宝；隋侯之珠，烛众士之好；南垠之金，登窈窕之音；罽貂之尾，缀侍臣之帻；此四宝者，伏朽石之下，潜污泥之中，而扬光千载之上，发彩畴昔之外，亦皆未能初自接于至尊也。夫尊者所服，卑者所修也；贵者所御，贱者所先也。故夏屋初成而大匠先立其下，嘉禾始熟而农夫先尝其粒。恨桢所带，无他妙饰，若实殊异，尚可纳也。

事起于曹丕尝赐桢廓落带，其师死，欲借取以为像，写了一封书信嘲桢。刘桢的答书，针对曹丕书"夫物因人为贵。故在贱者之手，不御至尊之侧。今虽取之，勿嫌其不反也"的傲慢嘲谑，警悟辩捷、慷慨陈词、词气锋烈地予以明决的反驳，被《三国志·王粲传》注引《典略》誉为"辞旨巧妙"①。此书的结构简短明快，犹如迅疾出手的飞刀，直毙曹丕的嘲谑于死命。全文主体结构仅两层，第一层从正面立论，直举人间所尊的四宝源于朽石、污泥中，证明其初与至尊本无关系，论述明快淋漓，结论无可辩驳。曹丕嘲谑的立足点"物因人为贵"不攻自破，顿时瓦解。第二层顺势紧承，意脉陡转，先说理后举例，阐明尊贵者所拥有的"服御"乃先由卑贱者所造作，使曹丕的嘲谑"故在贱者之手，不御至尊之侧。今虽取之，勿嫌其不反也"，涣然冰释，反陷于理屈。这两层之间虽急速转折，但意脉一气贯注，理正势足，在简短的答书里产生出难以阻挡的文气。这两层行文多用短句排比，节奏急促，又先以用典后以对比，使得说理自信、气势充沛，充分展现了刘桢其人的"气褊"气质和其文"重气之旨"特征。

其诗的结构行文亦然，如其代表作《赠徐幹》：

谁谓相去远，隔此西掖垣。拘限清切禁，中情无由宣。思子沈心曲，长叹不能言。起坐失次第，一日三四迁。步出北门寺，遥望西苑园。细柳夹道生，方塘含清源。轻叶随风转，飞鸟何翻翻。乖人易感动，涕下与衿连。仰视白日光，皦皦高且悬。兼烛八纮内，物类无颇偏。我独抱深感，

---

① （晋）陈寿：《三国志》卷二十一《王粲传》，中华书局2005年版，第601页。

不得与比焉。

本诗结构启、承、转、合明快，开合劲逸，情景紧凑，反衬张力强烈，把苦闷、思念、不平的急切情感一泻而出，骨劲而气猛，言壮而情骇。正如孙月峰所评："是浅意而写得浓至，劲逸之甚。虽点换转注而气更不住，此所谓气来之调。"① 钟嵘把此诗誉为"五言之警策者也"②，眼光独到。

最后是刘桢诗歌语言声韵运用的重气之旨。许学夷说："公幹诗声咏常劲……如'灵鸟宿水裔，仁兽游飞梁。华馆寄流波，豁达来风凉。''步出北门寺，遥望西苑园。细柳夹道生，方塘含清源。''凉风吹沙砾，霜风何皑皑。明月照缇幕，华灯散炎辉'等句，声韵为劲。"③ 卢佑诚认为许学夷的判断有两个原因，"原因之一是刘桢诗多仄声字的连用。如'灵鸟宿水裔'、'步出北门寺'、'细柳夹道生'、'明月照缇幕'均四仄声连用"，仄声沈浊，短促有力，体现出声韵为劲的连贯气力。原因之二，刘桢诗在节奏上有变化，如许引《赠徐幹》四句"前两句诗节奏是二、三；后两句节奏是二、一、二。同时在节奏的停顿处四声有变化。如'出'是入声字，'望'是去声字，'夹'是入声字，'含'是平声字。"④ 这四字声调运用的效果，正如刘勰《风骨》篇所说"捶字坚而难移，结响凝而不滞"，沉浊有力而又通畅，颇有风力。卢文分析刘桢诗声韵中声劲的特点颇中肯，然而缺失也很明显，忽略了刘桢诗语言"声韵"中"韵"的特点分析。

范文澜引《南齐书·张融传》说韵的语音功能可使"声律协和，文音清婉，辞气流靡，罕有挂碍"⑤，可见声、韵都与"辞气"紧密相连。刘桢诗"声韵"的劲必然包括"韵"的劲。许学夷所引《公宴诗》诗句所押的韵"梁、凉"为阳韵、来母，整首诗所押其他韵是"央（阳韵）、翔（阳韵）、傍（唐韵）、苍（唐韵）、防（阳韵）、塘（唐韵）……详（阳韵）、忘（漾韵）"，这

---

① 于光华：《重订文选集评》，见郁贤皓、张采民：《建安七子诗笺注》，巴蜀书社1988年版，第213页。
② 陈延杰：《诗品注》总论，人民文学出版社1980年版，第5页。
③ （明）许学夷：《诗源辩体》卷四，人民文学出版社1987年第1版，第82页。
④ 卢佑诚：《由刘桢诗漫话文气》，《许昌师专学报》1986年第1期。
⑤ （南朝梁）刘勰著，范文澜注：《文心雕龙注》下册，人民文学出版社2000年版，第556页。

些韵字都归入洪声韵内，洪声韵气强，韵气慷慨激昂，选择这类韵字来押韵自然可满足"慷慨以任气""言壮而情骇"的创作需求。所引《赠徐幹》诗句所押的韵"园、源"为元韵，整首诗所押其他韵是"垣（元韵）、宣（仙韵）、言（元韵）、迁（仙韵）……翻（元韵）、连（仙韵）、悬（先韵）、偏（仙韵）、焉（仙韵）"，这些韵字也归入洪声韵内，响度高，但由于这些押韵字全是平声，黄侃说平声"飞谓平清"，"飞则声扬不还"[①]，所以《赠徐幹》韵脚的声韵表现出劲而扬的不平之气，仍然体现了"慷慨以任气""言壮而情骇"的特点。

刘勰《声律》篇说"声含宫商，肇自血气"，刘桢诗声劲的特点较多源自其"气褊"的心理气质。而刘桢诗韵劲的特点则较多源于其创作时"重气之旨"的追求，刘勰《声律》篇说"韵气一定，故余声易遣"，意谓创作时根据情感表达的需要而选定韵字，整首诗余下的韵字选用就容易了。总起来看，声的运用带有心理气质的要素为多，而韵的选用则较多创作需要的自觉，所以刘桢诗声韵为劲既有"公幹气褊"的心理气质原因，也有"慷慨以任气"的自觉选择，综合形成了诗歌声韵上的重气之旨。

（本文曾发表于《西南农业大学学报》社会科学版 2012 年第 12 期。此次出版有所修改）

（作者单位：重庆三峡学院文学院）

[①] （南朝梁）刘勰著，范文澜注：《文心雕龙注》下册，人民文学出版社 2000 年版，第 558 页。

论汉代寓言诗及与其他文体之关系

王 莉 刘运好

中国寓言诗发轫于先秦，成熟于汉代。魏晋以降，随着文人寓言诗发达，遂使寓言诗成为中国诗歌的类型之一。因此，自20世纪80年代以来，寓言诗研究一直为学界所瞩目。然而，就现有成果看，唐宋寓言诗研究较多，汉代寓言诗研究相对不足；寓言诗本身研究比较充分，寓言诗与其他文体关系研究薄弱。本文在研究汉代寓言诗基本特征的基础上，探讨其与寓言赋、谐隐文以及与其他乐府古辞之间的互相影响和同源共生关系，则可以昭示在文学发展过程中文学诸体之间的相互影响、相互生发的文体学意义以及文学史意义。

一、汉代寓言诗的基本特征

寓言诗是一种诗体的寓言，也称之为寓言故事诗，其特点兼具寓言与诗的双重特点。所谓寓言，学界的界定众说纷纭。公木、陈蒲清、白本松、干焕镛等相关著作都对寓言作为出了不同的界定。一般认为，寓言"是寄托了劝喻或讽刺意义的故事"[①]。因此叙事方式的故事性，意义表达的譬喻性，表现对象的拟人性，叙事人称的虚拟性，是寓言的基本特点。寓言诗既以诗歌为形式，就必然具有以情理为意脉、以意象为构成的诗歌特点。故齐冰至说："寓言诗，

---

① 陈蒲清：《试论中国古代寓言发展及其特色》，《求索》1984年第4期。

是一种通过虚构的故事情节的具体描写以寄托某种思想、理念的诗歌体裁，实际上也可以叫作寓言故事诗。"①

中国寓言诗，以先秦的《诗经·豳风·鸱鸮》及无名氏《龙蛇歌》为发轫，但毕竟数量极少，时至汉代这一诗体趋向成熟。汉代寓言诗今存13首。从创作主体上，可分为民间歌诗和文人拟作两大类型。（一）民间歌诗9首，其中鼓吹曲辞3首皆为铙歌军乐，乃是劝战止战之歌。《朱鹭》歌咏军鼓装饰画之朱鹭，以其"不之食，不以吐"②的食鱼之状，寄寓其不可贪欲噬人的比喻义，而"将以问诛者"则直接责问征战诛伐之人③。《艾如张》以张罗捕雀比喻连年战争，"为此倚欲，谁肯礭室"④，谓如此满足欲望，鸟儿谁还肯在山中礭石上筑室而居？则明确揭示世罗四张，民不得安宁的主题。而《雉子斑》则通过雉子虽然"蛮之以千里"，终于难以摆脱"被王送行所中"，"蛮从王孙行"⑤的悲惨命运。反对战争、揭露战争对生命的戕害以及对社会安宁的破坏，是鼓吹曲辞寓言诗的基本主题。相和歌辞4首，虽曲调有异，或为清调曲，或为瑟调曲，或为相和曲，但主题却也相对集中，或伤"身在洛阳宫，根在豫章山"⑥（《豫章行》）的枝叶离根之苦，"本自南山松，今为宫殿梁"⑦（《艳歌行》）的横遭摧折之痛；或抒"念与君离别，气结不能言"⑧（《艳歌何尝行》）的夫妻生离之情，"乌生八九子，端坐秦氏桂树间"⑨（《乌生》）的母子死别之惨。而透过生离死别的描述，揭露征夫行役之苦痛，批判强暴横行的现实，则成为相和歌辞寓言诗的基本主题。杂曲歌辞虽仅两首，却主题非一，《枯鱼过河泣》是枯鱼

---

① 齐冰至：《早期寓言诗浅说》，《盐城师范学院学报》1985年第4期。
② （宋）郭茂倩：《乐府诗集》卷十六，中华书局1979年版，第226页。
③ 王运熙认为："本诗虽为咏谏鼓，但通篇落笔在鼓饰，紧扣图案中朱鹭之形状，抓住朱鹭吐食鱼儿之特征，达到既传鹭鸟之形，又见作者之意的目的。"（《汉魏六朝乐府诗评注》，齐鲁书社2000年版，第5页）郑文也认为："借题发挥，实讽谏臣。"（《汉诗选笺》，上海古籍出版社1986年版，第2页）笔者认为，此诗乃铙歌军乐，内容与战争有关，与谏臣无关。
④ （宋）郭茂倩：《乐府诗集》卷十六，中华书局1979年版，第227页。
⑤ （宋）郭茂倩：《乐府诗集》卷十六，中华书局1979年版，第231页。
⑥ （宋）郭茂倩：《乐府诗集》卷三十四，中华书局1979年版，第501页。
⑦ （宋）郭茂倩：《乐府诗集》卷三十九，中华书局1979年版，第580页。
⑧ （宋）郭茂倩：《乐府诗集》卷三十九，中华书局1979年版，第577页。
⑨ （宋）郭茂倩：《乐府诗集》卷二十八，中华书局1979年版，第408页。

以自己的悲惨经历,告谕同伴,"斯所以防前之覆辙也"[1];《蜨蝶行》则以蝴蝶遨游而被掳宫中、成为别人口中食的经历,隐喻宫女的悲惨境遇。(二)文人寓言诗,既存于解《易经》之作中,如焦延寿在《易林》中,就创获大量寓言诗[2],还有文人拟作,尚存4首。其中有佚名《古诗》(橘柚垂华实)"委身玉盘中,历年冀见食","人倘欲我知,因君为羽翼"[3] 所表达的渴望知己之情,附翼远蠢之思;朱穆《与刘伯宗绝交诗》"凤之所趣,与子异域。永从此诀,各自努力"[4] 所表达的道不同不相与谋而与之绝交的决绝之情;蔡邕《翠鸟诗》"幸脱虞人机,得亲君子庭。驯心托君素,雌雄保百龄"[5] 所表达的托身得其所、托心得其人的欣喜之情;宋子侯《董娇娆》"何时盛年去,欢爱永相忘"[6] 表达的盛年不再、秋扇见捐的惶恐忧虑等,都带有文人的追求、渴望、忧伤。文人拟作的寓言诗,除了禽言物语的抒情人称的变化以外,与其他文人诗歌几乎没有任何区别,所以这种文人寓言诗至魏晋以后则迅速发展壮大。

由上可见,较之于先秦,汉代寓言诗明显诗歌意味变浓,譬喻现实的功能增强,作者群体得以扩大。具体而言,汉代寓言诗往往选择富有"包孕"的情节片段,叙述节奏具有跳跃性,而不是追求情节的完整,叙述的连贯;所表达的情感不是隐蔽在情节叙事的背后,而是在动植物口中,通过拟人化手法直接表露出来;惟此也使所选择的物象因为浸染着强烈的主观情感,而转化为诗歌意象。在内容上,汉代民间寓言诗涉及社会生活广泛,有揭露,有批判,有讽喻,有箴戒。而文人拟作寓言诗,除《董娇娆》外,则几乎只是文人的理想人格与理想生活的象征。在艺术上,汉代寓言诗既具备寓言的基本构成要素,即故事性、譬喻性,以及表达的拟人性,叙事的虚拟性。即使如《朱鹭》:"朱鹭,鱼以乌。路訾邪?鹭何食?食茄下。不之食,不以吐,将以问诛者。"[7] 描写鼓架上的装饰画,也选择代拟禽鸟叙事,以禽言形式,并在不食不吐、"问

---

[1] 傅璇琮主编:《唐才子传校笺》(第二册),中华书局1989年版,第273页。
[2] 陈良运:《不应忘却的"汉诗一派"——重提焦延寿〈易林〉》,载《中国中古文学研究——中国中古(汉—唐)文学国际学术研讨会论文集》2004年摘要部分。
[3] 逯钦立:《先秦汉魏晋南北朝诗》汉诗卷十二,中华书局1983年版,第335页。
[4] 逯钦立:《先秦汉魏晋南北朝诗》汉诗卷六,中华书局1983年版,第181页。
[5] 逯钦立:《先秦汉魏晋南北朝诗》汉诗卷七,中华书局1983年版,第193页。
[6] 逯钦立:《先秦汉魏晋南北朝诗》汉诗卷七,中华书局1983年版,第199页。
[7] (宋)郭茂倩:《乐府诗集》卷十六,中华书局1979年版,第226页。

诛者"的形态与口吻中构成简单的情节，而不食不吐的形态又具有强烈的隐喻功能。必须补充说明的是，汉代寓言诗，除文人拟作之外，大量属于乐府歌诗，而汉乐府歌诗是表演的艺术，因此汉代寓言诗还具有较强的表演性。综上可知，如果从文学发生的角度考察，寓言诗不仅与寓言有同源共生的关系，而且与寓言赋、谐隐文以及与其他乐府古辞也具有相互影响、同源共生的关系。

二、寓言诗与寓言赋：题材的共生性

寓言诗以动植物为主要描写对象，而寓言赋亦以动植物为主要描写对象。加之诗、赋的文体同源性，共同的题材及其相近的主旨，使寓言诗与寓言赋具有明显的共生关系。此外，汉代描写动植物的咏物赋，虽非寓言体裁，但在题材上或主旨上也与寓言诗形成了交叉的共生关系。

从文学题材上说，在汉代14首寓言诗中，动物类9首，植物类5首。（一）动物类涉及朱鹭、黄雀、野雉、白鹄、乌鸦、蝴蝶、鸥鸟与凤凰、翠鸟、枯鱼。在动物寓言诗中，除以不食不吐的朱鹭斥责"诛者"的贪婪，以及文人拟作所描述的鸥之龌龊与凤之高洁的对比，翠鸟托身得其所、托心得其人的喜悦之情外，主要揭露战争频仍、豪强横行、世俗薄伪给下层弱者所带来的苦难和不幸。（二）植物类涉及白杨、松柏、橘柚、桃李。在植物寓言诗中，文人拟作或表达附翼远翥的政治理想，或表达盛年不再、秋扇见捐的功业难成的忧思，而民间歌诗则主要通过白杨的根株分离之苦，松柏的横遭斧锯之痛，折射了中下层人民在强权政治下欲求自由安宁而不得的背井离乡的悲惨命运。这种取材与主旨表达使寓言诗与寓言赋具有相互生发、相互依存的共生性。

因此，学界研究在研究寓言诗时，特别注意从题材的承继性角度，探讨寓言诗与寓言赋的关系。谭家健《〈神乌赋〉源流漫论》认为："汉代民间文学的真正代表是汉乐府。其中有些禽言诗，让鸟儿做人语，抒人情，反映鸟被人伤及生离死别之恨，与《神乌赋》似可看成同一类型。"[1] 这就注意到描写禽

---

[1] 谭家健：《〈神乌赋〉源流漫论》，《中国文学研究》2008年第2期，第10页。

鸟动物的寓言诗和寓言赋之间的题材共生性。《神乌赋》于1993年3月出土于江苏省连云港市东海县尹湾村六号汉墓中。① 赋文分为两个部分：前半段写神乌和盗乌相争斗，比喻人间的以强凌弱，谴责窃夺，同情反抗。后半段写受伤的雌乌与雄乌对话，有如夫妻永诀，场景凄凉哀伤，颇为动人，其中最见民间特色的是神乌与盗乌的对话场景。"□□发忿，追而呼之：'咄！盗还来！吾自取材，于颇神莱。巳行胱腊，毛羽随落。子不作身，但行盗人。唯就宫持，岂不怠哉！'盗乌不服，反怒作色：'□□汨涌，泉姓自它。今子相意，甚泰不事。'"此段对话中，神乌呵斥盗乌强取豪夺的卑劣行径，盗乌却不以为然，"反怒作色"。据学者研究，该赋作于西汉晚期②。从西汉末年的社会现实来看，此赋暗示了在社会动荡的大背景下，官场腐败，民不聊生，普通百姓饱受苦难的社会现实。无论是叙事人称、叙述对象、故事情节，还是作品的寓意，该赋都是一篇典型的寓言赋。如果与两汉寓言诗比较，《神乌赋》所选取的题材与《乌生》非常近似，而雌乌与雄乌对话又与《艳歌何尝行》的雌雄白鹄的对话："（雄：）吾欲衔汝去，口噤不能开；吾欲负汝去，毛羽何摧颓。（雌：）乐哉新相知，忧来生别离，蹀躞顾群侣，泪下不自知。"③ 也十分相似。虽然由于诗赋两种文体不同的内容容量与表达方式，《神乌赋》情节丰满、结构完整、对话生动，其叙事比《乌生》等寓言诗更为细腻逼真，然而，二者在题材选择及其主旨表达上，无疑具有共生关系。

需要补充说明的是，汉代寓言诗的动植物拟人化的叙事模式，与汉代描写动植物的咏物赋在题材上也具有共生关系。汉代描写动植物的咏物赋大致可以分为两类：一类是直接描写禽鸟动物，如孔臧《蓼虫赋》描述"爰有蠕虫，厥状似冥"④ 的蓼虫；班昭《大雀赋》吟咏从异域进贡"乃凤皇之匹畴"⑤ 的大雀（鸵鸟）；蔡邕《蝉赋》（残篇）赞叹"长鸣而扬音"⑥ 的秋蝉，等等。另一类是托禽鸟动物而言志，如路乔如《鹤赋》通过写鹤来对梁孝王歌功颂德；公孙

---

① 连云港市博物馆：《江苏东海县尹湾汉墓群发掘简报》，《文物》1996年第8期。
② 滕昭宗：《尹湾汉墓简牍概述》《尹湾汉墓简牍释文选》，《文物》1996年第8期。
③ （宋）郭茂倩：《乐府诗集》卷三十九，中华书局1979年版，第576页。
④ （清）严可均：《全汉文》卷十三，商务印书馆1999年版，第125页。
⑤ （清）严可均：《全后汉文》卷九十六，商务印书馆1999年版，第963页。
⑥ （清）严可均：《全后汉文》卷六十九，商务印书馆1999年版，第714页。

诡《文鹿赋》通过写文鹿以自喻诸文士的文质彬彬;赵壹《穷鸟赋》以穷鸟自喻而抒写内心的困境;祢衡《鹦鹉赋》以歌咏鹦鹉来剖白心迹;等等。这两类作品,虽是有情节、有寓意、有拟人,但所采用的几乎都是第一人称的叙述方式,因此不属于寓言赋的范畴。可是,咏物赋的托物言志与文人拟作的寓言诗的以小喻大,如《古诗》(橘柚垂华实)、《翠鸟诗》等,并无本质差异,因此在题材选择及其主旨表达上,也都有明显的共生关系。

可见,以动植物为描写对象的寓言诗与汉代寓言赋,以及文人咏物赋在取材上类似,表现出明显的题材及其主旨的共生关系。所不同的是,托物言志的咏物赋采用的是第一人称,而寓言诗则采用无人称的代拟模式。

三、寓言诗与谐隐文:隐喻的相似性

汉代寓言诗以隐喻为基本艺术表现手法,这与谐隐文的艺术表现手法具有明显的相似性。谐隐即谐辞隐语,原为两种艺术手法,后来逐渐形成一种文体。《文心雕龙》即将谐隐文作为"有韵之文"而单独论列。并非所有的谐隐文都与寓言诗构成共生关系,唯以"谲辞饰说""遁辞隐意"[1]且多以韵语的表现形式,表达讽喻、劝谏、箴戒的寓意的谐隐文,才与寓言诗构成互生的关系。此外,汉代的谶语、童谣虽非谐隐文体,但其辞隐寓意的艺术手法也包含着谐隐的构成元素,与寓言诗亦形成互生的关系。

在寓言诗中,动植物被赋予了人的思想、灵性、感情,"借此喻彼,借小喻大",因此其隐喻已由修辞手法而转化为艺术表现手法。隐喻的艺术表现手法在汉代寓言诗的运用,大致有两种情况。(一)以描写禽言物语隐喻社会现实。或描述禽鸟,如《蛱蝶行》:"蛱蝶之遨游东园,奈何卒逢三月养子燕,接我苜蓿间。持之,我入深紫宫中。行缠之,傅榑栌间。雀来燕,燕子见衔哺来,摇头鼓翼。"[2]蝴蝶遨游东园,被母燕捕捉,成为雏燕的食物。动物界的弱

---

[1] (南朝梁)刘勰著,祖保泉解说:《文心雕龙解说》卷三,安徽教育出版社1993年版,第278页。
[2] (宋)郭茂倩:《乐府诗集》卷六十一,中华书局1979年版,第885页。

肉强食，正是人间以强凌弱的一种隐喻。而蛱蝶被掳至"紫深宫"或折射了民女被劫掠深宫的惊心动魄的社会现实。或描述植物，如《艳歌行》："南山石嵬嵬，松柏何离离。上枝拂青云，中心十数围。洛阳发中梁，松树窃自悲。斧锯截是松，松树东西摧。特作四轮车，载至洛阳宫。观者莫不叹，问是何山材。谁能刻镂此？公输与鲁班。被之用丹漆，薰用苏合香。本自南山松，今为宫殿梁。"[①] 南山松柏何其茂盛，却横遭斧钺，成为洛阳宫殿之梁。松柏的不幸遭遇，正隐喻了在强权下人民的安宁生活、活泼生命惨遭无端毁灭的不幸命运。（二）以禽言物语托寓人生哲理。如《枯鱼过河泣》："枯鱼过河泣，何时悔复及。作书与鲂鱮，相教慎出入。"[②] 枯鱼过河，忧伤悲泣，追悔莫及，因其出入不慎而为人所捕获，故作书与其同类，劝其勿重蹈覆辙。"相教慎出入"的刻骨铭心的人生经验，既托寓谨言慎行的普遍哲理，也包含着慎于出世与入世选择的劝慰。而《乌生》一诗，叙述乌鸦母子无端遭到弹杀，然后由乌推及白鹿、黄鹄、鲤鱼等鸟兽，离人虽远，亦难逃被捕获烹煮的悲惨命运。"我人民生各各有寿命，死生何须复道前后"[③]，正在宿命式的超脱中寄托人生祸福无常的慨叹。从上可见，寓言诗是以禽言物语为本体，隐譬社会现实；其讽喻、劝谏、箴戒的寓意，既紧密联系世态人生，又是本体的自然生发。

寓言诗的这种隐喻特点与谐隐文的表现手法非常相似。公木认为，先秦寓言是赋诗、设譬、谐隐的进一步发展。[④] 谐隐文的语浅合俗、辞隐寓意与寓言诗的以此喻彼、以小喻大有显明的相似性。司马迁《史记》在叙述前代历史时，也记载了大量的谐隐作品，如《史记·滑稽列传》载："齐威王之时喜隐，好为淫乐长夜之饮，沉湎不治，委政卿大夫。百官荒乱，诸侯并侵，国且危亡，在于旦暮，左右莫敢谏。淳于髡说之以隐曰：'国中有大鸟，止王之庭，三年不蜚又不鸣，不知此鸟何也？'王曰：'此鸟不飞则已，一飞冲天；不鸣则已，一鸣惊人。'"又："威王八年，楚大发兵加齐。齐王使淳于髡之赵请救兵，赍金百斤，车马十驷。淳于髡仰天大笑，冠缨索绝。王曰：'先

[①] （宋）郭茂倩：《乐府诗集》卷三十九，中华书局1979年版，第507—508页。
[②] （宋）郭茂倩：《乐府诗集》卷七十四，中华书局1979年版，第1044页。
[③] （宋）郭茂倩：《乐府诗集》卷二十八，中华书局1979年版，第408页。
[④] 公木：《先秦寓言概论》，齐鲁书社1984年版，第22页。

生少之乎？'髡曰：'何敢！'王曰：'笑岂有说乎？'髡曰：'今者臣从东方来，见道傍有禳田者，操一豚蹄，酒一盂，祝曰：瓯窭满篝，汙邪满车，五谷蕃熟，穰穰满家。臣见其所持者狭而所欲者奢，故笑之。'"① 上则言淳于髡以止于王庭之鸟不飞不鸣，讽喻齐威王淫乐无度，荒废朝政，而齐威王又以"一飞冲天""一鸣惊人"隐喻自己的政治理想。下则言淳于髡使赵请求救兵，借田人祈祷之辞——希望狭小高地、低洼之田皆生五谷，皆得丰稔，隐喻人之贪欲难以满足，含蓄表达了渴求增加救援的企冀。从《史记·滑稽列传》《汉书·东方朔传》看，嗜好谐隐是战国至汉的一种普遍风气。而谐隐文的现实的讽寓性、哲理的普遍性，与寓言诗有显然的共生关系。

随着儒生的方士化，谶纬之学兴起，政治谶语以及政治童谣也随之勃兴。这一类的谶语、童谣，多以拆字的形式隐喻特定的政治寓意，与寓言诗也同样构成共生的关系。其基本特征有二：（一）譬辞曲折诡谲。如《汉书·王莽传》载："夫'刘'之为字，'卯金刀'也。正月刚卯，金刀之利。"所以，王莽摄政，自诩为了重振刘氏，乃作金刀钱，并在钱上刻书曰："正月刚卯既央，灵殳四方，赤青白黄，四色是当。帝令祝融，以教夔龙。庶疫刚瘅，莫我敢当。"② 因为"刘"的繁体字拆开为"卯金刀"，故作金刀钱。而钱上的譬辞，又以五行、谶纬之语组合而成，寄寓刘氏得其正统，天下莫撄其锋之意，因为譬辞曲折诡谲，意义颇难解读。（二）现实色彩浓郁。政治谶语具有鲜明的政治目的，如王莽篡政，天下大乱，刘秀起兵逐鹿中原，即借《河图赤符伏》"刘秀发兵捕不道，卯金修德为天子"③的谶语，为自己登基称帝制造舆论。而当时割据军阀公孙述，甚至自造"八厶子系，十二为期"④的谶语，为称帝制造舆论。受政治谶语的影响，汉代许多童谣也同样具有政治预言的性质，如东汉京师童谣："千里草，何青青，十日卜，不得生。"⑤预示董卓的必然失败；蜀中童谣："黄牛白腹，五铢当复。"则因为"是时，公孙述僭号于蜀，时人窃言

---

① （汉）司马迁：《史记》卷一百二十六，中华书局 1959 年版，第 3197—3198 页。
② （汉）班固：《汉书》卷九十九引晋灼注，中华书局 1962 年版，第 3018 页。
③ （南朝宋）范晔：《后汉书》志七，中华书局 2005 年版，第 2143 页。
④ （南朝宋）范晔：《后汉书》卷十三，中华书局 2005 年版，第 356 页。
⑤ （南朝宋）范晔：《后汉书》志十三，中华书局 2005 年版，第 2235 页。

王莽称黄，述欲继之，故称白；五铢，汉家货，明当复也。述遂诛灭。"[1]预言王莽、公孙述的覆亡和汉代的中兴。"谲辞饰说""遁辞隐意"的谶语、童谣，隐喻现实，表达讽刺、箴戒的寓意，与寓言诗形成异构同质的互生关系。

寓言诗与谐隐文、政治谶语和童谣在表现手法上的相似性，其产生的直接动因有三个方面：第一，先秦的谐隐韵语是汉代谐隐文与寓言诗发展的内在动因。第二，汉代集权专制以及王纲解纽时军阀混战的政治恐怖是汉代谐隐文与寓言诗发展的社会动因。第三，儒生的方士化以及谶纬文化的兴起是汉代谐隐文与寓言诗发展的文化动因。如果从思维特征上考察，则又源自中国传统的"象思维"模式——无论是取象还是观象，都是以物象为基础[2]。因此寓言诗与谐隐文以及谶语、童谣，往往都是以自然物象为载体，并由此而抽绎出对社会现象的认识、现实人生的体悟。因此，通过直观的自然物象来表达社会世象，是主客体浑然一体的思维活动得以进行的关键所在。

四、寓言诗与其他乐府歌诗：艺术的同源性

汉代寓言诗，一种是民间寓言歌诗，以配乐演唱为存在形式；另一种是文人拟乐府，以案头文学为存在形式。如果暂不讨论文人拟乐府，而从乐府歌诗的视角出发，研究作为配乐演唱的文学文本——寓言歌诗与在同一音乐部类中的其他乐府古辞的内在的横向关系，则可以看出，二者在艺术上存在着必然的同源关系。

我国表演艺术的发展，在汉代就产生了以音乐伴唱演述故事的鼓吹曲、相和曲和杂曲歌。乐府歌诗既是配乐演唱的音乐文本，同时也是一种文学文本。作为一种文学文本，寓言诗与其他乐府古辞，不仅共生于汉代特定的社会政治、文化环境，都是"感于哀乐，缘事而发"的产物，而且也渊源于前代文学的积淀与发展，都表现出文学表达艺术的基本特征。比如，虽然寓言诗都包含

---

[1] （南朝宋）范晔：《后汉书》志十三，中华书局2005年版，第2232页。
[2] 梁一儒、户晓辉：《中国人审美心理研究》，山东人民出版社2002年版，第64页。

叙事元素，但就其表达倾向上说，则有抒情，有叙事，其中《朱鹭》《艳歌行》《豫章行》《枯鱼过河泣》，抒情意味浓郁；《艾如张》《雉子班》《艳歌何尝行》《蜨蝶行》《乌生》则叙事意味浓郁。仔细分析，同为抒情，又有细微差别：《朱鹭》《艳歌行》《豫章行》是咏物式抒情，《枯鱼过河泣》则是哲理式抒情。同为叙事，《艾如张》因事说理，《雉子班》《蜨蝶行》寓揭露于事件描述之中，《乌生》因叙事而生发哲理，而《艳歌何尝行》则由叙事而引入抒情。寓言歌诗的这些艺术表达模式，也正是其他乐府古辞的艺术表达模式，因此具有显而易见的文学上的同源关系。

如果考察寓言歌诗在《乐府诗集》中的音乐分布情况，通过与同一音乐部类中的其他歌诗的比较，或许可以清楚地揭橥二者之间的同源关系。按照郭茂倩《乐府诗集》的音乐分类，所存的汉代寓言歌诗分别分布于鼓吹曲辞、相和歌辞、杂曲歌辞三类之中。（一）《朱鹭》《艾如张》《雉子班》收录于鼓吹曲辞，此目共收乐府古辞18首，均为铙歌。鼓吹曲是源于前代军队凯旋所歌的军乐。《乐府诗集》曰："黄门鼓吹、短箫铙歌与横吹曲，得通名鼓吹，但所用异尔。"[1] 也就是君主宴群臣的黄门鼓吹、赐有功之臣的短箫铙歌，以及马上所奏的横吹曲，通名之鼓吹。由此可见鼓吹曲之盛行。所以汉时《铙歌》二十二曲，今存十八曲，在上三类乐曲中保存作品最多。在艺术表达上，鼓吹曲辞中的《朱鹭》与《拥离》《巫山高》《将进酒》《君马黄》《芳树》《有所思》《圣人出》《上邪》《临高台》《远如期》诸篇，叙事简约，抒情直露；《艾如张》《雉子班》与《战城南》《上陵》《君马黄》《石留》诸篇，叙事相对完整，情感寓于叙事之中。（二）《乌生》《豫章行》《艳歌何尝行》《艳歌行》（南山石嵬嵬）收录于相和歌辞，此目共收录乐府古辞32首，其中相和曲7首，清调曲4首，瑟调曲13首，吟叹曲1首，平调曲3首，楚调曲4首。相和歌辞乃是汉代流行的俗乐。《晋书·乐志》曰："凡乐章古辞，今之存者，并汉世街陌谣讴，《江南可采莲》《乌生》《十五》《白头吟》之属是也。"[2] 因其曲辞来源繁杂，故缺少《铙歌》十八曲题材、风格的一致性，然而仔细考察，也仍然有艺术上的

---

[1] （宋）郭茂倩：《乐府诗集》卷十六，中华书局1979年版，第224页。
[2] （唐）房玄龄：《晋书》卷二十三，中华书局1974年版，第716页。

同源性。(1)《乌生》乃相和曲。相和曲辞情调迥异,有以挽歌为代表的悲剧,也有以《陌上桑》为代表的喜剧;形式不同,有《江南》短调,也有《陌上桑》大曲。大曲往往是以诗叙事,因声成文。其大曲往往有艳、有趋,如《乐府诗集·陌上桑》注曰:"三解,前有艳歌曲,曲后有趋。"[1] 因叙事曲折,音声繁汇,而成为汉乐府演奏的主要音乐形式。《乌生》形制接近大曲,表达悲剧的内容,情节曲折,叙事宛转,抒情沁入骨髓。(2)《豫章行》属清调曲。清调曲辞或叙述人生短暂而追求长生之药,或描写豪门煊赫且寓讽于颂,惟《豫章行》直叙根株分离之苦,然其叙事连贯,与《相逢行》类似;其抒情色彩浓郁,又与《董逃行》相近。(3)《艳歌何尝行》《艳歌行》是瑟调曲。至于瑟调曲辞反映生活广阔,揭露现实深刻。或感叹生命无常,或描述社会黑暗,或抒发闺中思远,或叙述孤儿不幸,或赞美廉政爱民等。其艺术或以情节宛转曲折见长,如《艳歌何尝行》与《妇病行》《孤儿行》;或因物起兴,融写景与抒情、叙事与状物于一炉,如《艳歌行》与《饮马长城窟行》。(三)《蛱蝶行》《枯鱼过河泣》收录于杂曲歌辞,此目共收录乐府古辞12首,此外另有《乐府诗集》未收之《古咄唶歌》[2]。杂曲歌辞乃因乐调失传,不知所起,无可归类,而辑为一类。《乐府诗集》曰:"汉魏之世,歌咏杂兴,而诗之流乃有八名:曰行,曰引,曰歌,曰谣,曰吟,曰咏,曰怨,曰叹,皆诗人六义之余也。至其协声律,播金石,而总谓之曲。"[3] 廖群认为,"其中很多歌辞与相和歌辞体制、内容、风格都十分接近,亦大致可视为一类"。[4] 因为其"杂",故所收录的古辞比相和曲辞更为纷繁。杂曲歌辞在体制上,有长篇巨帙的《焦仲卿妻》,也有短歌微吟的《长干曲》;主题上,有表述思远怀乡之情,美女如玉之叹,也有抒写人世无常之悲、人生哲理之篇。其艺术表达差别尤大,既有《伤歌行》《驱车上东门行》即景伤情,《悲歌行》《长干行》直接抒情的抒情短曲,也有

---

[1] (宋)郭茂倩:《乐府诗集》卷二十八,中华书局1979年版,第411页。
[2] (宋)郭茂倩《乐府诗集》载,梁简文帝《枣下何纂纂》题解引《古咄唶歌》曰:"枣下何攒攒,荣华各有时。枣欲初赤时,人从四边来。枣适今日赐,谁当仰视之。"(卷七十四,第1045页)《乐府诗集》"杂曲歌辞"题解又曰:"而有古辞可考者,则若《伤歌行》《生别离》《长相思》《枣下何纂纂》之类是也。"(卷六十一,第884页)可知此诗确为乐府古辞。
[3] (宋)郭茂倩:《乐府诗集》卷六十一,中华书局1979年版,第884页。
[4] 廖群:《厅堂说唱与汉乐府艺术特质探析》,《文史哲》2005年第3期,第34页。

《焦仲卿妻》那样人物丰满、情节曲折的长篇叙事诗，以及《西洲曲》那样在景物变化中写出时光流逝的叙事抒情诗。然而，其短曲的抒情之与《枯鱼过河泣》，长篇的叙事之与《蛺蝶行》，也存在着艺术上的同源关系。

从以上简略分析可以看出，寓言歌诗与其他乐府古辞，虽有或以禽言物语隐喻现实，或取社会现实揭露批判之别，而且不同诗歌也有或偏重于抒情，或偏重于叙事之分，然而，除少数例外情况，却有内在的艺术上的同源关系。从音乐部类上说，鼓吹曲辞在题材选择或内容表达上具有显明的内在同源性。即使是看上去似乎毫无关联的作品，例如，或言朝会进酒，如《将进酒》；或抒忠贞不渝之情，如《上邪》；或状异域之物，如《石留》；其深层都与《朱鹭》《艾如张》《雉子班》所表现的战争题材丝缕相连。相和曲辞与杂曲歌辞，虽缺少鼓吹曲辞那样显明的内在关联性，但是可以设想，作为同一音乐部类的乐府古辞，在演奏之前或演奏过程中，必然经过乐工的加工润色——这从乐府古辞中的衬字声辞，以及同一乐曲中的每一解可能出现语句的不对称性就可以清楚看出。乐工对曲辞的加工润色，必然受到自身音乐、文学修养的影响，必然按照自己的喜好选择曲辞的艺术表达，而这也恰恰使不同歌诗之间，因为受同一加工润色的主体的影响，而形成一种隐性的艺术同源性。从艺术说，寓言歌诗与其他乐府古辞，其抒情都是以叙事为基本构成元素，以物象为基本情感载体，也就是说，犹如《诗经》之风雅，叙事也是乐府古辞的主要构成元素。其叙事都是"感于哀乐，缘事而发"，不仅取材具有鲜明的现实性，而且也都是寓情、义、理于叙事之中。而咏物式或哲理式的抒情模式，因事说理或由叙事抽象于理、寓讽于事或由叙事引入抒情的叙事模式，不仅为寓言歌诗所特有，也是其他乐府古辞的抒情与叙事的基本模式。由此则可以说明寓言歌诗与其他乐府古辞的同源关系。必须说明的是，有一些乐府古辞，如《艳歌行》二首、《冉冉孤生竹》《驱车上东门行》《伤歌行》等，在诗歌的体式、取象、语言、抒情方式上，都似乎是文人创作，其中的《冉冉孤生竹》《驱车上东门行》又见于萧统《文选》的《古诗十九首》，即是明证。而这类乐府歌诗与文人寓言诗，就具有更为切近的同源关系。

综上所论，汉代寓言诗在叙事方式、意义表达、表现对象、叙事人称、意象选择上既有其独特性，又在题材选择、表现手法、艺术表达上与寓言赋、谐隐文以及其他乐府古辞之间构成了互相影响和同源共生关系。这说明，一种文体的形成、发展与定型、成熟，既是文学诸体之间的相互影响、相互生发的结果，也是文体内部对这种影响、共生关系的有机选择的结果。研究文体之间的这种错综复杂的关系，就可以昭示在文学发展过程中文体之间艺术因素的互相转化、互相渗透的文学发展史观。

（本文已发表于《兰州学刊》2014年第5期）

（作者单位：安徽师范大学文学院）

《汉鼓吹铙歌十八曲》四首简释

姜晓东

　　《汉鼓吹铙歌十八曲》是汉代诗歌中极具特色的一组诗篇。其用语奇特，句式复杂多变，迥别于一般的汉代诗歌，殊为费解。而存世文本中更存在声辞杂写，脱漏错讹等现象，这也大大增加了解读诠释工作的难度。近年来，学术界对《汉鼓吹铙歌十八曲》给予了很大程度的重视，赵敏俐教授撰有《〈汉鼓吹铙歌〉十八曲研究》一文，对诸家观点做了系统而全面的总结，并在文中指出，解读这一组作品，应在"得其大意的基础上，慎重地运用常规的训诂之法"。本文即按照这一思路，结合考古实物、字词训诂、比照旁参等方法，对《朱鹭》《将进酒》《思悲翁》《雉子斑》四篇作品逐作阐读，以求就教于方家。

　　1.《朱鹭》
　　《朱鹭》是《汉鼓吹铙歌十八曲》中争议较多的一首作品，无论在字句训释还是诗义疏解方面，学界诸家都存在着分歧，为引述方便，兹据《宋书·乐志》录全诗如下：

　　　　朱鹭，鱼以乌路訾耶，鹭何食？食茄下。不之食，不以吐，将以问诛者。

　　该篇于"诛"字后有注曰"一作谏"，相关论著中亦多采"谏"字，认为通篇皆言谏官之事，其说多本于《乐府诗集》中的小序①及陈沆《诗比兴笺》②。其先指出建鼓之上每每装饰有鹭的图案，继而指出建鼓与谏官密切相关，最后得出本篇系以鹭为兴，讽谏官不能尽言的结论。这种说法看似合理，实际却经不起推敲。因建鼓用途非止一端，除供谏官敲击之外，尚用于礼乐仪式、战时进兵、禳灾祈福等活动。其装饰的图案也十分丰富，除鹭之外还有虎、凤凰等动物。如果我们只据鹭与建鼓的关系来判断诗旨，那无疑犯了附会强说的错误。

此外，姚小鸥教授在《〈汉鼓吹铙歌十八曲〉的文本类型与解读方法》中参考了文化人类学的相关概念，认为水鸟和鱼是男女情爱的象征，《朱鹭》则是一首"以鱼为聘问"的情诗。是说精析文本，十分新颖，给本文以很大启发。但将朱鹭视为普通意义上的水鸟，忽视了其作为祥瑞之物的意义。

我们知道，诗歌中的意象往往有其独特的历史文化涵义，要明确全诗主旨，就必须先搞清楚诗中的"朱鹭"意味着什么，代表着什么。这样才能将全诗置于其所产生的社会文化背景之下进行解读，从而得出正确结论。关于朱鹭所象征的文化意蕴，《史记》《汉书》等历史文献中并没有做出详细的解释，这也是导致歧见的重要原因。然而，在汉代出土文物中，朱鹭却屡见不鲜，部分文物除绘有朱鹭之外还附以文字，这就为我们的解读工作提供了可靠而宝贵的证据。

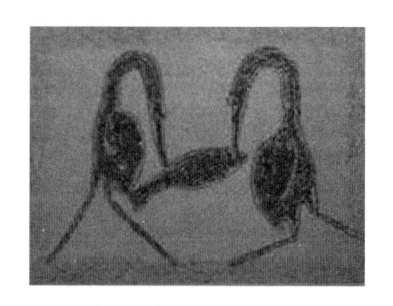

图 1：朱鹭印　　　　　　图 2：萧县永崮镇北郊出土汉墓画像石

---

① 《乐府诗集》序曰："《仪礼·大射仪》曰：'建鼓在阼阶西南鼓。'《传》云：'建犹树也，以木贯而载之，树之跗也。'《隋书·乐志》曰：'建鼓，殷所作。又栖翔鹭于其上，不知何代所加。或曰，鹄也，取其声扬而远闻。或曰，鹭，鼓精也。或曰，皆非也。《诗》云："振振鹭，鹭于飞。鼓咽咽，醉言归。"言古之君子，悲周道之衰，颂声之息，饰鼓以鹭，存其风流。未知孰是。'孔颖达曰：'楚威王时，有朱鹭合沓飞翔而来舞，旧鼓吹《朱鹭曲》是也。'然则汉鼓盖因饰鼓以鹭而名曲焉。"

② （清）陈沆《诗比兴笺》："《魏书·官氏志》以伺察者为候官，谓之'白鹭'，取延颈远望之意。汉初内设御史大夫，外设刺史，纠举权贵奸猾，故取鹭为兴。"《诗比兴笺》，上海古籍出版社 1981 年版，第 12 页。

上述两图分别来自西汉时期的肖形印及汉墓画像石,如图1所示,左侧为一只姿态优美的朱鹭,右侧则刻有"日利"二字。在流传下来的肖形印中,类似的图案还有很多,或有两鹭衔鱼者,或有一鹭衔鱼者,或只有一鹭或两鹭;所镌文字以"日利"及"日利千金"为最多,此外尚有镌"日利大吉"或"大幸"字样者。① 按"日利"即俗语"天天发财"之意,在汉代文物上屡屡出现,如在云南昭通发现的"大泉五十"钱范,背书"日利千万";又陕西凤翔出土的陶盖铭文曰"井器大利,日利千万",都是祝福主人财富日增的吉祥语。既然在朱鹭印上多见此类字样,我们当然有理由认定,朱鹭乃是一种象征着财富的吉祥之鸟。图2则可从另一个角度来帮助我们理解朱鹭的文化内涵,该画像石出土于萧县汉墓之中,其上绘有鹭食鱼图案,旁边点缀以卷草纹、荷花纹,与《朱鹭》一诗中所描绘的场景基本一致。此墓主身份已被认定为高级地方官员,并非皇帝的随从谏议之官,足证"鹭者谏官"之谬。而置于逝者墓中,显然也不太像是用来表现男女欢好的。②

由是可知,朱鹭在汉代艺术中是作为财富的象征而存在的。而《朱鹭》一诗以描摹为主,诗中情景与出土文物所绘内容基本符合,其主题当是冀求财富的祝福诗。为证实这一点,我们将逐句进行阐读,借明其意:

朱鹭,鱼以乌路訾耶。

本句诸家点断不同,歧解甚多③。本文据韵脚点断为:

"朱鹭,鱼(以)乌,路訾耶"。

首二句以"鹭""乌"为韵字,"以"字应为一虚词,起到补足音节或变

---

① 参照博物馆实物图。
② 按照通行的考古学界观点,汉墓画像石上所描绘的图案或反映当时的政治、社会生活,或介绍墓主身份及生平,或表现享乐生活,或寄托哀思表达祝福,或绘制神话故事。
③ 大部分学者认为乌是"另一只鱼乌"或者"乌鸦"。姚小鸥老师则主张将声辞分开,于"朱鹭"和"鱼"之间补一"食"字,认为"以乌"为声字。见《复旦学报(社会科学版)》2005年第1期,13页。

换节奏的作用,无实义。《铙歌》中多见此例,如《战城南》"梁筑室,何以南,何以北"句,《巫山高》"巫山高,高以大;淮水深,难以逝"句,《艾如张》"山出黄雀亦有罗,雀以高飞,奈雀何"句,可互证。"鱼乌"就是鱼鹰,今浙、闽方言尚称鱼鹰为"鱼老乌""老乌",可证。"朱鹭,鱼乌",言明朱鹭乃捕鱼之鸟,遣语质朴,音韵浑成。"路訾耶",闻一多先生认为是谐音,解为"鸬鹚呀",本文亦认为是谐音,但当解作"禄赀耶",为俸给、财富之意。按两汉著作多写"赀"为"訾",如《史记·酷吏列传》:"家訾累数巨万矣。"①《盐铁论·击之》:"以訾助边。"②而"禄""赀"连用亦有先例,如《后汉书·窦融列传》:"赏赐租禄,赀累巨亿。"③是证。统而言之,全诗先以"鹭""鱼"开头,谐"多""余"之音④,复又言"禄赀耶",充分表达出祈望多财有余,增禄添资的美好心愿。

  鹭何食?食茄下。

  此二句点断略无争议,但仍需对其诗意做一合理解释。汉诗凡言及祥瑞之物,每对其形态、习性进行详细的描述,如《郊祀歌·天马》:"太一况,天马下。沾赤汗,沫流赭。志俶傥,精权奇。籋浮云,晻上驰。体容与,迣万里。今安匹,龙为友。"既写出了天马汗色如血的特征,又写出了其飞驰升腾的神骏之相。又如《郊祀歌·象载瑜》:"赤雁集,六纷员。殊翁杂,五采文。"重点描写了赤雁的毛色之美。本诗亦属此类,通过生动的描写来展现朱鹭于荷叶下捕食鱼儿的栩栩神态,如在目前,颇具艺术感染力。

  不之食,不以吐,将以问诛者。

---

① (汉)司马迁:《史记》,线装书局2006年版,第512页。
② (汉)桓宽:《盐铁论·击之第四十二》,见王利器:《盐铁论校注》,中华书局1992年版,第471页。
③ (南朝宋)范晔:《后汉书》,见《二十四史全译·后汉书》(第2册),汉语大词典出版社2004年版,第644页。
④ 王伯敏《古肖形印臆测》解道:"鹭的假借音为'多',相传作丰满多余解,汉铜洗中,饰一鹭一鱼者,意即既多又有余。江苏东海昌梨水库汉墓出土的石刻画像,即有鹭、鱼作品,亦即'多、余'之意。"参见王伯敏:《古肖形印臆测》,书画出版社1983年版,第75页。

此句争讼最多，朱鹭衔鱼，不食不吐，字面上很容易理解，但这种神态代表什么样的情感倾向，结尾究竟应该是"诛者"还是"谏者"，都是需要深入探讨的问题。

先定文献，当以"诛者"为是①。按"诛"字在先秦及秦汉文献中多有训为"责求"之例，如《左传·襄公三十一年》："诛求无时。"《注》曰："诛，责也。"② 又《周礼·天官·大宰》："诛以驭其过。"《疏》曰："人有过失，非故为之者，则以言语责让之。"③ 皆可为证。训"诛"为"责"，不仅有充分的文献证据，而且能使全诗获得完满的解释——朱鹭食人之鱼，被人发现，却要反询质问者，越发显露出一种顽皮的神态，诗意极为活泼生动。现将全诗通译如下：

朱鹭，捕鱼之鸟，它代表着丰厚的财富呀。
朱鹭在哪里进食呢？原来在嫩绿的荷叶之下。
朱鹭啊，衔着鱼儿，既不吞下，也不吐出。
（它带着顽皮的神情）倒好像是将要询问那责求者。

统言之，全诗以三言为基本句式，杂以二言、五言，语气诙谐欢快；以描写为主要表达方式，栩栩如生地刻画出一副生动幽默的朱鹭食鱼图。既传达出了诗人对生活的美好祝福，也反映出西汉时期人们对物质财富的重视和向往，体现出一派欣欣向荣的社会风貌。

2.《将进酒》

《将进酒》篇，《乐府诗集》小序曰："大略以饮酒放歌为言。"其主旨十分明确，争讼主要集中于对若干具体词句的理解上，为叙述方便，录全诗如下：

将进酒，乘大白。辨加哉，诗审搏。放故歌，心所作。同阴气，诗悉

---

① 前文已论"谏者"之谬，此不赘。
② 详见李学勤主编：《十三经注疏·春秋左传正义》第四十卷，北京大学出版社1999年版，第1128页。
③ 详见李学勤主编：《十三经注疏·周礼注疏》第二卷，北京大学出版社1999年版，第30页。

索。使禹良工，观者苦。

全诗描绘出一副饮酒奏乐，其乐融融的场面，但其中"辨加""审搏""阴气""悉索""使禹良工""观者苦"都令人感到费解。诸家争议颇多，且无法形成一完整解释体系，恕不一一列举。唯从字词训诂入手，依句言之：

将进酒，乘｜大白。

"大白"即"大杯"，此处诸家观点相同，无异议。"乘"字应为"盛"字，是乐工用同音字代替本字的典型例子。诗一开篇即渲染出纵情畅饮，觥筹交错的氛围，为后面的描绘奠定了基调。

辨加哉，诗审搏。

"辨加"一词不见于文献，学者多以"遍加"解之，与后文"诗审搏"无从连贯，故不取。按逯钦立注："辨加，即驾辨，此倒言之。《大招》：'伏义驾辨，楚劳商只，二八接武，投诗赋只。'此上言辨，而下言诗，正与之合。"精当可从。《驾辨》乃是先代宴饮之乐，因此这两句无疑描写的是奏乐场面。"审搏"二字不见于经籍，学者多据后世文献定为"审博"，取精悉博雅之意。这种解释比较牵强，因为宴饮娱乐场合所用的歌诗，通常都是热闹欢快的或富有趣味的，并不以精赅广博取胜。

较好的解释仍属逯说，其注曰："审读蟠；审搏，繁盛之意。见《周礼·羽人》注。上言诗审搏，下言诗悉索，正示歌舞之由盛及衰。"从对言的角度来解释"审搏"与"悉索"，十分合理。按"悉索"即"窸窣"，象声词，形容轻微细碎之声，诗中多用之。如杜甫《自京赴奉先县咏怀五百字》："何梁幸未拆，枝撑声窸窣。"范成大《夜至宁庵见壁间端礼昆仲倡和明日将去次其韵》："咿哑禽语晓光净，窸窣草鸣朝雨凉。"均可为证。但其释"审搏"为"繁盛"，则不惬，按《会纂》："搏博敷溥，大也。"又陆机《鼓吹赋》："邀付搏之所管，务夐历之为最。"可知"搏"为"宏大"之意，余意以此推"审"为"伸"，"伸搏"意为"舒阔宏大",恰好与"悉索"前后呼应。

放故歌,心所作。

"故歌"顾名思义,当指先代乐歌。"心所作",逯注以"心"为"新"之代字,与"故歌"对文,并不恰当。因"所作"为谓词,倘全句为"放故歌,新所作",那就只能解释为"放声演唱先代的乐歌,(这些乐歌)是新创作的",前后矛盾,令人费解。此处应着眼于"作"字,释为"兴发",全句意为"放声演唱先代的歌曲,从内心兴发共鸣",语义通顺,且完全符合汉代贵族好闻故歌的礼俗。①

同阴气,诗悉索。

"悉索"前已言明。"阴气"二字颇见争讼,赵敏俐教授释为"饮讫",意为宴饮完毕。其"饮"字当属同音代字,阐释无误。惟"气"字本写作"氣",《说文》曰:"馈客刍米也。"段玉裁注云:"馈客之刍米也。聘礼杀曰饔。生曰餼。餼有牛羊豕黍粱稻稷禾薪刍等。不言牛羊豕者,以其字从米也。……今字假氣为云氣字。而饔餼乃无作氣者。"由是知"氣"本为古字,意为肉食。后来古人又造了"餼"字来表示肉食,反以"氣"表示空气。明白个中关捩,则此句并不难理解,全句意即"一同饮酒食肉,直到乐声渐止"。

使禹良工,观者苦。

"观者苦"字讹,应为"观者若",指观众开心舒畅。前辈学者多有详论,此处不赘。"使禹良工"句是全诗最大的疑点所在,学者多认为"禹"是书于器上的铜工之名,不免牵强。事实上,"禹"字乃"禹步"之意,是一种从巫

---

① 或有训"放"为"弃置"者,将本句释为"放弃过去的乐歌,(采用)新创作的乐曲"亦可成说,唯与汉代"好为故歌"的礼俗相悖,故不取。

祭活动中演变而来的舞步。按马王堆汉墓帛书云："操柏杵,禹步三。"又扬雄《法言·重黎》篇云："昔者姒氏治水土,而巫步多禹。"① "使禹良工"即"使良工禹",指宴会后期令训练有素的乐员展示技艺,表演舞蹈,使观众们心旷神怡。

综上所述,《将进酒》是一篇详细描绘宴饮场面的诗,全诗渲染出一种热烈活泼的氛围,有条不紊地写出了举杯奏乐——分享酒肉——歌诗奏毕——表演歌舞这四个宴会步骤。充分展现了汉代宴乐活动的盛况,其场面之宏大,饮馔之丰盛,歌舞之精彩,足令人叹为观止。

3.《思悲翁》

《思悲翁》是《铙歌》中最难读懂的篇章之一,其语句支离,要旨难求。而《乐府诗集》中又并无解题,是以学者多从史书、传说中寻求本事②,泰半牵强。本文拟参照相似文献,并结合字词训诂来探求诗意。先移录全诗如下:

思悲翁,唐思,夺我美人侵以遇。悲翁也,但我思。蓬首狗,逐狡兔。食交君,枭子五,枭母六。拉沓高飞暮安宿。

全诗并无僻字异词,但诗意却断续破碎,殊不可解。先言及"夺我美人",似是抢劫亲眷之意,笔锋一转,又变为猎犬逐兔,篇末的"拉沓高飞暮安宿"易于理解,然而"枭子五,枭母六"几不知所云,这就给解读工作带来了极大的难度,而跳过文本,附会史实,显然是不可取的。

若想读通一首诗,除了细析词句,旁参史籍之外,寻找相似度较高的作品来对照详研,也是行之有效的方法。对于《思悲翁》这种无法直接阐释的作品来说,这一方法就显得更有价值了。在汉代传世文献中,我们注意到焦延寿所作《易林》中的卦辞,与本篇题材极为相似,兹录如下:

失恃毋友,嘉偶出走。攫如失兔,偈如丧狗。

---

① 详见汪荣宝:《法言义疏·重黎卷第十》,中华书局1987年版,第346页。
② 如庄述祖认为此诗系讽刺汉高祖诛杀忠臣,近世陈直则认为是"代袁公鸣不平"之作。

焦延寿是汉朝著名的易学家，而《易林》中保留了大量的典故传说乃至诗歌谣谚，其创作时间与《思悲翁》相去不远。在所录卦辞中，"失恃""嘉偶出走""失兔""丧狗"等内容细节更是完全一致。因此，我们可以尝试着在读懂卦辞的基础上进一步探讨《思悲翁》的诗意。

卦辞中"失恃"意为"失去依靠"，"嘉偶"意即幸福美满的夫妻，这两句较易理解。关于"攫如失兔"，《易林》注曰："攫，扑也。震为兔、为失，失佚古通。佚兔，言兔逸也。"可见其意为"追捕逃逸的兔子"；"㒬"字，《说文》曰："垂貌。一曰懒懈也，又病也。"知其为疲累颓丧之意。联系"毋友"和"丧狗"理顺诗意，可译作：

　　失去了依靠，朋友也不再是朋友
　　原本幸福，如今妻子却已出走
　　竭力捕捉那逃逸的兔子
　　却疲惫得如同丧家之狗

进一步推究，不难发现其中的故事：主人公原本拥有美满幸福的家庭，朋友却背叛了他，并拐骗了他的妻子远走，主人公尽管竭力追捕忘恩负义之人，却终究无功而返，疲劳和颓废的阴影笼罩在他的心上。而就此故事回看《悲思翁》，疑义即涣然冰释——两篇作品的内容情节乃至诗中流露出来的情绪是基本一致的。下面，本文仍将逐句析之：

　　思悲翁，唐思，夺我美人侵以遇。

前辈学者在解释本篇时，多以"翁"为"老者"，认为本篇系站在旁观者的角度，同情那不幸的老人。然而这样一来，"夺我美人"中的"我"和"食交君"中的"君"就显得空无着落了。事实上，在汉代"翁"往往与"公"字通用，用以称呼年长的男子。我们认为全诗采用的是第一人称叙述口吻，"翁"即指从前的朋友，"思悲翁"是说每当想起这忘恩负义之人，抒情主人公的心里就会感到无比悲伤。

"唐思",即"徒思",按"唐"字本有"徒然、空"的含义,《说文》段注云:"又为空也,见梵书云:福不唐捐。"可证。"徒思"意为"即便想到也是枉然",与美人被夺,疲犬逐兔的情节相互照应。

"夺我美人"毋庸赘述。"侵以遇"应是声字,理由有三:一是全无逻辑可言,其意不彰,不像是正文文本;二是居于句末,完全符合声字的位置特征;三是三个字形成了微妙的音乐变化,"侵"字与前文的"人"字同韵,读得出曼声余韵①的效果,而"以遇"与常见的声字"噫吁"同音,在诗中用于增强慨叹时的感情色彩,寥寥数字就形成了如此美妙的音乐效果。

如上所述,抒情主人公先是悲哀地想起了恩断义绝的朋友,继而又颓废地进行了自我否定——空想又有什么用处呢,之后交代了事由——爱妻被夺,句末系乐工所标的声字,起到加强语气,美化歌唱的作用。

悲翁也,但我思。

此句系反复咏唱之句,其意与前句略同。"但"字亦有"徒然、空"的意思,《说文》段注:"引申为徒也。凡曰但,曰徒,曰唐皆一声之转。空也。"可证。

蓬首狗,逐狡兔。

本句取猎狗逐兔为喻,"蓬首"形容疲惫散乱之貌,语出《诗经·卫风·伯兮》:"自伯之东,首如飞蓬。"又《晋书·王徽之传》:"蓬首散带,不综府事。"可证。与前文所举《易林》卦辞同解,是说主人公如同一头疲惫不堪的猎犬一样,终究抓捕不到那狡猾的兔子。②进一步写出了作者的悲愤和

---

① 《乐府诗集》中说:"辞者其歌诗也,声者若羊吾夷,伊那何之类也。"可见声字表示的是那些并无实际含义,用于句尾的曼声余韵。
② 按犬兔之喻出自《战国策》:"韩子卢者,天下之疾犬也。东郭逡者,海内之狡兔也。韩子卢逐东郭逡,环山者三,腾山者五,兔极于前,犬废于后,犬兔俱罢,各死其处。"详见(汉)刘向辑:《战国策·齐策三》,上海古籍出版社1985年版,第390页。

失落。

> 食交君,枭子五,枭母六。

"枭子五,枭母六",乃是全文最令人费解的一句。前辈学者或解释为"老翁的亲眷",是说非。枭在汉代被看作一种不孝的逆恶之鸟,按《汉书·郊祀志》:"用一枭破镜。"孟康注曰:"枭鸟食母,破镜兽食父,黄帝欲绝其类,使百吏祠皆用之。"如淳曰:"汉五月五日作枭羹以赐百官。"由引文可知枭有"食母"的恶毒行径,汉代甚至流传着一种"杀枭"的风俗,诗中的主人公显然不会把自己的妻儿比成这种恶鸟的。

此句之所以难懂,最大的问题就在于"五""六"这两个数字,历来歧解纷出,兹不赘举。要确凿地认定句意,尚有困难。本文则受到徐仁甫先生的启发,得出一种较为合理的解释,其释曰:"言流离之子五,连流连之母则为六。"① 依此分析,枭既为食母之恶禽,当然可以用来比喻断情绝义,恩将仇报之人。而那无辜的枭母,又舍主人公其谁?这里采用了隐语双关的修辞,"枭子五",意味着负心人心肠之毒,数量之多;"连母则六"实际上是"母只余一"的意思,表示主人公的遭遇就犹如形单影只的枭母一样,不仅失去了恩爱和谐的家庭,更要面对一群狼心狗肺之徒的侮辱和迫害。

"食交君"句,即"将食物给予你们"的意思,前辈学者多点断至"逐狡兔"后。本文则依韵脚规律,将其位置后挪。全句意为:"(昔日)我将食物都给予了你们,如今你们却害得我孑然一身,家破人亡!"

> 拉沓高飞暮安宿。

"拉沓"即"飒沓",意为盘旋来去,鲍照《舞鹤赋》:"飒沓矜顾,迁延迟暮。"可为例证。在全诗的结尾,主人公以"枭母"自比,发出了一声无比凄凉的叹息,他被忘恩之辈夺走了亲眷,却没有任何办法。他厌倦了漂泊四

---

① 徐仁甫:《古诗别解》,上海古籍出版社 1984 年版,第 129 页。

方的生活，却不知自己身归何处，只有沉沦于无休无止的绝望之中。这样的诗歌，充分反映了时代的不公和普通人的痛苦，引人深思。

4.《雉子斑》

与《铙歌》中的其他诗篇相比，《雉子斑》的字句并不难理解。然而其问题在于指称混乱，全诗出现了四个"雉子"，加上"雌雄""翁孺""子"等，使人如堕雾中，难于把握通篇脉络。有鉴于此，本文先从诗中的"雉子"形象着眼，并参考了汉乐府诗结构的一般规律，力求做出较为圆满的解释。

为便论述，仍先引全诗如下：

> 雉子，斑如此，之于雉梁，无以吾翁孺，雉子。知得雉子高飞止，黄鹄蜚之以千里。王可思，雄来飞从雌，视子趋一雉。雉子，车大驾马滕，被王送行所中。尧羊飞从王孙行。

上述引诗是目前最为通行的版本，存在两个主要问题，一是"知得雉子高飞止"之前全无节奏韵脚可言。二是"视子趋一雉"语义不通。推究其因，主要是将声字及乐工标识字错认成了文本正文。下文先列出重新点断之后的版本，次就相关句、段分别剖析之：

> 雉子，斑如此，之于雉梁，无以【吾】翁孺。
> 雉子，知得雉子高飞止，黄鹄蜚之以千里。
> 王可思？雄来飞，从雌视（子趋一雉）。
> 雉子，车人驾马【滕】，被王送行所中。翱翔飞从王孙行。

首句"斑如此"中的"斑"有两解，一作"纹饰"，指雉子美丽的毛色；一通"翻"字，指雉子上下翻飞的矫健姿态，本文取后者。"之于雉梁"中的"梁"，多数前辈学者解作"山梁"，《论语》中有"山梁雌雄"句，可为旁证。部分著作释"梁"为"屋梁"，不符诗意，故不取。开头描绘了雉子上下翻飞，来到山梁之上的场景，为下文其被人捕获的情节做了铺垫。

这一句的关键在于"吾翁孺"所指为何，陈沆、庄述祖诸家多将其解释为

"吾家老幼"，这种说法存在很大问题。第一，全诗并非第一人称口吻，"吾"字无法与上下文相融贯。第二，如将"翁孺"解释为"老幼"，则多出了一只"老雉"。无论将后文理解为雌雄双雉的分别，还是雌雄双雉与小雉子的分别，都凭空出现了一个有始无终的角色，难以自圆其说。

我们知道，"吾"字在汉代是比较常见的声字，杨公骥先生在《汉巾舞歌词句读及研究》①中，即已指出，其中的"何何吾吾"均为声字，有曼韵长声之妙而无实义。本句倘以"吾"为声字，则第一节后半部分形成了两个四言句，结构整齐明晰，与第二节后半的两个七言句，第三节后半的两个三言句相映成趣，显然较原来的版本更为出色。

当然，仅仅使结构变得更加明晰，并不能证明点断的正确性。要得到更确凿的证据，还需从"翁孺"入手。按清俞正燮《癸巳类稿·释小补楚语笲内则总角义》云"小妻，曰妾、曰孺、曰姬……曰孺子"，后又引《汉书·艺文志》：《中山王孺子妾歌》注云：孺子王妾之有名号者。《齐策》云'王有七孺子'，韩非书作'十孺子'，又《韩非·八奸》篇云：一曰在同床贵夫人爱孺子是也。"可知"翁孺"并不仅有"老幼"之意，还有"夫妻"的意思，而此说与后文的雌雄双雉恰好形成对照，显得更为合理。"无以翁孺"即"无翁孺"，意为"无法做夫妻"，添一"以"字，当是出于协律演唱的需要，前文已论，此不赘言。全诗第一节交代了故事发生的背景——两只雉子飞翔到山梁之上，（其中一只被人捉到）因此便做不成夫妻了。

次节："雉子，知得雉子高飞止，黄鹄蜚之以千里。"点断向无争议，《文选》李善注引古辞曰："雉子高飞止，黄鹄高飞已千里。"又郭茂倩《乐府诗集》："《乐府解题》曰：古词云：'雉子高飞止，黄鹄蜚之以千里。'"皆可为证。然而此句言"高飞千里"，似乎与前后文的别离氛围不甚相符，这又如何解释呢？

赵敏俐教授在《中国诗歌通史·汉代卷》中指出，汉代多以诗歌演故事，而其叙事诗语言精练。每个曲子只负责简要说明一小段情节或者故事，演唱的故事并不完整。表演者的任务在于营造渲染气氛，集中表现若干个场景。这类

---

① 原载《光明日报》1950年7月19日第3版，见《杨公骥文集》，东北师范大学出版社1998年版。

诗篇应视作表演唱，是介于短篇叙事诗和折子戏脚本之间的歌唱文学。据此分析，则第二节乃是典型的表演唱，首节表演了被捕离别之后的情景，次节则重在表现雉子翩飞的优美姿态，上下文并不矛盾。

第三节："王可思？雄来飞，从雌视（子趋一雉）。"是全文最难以索解的句子，近世学者多以"子"为实词，认为第三节讲述的乃是雌雄双雉的孩子小雉子被捕的经过。然《乐府解题》中已有"黄鹄蜚之以千里，雄来飞，从雌视"的成句，堪为铁证，足证是说之谬。或有人认为此篇杂入他文，字序混乱，不可确解。这种说法虽然不无道理，却未免失之简单武断。

按照常规的解读方式，多余的四字"子趋一雉"应是一个主谓宾短语，"趋"字应是一个可以后接名词，形成动宾结构句的动词。然而我们注意到，《说文》释"趋"为"走"，《释名》释"趋"为"疾行"，二者均系行为动词，后面不接宾语。可见"趋"在这里并不作为动词来使用。事实上，在汉代诗歌当中，"趋"是一个十分常见的乐工标识字，被称为"趋"的段落通常安排在主曲之后，形成一段急促的变奏。而本篇第四节为二、五、六、七的杂言句，字数递增，节奏变化较快，恰好符合"趋"的特点。可见"趋"极可能是乐工的标识字，因声辞杂写的缘故混入了正文中。

从这个角度考虑的话，还要解决"子"和"一雉"的问题。一种可能是"趋"下有横线，被误认为"一"字，"雉子"则因错讹而颠倒。另一种可能是"子"与"雉"或均是"雉子"的省称。必须承认，上述两种解释均缺乏强有力的证据，因此只能遗憾地暂存疑解。但我们将"趋"字定为乐工标识字，既有文字训诂方面的证据，又十分符合汉代乐府诗的音乐结构特点，仍是更为合理的研究方向。

第四节："雉子，车大驾马滕，被王送行所中。尧羊飞从王孙行。"即全篇"趋"的部分，在这里，诗歌节奏风格陡然为之一转，从分别的哀伤转为在王府之中的享乐情景，活泼而明快。其中"大"字疑为"夫"字之误，"滕"通"腾"，应为乐工标识字，腾跃起舞之意。"尧羊"与"翱翔"实为一词，在诗歌的结尾，扮演雉子的表演者随着"王孙"车马作翱翔起舞之状，矫健灵动，构成了这场表演的最高潮部分。

综上，全诗共分四节，每节均表演出一个若断还连的故事片段。首节交代了雉子在山梁被捕捉到，夫妻分别的场景。次节展现了雉子远举高飞，直上云霄的美丽姿态。第三节以诙谐的质询口气唱出，进一步渲染了雌雄双雉依依相从，不忍离别的情愫。末节则载歌载舞，演示出雉子随王翻飞之貌，再现了富于趣味和吉祥寓意的表演场面。

（作者单位：首都师范大学中国诗歌研究中心）

从服饰看汉乐府的世俗性与娱乐性
——以《羽林郎》为中心

刘 玲

在汉乐府中,有这样一首脍炙人口的作品,讲述了一位貌美的胡姬在当垆卖酒时义正词严而又委婉得体地拒绝了一位权贵家奴调戏的故事,这就是《羽林郎》。我们在读这首诗时,往往为胡姬的美貌和果敢所打动,这样一个美丽与智慧并存的卖酒姑娘形象在我们心中留下了深刻的印象。

诗中花了大量的笔墨来渲染胡姬的美貌俏丽,她穿着"长裙连理带,广袖合欢襦"[1],戴着"蓝田玉"的头饰和"大秦珠"的耳环,一头浓密的秀发梳成两鬟,世间罕见,而鬟上的珠宝装饰更是价值连城,"一鬟五百万,两鬟千万余"。初读此诗,我们总被这大量的渲染所吸引,胡姬的美貌与装束给予了我们视觉上的享受。但是,细细想来,在这美艳到极致的视觉享受背后,似乎隐藏着一些疑问。这位胡姬究竟何许人也?一个当垆卖酒的姑娘,其服饰竟然如此美艳奢华,显然是不合情理的。

一、《羽林郎》中的服饰与器物

蓝田玉

玉器是一种非常珍贵的特殊工艺品。玉的硬度高,制作难度大,且不耐

---

[1] (汉)辛延年:《羽林郎》,载逯钦立:《先秦汉魏晋南北朝诗》汉诗卷七,中华书局1983年版,第198页,下引同。

磕碰，因此，玉器一般都是作为工艺品而非劳动工具存在。殷人将玉看作沟通天人的灵物，周人将玉作为礼乐文化的载体。汉代玉器的使用更为广泛，形式也更丰富，包括祭玉、瑞玉、葬玉等礼器和配饰、雕刻摆件等艺术品。"蓝田玉"，是中国开发利用最早的玉种之一，早在在新石器时代晚期，先民们就发现了蓝田玉坚硬的品质、细腻的纹理与美丽的颜色，并进行开采和制作。从考古发掘中，我们可以找到一些相关资料。目前可见的有龙山文化菜玉铲和战国大玉钺。尤其战国大玉钺工艺十分精美，绝非用于战斗的真实武器，而是王室用于战争礼神或宗庙祭祀的礼器。这两则材料中的玉器虽然保留着铲和钺的外形，却都是作为备而不用的礼器。秦朝设蓝田县，秦始皇初定天下即命丞相李斯采蓝田玉制玉玺，可见蓝田玉确为玉中珍品。由这些材料可知，直至秦代，蓝田玉基本都是作为祭祀礼神的祭玉或朝觐等礼仪时的瑞玉，是一种王权的象征。《汉书·地理志》中记载："蓝田，山出美玉。"[①]《后汉书·外戚传》《郡国志》等历史文献也有蓝田产玉的记载。在文学作品中更是频频出现蓝田玉的字眼，例如班固《西都赋》曰"蓝田美玉"[②]、张衡《西京赋》曰"蓝田珍玉"[③]。《广雅》《水经注》《名医别录》《元和郡县志》《太平寰宇记》《太平御览》《大观本草》等，也都有蓝田玉的记载。从这些文献记载中可以得知，蓝田玉在汉代社会非常著名，甚至可以看作是美玉的代表，人们在提及美玉时，首先想到的就是蓝田玉。那么，蓝田玉在汉代的使用情况如何，是否在社会生活中得到普及呢？文学作品中都将蓝田玉视作珍宝，其出土文物数量也比较少。在出土的汉代玉器中，经过考古学家和地质学者的考查，认为有两件很像现今的蓝田玉，一件是在陕西汉武帝茂陵附近出土的大型玉铺首，嵌在古墓门上；另一件是故宫博物院藏的汉代玉佩。第一件显然是用作墓葬的装饰，是帝王所享用的。而第二件玉佩，是一个舞女的形象，高9.5厘米，长片形，玉人头大、细腰、长袖，裙摆拖地，作扬臂甩袖舞蹈状。在汉代玉器中，舞女玉佩是较为常见的一种。新中国成立后在11处汉代墓葬中出土了大约30件舞女形的玉佩。就出土这种玉佩的11处墓葬而言，

---

① 《汉书》，中华书局1962年版，第1543页。
② （梁）萧统编，（唐）李善注：《文选》，中华书局1977年版，第24页。
③ （梁）萧统编，（唐）李善注：《文选》，中华书局1977年版，第37页。

墓主皆为王侯。可见舞女玉佩，在当时并非是一般人可以使用的。虽然出土文物具有一定的偶然性，不能仅凭这两件出土玉器就断定蓝田玉在当时仅供王侯贵族使用，但是综合各方面资料，以及对当时社会生产力和社会富庶程度的逻辑推测，加之同当今社会进行类比，我们大致可以推断，汉代社会绝非人人皆可镶金戴玉，而蓝田玉更是作为奢侈品的代表，只流行于上流社会，为王侯贵族和达官显宦等少数人所享用。因此，《羽林郎》诗中的这位"酒家胡"在现实生活中是断然没有机会"头上蓝田玉"的。

大秦珠

既然"蓝田玉"是高端奢侈品，那么"大秦珠"又是什么呢？大秦是古代中国对罗马帝国及近东地区的称呼。汉代丝绸之路的开通，加速了东西方文明的交流，而罗马正位于贸易路线上的终点，当时的中国将其称为"大秦"。《后汉书·西域传》："大秦国一名犁鞬，以在海西，亦云海西国。地方数千里，有四百余城。"并记载了大秦国的物产丰富奇特："土多金银奇宝，有夜光璧、明月珠、骇鸡犀、珊瑚、虎魄、琉璃、琅玕、朱丹、青碧。"[1] 所谓"大秦珠"，或是泛指传入中土的大秦珠宝，或是特指其中的某一类。《羽林郎》中称胡姬"耳后大秦珠"，《陌上桑》中称罗敷"耳中明月珠"，而明月珠恰好是大秦国之珍宝，由此观之，大秦珠与明月珠似乎为同一物。根据章鸿钊先生《石雅》一书中的考证，由大秦国传入中土的明月珠应为金刚石一类的珍宝。[2] 中国本土的金刚石矿藏资源非常贫乏，古代从未有发现和开采金刚石矿藏的记录，可见金刚石对于汉人而言的确是稀世珍宝。又《十洲记》称"周穆王时，西胡献昆吾割玉刀及夜光常满杯"，"刀切玉如切泥"，"秦始皇时，西胡献切玉刀"。[3] 西胡进献的"割玉刀""切玉刀"，正是金刚石。既是进献之物，必定是中土稀缺的奇珍异宝。即便是在胡汉交流逐渐频繁的汉代社会，从大秦国传来的金刚石制品也应该是非常贵重的珠宝。

妇人佩戴耳饰的传统由来已久。周代贵妇人就佩瑱，以紞系于衡笄的两端垂至耳边。汉代妇人主要的耳饰有珥和珰。珥可以悬挂在簪下，垂于耳畔，

---

[1] 《后汉书》，中华书局1965年版，第2919页。
[2] 章鸿钊：《石雅》，上海书店出版社1990年版，第90—102页。
[3] 《海内十洲记》，明吴琯刻本。

和瑱相同，也可以直接用绳子系在耳朵下面，或挂在珰下。瑱和珥都是不穿耳的，这两种耳饰都产生于中原本土。而珰则是由少数民族传入的耳饰，《释名·释首饰第十五》："穿耳施珠曰珰，此本出于蛮夷所为也。蛮夷妇女，轻淫好走，故以此琅珰锤之也。今中国人效之耳。"①珰是穿耳而过的，与当今女子穿耳洞佩戴耳饰相类。珰的佩戴形式分为两种，一是"作珠状，附于耳前"，一是"作圆杆状，穿于耳前后"②。胡姬"耳后大秦珠"正是珰穿于耳后的佩戴方式。胡姬本就是异族女子，大秦珠也是西域之物，佩戴更是选用富有异族气息的穿耳而过、饰于耳后的方式，如此一来，胡姬的形象便充满了神秘美艳的异域风情。这样一个光鲜亮丽的异族卖酒女郎，正是最能够引起人们兴趣的典型艺术形象。

发型

鬟是汉代女子流行的发型，汉画像砖中乐舞杂技的舞女和坐而宴饮的妇人均梳双鬟，彭山陶俑也有梳双鬟的女子头像。汉人注重发型之美，当时流传谣谚"城中好高髻，四方高一尺"，可见大家争相模仿京城流行的时尚发型。《后汉书·明德马皇后纪》注引《东观纪》："明帝马皇后美发，为四起大髻，但以发成，尚有余，绕髻三匝。"③汉代女子还佩戴假发以梳成各种高难度发型，足见当时对于丰满华丽的发型的追求。《羽林郎》中描写胡姬"两鬟何窈窕，一世良所无"，留给人们无限的想象空间。这位胡姬的双鬟究竟是什么模样，诗中没有交代，但用"何窈窕"这样的感慨和"一世良所无"这样的夸张，让我们想象胡姬黑亮浓密的秀发绾成如同流云一般的双鬟，窈窕绰约。"一鬟五百万，两鬟千万余"并非指胡姬的头发本身，而是指鬟上饰物价值不菲。曾昭燏先生在《论周至汉之首饰制度》一文中论及，"鬟为《说文》新附字，释为总发，又云'按古妇人首饰，琢玉为两环。'据此则鬟有二义，一为束发，一为发上所加玉饰。……后汉辛延年《羽林郎》诗：'胡姬年十五，春日独当垆。……两鬟何窈窕，一世良所无。一鬟五百万，两鬟千万余'，所'两鬟何窈窕'，似以形容发鬟之美，而'一鬟五百万，两鬟千万余，'则言鬟上所附珠

---

① （汉）刘熙：《释名》卷五，《四部丛刊》初编，据江南图书馆藏明翻宋书棚本影印，第 21 页。
② 南京博物馆编：《曾昭燏文集》，文物出版社 1999 年版，第 202—203 页。
③ 《后汉书》，中华书局 1965 年版，第 407 页。

玉饰物之价值。"①胡姬的头发本身或许可以出落得如此浓密美丽，但发饰如此价值连城，绝对是出于诗人的夸张与虚构。诗人通过对窈窕双鬟和鬟上珍贵饰物的极力渲染，将胡姬的美丽推向极致。

诗人通过"头上蓝田玉，耳后大秦珠。两鬟何窈窕，一世良所无。一鬟五百万，两鬟千万余"这几句，极度夸张地描摹了胡姬流光溢彩的首饰、风鬟雾鬓的秀发和充满异域风情的装扮，塑造了一个光彩夺目的异族少女形象。

服装

如果说这些描写极力渲染了胡姬的美，那么她的着装则在美的基础上更突出了一个"艳"字。诗中描写她穿着"长裾连理带，广袖合欢襦"，从字面上已经可以嗅到香艳的气息。"连理带"和"合欢襦"究竟是什么样的物件，历史文献没有记载，出土文物也并未发现相关的画像或器物，只有在文学作品中尚能找到一些记录。然而，文学作品中"连理带"和"合欢襦"的首次出现就是在这首《羽林郎》中，且同时代并未出现其他记载，因此我们无法得知"连理带""合欢襦"是汉代真实存在的实物还是诗人的艺术想象创作，更无法推断二者的形式以及穿着的场合。但是，在后世文学作品中常常出现这样的字眼，我们可以从中推知一二。陈后主《乌栖曲》："合欢襦熏百和香，床中被织两鸳鸯。乌啼汉没天应曙，只持怀抱送郎去。"②施肩吾《起夜来》："香销连理带，尘覆合欢杯。"③王立道《拟客从远方来》："手裁合欢襦，加以锦绣缘。余为连理带，杂佩相纠缠。"④归入《香艳丛书》的陈维崧《妇人集》中收录陆圻《望远曲》其三："举体乍飘连理带，定情羞解合欢襦。"⑤从这些诗作来看，"连理带"和"合欢襦"都是用来写夫妻恩爱成婚或是情人风流韵事的，带有明显的闺中私密色彩。

"连理"的本义是异根草木，枝干连生，汉班固《白虎通·封禅》："德至草木，朱草生，木连理。"⑥后用来喻结为夫妇或男女欢爱。《佩文韵府》中有

---

① 南京博物馆编：《曾昭燏文集》，文物出版社1999年版，第198页。
② （宋）郭茂倩：《乐府诗集》卷四十八，中华书局1979年版，第698页。
③ （宋）郭茂倩：《乐府诗集》卷四十八，中华书局1979年版，第1065页。
④ （明）王立道：《具茨集》诗集卷一，《文渊阁四库全书》本。
⑤ （清）陈维崧：《妇人集》，《丛书集成初编》本，商务印书馆1936年版，第42页。
⑥ （清）陈立撰，吴则虞点校：《白虎通疏证》，中华书局1994年版，第284页。

"连理枝""连理榆""连理橘""连理槐""连理柯""连理襦""连理裙""连理衣""连理枕""连理锦""连理文"等词条,皆与男女相爱相守有关。尤其是服装器物中的"连理",如"连理襦""连理枕"等,往往与"合欢""鸳鸯""回文""双文"等对举。譬如雷管诗"且留连理枕,莫卷合欢衾",这两件物品显然都是夫妻房中所备,诗中特意点出"连理枕"与"合欢衾",既体现恩爱,也让整首诗多了几分香了男女之间的艳的情调。

图 1:万堂人物画像石　　　　图 2:乐舞百戏图

"合欢"本是树名,至晚而合,又名"合昏"。古时男女成婚多在傍晚黄昏之时,"昏"即"婚"的本字,因此合欢树有男女成婚的寓意。又合欢树其叶为羽状复叶,小叶对生,排列在叶轴的左右两侧,其花为头状花序,合瓣花冠,这种叶片成双成对、花瓣簇拥相覆的形态便引申出男女交欢的含义。由此可见,文学作品中常用"合欢"来指代男女婚恋关系是并非毫无依据的。汉画像砖中亦常出现合欢树,其图案为圆团形,比较规则。其中一些合欢树的图案甚至可以清晰地看到树枝相互交错,呈伏羲女娲交尾之状。这样的图案应该是整个社会约定俗成的,可以推测汉代织锦或许亦有合欢图案的花纹。汉代班婕妤《怨歌行》有"裁为合欢扇,团团似明月"[1],南朝刘孝威《七夕穿针》有"故穿双眼针,时缝合欢扇"[2],这里的"合欢扇"即是团扇,与画像砖中所见合欢树的形状非常相似。《古诗十九首·客从远方来》有"文采双鸳鸯,裁为合欢被"[3],这里已经说明绮罗上织的是鸳鸯图案,而"合欢被"则是体现夫妻情

---

[1] 逯钦立:《先秦汉魏晋南北朝诗》汉诗卷二,中华书局 1983 年版,第 116—117 页。
[2] 逯钦立:《先秦汉魏晋南北朝诗》梁诗卷十八,中华书局 1983 年版,第 1882 页。
[3] 逯钦立:《先秦汉魏晋南北朝诗》汉诗卷十二,中华书局 1983 年版,第 333 页

意的一种文学表达，功能上或许是特指夫妻之间所使用的被衾。"合欢被"之形式，或许是由两块布拼缝而成，取合欢之意。后世多以"合欢"来写男欢女爱之情，如东晋杨方有《合欢诗》五首，皆是写男女情投意合相合而欢的。又元代女子亵衣称为"合欢襟"，又称"合欢"，是一种特殊的服装形式。"合欢襟"后背袒露，以带子相连，肩部无带，穿时由后向前，在胸前用一排扣子系合，或用绳带等系束，其面料多用织锦，图案为四方连续。《羽林郎》中胡姬所穿的"合欢襦"，虽然不会是像元代女子"合欢襟"这样的亵衣，但也有可能是某种款式比较开放的衣服，或者是织有合欢图案花纹的衣服。无论是合欢的款式，还是合欢的花纹，都是象征着男欢女爱之情的物品，是应该藏于深闺而非露于街头的。而胡姬却穿着"连理带""合欢襦"当垆卖酒，很大程度上增添了她香艳的美态。汉代服装在制式上有一定的规则。从出土文物来看，汉代妇人所穿曲裾或襦裙，大多以垂胡形袖和窄袖为主。窄袖衣以其制作简单且便于劳动而流行于劳动人民之中，而贵族妇女则多用垂胡形袖。马王堆汉墓出土帛画上所绘墓主轪侯夫人所穿正是垂胡形袖的深衣。这种形制的衣袖看似广袖，其实不然。根据《礼记集解》《礼记集说》《深衣考》等文献的记载推算，袖宽约四十六厘米，而袖口宽却只有二十三厘米，袖口下缘至腰为弧形，须中规，即为圆形之一段。可见，垂胡形袖并非广袖，而是呈圆弧状，袖身垂阔而袖口窄小。这种衣袖在贵妇人中较为流行，譬如山东汉墓画像石中妇人皆为此装束，显示出端庄的仪态。广袖与垂胡形袖不同，在袖口处不再收小。广袖原本产生于歌舞伎的舞衣，汉画像砖的乐舞图中常常可见婀娜多姿的舞女，宽松长大的衣袖在风中飞扬。这种广袖增添了衣袖的装饰性，突出了服饰的审美倾向，成为一种新潮时尚的服装款式。诗中说胡姬穿着"长裾连理带，广袖合欢襦"，既写出了她服装香艳，也写出了她造型时髦。

诗中没有直接对胡姬的相貌进行描写，而是通过对服装饰物的铺排和夸张，塑造了一个光彩夺目、风情万种的异族少女形象。这样一个令人心动的胡姬，竟然还是一个当垆卖酒的酒家胡，这显然是文学创作中的一个典型艺术形象，在她的身上一定会有故事发生，这极大地满足了人们的艺术想象和审美需求。

其他

《羽林郎》一诗中除了对胡姬的装饰进行了极度的夸张之外，对其他器物的描写也贵气十足。

根据诗中的交代，羽林郎冯子都只不过是霍氏家奴，却派头十足，驾着车马而来，银色的马鞍光彩闪耀，车盖上饰有翠鸟的羽毛。这都是充满了富贵之气的装饰。姑且不论冯子都是否有这样的财力，但这样的描写色彩绚丽，的确能够产生很好的视觉效果。

诗中不仅大肆渲染了胡姬和冯子都的装饰，还极力展现出酒家中餐具的珍贵。诗中提到："就我求清酒，丝绳提玉壶。就我求珍肴，金盘脍鲤鱼。"金、玉都是象征着富贵的物品，在汉代，玉石的确用于制作容器、用器等，但从玉石开采和制作工艺的复杂程度来看，这些玉器是不会大规模流行与街头酒肆之中的。至于金盘，并非真正的金质容器，而是鎏金器。汉代虽然国力强盛，但纯金容器还是极少见的，即便是当时比较盛行的鎏金器，也只流行于王侯权贵之中。所谓鎏金器，"是用金末与水银生成金汞齐，涂于其他金属器上，再加热使水银蒸发，金遂附着于器面不脱。但在制作过程中产生的水银蒸气却有剧毒。……统治阶级使用的豪华的'金涂'或'黄涂'器上，其实正涂满了工匠们的斑斑血泪"[①]。诗中酒家的"玉壶"和"金盘"显然都属于文学创作。从表达效果上来看，以玉壶盛清酒，如同流动的碧玉，更显晶莹清澈，又与"金盘脍鲤鱼"相得益彰，一个清新雅致，一个富丽堂皇，给人以雅丽的审美感受。

《羽林郎》一诗塑造了两个典型的艺术形象，一个是当垆卖酒的胡姬，一个是仗势欺人的冯子都，这两个人物在社会中是很具有代表性的，二者之间很容易发生一些让人们很感兴趣的故事。尤其是胡姬的身份非常特殊，她不仅是异族少女，而且从事卖酒的职业，作者在塑造这一形象时，极尽夸张之能事，通过对服装首饰的铺排，将文字所能表达出来的美艳的极致全部赋予胡姬，极大地满足了读者和观众对妙龄异族卖酒少女的想象。这样一个身份典型的胡姬少女受到羽林郎的调戏，仿佛已经是情理之中的事情。作者之所以要夸张和虚构这些华丽的装饰和器物，则是出于普通百姓对于上层富贵生活的憧憬和想象。爱美之心人皆有之，然而，上层的王公贵族、达官显宦才有更加雄厚的财

---

① 孙机：《汉代物质文化资料图说》，上海古籍出版社2011年版，第430页。

力去追求美,他们引领着时尚的潮流,体现了美的风向标。当时有谣谚"城中好高髻,四方高一尺。城中好广眉,四方且半额。城中好大袖,四方全匹帛"。可见当时对都城风尚的仿效。《后汉书·五行志》:"桓帝元嘉中,京都妇女作愁眉、啼糚、堕马髻、折要步、龋齿笑。……始自大将军梁冀家所为,京都歙然,诸夏皆放效。"[1] 梁冀妻孙寿是当时时尚界的引领者,她所创制的妆容仪态广为流行。由此可见,在普通百姓心目中,美丽和时尚是源于上层社会的,他们对于富贵人家奢华的装饰、享乐的生活以及贵妇人珠光宝气的服饰妆容既好奇又羡慕,并认为那就是美。因此,在这首诗中,作者为了塑造极具美感的典型形象,迎合人们对于美的想象,便将这些华丽的美全部投射在胡姬、冯子都身上和酒家的陈设中,满足了人们的审美需求。

二、汉乐府其他相关篇目中的服饰与器物

在汉乐府中,像《羽林郎》这样对服饰进行详尽的描绘是一种比较常见的写法,比较典型的还见于《陌上桑》和《古诗为焦仲卿妻作》两首诗中。

《陌上桑》一诗中对服饰的描写主要集中在两部分,一是罗敷的衣着,二是罗敷夸夫时对夫婿乘骑和配饰的叙述。诗中写罗敷:"头上倭堕髻,耳中明月珠。缃绮为下裙,紫绮为上襦。"[2] "倭堕髻"是当时所流行的发型。崔豹《古今注》中记载:"倭堕髻,一云堕马之余形也。"[3] "堕马",即堕马髻,是梁冀妻孙寿所创发型。《奁史》卷七十一记载:"桓帝元嘉中,京师妇人作堕马髻。堕马髻者,侧在一边,自梁冀家所为,京师皆效。"[4] 堕马髻是将头发侧在一边梳成一个发髻,形成一种不平衡的美感,在当时广为流行。倭堕髻之形也正是如此。"明月珠"是一种珠宝。《异物志》记载:"(鲸鲵)或死于沙上,得之者

---

[1] 《后汉书》,中华书局1965年版,第3270—3271页。
[2] 《陌上桑》。逯钦立:《先秦汉魏晋南北朝诗》汉诗卷九,中华书局1983年版,第259—260页,下引同。
[3] (晋)崔豹:《古今注》,中华书局1985年版,第21页。
[4] 《奁史》,嘉庆二年伊江阿刻本。

皆无目,俗言目化为明月珠。"①相传明月珠是由鲸鱼之眼所化。司马相如《上林赋》云:"明月珠子,的皪江靡。"《史记索隐》引应劭云:"明月珠子生于江中,其光耀乃照于江边也。"足见明月珠之璀璨。诗中罗敷以明月珠为耳饰,更显光彩夺目。再看罗敷的衣装,上为紫绮之襦,下为缃绮之裙。绮是一种有文彩的丝织品,《说文》:"绮,文缯也。"②缃是浅黄色,《说文》:"缃,帛浅黄色也。"③可见罗敷穿的是丝织布料的衣服,丝织品比起麻布来更华丽更有光泽。上身紫色,下身浅黄,紫色与黄色恰是对比色,这种强烈的色彩反差更加凸显了罗敷的俏丽。

如果说这段对于罗敷的描写并不算过于夸张的话,那么罗敷夸夫时对夫婿的形容则是极尽夸张之辞。首先,罗敷叙述了夫婿的宦场升迁史:"十五府小吏,二十朝大夫,三十侍中郎,四十专城居。"罗敷尚且不足二十,其夫婿又怎么会年逾四十呢?这一段话显然是一种虚构,通过对夫婿的赞扬向使君施压。接下来,罗敷又对夫婿的坐骑和配饰进行描述,这二者正是最能够体现男子身份和地位的标志。"东方千余骑,夫婿居上头。何用识夫婿?白马从骊驹;青丝系马尾,黄金络马头;腰中鹿卢剑,可直千万余。"其中"黄金络马头"一句是乐府诗中常用套语,在《乐府诗集》中共出现了三处,其余两处分别是在《相逢行》和《鸡鸣》中,皆用来形容家庭之富贵与地位之显赫,俨然成为达官显宦的身份象征。罗敷对夫婿夸赞究竟有几分真实性很难判断,若要断定"青丝系马尾,黄金络马头"是虚构,似乎只有推测而得证据不足,但是,从下一句的"鹿卢剑"中可以得知,这些言辞中夸张和虚构的成分比较大。《宋书·礼志》注云:"古剑首以玉作鹿卢,谓之鹿卢剑。"④《史记·刺客列传》正义中记录秦王:"召姬人鼓琴,琴声曰:'罗縠单衣,可裂而绝;八尺屏风,可超而越;鹿卢之剑,可负而拔。'"⑤琴歌中说秦王之剑是鹿卢剑,即便是指代,也可看出鹿卢剑象征着至高的地位。《宋书·志第八·礼志》中记载

---

① (汉)杨孚撰,(清)曾钊辑:《异物志》,中华书局1985年版,第8页。
② (汉)许慎撰,(宋)徐铉校定:《说文解字》,中华书局1963年版,第273页。
③ (汉)许慎撰,(宋)徐铉校定:《说文解字》,中华书局1963年版,第278页。
④ 《宋书》,中华书局1974年版,第521页。
⑤ 《史记》,中华书局1963年版,第2535页。

"世祖嫌侯王强盛，欲加减削"①，于是在首当其冲的礼制上进行制度的规范，颁布了二十四则规定来限制王侯的行为，其中有一则"剑不得鹿卢形"。又《宋书·志第十七·符瑞上》记载："太宗为徐州刺史，出镇彭城，昭太后赐以大珠鹿卢剑，此剑是御服，占者以为嘉祥。"②可见，鹿卢剑是天子御用之物，连王侯尚且不可僭越佩戴。《隋书·志第六·礼仪六》载"皇太子……带鹿卢剑"③，《新唐书·志第十四·车服志》载"鹿卢玉具剑如天子"④，这些材料都说明鹿卢剑是皇室御用，象征着天子的至高无上的权力。目前可见关于鹿卢剑最早的明确规定即是在《宋书》中，虽然已是六朝时期，离汉代有一定的时间距离，但是综合以上材料进行推测，在汉代，即便鹿卢剑并非只有天子方可佩戴，但也一定只存在于王室成员之中，而罗敷的丈夫并非王族，是不可能配鹿卢剑的。

《古诗为焦仲卿妻作》一诗的产生年代尚未有定论，诗前小序云："汉末建安中，庐江府小吏焦仲卿妻刘氏，为仲卿母所遣，自誓不嫁。其家逼之，乃投水而死。仲卿闻之，亦自缢于庭树。时人伤之，为诗云尔。"⑤我们姑且认为序为后世所补，并从序说，将此诗归于汉末建安时期。因诗作的创作年代较晚，所以在此只作为辅例简要分析。

诗中对刘兰芝被遣回前时的装束做了细致地描述"足下蹑丝履，头上玳瑁光。腰若流纨素，耳着明月珰"，足见其"严妆"之"精妙"。《释名·释衣服》言"履，礼也，饰足以为礼也"⑥，履以丝制者居多，故称"丝履"。"丝履"是以丝织品制成的鞋，古为华贵之服，但在汉代，随着生产力的发展，丝履的普及程度也大为提高。贾谊《治安策》称"今民卖僮者，为之绣衣丝履偏诸缘，内之闲中，是古天子后服，所以庙而不宴者也，而庶人得以衣婢妾"⑦。在先秦文

---

① 《宋书》，中华书局1974年版，第521页。
② 《宋书》，中华书局1974年版，第786页。
③ 《隋书》，中华书局1973年版，第218页。
④ 《新唐书》，中华书局1975年版，第517页。
⑤ 《古诗为焦仲卿妻作》。逯钦立：《先秦汉魏晋南北朝诗》汉诗卷十，中华书局1983年版，第283—286页，下引同。
⑥ （汉）刘熙：《释名》卷五，《四部丛刊》初编，据江南图书馆藏明翻宋书棚本影印，第22页。
⑦ （清）严可均辑：《全上古三代秦汉三国六朝文》，《全汉文》卷十五，中华书局1958年版，第211页。

化传统中，服饰是等级的象征，贾谊在此是指责庶人、商贾无视天子之尊的现象。但若其言属实，那么丝履在当时已经较为普遍了，因此诗中说刘兰芝"足下蹑丝履"尚不足为奇。《晏子春秋·内篇谏下》记载："景公为履，黄金之綦，饰以银，连以珠。"① 可见履的制作非常讲究。当然，这是王侯之履，汉代等级较低的履自然不会如此华丽。然而，在丝履上增添一些绣纹饰物，却是现实的。总之，丝履是一种相对华美的鞋，因此，在这首诗中，作者没有让刘兰芝穿麻枲杂履，而是穿光鲜亮丽的丝履，这是出于审美需要的一种文学的选择。

"玳瑁"，即瑇瑁，是一种海龟，其甲可以制成装饰品。《史记·司马相如列传》中有"瑇瑁鳖鼋"，张守节《正义》云："似蝳蝐，甲有文，出南海，可饰器物也。"② 以玳瑁为饰的历史比较悠久，《史记·春申君列传》就有记载："赵使欲夸楚，为瑇瑁簪，刀剑室以珠玉饰之，请命春申君客。"③《后汉书·舆服下》："贵人助蚕服，纯缥上下，深衣制。大手结，墨瑇瑁，又加簪珥。"④ 可见玳瑁应是一种比较珍贵的饰品。

"纨素"是洁白精致的细绢，属于高档丝织品。"明月珰"是明月珠制成的耳环，上文已经对明月珠和珰都有所介绍，此处不再详述。

刘兰芝即将辞别夫家，所以她精心装扮，如同进行某种仪式一般，进行最后的告别。作者在这里让刘兰芝穿上最华丽的衣服，带上最精致的首饰，将她塑造成一个"精妙世无双"的美丽女子，不仅是一种视觉审美的艺术需要，符合当时的审美理念，同时，这样美好的女子即将被遣回家，无疑也为整个场景添加了一丝凄美的色彩。

诗中在写到刘兰芝再婚时，对迎亲的仪仗进行了描写。"青雀白鹄舫，四角龙子幡。婀娜随风转，金车玉作轮。踯躅青骢马，流苏金镂鞍。赍钱三百万，皆用青丝穿。杂彩三百匹，交广市鲑珍。从人四五百，郁郁登郡门。"从这一段文字中我们看到了盛大非常的排场和价值不菲的彩礼。"舫"是船的意思，"青雀白鹄舫"即画船上绘有青雀和白鹄的图案，四角挂着绣有龙的旗

---

① 吴则虞编著：《晏子春秋集释》卷二，中华书局1962年版，第125页。
② 《史记》，中华书局1963年版，第3007页。
③ 《史记》，中华书局1963年版，第2395页。
④ 《后汉书》，中华书局1965年版，第3676、3677页。

幡，轻轻地随风飘荡，显然是豪华的游船。迎亲的马车以金为车以玉作轮，缓步前行的青骢马，套着四周垂着彩缨刻着金饰的马鞍，这是何等的富贵，显然是夸张的笔法。再看府君所赠的彩礼，礼金三百万，各色绸缎三百匹，以及从各地采购来海味珍馐。诗人在叙述时不仅气势如虹地将这些彩礼铺排出来，而且还进行了细致的描写。这三百万钱全用青色的丝线穿着，在视觉效果上显得更加精致，画面感更加强烈。当然，这林林总总、杂彩斑斓的彩礼和车马不可能是写实，而是为了渲染府君显赫的家世和雄厚的财力。诗中把迎娶的场面描写得纷纷攘攘，五光十色，令人眼花缭乱，目不暇接，使诗在冗长的叙述中陡然掀起一道波澜，文笔顿时生辉，符合读者的审美需要。沈德潜对此评说："长篇诗若平平叙去，恐无色泽。中间须点染华缛，五色陆离，使读者心目俱炫。如篇中新妇出门时'妾有绣罗襦'一段，太守择日后，'青雀白鹄舫'一段是也。"①

诗人之所以在诗中讲述故事时对服饰、妆容、器物等细节描写洒墨如泼，主要是为了在纵向的平铺直叙中，加入横向的细节铺排描写，使诗歌的节奏变化起伏、错落有致，也使整首诗在情节更加充实，人物形象更加丰满，在视觉效果上更具有色彩感和画面感。而这些对于服饰器物的铺排并不是写实，更多是诗人创作的想象，往往是出于对华丽、富贵以及美的追求，是为了满足读者和观众对于审美的理念和娱乐的需求。

三、汉乐府的世俗性与娱乐性

在先秦时期，社会有着严格的等级划分，这种礼制的重要表现之一就是服饰。三《礼》中对于服制有着严格的规定，这种规范也体现在文学作品之中。《诗经》中对人物服饰的描写往往体现了其身份地位和道德修养，是一种相对来说比较写实，符合等级规范的文学表达。因此，我们往往可以通过服饰名物的考证来研究《诗经》作品的对象和本义。

---

① （清）沈德潜：《古诗源》，中华书局1963年版，第76页。

然而，在汉代，尤其是在乐府俗乐之中，我们看到的却是另外一番景象。根据上文的分析我们发现，乐府俗乐中所塑造的这些人物形象，无论是"先嫁得府吏，后嫁得府君"的刘兰芝，还是罗敷及其夫婿，甚至是当垆卖酒的胡姬，都穿戴着与其身份地位不甚相称的高贵服饰。几首诗在形象塑造和场景描绘时都采用及其华丽的笔法，将人物的美丽、服饰的奢华以及场景的热闹都写得惊心动魄，令人心驰神往，虽然都是夸张虚构，但是却极大地满足了读者和观众对于一个作品在审美和娱乐上的需求。在这些作品中，服饰器物与身份无关，与地位无关，与道德修养无关，只与美有关。

《乐府》与《诗经》中的人物塑造之所以有如此大的区别，主要在于二者产生的时代背景不同，所承担的功能也不同。《诗经》虽然作为文学作品，却是"礼"的组成部分，很大程度上承担着政治功能，包括在外交场合的赋诗言志，孔子所言"兴观群怨"，以及《毛诗序》中提到的"主文而谲谏"等。

而汉乐府则不同，尤其以《相和歌辞》《杂曲歌辞》等俗乐为代表，这一类作品所承担的功能无关乎宗庙社稷和政治教化，而是以其引人入胜的故事性、戏剧性和艺术性来满足人们对娱乐的需求。这是一种文学世俗化的体现，与汉代的社会风气是分不开的。汉代在经历了秦末的战火之后，通过几代帝王的休养生息政策，社会生产力得到发展，各方面生产技术得到提高，生活相对富庶。尤其是武帝时加强对域外的交流，各国各民族的物质和文化都得到广泛的交融，汉朝作为丝绸之路上的一个泱泱大国，更是国力强盛，空前繁华。正是在这样一种富庶的物质条件之下，汉代所呈现出来的是一种繁华的、盛大的、享乐的精神面貌。

物质的丰富滋生了人们对于享乐的欲望，从考古发掘的汉代墓葬来看，当时普遍追求着一种奢侈的享乐生活，奢侈华贵是当时一种流行的审美观念。正是由于这种自上而下贯穿整个社会的奢侈享乐之风，汉代的娱乐事业空前发达，歌舞艺人队伍迅速壮大，他们或进入宫廷成为御用艺人，或为达官显宦、巨贾富商所豢养。这些歌舞艺人所表演的曲目，也就是今天我们看到的乐府诗，都是为了满足观众的娱乐需求而创作的。恰是因为其观众是享受着荣华富贵生活的上层名流，为了迎合他们的审美风尚，这些诗歌才呈现出奢华富贵的气象。这些艺术作品细节中所反映出来的富贵之象并不是社会生活的真实写照，我们不能够通过这些来推断汉代社会的真实生产力水平和人民生活状况。从《羽林郎》《陌上桑》《古诗为焦仲卿妻作》等诗歌中，我们所看到的是一个个光鲜亮丽的人物形象，一幕幕富贵荣华的铺张场景，然而，这并不意味着这些都是社会真实，并不是说一个当垆卖酒的胡姬就真的是"头上蓝田玉，耳后大秦珠"，而是将上层社会的华丽气象套用在一个个戏剧性的故事中，是对故事角色和场面的艺术重构，旨在贴近观众的生活，迎合观众的审美观念。诗歌中所用到的一切道具，无论是光彩夺目的珠宝，还是香艳时髦的服饰，都是为了增强作品的娱乐性，符合观众奢侈华贵的审美观念，满足上层社会对于娱乐的需求。因此我们才从胡姬、罗敷和刘兰芝身上看到了贵妇的华美装束，从街头酒肆中看到了豪门宴饮的金杯玉盏。更有上文提到过的《相逢行》和《鸡鸣》两首诗，以铺陈的笔法来写达官显宦家中"黄金为君门，白玉为君堂"的奢侈气象。这些诗中，我们体会不到半点批判和讽刺的意味，反而是一种夸赞和欣羡的口吻，是一种娱乐化的艺术。

因此，我们认为，汉乐府诗歌并非对于社会的真实写照，而是一种世俗化的艺术作品，它的功能不在于"美刺"、不在于"兴观群怨"，而是旨在满足人们对于娱乐的需要，是一种盛世享乐风气下的娱乐作品。

（本文已发表在《乐府学》第八辑）

（作者单位：南京工业职业技术学院党委宣传部）

汉代辞赋研究

论贾谊《吊屈原文》

朱晓海

《史记》卷八四《屈原贾生列传·鵩鸟赋》：

贾生为长沙王太傅三年，有鸮飞入贾生舍……乃为赋以自广，其辞曰："单阏之岁兮，四月孟夏，庚子日施兮，服集予舍……"

《集解》引徐广曰：

岁在卯曰单阏。文帝六年（前174），岁在丁卯。

对照《尔雅》卷六《释天》，可知："岁"指太岁，或者说太阴。"太初元年（前104），岁在丁丑"[1]，是以"太初四年（前101），诛宛王，获宛马"所作的《天马歌》说"天马来，执徐时"[2]，太岁"在辰曰执徐"[3]。《续汉志》卷二《律历志中·汉安论历》又说：

---

[1] （清）王先谦：《后汉书集解》，台湾艺文印书馆1972年版；以下简称《后汉书》，《续汉志》，卷二《律历志中·汉安论历》，第1094页。王先谦：《汉书补注》，台湾艺文印书馆1972年版；以下简称《汉书》，卷二一上《律历志》，第406页，汉武帝"元封七年（前104）"，"太岁在子"。关于如何解释这之间的矛盾，详参陈久金：《从马王堆帛书〈五星占〉的出土试探我国古代的岁星纪年问题》，载《中国天文学史文集》，科学出版社1978年版，第57—59页；张培瑜、陈美东、薄树人、胡铁珠：《中国古代历法》，中国科学技术出版社2008年版，第四章，第一节，第252—255页。

[2] 《汉书》，卷二二《礼乐志》，第492—493页。

[3] （宋）邢昺：《尔雅注疏》，台湾艺文印书馆1977年版，卷六《释天》，第95页。

孝文帝后元三年（前161），岁在庚辰。

徐广盖依此上推，故得出此说。按：湖南长沙马王堆汉墓出土的甲本《刑德大游甲子表》图左标明："今皇帝十一年，太阴在巳，左行"，于乙巳小图左又注有"今皇帝十一"；乙本《刑德大游甲子表》于丁未小图左注有"孝惠元"[1]，与后世干支纪年所言者完全一致。依此下推，同样会得出：文帝前元六年，太阴（太岁）在卯，按照岁星纪年法，乃丁卯之年的结论[2]。诚然，文帝后元二年（前162），太阴（太岁）也会在卯，处于单阏这个位置，但那时贾谊已卒[3]。因此，其初任长沙王太傅，当在文帝前元四年（前176），以致"为长沙王太傅三年"，即文帝前元六年时，适逢"单阏之岁"。由此可推知：他离京，已抵湘水傍，作《吊屈原文》，至早也不过是文帝前元三年（前177）底。此时的长沙王已为靖王产[4]。

这篇韵文[5]世所习知，但似乎尚有可注意之处。

---

[1] 陈松长：《马王堆帛书〈刑德〉甲、乙本的比较研究》，《文物》2000年第3期，第80页图六、第79页图五。

[2] 陈久金：《从马王堆帛书〈五星占〉的出土试探我国古代的岁星纪年问题》，第55—56页，据马王堆汉墓出土的《五星占》，排定秦始皇元年（前246）太岁在寅。贾谊作《鵩鸟赋》时，太岁既然在单阏或者说卯的位置，故认为作此赋乃文帝前元七年（前173）的事。此赋究竟作于何时，陈氏其实并无任何论证，而且刘乐贤《马王堆天文书考释》，中山大学出版社2004年版，第九章《从马王堆帛书看太阴纪年》，第226—227页，已指出：将《五星占》解读为太岁（太阴）纪年的材料，非是。

[3] 〔日〕泷川龟太郎：《史记会注考证》，台湾艺文印书馆1972年版；以下简称《史记》，卷八四《屈原贾生列传》，第991页，记载：《鵩鸟赋》完成"后岁余，贾生征见"，"居顷之，拜贾生为梁怀王太傅"，"居数岁，怀王骑，堕马而死"，"贾生自伤为傅无状，哭泣，岁余，亦死"。据《史记》卷十七《汉兴以来诸侯王年表》（第318页）、《汉书》卷四《文帝纪》（第74页），梁怀王卒于文帝前元十一年（前169），则贾谊盖卒于文帝前元十二年（前168）。

[4] 《史记》卷十七《汉兴以来诸侯年表》，第317、319页，长沙恭王右的继任者名为著，以文帝前元三年（前177）为长沙靖王著的元年，在位二十一年，文帝后元七年（前157）薨；《汉书》卷十三《异姓诸侯王表》，第156、158页，以长沙共（恭）王的继任者名为产，于文帝前元二年（前178）"嗣"位，在位二十二年。司马迁大概是根据古礼，先君死后，逾年方改元；班固则根据实际接续其父的年份起算。不论如何，《吊屈原文》既然至早是文帝前元三年底之作，则所傅之王当是长沙靖王，而非其父长沙恭王。李善未详考，故只得谨慎地说："经、史不载其谥号，故难得而详也。"至于《汉书》卷三四《吴芮传》，第952页，以长沙共王名右、靖王名差，与《异姓诸侯王表》异，必有一方为形近之讹。

[5] 以下凡出自《吊屈原文》的引文，率本诸李善注：《文选》，台湾艺文印书馆1998年版，卷六十《吊文》，第848—849页。节省篇幅计，不复一一标举页码。

一

　　这篇吊文，除去前头的说明之辞，其实仅有两段。两段主旨截然不同。
　　第一段不厌其烦地使用了各种对比。粗分之，有人与物两类。人这部分可细分为概括的类别（阘茸、谗谀／圣贤、方正）与具体的人士（盗"跖"、庄"蹻"／卞"随"、伯"夷"）。物这部分也可以细分为生物（鸱枭／鸾凤；罢牛、蹇驴／骥）与无生物（铅刀／莫邪；康瓠／周鼎；履／章甫）。作者所举的这些人与物，有的虽然本身就蕴含了价值判断，好比盗"跖"、庄"蹻"无疑是属于恶者的代表，但大多数对比的两端，就其本身而言，都仅是一具体事实存在，我们不能说它们不应该存在，或不具有非其他存有可取代的功能，可见问题出在两方面：一，对它们的性质认知错误，例如"谓随、夷为溷兮，谓跖、蹻为廉；莫邪为钝兮，铅刀为铦"，用司马迁的话来说：

　　　　其所谓忠者不忠，而所谓贤者不贤也。①

二，对它们的处置错误，例如"斡弃周鼎，宝康瓠兮，腾驾罢牛、骖蹇驴兮，骥垂两耳，服盐车兮"。然而追根究底，由于认知错误，才会处置错误，后一方面不过是前一方面的实践。例如：假使知道谗谀之为谗谀，就会斥退他们，而非让他们"得志"。换言之，屈原所处的是一个心盲的世界，所以贾谊会挪用屈原自己的话来表示："国其莫我知兮"。从这方面来说，作为"圣贤""方正"的代表人士：屈原所以会"独离此咎"，问题出在客体面，是外在环境的谬误导致，故曰："吁嗟默默兮②，生之无故兮。"
　　可是第二段笔锋一调转，将症结归咎于主体面，是屈原本身的缺失导致自己有如此的下场。贾谊指出："所贵圣人之神德兮"，也在于两方面：一，对于

---

① 《史记》卷八四《屈原贾生列传》，第984页。
② 《汉书》卷四八《贾谊传》，第1064页，《集解》引应劭曰："默默，不得意也"，善《注》从之。按：应说非是。此句乃从《卜居》而来，详参洪兴祖：《楚辞补注》，台湾中华书局1978年版；以下简称《楚辞》，卷六，第3a页，从下句"谁知吾之廉贞"，可知："默"当改读"晦"，通假例详证参高亨、董治安：《古字通假会典》，齐鲁书社1997年版，《之部第十一（下）·母字声系》《牧字声系》《墨字声系》，第442—444页，指世俗昏昧。

客观环境的洞察；二，因此联带地决定自处之道。如同"凤凰翔于千仞兮，览德辉而下之；见细德之险征兮，遥曾击而去之"，如同神龙"沕深潜"于九渊之下，"岂从虾与蛭螾"？客观环境明明是"寻常之污渎"，却意图在当中一展身手，实践抱负，必然落到不见"容"的境况。处在这样的环境中，不止不见"容"，"固将制于蝼蚁"。因此，在贾谊看来，屈原如果自认是龙、凤之流①，该有的对应乃是"自珍""自引""自藏"。屈原所以未能如此，乃是认知不清的结果。换言之，屈原一样是心盲者，与当时楚国其他人的心盲有相同之处，只是同中有异。相同在对客观环境的认知上。相异在后者是对于环境中存有者的性质认知倒错；前者乃是虽然认清自己与所处环境中存有者的各自性质，却未认清自己与它们之间互斥的关系，更未认清既有环境不可能改变。因此贾谊说："般纷纷其离此尤兮，亦夫子之故也。"

第一段说屈原有此下场，非其故；第二段却又说乃是屈原他自己的缘故，如何化解两下看似存在的矛盾，并不困难。因为按照贾谊的观点：

历九州而相其君兮，何必怀此都？

言下之意，客观环境是恶劣的，要紧的是如何自处。又由于恶劣的程度已经达到无从改变的地步，因此，在逻辑上，自处之道已排除继续留在目前的环境中，将之扭转为良好状态的这一选项，是以屈原大可离开楚国，另觅明君，纵使溥天之下率非明君，若想要抽身隐退，也无人能拦阻。

或许有人会讥责贾谊这主意说得太轻率，没有站在屈原的立场为之筹谋。屈原乃楚贵族，甚至是王族后裔②，对于楚国有着不同常人的执念。这固然逼

---

① 《楚辞》卷一《离骚·叙》，第 2b—3a 页："虬龙、鸾凤以托君子"。其实贾谊已经如此譬喻了。

② 《史记》卷八《高祖本纪》，第 172 页："是遂徙楚贵族昭、屈、景、怀"。以昭、怀为氏，是因为他们乃楚昭王、怀王的子裔，如同鲁国孟孙、叔孙、季孙氏被称之为三桓，乃是因为他们的始祖乃鲁桓公之子。据清华大学出土文献研究与保护中心编：《清华大学藏战国竹简（贰）》，上海文艺出版集团、中西书局 2011 年版，第十五章，第 170 页：楚"霝（灵）王即殜（世），竞（景）坪（平）王即立（位）""竞（景）坪（平）王即殜（世），卲（昭）王即立（位）"、第十八章，第 180 页：楚"霝（灵）王见祸，竞（景）坪（平）王即立（位）""竞（景）坪（平）王即殜（世），卲（昭）王即立（位）"，可知：景氏始祖乃平王之子。据此，可合理推想：与昭、景、怀并列的屈氏也当是某一楚王的子裔。林宝：《元和姓纂》，中华书局 1994 年版，卷十《八物》，第 1511 页，就说："楚武王子瑕食采于屈，因氏焉。屈重、屈建、屈到、三闾大夫屈平字原、屈正并其后也。"

显出屈原心盲的症结，但他是否可能还有更深一层的心盲呢？屈原如同传统中国绝大多数的士大夫，始终未认清政治有其独立的范畴，并非道德的直接延展。从事政治活动固然需要道德热情，但那必须是切实的道德热情，所谓切实的热情，从另一方面讲，就是冷静的判断力，对于所处的客观环境（包括要处理的外在事务及必然牵涉到的人际关系），以及实践抱负的条件、限度，有深刻的认识。否则，那种道德热情只是不能产生正面效果的兴奋。当达不到效果后，接着就会涌现颓丧、愤懑、埋怨，甚至更激烈的举动：自戕。再者，因为一味本诸道德热情，当事人不但无法认清政治活动中必须讲求妥协，对他而言，任何妥协都是无法忍受的人格玷辱及放弃原则，而且在他的抱负不能实践，甚至连曾实践的都付诸流水时，他不但不会自我省察：自己是否有哪些盲点，以致自己的那些道德热情在误事，反而会使原来已存在的道德优越感愈发膨胀[①]。这在屈原名下的《卜居》表现得格外清晰。对于他而言，只有两种极端的人格：不是"千钧""黄钟"，就是"蝉翼""瓦釜"；面对世务时，也只有两种处理方式。从其将这两种处理方式若不划归为"媮生"，即会"危身"，可以看出彼此的互斥性，因此，任何外在的"如脂如韦""送往劳来"[②]，都不被视为从政本来就不可或缺的圆滑、应酬，而是本质上的道德玷污。无怪乎终于发出宁为玉碎的宣言：

> 安能以身之察察，受物之汶汶者乎？宁赴湘流，葬于江鱼之腹中，安能以皓皓之白，而蒙世俗之尘埃乎？[③]

让人有种错觉：保全道德人格完整，远比实践政治理念要紧，实际上，这仅呈现了：对于屈原这样激烈性格者，由于将政治与道德混为一谈[④]，这个盲点迟早会衍生出的表白。

---

① 详参林毓生：《如何作个政治家》，载《思想与人物》，台湾联经出版事业公司1983年版，第401—407页。
② 《楚辞》卷六《卜居》，第1b—3a页。
③ 《楚辞》卷七《渔父》，第2a—2b页。《史记》卷八四《屈原贾生列传》，第一个"安"作"人又谁"，"湘"作"常"，"尘埃"作"温蠖"，第986页。按："埃"乃之部，虽然可以与鱼部的"白"通韵，不同属鱼部的"蠖"为佳。
④ 道德与政治的差异详参Max Weber；Eric Matthews, trans, *Politics as a Vocation*, in Weber Selections in Translation, ed. W. G. Runciman, Cambridge: Cambridge University Press, 1978, pp. 216-223。

二

《文选》选录的作品，除了佳作，还包括重要作品。前者是从作品本身的艺术成就着眼；后者则是从文学发展史的角度出发，收录某些具有里程碑地位的作品。

《礼记》卷一《曲礼上》说：

> 知生者吊；知死者伤，知生而不知死，吊而不伤；知死而不知生，伤而不吊。

从下文说："吊丧弗能赙，不问其所费"，对照《仪礼》卷三九《既夕礼》：

> 知死者赠；知生者赙。[①]

更可以知道：吊的对象是死者家属[②]，这才会涉及吊者应否垂询死者家属经济状况能否负担丧事的问题，《左传》卷二《隐公元年》即将"赠死不及尸"与"吊生不及哀"对举，视为"非礼"的表现，可见"哀"痛的生者才需要受

[①] （唐）贾公彦：《仪礼注疏》，台湾艺文印书馆 1977 年版，卷三九《既夕礼》，第 462 页，郑《注》："赙之言补也，助也。货财曰赙"；（唐）孔颖达：《礼记注疏》，台湾艺文印书馆 1977 年版，以下简称《礼记》，卷七《檀弓上》，第 129—130 页，郑《注》："赙，助丧用也"，孔《疏》："谓助生者丧家使用"。杨士勋：《谷梁传注疏》，卷一《隐公三年》，第 15 页："归死者曰赗；归生者曰赙"。

[②] 《仪礼注疏》卷三五《士丧礼》，第 410—411 页："君使人吊……吊者入，升自西阶，东面，主人进中庭，吊者致命"，对照《礼记》卷四一《杂记上》，第 727 页，同一仪节的规定，使者的命辞为"寡君闻君之丧，寡君使某，如何不淑"，清楚可见：受吊的对象乃死者家属。《礼记》卷七《檀弓上》，第 129 页："昼居于内，问其疾可也；夜居于外，吊之可也，是故君子非有大故，不宿于外"，郑《注》："大故，谓忧、丧也"，更明白显示：受吊者乃生人，所以才谈得上"居""宿"所在的仪节。是以晋献公死，秦穆公"乃使公子絷吊公子重耳于狄""吊公子夷吾于梁"；"庄子妻死，惠子吊之"，本意在安慰对方，孰料"庄子则方箕踞鼓盆而歌"，所以才会被惠施视为无情而责问。分见（三国）韦昭解：《国语》，台湾艺文印书馆 1968 年版，卷八《晋语二》，第 223—224 页。（清）郭庆藩：《校正庄子集释》，台湾世界书局 1971 年版，卷六下《至乐》，第 614 页。《礼记》卷五六《奔丧》，第 945 页："所识者吊"，孔颖达虽然说："所识者谓与死者相识"，但仍明言吊的对象乃"其家"。

吊。正因如此，"吊"也才能与"唁"①组成一同义复词，如今贾谊这篇文字吊的却是死者，此其一。死者家属与吊唁者所以认识，当然是经由实际生活中的接触；如今贾谊吊的对象虽然也可谓认识，但那是透过传说、书籍记载而认识的，此其二。既然吊唁者与死者家属认识，吊的对象必是当代人，而贾谊吊的对象则是已去当时百年以上②的古人，此其三。因为认识丧家，所以前往吊唁，而死亡乃人间常态，所以被吊唁者经常是相当普通的人，但贾谊吊唁的则是赫赫知名者，此其四。吊唁的目的在安慰死者家属，贾谊却加入责备这成分，此其五。综言之，在吊这文类方面，贾谊此文开创了一个崭新的规模。

根据既有史料来看，以被吊者乃历史上的知名者而言，刘歆《遂初赋》"吊赵括于长平"、冯衍《显志赋》"吊夏桀于南巢"、潘岳《西征赋》"吊庚园于湖邑"③，均步武其后，固不待言④，入《选》的唯一一篇吊文：陆机《吊魏武帝文》同样是"伤心百年之际"⑤。以吊文会包含责备这一点来说，贾谊这篇之后的吊文几乎全循此途⑥。胡广《吊夷齐文》一方面推崇对方：

---

① （清）段玉裁：《说文解字注》，台湾黎明文化事业股份有限公司1991年版，卷二上，第61页："唁，吊生也"；（唐）孔颖达：《毛诗注疏》，台湾艺文印书馆1977年版，卷十二之一《小雅·节南山之什·节南山》，第394页，《释文》："吊生曰唁"。

② 楚顷襄王在位三十六年；其子考烈王在位凡二十五年；考烈王子幽王在位十年；幽王子负刍在位五年而楚灭，时当秦始皇二十三年（前224）。从《哀郢》来看，屈原卒于楚顷襄王二十一年之后数年间。下去西汉文帝前元元年（前179），已逾百年。是以司马迁说："自屈原沈汨罗后百有余年，汉有贾生为长沙王太傅，过湘水，投书以吊屈原"。详参《史记》卷四十《楚世家》（第649页）、卷六《秦始皇本纪》（第109页）、卷八四《屈原贾生列传》（第987页）；金开诚：《屈原辞研究》，江苏古籍出版社1992年版，第二章《关于屈原》，第67—93页。

③ 出处分见（宋）章樵注：《古文苑》，台湾鼎文书局1973年版，卷五《汉臣赋九首》，第117页；《后汉书》卷二八下《冯衍传》，第363页；《文选》卷十《赋戊·纪行》，第155页。

④ （晋）束晳：《吊萧孟恩文》："（萧）父昔为御史，与晳先君同僚；孟恩及晳旦夕同游，分义早著。"《吊卫巨山文》："元康元年（291），楚王玮矫诏，害太保卫公及公四子三孙。公世子黄门郎巨山与晳有交好。"所吊的对象乃同一时代的广方，乃罕见的特例。俱见（宋）李昉：《太平御览》，台湾商务印书馆1997年版，卷五九六《文部十三·吊文》，第2816页。

⑤ 《文选》卷六十《吊文》（第849页）所收（晋）陆机《吊魏武帝文·序》，讲明是西晋惠帝"元康八年（298）"之作，上去曹操卒年：东汉献帝建安二五年（220），仅七十九年，曰"百年"，乃文学夸饰笔法。

⑥ 所以仅说"几乎"，因为祢衡《吊张衡文》就完全不见责全之辞。详参《太平御览》卷五九六《人部十二·吊文》，第2816页。这固然可能是类书删节所致，但责全之辞不见则是事实。至于杜笃《吊比干文》，虽残佚严重，但从《文选》卷五四《论四》所收刘峻《运命论》，善《注》（第766页）所引："闇主之在上，岂忠谏之是谋"，观其辞气，原作应该也有不认同比干因谏而死的文字。（清）严可均：《全上古三代秦汉三国六朝文·全后汉文》，台湾世界书局1982年版，卷二八《杜笃》，第5b页，遗辑此条。

耻降志于污君,涸雷同于荣志,抗浮云之妙志,遂蝉蜕以偕逝。

另方面又认为二人:

虽忠情而指尤,匪天命之所谓。①

王粲的《吊夷齐文》将对方的所见与所蔽并列:

知养老之可归,忘除暴之为念,絜己躬以骋志,愆圣哲之大伦。

因此,虽然承认二人"厉清风于贪士;立果志于懦夫,到于今而见称",却仍指出二人后来拒食周薇"不同于大道"②。潘岳承认田文的特长与风光:

人罔贵贱,士无真伪,延人如归,望宾若企,出掘【握】秦机;入专齐政,右眄而嬴强;左顾而田竞。

但也毫不客气地暴露对方的不智与窘迫:

岂区区之国,而大邦是谋;琐琐之身,而名利是求?畏首畏尾,东奔西囚,志挠于木偶,命悬于狐裘。③

李充对于嵇康固然备予推崇:

先生挺逸世之风,资高明之质,神萧萧以宏远,志落落以遐逸,忘尊

---

① 范文澜:《文心雕龙注》,台湾开明书店 1970 年版,卷三《哀吊》,第 32a 页:"胡、阮之《吊夷齐》,褒而无闻【间】。"按欧阳询:《艺文类聚》,台湾文光出版社 1977 年版,以下简称《类聚》,卷三七《人部二一·隐逸下》(第 663 页)所录阮瑀《吊伯夷文》残文,确实不见贬责之辞,但胡广此作则不然,刘氏恐未善会文义。
② 以上引文俱见《类聚》卷三七《人部二一·隐逸下》,第 662—663 页。
③ 《类聚》卷四十《礼部下·吊》所录潘岳《吊孟尝君文》,第 729 页。

荣于华堂，括卑静于蓬室，宁漆园之逍遥，安柱下之得一……乃自足于丘壑，孰有愠乎陆沈？

却仍然指出，嵇康的下场固然是"逢时命之不丁"，如同"遭繁霜而夏零"所致，本身也要负咎责：

投明珠以弹雀，捐所重而为轻，谅鄙心之不爽，非大雅之所营。①

刘勰说吊文：

固宜正义以绳理，昭德而塞违，割析褒贬，哀而有正。②

正是在贾谊开创的这种传统下提炼出的规范，是以从文学发展史的角度，以吊这文类而言，贾谊《吊屈原文》堪称百世不祧之祖。单以这点来论，入《选》是有着充分理由的。

至于这是否是一篇佳作，就得看品鉴的尺度了③。上一节已经指出：贾谊此文第一段不断用对比，此对比与彼对比虽有形式、名目上的差异，基本模式则一致。第二段虽然不那般明显，但也不脱此模式，如神龙／虾、蛭蝚；骐骥（麒麟）④／犬、羊；鳣、鲸／蝼、蚁，前者如果不能自"污渎"中抽身而远回"江湖""九渊"，或者"翔于千仞"，将被"制""系而羁"，"般纷纷其离此

---

① 《太平御览》卷五九六《文部十二·吊文》，第2816页，所录李充《吊嵇中散义》。"鄙""之"，姑从《全上古三代秦汉三国六朝文·全晋文》卷五三《李充·吊嵇中散》，第9a页，补。
② 《文心雕龙注》卷三《哀吊》，第32b页。
③ 《文心雕龙注》卷三《哀吊》，第32a页，认为贾谊此文"盖首出之作也"。（唐）孔颖达：《周易注疏》，台湾艺文印书馆1977年版，卷一《乾·彖》，第10—11页："大哉乾元，万物资始……首出庶物，万国咸宁。""首出"之词既本诸此，则刘氏此评不仅认为贾氏此吊文是这文类的始祖，而且是最杰出者，所以下文才会说："班彪、蔡邕……影附贾氏，难为并驱耳。"
④ 《汉书》卷四八《贾谊传》，第1065页，作"麒麟"。于光华：《评注昭明文选》，扫叶山房1919年版，卷十五，20a页，眉批引孙鑛曰："《汉书》……是。若骐骥，正系羁之物，何得云然？"按：《楚辞》，卷十一《惜誓》，第4b—5a页："独不见夫鸾凤之高翔兮，乃集大皇之壄，循四极而回周兮，见盛德而后下。彼圣人之神德兮，远浊世而自藏，使麒麟可得羁而系兮，又何以异摩犬羊"，正本此吊文而来，而页1a，王逸解题自注所引《吊屈原文》，亦作"麒麟"。

尤"。换言之，从内容旨意上而言，两段其实都非常单薄，没有什么剖析、论辩。就像贾谊的《过秦论》，先以战国时期的秦与六国的实力（包括地域、人才、军事器械的多寡）不相侔，秦居然灭六国；然后以陈涉所代表的起义之徒与六国"比权量力"，前者远逊于后者，孰料"一夫作难"，竟使得秦政权"七庙隳，身死人手"，通篇列出一堆地区、人名、器物、威风的状况，但整篇主旨不过在末尾一句：

> 仁义不施，而攻、守之势异也。

如果从理论阐述或事型分析的角度来说，《过秦论》与《吊屈原文》一样，实在并无可多推许之处。然而正如编撰《文选》的总负责人所言，诸子纵使笔势多变、意象丛生，但毕竟是"以立意为宗，非以能文为本"[①]。以现代的话来表述，老、庄、管、孟之流从来无意以撰写美文为目的。倒过来说，从思想探索的尺度而言，贾谊《吊屈原文》《过秦论》固然没有多少观念辨析、理论深度，但能以一堆华词、事例铺衍成文，也许正是它们所以见收的原因。

三

《汉书》卷四八《贾谊传》说：

> 谊既以谪去，意不自得，及度湘水，为赋以吊屈原。屈原，楚贤臣也，被谗放逐，作《离骚赋》。其终篇曰："已矣！国亡人，莫我知也"，遂自投江而死。谊追伤之，因以自谕。

《文选》编者将此段文字冠于吊文前，充当其序。两下对照，《文选》于"谊"之后加上"为长沙王太傅"，大概是想更具体地说明"以谪去"的意义，

[①] （南朝梁）萧统：《〈文选〉序》，《文选》，第1页。

因为在此之前，贾谊担任的是太中大夫，禄比千石；王太傅，禄二千石①，徒从形式上讲，是升迁，非贬谪，然而实际上则是远离权力中枢②，推行抱负的管道不似以往那般顺畅了。尤其，根据《汉书》上文，贾谊外放，乃出自淮泗功臣集团的逸谤，令"天子后亦疏之，不用其议"的后续发展。此外，《文选》将"江"易为"汨罗"，虽然汨罗是湘水的支流，湘水又汇入长江，说屈原"投江"，并无不可，但从史实叙述角度来说，《文选》这样更动当然愈形精确。然而真正可资注意的是，将《汉书》这段文字与《史记》卷八四《屈原贾生列传》相应的文字对照，前者将这篇吊文解读为"因以自谕"，《文选》编者则改为"喻"③，颜师古训解时，显然改字读，所以说："谕，譬也。"从《吊文》的第一段来说，屈原与贾谊的处境确实相近，都处在一善恶倒错、地位反馈与当事人才德不相应的环境中，颜氏训读为自我譬喻，可以说得通。可是如果照应第二段对屈原的责备，贾谊明显是站在屈原之外的第三者立场抒论，则颜氏的训读就不尽允当了。揣摩《汉书》编者所以会加上"因以自谕"这句话，除了接受刘向的说法："因以自谕自恨也。"④ 大概也是根据《史记》后文所说："贾生既以適居长沙，长沙卑湿，自以为寿不得长，伤悼之，乃为赋以自广。"⑤ 而来，认为既然这一赋、一吊都是在情绪低落下的作品，写作目的应该也一致，后者既然用意乃"自广"，则"自谕"乃相对于失意，所谓"意不自得"⑥ 而言，

---

① 《汉书》，卷十九上《百官公卿表》，第 302 页；《后汉书》，《续汉志》，卷二八《百官志五》，第 1364—1365 页。
② 周寿昌：《汉书注校补》，台湾鼎文书局 1977 年版，卷三五，第 605 页，已看出这点。
③ 喻、谕通假例证详参《古字通假会典·侯部第十·俞字声系》，第 330 页。其实，《文选》虽写作"喻"，仍当改读为"谕"。张彦远：《法书要录》，《百部丛书集成初编·学津讨原》，台湾艺文印书馆 1966 年版，卷十《右军书记》，第 38b 页："牵目摧丧，不能自喻"；《文选》卷五四《论四》所收刘峻《辨命论》，第 761 页，善《注》引刘璠《梁典》："《辨命论》盖以自喻也"；(唐) 李延寿：《南史》，台湾艺文印书馆 1972 年版，卷六十《徐勉传》，第 687 页："第二了排卒，痛悼甚至，不以久废王务，乃为《答客》以自喻焉"，均是明证。
④ 《史记》卷八四《屈贾列传》，第 989 页，《集解》所引《别录》。《后汉书》卷五二《崔骃传附孙寔传·政论》，第 618 页，也说："斯贾生之所以排于绛、灌，吊子之所以摅其幽愤者也。""吊"字从魏徵：《群书治要》，《域外汉籍珍本文库》，西南师范大学出版社、人民出版社 2008 年版，子部第一辑，第三册，卷四五《政论》，第 129 页，补。
⑤ 《史记》卷八四《屈原贾生列传》，第 989 页，《正义》："姚氏曰：广犹宽也。"《文选》卷十三《赋庚·鸟兽》所收贾谊《鵩鸟赋》，第 202 页，照录《汉书》这段文字，善《注》："自广，自宽也。"
⑥ 《类聚》卷五七《杂文部三·连珠》所录谢惠连《连珠》，第 1037 页："盖闻春兰早芳，实忌鸣鸠……何则？荣乎始者易悴……是以傅长沙而志沮。"

是指晓谕自我，以期胸中垒块开解。对照《汉书》另一处"自谕"用法：

> 感东方朔、扬雄自谕以不遭苏、张、范、蔡之时，曾不折之以正道，明君子之所守，故聊复应焉。①

就更可确定"自谕"确实应当如字读，这样训解了。

既然如此，则在体会这篇吊文时，将引进一较深层的角度。字面上，贾谊在伤悼屈原生不逢时；实际上，贾谊在自伤。字面上，贾谊在责备屈原；实际上，在自我责备。字面上，贾谊在为屈原指点出路；实际上，在安慰自己已寻得脱困的途径。"历九州而相其君兮，何必怀此都"等于在说：天下为君者多矣②，何必要留在局势最复杂、人事最险恶的京师，甚至依依不舍？如今的长沙王吴产可能是更适宜事奉的君主。

众所周知，在诗这国度中，有拟作一目。那些拟作许多具有双声带现象，即：一方面代替原作者抒发心声；另方面透过与作者的交集关系，将自己的心声也表述出来，所谓人、我双写。有时，后者比前者的意味更浓。经由上述的解析，《吊屈原文》显然也具有双声带的现象，只是诗人拟作时，预设的听众或读者群乃是重叠的，《吊屈原文》预设的听众或读者群则不然，一是以魂魄存有于他界的屈原；一是贾谊自身，他以一个超越的我开导陷溺于自伤情绪中的我。虽然在人格、处境的类型上，屈、贾双方有不少交集之处，但屈原不过是寓怀的躯壳，自己才是晓谕的真正对象。

《史记》卷八四《屈原贾生列传》记载：

> 孝文帝初即位，谦让未遑也。诸律令所更定，及列侯悉就国，其说皆自贾生发之，于是天子议以为贾生任公卿之位，绛、灌、东阳侯、冯敬之属乃短贾生……于是天子后亦疏之，不用其议。

---

① 《汉书》卷一百上《叙传·答宾戏》，第 1769 页。
② 《仪礼注疏》卷二九《丧服·斩衰》，第 346 页，郑《注》："天子、诸侯及卿、大夫有地者皆曰君"。

既说"之属",可见:与贾谊对立的乃是淮泗功臣集团,并非个别人士。文帝是功臣集团拥立的[①],邹阳就形容文帝当时戒慎恐惧的状况是:

> 寒心销志,不明求衣。[②]

而且终文帝一朝,淮泗功臣集团的影响力都持续着。这从北平侯张苍接续周勃、灌婴之后出任丞相[③],张苍坚持汉应水德而兴,使得贾谊汉应土德的主张在他生前一直无法实现[④],可觇一斑。贾谊若真的要自我开解,首先当认清这种形势,文帝并非不愿意改革[⑤],至少在涉及集中皇权这关键点上,更不会清静无为。这可以从两方面看出,以削弱功臣集团成员的势力而言,《史记》卷五七《周勃世家》记载:

> 上曰:"前日吾诏列侯就国,或未能行。丞相吾所重,其率先之。"乃免丞相就国。

以防范同姓诸侯王而言,文帝若仅徒苟安,就不会"从谊计",徙封自己的儿子为梁王,并益其土地[⑥],扩充文帝这房的势力[⑦]。只是格于整个局势,文帝不可能全部听从贾谊的意见,行事手段不能不迂回,或部分妥协。以削弱功臣

---

① 刘姓宗室中意的是齐王襄,或淮南王长,拥立当时为代王的文帝乃"大臣皆曰"的结果,所以才会出现:在内廷政变时,朱虚、东牟二侯虽然功劳颇大,文帝却"绌其功"的现象。详参《史记》卷九《吕后本纪》,第185页;卷五二《齐悼惠王世家》,第773页。
② 《汉书》卷五一《邹阳传·上书吴王》,第1108页。
③ 《汉书》卷十九下《百官公卿表·孝文四年》,第317页。
④ 《史记》卷九六《张丞相列传》,第1067页,《太史公曰》,第1069页,卷八四《屈原贾生列传》,第988页。
⑤ 《三国志》卷二《文帝纪》,第120页,裴《注》所引《魏书》"时文学诸儒或以为孝文虽贤,其于聪明、通达国体,不如贾谊,帝由是着《太宗论》",为之申辩。此举虽然是假借古人替自己的政策辩护,但也正因同样是最高领导者,多少能理会其中的无奈。
⑥ 《汉书》卷四八《贾谊传》,第1080页。贾谊原始的建议是"为梁王(揖)立后",或者"代王(参)而都睢阳"徙,虽然后来文帝改为徙另一子淮阳王武为梁王,但在策略的精髓上,则确实可谓"从谊计"。
⑦ 《汉书》卷五一《邹阳传·上书吴王》记载,邹阳因时代较晚,就看出文帝的手段与目的:"深割婴儿王之,壤子王梁、代,益以淮阳,卒仆济北,囚弟于雍"(第1108页)。

集团成员的势力而言，已经两度罢免周勃的丞相之位，并迫使对方就国，离开权力中枢，仍不惜假借流言蜚语，将身为功臣集团之首的周勃逮捕下狱，最后再释放①，以期达到隔山震虎的作用。以防范同姓诸侯王而言，文帝黜免淮南王厉是有充分法、理依据的，却不得已复封淮南王四子为列侯，以平缓对方的怨怼、照应到社会舆论②。

贾谊写这篇吊文出于"意不自得"的驱力。失意或者得意，固然有相当高的程度乃主观认定，但既然是要抽离鸟瞰以"自谕"，就应该要洞察到身处的政治脉络及实践抱负的极限。目前如果不是"浊世"，何劳他来建言，以拨乱反正呢？文帝也无须"数问以得失"③了。正因是"浊世"，所能改革的空间本来就像"污渎"，而非"吞舟"的大海。如果他真的是位具备冷静判断力的政治家，就应该像文帝一般，忍耐、妥协、迂回推进政治主张。换言之，贾谊将身处的政坛全都视为心盲，其实反映了他自己的认知才有所蔽④。既然对外不能洞察到推行主张的限制，反省自己时，也不能醒悟个人失意的症结，见存史料虽然并未告知：经由这番自谕，贾谊是否果真释怀了，但可合理推想：答案恐怕是否定的。他虽然未像屈原采取宁为玉碎，不为瓦全的激烈行径，止于期勉自己要自藏、自珍，但既然将自己定位为"圣人"，也就摆脱不了传统圣贤从政时的心态、反应模式。与屈原之间，不过五十步于百步耳。这或许就是何以刘向将之推崇为"古之伊、管"之流，感慨：

使时见用，功化必盛，为庸臣所害。

---

① 《史记》卷五七《周勃世家》，第 800—801 页。
② 《史记》卷一一八《淮南衡山列传》，第 1234—1235 页。
③ 《汉书》卷四八《贾谊传》，第 1068 页。
④ 《文选》卷五三《论三》，第 746 页，所收李康《运命论》虽然说"贾谊以之发愤，不亦过乎"，过失在没有认清、因顺时运所致。吴士鉴、刘承干：《晋书斠注》，台湾艺文印书馆 1972 年版，卷五二《华谭传》，第 988 页，则直指症结出在文帝是"中才之君，所资者偏"，"虽有求贤之名，而无知才之实"；卷九二《文苑列传·庾阐传·吊贾生文》，第 1559—1560 页："悲矣先生，何命之蹇，怀宝如玉，而生运之浅。昔咎繇暮虞；吕尚归昌，德协充符，乃应帝王……是以道隐则蠖屈；数感则凤觌……若栖不择木，翔非九五，虽曰玉折，隽才何补……奈何兰膏扬芳汉庭，摧景飙风独丧厥明"，虽然也多少认为贾谊没有认清客观环境，但咎责主要还是外在的，即未逢舜、姬昌那样的明君。

班固却认为：

> 谊之所陈略施行矣……虽不至公卿，未为不遇也。①

四

文坛士林在每个阶段都有一些众所关注的题目。六朝也不例外。对于那些众所关注的题目，《文选》编者自然会选取示范性的作品，以便让"后进英髦咸资准的"②。好比王昭君、班婕妤就是六朝文士经常选取的主题，《文选》既于卷二七《诗戊·乐府上》既收入班婕妤名下的《怨歌行》，又有石崇的《明君词》③。

针对同一人、事的作品，《文选》确实会有两收的现象。例如：既收邹阳的《上书吴王》，又收枚乘的《奏书谏吴王濞》，它们的对象同是刘濞，时间也均在刘濞尚未正式起兵反叛中央之前，目的也都是劝阻此举。既有班固的《两都赋》，又收张衡的《二京赋》，主旨都不外期盼显示：作为京城选项，洛阳及其所代表的文明胜过长安及其所代表的文明。既有左思自撰的《三都赋·序》，又收皇甫谧的《三都赋·序》，都在强调赋不应止于"美丽之文"④，应具备政教功能，而且为了发挥此功能，表现美丽的手法必须节制。刘宋颜延之、萧齐王融的《三月三日曲水诗序》只有举行朝代、参与人物的差异。至于谢瞻、谢灵运的《九日从宋公戏马台集送孔令》更是连时、空、人、事都一致的着例。所以会有这种现象，其中一项重要因素应该是：考虑到后进英髦如同前修，"各师成心"⑤，因而必然会有不同的写作手法与风格，《文选》编者需要因材施教，

---

① 《汉书》卷四八《贾谊传·赞》，第 1081 页。从《文选》卷十三《赋庚·鸟兽》，第 202 页，所收贾谊《鵩鸟赋》作者名下善《注》，可知李善不同意班氏的看法。
② （唐）李善：《上〈文选注〉表》，《文选》，第 2 页。
③ 《文选》卷十六《赋辛·哀伤》所收（南朝梁）江淹《恨赋》将王昭君列为六种遗憾类型之一，第 241 页；卷三十《诗己·杂诗下》，第 440—441 页，所收（南朝齐）谢朓《和王主簿怨情》以王、班二人与采蘼芜的弃妇、陈皇后同列为"怨情"的例案，均非单独以该对象为主题的作品。
④ 《文选》卷四五《序上》所收皇甫谧《〈三都赋〉序》，第 652 页。
⑤ 《文心雕龙注》卷六《体性》，第 8a 页。

在可能范围内，为之分别提供模板。不过，以整体的状况来论，《文选》是不重复收录针对同一人、事的作品的。

在这种背景下，检视入《选》的作品，就会发现：屈原的遭遇这课题相当受关注，乃一颇不寻常的事。《文选》编者已经收录了屈原名下的《渔父》，在文中，一方面论及屈原的困境：

世人皆浊我独清；众人皆醉我独醒，是以见放。

另方面也透过渔父，以"圣人不凝滞于物，而能与世推移"为准则，劝导屈原：

举世皆浊，何不淈其泥而扬其波？众人皆醉，何不餔其糟而歠其醨？何故深思高举，自令放为？

由于屈原不接受这番劝导，无法随俗浮沉，至少按照战国以降的解读，渔父临去前，还提示了另一条路：

沧浪之水清兮，可以濯我缨；沧浪之水浊兮，可以濯我足。

前者譬"喻世昭明"，则"沐浴陛朝"；后者譬"喻世昏闇"，则"宜隐遁也"①。贾谊《吊屈原文》责备的固然是屈原心盲，不识时局，因而未能龙潜凤翔，但若改换为正面劝导，也就是劝对方"宜隐遁也"，所谓"自引""自藏"。

吊属于凶礼；祭则是吉礼。《吊屈原文》后，接着又出现颜延之的《祭屈原文》。后者对于屈原的人格及生前表现推崇备至：

---

① 以上引文俱见《文选》卷三三《骚下》，第479页。《楚辞》卷七《渔父》，"世皆浊"作"世人皆浊"，"醨"作"釃"，"陛朝"作"升朝廷"，第1b—2b页。"举"字据《史记》卷八四《屈原贾生列传》，第985页，补。至于离、丽相通假，例证甚多，详参《古字通假会典·歌部第十五·离部声系》，第673页。又《文选》《楚辞》之"深思高举"，《史记》作"握瑾怀瑜"，意思更明晰。

嬴、芈遘纷，昭、怀不端，谋哲仪、尚，贞蔑椒、兰……比物荃、苏，连类龙、鸾，声溢金、石，志华日、月，如彼树芳，实颖实发。

甚至委婉表示：以尘俗之物来祭祀屈原，虽然无碍于对他缱绻忠诚的敬意，但毕竟借此彰显敬意，实不免有些亵渎。然而不能忽略颜氏这篇祭文一开始的说辞：

兰薰而摧，玉缜则折，物忌坚芳，人讳明洁。

屈原"摧""折"源于犯了处世的"忌""讳"，是他自找的。由于"兰薰而摧"不过是"山木自寇也，膏火自煎也""膏烛以明自铄；虎、豹之文来射"① 这类古典说法的变形，所以言下之意很清楚：要想避免"摧""折"，唯有和光同尘。所谓和光同尘，可以是与世浮沉，不在言、行上将自己"坚芳""明洁"的人品表露出来，也可以是避地避人，虽然继续维持"坚芳""明洁"，却因不处于芜秽的众芳、阴暗的鸱枭之中，对比无由构成，也就不会令后者"忌""讳"。简言之，颜延之所说的仍然不脱渔父当年的那两类建议。

笔者曾指出：两汉士林对于屈原人品虽然非常尊重，否则，不会在九等之序中将他与颜渊、孟子等并列于上中②，但对于他的为人处事，则不表认同③。班固的叙论：

君子道穷，命矣，故潜龙不见，是而无闷……蘧瑗持可怀之智；宁武保如愚之性，咸以全命避害，不受世患，故《大雅》曰："既明且哲，以保其身"，斯为贵矣。今若屈原，露才扬己，竞乎危国群小之间，以离谗贼……亦贬洁狂狷景行之士……虽非明智之器，可谓妙才者也。

---

① 分见《校正庄子集释》卷二中《人间世》，第186页；刘文典：《淮南鸿烈集解》卷十《缪称》，台湾商务印书馆1969年版，第14b页。
② 《汉书》卷二十《古今人表》，第389、387、375页。
③ 详参拙作：《"灵均余影"覆议》，载《汉赋史略新证》，陕西人民出版社2004年版，第120—133页。

堪为代表。从本小节上文的论述,《文选》编者群的看法可能也倾向于此,他们所看重的在于"其文弘博丽雅,为辞赋宗,后世莫不斟酌其英华"[1]这点上,并不将他视为"孝敬之准式,人伦之师友"[2]。如果此说不诬,则两汉、六朝不认同屈原为人处事者,首推贾谊这篇《吊》文,则它之入《选》,也就更有充分理据了。

(作者单位:台湾新竹清华大学中国文学系)

---

[1] 以上引文并见《楚辞》卷一《离骚》,第 40b 页。
[2] 《〈文选〉序》,《文选》,第 1 页。

东方朔与屈原

方　铭

　　滑稽家，是先秦至汉代文人集团中一个非常有个性的团体，这些人虽然行为狂放，但是，他们却有着非常明确的正义感和讽谏智慧，东方朔就是这其中的一个。东方朔在日常生活中，既有嬉戏人生的一面，又有直言切谏的经历，他的作品具有深刻的内容，而《七谏》一诗对屈原的评价，可以让我们从另外一个角度思考屈原的有关问题。

一、《史记·滑稽列传》与滑稽家的讽谏方式

　　《汉书·公孙弘卜式兒宽传》云："汉之得人，于兹为盛，儒雅则公孙弘、董仲舒、兒宽，笃行则石建、石庆，质直则汲黯、卜式，推贤则韩安国、郑当时，定令则赵禹、张汤，文章则司马迁、相如，滑稽则东方朔、枚皋，应对则严助、朱买臣，历数则唐都、洛下闳，协律则李延年，运筹则桑弘羊，奉使则张骞、苏武，将率则卫青、霍去病，受遗则霍光、金日磾，其余不可胜纪。是以兴造功业，制度遗文，后世莫及。"滑稽家作为汉代人才之盛的一个类型，是应该引起我们的重视的。而东方朔本人，与屈原及楚辞有千丝万缕的联系，更应该纳入我们楚辞研究者的视野之中。

　　《论语·公冶长》曰："子谓南容：'邦有道，不废；邦无道，免于刑戮。'以其兄之子妻之。"又载："子曰：'宁武子，邦有道，则知；邦无道，则愚。

其知可及也,其愚不可及也。'"① 孔子在这里通过南容、宁武子两人处有道世和无道世的方式,告诉我们不仅仅是要在有道之世有所作为,发挥自己的聪明才智,而且还要在无道之世免于刑戮,佯愚。在有道之世表现出聪明容易,在乱世佯愚则困难的多。孔子的这个主张,并不是贪生怕死,而是为了给正直的人指出一条重视生命价值的道路来。又《论语·宪问》云:"子曰:'邦有道,谷;邦无道,谷,耻也。'"又云:"子曰:'邦有道,危言危行;邦无道,危行言孙。'"《史记·滑稽列传》所载滑稽家,正是生存智慧和正义感的完美结合。

司马迁《史记·滑稽列传》载有淳于髡、优孟、优旃等滑稽家。《史记·滑稽列传》载,淳于髡,齐人,入赘于人,长不满七尺,滑稽多辩,数使诸侯,未尝屈辱。齐威王之时喜隐,好为淫乐长夜之饮,沉湎不治,委政卿大夫,百官荒乱,诸侯并侵,国且危亡,在于旦暮,左右莫敢谏。淳于髡以隐喻说之曰:"国中有大鸟,止王之庭,三年不蜚又不鸣,王知此鸟何也?"王曰:"此鸟不飞则已,一飞冲天;不鸣则已,一鸣惊人。"于是乃朝诸县令长七十二人,赏一人,诛一人,奋兵而出。诸侯振惊,皆还齐侵地。威行三十六年。

齐威王八年,楚大发兵加齐。齐王使淳于髡之赵请救兵,赍金百斤,车马十驷。淳于髡仰天大笑,冠缨索绝。王曰:"先生少之乎?"髡曰:"何敢!"王曰:"笑岂有说乎?"髡曰:"今者臣从东方来,见道傍有禳田者,操一豚蹄,酒一盂,祝曰:'瓯窭满篝,汙邪满车,五谷蕃熟,穰穰满家。'臣见其所持者狭而所欲者奢,故笑之。"于是齐威王乃益赍黄金千溢,白璧十双,车马百驷。淳于髡至赵,赵王与之精兵十万,革车千乘。楚闻之,夜引兵而去。后威王为淳于髡赐酒,淳于髡亦"臣饮一斗亦醉,一石亦醉"以讽谏威王,齐威王乃罢长夜之饮。

淳于髡后百余年,楚国有滑稽家优孟。《史记·滑稽列传》载,优孟,楚人,长八尺,多辩,常以谈笑讽谏。楚庄王之时,有所爱马,衣以文绣,置之华屋之下,席以露床,啖以枣脯。马病肥死,使群臣丧之,欲以棺椁大夫礼葬之。左右争之,以为不可。王下令曰:"有敢以马谏者,罪至死。"优孟闻之,入殿门。仰天大哭。王惊而问其故。优孟曰:"马者王之所爱也,以楚国堂堂

---

① (魏)何晏集解,(宋)邢昺疏:《论语注疏》卷五,四部丛刊本,上海书店出版社 1984 年版。

之大,何求不得,而以大夫礼葬之,薄,请以人君礼葬之。"王曰:"何如?"对曰:"臣请以彫玉为棺,文梓为椁,楩枫豫章为题凑,发甲卒为穿圹,老弱负土,齐赵陪位于前,韩魏翼卫其后,庙食太牢,奉以万户之邑。诸侯闻之,皆知大王贱人而贵马也。"王曰:"寡人之过一至此乎!为之奈何?"优孟曰:"请为大王六畜葬之。以垄灶为椁,铜历为棺,赍以姜枣,荐以木兰,祭以粮稻,衣以火光,葬之于人腹肠。"于是楚王听之。

楚相孙叔敖病且死,嘱咐其子贫困后往见优孟,及孙叔敖子穷困负薪,优孟为孙叔敖衣冠,岁余,像孙叔敖,楚王及左右不能别,以为孙叔敖复生,欲以为相。优孟假托夫人之言,曰:"妇言慎无为,楚相不足为也。如孙叔敖之为楚相,尽忠为廉以治楚,楚王得以霸。今死,其子无立锥之地,贫困负薪以自饮食。必如孙叔敖,不如自杀。"并歌曰:"山居耕田苦,难以得食。起而为吏,身贪鄙者余财,不顾耻辱。身死家室富,又恐受赇枉法,为奸触大罪,身死而家灭。贪吏安可为也!念为廉吏,奉法守职,竟死不敢为非。廉吏安可为也!楚相孙叔敖持廉至死,方今妻子穷困负薪而食,不足为也!"楚庄王乃召孙叔敖子,封之寝丘四百户,以奉其祀。

二百余年后,秦有滑稽家优旃,《史记·滑稽列传》载,优旃为秦倡侏儒,善为笑言,然合于大道,秦始皇时,置酒而天雨,陛楯者皆沾寒。优旃见而哀之,谓之曰:"汝欲休乎?"陛楯者皆曰:"幸甚。"优旃曰:"我即呼汝,汝疾应曰诺。"居有顷,殿上上寿呼万岁。优旃临槛大呼曰:"陛楯郎!"郎曰:"诺。"优旃曰:"汝虽长,何益,幸雨立。我虽短也,幸休居。"于是始皇使陛楯者得半相代。始皇尝议欲大苑囿,东至函谷关,西至雍、陈仓。优旃曰:"善。多纵禽兽于其中,寇从东方来,令麋鹿触之足矣。"始皇以故辍止。二世立,又欲漆其城。优旃曰:"善。主上虽无言,臣固将请之。漆城虽于百姓愁费,然佳哉!漆城荡荡,寇来不能上。即欲就之,易为漆耳,顾难为荫室。"于是二世笑之,以其故止。

《史记·太史公自序》曰:"不流世俗,不争势利,上下无所凝滞,人莫之害,以道之用。作滑稽列传第六十六。"又《史记·滑稽列传》曰:"孔子曰:'六艺于治一也。《礼》以节人,《乐》以发和,《书》以道事,《诗》以达意,《易》以神化,《春秋》以义。'太史公曰:天道恢恢,岂不大哉!谈言微中，亦可以解纷。"《史记索隐》以为"滑，乱也；稽，同也。言辨捷之人言非若是，说是若非，言能乱异同也"。滑稽家善于在玩笑之中，实现自己的讽谏目的，所谓举重若轻。所以，司马迁赞赏说："淳于髡仰天大笑，齐威王横行。优孟摇头而歌，负薪者以封。优旃临槛疾呼，陛楯得以半更。岂不亦伟哉！"[1]

二、东方朔的主要事迹

东方朔，字曼倩，平原厌次人。司马迁《史记》无有东方朔传，而褚少孙补《史记·滑稽列传》，收东方朔于其中。褚少孙补《史记·滑稽列传》云："褚先生曰：臣幸得以经术为郎，而好读外家传语。窃不逊让，复作故事滑稽之语六章，编之于左。可以览观扬意，以示后世好事者读之，以游心骇耳，以附益上方太史公之三章。"

褚少孙补《史记·滑稽列传》载，武帝时，齐人东方生名朔，好古传书，爱经术，多所博观外家之语。初入长安，至公车上书，凡用三千奏牍。公车令两人共持举其书，仅然能胜之。武帝读之，二月乃尽。诏拜以为郎，常在侧侍中。诏赐食，饭后，尽怀其余肉持去，衣尽汗，又用所赐钱帛，取少妇于长安中好女，一岁所者即弃去，更取妇，所赐钱财尽索之於女子，武帝左右诸郎呼之"狂人"。武帝曰："令朔在事无为是行者，若等安能及之哉！"人皆以东方朔为狂，东方朔曰："如朔等，所谓避世于朝廷间者也。古之人，乃避世于深山中。"又作歌曰："陆沈于俗，避世金马门。宫殿中可以避世全身，何必深山之中，蒿庐之下。"

东方朔虽然耿耿于自己不得重用，但是又能自我开脱，褚少孙补《史记·滑稽列传》载宫下博士诸先生难之以苏秦、张仪一当万乘之主，而都卿相之位，泽及后世，而东方朔积数十年，官不过侍郎，位不过执戟，其故何也？东方生对以彼一时也，此一时也，岂可同哉。

东方朔虽然不护细行，但是并不忘修身，而其才学，一时也难有出其右

---

[1] 以上并见三家注《史记》，中华书局1959年版。

者,褚少孙补《史记·滑稽列传》云,时建章宫后阁重栎中有物出,其状似麋,武帝往视,问左右群臣习事通经术者,莫能知,诏东方朔视之,东方朔曰:"臣知之,愿赐美酒粱饭大飧臣,臣乃言。"又曰:"某所有公田鱼池蒲苇数顷,陛下以赐臣,臣朔乃言。"武帝诏曰:"可。"于是东方朔曰:"所谓驺牙者也。远方当来归义,而驺牙先见。其齿前后若一,齐等无牙,故谓之驺牙。"后一年,匈奴混邪王果将十万众来降汉,武帝又赐东方朔钱财甚多。

褚少孙补《史记·滑稽列传》虽然没有多少涉及东方朔的政治智慧,但是,《汉书·东方朔传》对东方朔的事迹记载则更加全面,东方朔自许甚高,《汉书·东方朔传》云武帝初即位,征天下举方正贤良文学材力之士,待以不次之位,东方朔上书曰:"臣朔少失父母,长养兄嫂,年十二学书,三冬文史足用,十五学击剑,十六学《诗》《书》,诵二十二万言,十九学孙吴兵法,战阵之具,钲鼓之教,亦诵二十二万言,凡臣朔固已诵四十四万言。又常服子路之言,臣朔年二十二,长九尺三寸,目若悬珠,齿若编贝,勇若孟贲,捷若庆忌,廉若鲍叔,信若尾生,若此可以为天子大臣矣。臣朔昧死再拜以闻。"东方朔文辞不逊,高自称誉,武帝伟之,令待诏公车,奉禄薄,未得省见,久之,假称皇帝欲杀侏儒,侏儒大恐,武帝问东方朔何恐侏儒,东方朔回答说:"臣朔生亦言,死亦言。侏儒长三尺余,奉一囊粟,钱二百四十,臣朔长九尺余,亦奉一囊粟,钱二百四十。侏儒饱欲死,臣朔饥欲死。臣言可用,幸异其礼,不可用,罢之,无令但索长安米。"武帝大笑,因使待诏金马门,稍得亲近。后因射覆事,"变诈锋出,莫能穷者",胜另一滑稽家郭舍人,而为常侍,受汉武帝喜欢。

《文心雕龙·谐隐》曰:"宋玉赋《好色》,意在微讽,有足观者。……东方、枚皋,餔糟啜醨,无所匡正,而祗媟嫚弄,故其自称为赋,乃亦俳也;见视如倡,亦有悔矣。"① 实际上,东方朔并不是一味机巧,对于重大问题,也有很多精当的讽谏,《汉书·东方朔传》云:"朔虽诙笑,然时观察颜色,直言切谏,上常用之,自公卿在位,朔皆敖弄,无所为屈。"

《汉书·东方朔传》载,时武帝常率人微服打猎,扰百姓,所以,想建上

---

① 詹锳:《文心雕龙义证》,上海古籍出版社 1989 年版。

林苑，东方朔进谏曰："臣闻谦游静悫，天表之应，应之以福；骄溢靡丽，天表之应，应之以异。今陛下累郎台，恐其不高也；弋猎之处，恐其不广也。如天不为变，则三辅之地尽，可以为苑，何必盩厔、鄠、杜乎，奢侈越制，天为之变，上林虽小，臣尚以为大也。夫南山天下之阻也，南有江淮，北有河渭，其地从汧陇以东，商雒以西，厥壤肥饶。汉兴，去三河之地，止霸产以西，都泾渭之南，此所谓天下陆海之地，秦之所以虏西戎兼山东者也。其山出玉石、金、银、铜、铁、豫章、檀、柘，异类之物，不可胜原，此百工所取给，万民所卬足也。又有秔、稻、梨、栗、桑、麻、竹箭之饶，土宜姜芋。水多蛙鱼，贫者得以人给家足，无饥寒之忧，故酆镐之间，号为土膏，其贾亩一金。今规以为苑，绝陂池水泽之利，而取民膏腴之地，上乏国家之用，下夺农桑之业，弃成功，就败事，损耗五谷，是其不可一也。且盛荆棘之林，而长养麋鹿，广狐兔之苑，大虎狼之虚，又坏人冢墓，发人室庐，令幼弱怀土而思，耆老泣涕而悲，是其不可二也。斥而营之，垣而囤之，骑驰东西，车骛南北，又有深沟大渠，夫一日之乐，不足以危无堤之舆，是其不可三也。故务苑囿之大，不恤农时，非所以强国富人也。夫殷作九市之宫而诸侯畔，灵王起章华之台而楚民散，秦兴阿房之殿而天下乱。粪土愚臣，忘生触死，逆盛意，犯隆指，罪当万死，不胜大愿，愿陈泰阶六符以观天变，不可不省。"虽然最后汉武帝还是建了上林苑，但是，汉武帝仍然因东方朔的直谏，擢东方朔为太中大夫给事中，赐黄金百斤。

又《汉书·东方朔传》载，董偃为武帝姑母窦太主之情人，号称主人翁，武帝为窦太主置酒，东方朔不许董偃入宫，曰："董偃有斩罪三，安得入乎？"武帝问何谓，东方朔曰："偃以人臣私侍公主，其罪一也。败男女之化，而乱婚姻之礼，伤王制，其罪二也。陛下富于春秋，方积思于六经，留神于王事，驰骛于唐虞，折节于三代，偃不遵经劝学，反以靡丽为右，奢侈为务，尽狗马之乐，极耳目之欲，行邪枉之道径，浸辟之路，是乃国家之大贼，人主之大蜮也，偃为淫首，其罪三也。昔伯姬燔而诸侯惮，奈何乎陛下？"武帝默然不应，良久曰："吾业以设饮，后而自改。"东方朔曰："不可，夫宣室者，先帝之正处也，非法度之政不得入焉，故淫乱之渐，其变为篡，是以竖貂为淫，而易牙作患，庆父死而鲁国全，管蔡诛而周室安。"武帝诏止，更置酒北宫，引董君从东司马门,东司马门更名东交门,赐东方朔黄金三十斤。①

三、《七谏》及东方朔的《答客难》及《非有先生论》

《汉书·艺文志》列东方朔为杂家,有著作二十篇。东方朔今存著作,包括《应诏上书》《谏起上林苑疏》《与公孙弘书》《从公孙弘借车马书》《答骠骑难》《旱颂》《宝瓮铭》《与友人书》《嗟伯夷》《非有先生论》《答客难》《据地歌》《戒子诗》等,另外,《楚辞》有《七谏》一篇②,《楚辞章句·七谏序》云:"《七谏》者,东方朔之所作也,谏者,正也,谓陈法度以谏正君也。古者人臣三谏不从,退而待放,屈原与楚同姓,无相去之义,故加为七谏,殷勤之意,忠厚之节也。或曰,《七谏》者,法天子有争臣七人也。东方朔追悯屈原,故作此辞以述其志,所以昭忠信,矫曲朝也。"《七谏》分初放、沉江、怨世、怨思、自悲、哀命、谬谏七部分,东方朔通过这七个部分,概括了屈原一生行为及观念的主要内容。

虽然说《七谏》是为了追悯屈原而作,但是,东方朔在他的作品中,还是反映了他的一些与他滑稽家人生相联系的独到的认识角度,如《七谏》首章曰:"平生于国兮,长于原野。言语讷涩兮,又无强辅。浅智褊能兮,闻见又寡。数言便事兮,见怨门下。王不察其长利兮,卒见弃乎原野。伏念思过兮,无可改者。群众成朋兮,上漫以惑。巧佞在前兮,贤者灭息。尧舜圣已没兮,孰为忠直?高山崔巍兮,水流汤汤。死日将至兮,与麋鹿同坑。块兮,鞠当道宿。举世皆然兮,余将谁告,斥逐鸿鹄兮,近习鸱枭。斩伐橘柚兮,列树苦桃。便娟之修竹兮,寄生乎江潭。上葳蕤而防露兮,下泠泠而来风。孰知其不合兮,若竹柏之异心。往者不可及兮。来者不可待。悠悠苍天兮,莫我振理。窃怨君之不寤兮,吾独死而后已。"③值得注意的是,东方朔除了对楚国及楚王的批评以外,还表达了对屈原的充分同情,同时,又说屈原虽为楚之"长利",

---

① 以上并见颜师古注:《汉书》,中华书局 1962 年版。
② 参见傅春明:《东方朔作品辑注》,齐鲁书社 1987 年版。
③ (汉)王逸注:《楚辞章句》卷十三,四部丛刊本,上海书店出版社 1984 年版。

但其才能不足，地位不高，又有偏激之处，最终招致祸患。

除了《七谏》之外，东方朔比较重要的作品还包括《答客难》和《非有先生论》。《答客难》的主要内容已见前述褚少孙补《史记·滑稽列传》。

客难东方朔曰："苏秦、张仪一当万乘之主，而都卿相之位，泽及后世。今子大夫修先王之术，慕圣人之义，讽诵《诗》《书》百家之言，不可胜数，著于竹帛，唇腐齿落，服膺而不释，好学乐道之效，明白甚矣；自以智能海内无双，则可谓博闻辩智矣。然悉力尽忠以事圣帝，旷日持久，官不过侍郎，位不过执戟，意者尚有遗行邪？同胞之徒，无所容居，其故何也？"东方先生喟然长息，仰而应之，曰："是故非子之所能备也。彼一时也，此一时也，岂可同哉！夫苏秦、张仪之时，周室大坏，诸侯不朝，力政争权，相擒以兵，并为十二国，未有雌雄。得士者强，失士者亡，故谈说行焉。身处尊位，珍宝充内，外有廪仓。泽及后世，子孙长享。今则不然：圣帝流德，天下震慑，诸侯宾服，连四海之外以为带，安于覆盂，动犹运之掌，贤不肖何以异哉？遵天之道，顺地之理，物无不得其所。故绥之则安，动之则苦；尊之则为将，卑之则为虏；抗之则在青云之上，抑之则在深泉之下；用之则为虎，不用则为鼠。虽欲尽节效情，安知前后？夫天地之大，士民之众，竭精谈说，并进辐凑者，不可胜数。悉力慕之，困于衣食，或失门户。使苏秦、张仪与仆并生于今之世，曾不得掌故，安敢望侍郎乎？故曰时异事异。虽然，安可以不务修身乎哉！《诗》云：'鼓钟于宫，声闻于外。''鹤鸣于九皋，声闻于天'。苟能修身，何患不荣！太公体行仁义，七十有二，乃设用于文、武，得信厥说，封于齐，七百岁而不绝。此士所以日夜孳孳，敏行而不敢怠也。譬若鹡鸰，飞且鸣矣。传曰：'天不为人之恶寒而辍其冬，地不为人之恶险而辍其广，君子不为小人之匈匈而易其行。''天有常度，地有常形，君子有常行；君子道其常，小人计其功。'诗云：'礼义之不愆，何恤人之言？'故曰水至清则无鱼，人至察则无徒。'冕而前旒，所以蔽明；黈纩充耳，所以塞聪。'明有所不见，聪有所不闻，举大德，赦小过，无求备于一人之义也。'枉而直之，使自得之；优而柔之，使自求之；揆而度之，使自索之。'盖圣人教化如此，欲自得之；自得之，则敏且广矣。今世之处士，魁然无徒，廓然独居，上观许由，下察接舆，计同范蠡，忠合子胥，天下和平，与义相扶，寡偶少徒，固其宜也，子何疑于我哉？若夫燕之用乐毅，秦之任李斯，郦食其之下齐，说行如流，曲从如环，所欲必得，功若丘山，海内定，国家安，是遇其时也，子又何怪之邪！语曰：'以管窥天，以蠡测海，以莛撞钟'，岂能通其条贯，考其文理，发其音声哉！由是观之，譬犹鼱鼩之袭狗，孤豚之咋虎，至则靡耳，何功之有？今以下愚而非处士，虽欲勿困，固不得已，此适足以明其不知权变而终惑于大道也。"

在这篇对问体文章中，东方朔一方面表现出了怀才不遇、生不逢时的失意感慨，同时，又标榜顺时达变的旷达心态，至于文中征引《诗》及强调仁义，是汉初至武帝时复古思想的尊儒心态的反映。而《非有先生论》说非有先生仕于吴，"进不称往古以厉主意，退不能扬君美以显其功，默然无言者三年矣"，其原因在于"非有明王圣主，孰能听之"，其主张则是"深念远虑，引义以正其身，推恩以广其下，本仁祖义，褒有德，禄贤能，诛恶乱，总远方，一统类，美风俗"，"上不变天性，下不夺人伦"。吴王倾听了非有先生的高见，实行圣人之治，"正明堂之朝，齐君臣之位，举贤才，布德惠，施仁义，赏有功；躬节俭，减后宫之费，捐车马之用，放郑声，远佞人，省庖厨，去侈靡，卑宫馆，坏苑囿，填池堑，以予贫民无产业者；一内藏，振贫穷，存耆老，恤孤独；薄赋敛，省刑辟"，这样做的结果是三年之后，"海内晏然，天下大治，阴阳和调，万物咸得其宜；国无灾害之变，民无饥寒之色，家给人足，畜积有余，囹圄空虚，凤凰来集，麒麟在郊，甘露既降，朱草萌芽；远方异俗之人，响风慕义，各奉其职而来朝贺"，其效果如此之明显。但是，"治乱之道，存亡之端若此易见，而君人者莫肯为也"，所以，东方朔说："臣愚窃以为过。"把《答客难》和《非有先生论》结合起来读，就可以清楚地知道，东方朔的怀才不遇之感，实际是批评汉朝皇帝非"明王圣主"，其缅怀仁义之道，在于批评汉代的帝王之奢靡。其讽谏批判之意蕴，如此昭然若揭。所以，刘勰《文心雕龙·杂文》曰："宋玉含才，颇亦负俗，始造对问，以申其志，放怀寥廓，气实使之。……自对问以后，东方朔效而广之，名为《客难》。托古慰志，疏而有辩。"① 这个评价，无疑是公允的。

四、通过《七谏》认识屈原

《史记·屈原贾生列传》曰："屈原者，名平，楚之同姓也。为楚怀王左徒。博闻强志，明于治乱，娴于辞令。入则与王图议国事，以出号令；出则接遇宾客，应对诸侯。王甚任之。"② 司马迁与东方朔都是博学之士，东方朔《七谏》说屈原生平及修养问题，表面看来，与司马迁所言，意见有对立，仔细推敲，却并不矛盾。司马迁只是说屈原屈姓，与楚王同宗祖，但屈姓自屈瑕以至于屈原，已历四百岁，比之刘备之于汉献帝，更见疏远，刘备在发达之汉世，尝沦落为手工业者，屈原在荆楚，也未必就有世袭之领地，他无论出生于"中国"，还是出生于"国"，即都城中，都不过是一介草民而已，没有现成的爵禄等待他，他的成长环境也只能是草野之地。也就是说，东方朔之言"平生于国兮，长于原野"，并不与屈原为楚同姓的说法相对立。屈原自述，也证明此一点，《惜诵》之言"忽忘身之贱贫"，《抽思》曰"愿自申而不得"，正是说其出身贫贱，而无坚强后盾。而屈原自己曾经对其言辞能力有过叙述，《怀沙》曰："文质疏内兮，众不知余之异采。材朴委积兮，莫知余之所有。"洪兴祖《楚辞补注》曰："内，旧音讷，讷，木讷也"。③ 屈原言辞木讷，而不能充分地表现其才智异采，表面上看来，确有浅智褊能，言语钝讷，闻见寡少的毛病，但这正体现了他的忠直。孔子说："巧言令色，鲜矣仁。"④ 则巧言，不仅不是优点，反是缺点。

屈原曾官"左徒"。而《楚辞·渔父》提到屈原时称为"三闾大夫"。王逸《楚辞章句》曰："屈原与楚同姓，仕于怀王，为三闾大夫。三闾之职，掌王族三姓，曰昭、屈、景。屈原序其谱属，率其贤良，以厉国士。入则与王图

---

① 詹锳：《文心雕龙义证》，上海古籍出版社 1989 年版。
② 三家注《史记》，中华书局 1959 年版。
③ （宋）洪兴祖撰：《楚辞补注》，中华书局 1983 年版。
④ （魏）何晏集解，（宋）邢昺疏：《论语注疏》卷一，四部丛刊本，上海书店出版社 1984 年版。

议政事,决定嫌疑;出则监察群下,应对诸侯。谋行职修,王甚珍之。"①三闾大夫为管理宗族事务,教育、督导宗族子弟的官员。左徒,依《史记正义》的说法,"盖今左右拾遗之类"②。

东方朔批评屈原才能不足,颇有根据。屈原才能的不足,不是表现在其文学家才能上,而是缘于他处世智慧的欠缺,以及政治才能的短见。

我们清楚,屈原的官职并不能达到尊贵的地位,便容易理解《史记·屈原贾生列传》所载关于屈原造宪令,而上官大夫欲夺的故事了。《史记·屈原贾生列传》载:"上官大夫与之同列,争宠而心害其能。怀王使屈原造为宪令,屈平属草稿未定。上官大夫见而欲夺之,屈平不与,因谗之曰:'王使屈平为令,众莫不知,每一令出,平伐其功,以为"非我莫能为"也。'王怒而疏屈平。"这个故事中的某些细节可能并不准确,如说上官大夫欲夺草稿。屈原为令,是楚王所指示,是楚国上下都知道的事情,上官大夫夺走屈原写就的草稿,目的是什么呢?他总不能把草稿呈交楚王,说是自己造的宪令吧!如果上官大夫在既没有君主的委任,又明知道为令之事由屈原负责的情况下,窃夺屈原手稿,必然要冒被屈原或其他人告发的危险。另外,上官大夫为了一部对自己来说并不意味着功绩的宪令手稿,难道可以像市井小儿一样,当屈原拿出来手稿之后,劈手夺来,落荒而逃吗?上官大夫假若想夺屈原手稿,而且即使想横刀强取,也不可能在未见到草稿以前,便表露出来,要对一位正在走红,"王甚任之"的同列大夫实施威胁,也是很危险的。从情理推测,所谓上官大夫"欲夺之",最多只是屈原的一付戒备心理而已。可能的情况是,上官大夫与屈原同是普通的朝官,楚王命屈原为令,上官大夫欲先睹之,而屈原不让看,所以触犯了上官大夫的自尊。屈原以一个普通朝臣,而为令此事,在楚王眼里,不过是对他的一次重用,并不是说屈原之才能独步一时,唯有屈原一人才能造宪令。上官大夫正是看到了这一点,所以才说屈原伐其功。屈原一向

---

① (汉)王逸注:《楚辞章句》卷十三,四部丛刊本,上海书店出版社1984年版。
② 三家注《史记》,中华书局1959年版。今人多认为屈原在楚国当时地位甚高。郭沫若《人民诗人屈原》曰:"左徒的位置离宰相不会太远。"姜亮夫《史记·屈原列传疏证》曰:"余疑即春秋以来之所谓莫敖也"俞平伯在《屈原作品撰述》一文,也说左徒"再升上去便可以做楚国的宰相'令尹'了"。我认为这种说法证据不足。参见方铭:《战国文学史》,武汉出版社1996年版;及方铭:《期待与坠落:秦汉文人心态史》,河北教育出版社2000年版。

自负，自以为自己是高阳苗裔，出生于嘉瑞之时，又有令名，内美我能独步一时，无与伦比，因此，楚王一听上官大夫之谗，立即深信不疑。《离骚》之言"荃不察余之中情兮，反信谗而齌怒"，当即指楚王听信此类谗言而言。大约楚王昏庸而骄傲，而屈原却不自知藏隐锋芒，早已使楚王有所不满了。

屈原之时，楚国黑暗，《战国策·中山策》载秦武安君白起伐楚，"拔鄢、郢，焚其庙，东至竟陵"的胜利原因时说："是时楚王恃其国大，不恤其政，而群臣相妒以功，谄谀用事，良臣斥疏，百姓心离，城池不修。既无良臣，又无守备，故起所以得引兵深入，多倍城邑，发梁焚舟以专民，以掠于郊野以足军食。当此之时，秦中士卒，以军中为家，将帅为父母，不约而亲，不谋而信，一心同功，死不旋踵。楚人自战其地，咸顾其家，各有散心，莫有斗志，是以能有功也。"① 据《史记·六国年表》，白起击楚，拔郢，东至竟陵"以为南郡"此事在秦昭襄王二十九年，为楚襄王二十一年，即公元前278年。又据《史记·秦本纪》《楚世家》《六国年表》，自楚怀王始，秦与楚多次战争，怀王十一年，即公元前318年，楚击秦不胜；怀王十六年，秦相张仪入楚；十七年，即公元前312年，秦败楚将屈匄；二十八年，即公元前301年，秦、韩、魏、齐败楚将唐眛于重丘；第二年，秦又败襄城，杀景缺。怀王三十年，即公元前299年，怀王被扣留于秦，顷襄王即位。顷襄王元年，即公元前298年，秦取楚十六城。二年，怀王逃离秦，入赵，赵惠王不敢收留，又欲逃魏，为秦活捉，翌年死。顷襄王十九年，秦攻楚，楚与秦汉北及上庸地；二十年，秦拔鄢、西陵；二十二年，秦又拔楚巫、黔中。这其间楚虽时击魏、齐燕等国，略有小胜，但与秦战，屡战屡败，其根源在于楚国君臣上下不团结，奸佞当道，忠直被疏。《战国策·楚策》庄辛说楚襄王有"淫逸侈靡，不顾国政"之言。楚国君主昏庸，臣子无能，屈原作为一个有理想的、正直的文化人，胸怀政治抱负，在这种险恶的环境中，靠孤军奋战，显然是不可能有好的结局的。

作为一个成熟的政治家，争取最广泛的同盟，是实施其政治主张的重要策略。政治不仅仅是一种好的主张，而且是一种应用技术，好的主张必须借助高

---

① 《战国策校注》，四部丛刊本。

明的策略来实施。屈原的主张虽好，但他不能审时度势，用迂回的策略达到自己的目的，这不能不说是件遗憾的事。

事实上，屈原在楚国，完全有可能找到同盟军。屈原劝阻楚王入秦，以及主张合齐，此二事在《史记·楚世家》中有记载，陈轸说合秦背齐的利弊道："秦之所为重王者以王之有齐也。今地未可得而齐交先绝，是楚孤也。夫秦又何重故国哉，必轻楚矣。且先出地而后绝齐，则秦计不为，先绝齐而后责地，则必见欺于张仪。见欺于张仪，则王必怨之。怨之，是西起秦患，北绝齐交。西起秦患，北绝齐交，则两国之兵必至。"怀王十六年，秦欲伐齐，而齐楚合纵，秦惠王让张仪游说怀王绝齐，许以归还商於之地六百里，陈轸反对，怀王贪婪不听，甚至派人侮辱齐王，以讨秦之欢心，秦因而与楚合纵，但秦并不与楚商於之地。怀王伐秦报复，反遭大败，先是在丹阳甲士八万被斩，大将军屈匄、裨将军逢侯丑等七十余人被俘。再战又败于蓝田。怀王二十年，齐欲与楚合纵，事下群臣，"群臣或言和秦，或曰听齐"，昭睢对楚王说："王虽东取地于越，不足以刷耻；必且取地于秦，而后足以刷耻于诸侯。"楚王遂合齐。怀王二十七年，秦请合楚，并请会盟，昭睢说："王毋行，而发兵自守耳。秦虎狼，不可信，有并诸侯之心。"但怀王之子子兰劝行，说："奈何绝秦之欢心。"楚王参加会盟，结果被扣留，最后死在秦国。由此可见，在楚大臣中，是存在抗秦合齐力量的。其中昭睢的观点与《史记·屈原贾生列传》所载屈原的观点甚为相似，屈原说："秦虎狼之国，不可信，不如毋行。"[①]《楚世家》不载屈原之言，而采用互见法，大抵是因为屈原的地位不如昭睢，或者昭睢是最先阻止楚王入关的人。如果屈原能团结陈轸、昭睢等人，以为支援，而不是一概打击，情况或许是另外的样了。

东方朔批评屈原的处世智慧，不能说没有道理，而东方朔本人正是借鉴了屈原的悲剧，以一种游戏的人生态度，混迹于汉世。东方朔不仅好古博学，而且说话便捷，被人目为"狂人"，但是，却在张狂之中，很好地把握了生存的智慧，并不断晋升职爵。当然，这其中有汉武帝与楚怀王境界的差异，但是我们也要承认有东方朔与屈原各自生存智慧的差别。

---

① 引文并见三家注《史记》，中华书局1959年版。

《孟子·万章下》有贵戚之卿和异姓之卿，贵戚之卿，执掌权柄，"君有大过则谏，反覆之而不听，则易位"，异姓之卿无强辅，因而"君有过则谏，反覆之而不听，则去"[①]，孔子之去鲁，正是此种精神，《左传·宣公二年》赵穿弑晋灵公，也是此种精神。当东方朔时代，君无大过，号称盛世，东方朔仍常谏君以节俭之道，仁义之行，其方式是温和的。东方朔自称大隐。藏器待时，是东方朔作为滑稽家聪明的地方。而他大隐隐于朝廷的背后，仍然隐含了批判现实，尊奉儒家传统的复古心态。所以，《汉书·东方朔传》才说东方朔能观察颜色，直言切谏。

　　孔子思想，其中心精神在于经世致用，为民请命，但也不废审时度势、明哲保身的内容，此之谓通权达变。通权达变之思想，既存在于《答客难》中，也在乎《非有先生论》中。非有先生之不称往古，不扬君美，默然无言，就是审乎时人，不作妄言，避免"关龙逢深谏于桀，而王子比干直言于纣"之祸，关龙逢、比干本是"极言尽忠，闵王泽不下流，而万民骚动，故直言其失，切谏其邪者，将以为君之荣，除主之祸也"。因为他们不明白桀纣之无道，因而有杀身之祸。非有先生明乎？"今则不然"，若有直谏之士，"反以为诽谤君之行，无人臣之礼，果纷然伤于身，蒙不辜之名，戮及先人，为天下笑"。[②] 这种明智的智慧，是自战国以来文人独立意识的体现。

（作者单位：北京语言大学孔子与儒家文化研究所）

[①] 《孟子》，四部丛刊本。
[②] 六臣注《文选》，四部丛刊本。

从武化到文化之转变谈汉大赋的形成

汪春泓

文学史叙述前汉大赋成就，似有失语之症状，大赋作为文体类型，观数十年通行的文学史叙述，若置诸评价系统内，似乎较难铨衡其价值，因此，所言不得要领，导致司马相如、扬雄等大赋作者在文学史上，其定位模糊甚至失当。笔者以为，秦之灭亡到汉之初建，是中国从春秋、战国时代向大一统转变的重要时期，在历史上，秦皇、汉武，虽双雄并峙，但作为强盛大一统帝国的统治者，汉武帝比秦始皇在位时间更长，而且其文治武功，甚或好大喜功、穷兵黩武，均前无古人，故较之于秦始皇，无论正负两面，汉武帝堪谓后来居上。大致在前汉景帝、武帝朝，汉大赋迎来大盛的局面，探索大赋之形成，前人颇有蹈空之局限，故而以此为借鉴，研究者需紧扣历史进程，来重新考察汉大赋之兴起。

一、以"智"为核心——战国后期至汉初的学术反思

战国中后期，合纵连横，军事成为国际角力的主旋律，然而，在思想和学术界，承袭儒、墨、道、法各家，对于时势，亦有新的思考。这部分思想史，今人应将地下发掘的简帛篇籍和传世文献相参看，梳理其脉络。按荆门《郭店楚简》和长沙《马王堆帛书》，一篇《五行》，自战国中期，以至汉初，各被陪葬地下，随后分别在20世纪的90年代和70年代重见天日，可见其重要性。

庞朴撰《帛书五行篇研究》认为，此《五行》篇是思孟学派的产物，并据以进一步探讨思孟"五行说"的原貌①；而日本池田知久著《马王堆汉墓帛书五行篇研究》反驳庞朴《五行》渊源自思孟学派的观点，指此篇内容较杂，兼有《孟子》《荀子》的思想，他综合各种意见，认为马王堆帛书《五行》篇的抄写年代，"大体是在高祖到吕后时期"②。

东汉张衡《应间》说："不耻禄之不夥，而耻智之不博。"③ 智代表人的终极价值。梁涛著《郭店竹简与思孟学派》，关于《五行》篇作者，他倾向于属子思学派，但惜乎未能提供坚实的论据，他综述"许多学者已注意到，圣、智是《五行》的一个重要内容"，此确实发人深省④。若按仁义礼知（智）圣（信），根据郭店竹简《五行篇》，来做出现频率之统计，仁：17次，义：9次，礼：8次，知：18次（智：15次）⑤，圣：14次（信：1次）。韩愈《原道》说："博爱之谓仁，行而宜之之谓义，由是而之焉之谓道，足乎己而无待于外之谓德。仁与义为定名，道与德为虚位。"结合郭店竹简《五行》篇道与德出现频率，道：21次，德：21次，然而，"道与德为虚位"，此二字的频密不敌"知"与"智"的总和：35次。这说明，"仁与义为定名"，仁义或仁、义，代表孔子儒学的基本品格，不可移易。然而，人是一种智慧的动物，《韩非子·五蠹》篇说："上古竞于道德，中世逐于智谋，当今争于气力。"⑥ 此言实在，史上道德的时代，盖出于后世虚构，到战国后期，所角逐者，乃为智谋所运用之气力，仅凭气力是不够的，《汉书·刑法志》曰："任智而不恃力，此其所以为贵也。"此亦道出人的本质。故《郭店楚简》之《五行》所谓"五行：仁形于内谓之德之行，不形于内谓之行"⑦云云，这节文字，强调仁义礼智圣，乃人性美与善的高度自觉，并须深刻内化于血肉灵魂之间。像仁和礼，虽以爱敬他人为特质，却绝非麻木顺从或乡愿、弱智，而是烛照人性本质，个我自持、节制，令原

---

① 庞朴：《帛书五行篇研究》，齐鲁书社 1988 年版，第 16 页。
② 〔日〕池田知久著，王启发译：《马王堆汉墓帛书五行篇研究》，中国社会科学出版社、线装书局 2005 年版，第 60 页。
③ （汉）张衡著，张震泽校注：《张衡诗文集校注》，上海古籍出版社 1986 年版，第 273 页。
④ 梁涛：《郭店竹简与思孟学派》，中国人民大学出版社 2008 年版，第 33 页。
⑤ 《荀子·正名》篇说："所以知之在人者谓之知，知有所合谓之智。"
⑥ （清）王先慎撰，钟哲点校：《韩非子集解》，中华书局 2007 年版，第 441 页。
⑦ 李零：《郭店楚简校读记》（增订本），北京大学出版社 2002 年版，第 78 页。

始粗糙的人性趋于圆融。《孔丛子》卷之一《嘉言》说:"宰我问:'君子尚辞乎?'孔子曰:'君子以礼为尚,博而不要,非所察也;繁辞富说,非所听也。唯知者不失理。'……"儒家最重视礼乐文明,何谓礼?《孔丛子》上述解释,其事是以"知"沟通礼和理,礼,必须合理,否则就失去存在的意义;而所谓"义",韩愈谓"行而宜之之谓义",是以仁为前提,对事物拿捏恰当,判断准确,并做最佳选择,在一定意义上,此种内心运思,亦须出乎"智",所谓洞悉世情者也。至于信,《孟子·离娄下》说:"孟子曰:'大人者,言不必信,行不必果,惟义所在。'"一旦失信,就会承担后果,是否值得付出失信的成本,《论语·为政》说:"子曰:'人而无信,不知其可也。'"[1]作长久之计者,必须慎重思考,故而,义,可以涵盖信,却均派生于智。而关乎圣,《郭店楚简》之《六位(六德)》说:"何谓六德? 圣、智也,仁、义也,忠、信也。圣与智就矣,仁与义就矣,忠与信就矣……"先秦时期,圣之称谓,尚未为孔子所独专,譬如《老子》等也谈圣人,此节文字中,圣与智并列,由大智,兼仁义,并尽忠守信,即可上跻圣人之位也。

《论语·里仁》说:"子曰:'不仁者不可以久处约,不可以长处乐。仁者安仁,知者利仁。'"此"子曰"道出一个事实,那就是"知者利仁",从仁那里,大智者可以将其利益最大化,因此,无论小仁小惠,还是大仁大惠,有时正是知者或智者权衡利弊之余,所摆出的一种姿态,或做出的一种行为耳[2]。《论语·里仁》说:"观过,斯知仁矣。"《论语·为政》说:"子曰:'温故而知新,可以为师矣。'"仁,较少属天性流露,更多属审时度势之后,人的一种明智的反应。《论语·公冶长》说:"未知,焉得仁?"清人朱骏声《经史答问》卷三曰:"问,《论语·令尹子文章》两言'未知',似不成句,若朱子添出'未知其心',本文无之,不能无疑也。曰:'两"知"字,郑氏读为"智",《汉书·古今人表》师古注"智者虽能利物,犹不及仁者所济远也",况未智乎? 按子文所举子玉,卒以败国,是无知人之明,如仁者之能好能恶也;文子去乱逾年而复归齐,及庆氏祸作,曰"吾其何得",岂为明哲? 故皆曰"未

---

[1] 《老子》二十三章:"信不足,有不信。"
[2] 对于仁者和知者,朱熹《论语集注》分为两个高下不同的层次,主要对"利"字,尚囿于义利之辨。

知"。'"① 朱氏观点颇有见地,孔子在这段文字中,把"知(智)"当作焕发"仁"之意义的前提,换言之,仁,必须与知结合,知、仁合一,才有提升为圣贤的可能。

孔子学术,远绍其精神者,首推孟子,《孟子·公孙丑上》为孔子加冕圣人之头衔,也尤其重视既仁且智;《孟子·公孙丑上》说"恻隐之心,仁之端也。羞恶之心,义之端也。辞让之心,礼之端也。是非之心,智之端也。人之有是四端也,犹其有四体也;有是四端而自谓不能者,自贼者也"。孟子标举"仁义礼智"四端,以"智"作结,良有以也。

《荀子·富国》篇曰:"故知者为之分也。"即使荀、孟存有分歧,但是《荀子》同样看重"知(智)者"在维持社会秩序上起到主导性作用,是人伦有序、国家稳定的定海神针。若仅天性仁厚、循规蹈矩者,在政治方面,可能无所成就,甚至一败涂地。儒学到战国末期,其刚健、铁血一面更彰显出来,其隐患也随之而来,今人凭借《战国策》等文献,可以看到,纵横捭阖、钩心斗角,岂止诸侯,甚至天下均被其玩弄于股掌之上矣,而各国版图也在智者操弄下,被不断地分分合合。《郭店楚简》之《五行》又说:"仁之思也精……智之思也长……圣之思也轻……"仁、智及圣,均被赋予"思"之特性,最终要如玉色、玉音,而玉象征德性圆满,此凸显"智之思也长",说明人与动物之区别,在于人须避免短视,而要有思维的前瞻性,把握全局的主体性,善于预见未来,参透祸福因果,而这正是智慧的体现②。

秦汉之际,由于秦政尚法重武,焚书坑儒,导致天下弱肉强食,权诈百出,蔚为风气。《汉书·郦食其传》说:"骑士曰:'沛公不喜儒,诸客冠儒冠来者,沛公辄解其冠,溺其中。与人言,常大骂。未可以儒生说也。'"当时儒生最不合时宜。可是,《汉书·陆贾传》载:"贾时时前说称《诗》《书》。高帝骂之曰:'乃公居马上得之,安事《诗》《书》!'贾曰:'马上得之,宁可以马上治乎?且汤武逆取而以顺守之,文武并用,长久之术也……'"秦始皇法家政治,杀鸡取卵,急功近利,最不利于政权的长久生存,所以,一旦汉高祖

---

① (清)朱骏声著,樊波成校证:《经史答问校证》,华东师范大学出版社2010年版,第245页。
② 《史记·宋微子世家》说:"箕子对曰:'初一曰五行,二曰五事……五行:一曰水,二曰火,三曰木,四曰金,五曰土……五事:一曰貌,二曰言,三曰视,四曰听,五曰思。'"亦以"思"为关键。

夺取天下，就必须考虑如何长治久安，文武转换，改弦更张，宜其入儒家之彀中。然而，相较学术层面之儒学与政治层面之儒术，始终不可等量齐观，《汉书·公孙弘传》说："臣闻之，仁者爱也，义者宜也，礼者所履也，智者术之原也。"此言精辟，智，是援儒入治术之原，也就是根本，而仁、义、礼则不过是手段、工具甚或权宜之计耳！

二、智者洞悉——汉初对秦皇黩武的鞭挞

两汉思想史，乃智性烛照下，合乎逻辑的展开。《论语·学而》说："告诸往而知来者。"人，正是一种能够规避错误的动物，甚至《论语·公冶长》说："回也闻一知十。"人在学习中完善自身，并改善社会。而汉初，恰是集中议论暴秦的特殊时期，钱大昕《与梁燿北论史记书》说："史公著书，上继《春秋》，予夺称谓之间，具有深意，读者可于言外得之。即举《月表》一篇，寻其微恉，厥有三端：一曰抑秦，二曰尊汉，三曰纪实。何谓抑秦？秦之无道，史公所深恶也。"[①] 钱氏此文常为人所引述，前汉立国，目睹秦朝轰然倒塌，自然令君臣惊心动魄，因此，所谓抑秦，落实到治国，就是文臣提醒君主，防遏重现秦弊，此左右汉初政治之走向，从汉高祖到文、景帝，借镜历史，大体上是其施政的依据。

《汉书·陆贾传》载，陆贾说："昔者吴王夫差、智伯极武而亡；秦任刑法不变，卒灭赵氏。乡使秦以并天下，行仁义，法先圣，陛下安得而有之？'"此提到"夫差、智伯极武而亡"，以及秦灭六国，一仍严刑峻法，不施仁政，刘邦才有机会轮流坐庄。对于武力作用，先秦时期，各家论述多有涉及，《老子》三十章说："以道佐人主者，不以兵强天下，其事好还。师之所处，荆棘生焉……"《老子》三十一章说："兵者不祥之器。"所谓"其事好还"，指以武力种族灭绝，会遭遇复仇和反弹，冤冤相报，永无尽头，而嗜血者不可能取得

---

① （清）钱大昕撰，吕友仁校点：《潜研堂集》，文见于《潜研堂文集》卷三十四，上海古籍出版社1989年，第623页。

胜利。《老子》四十三章说:"强梁者不得其死,吾将以为教父。"崇尚武力者,即所谓"强梁"之人,均无好结果,老子以此训诫世人。

自战国到前汉,文献中密集地出现以"虎狼"比喻秦国的记载,既是对秦帝国恐怖的记忆,又是对荒谬生存法则的鞭挞,秦国倒行逆施必遭摒弃,人类当以礼共存,而非依据丛林法则,尚武滥杀。从理性判断出发,此二者相较,礼乐文明比丛林法则更适宜人类的生存和发展,所以政治、学术之弃法崇儒,乃历史之必然。

《战国策·楚策一》之十七苏秦说:"夫秦虎狼之国也,有吞天下之心。秦,天下之仇雠也。"指秦"虎狼之国",遂与天下不共戴天,此在《战国策》之《西周策》《赵策三》《魏策一》《魏策三》[①]等处均有相似的记载。

《史记·秦始皇本纪》说:"(尉)缭曰:'秦王为人,蜂准,长目,挚鸟膺,豺声,少恩而虎狼心,居约易出人下,得志亦轻食人。'"另《史记·屈原贾生列传》《汉书·贾山传》《盐铁论·褒贤》[②]也直指秦之"虎狼之心"。这些评论以虎狼一词代指秦国,一则追溯其民族历史文化"与戎狄同俗",未受华夏熏染教化,唯利是图,无异于食人之虎狼。二则关于虎狼之特性,《史记·项羽本纪》说:"(宋义)因下令军中曰:'猛如虎,很如羊,贪如狼,彊不可使者,皆斩之。'"虎狼穷凶极恶,人类难以与之沟通;《史记·项羽本纪》说:"汉欲西归,张良、陈平说曰:'……今释弗击,此所谓"养虎自为患"也。'"《汉书·韩安国传》说:"语曰:'虽有亲父,安知不为虎?虽有亲兄,安知不为狼?'"人与虎狼,你死我活,没有丝毫相容的余地,而政治需要互动,虎狼式暴政则隔绝沟通,属独裁的极端形态。历史演进,人类依赖智慧,令虎狼未能占据优势,始终主宰地球。人,处于复杂社会关系之中,人与人之间,是否可以虎狼相待?虎狼倚仗体能强势,成为森林霸主;而人依靠武力,是否就能独霸天下呢?《汉书·地理志下》说:"昭王曾孙政并六国,称皇帝,负力怙威,燔书坑儒,自任私智。至子胡亥,天下畔之。"所谓"自任私智",指主客观判断谬误,过高估计自己的强大,因此,私智就是不智,纯属大愚!

---

① (汉)刘向集注,范祥雍笺证,范邦瑾协校:《战国策笺证》,上海古籍出版社2011年版,第1387页。

② 王利器校注:《盐铁论校注》卷第四,中华书局1992年版,第242页。

《汉书·贾谊传》载贾谊说:"鄙谚曰:'不习为吏,视已成事。'又曰:'前车覆,后车诫。'夫三代之所以长久者,其已事可知也;然而不能从者,是不法圣智也。"又说:"凡人之智,能见已然,不能见将然。"凸显人类知性,善于鉴往知来,而凡俗之人智浅,所以,令国祚短暂。

《史记·殷本纪》说:"汤出,见野张网四面,祝曰:'自天下四方皆入吾网。'汤曰:'嘻,尽之矣!'乃去其三面,祝曰:'欲左,左。欲右,右。不用命,乃入吾网。'诸侯闻之,曰:'汤德至矣,及禽兽。'"世界是一个共同体,人类须与万物共存,个我、民族及国家也必须与他人、异族和各国相处,所以,汤不忍置禽兽于灭绝,何况对待同类之人呢!汤之行为纯出于仁爱乎?自然,汤虽具仁厚之美德;但这也反映汤智慧超拔,显出远见卓识,他克服了人性之残忍,懂得共存共荣之道。

十七世纪英国霍布斯著《利维坦》论语言曰:"没有语言,人类之中就不会有国家、社会、契约或和平存在,就像狮子、熊和狼之中没有这一切一样。"[1] 此与中国古人思考"虎狼之心",有异曲同工之妙,以语言为基础,人类构筑起国家、社会、契约,这些均属文化建设,目的是要摆脱武力局限,人类和平也就出现曙光。《汉书·严助传》载严助谕淮南王,指闽王"有司疑其以虎狼之心,贪据百越之利……"《汉书·终军传》说:"北胡随畜荐居,禽兽行,虎狼心,上古未能摄。"在覆灭暴秦之后,虎狼之心,已遭朝野普遍唾弃,这一贬词似为非我族类者所专。扬雄《法言·问道》说:"申、韩之术,不仁之至矣,若何牛羊之用人也?"[2] 法家不仁,其奴役人民,酷似牛羊,则属不智,因为人民绝非牛羊,所以《史记·太史公自序》指法家"可以行一时之计,而不可长用也"。《淮南子·兵略训》说:"今人之与人,非有水火之胜也,而欲以少耦众,不能成其功,亦明矣。"因为作为同类,人与人之间,其体能、智商等方面的差异,不会悬殊至虎狼相对于牛羊,仁者爱人,其实是人智慧的抉择,而相反,某人、某类人或某国人,为逞私欲,竟冒天下之大不韪,则绝对不能像虎狼猎食牛羊,建立起不可逆转的食物链。

---

[1] 〔英〕霍布斯著,黎思复、黎廷弼译:《利维坦》,商务印书馆2012年版,第18页。
[2] 汪荣宝撰,陈仲夫点校:《法言义疏》六,中华书局1987年版,第130页。

南宋胡寅撰《读史管见》，其《汉纪·高祖》部分评论"项羽坑秦卒二十万人新安城南"曰："莫强于人心，而可以仁结，可以诚感，可以德化，可以义动也。莫柔于人心，而不可以威劫，不可以术诈，不可以法持，不可以利夺也。"[①] 此论精义在于一个"心"字，人内心智慧，具能动性，强势者胁迫他人，仅可暂时弹压，却难以永久征服；《汉书·王吉传》说："民者，弱而不可胜，愚而不可欺也。"违背民意者，最终会惨败，《老子》谓"民不畏死奈何以死惧之"！此启迪为政者，须以怀柔为上，行仁德之政；秦皇朝反其道而行之，招致灭亡，汉初政论家辈出，他们从运智观势之角度来阐释秦政，《汉书·贾谊传》说："为人主计者，莫如先审取舍；取舍之极定于内，而安危之萌应于外矣……秦王之欲尊宗庙而安子孙，与汤武同，然而汤武广大其德行，六七百岁而弗失，秦王治天下，十余岁则大败。此无它故矣，汤武之定取舍审而秦王之定取舍不审矣。"暴君和明君相比，其期望相似，可是由于施政分歧，导致迥然不同的结果。

《汉书·张释之传》记述："于是释之言秦汉之间事，秦所以失，汉所以兴者。"汉初谈秦说汉，此堪称首要课题。《汉书·晁错传》说秦亡："上下瓦解，各自为制。"指秦亡于统治基础荡然无存；《汉书·邹阳传》说："久之，吴王以太子事怨望，称疾不朝，阴有邪谋，阳奏为谏。为其事尚隐，恶指斥言，故先引秦为谕，因道胡、越、齐、赵、淮南之难，然后乃致其意。"以秦为喻，警诫犯险者；《汉书·路温舒传》引路温舒曰，揭示秦朝好武休文，令黔首走投无路；《汉书·董仲舒传》中董氏说："道者，所繇适于治之路也，仁义礼乐皆其具也……""刑德皇皇，日月相望"[②]，王者当修德政以泽惠百姓；董氏又说："秦继其后，独不能改……其心欲尽灭先王之道，而颛为自恣苟简之治，故立为天子十四岁而国破亡矣。自古以来，未尝有以乱济乱，大败天下之民如秦者也。"人民被秦逼至对立面，秦也就时日不多矣，董仲舒将必须痛改秦非、以文学礼仪作为政之方略，阐发得十分透彻；《汉书·主父偃传》记录主父偃说："夫务战胜，穷武事，未有不悔者也。昔秦皇帝任战胜之威，蚕食天

---

① （宋）胡寅撰，刘依平校点：《读史管见》，岳麓书社2011年版，第23页。
② 余明光：《黄帝四经今注今译》，岳麓书社1993年版，第129页。

下，并吞战国，海内为一，功齐三代。务胜不休，欲攻匈奴……"武事，乃不得已而用之，然秦始皇却喜以武力、战争扫除障碍，无视《老子》箴言；《汉书·吾丘寿王传》载吾丘寿王曰："于是秦兼天下，废王道，立私议，灭《诗》《书》而首法令，去仁恩而任刑戮，堕名城，杀豪桀，销甲兵，折锋刃。其后，民以櫌鉏箠梃相挞击，犯法滋众，盗贼满山，卒以乱亡。故圣王务教化而省禁防，知其不足恃也。"秦始皇唯恃武力杀戮，却不辅以仁恩教化，注定崩溃；《汉书·徐乐传》中徐乐说："臣闻天下之患，在于土崩，不在瓦解，古今一也。何谓土崩？秦之末世是也……此其何故也？由民困而主不恤，下怨而上不知，俗已乱而政不修，此三者陈涉之所以为资也。此之谓土崩。"陈涉何德何能？他之所以收获秦末乱政的果实，此既是历史的偶然，又是历史的必然。而统治者引以为戒者在于须洞察先机，销祸患于萌芽。

《汉书·严助传》载淮南王刘安说："臣闻军旅之后，必有凶年。"《淮南子·兵略训》说："智伯有千里之地而亡者，穷武也。"《淮南子·人间训》中讥讽"智伯侵地而灭"[①]，承袭陆贾以智伯为例，淮南王警告朝廷，不能迷信武力，以其作为建立集权大一统的手段。

凡此种种议论，概括而言，皆关乎汉代政治举措的选择，扭转尚武，改趋崇文一路，实为不二之选，而研究其论证的过程，思辨的智慧绝对盖过了道德的说教，而以秦朝为集矢之的，否定法家及黩武，既是议论的主题，又透过《盐铁论》贤良、文学的发言，可以察觉此是社会的共识，拥有广大的舆论基础，而这一切无不对于汉大赋的形成产生重要的影响。

三、劝百讽一——西汉大赋体式之铸成

刘勰较早注意文武相对的现象，其《文心雕龙·才略》篇曰："战代任武，而文士不绝。"前汉文武转换，汉大赋是其重要产物，前汉大赋写作，与时势、

---

① 《淮南子》其他各篇诸如《齐俗训》《道应训》《氾论训》等均涉及对于智伯之事的论述，刘安对其人之行事持负面评价。

政治关系甚密。武帝即位，所关注者，有削藩、匈奴等大事。关于汉武其人，汲黯评论一语中的，《史记·汲黯列传》载："黯对曰：'陛下内多欲而外施仁义……'"多欲，指武帝心雄古今，进取之心异常强烈。《史记·司马相如列传》记述司马相如诘难蜀父老曰："盖世必有非常之人，然后有非常之事；有非常之事，然后有非常之功。非常者，固常人之所异也。"此言无论是对武帝的了解，抑或逢迎，总之，汉武帝是一位"非常"帝王，他不耐于文、景"黄老"之治，所以其独尊儒术，招文学儒者，虽然内有士人反秦所推毂的因素，亦折射武帝力求突破父祖格局，想在各个领域，更加有为。所以武帝"多欲"和"仁义"之间，构成尖锐的矛盾。

"普天之下，莫非王土；率土之滨，莫非王臣。"[①] 这是专制帝王的固有心态。削藩，是文、景至武帝一贯的意图，要将诸侯封邑纳入中央掌控；而拓边，则是抵御匈奴骚扰，继而扩展大汉影响力，以至无远弗届。此种居心，与秦始皇无所不同，可是时势及理智告诫武帝，行秦皇之政，若无仁义、礼乐的伪饰，则会重蹈覆辙。

《汉书·贾捐之传》载贾捐之说："以至乎秦，兴兵远攻，贪外虚内，务欲广地，不虑其害。"此属利令智昏，遗患无穷；武帝朝，理智告诉士人，在本质上，"今上"俨然秦始皇复辟，即使武帝缘饰以儒术，士人们却洞若观火；《汉书·严安传》载严安说："秦贵为天子，富有天下，灭世绝祀，穷兵之祸也。故周失之弱，秦失之强，不变之患也……下览秦之所以灭，刑严文刻，欲大无穷也。"秦亡之殷鉴不远，而引秦为诫，意在讽谏武帝，及时改变，弃武转文。

霍布斯著《利维坦》指出这样一个事实：国家之形成，亦有类于"利维坦"之成立，虽可以减少征战及大肆杀戮，然而，臣民却交出了部分自由，也需忍受捐税等压迫，这是一笔无奈的交易。而人性却有这样的特征："贪得巨富或热衷声名是令人尊重的，因为这是获得这一切的权势的象征。"帝王自然不能免除人性的这一弱点。汉上林苑建于秦上林之故址[②]，《史记·萧相国世家》

---

① 《诗经·小雅·北山》。
② 见《史记·李斯列传》。

记载："萧何为民请曰：'长安地狭，上林中多空地，弃，愿令民得入田，毋收稾为禽兽食。'上大怒曰：'相国多受贾人财物，乃为请吾苑！'"《史记·张释之列传》记述文帝游上林苑；《史记·万石张叔列传》说："景帝幸上林。"武帝建元三年，上林苑开始扩建①。可知上林苑乃王室林园，各代帝王流连其间；武帝虽然广有天下，但是，除了土地，还有人心，物质有形，精神无形，在此两边，武帝都要君临、主宰。《盐铁论·杂论》说："公卿知任武可以辟地，而不知广德可以附远。"②汉初以来，士人竭力扭转"任武"政策，想以仁德来安辑四方。这使得国家意志和士人诉求之间，亦形成巨大的张力。

与当时君臣朝野博弈相呼应，司马相如作赋，正是时代精神的反映，其写作考虑，一方面需迎合武帝好大喜功、"多欲"之心理需求，另一方面受时代思潮影响，他还要顺应社会、士人的主流共识，此种精准揣摩，出于其理智的思索和算计，与文学纯粹的抒情性品格不同，这也恰是造成其大赋特殊形态的关键因素。

《汉书·枚乘传》载："枚乘复说吴王曰：'……夫吴有诸侯之位，而实富于天子；有隐匿之名，而居过于中国。夫汉并二十四郡，十七诸侯，方输错出，运行数千里不绝于道，其珍怪不如东山之府。转粟西乡，陆行不绝，水行满河，不如海陵之仓。修治上林，杂以离宫，积聚玩好，圈守禽兽，不如长洲之苑。游曲台，临上路，不如朝夕之池。深壁高垒，副以高城，不如江淮之险。此臣所以为大王乐也。'"此枚乘为吴王乐者，吴国得天独厚，富敌天子，他劝谕吴王保持低调，暗自享受。此从一个侧面，也反映像吴国这样的诸侯国，暗中也欲与天子试比高。

《汉书·严助传》引淮南王刘安说："陛下以四海为境，九州为家，八数为囿，江汉为池，生民之属皆为臣妾。人徒之众足以奉千官之共，租税之收足以给乘舆之御。玩心神明，秉执圣道，负黼依，冯玉几，南面而听断，号令天下，四海之内莫不向应。陛下垂德惠以覆露之，使元元之民安生乐业，则泽被万世，传之子孙，施之无穷。天下安犹泰山而四维之也，夷狄之地何足以为一

---

① 见《汉书·东方朔传》《史记·平准书》。
② 王利器校注：《盐铁论校注》卷第十，中华书局1992年版，第613页。

日之间，而烦汗马之劳乎！"作为诸侯王国一边，辈分高出武帝一辈的刘安，寄望朝廷安于现状，奉劝武帝，贵为天子，无所不有，当行德政，不劳兵马征讨，与藩国甚至夷狄相安无事，这就是此辈最大的福分；而这从另一个侧面显示，淮南王奉承武帝"以四海为境"云云，但实际上，在武帝之前，《汉书·诸侯王表》记载："而藩国大者跨州兼郡，连城数十，宫室百官同制京师，可谓矫枉过其正矣。"国中之国尚存，陛下和吴王们利益冲突，然则，继先王之遗志，挟推恩之余势，武帝进一步削藩也就如箭在弦。

《汉书·诸侯王表》说："故文帝采贾生之议分齐、赵，景帝用晁错之计削吴、楚。武帝施主父之册，下推恩之令，使诸梁分为五，淮南分为三。皇子始立者，大国不过十余城。"自文、景迄武帝，削藩是一渐进过程，却是既定方针[1]。按《汉书·景帝纪》记载景帝三年春二月，景帝平定吴、楚等七国之乱。吴、楚主动兴乱，还是被迫反抗？其中史实不难厘清。《史记·平准书》说："故吴，诸侯也，以即山铸铜，富埒天子，其后卒以叛逆。"按此，既可理解作吴国富裕，遂无惧和朝廷分庭抗礼；亦可视作吴国擅铸钱，且享鱼盐之利，以致巍然巨富，对此，朝廷岂能容忍，削吴之剑高悬，逼使吴国铤而走险。在文帝朝，贾谊《新书·铜布》就主张将采铜铸钱权收归中央。[2] 汉朝开国潜藏隐患，高祖分封子、弟为诸侯王，乃势所必然；到孝惠，"鲁卫之政，兄弟也"，尚能容忍；至于文、景，则血缘渐疏，利益纷争加剧，藩国之如吴王刘濞等，地大物博，吴王"王三郡五十三城"，楚元王孙刘戊"王楚四十城"，势必沦为祭刀之牺牲，因此，吴、楚不愿坐以待毙，乃属实情。

观《史记》《汉书》，司马相如撰《子虚赋》乃在"客游梁"时，而蒙武帝赏识，相如说："有是。然此乃诸侯之事，未足观，请为天子游猎之赋。"此即后之所谓《上林赋》。关于此二赋的分合及写作时间问题，刘跃进先生《〈子虚赋〉〈上林赋〉的分篇、创作时间及其意义》考辨精审，其结论为："《史记》中所说的《子虚赋》，作于游梁时期，似为初稿；而《上林赋》则在此基础上

---

[1] 《孟子·梁惠王下》说："齐宣王问曰：'交邻国有道乎？'孟子对曰：'有。惟仁者为能以大事小，是故汤事葛，文王事昆夷；惟智者为能以小事大，故大王事獯鬻，句践事吴。'"孟子所谓大小互事，乐天、畏天，其实"句践事吴"就透露了兹事不易，得势者，会乘势追逼，而失势者，则稽颡乞求而不得。

[2] （汉）贾谊撰，阎振益、钟夏校注：《新书校注》，中华书局2000年版，第110页。

加上天子游猎的场面，加工润色，遂成定稿。"并且定稿于武帝元光元年[①]，此观点基本符合史实。刘勰《文心雕龙·神思》篇说："相如含笔而腐毫。"相如这类大赋的写作，工程浩大，需润色、斟酌，工序繁复，要在短时间内竣工绝无可能。

梁孝王帮助其兄汉景帝抵挡吴、楚叛军，堪称功臣，景帝即位，且平定七国之乱，梁孝王首次"来朝"，时在景帝四年夏初立皇太子之后。按《史记·司马相如列传》记载："会景帝不好辞赋，是时梁孝王来朝，从游说之士齐人邹阳、淮阴枚乘、吴庄忌夫子之徒，相如见而说之，因病免，客游梁。"文、景朝，梁孝王朝觐频仍，无论相如初见邹阳之徒，是在梁孝王来朝之何年，总之，当在七国乱后。吴、楚构成长江流域的主要的经济地理板块，《汉书·荆燕吴传》叙述吴王濞事迹稍详，而《汉书·楚元王传》出自刘向等自撰，由于为亲者讳，楚王刘戊为何参与反叛，其中原委，十分隐晦。惟《汉书·荆燕吴传》借吴王刘濞之口说："楚元王子、淮南三王或不沐洗十余年，怨入骨髓。"其中结怨无疑颇深。刘戊自杀，《汉书·爰盎传》说："吴楚以破，上更以元王子平陆侯礼为楚王。"[②]景帝未将楚元王后人赶尽杀绝，莫非也隐存愧疚？

司马相如写作《子虚赋》，分涉楚、齐两国，《文心雕龙·时序》篇说："唯齐、楚两国，颇有文学。"齐和楚均为诸侯强国，《汉书·贾捐之传》记述，汉元帝时，贾捐之说："今天下独有关东，关东大者独有齐楚。"故相如做此选择，并非无据[③]；除此之外，相如二赋沾染楚风，故楚、齐更为不二之选，诚如刘勰《文心雕龙·诠赋》篇所谓"然则赋也者，受命于《诗》人，而拓宇于《楚辞》也"。然而，在吴、楚乱后，司马相如撰写楚、齐人士对话的作品，即使楚国与楚元王封邑不完全重叠，但涉猎叛国，司马相如实处在微妙的语境之中。若按法家思维，吴、楚等僭越犯上，势遭族灭。然汉初以来，士人反秦，厌恶惨礉少恩，文、景之朝野均理智地看待七国之乱，理解诸侯分封酿成制度

---

① 刘跃进：《秦汉文学论丛》，凤凰出版传媒集团、凤凰出版社2008年版，第68页。
② 按《汉书·楚元王传》刘戊死后，楚元王一系未被"削属籍"，乃得窦太后为之缓颊的缘故。
③ 李长之指秦灭汉兴，乃楚、齐文化的胜利，见其《司马迁之人格与风格》一书，生活·读书·新知三联书店1984年版。

性悲剧,虽无情剿灭,却也怀有几分悲悯。故而,吴、楚等七国之乱,令无数生灵涂炭,是一大惨剧!从景帝到武帝,朝廷无意伸张武功煊赫,仅将天子神威昭告天下,却故意遮蔽其血腥。

所以畋猎或游猎,成为隐喻武力的代词,也是把握司马相如赋之关键。笔者以为,读《子虚》《上林赋》,萧统编《文选》指引尤其重要,在《文选》中,相如此二赋被置于赋这一文体之"畋猎"类①,此种安排十分准确。一则察其分类,回应了《史》《汉》"然此乃诸侯之事,未足观,请为天子游猎之赋"这句话,此说明,《子虚赋》与《天子游猎赋》(或《上林赋》)必须相对应②,《子虚赋》的主旨也是"游猎"或"畋猎",故而《子虚赋》开篇就点出"出畋"一词,否则,前、后二赋主旨就不一致了。《汉书·文三王传》说梁孝王"以太后故,入则侍帝同辇,出则同车游猎上林中";葛洪《抱朴子外篇·勖学》说"息畋猎博弈之游戏,矫昼寝坐睡之懈怠"③。"游猎"或"畋猎",可视作天子或诸侯的军事游戏,古人讲究文武之道,可是天下一统,战争消歇,权势阶层就把屠戮快意转移到秋狝冬狩,"畋猎"或"游猎"是武力之文化或虚拟化,捕杀对象为禽兽,似可减少同类相残,也以此替代渠道,宣泄人类残忍和暴力。

汉初以来,从尚武到崇文的转化过程中,朝廷要宣示武力,又忌讳赤裸裸的虎狼吞噬,企图不战而屈诸侯,并令天下慑服,在大赋中,若不加掩饰,耀武扬威,会招致天下厌弃,唯有借助畋猎,化暴戾为祥和,兵戎灭绝,一变而为文字劝导,则可达到讽喻和暗示之效果。

二则相如二赋借鉴了枚乘《七发》中"此校猎之至壮也",《七发》叙述楚太子与吴客之间的对话,吴客以优美、壮阔的情景描绘,令楚太子振作精神,摆脱萎顿,从而"霍然病已",全文计用十个"客曰",起先沉溺逸乐的楚太子闻之,却无动于衷,而真正打动楚太子者,乃至第七个"客曰",吴客铺叙"校猎"场面,驱猎者身手矫健,陶阳气、荡春心,动感与敏捷,令画面洋溢着生命的活力。这是吴客对楚太子精神治疗的转折点,令楚太子"阳气见于眉宇之间";后

---

① 分置《文选》第七、第八卷。
② 此《子虚》《上林》二赋之分篇,依据《文选》。
③ 杨明照撰:《抱朴子外篇校笺》(上册)卷之三,中华书局1991年版,第124页。

之"客曰",则想象"观涛乎广陵之曲江",而前此"客曰",恰可视作为之铺垫,所渲染之涛气雄壮,亦仿佛"校猎"之延续,巨涛无异乎"校猎"之拟人化,波涛浩浩瀁瀁,势不可挡,从而达到全篇的高潮,令楚太子不能自已。

而思考前此"客曰"涉及"雅乐""至味""至骏"及"声色"等享受,由于楚太子养尊处优,对此人间"极品",并无触动;而"校猎"却特具新鲜感,故"校猎"之紧张刺激,声势浩大,给楚太子以强烈的全方位的震撼,令其身心激荡,以至"涊然汗出",似有脱胎换骨之功效。司马相如写作大赋,枚乘恰是其老师,必定深受其影响。而考察此种影响,对于了解相如赋的特点,十分重要。可以认为,相如撰写《子虚》《上林》二赋,直接借鉴了枚乘《七发》的"校猎"片段,并以此为中心,结构其大赋,所以他自己就交代所作大赋主题是"游猎之赋",这也正是司马相如与枚乘二者之间的结合点,从此可以窥见其师承渊源。

关于赋体之产生,历来备受学界关注,曹明纲著《赋学概论》,专门列有论"赋的起源"一章,综述各家观点,他比较认同冯沅君提出的"赋出俳词"[①]说。但是,在战国时期,赋体逐渐成熟,而战国思想界以学派分类,故此,研究者关注赋体起源与某一学派的关系,譬如章学诚《文史通义·内篇五·书坊刻诗话后》说:"《京都》诸赋,本于《战国策》(陈说六国形势)。《管子》《吕览》《淮南子》俱有地理风物之篇,至班、左诸君而益畅其支,乃有源流派别之文,辞章家之大著作也。"[②]认为赋与诸子的"地理风物之篇"有关;近代章太炎《国故论衡》也有"纵横者赋之本"[③]一说,与章学诚相近,认为赋之为体与纵横家有不解之缘。如此解释文体起源,虽斩截明快,却过于简单,赋体非率尔操觚之作,谢榛《四溟诗话》卷二之一一八则曰:"汉人作赋,必读万卷书,以养胸次。《离骚》为主,《山海经》《舆地志》《尔雅》诸书为辅。又必精于六书,识所从来,自能作用。若扬桃、戍削、飞襳、垂髾之类,命意宏博,措辞富丽,千汇万状,出有入无,气贯一篇,意归数语,此长卿所以大过

[①] 曹明纲:《赋学概论》,上海古籍出版社1998年版,第37页。
[②] (清)章学诚著,仓修良编:《文史通义新编》,上海古籍出版社1993年版,第207页。
[③] (清)章太炎撰,庞俊、郭诚永疏证:《国故论衡疏证》,中华书局2008年版,第247页。

人者也。"① 因此，其缘起也较复杂，属多种因素的综合作用。②

首先，赋与小学家。赋的写作基础是识字，《论语·阳货》说："子曰：小子何莫学乎诗？诗可以兴，可以观，可以群，可以怨。迩之事父，远之事君，多识于鸟兽草木之名。"《毛诗序》标举"故诗有六义焉"，其一即"赋"，而赋要铺张扬厉，非多识字不可，因此决定了小学修养对于赋的写作者具有基础性作用。按《汉志》小学十家，四十五篇，并指出："《苍颉》一篇。上七章，秦丞相李斯作；《爰历》六章，车府令赵高作；《博学》七章，太史令胡母敬作。"此是秦灭六国之后统一文字的重要举措③。《汉志》小学十家此下包括司马相如《凡将》一篇，扬雄《训纂》一篇、《苍颉训纂》一篇，而此二者恰是西汉最重要的赋家，这说明在秦书同文政策以降，汉帝国仍然继续强化文字的统一，此时小学家多祖述秦代《苍颉》篇，而扬、马均效力语文规范之建设④。西汉文字训诂多与经学相关，如《尔雅》三卷二十篇、《小尔雅》一篇以及《古今字》一卷，在《汉志》中列于《孝经》十一家中，此三种文献其实都是识字书，《四库提要》说《尔雅》："更非专为五经作，今观其文，大抵诸书训诂名物之同异，以广见闻，实自为一书，不附经义。"而"以广见闻"就透射出人向外扩张的需求，要认识自然万物，要投射人的意识、欲望于外在事物。若以《尔雅》为例，其体例就体现出人对事物分类的概念，共计释十九类事物，包含"诂、言、训、亲、宫、器、乐、天、地、丘、山、水、草、木、虫、鱼、鸟、兽、畜"，这就是当时人所认识的世界基本结构。直至东汉刘熙著《释名》，还大致上一仍《尔雅》体例，只是略有增损而已。

---

① （明）谢榛著，宛平校点：《四溟诗话》，人民文学出版社1998年版，第62页。
② 赋与小说家也有渊源，从纵横家言向小说家言的转变，意味着实用功能的减退和文艺色彩的增强，此受人与生俱来的审美需求与创作冲动的驱使，乃水到渠成之事。譬如《吕氏春秋》卷十四《本味》，陈奇猷《吕氏春秋校释》指出，此乃出于《汉志》"小说家"类之《伊尹说》二十七篇，借伊尹所对却充满畅言的兴味与美文的追求，其所表达的地理风物，凸显美食的诱惑力，可以看作启《七发》（此文与汉大赋形成关系甚巨）之先，此节文字在叙述上已对食物原料的水陆和荤腥素作排列分类，和小学家"义类"划分暗合，作者言辞夸饰，无意之间已超越了功利性质，而进入到文艺的境地，并且其叙述上按"义类"名物分，具有《西京杂记》所谓"控引天地"的姿态，俨然就是一篇汉大赋之具体而微者矣。陈奇猷校释：《吕氏春秋校释》，学林出版社1990年版。
③ 韩愈《毛颖传》说："天下同其书，秦其遂兼诸侯乎？"
④ 扬雄《法言·吾子》说："或欲学《仓颉》《史篇》。曰：'史乎！史乎！愈于妄阙也。'"见《法言义疏》四。

刘熙自序说："夫名之于实，各有义类，百姓日称而不知其所以之意，故撰天地阴阳四时邦国都鄙车服丧纪，下及民庶应用之器，论叙指归，谓之《释名》。"① 以"义类"来判分安排事物，这是战国秦汉时代人的认识论特点，每一义类需要名物来充实，凸显其饱满丰盈，而掌握名物知识，则首先必须识字，小学家便因此产生。

而小学家以"义类"来整理其小学知识，并且竭力扩充其大"义类"下的子目内容，此种知识储存，当宣之于口或书之于竹帛时，一则为了便于记诵，往往同类连贯；另则腹笥富有，则不免自负与炫耀，其汩汩滔滔之际，就隐约出现了大赋的雏形。《文心雕龙·诠赋》篇说："相如《上林》，繁类以成艳。"敏锐地点出相如大赋依"类"书写的体例；《文心雕龙·物色》篇说："及长卿之徒，诡势环声；模山范水，字必鱼贯；所谓诗人丽则而约言，辞人丽淫而繁句也。"而辞人与诗人之不同，也在乎辞人按部首作堆砌性叙述，相对于诗人，显然过于繁琐。

扬、马亦铸就了后世的语法规范，可见小学家是兼有语法奠基之功的，此对于大赋写作，也发挥重要的作用。

其次，赋与纵横家。纵横家大多是战略家，进言立说，除了熟悉天下地理、分析军事态势之外，还要借助风物出产以诱惑各国君主贪婪的野心，因此，纵横家所揣摩者，地理风物自然是其题中应有之义②。《战国策·楚一》之十七《苏秦为赵合从说楚威王》说："苏秦为赵合从，说楚威王曰：'楚，天下之强国也。大王，天下之贤王也。楚地西有黔中、巫郡，东有夏州、海阳，南有洞庭、苍梧，北有汾泾之塞、郇阳。地方五千里，带甲百万，车千乘，骑万匹，粟支十年，此霸王之资也。'"楚地阔无边，此种对楚地"苍茫万顷连"的描述，不经意之间就有文学的意味；《战国策·魏一》之十《苏子为赵合从说魏王》说："苏子为赵合从，说魏王曰：'大王之地，南有鸿沟、陈、汝南，有许、鄢、昆阳、邵陵、舞阳、新郪，东有淮、颍沂、黄、煮枣、海盐、无疎，西有长城之界，北有河外、卷、衍、燕、酸枣。地方千里，地名虽小，然而庐

---

① （清）王先谦：《释名疏证补》，上海古籍出版社1984年版，第3页。
② 参见《尚书·禹贡》。

田庑舍,曾无所刍牧牛马之地。人民之众,车马之多,日夜行不休已,无以异于三军之众。'"从战略高度,苏秦对南北各国地理如数家珍,娓娓道来。《战国策·赵二》之一《苏秦从燕之赵始合从》说:"大王诚能听臣,燕必致氇裘狗马之地,齐必致海隅鱼盐之地,楚必致橘柚云梦之地,韩、魏皆可使致封地汤沐之邑……"物产富饶,令人垂涎[①]。

而关乎天下地理物产,在春秋战国时期,尤以齐学较为渊博,此与齐学究心乎天人之际有关,所谓"天"的内容其实囊括了自然万物。如上章学诚就谈到赋与齐学之集大成《管子》的渊源;而"地理风物赋"视野开阔,与《周礼》也颇有缘,《周礼》卷十说:"大司徒之职,掌建邦之土地之图,与其人民之数,以佐王安抚邦国;以天下土地之图,周知九州之地域广轮之数,辨其山、林、川、泽、丘、陵、坟、衍、原、隰之名物。"一般认为,《周礼》亦属齐学产物,"地理风物"的名物知识在官方出于大司徒之职,而在民间,则腾播于齐人鬼谷子之口,后出的《吕览》《淮南子》等这一方面文字亦渊源于此。汉初尚存纵横家之流风遗韵,如主父偃就是齐临淄人,学长短纵横之术;蒯通也是齐人,此人游说韩信,言辞极具纵横家风。因此,于齐学渊源有自的纵横家言,高瞻远瞩,大言炎炎,一展其辩才无碍,其丰富的名物知识,当汇聚于雄辩滔滔之时,也确实与赋体相近。然而,一则宣之于口与书之于竹帛不可等量齐观,也就是说,纵横家未必就是小学家,合二者于一身纯属凤毛麟角。所以直指赋体出自纵横家,实际上纵横家却并不必然是小学家,纵横家与赋体亦没有必然的联系;另则纵横家游说国君,其目的是为王者师,令之实践自己的主张,其注重功利,亦与赋体某种超功利目的性存在距离[②]。

至前汉,因政治一统,纵横家失去了生存空间,文武嬗变,军事色彩浓郁的纵横家、兵家等,与时俱变,亦渐趋文士化。徐复观《两汉思想史》之《西汉知识分子对专制政治的压力感》指出,西汉时期士人对于君的感觉,与战国时代相比,不啻天壤之别,"因而西汉知识分子对由大一统的一人专制政治而

[①] 而当时兵家,譬如吴起,在《战国策·魏二》之七《魏武侯与诸大夫浮于西河》中,吴起论述政治败坏,即使国家"地形险阻",亦无济于事,也展示了纵横家般的地理风物知识,可见出色的军事家,必须兼备纵横家学养,或者说,兵家在陈述战略思想时,同样呈现纵横之风。

[②] 《汉书·王褒传》记录汉宣帝评价辞赋"贤于倡优博弈远矣"。

来的压力感也特为强烈"①。此种压力感改变战国士人的洸洋自恣,本落实于政治的建言献策、进谏诤言,顿然扭曲为带有游戏性、娱乐性的文字;并且,徐氏《两汉思想史》之《汉代专制政治下的封建问题》之六"学术史中董仲舒的冤狱"以董氏对策,所谓"诸不在六艺之科,孔子之术者,皆绝其道,勿使并进",徐氏判断:"实际是指当时流行的纵横家及法家之术而言"②,此说明纵横家遭遇来自朝廷的禁绝,纵横家晋身庙堂已然无望,为王者师愿望也顿然落空,此种挤压导致纵横之激情,滔滔之宏论,才转化为大赋体写作,当然其人落笔,必须具备小学家之修养。如枚乘《七发》即是范例,虽然它是特殊的文体,在《文选》中被特设一"七"体,但是写作方法上对于大赋的启迪,还是有迹可寻的。观其进谏内容,刚健之气消减,柔性安抚成为主调,换言之,关乎进谏之目的,已逊位于展示才学、取悦藩王,仅属其次之事了。故章氏所论缺乏中间过渡的环节,持论有所不逮。

晋常璩《华阳国志》卷三《蜀志》说:"孝文帝末年,以庐江文翁为蜀守,穿湔江口……翁乃立学,选吏子弟就学,遣隽士张叔等十八人东诣博士,受七经,还以教授。"③《汉书·司马相如传》说:"会景帝不好辞赋,是时梁孝王来朝,从游说之士齐人邹阳、淮阴枚乘、吴严忌夫子之徒,相如见而说之……"《汉志》记载,邹阳七篇,被置于纵横家,而赋家则有严忌二十四篇,枚乘九篇,可见邹阳依然是纵横家,而枚乘、严忌则从纵横家转向赋家,到司马相如才成为较纯粹的赋家,《汉志》列司马相如于赋家,其作品有二十九篇。按《汉书》本传,景帝末,文翁为蜀郡郡守,推行教化,曾泽惠司马相如,而文翁通《春秋》,即《春秋公羊传》,属于齐学;司马相如所从游者邹阳也是齐人,因此,相如浸淫于齐学。纵横家才学,邹阳辈已无法施展,其学术和激情到司马相如手里,方一变而为赋体文学的写作;同样是蜀人的扬雄,其学养特点与司马相如相近似,在西汉后期,遂成为堪匹敌司马相如的大赋作家。

刘师培《南北学派不同论》之《南北文学不同论》指出:"而枚乘、司马

---

① 徐复观:《两汉思想史》,台湾学生书局1993年版,第282页。
② 徐复观:《两汉思想史》,台湾学生书局1993年版,第191页。
③ (晋)常璩撰,任乃强校注:《华阳国志校补图注》,上海古籍出版社1987年版,第278页。《史记·司马相如列传》曰:"相如既学。"《索隐》说:"案:秦密(宓)云'文翁遣相如受七经'。"

相如咸以词赋垂名，然恢廓声势，开拓突奕，殆纵横之流欤？"[1] 司马相如心仪枚乘之辈，并与之过从甚密，上述《汉书·枚乘传》记载的"枚乘复说吴王曰"云云，不复纵横家故态，怂恿诸侯王进取，而是劝告吴王内敛隐忍，此恰好显示从纵横家到赋家转变之轨迹，值此之际，在藩国之间，士人慎于长袖善舞，只得在文字意淫中寻求快意；而其所谓"珍怪""海陵之仓"，尤其"修治上林，杂以离宫，积聚玩好，圈守禽兽，不如长洲之苑"，颇有挑战天子上林苑的意思，此后，诸侯和朝廷势力此消彼长，虽启迪后辈司马相如反以上林苑威吓诸侯，但考镜源流，此文体和主题的诱发，盖原出自枚乘者也。

而司马相如高明之处在于，就枚乘《七发》等作品，除了承袭，更有改造。前已述及，枚乘《七发》使用十个"客曰"，作片段联缀，以引人入胜，所以其场景转换，须"客曰"为之起承转合，若抽去"客曰"，则各个片段画面大致是独立的，相互之间缺乏连贯性；枚乘将"七"这一文体，已经发挥到极致。因此，司马相如点化《七发》，匠心独运，别具创意，他的叙述方式是，选择一个基点，转移视角，以作"散点透视"式的记叙，所以不需要以"客曰"做发端与联缀词，而是以旁观者身份记录三方对话，一气呵成，结撰全篇。而《七发》最精彩的"校猎"描写，尤其令司马相如倾心折服，所以，被借鉴至《子虚》《上林》二赋，亦突出"畋猎"主题，此居于二赋画龙点睛的地位，"畋猎"也正是其展开叙述所选取的"基点"。正由于以此为基点，叙述时左顾右盼，前后照应，即使去除"客曰"这一串联词，然而，以乌有先生所言为中间过渡，前之子虚，后之亡是公，二者长篇大论，均可构成完整的篇章，其叙述章法严谨，衔接顺畅，在时间上有先后，在空间上则有次序，显得有条不紊，有伦有脊。

在相如二赋全篇之中，若试问叙述之间何者堪称动感与节奏的高潮？其惟在乎"畋猎"部分，无论是楚云梦之楚王亲驾出猎，还是亡是公所述天子上林校猎，都令读者血脉贲张，并且在"畋猎"激发之下，按"义类"或部首来缕述的各部分文字也顿然显得动态十足，意气风发，祛除了静态文字堆砌的苍白感，或急促、徐缓，或庄重、清扬……节奏多变，姿态万方，汉字的表现力至

---

[1] 刘师培：《刘申叔遗书》，江苏古籍出版社1997年版，第561页。

此已臻乎化境，叹为观止矣！

《史记·高祖本纪》说："萧丞相营作未央宫，立东阙、北阙、前殿、武库、太仓。高祖还，见宫阙壮甚，怒。谓萧何曰：'天下匈匈苦战数岁，成败未可知，是何治宫室过度也？'萧何曰：'天下方未定，故可因遂就宫室。且夫天子以四海为家，非壮丽无以重威，且无令后世有以加也。'高祖乃说。""非壮丽无以重威"，以宫室建筑来强化权威，至少比武力征服来得文明，武帝继承这一先祖法宝，并发扬光大。《汉书·张骞传》说："是时，上方数巡狩海上，乃悉从外国客，大都多人则过之，散财帛赏赐，厚其饶给之，以览视汉富厚焉。大角氐，出奇戏诸怪物，多聚观者，行赏赐，酒池肉林，令外国客遍观各仓库府藏之积，欲以见汉广大，倾骇之。"汉武帝王心理，就是炫富，以倾骇外国人，对于本国诸侯和百姓，他同样要以无敌天下的财宝，彰显神威，令臣民匍匐于其权杖之下。

《汉书·东方朔传》载东方朔曰：

> 臣闻谦逊静悫，天表之应，应之以福；骄溢靡丽，天表之应，应之以异。今陛下累郎台，恐其不高也，弋猎之处，恐其不广也。如天不为变，则三辅之地尽可以为苑，何必盩厔、鄠、杜乎！奢侈越制，天为之变，上林虽小，臣尚以为大也。夫南山，天下之阻也，南有江淮，北有河渭，其地从汧陇以东，商雒以西，厥壤肥饶。汉兴，去三河之地，止霸产以西，都泾渭之南，此所谓天下陆海之地，秦之所以虏西戎兼山东者也。其山出玉石，金、银、铜、铁，豫章、檀、柘，异类之物，不可胜原，此百工所取给，万民所印足也。又有杭稻梨栗桑麻竹箭之饶，土宜姜芋，水多蛙鱼，贫者得以人给家足，无饥寒之忧。故酆镐之间号为土膏，其贾亩一金。今规以为苑，绝陂池水泽之利，而取民膏腴之地，上乏国家之用，下夺农桑之业，弃成功，就败事，损耗五谷，是其不可一也。且盛荆棘之林，而长养麋鹿，广狐兔之苑，大虎狼之虚，又坏人冢墓，发人室庐，令幼弱怀土而思，耆老泣涕而悲，是其不可二也。斥而营之，垣而围之，骑驰东西，车骛南北，又有深沟大渠，夫一日之乐不足以危无隄之舆，是其不可三也。故务苑囿之大，不恤农时，非所以彊国富人也。

尤须注意文中"异类之物，不可胜原"八字，武帝欲壑难填，各类物资，惟恐不入其囊中，此本应与人民分享，武帝却霸为己有，因此，东方朔所言，恰如一篇"反上林赋"，此亦告诉世人，实际上，司马相如的《子虚》《上林赋》基本上是一篇写实的作品，迎合武帝疯狂的占有欲，齐、楚有者，我必有，而我独有者，齐、楚则应无。《汉书·贡禹传》记述贡禹说："武帝时，又多取好女至数千人，以填后宫。及弃天下，昭帝幼弱，霍光专事，不知礼正，妄多藏金钱财物，鸟兽鱼鳖牛马虎豹生禽，凡百九十物，尽瘞臧之，又皆以后宫女置于园陵，大失礼，逆天心，又未必称武帝意也。"其实贡禹此言差矣，昭帝和霍光才真正理解武帝之心意。

《汉书·司马相如传》说："赞曰：司马迁称'……相如虽多虚辞滥说，然要其归引之于节俭，此与《诗》之风谏何异'？扬雄以为靡丽之赋，劝百而风一，犹骋郑卫之声，曲终而奏雅，不已戏乎！"扬雄《法言·吾子》说："或问'吾子少而好赋'。曰：'然。童子雕虫篆刻。'俄而，曰：'壮夫不为也。'或曰：'赋可以讽乎？'曰：'讽乎！讽则已，不已，吾恐不免于劝也。'"讽（或"风"），乃顺应汉初以来的反秦思潮，节制君权滥用；而劝，则献媚今上，沦为王权的阿谀者。至于劝百讽一，说明到武帝，反秦思潮遭逆转，像司马相如这样的文士，不是为民请命，相反却阿意顺指，对武帝日益膨胀的帝王心理，起推波助澜的作用，其百与一的比例，也足见大赋作者的尴尬处境。武帝虽缘饰以儒术，但是其奢侈和专制已经昭然若揭。

四、机锋暗藏 —— 尊君卑臣观念之宣扬

相如二赋，充分体现了奉旨作赋的特点。《世说新语·文学》第八十一则曰："孙兴公云：'《三都》《二京》，五经鼓吹。'"刘孝标注曰："言此五赋是经典之羽翼。"[①]《子虚》《上林》同样也承载义理，《上林赋》写天子校猎之气势宏大："生貔豹，搏豺狼；手熊罴，足野羊。"人类之凶残，暴露无遗，然

---

① 余嘉锡：《世说新语笺疏》，上海古籍出版社1995年版，第260页。

而，这有别于秦虎狼之心，对于异类，面临禽兽，人类占据绝对优势，可以一逞狂欲；而对于同类，在人与人之间，即使有食肉寝皮之恨，譬如对待逆我者亡的诸侯，武帝也不得不收敛其残酷无情，此犹如虎狼本性不改，仅戢藏其獠牙耳。

《上林赋》揭示其写作主旨："亡是公听然而笑，曰：'楚则失矣，而齐亦未为得也……且二君之论，不务明君臣之义，正诸侯之礼，徒事争于游戏之乐，苑囿之大，欲以奢侈相胜，荒淫相越，此不可扬名发誉，而适足以贬君自损也。且夫齐、楚之事，又焉足道乎！君未睹乎巨丽也？独不闻天子之上林乎？'"武帝尊儒，其明君臣之义，便是一大目的；而正诸侯之礼，鉴于七国之乱，则摆正天子和诸侯之间的关系，震慑犯上作乱，亦是当务之急。而令诸侯戒慎恐惧者，非凶悍地以武力相威胁，而是委婉陈词，假托天子上林之巨丽，在心理上令狂妄诸侯自惭形秽，无地自容，此无疑汲取了秦之教训，至汉武之时，朝野以智慧达成默契。

《汉书·淮南衡山济北王传》说："《春秋》曰：'臣毋将，将而诛。'"禁绝诸侯武力犯险，而《子虚赋》中，楚王驾驷屠猎，"观壮士之暴怒，与猛兽之恐惧"，暗含对楚王野蛮无道的讥讽，在此凶残的猎杀场面之后，相如随即以"郑女曼姬"等柔性意象相中和，冲淡其凶猛杀气，令楚王回复礼仪规范。《子虚赋》说："'于是楚王乃登阳云之台，泊乎无为，澹乎自持，勺药之和具，然后御之。不若大王终日驰骋，曾不下舆，脟割轮焠，自以为娱。臣窃观之，齐殆不如。'于是王无以应仆也。"楚王似乎幡然悔悟，更指责齐王驰骋不休，按《老子》十二章说："五色令人目盲，五音令人耳聋，五味令人口爽，驰骋田猎，令人心发狂，难得之货，令人行妨。"藩王田猎或畋猎，从朝廷角度看，乃多善可陈，此赋欲令齐楚诸侯弃武好礼，成为谦谦君子。

至于相如二赋所写之勇士，《子虚赋》述出畋，勇士有"专诸之伦"，专诸，春秋时期吴国刺客，《汉书·古今人表》九品论人，置剸诸于下上；而《上林赋》则曰："孙叔奉辔，卫公参乘。"孙叔，指公孙贺；而卫公则指卫青。《汉书·卫青传》说："元光六年，拜为车骑将军，击匈奴，出上谷；公孙贺为轻车将军，出云中；太中大夫公孙敖为骑将军，出代郡……唯青赐爵关内侯。"《汉书·公孙贺传》说："公孙贺字子叔，北地义渠人也。贺祖父昆邪，景帝时为陇西守，以将军击吴楚有功，封平曲侯，著书十余篇……元光中为轻车将军，军马邑。后四岁，出云中。"专诸与卫青、公孙贺形成对照，相如以天子名将来衬托藩国武士之卑微，前者师出有名，堂堂正正，而后者则鲁莽阴贼，不轨于义，相如二赋之褒贬，不言而喻。

前已述及，刘跃进先生认为相如二赋定稿于武帝元光元年，而卫青和公孙贺广为世人所知，似应在元光六年，此年，二者分拜车骑将军和轻车将军，作为一代名将，卫青崛起于是年。元光二年夏，公孙贺曾拜轻车将军，跟随王恢等屯兵马邑，但是此次出击匈奴并不成功。汉武时代，直到元光六年，卫青主帅，攻击匈奴才大有起色，此后，在征讨匈奴一系列战争中，卫青和公孙贺建功立业。同时，二者与武帝后戚关系甚密，卫青异父同母姊卫子夫得幸武帝，子夫即卫皇后，而公孙贺则娶卫子夫长姊卫君孺。相较之下，卫青和公孙贺作为后戚之属，虽地位特殊，然元光六年前，卫青和公孙贺尚寂寂无闻，所以，相如以此二人作为天子武威的代表人物，证明二赋之定稿，最早也应在元光六年。

《上林赋》和《子虚赋》之末尾曲终奏雅有所不同，《子虚赋》如上所言，乃令楚王返归黄老，清静自持；而《上林赋》则显示天子自觉奢侈，"于是……游于六艺之囿，驰骛乎仁义之途，览观《春秋》之林"。前者作于景帝时代，所以尚以黄老道德之术为归趋；而后者撰于武帝之朝，故而，反映儒家已然主流。按《汉书·公孙弘传》，在元光五年，菑川国推举公孙弘应征贤良文学，其对策获得武帝赏识，开始以儒者身份进入政坛，儒学尤其是《春秋公羊》学顿然成为显学。这也印证相如二赋最早定稿于元光六年，似较为合理。

按《汉书》记载，元狩元年，淮南、衡山王谋反，诛。自相如撰定二赋，到淮南王被诬反，其间大概有六七年时间，值此之际，武帝正处心积虑，擘画进一步削藩，而淮南王才高，且多有作为，召集门客撰写《淮南子》等，已令武帝瞩目。《汉书·淮南王传》说："淮南王安为人好书，鼓琴，不喜弋猎狗马驰骋，亦欲以行阴德拊循百姓……时武帝方好艺文，以安属为诸父，辩博善为文辞，甚尊重之。每为报书及赐，常召司马相如等视草乃遣。"淮南王之辈深知武力抗拒，时机不再，所以"好书，鼓琴，不喜弋猎狗马驰骋"，俨然饱学之士，意图在思想学术领域，发泄不同政见，且抵御朝廷无休止的侵扰。作为起草润色武帝与诸侯往还文书者，司马相如熟知武帝的心思，因此，他所作二赋就不单纯是游戏文字，其中寓意深长，寄托着令淮南王等诸侯放弃幻想，束手就范的旨意。

总结儒家思想或《五经》主旨，君君、臣臣、父父、子子，树立适宜的人伦关系，堪谓核心问题，天子和诸侯，本应属君臣关系之一类，相如二赋，尊君卑臣，在劝百讽一的格局下，张扬君权至高无上，无疑亦审视武帝时代政治形势下，对君臣处境做出的判断，此种判断出乎智，而非人性和人情，所以相如二赋就具备理性第一、感性其次，或者政治挂帅、文学陪侍之特性，也预示着中国文学的某种特质。

（作者单位：香港岭南大学）

西汉社会转型对王褒文学创作新变的影响

龙文玲

前人对王褒文学成就曾有精辟评价，刘勰《文心雕龙·诠赋》在比较先秦两汉十大赋家特点时指出，"子渊《洞箫》，穷变于声貌"①，特别拈出了王褒赋"穷变"的特点；王世贞《艺苑卮言》认为王褒在两汉之交的文学史进程中有开导先风的作用："西京之流而东也，其王褒为之导乎！"②而王褒创作之所以有如此鲜明的新变特点，并在西汉走向东汉的文学史进程中起到开导风气的作用，不仅与其本人的个性、才学和创作理念有关，更跟其所处社会转型的特定历史文化背景密切相关。

一、社会转型对王褒文学内容新变的影响

据笔者考察，王褒文学活动大致在汉宣帝五凤二年（前56）至黄龙元年（前49）间，正处西汉社会在汉宣帝统治下，变汉武帝的武力扩张为偃武兴文的转型期。社会转型的时代特色，对王褒文学创作的新变产生了很大影响。主要表现在以下四点。

---

① （南朝梁）刘勰著，范文澜注：《文心雕龙注》卷二《诠赋》，人民文学出版社1958年版，第135页。
② （明）王世贞：《弇州四部稿》卷一百四十六《艺苑卮言》三，台湾伟文图书出版社有限公司1977年版，第6667页。

第一，变抨击武帝弊政为讴歌国泰民安、外患平息的时代新貌。

汉武帝变汉初无为政治为有为政治，师旅连出，虽迫使匈奴远遁漠北，但也使汉帝国付出了"海内虚耗，户口减半"[1]的惨重代价。为奉征伐，他实施了与民争利的经济政策，并任用酷吏、严刑峻法以维护其政令推行，导致民怨沸腾。对此，司马迁《史记》就有深刻揭露。昭帝始元六年（前 81）的盐铁会议上，来自全国各地的贤良、文学也对其弊政给予了猛烈批判。对武帝政治的反思与批判，使昭宣时期形成了"崇文过武"文学主题。

武帝死后，霍光辅佐昭帝，调整政策，根据武帝晚年"当今务在禁苛暴，止擅赋，力本农，修马复令，以补缺，毋乏武备而已"[2]的轮台诏精神，变多欲扩张为备边养民，终于使汉帝国平稳度过危机。宣帝即位，外交上进一步加强了对西域的友好与控制，对势衰的匈奴重德义而慎出兵。这一外交政策的转型获得了巨大成功，除巩固了与西域诸国的友好，还极大改善了汉匈关系，使日逐王来归，呼邀累单于称臣朝贺，呼韩邪单于奉国珍来朝，西北边境得到安定。《汉书·匈奴传下》就描述了单于来朝后的太平景况："是时边城晏闭，牛马布野，三世无犬吠之警，黎庶亡干戈之役。"《汉书·食货志上》也描绘了当时农业生产发展的情景："百姓安土，岁数丰穰。"宣帝时期休息养民、兴文偃武政策下出现的这些社会新貌，在王褒作品中得到及时反映，由此前作家侧重批判武帝弊政，转向了讴歌宣帝时期国泰民安、外患平息的时代新貌。这以《四子讲德论》最为典型。此论开篇即借微斯文学之语，"盖闻国有道，贫且贱焉，耻也"[3]，表达了对宣帝治世的肯定。论中还借浮游先生之口："太上圣明，股肱竭力，德泽洪茂，黎庶和睦，天人并应，屡降瑞福。"颂扬了宣帝时明君贤臣治世，使百姓获得安居的业绩。参以《汉书·循吏传》载，宣帝亲政，"历精为治，五日一听事，自丞相已下，各奉职而进。及拜刺史守相，辄亲见问，观其所繇，退而考察所行以质其言，有名实不相应，必知其所以然"。《宣帝纪》载："孝宣之治，信赏必罚，综核名实，政事文学法理之士咸精其能。"

---

[1] （汉）班固：《汉书》卷七《昭帝纪》，中华书局 1962 年版，第 233 页。
[2] （汉）班固：《汉书》卷九十六下《西域传下》，中华书局 1962 年版，第 3914 页。
[3] （南朝梁）萧统编，（唐）李善注：《文选》卷五十一，中华书局 1977 年版，第 711 页。下引《四子讲德论》均出于此，不另注。

可知宣帝不独勤于政事，而且注重整顿吏治，推动了"吏称其职，民安其业"①中兴局面的形成。由此亦可见王褒的颂扬不为虚美。

除颂扬君明臣贤、百姓安居，《四子讲德论》还讴歌了宣帝的惠民政策："举孝以笃行，崇能以招贤，去烦蠲苛以绥百姓，禄勤增奉以厉贞廉。减膳食，卑宫观，省田官，损诸苑，疏繇役，振乏困，恤民灾害，不遑游宴。闵耄老之逢辜，怜缥绖之服事，恻隐身死之腐人，悽怆子弟之缧匿。恩及飞鸟，惠加走兽，胎卵得以成育，草木遂其零茂。"据《汉书·宣帝纪》，这里列举的惠民政策皆本于宣帝诏令。例如，"去烦蠲苛以绥百姓"，出自本始四年（前70）四月诏"律令有可蠲除以安百姓，条奏"；"减膳食，卑宫观，省田官，损诸苑"，分别出自本始四年正月诏"其令太官损膳省宰，乐府减乐人，使归就农业"，地节三年（前67）十月诏"池籞未御幸者，假与贫民。郡国宫馆，勿复修治"。由此可知，汉宣帝本始至神爵年间，在革除武帝重徭役、严刑法、兴宫室等弊政方面发布了一系列改良政令。而这些都给王褒文学创作提供了丰富的素材。

《四子讲德论》还颂扬了外患平息的历史新貌："夫匈奴者，百蛮之最强者也。……三王不能怀，五伯不能绥，惊边抚士，屡犯奇莞，诗人所歌，自古患之。今圣德隆盛，威灵外覆，日逐举国而归德，单于称臣而朝贺。"在唐前游牧民族政权中，匈奴最强大、对中原政权构成威胁亦最持久。《诗经》就有部分反映周王室抵御匈奴侵掠的诗篇；汉宣帝之前，先有秦始皇举全国财力筑长城，却匈奴七百余里，后有汉武帝举汉兴六十余年积蓄奉征伐，使单于远遁漠北，但都未曾使单于臣服。因此，宣帝时期对外政策的调整，促成了单于称臣朝贺的重大历史事件，消除了周代以来中原政权面临的北方边患，确为历史的重大转折。《四子讲德论》就及时表现了这一内容。同样内容在汉《鼓吹铙歌·远如期》中也有反映："单于自归，动如惊心。虞心大佳，万人还来，谒者引，乡殿陈，累世未尝闻之。"②新时期的政治军事胜利，给王褒等作家提供了新的表现内容，使其作品呈现出了新的气象。

---

① （汉）班固：《汉书》卷八《宣帝纪》，中华书局1962年版，第275页。
② （南朝宋）沈约：《宋书》卷二十二《乐志四》，中华书局1974年版，第643页。

第二，变借颂瑞肯定征伐为颂扬统治者兴文偃武、修政固权。

王褒在文坛上崭露头角时，正逢汉宣帝亲政固权。《汉书》就多次提到宣帝"修武帝故事"，然而，宣帝并非简单模仿武帝修郊祀、兴礼乐，而是通过此举宣扬其继统的合理性，神化皇权统治，巩固政权。在自我神化时，宣帝和武帝一样重视称颂天命符瑞。不同的是，武帝注重借祥瑞为大一统和武力扩张造舆论，宣帝则侧重宣扬自身继位合理性，及其休息养民、兴文偃武措施获得上天肯定。在此可以《汉书》本纪载武帝元鼎五年（前 112）《郊祠泰畤诏》和宣帝五凤三年（前 55）《匈奴来降赦诏》对比说明。武帝诏追述获宝鼎与渥洼天马，由此引逸《诗》"四牡翼翼，以征不服"，表示当趁此祥瑞"亲省边垂，用事所极"[①]。这显然是借祥瑞宣扬征伐匈奴的合理性。宣帝《匈奴来降赦诏》则先指责匈奴曾"数为边寇"，然后提到虚闾权渠单于请和亲、呼遬累单于来降归义、单于称臣朝贺，使"北边晏然，靡有兵革之事"[②]等系列事件，接着自称因匈奴称臣而亲行郊祀，获天降神光、甘露、神爵、凤皇等祥瑞。这就将消除边患的宏伟业绩跟天降祥瑞联系起来了。在此，宣帝宣扬因消除北方边患而获祥瑞，跟武帝强调因武力征伐而获嘉祥形成了鲜明对比。

另据《汉书》记载，宣帝时所获祥瑞以凤皇最多，而武帝时祥瑞虽多却无凤皇。据《汉书·宣帝纪》，元康元年（前 65），宣帝诏称凤皇集泰山、陈留时引《尚书》："凤皇来仪，庶尹允谐。"颜师古注："《虞书·益稷》之篇曰：'箫韶九成，凤皇来仪，击石拊石，百兽率舞，庶尹允谐。'言奏乐之和，凤皇以其容仪来下，百兽相率舞蹈。是乃众官之长，信皆和辑，故神人交畅。"[③]在先秦两汉时人看来，凤皇出现，预示着神人交畅、上下和谐。歌颂这样的瑞应物，也可见宣帝对政治和谐稳定的追求。

宣帝时期颂瑞内涵呈现的这些变化，在王褒作品中也有突出反映。如同是颂麟，武帝元狩元年（前 122）因获白麟作歌，"图匈虐，熏鬻殄。辟流离，抑不详，宾百僚，山河飨"[④]，借颂麟为征伐匈奴张目；终军在武帝"博谋群臣"

[①] （汉）班固：《汉书》卷六《武帝纪》，中华书局 1962 年版，第 185 页。
[②] （汉）班固：《汉书》卷八《宣帝纪》，中华书局 1962 年版，第 266—267 页。
[③] （汉）班固：《汉书》卷八《宣帝纪》，中华书局 1962 年版，第 254 页。
[④] （汉）班固：《汉书》卷二十二《礼乐志》，中华书局 1962 年版，第 1968 页。

时作《白麟奇木对》，颂扬"大将军秉钺，单于奔幕；票骑抗旌，昆邪右衽。是泽南洽而威北畅"①，借颂麟为武力征伐推波助澜。王褒《四子讲德论》也颂麟："今海内乐业，朝廷淑清。天符既章，人瑞又明。品物咸亨，山川降灵。神光燿晖，洪洞朗天。凤皇来仪，翼翼邕邕。群鸟并从，舞德垂容。神雀仍集，麒麟自至。甘露滋液，嘉禾栉比。大化隆洽，男女条畅。家给年丰，咸则三壤。岂不盛哉！"这显然是借宣扬神雀、麒麟等祥瑞赞颂朝廷施行仁政的效果，从而与武帝、终军颂麟目的形成了鲜明对比。而"凤皇来仪，翼翼邕邕。群鸟并从，舞德垂容"，实受宣帝诏影响，以"凤皇来仪"象征政治和谐清明。由此可见，在历经武帝战争和扰民政治的痛苦后，无论是统治者还是一般文人，都企盼能施德政、致和平。

此外，王褒《甘泉宫颂》"窃想圣主之优游，时娱神而款纵。坐凤皇之堂，听和鸾之弄。临麒麟之域，验符瑞之贡。咏中和之歌，读太平之颂"②，想象宣帝在甘泉宫校验符瑞，欣赏中和太平的歌颂；《文选》李善注引王褒《碧鸡颂》"黄龙见兮白虎仁，归来归来，可以为伦"③，以黄龙、白虎之瑞呼唤金马碧鸡神归来，都体现了宣帝时期歌颂偃武兴文、仁德和谐的颂瑞特征给王褒创作带来的影响。

第三，变抒写不遇感伤为纵论新形势下君臣遇合的理想。

自屈原《离骚》后，反映君臣遇合问题的作品就不绝如缕。汉武帝时期，由于皇权专制的弊端及武帝视人才为有用之器的人才观，导致这类作品多倾诉不遇感伤，追问不遇根源。如董仲舒《士不遇赋》、司马迁《悲士不遇赋》均哀叹生不逢时，有能不陈；东方朔《答客难》揭露皇权专制下帝王凭一己好恶决定臣民升迁的不合理用人制度。昭帝时期盐铁会上的贤良、文学还认为文人不遇的重要原因在于武帝将儒臣变成缘饰政治的工具。盐铁会后，为稳定政权，统治者霸、王道杂用，在重用文法吏士的同时，也任用魏相、萧望之等通达儒士。只要将《汉书·公孙弘卜式儿宽传》赞所列名臣的教育背景进行比

---

① （汉）班固：《汉书》卷六十四下《终军传》，中华书局1962年版，第2815页。
② （唐）欧阳询：《艺文类聚》卷六十二《居处部》二，中华书局1965年版，第1115页。
③ （南朝梁）萧统编，（唐）李善注：《文选》卷五十五刘孝标《广绝交论》李善注引，中华书局1977年版，第757页。

较，就不难发现宣帝时期修习儒学的名臣较武帝时明显增多。另外，宣帝勤政，除诏举贤士，还重视考察、擢升地方官吏，使汉世良吏于是为盛。吏治改良，一定程度改善了人才进用的环境，也给王褒等文人带来了君臣遇合的希望，并使他们对此问题进行了较以往作家更全面而深刻的思考。

王褒对君臣遇合问题的思考，首先在于给贤才做了一个明确定位，即《圣主得贤臣颂》所云："夫贤者，国家之器用也。"[1] 此定位与汉武帝"夫所谓才者，犹有用之器也"[2] 的表述相似，但内涵不同。武帝从专制帝王角度出发视人才为"有用之器"，认为只要帝王能识才，就不愁无才；人才若不为所用，就该杀掉。王褒则从维护士人利益角度出发，把贤才提升为治国利器，认为贤才在治世中当积极求仕显才，帝王亦应改善用人渠道，"以延天下英俊"，依靠贤者"建仁策""树伯迹"[3]。

其次，指出君臣遇合乃千载一遇，士人当积极开拓求遇渠道，如《四子讲德论》所云："夫特达而相知者，千载之一遇也；招贤而处友者，众士之常路也。"这种积极求遇的态度与董仲舒和司马迁的感伤显然不同，与东方朔和盐铁会上的贤良、文学的愤激也不一样。它反映了在用人渠道改善的社会里，文人对入仕显才充满了渴望与信心。

再次，在治国问题上，认为明君贤臣共治方能获致功德弘业，如《圣主得贤臣颂》所云："圣主必待贤臣而弘功业，俊士亦俟明主以显其德。"[4] 把君臣关系视为相互依存、相互补充的关系，在皇权专制的社会里难能可贵。这种认识，也跟当时统治者相对开明分不开。《汉书·循吏传》载宣帝语："庶民所以安其田里而亡叹息愁恨之心者，政平讼理也。与我共此者，其唯良二千石乎！"正是受统治者相对尊重人才的时代精神感发，王褒《圣主得贤臣颂》才得出了这样的认识。

本着对君臣遇合的理想，王褒《四子讲德论》还称颂宣帝勤于求贤，获致群贤毕集："屡下明诏，举贤良，求术士，招异伦，拔俊茂。是以海内欢慕，

---

[1] （汉）班固：《汉书》卷六十四下《王褒传》，中华书局 1962 年版，第 2823 页。
[2] （宋）司马光编著：《资治通鉴》卷十九，中华书局 1956 年版，第 638 页。
[3] （汉）班固：《汉书》卷六十四下《王褒传》，中华书局 1962 年版，第 2823 页。
[4] （汉）班固：《汉书》卷六十四下《王褒传》，中华书局 1962 年版，第 2827 页。

莫不风驰雨集,袭杂并至,填庭溢阙。"《圣主得贤臣颂》还展望了君臣相得共建功业的盛世前景:"上下俱欲,欢然交欣,千载壹合,论说无疑,翼乎如鸿毛过顺风,沛乎如巨鱼纵大壑。"由这些深情讴歌与展望,足见宣帝时期仕进环境改善给文人立德立功的昂扬奋发心态带来的影响。

第四,将文学书写的笔触由上层社会拓展到底层社会。

王褒创作内容相对前代作家视野阔大,突出表现在他将文学表现的笔触由上层社会延伸到了社会底层。其《僮约》通过买僮券契中对奴仆劳动内容的详细罗列,客观上反映了农庄奴仆一年四季每天从早到晚的艰辛劳作和困苦生活;《责须髯奴辞》通过对髯奴面容清瘦"常如死灰"、须髯肮脏零乱的描写,客观上也反映了当时社会贫富悬殊、阶级尖锐对立的现实。这样的内容在此前文人作品中未曾有过。武帝时期虽作家众多,文学成就巨大,但他们多关注帝王与上层社会的政治生活,反映普通百姓生活者鲜有;盐铁会上的贤良、文学在反思武帝政治时,关注到弊政下普通百姓的艰难困苦,但因其目的是通过反映民间疾苦来指陈时弊、改良政治,故未具体描述百姓的生活样态。因此,王褒这两篇作品的出现,无疑丰富了西汉文学的表现内容。

此外,王褒《洞箫赋》描绘了洞箫制作过程,是今存最早的乐器赋;《甘泉宫颂》描写了甘泉宫的壮美,是今存较早的宫殿赋。这些作品都反映了宣帝时代新的物质文明,表现了宣帝中兴期乐器制作与宫殿建筑的高超技艺。

二、社会转型对王褒文学艺术新变的影响

王褒文学艺术的新变,同样跟其所受时代风气的熏染密切相关。主要表现在以下三点:

第一,声偶渐谐,声貌穷变,推助了两汉之交文章渐重声律骈偶的风气。

张溥评王褒"奏御天子,不外《中和》诸体,然辞长于理,声偶渐谐,固西京之一变也"[①],还指出了王褒作品的新变特点跟其主要为"奏御天子"而创

---

① (明)张溥辑:《汉魏六朝百三名家集》,江苏古籍出版社影印清光绪五年彭懋谦信述堂刊本2002年版,第153页。

作有关,可谓知言。据《汉书·王褒传》,"上令褒与张子侨等并待诏,数从褒等放猎,所幸宫馆,辄为歌颂,第其高下,以差赐帛",说明王褒待诏后的创作主要是在与张子侨等宫廷文学侍从竞技逗才的氛围中写成的。奏御天子、竞技逗才的创作目的,必然促使王褒勤于艺术探索,从而形成了"辞长于理,声偶渐谐"的艺术特点。

应该说,王褒之前的作家在声韵和谐、整齐对偶的语言艺术美方面已有关注,如李斯《谏逐客书》、贾谊《过秦论》、枚乘《七发》,就运用了对偶句式。司马相如还强调赋之迹是"合綦组以成文,列锦绣而为质,一经一纬,一宫一商"[①]。"一宫一商",就蕴含着对汉赋声韵和谐美的追求。王褒在新的历史环境下,吸取前代作家的艺术经验,在这方面作出了进一步的探索。

如《四子讲德论》多由声韵和谐、对偶整齐的句式组成,其中,"夫特达而相知者,千载之一遇也。招贤而处友者,众士之常路也。是以空柯无刃,公输不能以斫;但悬曼矰,蒲苴不能以射。故膺腾撇波而济水,不如乘舟之逸也;冲蒙涉田而能致远,未若遵涂之疾也"。用了四个语气词"也",四个连接词"而",读来朗朗上口。而"空柯无刃,公输不能以斫"与"但悬曼矰,蒲苴不能以射","膺腾撇波而济水,不如乘舟之逸也"与"冲蒙涉田而能致远,未若遵涂之疾也",则构成了两两相对的骈偶句。《洞箫赋》以骚体句式为主,较《四子讲德论》声韵更和谐,对偶更精巧。如赋开头描写箫干生长环境:"翔风萧萧而迳其末兮,回江流川而溉其山。扬素波而挥连珠兮,声礚礚而澍渊。朝露清泠而陨其侧兮,玉液浸润而承其根。孤雌寡鹤,娱优乎其下兮,春禽群嬉,翱翔乎其颠。秋蜩不食,抱朴而长吟兮,玄猿悲啸,搜索乎其间。"[②]不独运用"兮"字造成音韵和谐的效果,而且"山""渊""颠""间"几字还互相押韵,构成韵脚。在偶句的运用上,除"扬素波而挥连珠兮,声礚礚而澍渊",其他均整齐相对。《甘泉宫颂》基本由四六句式组成,其结尾"坐凤皇之堂,听和鸾之弄。临麒麟之域,验符瑞之贡。咏中和之歌,读太平之颂",用"坐""听""临""验""咏""读"等六个动词,将六个整齐的四言句串联

---

① (晋)葛洪:《西京杂记》卷二,中华书局《燕丹子 西京杂记》合印本1985年版,第12页。
② (南朝梁)萧统编,(唐)李善注:《文选》卷十七,中华书局1977年版,第244页。

起来。这种句式结构,更见王褒创作的独运匠心。

王褒在文学语言艺术上的这些探索,使其作品更宜诵读。《汉书·王褒传》即载:太子体不安,"诏使褒等皆之太子宫虞侍太子,朝夕诵读奇文及所自造作。疾平复,乃归。太子喜褒所为《甘泉》及《洞箫颂》,令后宫贵人左右皆诵读之"。诵读王褒赋可以治病,这可能有夸大,但足以证明其赋骈偶整齐、音韵谐美所别具的艺术感染力。正因如此,其作品在当时宫廷中已广为传诵,并对东汉骈偶渐行起到了有力推助作用。

第二,雅俗兼综,推进了汉代文章风格的多样化。

王褒创作的这一新变亦跟时代影响密切相关。为巩固政权,宣帝讲论六艺,兴礼乐,任用雅琴乐师赵定、龚德为歌诗协律,促使此期乐府乐曲较武帝时多雅声。汉《鼓吹铙歌·远如期》描写接待单于时的乐舞场面即云:"雅乐陈,佳哉纷。"[①] 并且,宣帝不仅欣赏典雅艺术,也喜好愉悦耳目的音乐和辨丽可喜的辞赋,曾宣称:"辞赋大者与古诗同义,小者辩丽可喜。辟如女工有绮縠,音乐有郑卫,今世俗犹皆以此虞说耳目,辞赋比之,尚有仁义风谕,鸟兽草木多闻之观,贤于倡优博弈远矣。"[②] 这种对文学艺术风格多样化的包容态度,必会引导一时风气。

受此影响,王褒初出茅庐就步追《雅》《颂》。他创作的《中和》《乐职》《宣布》三首诗被王襄令人依《鹿鸣》之声习而歌之,被宣帝赞为"盛德之事";其《四子讲德论》还解释作诗意图:"昔周公咏文王之德而作《清庙》,建为《颂》首;吉甫叹宣王穆如清风,列于《大雅》。夫世衰道微,伪臣虚称者,殆也。世平道明,臣子不宣者,鄙也。"表明了对周公、尹吉甫颂德事迹的追慕,强调了在世平道明之时歌颂统治者业绩的必要性。论中还描述微斯文学和虚仪夫子听浮游先生、陈丘子歌咏《中和》等三首诗的感受:"咏叹中雅,转运中律,啴缓舒绎,曲折不失节。"由《中和》等诗的传播方式、读者解读以和作者的自我阐释,足见当颇有《雅》《颂》遗风。步追《雅》《颂》,力主颂德的创作理念,促使王褒艺术风格呈现出典雅雍容的特征。具体表现在以下两点:

---

① (南朝宋)沈约:《宋书》卷二十二《乐志四》,中华书局1974年版,第643页。
② (汉)班固:《汉书》卷六十四下《王褒传》,中华书局1962年版,第2829页。

一是重视引用儒家典籍，使作品典雅醇厚。自汉武帝独尊儒术，汉代文人引用儒家典籍日渐增多。相比而言，武帝时期像董仲舒《举贤良对策》这类坐而论道、典雅醇厚的文章并非主流，更多还是司马相如式的宏伟壮丽和司马迁式的雄深雅健。宣帝时期，随着社会矛盾趋向缓和，王褒延续了董仲舒的典雅醇厚之风。如《四子讲德论》虽以四人对话形式展开，但没有针锋相对的辩驳，而是通过对话引出干禄的愿望，解释《中和》等诗的意旨。其中多次化用了儒家经典，如"盖闻国有道，贫且贱焉，耻也"，出自《论语·泰伯》"邦有道，贫且贱焉，耻也"[①]。又如《圣主得贤臣颂》开头："共惟《春秋》法五始之要，在乎审己正统而已。"借《公羊春秋》义，引出圣主得贤臣的最终目的：正统，稳定政权。这些儒家典籍的引用富于理致，有力营造了作品的典雅醇厚之气。

二是注意使用舒缓的语气词和节奏平缓的句式，使辞气舒缓雍容。如《四子讲德论》歌颂宣帝正统固权、兴文偃武之功："夫名自正而事自定也。今南郡获白虎，亦偃武兴文之应也。获之者张武，武张而猛服也。是以北狄宾洽，边不恤寇，甲士寝而旌旗仆也。"连用四个语气词"也"，辞气徐舒。三个连词"而"的使用，更加强了文章的和缓语势。《四子讲德论》《洞箫赋》还大量运用节奏平缓的四言句，颇具《雅》《颂》遗风。

在追寻典雅雍容艺术的同时，王褒还创作了《僮约》《责须髯奴辞》等诙谐通俗作品。《僮约》叙述了王褒因事到煎，在寡妇杨惠家一怒之下买下狂奴便了，并写了一份详密的用工契约，致使便了后悔痛哭的故事。文章开头与结尾都用简明而富有生活情趣的对话书写。如开头一段写便了拒绝为王褒酤酒："便提大杖上冢巅曰：'大夫买便了时。但约守冢，不约为他家男子酤酒。'子泉大怒曰：'奴宁欲卖耶？'惠曰：'奴父许人，人无欲者。'子即决卖券云。奴复曰：'欲使皆上券，不上券，便了不能为也。'"[②]通过富于个性化的语言，

[①] （魏）何晏集解，（宋）邢昺疏：《论语注疏》卷八，阮元校刻《十三经注疏》，中华书局1980年版，第2487页。

[②] （唐）徐坚等著：《初学记》卷十九《奴婢》第六，中华书局2004年版，第466页。"王子泉"，《古文苑》卷十七作"王子渊"，《艺文类聚》《太平御览》作"王褒"。煎，《太平御览》作"湔"，《古文苑》张樵注："玉垒山在成都西北，湔水出焉，亦名湔山。煎水所经行之地，故名煎上。煎与湔同。"其余文字，各本亦稍异，不详注。

把便了桀骜不驯而又刁钻狂傲的形象栩栩如生描画出来。文章结尾:"读券文徧讫,词穷咋索,仡仡扣头,两手自缚,目泪下落,鼻涕长一尺。"①又活灵活现勾勒出便了面对券文无缝可钻的劳作规定恐惧痛悔的狼狈情态。两段文字,对比鲜明,勾勒出便了前傲后卑的形象,令人忍俊不禁。《责须髯奴辞》以须髯为描写对象,将贵族跟髯奴之须髯进行对比,刻意突出髯奴胡须"既乱且赭,枯槁秃瘁,劬劳辛苦,汗垢流离,污秽泥土,伧啜穰擩,与尘为侣"②,从而使其卑贱困苦形象如在目前。而文章中诙谐笔法的运用,亦造成了强烈的喜剧效果。无论是《僮约》还是《责须髯奴辞》,都营造出轻松诙谐、生动活泼的喜剧氛围。作品将处在社会底层的奴婢作为挖苦对象,其轻视体力劳动者的世界观应当批判。但从另一角度看,王褒以下层人物为描写对象,充分运用个性化的语言和鲜明对比的手法,获得了"辞浅会俗,皆悦笑也"③的艺术效果,亦给后世以人物为题材的俳谐作品如蔡邕《短人赋》等提供了艺术借鉴。

三、开创了新的九体辞赋形式,在七言诗发展进程中进行了有益尝试

王褒《九怀》是一篇拟骚赋。在内容上虽无明显创新,但艺术形式上开创了新的九体辞赋形式。王逸《九辩章句序》评:"至于汉兴,刘向、王褒之徒,咸悲其文,依而作词,故号为'楚词'。亦采其九以立义焉。"④认为《九怀》源自《九辩》,不无道理,但《九怀》采九立义,为每一义立一小标题,不仅使这一篇幅甚长的作品眉目清晰,而且便于诵读。汉人拟骚赋立小标题,始于《七谏》,而运用到九体中,则始于王褒。此后的九体作品就基本沿着王褒开创的这一形式创作了。

---

① (唐)徐坚等著:《初学记》卷十九《奴婢》第六,中华书局2004年版,第467页。
② (唐)徐坚等著:《初学记》卷十九《奴婢》第六,中华书局2004年版,第466页。
③ (南朝梁)刘勰著,范文澜注:《文心雕龙注》卷三《谐隐》,人民文学出版社1958年版,第270页。
④ (宋)洪兴祖撰:《楚辞补注》,中华书局1983年版,第182页。

《九怀》篇末的乱辞是一首七言系诗："皇门开兮照下土，株秽除兮兰芷睹。四佞放兮後得禹，圣舜摄兮昭尧绪，孰能若兮愿为辅。"[①]诗歌每句押韵，用韵虽稚拙，但运用比兴手法颂扬宣帝治世，表达了积极求仕之情，是今存最早附在辞赋后的七言诗。班固《竹扇赋》、马融《长笛赋》、张衡《思玄赋》均有七言系诗，溯其源，恐怕与王褒等西汉作家的艺术形式探索有关。由此亦可见王褒在七言诗发展史上所做的有益尝试。

总之，在社会转型的时代背景下，王褒在文学创作的内容与艺术上都做出了可贵探索。从某种意义上说，王褒文学成就的取得不仅得益于其本人的俊才，而且也得益于汉宣帝时期社会转型的时代之助。

（原载《中南民族大学学报》2013年第1期）

（作者单位：广西大学文学院）

---

① （宋）洪兴祖撰：《楚辞补注》，中华书局1983年版，第280页。

赵壹、祢衡咏鸟赋研究

杨 允

东汉后期的文坛出现两篇以鸟为题材的文学作品，这就是赵壹的《穷鸟赋》和祢衡的《鹦鹉赋》。两篇作品以其独特的艺术个性赢得了广泛赞誉。本文以这两篇作品为研究对象，深入分析两位作家的精神风貌与艺术追求，探讨作品的特点及其产生氛围。

一、穷鸟与鹦鹉：窘困的艺术形象

赵壹的《穷鸟赋》为四言体的作品。作品并不描绘鸟的形貌，而是突出鸟"穷"的境遇："有一穷鸟，戢翼原野。毕网加上，机阱在下，前见苍隼，后见驱者，缴弹张右，羿子彀左，飞丸激矢，交集于我。"[1]这只鸟惊恐地收敛翅膀，落在原野的树上。它的上下、前后、左右都被人们设置了捕捉器具，到处都布满危险。"交集于我"，总括写出鸟的困窘。

接下来写鸟的感受："思飞不得，欲鸣不可，举头畏触，摇足恐堕。内独怖急，乍冰乍火。"它觉察到四周的危险：飞、鸣、举头、摇足都遭到不测。环绕于外的威胁和充满内心的恐惧交织在一起，展现在读者面前的是穷困已极

---

[1] 费振刚、胡双宝、宗明华辑校：《全汉赋》，北京大学出版社1993年版，第553页。以下《穷鸟赋》引文皆出于此。

的鸟的形象。

在十分危急的情况下,恩人出手援救。这位"大贤",同情并关心自己,于西、于南多方救助,把自己从危难中救出。对此,"穷鸟"感恩戴德,无以复加。"鸟也虽顽,犹识密恩。内以书心,外用告天。"它颂扬恩人的贤德,并为之祈福。

可见,《穷鸟赋》,作品的形象不关注本体的描写,而以困窘的处境和状态为主,又进而展现其被救后感恩的内心世界。

相比较而言,祢衡笔下的鹦鹉形象则丰富得多。该文写道:

> 惟西域之灵鸟兮,挺自然之奇姿。体金精之妙质兮,合火德之明辉。性辩慧而能言兮,才聪明以识机。故其嬉游高峻,栖跱幽深。飞不妄集,翔必择林。绀趾丹觜,绿衣翠衿。采采丽容,咬咬好音。虽同族于羽毛,固殊智而异心。配鸾皇而等美,焉比德于众禽?①

作品先描写鹦鹉的奇姿、妙质。它生长于西域,又具有特殊的形貌,体现出五行中的金与火的精蕴,它聪慧异常。游戏、栖息、飞翔,都要选择高山幽谷、嘉树茂林。这是它超群的妙质的体现。而后才对它的外貌进行描写,暗红的脚趾、丹红的嘴、翠绿的羽衣,色彩绚丽。内在的妙质与外在的体貌,展现出超脱众禽的形象。

奇姿、妙质标志鹦鹉的高洁品格,它也以此感到自豪,足以傲视群鸟。但这也为它带来厄运。主人因羡其芳声、灵表而命人从西域到昆仑,张罗捕捉。命运发生了巨大的转折,它只能接受命运的安排。"且其容止闲暇,守植安停。逼之不惧,抚之不惊。宁顺从以远害,不违迕以丧生。"②它以贤者、智者的态度直面生命的转变。

作品从两个方面揭示了鹦鹉的内心世界。

一方面,写鹦鹉被关在笼中,成为观赏的珍禽,借此抒发它离群羁旅的

---

① 费振刚、胡双宝、宗明华辑校:《全汉赋》,北京大学出版社1993年版,第611页。
② 费振刚、胡双宝、宗明华辑校:《全汉赋》,北京大学出版社1993年版,第611页。

烦恼和归穷委命的无奈。从女子出嫁，到仕宦远游，都要离开家乡，都有离群羁旅的烦恼。处身笼中的鹦鹉同贤哲仕宦远游一样，都感受到羁旅的烦恼，从这一角度看，自己作为小小的禽鸟，本不值得嗟叹。尽管如此，它十分牵挂家中的母亲、伉俪和众雏，人伦与鸟伦的联想，十分生动。"眷西路而长怀，望故乡而延伫"①，在每次的鸣叫声中都流露出对故乡的怀念，流露出对亲鸟的关切。

鹦鹉内心世界的另一层面则是表现出它的昆仑之恋和对自由的向往。

若乃少昊司辰，蓐收整辔。严霜初降，凉风萧瑟。长吟远慕，哀鸣感类。音声凄以激扬，容貌惨以憔悴。闻之者悲伤，见之者陨泪。放臣为之屡叹，弃妻为之歔欷。感平生之游处，若埙篪之相须。何今日之两绝，若胡越之异区？顺笼槛以俯仰，窥户牖以踟蹰。想昆山之高岳，思邓林之扶疏。顾六翮之残毁，虽奋迅其焉如？②

这是失去自由的悲鸣。严霜与凉风的氛围中，鹦鹉发出深长的哀吟。这是对命运的感伤。鸣叫声凄厉，容貌憔悴，凡是听到它歌声的，看见它容颜的，都会随之产生共鸣，都会联想到自己的不幸。昔日的伴侣，相互唱和的伙伴，已经永远失去了。眼前的鸟笼，引起对昆山、邓林那自由境地的怀念。可叹自己的翅膀已经被毁，再展翅也无法奋飞。这里表现出鹦鹉身体与精神分裂的极度痛苦。笼中之身和昆仑之恋形成尖锐的对比。

"心怀归而弗果"，自由只存在于向往中，笼槛和主人都是必须接受的现实，归穷委命也是不得已的心态。既不忘昔日的自由，也不能背弃新主的恩惠，"报德"和"效愚"成为生命的新的准则。

作品中的鹦鹉既有绚丽多彩的形貌，高洁的精神境界，更表现出对自由境界的向往及对现实处境的认识，作者塑造了一个意蕴丰富的笼中精灵形象。

---

① 费振刚、胡双宝、宗明华辑校：《全汉赋》，北京大学出版社1993年版，第611页。
② 费振刚、胡双宝、宗明华辑校：《全汉赋》，北京大学出版社1993年版，第611—612页。

二、人鸟合一的精神求索

两篇作品都采取了寄托的艺术，写鸟也是写人，人鸟合一，鸟的内心世界，也是作者自我的艺术表现。

《穷鸟赋》是作者赵壹对自己处境的艺术诠释。据《后汉书·文苑列传》所载，赵壹"恃才倨傲，为乡党所摈，乃作《解摈》。后屡抵罪，几至死，友人救，得免"。[①] 遭人排挤，赵壹已然濒临绝境。此时的穷困感和被救后的感恩心情，非寻常可比。他给援助自己的朋友写信谢恩，却要回避具体的人和事，不能直接地尽情地述说，他在谢恩书中引用两个救助的典故，作为自己抒发感情的铺垫。晋人灵辄不食三日，几乎饿死，赵盾发现后及时给以救助。[②] 另一则是扁鹊路过虢，太子死，扁鹊运用神奇的医术将其救活。[③] 赵壹称颂恩人对自己的救援，远胜过赵盾、扁鹊的功德，"乃收之于斗极，还之于司命，使干皮复含血，枯骨复被肉，允所谓遭仁遇神，真所宜传而著之。余畏禁，不敢班班显言，窃为《穷鸟赋》一篇"。[④]

在生死转换的激烈变化中，赵壹不能直接抒发感情，他只能将自己的感受融入穷鸟的形象中，以艺术的方式诉诸友人，诉诸世人。在作品中，鸟的上下、前后、左右都布满危险，正是对他"为乡党所摈"，"屡抵罪，几至死"处境的委婉描绘。自己无法解脱，连生存都缺少保障的危急状态下，谈不到气质灵愚、美丑，因此，作品重在写鸟之穷困，因获救而感恩。

《鹦鹉赋》的立意则明显不同。

赵壹以恃才倨傲，久困乡里，虽有司徒袁逢与河南尹羊陟的举荐，但终生"仕不过郡吏"。

祢衡的性格以狂傲著称。在汉末士人中，他"唯善鲁国孔融及弘农杨修"，其他名人贤士在他看来不过是庸碌蠢才。孔融与他交友，上疏盛赞祢衡："淑

---

① （南朝宋）范晔：《后汉书·文苑列传》，中华书局 1965 年版，第 2628 页。
② （先秦）左丘明：《左传》宣公二年。
③ （汉）司马迁：《史记·扁鹊仓公列传》。
④ 费振刚、胡双宝、宗明华辑校：《全汉赋》，北京大学出版社 1993 年版，第 553 页。

质贞亮，英才卓砾。初涉艺文，升堂睹奥。目所一见，辄诵于口；耳所瞥闻，不忘于心。性与道合，思若有神。弘羊潜计，安世默识，以衡准之，诚不足怪。忠果正直，志怀霜雪。见善若惊，疾恶若仇。任座抗行，史鱼厉节，殆无以过也。鸷鸟累伯，不如一鹗。使衡立朝，必有可观。飞辩骋辞，溢气坌涌，解疑释结，临敌有余。"①这里突出称赞的是祢衡的才华与操守。其实，才与狂乃是祢衡的主要性格特点。《后汉书·文苑列传》载："少有才辩，而尚气刚傲，好矫时慢物。"②

孔融既爱衡才，数称述于曹操。操欲见之，而衡素相轻疾，自称狂病，不肯往，而数有恣言。操怀忿，而以其才名，不欲杀之。闻衡善击鼓，乃召为鼓史，因大会宾客，令衡击鼓。祢衡裸身更换鼓吏服，演奏《渔阳参挝》，表现出对曹操的蔑视。此后，祢衡又在刘表、黄祖等诸侯幕府，以才华供职。但这些人都看惯了趋炎附势的文人，而他的狂傲乃是诸侯不能忍受的，终被黄祖所杀。

> 黄祖长子射，为章陵太守，尤善于衡。射时大会宾客，人有献鹦鹉者，射举卮于衡曰："愿先生赋之，以娱嘉宾。"衡揽笔而作，文无加点，辞采甚丽。③

这是《鹦鹉赋》创作的源起。从这一角度说，这是一篇命题之作。但祢衡善于借题发挥，将自己的才与狂及因此而导致的人生感受融入鹦鹉形象中。于是，祢衡笔下的鹦鹉便具有了迥异于赵壹"穷鸟"的精神气质。

祢衡的才华得到广泛的赞许。"刘表及荆州士大夫，先服其才名，甚宾礼之，文章言议，非衡不定。表尝与诸文人共草章奏，并极其才思。时衡出，还见之，开省未周，因毁以抵地。表怃然为骇。衡乃从求笔札，须臾立成，辞义可观。表大悦，益重之。"江夏太守黄祖亦善待焉。"衡为作书记，轻重疏密，

---

① （南朝宋）范晔：《后汉书·文苑列传》，中华书局1965年版，第2653—2654页。
② （南朝宋）范晔：《后汉书·文苑列传》，中华书局1965年版，第2652页。
③ （南朝宋）范晔：《后汉书·文苑列传》，中华书局1965年版，第2657页。

各得体宜。祖持其手曰：'处士，此正得祖意，如祖腹中之所欲言也。'"[①]他毁坏刘表与众文士苦心撰写的文章，很快写出新文，赢得刘表的赞许。他为黄祖代笔，表达出黄祖"祖腹中之所欲言"。他的才华远在众人之上。

另一方面，他藐视其他文人，侮慢主上，狂放无羁，也是威权并重的诸侯所不能接受的。他因才受到礼遇，以狂而遭打击。

祢衡创作《鹦鹉赋》正值游于黄祖幕时。黄祖长子射，为章陵太守，尤善于衡。射时大会宾客，人有献鹦鹉者，射举卮于衡曰："愿先生赋之，以娱嘉宾。"这是祢衡受到黄祖父子礼遇之时，可以说是他的才华广受赞誉的顶点。"衡揽笔而作，文无加点，辞采甚丽。"这是即席命题之作，他借题发挥，将自己辗转诸侯间的感受，将自己被压抑的感情，融入鹦鹉形象中。

孔融举荐时，祢衡年二十四，先事曹操，再事刘表、黄祖，至其死，仅二十六岁。一代英杰，在两三年间受到称赞、礼遇，但他狂放的个性始终被压抑、排斥。祢衡笔下的鹦鹉似乎与他人生境遇的两方面息息相通。鹦鹉的奇姿、妙质，使人联想到作者盖世奇才；鹦鹉从翱翔西域，到被关在笼中，作为观赏的珍禽，赠送黄射，与自己事曹，被遣人骑送与刘表，又被刘表转送黄祖，虽为座上宾，实与珍禽的命运相通；宠爱与自由，在个性狂放的祢衡看来是不能并存的。因此，鹦鹉的昆仑之恋和对自由的向往，表现出作者游幕的无奈和对个性张扬的憧憬；作品中的鹦鹉抒发了离群羁旅的烦恼和归穷委命的无奈，表达了"期守死以报德，甘尽辞以效愚"的愿望，这似乎传达出祢衡对权势一定程度的妥协，但这样的心理只能出现在一时的权衡间，狂放的个性决定了他悲剧性的命运必然走向。因此，鹦鹉报德效愚的愿望仅仅折射出他思想的波澜，并未成为作者的人生选择。

三、狂傲的个性与士大夫精神

赵壹和祢衡的性格有相近之处，"恃才倨傲""尚气刚傲""自称狂病"，都

[①] （南朝宋）范晔：《后汉书·文苑列传》，中华书局 1965 年版，第 2657 页。

以狂傲的个性卓立于士人间。赵壹和祢衡的性格体现出那个时代士大夫精神的境界。

汉代文化中存在着否定个性与张扬个性的两极趋势。一些杰出的士人在压抑个人才智与性格的氛围中，不肯屈从外界压力，表现出对自我的人格与价值的追求。

《后汉书·党锢列传》云：

> 至王莽专伪，终于篡国，忠义之流，耻见缨绂，遂乃荣华丘壑，甘足枯槁。虽中兴在运，汉德重开，而保身怀方，弥相慕袭，去就之节，重于时矣。逮桓、灵之间，主荒政缪，国命委于阉寺，士子羞与为伍，故匹夫抗愤，处士横议，遂乃激扬名声，互相题拂，品核公卿，裁量执政，倖直之风，于斯行矣。①

《后汉书·独行列传》云：

> 中世偏行一介之夫，能成名立方者，盖亦众也。或志刚金石，而克扞于强御；或意严冬霜，而甘心于小谅；亦有结朋协好，幽明共心；蹈义陵险，死生等节。虽事非通圆，良其风轨，有足怀者。而情迹殊杂，难为条品；片辞特趣，不足区别。措之则事或有遗，载之则贯序无统。以其名体虽殊，而操行俱绝。②

这些士人在仕途、人生方面各有不同，但他们张扬个性，坚持志节、操守，卓尔不群，也得到社会的认可。

《后汉书·独行列传》载，陈留李充朝野知名，郡太守鲁平请署功曹，不就。和帝公车征，不行。延平中，诏公卿、中二千石各举隐士大儒，务取高行，以劝后进，李充以志节高尚特征为博士，迁侍中。大将军邓骘贵戚倾

---

① （南朝宋）范晔：《后汉书·党锢列传》，中华书局1965年版，第2185页。
② （南朝宋）范晔：《后汉书·独行列传》，中华书局1965年版，第2665页。

时，无所下借，以充高节，每卑敬之。尝置酒请充，宾客满堂，酒酣，骘跪曰："幸托椒房，位列上将。幕府初开，欲辟天下奇伟，以匡不逮，惟诸君博求其器。"充乃为陈海内隐居怀道之士，颇有不合，骘欲绝其说，以肉啖之。充抵肉于地，曰："说士犹甘于肉！"遂出，径去。骘甚望之。同坐汝南张孟举往让充曰："一日闻足下与邓将军说士未究，激刺面折，不由中和，出言之责，非所以光祚子孙者也。"充曰："大丈夫居世，贵行其意，何能远为子孙计哉！"①

重操行之士，多慎于出处，这也是他们个性中最为鲜明的亮点。大将军邓骘以外戚把持大权，对李充特别敬重，希望他推荐适合承担幕府庶务的才能之士，而李充提出的都是隐居怀道之士，而邓骘需要的是顺应自己的应用型人才。这表明大将军邓骘求贤是很虚伪的。他想用肉堵住李充的嘴，李充竟将肉吐在地上，不给大将军邓骘留半点面子。

这些个性鲜明的士人，不论其在朝为官，还是州县小吏，甚至隐居乡里，都以志行高尚闻名于世。南阳孔嵩"正身厉行，街中子弟，皆服其训化。遂辟公府。之京师，道宿下亭，盗共窃其马，寻问知其嵩也，乃相责让曰：'孔仲山善士，岂宜侵盗乎！'于是送马谢之。"②

赵壹为"郡上计，到京师。是时，司徒袁逢受计，计吏数百人，皆拜伏庭中，莫敢仰视。壹独长揖而已。逢望而异之，令左右往让之，曰：'下郡计吏而揖三公，何也？'对曰：'昔郦食其长揖汉王，今揖三公，何遽怪哉？'逢则敛衽下堂，执其手，延置上坐，因问西方事，大悦，顾谓坐中曰：'此人汉阳赵元叔也。朝臣莫有过之者，吾请为诸君分坐。'坐者皆属观"③。

各州郡的小吏都诚惶诚恐地拜伏司徒大人袁逢面前，唯独赵壹长揖不拜，这里体现出对自己人格的维护，体现出一定程度的平等的要求。他以郦食其长揖汉王为比，既是对袁逢的批评，同时也暗示对方，这是袁司徒礼贤下士的机会。这是智者之间的对话。袁逢"敛衽下堂，执其手，延置上坐"，一系列举动，既抬高了赵壹，更抓住机遇，抬高了自己。

---

① （南朝宋）范晔：《后汉书·独行列传》，中华书局1965年版，第2684—2685页。
② （南朝宋）范晔：《后汉书·独行列传》，中华书局1965年版，第2679页。
③ （南朝宋）范晔：《后汉书·文苑列传》，中华书局1965年版，第2632页。

重节操,特立独行之士以鲜明的个性受到社会的尊重。据《后汉书·左周黄列传》载,西汉时,诏举贤良、方正,州郡察孝廉、秀才,东汉在此基础上复增敦朴、有道、贤能、直言、独行、高节、质直、清白、敦厚之属。[1] 朝廷选拔人才的科目中至少有三四类与重节操的人格修养有关,由此可以看出社会上下对个性的肯定。当然,这是以不触犯权贵个人的威严、利益为前提。

赵壹长揖司徒大人,并且拉郦食其长揖汉王做比,这是彼此都有面子的对比。在这种情况下,权贵承认对方的傲慢之举即可化解眼前的尴尬,更可博得礼贤之声誉,自然乐于表示一些尊重。一旦节操之士与权贵的利益、威严有所抵触,权贵就不在乎是否礼贤,而要让社会看到,他们乃是士人命运的主宰。

高张个性的人未必能文。而既有鲜明的个性,又才华横溢的文人,声名远播,往往成为朝廷、权贵竞相礼遇的贤士。特别是汉代后期,朝纲不稳,社会震荡,朝廷需要贤士辅佐,诸侯权贵也纷纷扩充自己的势力,怀道高节又为社会所敬仰,一时形成礼贤的风尚。

其实,《后汉书·文苑列传》中所载,有些人盛名之下,其实难副。而赵壹、祢衡乃是汉末文坛翘楚。他们受到诸侯、权臣礼遇,也是时代风尚下所必然。

赵壹和祢衡在以鸟为题材的作品中,表现出他们的人格操守和艺术追求方面既有相同之处,也有明显的差异。

赵壹和祢衡在作品中表现出卓尔不群的个性。纵观两人的文学生涯,《穷鸟赋》是赵壹早期的作品,其后,他有长揖司徒袁逢的惊世之举,有《刺世疾邪赋》之作,文笔犀利,直刺时弊。他在文中说:"宁饥寒于尧、舜之荒岁兮,不饱暖于当今之丰年。乘理虽死而非亡,违义虽生而匪存。"[2] 表达了乘理隐居,与世决绝的态度,而在人生道路上,"州郡争致礼命,十辟公府,并不就,终于家"[3]。赵壹性格与世多忤,选择了退隐,征召不就,终于乡里。

祢衡的《鹦鹉赋》作于黄射大会宾客的宴席上。这是他才华的辉煌绽放,也是他历事曹操、刘表、黄祖短短三年幕僚生涯的咏叹。《后汉书·文苑列传》

---

[1] (南朝宋)范晔:《后汉书·左周黄列传》,中华书局1965年版,第2042页。
[2] 费振刚、胡双宝、宗明华辑校:《全汉赋》,北京大学出版社1993年版,第555页。
[3] (南朝宋)范晔:《后汉书·文苑列传》,中华书局1965年版,第2635页。

载，黄祖称赞祢衡的文章道出自己"腹中之所欲言"，表现出特殊的尊重和礼遇。但黄祖重其才，却不许其傲。"后黄祖在蒙冲船上，大会宾客，而衡言不逊顺，祖惭，乃呵之。衡更熟视曰：'死公！云等道？'祖大怒，令五百将出，欲加箠。衡方大骂，祖恚，遂令杀之。祖主簿素疾衡，即时杀焉。射徒跣来救，不及。"[①]二十六岁的祢衡血气方刚，恃才倨傲，敢于当众蔑视曹操，更不在乎黄祖的威势。但曹操可忍一时之愤怒，想借刀杀人，将祢衡送与刘表。刘表也不想承担杀贤的罪名，又将祢衡送与黄祖。祢衡作《鹦鹉赋》，他自己就是笼中的鹦鹉，终于命丧主人之手。

权贵们既要博取礼遇贤才之名，更要维护自己的威严。权贵们乐于听到《鹦鹉赋》中"报德"和"效愚"的告白。一旦贤士的言行与权贵的尊严相龃龉，便绝不允许其狂与傲。才智之士的悲剧命运只能定格在笼槛鹦鹉形象中。

（作者单位：渤海大学文学院）

[①] （南朝宋）范晔：《后汉书·文苑列传》，中华书局 1965 年版，第 2658 页。

枚乘的创作、思想与行迹论略
——以对其作品语源的考察为中心

赵建成

汉武帝建元元年（前140），枚乘应武帝之诏前往长安，因年老而死于道中。关于枚乘之死，刘跃进先生评价说："枚乘之死具有重要的象征意义：第一，标志着盘根错节的王侯文化的终结；第二，标志着无为而治的黄老思想的终结；第三，标志着居安思危的忧患意识的终结；第四，标志着汉帝国进入一个全新的时期。"① 这个论断是十分全面而深刻的，枚乘确是西汉前期即武帝之前具有标志意义的作家。枚乘及其创作的存在，绝不是一般意义上的重要作家和新文体的开创，他象征着一个时代，这个时代的政治、思想与文化等因素都在他身上体现或折射出来，而他自身的个性与价值，也得以张扬和实现。

限于材料与思考的角度，目前学术界对于枚乘的研究主要着眼于其在文学史上的成就与地位，而对其思想、人格等方面的研究尚不深入。本文拟从对枚乘作品语源即文献来源的分析出发，考察其思想、人格与人生去取，进而探讨其与其所属时代之关系，以期加深对枚乘的认识与理解。

一、枚乘的生平与创作

枚乘，字叔。淮阴人。其生平事迹见《汉书》卷五十一《贾邹枚路传》。

---

① 刘跃进：《秦汉文学地理与文人分布》，中国社会科学出版社2012年版，第90页。

初为吴王刘濞郎中。吴王谋为叛乱，枚乘作《上书谏吴王》，吴王不纳。枚乘等去而之梁，从梁孝王刘武游。景帝即位，御史大夫晁错为汉定制度，损削诸侯，吴王遂与六国谋反，举兵西向，以诛晁错为名。汉闻之，斩晁错以谢诸侯。枚乘又作《上书重谏吴王》，然吴王终不用枚乘之策，卒见擒灭。七国之乱既平，枚乘以此而知名，景帝召拜其为弘农都尉。而枚乘久为大国上宾，与英俊并游，得其所好，不乐郡吏，以病去官，复游梁。梁客皆善属辞赋，枚乘尤高。梁孝王薨，枚乘归淮阴。汉武帝自为太子闻枚乘之名，及即位，枚乘年老，乃以安车蒲轮征之，道死。

据上文，枚乘应卒于汉景帝后元三年（前141），生年不详。然其年汉武帝以安车蒲轮征之，据《礼记·曲礼上》："大夫七十而致事。若不得谢，则必赐之几杖，行役以妇人，适四方，乘安车，自称曰'老夫'，于其国则称名。"[①] 则其时枚乘当年在七十以上，姑以七十计之，则生于秦始皇三十七年（前210）。

枚乘的著作，《汉书·艺文志》著录枚乘赋九篇。《隋书·经籍志》载梁有汉弘农都尉《枚乘集》二卷，录一卷，亡。然《旧唐书·经籍志》与《新唐书·艺文志》皆著录《枚乘集》二卷，且《文选》卷二十七谢玄晖《休沐重还道中》"霸池不可别，伊川难重违"下李善注曰："《枚乘集》有《临霸池远诀赋》。"[②] 则其集唐时尚存。《宋史·艺文志》则仅著录《枚乘集》一卷，应已残缺。其后亡佚。另外，《文选》卷十八马季长《长笛赋序》曰："追慕王子渊、枚乘、刘伯康、傅武仲等箫琴笙颂，唯笛独无。"李善注曰："王子渊作《洞箫赋》。枚乘未详所作，以序言之，当为《笙赋》。《文章志》曰：刘玄，字伯康，明帝时，官至中大夫，作《簧赋》。傅毅，字武仲，作《琴赋》。"[③] 李善以为王褒有《洞箫赋》，刘玄有《簧赋》，傅毅有《琴赋》，对比"箫琴笙颂"之语，则枚乘所作当为《笙赋》。但实际上，《簧赋》应即《笙赋》。《诗经·秦风·车邻》："既见君子，并坐鼓簧。"《毛传》："簧，笙也。"[④] 汉许慎《说文解字》卷

[①]（汉）郑玄注，（唐）孔颖达疏：《礼记正义》，北京大学出版社1999年版，第23页。
[②]（南朝梁）萧统编，（唐）李善注：《文选》，上海古籍出版社1986年版，第1262页。
[③]（南朝梁）萧统编，（唐）李善注：《文选》，上海古籍出版社1986年版，第808页。
[④]（汉）毛亨传，（汉）郑玄笺，（唐）孔颖达疏：《毛诗正义》，北京大学出版社1999年版，第480页。

五上："簧，笙中簧也。"① 称笙为簧，这是以部分借代整体。故明张自烈《正字通》卷八《竹部》"簧"字条："笙、竽皆谓之簧。"② 所以，马融所谓枚乘之颂，箫、琴、笙皆有可能。但无论是赋颂何种乐器，各种典籍、目录中皆无载，又无征引并佚文存世。笔者以为，最大的可能性是，马融所指枚乘的作品应为《七发》，而非赋颂某一乐器之专文。《七发》"龙门之桐"一节，描述了以龙门之桐所制之琴演奏的天下至悲之音乐，这应是马融所追慕的对象。

枚乘散文、辞赋之存者，清人严可均辑入《全上古三代秦汉三国六朝文》。其中《上书谏吴王》《上书重谏吴王》见《汉书》本传，后收入《文选》，《七发》见《文选》，《柳赋》见《西京杂记》，《梁王菟园赋》见《古文苑》，后二者均为小赋。又《玉台新咏》有枚乘诗九首（实为八首），皆见于《文选》，入"古诗十九首"中。《柳赋》《梁王菟园赋》与这八首诗的作者问题，古今学者聚讼颇多，尚待考证。因此，枚乘传世的作品，能够确定是其所作的就只有《上书谏吴王》《上书重谏吴王》和《七发》，这也是研究其思想与人格最重要的资料。

二、枚乘作品的语源考察

枚乘是西汉文、景之际非常重要的一位文人，其思想、行迹与创作在当时的文人中具有代表性。通过对《上书谏吴王》《上书重谏吴王》和《七发》三篇作品语源的考察与分析，可以进一步走近枚乘，了解其思想、人格与人生去取，并由此折射其所生活时代的面貌。

首先，在枚乘身上，我们能够看到鲜明的纵横家思想的印记。他在作品中多处直接使用纵横家语、化用其语句或用其典故。今举数例如下（所举各组例证，前例皆为枚乘作品之语，后例乃其语源。下同）：

---

① （汉）许慎撰，徐铉校定：《说文解字》，中华书局1963年版，第98页。
② （明）张自烈：《正字通》，《续修四库全书》第235册，上海古籍出版社2002年版，第236页。

得全者昌，失全者亡。(《上书谏吴王》)①

得全全昌，失全全亡。(《史记·田敬仲完世家》，淳于髡说邹忌子之语)②

舜无立锥之地，以有天下；禹无十户之聚，以王诸侯。汤、武之土不过百里……有王术也。(《上书谏吴王》)

臣闻，尧无三夫之分，舜无咫尺之地，以有天下。禹无百人之聚，以王诸侯。汤、武之卒不过三千人，车不过三百乘，立为天子。诚得其道也。"(《战国策·赵策二·苏秦从燕之赵始合从》，苏秦说赵肃侯之语)③

夫以一缕之任系千钧之重，上悬之无极之高，下垂之不测之渊，虽甚愚之人犹知哀其将绝也。马方骇鼓而惊之，系方绝又重镇之；系绝于天不可复结，坠入深渊难以复出。(《上书谏吴王》)

夫以一缕之任系千钧之重，上悬之于无极之高，下垂之于不测之深。旁人皆哀其绝，而造之者不知其危，子之谓乎？马方骇，鼓而惊之；系方绝，重而填之。马奔车覆，六辔不禁，系绝于高，坠入于深，其危必矣。(《孔丛子·嘉言》，子贡说齐东郭亥之语)④

苏秦是战国时期最著名的纵横家，《汉书·艺文志》著录《苏子》三十一篇，不必赘言。淳于髡，齐国稷下先生之一。《史记·孟子荀卿列传》："淳于髡，齐人也。博闻强记，学无所主。其谏说，慕晏婴之为人也，然而承意观

---

① 本文所引《上书谏吴王》及李善注之内容均据《文选》，第1779—1781页，下不一一注出。又此句《汉书》枚乘本传引作"得全者全昌，失全者全亡"，中华书局1962年版，第2359页。

② (汉)司马迁：《史记》，中华书局1959年版，第1890页。建成按：《史记》晚于枚乘《上书谏吴王》，其书自不能作为《上书谏吴王》之语源。然司马著《史记》，亦依前代之文献，此处所引淳于髡说邹忌子之语，定从早期史料而来，此即应为《上书谏吴王》之语源。因此早期史料不可见，姑引《史记》之语以证之。他例类似者，不另行说明。

③ (汉)刘向集录：《战国策》，上海古籍出版社1985年版，第639页。建成按：李善《文选注》引《史记》以明枚乘此语源于苏秦，语在《史记·苏秦列传》，第2247页。语句与《战国策》基本一致，应本于《战国策》。李善注应引《战国策》为当。

④ 王钧林、周海生译注：《孔丛子》，中华书局2009年版，第9—10页。

色为务。"①《史记·滑稽列传》记其曾谏齐威王"淫乐长夜之饮",使威王奋发图强,"威行三十六年"。他为齐威王"数使诸侯,未尝屈辱"。太史公赞曰:"淳于髡仰天大笑,齐威王横行。"②淳于髡亦可以纵横家视之。子贡为孔子弟子,在"孔门四科"中以言语见长。《论语·先进》:"言语:宰我、子贡。"③《孟子·公孙丑上》:"宰我、子贡善为说辞。"④《韩诗外传》曰:"孔子游于景山之上,子路、子贡、颜渊从。孔子曰:'君子登高必赋。小子愿者,何言其愿。丘将启汝。'……子贡曰:'两国构难,壮士列阵,尘埃涨天,赐不持一尺之兵,一斗之粮,解两国之难。用赐者存,不用赐者亡。'孔子曰:'辩士哉!'"⑤子贡以游说闻名于诸侯,《韩非子》《史记》等典籍多记其游说之事。《史记·仲尼弟子列传》云:"子贡利口巧辞,孔子常黜其辩。……故子贡一出,存鲁,乱齐,破吴,强晋而霸越。子贡一使,使势相破,十年之中,五国各有变。"⑥"解两国之难,用赐者存,不用赐者亡",这是典型的纵横家言行。所以子贡虽为孔门弟子,而其纵横之术实在超绝。另外,枚乘文中还化用鲁仲连、蒯通等纵横家语原句为己所用⑦。大段运用纵横家语,化用其语句或用其典故,说明了枚乘对纵横家文章的熟悉、认同与重视。而其文势纵横,雄辩滔滔又中心明确,更具纵横家文章之风范。其言行意在"权事制宜"(《汉书·艺文志·诸子略》纵横家类小序)⑧、"排患释难解纷乱"(《史记·鲁仲连邹阳列传》)⑨。因此,枚乘身上具有突出的纵横家气质。

在枚乘身上,道家思想的影响也十分明显。他在文章中多次使用道家诸子的原句进行论述说理。今举数例如下:

---

① (汉) 司马迁:《史记》,中华书局1959年版,第2347页。
② (汉) 司马迁:《史记》,中华书局1959年版,第3197、3203页。
③ (魏) 何晏注,(宋) 邢昺疏:《论语注疏》,北京大学出版社1999年版,第143页。
④ (汉) 赵岐注,(宋) 孙奭疏:《孟子注疏》,北京大学出版社1999年版,第77页。
⑤ 许维遹校释:《韩诗外传集释》,中华书局1980年版,第268页。建成按:此见《韩诗外传》卷七第25章,又卷九第15章亦有类似记载。
⑥ (汉) 司马迁:《史记》,中华书局1959年版,第2195—2201页。
⑦ 如《七发》语云:"龙门之桐,高百尺而无枝。"据李善注,此句源于《鲁连子》(鲁仲连书):"东方有松楸,高千仞而无枝也。"
⑧ (汉) 班固:《汉书》,中华书局1962年版,第1740页。
⑨ (汉) 司马迁:《史记》,中华书局1959年版,第2465页。

人性有畏其景而恶其迹，却背而走，迹愈多，景愈疾，不如就阴而止，影灭迹绝。(《上书谏吴王》)

人有畏影恶迹而迹去之走者，举足愈数而迹愈多，走愈疾而影不离身，自以为尚迟，疾走不休，绝力而死。不知处阴以休影，处静以息迹。(《庄子·渔父》)①

不绝之于彼，而救之于此，譬由抱薪而救火也。(《上书谏吴王》)

不治其本而救之于末，无以异于凿渠而止水，抱薪而救火。(《文子·精诚》)②

夫铢铢而称之，至石必差；寸寸而度之，至丈必过。石称丈量，径而寡失。(《上书谏吴王》)

老子曰："寸而度之，至丈必差；铢而称之，至石必过。石称丈量，径而寡失。"(《文子·上仁》)③

此外，在《上书谏吴王》中，枚乘云："泰山之霤穿石，殚极之绠断干。水非石之钻，索非木之锯，渐靡使之然也。"其中所蕴含的道理显然来自《老子》第七十八章："天下莫柔弱于水，而攻坚强者莫之能胜，其无以易之。"④而在《七发》中，吴客云："今夫贵人之子……饮食则温淳甘脆，脭醲肥厚。……故曰：纵耳目之欲，恣支体之安者，伤血脉之和。……"⑤这种思想则与《老子》第十二章"五色令人目盲，五音令人耳聋，五味令人口爽"⑥的论断关系密切。可见，枚乘对于道家思想也是持认同态度的。《汉书·艺文志·诸子略》道家类小序云："道家者流，盖出于史官，历记成败存亡祸福古今之道，

---

① 陈鼓应：《庄子今注今译》，中华书局1983版，第823页。
② 王利器：《文子疏义》，中华书局2000年版，第83页。
③ 王利器：《文子疏义》，中华书局2000年版，第437页。
④ (魏)王弼注，楼宇烈校释：《老子道德经注校释》，中华书局2008年版，第187页。
⑤ 本文所引《七发》及李善注之内容均据《文选》，第1559—1573页，下不一一注出。
⑥ (魏)王弼注，楼宇烈校释：《老子道德经注校释》，中华书局2008年版，第27页。

然后知秉要执本，清虚以自守，卑弱以自持，此君人南面之术也。"① 在《上书重谏吴王》中，枚乘开篇便举秦并六国，统一天下之例，而指出其成功的原因在于"地利不同，而民轻重不等"，而"今汉据全秦之地，兼六国之众，修戎狄之义，而南朝羌笮，此其与秦，地相什而民相百"，因此"举吴兵以訾于汉，譬犹蝇蚋之附群牛，腐肉之齿利剑，锋接必无事矣"，"今大王还兵疾归，尚得十半"②。枚乘的分析亦可谓得其要矣。

枚乘在作品中所体现出的儒家思想也是显而易见的。他不但在《上书谏吴王》的开篇"祖述尧、舜，宪章文、武"（《汉书·艺文志·诸子略》儒家类小序）③，而且在论述中多次采用或运用儒家经典如《诗经》（3次）、《尚书》（1次）、《论语》（1次）、《左传》（1次）、《孝经》（1次）、《孔子家语》（1次）的原句或典故。如：

> 诚奋厥武，如振如怒。（《七发》）
> 王奋厥武，如震如怒。（《诗经·大雅·常武》）④

> 惕惕怵怵，卧不得暝。（《七发》）
> 怵惕惟厉，中夜以兴。（《尚书·冏命》）⑤

> 熊蹯之臑。（《七发》）
> 宰夫臑熊蹯不熟。（《左传·宣公二年》）⑥

> 父子之道，天性也。（《上书谏吴王》）

---

① （汉）班固：《汉书》，中华书局1962年版，第1732页。
② 本文所引《上书重谏吴王》之内容均据《文选》，第1783—1785页，下不一一注出。
③ （汉）班固：《汉书》，中华书局1962年版，第1726页。
④ （汉）毛亨传，（汉）郑玄笺，（唐）孔颖达疏：《毛诗正义》，北京大学出版社1999年版，第1474页。
⑤ （汉）孔安国传，（唐）孔颖达疏：《尚书正义》，北京大学出版社1999年版，第530页。
⑥ （周）左丘明传，（晋）杜预注，（唐）孔颖达正义：《春秋左传正义》，北京大学出版社1999年版，第595页。

父子之道，天性也。(《孝经·圣治章》)①

山梁之餐。(《七发》)
山梁雌雉，时哉时哉。(《论语·乡党》)②

又《七发》有"九寡之珥以为约"句，典见刘向《列女传·母仪传》。枚乘在刘向之前，但刘向此书系"采取《诗》《书》所载贤妃贞妇，兴国显家可法则，及孽嬖乱亡者"③，序次而成，其事枚乘必然可见。这些都能看出儒家思想对枚乘的影响。

据李善注，枚乘在《七发》中用了《六韬》《太公阴符》和《孙子兵法》的典故④，可见他对这些兵书、谋略之书的熟悉。而实际上，通过作品，我们还能够看出枚乘有比较出色的军事才华。七国之乱初起，汉斩晁错以谢诸侯。枚乘在《上书重谏吴王》中分析了当时双方的形势，他说：

汉知吴之有吞天下之心也，赫然加怒，遣羽林黄头循江而下，袭大王之都；鲁东海绝吴之饷道；梁王饬车骑，习战射，积粟固守，以逼荥阳，待吴之饥。大王虽欲反都，亦不得已。夫三淮南之计不负其约，齐王杀身以灭其迹，四国不得出兵其郡，赵囚邯郸，此不可掩，亦已明矣。今大王已去千里之国，而制于十里之内矣。张、韩将北地，弓高宿左右，兵不得下壁，军不得太息，臣窃哀之。

七国起兵，景帝遣人尉条侯周亚大将三十六将军往击吴楚，周亚大向其父绛侯周勃之客邓都尉问策，邓都尉云："吴兵锐甚，难与争锋。楚兵轻，不能久。方今为将军计，莫若引兵东北壁昌邑，以梁委吴，吴必尽锐攻之。将军

---

① (唐)李隆基注，(宋)邢昺疏：《孝经注疏》，北京大学出版社1999年版，第34页。
② (魏)何晏注，(宋)邢昺疏：《论语注疏》，北京大学出版社1999年版，第141页。
③ (汉)班固：《汉书》，中华书局1962年版，第1957页。
④ 如《七发》"犛豹之胎"句后，李善注引《六韬》曰：武王伐纣，得二大夫而问之曰：殷国将有妖乎？对曰：有。殷君陈玉杯象箸。玉杯象箸，不盛菽藿之羹，必将熊蹯豹胎。"壁垒重坚，杳杂似军行"句后，李善注引《太公阴符》曰：并我勇力，重坚壁垒。

深沟高垒，使轻兵绝淮泗口，塞吴饷道。使吴、梁相敝而粮食竭，乃以全制其极，破吴必矣。"① 周亚夫从其策，遂坚壁昌邑南，轻兵绝吴饷道。枚乘与邓都尉，可谓英雄所见略同。战争的实际进展情况，也正如他们所料：

> 吴王之度淮，与楚王遂西败棘壁，乘胜而前，锐甚。梁孝王恐，遣将军击之，又败梁两军，士卒皆还走。梁数使使条侯求救，条侯不许。又使使诉条侯于上，上使告条侯救梁，又守便宜不行。梁使韩安国及楚死事相弟张羽为将军，乃得颇败吴兵。吴兵欲西，梁城守，不敢西，即走条侯军，会下邑。欲战，条侯壁，不肯战。吴粮绝，卒饥，数挑战，遂夜奔条侯壁，惊东南。条侯使备西北，果从西北。不得入，吴大败，士卒多饥死叛散。于是吴王乃与其戏下壮士千人夜亡去……（《汉书·荆燕吴传》）

此外，枚乘在作品中还多处采用、化用《吕氏春秋》《韩非子》《尸子》《越绝书》，宋玉《笛赋》《神女赋》和《风赋》中的语句或语段，例如：

> 欲汤之沧，一人炊之，百人扬之，无益也，不如绝薪止火而已。（《上书谏吴王》）
>
> 夫以汤止沸，沸愈不止，去其火则止矣。（《吕氏春秋·季春纪·尽数》）②

> 且夫出舆入辇，命曰蹷痿之机；洞房清宫，命曰寒热之媒；皓齿蛾眉，命曰伐性之斧；甘脆肥脓，命曰腐肠之药。（《七发》）
>
> 出则以车，入则以辇，务以自佚，命之曰招蹶之机。肥肉厚酒，务以自强，命之曰烂肠之食。靡曼皓齿，郑、卫之音，务以自乐，命之曰伐性之斧。（《吕氏春秋·孟春纪·本生》）③

> 争千里之逐。（《七发》）

---

① （汉）班固：《汉书》，中华书局1962年版，第1913页。
② 许维遹：《吕氏春秋集释》，中华书局2009年版，第69页。
③ 许维遹：《吕氏春秋集释》，中华书局2009年版，第16—18页。

王子於期（即王良，王子期）为宋君为千里之逐。（《韩非子·外储说》）①
麦秀蘄兮雉朝飞。（《七发》）
麦秀蘄兮鸟华翼。（宋玉《笛赋》，李善注引）

三、枚乘思想、人格与人生去取的综合分析

基于以上的考察，我们能够看到，枚乘对于先秦诸子及其文化典籍是十分熟悉的，在写作中能够自由运用其中的观点、文句、典故来论证说理或铺排描写。其思想则是兼综诸家而以纵横家、道家和儒家为主。枚乘首先是一位纵横家。他出处从容、高视阔步于诸侯王之间，为大国上宾，来去自由，有独立的人格。他能言善辩，善于审时度势，有深远的政治眼光。他追求自我价值的实现，且十分自信。在《上书谏吴王》中，枚乘对刘濞说："能听忠臣之言，百举必脱。"又说："养由基，楚之善射者也，去杨叶百步，百发百中。杨叶之大，加百中焉，可谓善射矣。然其所止，百步之内耳，比于臣乘，未知操弓持矢也。"《汉书》枚乘本传颜师古注曰："乘自言所知者远，非止见百步之中，故谓由基为不晓射也。"②他将自己和神射手养由基比较，认为自己远高于养由基，这是一种强烈的自我认同。这一点，枚乘并非特例，汉代前期藩国文人往往皆有明显的纵横家气质，如庄忌、邹阳等人皆是如此③。

当然，枚乘等具有纵横家气质的文士，与战国时期纵横家的差异也是显而易见的。统一的王朝背景并未给他们提供纵横捭阖的广阔舞台，而他们也非常准确地把握了天下大势的发展，并不支持藩国对中央王朝的对抗或反叛，具有较强的理性色彩。如枚乘、邹阳等皆反对吴王等谋反，其原因可以淮南王刘安门客伍被的论述进行概括。伍被曰："夫以吴众不能成功者，何也？诚逆天违众而不见时也。"④他们也不像战国时期纵横家们那样执着于对功名显达与富贵

---

① （清）王先慎：《韩非子集解》，中华书局1998年版，第334页。
② （汉）班固：《汉书》，中华书局1962年版，第2360页。
③ 《汉书·艺文志·诸子略》纵横家有邹阳七篇。
④ （汉）班固：《汉书》，中华书局1962年版，第2170页。

利禄的追求，而是悠然自适于诸侯国，并希望有助于诸侯王的功业。

纵横家气质在枚乘身上更多地体现为一种人生观、价值观，一种生存的方式或姿态，问题的解决则要借助于诸家的学说和主张。枚乘对于道家思想有着非常深入的理解，并将其运用到具体的实践当中。此问题前文已经论及，这里再补充一个例子。据《汉书·邹阳传》："梁王始与胜、诡有谋（刺爰盎），阳争以为不可，故见逐。枚先生、严夫子皆不敢谏。"[①] 枚乘崇尚的是道家以柔克刚的处事方式，所以一般不会通过直谏来解决问题。

需要特别指出的是，就其作品而言，儒家思想在枚乘的思想体系中有着特别的地位。《上书谏吴王》开篇，枚乘便强调"得全者昌，失全者亡"，这本是淳于髡说邹忌子之语，为其所采，详见前文。司马贞《史记索隐》云："案：得全，谓人臣事君之礼全具无失，故云得全也。全昌者，谓若无失则身名获昌，故云全昌也。"[②] 枚乘此书意在劝阻吴王谋反，因此其义应与司马贞的解释相同。紧接着枚乘又举舜、禹、汤、武之例，并引《孝经·圣治章》："父子之道，天性也。"按《孝经》原文接下来的一句是"君臣之义也"，李善注曰："父子，喻君臣也。"所以这里枚乘其实是在提醒吴王要遵从君臣之义。在《七发》最后，枚乘云："将为太子奏方术之士有资略者，若庄周、魏牟、杨朱、墨翟、便蜎、詹何之伦。使之论天下之释微，理万物之是非。孔、老览观，孟子持筹而算之，万不失一。"所列虽为诸子各家，但显然折中于孔、老，又最重孟子，可见儒家思想在其思想体系中的重要地位。台湾学者游志诚先生分析《七发》一文的主旨思想，认为"其创意在'道儒'合流的倾向"[③]。即准确地把握了枚乘思想兼综儒、道二家的特质。

纵横家因其内心强烈的自我认同，往往十分重视自己所受到的礼遇程度。《战国策·齐策·冯谖客孟尝君》中，冯谖通过三次弹铗而歌来试探孟尝君，受到孟尝君最高规格的礼遇，最后为他出谋划策，奔走效劳。枚乘、邹阳等人仕吴，正是由于吴王刘濞优礼士人。邹阳《上书吴王》云："然臣所以历数王之朝，背淮千里而自致者，非恶臣国而乐吴民，窃高下风之行，尤说大王之

---

① （汉）班固：《汉书》，中华书局1962年版，第2353页。
② （汉）司马迁：《史记》，中华书局1962年版，第1890页。
③ 游志诚：《昭明文选学术论考》，台湾学生书局1996年版，492页。

义。"① 所谓"大王之义",其实就是吴王对士人的礼遇。否则他们就会离开,不惜再"历数王之朝"。士为知己报效。吴王以太子事怨望,称疾不朝,阴有邪谋,邹阳、枚乘皆以为不可,分别作《上书吴王》《上书谏吴王》以谏,吴王皆不纳。枚乘等人所追求的,绝不仅仅是优厚的待遇,他们更重视的是自我价值的实现,希望能与侯王"剖心析肝相信"(邹阳《上书吴王》)②。因此邹阳《狱中上书自明》云:"语曰:'白头如新,倾盖如故。何则?知与不知也。'"③吴王既然不与相知,而当时景帝少弟梁孝王贵盛,亦待士。于是邹阳、枚乘、严忌皆去吴之梁,从孝王游。后吴王与六国谋反,枚乘又作《上书重谏吴王》,当系顾及曾经的君臣之义。然而吴王又不用枚乘之策,最终失败。

枚乘上吴王二书,因所作时间与情势不同而采用了完全不同的行文风格。作《上书谏吴王》时,吴王只是"阴有邪谋",其事尚隐,故以譬喻致其意。这与邹阳《上书吴王》是一样的。在这篇作品中,枚乘大量引用古圣先贤如淳于髡、苏秦、子贡、老子的论辩之辞,引用或运用古代文化经典《孝经》《庄子》《吕氏春秋》《战国策》《尸子》中的内容或典故,试图使吴王醒悟,可谓晓之以理。枚乘告诫吴王要遵守父子君臣之义,他所谋划的事是非常凶险的:"必若所欲为,危于累卵,难于上天;变所欲为,易于反掌,安于泰山。"而且,"欲人勿闻,莫若勿言;欲人勿知,莫若勿为",最根本的策略就是打消谋反的念头。最后,枚乘用水滴石穿的道理劝谏吴王勿以善小而不为,勿以恶小而为之:"积德累行,不知其善,有时而用;弃义背理,不知其恶,有时而亡。"总体看来,这篇文章以说理为主,雄辩有力、生动形象,又耐心细致、语重心长。而作《上书重谏吴王》时,吴王已经起兵,反形已现,讲道理已经没有意义了,所以这篇作品基本没有引经据典,而是重在对于当时形势和汉与七国力量对比的分析,可谓动之以势。文章开头以秦国为参照,指出秦灭六国,而汉之实力又远胜于秦。因此"举吴兵以訾于汉,譬犹蝇蚋之附群牛,腐肉之齿利剑,锋接必无事矣"。当时"汉亲诛其三公,以谢前过",所以此时吴国最好的选择是见好就收,安享其乐。最后,枚乘又从军事策略的角度分析了

---

① (南朝梁)萧统编,(唐)李善注:《文选》,上海古籍出版社1986年版,第1762页。
② (南朝梁)萧统编,(唐)李善注:《文选》,上海古籍出版社1986年版,第1768页。
③ (南朝梁)萧统编,(唐)李善注:《文选》,上海古籍出版社1986年版,第1767页。

汉、吴双方的形势，认定吴国必败，使文章更具说服力。七国之乱平定后，枚乘声名鹊起，景帝拜为弘农都尉。都尉在景帝时是掌管地方军队的武官，秩比二千石，职责是辅助太守主管一郡军事。做一个具体执事者显然与大国上宾的生活截然不同，正像我们前文所论，这不是枚乘追求的。因此枚乘以病去官，复游于梁。梁孝王薨，已无知己者，枚乘归淮阴。汉武帝即位，枚乘已年老，仍以安车蒲轮征乘，道死。

四、结语

枚乘一生的人生去取均与其多元思想与人格密切相关，而思想兼综诸家的情况在西汉前期具有普遍性，是战国末年以来诸子百家由争鸣走向融合的思想与学术生态的反映。从战国末年到西汉前期，中国思想界由百家争鸣的各执一词走向各种思想的融合交汇，知识逐渐从零散走向系统，从偏执变为兼容。这基本已经成为20世纪三十年代以来学术界的共识[1]。战国末年诸学派的融合，以《吕氏春秋》为代表。清人汪中代毕沅作《吕氏春秋序》云："《吕氏春秋》出，则诸子之说兼而有之。"[2]《吕氏春秋》以儒、道思想为主，融合墨、法、名、兵、农、纵横、阴阳家等各家思想，但并不是诸家思想的杂糅，而是有着严密的体系，全书分为十二纪、八览、六论，共二十六卷一百六十篇，将诸家学说有机地统一到一起。西汉前期，这种融合进一步发展并在实践层面凸显出来。葛兆光说："汉代初期的黄老学说也好，儒家学说也好，它们分别与刑名法术、养生神仙、兵法阴阳、数术方技，各有互相融通的现象，特别是黄老之学，它让我们想到《史记·太史公自序》中那一段著名的评语：'其为术也，因阴阳之大顺，采儒墨之善，撮名法之要，与时迁移，应物变化，立俗施事，无所不宜。'虽然说的只是道家，但'其为术也'以下说的却确实是战国末到秦汉之际知识体系逐渐融合沟通的趋向。"（第一卷：《七世纪前中国的知

---

[1] 一些学者关于这一问题的基本观点，参葛兆光：《中国思想史》，复旦大学出版社2013年版，第194页。

[2] 许维遹：《吕氏春秋集释》，中华书局2009年版，第713页。

识、思想与信仰世界》）①以具体人物而言，如陆贾，其思想以儒家为主体，兼容道、法、阴阳诸家。贾谊，据《史记·屈原贾生列传》，廷尉吴公言其"颇通诸子百家之书"②，其《陈政事疏》于诸家如《管子》、孔子、《学礼》《日书》《论语》等皆有征引。陆德明《经典释文序录·注解传述人》载其曾师从张苍学《左传》③。贾谊的政治主张是折中儒、法二家的结果，而其赴长沙王太傅任南渡湘水时所作《吊屈原赋》，为长沙王太傅时所作《鵩鸟赋》，则是典型老庄思想的反映④。晁错，据《史记·袁盎晁错列传》，他"学申商刑名于轵张恢先所"，汉文帝时又奉太常之命从伏生受《尚书》⑤，其思想与主张则兼综法、儒二家。《汉书·爰盎晁错传》载其上书言兵事，又颇通兵法。1973 年，湖南长沙马王堆三号汉墓（文帝十二年下葬）出土的帛书中包含了《老子》《黄帝内经》《五行》《九主》《周易》（附有《易系辞》和不见于今本的佚传）、《战国纵横家书》《春秋事语》《五星占》《天文气象杂占》《相马经》《导引图》《五十二病方》《却谷食气》《刑德》等典籍多种。这基本可以反映墓主的知识背景与涉猎范围。再联系到其他考古发掘中出土的典籍，如 1972 年山东临沂银雀山一号汉墓（属武帝早期）的《孙子》《孙膑兵法》《晏子》《尉缭子》《太公》以及论政、论兵和阴阳等方面的佚书多种，1977 年安徽阜阳双古堆一号汉墓（约当文帝时）出土《诗经》《周易》《仓颉篇》《万物》等竹书多种，可以进而反映出当时时代的普遍知识背景。

西汉前期，文士多在藩国。这一方面是由于中央王朝依黄老而实行清净少为的政策，而诸侯王则大肆招揽人才⑥。另一方面，则是由于诸侯王国的实力非常雄厚，强大而富有，在某种程度上形成了与中央朝廷对峙的态势，自然产生文化上的需要，而就整体而言，汉王朝在经济上还处于休养生息的阶段。就最

---

① 葛兆光：《中国思想史》，复旦大学出版社 2013 年版，第 194 页。
② （汉）司马迁：《史记》，中华书局 1959 年版，第 2491 页。
③ 吴承仕：《经典释文序录疏证》，中华书局 1984 年版，第 121 页。
④ 关于贾谊的思想与学术背景，刘跃进先生有详论，参其《贾谊的学术背景及其文章风格的形成》，《文史哲》2006 年第 2 期。
⑤ 见（汉）司马迁：《史记》，中华书局 1959 年版，第 2745 页。
⑥ 如《史记·梁孝王世家》说，梁孝王刘武"招延四方豪杰，自山以东游说之士，莫不毕至，齐人羊胜、公孙诡、邹阳之属"（第 2083 页）。《汉书·邹阳传》曰："汉兴，诸侯王皆自治民聘贤。吴王濞招致四方游士，阳与吴严忌、枚乘等俱仕吴，皆以文辩著名。"（第 2338 页）

高统治者个人而言，景帝不爱辞赋，枚乘辞弘农都尉再度游梁，司马相如亦辞景帝而就梁园。然而随着七国之乱的平定，诸侯国的势力受到遏制，武帝时更以强力手段加大对地方政权的控制，强化中央集权。同时，经过文、景二帝时期的休养生息，社会财富的大量积累，国家实力极大提高，至武帝时极盛。经济的繁荣必然产生文化发展的需求。同时，武帝好大喜功，爱附庸风雅，与文、景二帝好尚不同，其自为太子已闻枚乘之名，但登帝位才得召见，可惜枚乘死于道中。此后，很多士人纷纷离开各地诸侯国而来到三辅。因此枚乘之死的确具有划时代的标志性意义，标志着汉代政治、文化与文学发展的转变，由多元而走向一统。

（本文已发表于《齐鲁学刊》2017年第2期）

（作者单位：黑龙江大学文学院）

刘歆《遂初赋》的创作背景及其赋史价值

徐 华

刘歆生平以整理文献、研究学术著称，西晋潘岳在《西征赋》中将司马迁、刘向、刘歆并称为西汉一代成就最高的史学泰斗[1]，章太炎、梁启超则称刘歆为孔子以后之一大家。但由于处在汉新禅代之际，加之皇族宗室、学界翘楚的特殊身份，尤其是出任新莽国师，导致后世对刘歆其人多有恶评。晋世傅玄比较刘向、刘歆父子，曰："向才学俗而志忠，歆才学通而行邪。"[2] 洪迈《容斋随笔》称"刘歆不孝""不忠"[3]。明张溥称刘歆乃"古巨儒"，但"读其书益伤其人"。[4] 皆褒其才学，贬其人品。自清代以降，基于经学、史学的视角，形成了由贬其人品，而疑其学术的更多争议。清刘逢禄《左氏春秋考证》、康有为《新学伪经考》认为刘歆伪造古文经传以助莽篡汉，章太炎《春秋左传读叙录》、钱穆《刘向歆父子年谱》则对这一看法予以驳斥，认为刘歆之学自为学术之发明，而非政治之考量。近世则多有学者从不同角度为刘歆正名，以彰显其在科学史、文献学史上的地位。然而，由于刘歆本身留下来的自叙式史料极其有限，所以更多的结论只能是通过其整理的文献或者史家的描述获得。不无欣慰的是，刘歆还有一篇旨在叙事写怀的作品《遂初赋》保存至今，"感今思

---

[1] 《西征赋》原文称："长卿、渊、云之文，子长、政、骏之史"。见（南朝梁）萧统编，（唐）李善注：《文选》卷一〇，中华书局1974年影印宋淳熙尤袤刻本。
[2] （晋）傅玄：《傅子》，（清）严可均校辑：《全晋文》卷四九，中华书局1958年版，第1740页。
[3] （宋）洪迈：《容斋随笔》卷九、《续笔》卷二，上海古籍出版社1996年版，第116、239页。
[4] （明）张溥：《汉魏六朝百三名家集·刘子骏集》，江苏古籍出版社2001年版，第265页。

古""而寄己意"①，既可证史，又可由此探究刘歆当时所处境遇及复杂心态，实为一篇不可多得的重要文献。

因为重要，所以引起关注，也由此引发了若干问题。首先是作品的真伪问题。此赋未见《汉书·艺文志》著录，现存最早的文学总集《文选》亦未选载，故其真实性时常为研究者所质疑，并导致对赋作本身的忽略。从历代载录情况看，此赋全文见载于唐《古文苑》卷五，有宋章樵注，赋前有序。另《艺文类聚》卷二十七有节选。收录年代虽颇晚，但自东汉初，班彪《北征赋》就已经多处引用、化用赋中文句。此后王粲《七哀诗》、潘岳《西征赋》等亦多有化用摹写。郦道元《水经注》卷九《丹水注》两引其文。刘勰《文心雕龙·诠赋》篇亦有论及。唐代李善《文选注》中除去重复，原赋引用之句达11条。更有《文选集注》存唐公孙罗《文选钞》曰："《遂初赋注》云：'华盖，星名，其形象盖。'"②说明章樵之前，尚有他本《遂初赋注》传世。综上而言，《遂初赋》为刘歆所作，当无疑问。与此相关联，《遂初赋》的创作时间、创作背景以及由此折射出来的赋史价值等问题，自然也就成为我们进一步探讨的论题。

一、关于《遂初赋》写作时间诸问题

《遂初赋》既非伪作，其究竟创作于何时？历来似乎并不成为问题。一般据班固《汉书》刘歆本传的记载，哀帝初立，刘歆争立古文经学官，受到今文经势力的反对，于是作《移书让太常博士》，"其言甚切，诸儒皆怨恨，是时名儒光禄大夫龚胜以歆移书上疏深自罪责，愿乞骸骨罢。及儒者师丹为大司空，亦大怒，奏歆改乱旧章，非毁先帝所立。上曰：'歆欲广道术，亦何以为非毁哉？'歆由是忤执政大臣，为众儒所讪，惧诛，求出补吏，为河内太守。以宗室不宜典三河，徙守五原"。③刘歆"移书让太常博士"一事，据考发生在哀帝建平元年（前6）元月到十月间，或稍早之时。理由是师丹时为大司空，

---

① 《遂初赋序》，《古文苑》卷五，《丛书集成初编》本，商务印书馆1937年版。
② 周勋初编：《唐钞文选集注汇存》卷七十三，上海古籍出版社2000年版，第二册，第347页。
③ （汉）班固：《汉书》卷三十六《楚元王传》，中华书局1962年版，第1972页。

据《汉书·傅喜传》，师丹在哀帝建平元年的正月至九月任大司空。又据《汉书·百官公卿表》，师丹于建平元年十月免官。故钱穆《刘向歆父子年谱》、陆侃如《中古文学系年》、刘汝霖《汉晋学术编年》等都据此将刘歆"移书"时间系于建平元年，并将刘歆外放、徙任及写作《遂初赋》的时间一并系于本年之下。

问题是，据赋中所说，此赋实已作于刘歆到任五原（今内蒙古包头）之后，而且他先是由长安（今陕西西安）出为河内太守，河内郡治怀县（今河南武陟），后经长途奔波再北徙五原，全部跨度大约2000多公里，加之边走路边游览古迹，其间必经历一个较长的时间过程方能到达。那么，在没有明确史载的情况下，能否将《遂初赋》的作年，简单地系于建平元年？再者，从《遂初赋》本身叙事的语境看，也与建平元年争立古学的背景全不相合。

刘跃进《秦汉文学编年史》中则将"刘歆出为五原太守，写作《遂初赋》"系于哀帝建平三年（前4）。理由是建平二年（前5），哀帝听从夏贺良等人改元建议。而刘歆曾斥夏贺良等人所奉的齐人甘忠可等不合五经。此事见于《汉书·眭两夏侯京翼李传》。故而判断哀帝建平二年，刘歆尚在京[①]。但值得注意的是《汉书》中记载此事，先说"事下奉车都尉刘歆"，是在"哀帝初立"之时，而《汉书》中的"哀帝初立"之时，所指都是绥和二年（前7）或者建平元年。因此，并不能据此判定刘歆建平二年仍在京中。虽然如此，以确定刘歆出为五原太守的时间，来确定《遂初赋》的具体写作时间，还是给我们提供了有益的启发。

考察《汉书》所记，有一条史料非常值得注意。据《汉书·儒林传》，刘歆作《移书让太常博士》一义之后，"人司空师丹奏歆非毁先帝所立，上于是出龚等补吏，龚为弘农，歆河内，凤九江太守，至青州牧"。由此看，王龚、房凤和刘歆三人应当同时出京。房凤何时出赴九江具体无考，王龚出京任弘农太守的时间却是哀帝建平二年。据《汉书·百官公卿表》，王龚于绥和二年二月由卫尉任侍中光禄大夫。又称："卫尉王能为侍中光禄勋，二年贬为弘农。"[②]

---

① 刘跃进：《秦汉文学编年史》，商务印书馆2006年版，第296页。
② （汉）班固：《汉书》卷十九《百官公卿表》，中华书局1962年版，第843页。

清夏燮《校汉书八表》认为此王能即为王龚之误①。又钱大昕、王先谦并认为此王能即王龚②。严耕望《两汉太守刺史表》根据《公卿表》并补注及《儒林传》，系王龚左迁司隶弘农郡是在哀帝建平二年③。《汉书》中也再无关于王能曾为侍中光禄勋的记载。则王龚外任弘农太守的时间应是在哀帝建平二年。那么，刘歆与之同时外放，则其出京任河内太守的时间，并非如通常所说是哀帝建平元年，而应该是在哀帝建平二年。这也说明刘歆虽然建平元年的"移书"得罪了众儒，但并没有马上被外放，而是直到次年才出京。

《遂初赋》中描述了作者的行历轨迹，先是："遂隆集于河滨"，应指外放为河内太守，但用"集"字，说明在河内太守任上的时间很短暂。之后便"驰太行之严防兮，入天井之乔关"。太行山在河内郡北部，可见刘歆是自河内任上向北行进。他从河内出发时，尚"乘素波以聊戾"。来到五原的时间已完全是隆冬的景象："漂积雪之皑皑兮，涉凝露之隆霜。扬雹霰之复陆兮，慨原泉之凌阴。"则《赋》中所写乃是经秋历冬的季节景象。按照自长安至河内，自河内再至五原郡的空间跨度来说，刘歆的出京应该是在建平二年的春夏之季。由于《遂初赋》中所写，已经关涉到守五原之烽塞，处理政务等史事，则刘歆动笔写赋应该已经是到任之后的一段时间内，赋成已是哀帝建平三年。如果这一推论成立，身在九原边陲之地的刘歆，年已五十岁。

由此产生的疑问是，大司空师丹，建平元年十月即被免官，废归乡里数年；丞相孔光在建平二年四月也被罢归老家。师丹、孔光为代表的诸儒，纷纷失势被贬，并不可能再构成刘歆外放的强大压力。况且即使在二人当政期间，排挤刘歆的情况也不甚可能发生。因哀帝曾亲自下诏让刘歆与诸儒辩论，但"诸儒博士或不肯置对"，刘歆"于是数见丞相孔光，为言《左氏》以求助，光卒不肯"。④ 这种态度很是奇怪，既然反对刘歆提出立古学，何以又都不愿展开正面交锋，而采取不肯置对的态度，最主要的原因恐怕在于诸儒当时自身都面临着日渐严重的政治危机。譬如孔光、师丹对于哀帝祖母与母亲上尊号一事，

---

① （清）夏燮：《校汉书八表》，《二十五史补编》第一册，中华书局 1955 年版，第 61 页。
② （清）王先谦：《汉书补注》卷十九下《表第七下》，书目文献出版社 1995 年版，第 312—313 页。
③ 严耕望：《两汉太守刺史表》，商务印书馆 1948 年版，第 20 页。
④ （汉）班固：《汉书》卷八十八《儒林传》，中华书局 1962 年版，第 3619 页。

持反对态度。如《汉书》孔光本传称：

> 傅太后欲与成帝母俱称尊号，群下多顺指，言母以子贵，宜立尊号以厚孝道。唯师丹与光持不可。上（哀帝）重违大臣正议，又内迫傅太后，猗违者连岁。丹以罪免，而朱博代为大司空。光自先帝时议继嗣有持异之隙矣，又重忤傅太后指，由是傅氏在位者与朱博为表里，共毁谮光。①

而哀帝则先是犹豫摇摆，后来逐渐转向了打击大臣，维护外家权力。又，《汉书》中提到的激烈反对刘歆的另一位名儒龚胜，以歆移书上疏，"深自罪责，愿乞骸骨罢"。从表面看，龚胜是在用自责、乞骸骨的方式抗议刘歆此举，但看《汉书·龚胜传》，龚胜在此期间不是光禄大夫，而是谏大夫，这是其一。其二，正如钱穆《刘向歆父子年谱》中所说："胜为大夫，虽亦掌论议，然本不属太常，与此事无与。即不值歆所为，亦何不直论指斥，而乃上疏深自罪责，愿乞骸骨，何为者？又其事不见于胜本传，《儒林传》亦仅言师丹，不及胜。则事信否不可知。疑后人极言歆当时为众儒所非，故特举龚胜名儒为说，实非有其事。"②钱穆先生的看法是有道理的。《汉书·龚胜传》中龚胜确有"谢罪，乞骸骨"，但却是因言董贤乱制度，又与博士夏侯常争言，而非刘歆事。龚胜虽传伏氏《尚书》学，谏言中亦引《左传》，刘师培即指出："龚胜所引《春秋》书叔孙侨如文义，见《左传》成公十六年。"③清唐晏的《两汉三国学案》则直接将龚胜列于左氏一派中。这也说明龚胜与刘歆之间并无直接的对立，乞骸骨亦很难说就是因刘歆移书不满而致。

因此，《汉书》中所建构的历史场景，从某种意义上说是非常值得怀疑的。一是诸儒连置对尚且不肯，又何能排挤刘歆？二是刘歆建平二年外放之时，师丹孔光等诸儒已经失势，并不构成刘歆出补河内太守，后徙任五原边塞的巨大压力？三是反对刘歆的龚胜，也并无反对的直接动机。那么，刘歆写作《遂初赋》之时，其当下真实的政治生态究竟如何？

---

① （汉）班固：《汉书》卷八十一《匡张孔马传》，中华书局1962年版，第3357页。
② 钱穆：《刘向歆父子年谱》，《两汉经学今古文平议》，商务印书馆2001年版，第81页。
③ 刘师培：《刘申叔遗书》，江苏古籍出版社1997年版，第1383页。

二、建平二年的政治变局与《遂初赋》的创作背景

建平元年与建平二、三年，虽时间相距很短，但时势却发生了极其明显的此消彼长，最主要表现在政治格局的改变。从建平二年四月朝中发生的几件大事上可以看出变局的方向。

第一件大事就是四月间，傅、丁二后上尊号。哀帝即位之初，朝中为哀帝的祖母傅氏和母亲丁氏能否上尊号曾发生过严重的对立和冲突。高昌侯董宏、郎中令冷褒、黄门郎段犹等在傅、丁太后指使下屡次奏言上尊号事，王莽、师丹、孔光为代表，则坚决反对傅、丁上尊号。如《汉书·师丹传》曰："高昌侯董宏上书言：'秦庄襄王母本夏氏，而为华阳夫人所子，及即位后，俱称太后。宜立定陶共王后为皇太后。'事下有司，时丹以左将军与大司马王莽共劾奏宏'知皇太后至尊之号，天下一统，而称引亡秦以为比喻，诖误圣朝，非所宜言，大不道。'"哀帝的态度是支持王莽、师丹，免宏为庶人。又《汉书·王莽传》曰："未央宫置酒，内者令为傅太后张幄，坐于太皇太后坐旁。莽案行，责内者令曰：'定陶太后藩妾，何以得与至尊并！'彻去，更设坐。"可见当时斗争激烈的程度。

但傅太后性格"刚暴，长于权谋，自帝在襁褓而养长教道至于成人，帝之立又有力"①。对反对上尊号的大臣包括王莽、师丹、孔光等恨之入骨。从而导致年仅十九岁的哀帝很快就不得不改变了自己的立场，仅仅月余，就罢免了王莽的大司马。建平元年十月，又罢免了师丹的丞相。建平二年的四月，哀帝妥协，罢免了孔光。正式下诏为祖母傅氏、母亲丁氏上尊号。"夏四月，诏曰：'汉家之制，推亲亲以显尊尊。定陶恭皇之号不宜复称定陶。尊恭皇太后曰帝太太后，称永信宫；恭皇后曰帝太后，称中安宫。'"②

第二件大事则为三公人事的变动。建平二年四月，"丞相（孔）光免，御史大夫朱博为丞相。阳安侯丁明为大司马卫将军"，"赵玄为御史大夫"。③又：

---

① （汉）班固：《汉书》卷八十一《匡张孔马传》，中华书局1962年版，第3356页。
② （汉）班固：《汉书》卷十一《哀帝纪》，中华书局1962年版，第339页。
③ （汉）班固：《汉书》卷十九《百官公卿表》，中华书局1962年版，第845页。

哀帝建平二年四月乙亥朔，御史大夫朱博为丞相，少府赵玄为御史大夫，临延登受策，有大声如钟鸣，殿中郎吏陛者皆闻焉。上以问黄门侍郎扬雄、李寻，寻对曰："《洪范》所谓鼓妖者也。师法以为人君不聪，为众所惑，空名得进，则有声无形，不知所从生。"……宜退丞相、御史，以应天变。①

从这段史料可以看出，丞相朱博、御史大夫赵玄，二人同时登拜三公，扬雄、李寻以为二人乃空名得进。空名何以能得进？从朱博的实际行为看，亲傅、丁后党的政治立场是相当明显的。朱博为京兆尹之时，便与外戚傅宴交结，"谋成尊号，以广孝道"。朱博为大司空，数奏言"丞相光志在自守，不能忧国；大司马喜至尊至亲，阿党大臣，无益政治"②。为丞相后，首先便致力于驱逐与傅、丁相对立的王氏一党。《汉书·王莽传》：

后二岁，傅太后、丁姬皆称尊号，丞相朱博奏："莽前不广尊尊之义，抑贬尊号，亏损孝道，当伏显戮，幸蒙赦令，不宜有爵土，请免为庶人。"上曰："以莽与太皇太后有属，勿免，遣就国。"

由此可见，傅太后上尊号，师丹、孔光等大臣的罢免，王莽遣就国，都和朱博的进言有关。

与之相关的，刘歆在哀帝初即位时的贵幸，即是由于大司马王莽的举荐。王莽"举歆宗室有材行，为侍中太中大夫，迁骑都尉、奉车光禄大夫，贵幸。复领五经，卒父前业。歆乃集六艺群书，种别为《七略》"③。王莽作为成帝母王皇后一党，在哀帝初即位时，就被太后告知要辞官就第，"避外家"，任大司马仅数月，即遭免官，足见当时形势的严峻。至建平二年四月，形势加剧，王莽险些丧命，出京归家，刘歆牵连其中遭到外放也是必然之事。

第三件大事，六月间，哀帝接受夏贺良等人建议，发布改元诏书。诏曰：

---

① （汉）班固：《汉书》卷二十七《五行志》，中华书局1962年版，第1429页。
② （汉）班固：《汉书》卷八十三《薛宣朱博传》，中华书局1962年版，第3407页。
③ （汉）班固：《汉书》卷三十六《楚元王传》，中华书局1962年版，第1967页。

汉兴二百载,历数开元。皇天降非材之佑,汉国再获受命之符,朕之不德,曷敢不通!夫基事之元命,必与天下自新,其大赦天下。以建平二年为太初元将元年。号曰陈圣刘太平皇帝。漏刻以百二十为度。①

受命改元,本齐人甘忠可所造,夏贺良在成帝时奏上,当时刘向就曾奏劾而使夏贺良下狱,据《汉书·李寻传》,成帝时,刘歆父刘向就曾奏忠可假鬼神罔上惑众,下狱治服,未断,病死。贺良等也以不敬论罪。哀帝初立之时,"司隶校尉解光亦以明经通灾异得幸,白贺良等所挟忠可书。事下奉车都尉刘歆,歆以为不合《五经》,不可施行。而李寻亦好之,光曰:'前歆父向奏忠可下狱,歆安肯通此道'"②。

但至建平二年六月,哀帝还是接受了夏贺良的改元理论并下诏改元。虽然哀帝很快在八月时就悔诏,又下诏蠲除六月甲子诏书。但施行夏贺良等改元之言,本身就标志着刘歆已失去了哀帝的信任。刘歆的宿敌夏贺良等得到了哀帝的宠信。发生在建平二年的这一系列政治事件的背后,最为关键的决定因素是汉哀帝政治态度的转变。哀帝初即位,便表现出了积极变革改制的态度,史载称其"多欲有所匡正"③又"躬行俭约,省减诸用,政事由己出,朝廷翕然,望至治焉"④。与此相应,为了取得理论上的支持,哀帝还支持古学。如刘歆《移书让太常博士》序称:"歆亲近,欲建立《左氏春秋》及《毛诗》《逸礼》《古文尚书》,皆列于学官。哀帝令歆与《五经》博士讲论其义。"又正文称:"今圣上德通神明,继统扬业,亦愍此文教错乱,学士若兹,虽深照其情,犹依违谦让,乐与士君子同之。故下明诏,试《左氏》可立不?"⑤说明刘歆的倡立古学,哀帝也是非常关注的。又《汉书·楚元王传》曰:"及儒者师丹为大司空,亦大怒,奏歆改乱旧章,非毁先帝所立。上曰:'歆欲广道术,亦何以为非毁哉?'"面对诸儒的质疑,哀帝还努力替刘歆辩护。但至后党执政,疾病缠身

---

① (汉)班固:《汉书》卷十一《哀帝纪》,中华书局1962年版,第340页。
② (汉)班固:《汉书》卷七十五《眭两夏侯京翼李传》,中华书局1962年版,第3192页。
③ (汉)班固:《汉书》卷八十六《何武王嘉师丹传》,中华书局1962年版,第3503页。
④ (汉)班固:《汉书》卷八十一《匡张孔马传》,中华书局1962年版,第3356页。
⑤ (南朝梁)萧统编,(唐)李善注:《文选》卷四三,中华书局1974年影印宋淳熙尤袤刻本。

的汉哀帝摇摆而妥协,最终放弃了革新的道路,更多听信朱博、傅、丁、夏贺良等人的进言。

由此看来,建平二年刘歆的处境,已与建平元年深得哀帝"贵幸",意欲有所作为的局面有了整体的不同,此时的他不但失去了汉哀帝的支持,还被作为王莽同党被傅、丁后党所疾,并有夏贺良等宿敌的困扰,可以说面临多种凶险。故而,《汉书》本传称其外放乃是"惧诛",《遂初赋序》称当时"朝政多失"[①],都是与当时刘歆的处境和实际的背景相吻合的。由此也可以从侧面证明《遂初赋》的完成当在建平二年至建平三年。

三、《遂初赋》中引事用词的政治指向

刘歆在《遂初赋》中,开篇即叙述自己曾经显赫得志的经历,曰:"昔遂初之显禄兮,遭阊阖之开通。跖三台而上征兮,入北辰之紫宫。备列宿于钩陈兮,拥大常之枢极。总六龙于驷房兮,奉华盖于帝侧。"[②] 从字面意思看,"遂初"二字正与后来蔡邕《协和婚赋》"考遂初之原本,览阴阳之纲纪"中"遂初"的用意相同,指"先前""当初"。而非取《楚辞》中的遂"初服",或者孙绰的尚归隐之意。那么,刘歆为何在赋的开篇之首便叙当初的显宦?却很是耐人寻味。

刘歆二十七岁时,受成帝召见,为黄门郎。其父刘向《戒子歆书》曰:"今若年少,得黄门侍郎,显处也。新顿皆谢贵人叩头。谨战战慄慄,乃可必免。"[③] 至哀帝初即位,四十七岁的刘歆受大司马王莽举荐,为侍中太中大夫,迁骑都尉、奉车光禄大夫,贵幸,也即赋之开头所乐道的"显禄"。应该说刘歆仕哀帝即位之初还是深得重用的。从文体风格上看,刘歆《遂初赋》沿袭楚骚,屈原《离骚》篇开头即称:"帝高阳之苗裔兮,朕皇考曰伯庸。"意在强调自己的高贵血统与宗族身份。今刘歆赋开头强调"显禄",一则今昔对比,感

---

① 《遂初赋序》,《古文苑》卷五,《丛书集成初编》本,商务印书馆 1937 年版。
② 《古文苑》卷五,《丛书集成初编》本,商务印书馆 1937 年版。
③ (明)张溥:《汉魏六朝百三名家集·刘子政集》第一册,江苏古籍出版社 2001 年版,第 195 页。

叹仕途失遇；一则暴露了其内心中强烈的功名欲望。与此相呼应，《汉书·扬雄传》记载刘歆亦尝观扬雄《太玄》，但他对扬雄曰："空自苦！今学者有禄利，然尚不能明《易》，又如玄何？吾恐后人用覆酱瓿也。"从这句话语中可以看出其热衷功利的心态。

赋在开篇叙述了自己在帝王身边的显赫经历之后，接下来说到遭外放的缘起："惟太阶之侈阔兮，机衡为之难运。惧魁构之前后兮，遂隆集于河濱。"仔细分析这段话，充满了隐喻意味。赋中多用作者所熟悉的星象来代指现实政治。"太阶"，本为星名，一般泛指天之三阶，即天子、公卿大夫和士庶人。如《黄帝泰阶六符经》曰："泰阶者，天之三阶也。上阶为天子，中阶为诸侯公卿大夫，下阶为士庶人。"[①]但具体到诗文中往往专指"三公"。如北齐王俭《褚渊碑文》有："公之登太阶而尹天下，君子以为美谈。"李善注引孔融《张俭碑》曰："惜乎不登太阶以尹天下，致皇代于隆熙。"五臣注张铣曰："太阶星，三公位也。"[②]机衡，据《后汉书·郎顗传》："尚书职在机衡。"注云："北斗魁星第三为机，第五为衡。"章樵注曰："侈阔，言登进之涂杂贤佞不分，故乘机衡者为之难运。机衡皆北斗星，以谕政之几要。"两个隐喻所指向的是"三公"之侈阔所导致的政治之难以运转。与建平二年所出现的政局是完全一致的。

与之相关联的便是，"惧魁构之前后"，魁构，《淮南子·天文训》高诱注曰："斗第一星至第四为魁，第五至第七为构。"《史记·天官书》张守节正义曰："魁，斗第一星。构，东北第七星也。"魁构发生前后颠倒，原本处于最末位的上升到首位，首位降落到后面，显然系暗指小人上位，贤者遭难的现实景况。

刘歆出为河内太守的政治背景，至此已经很清楚了。比较前一年所作《移书让太常博士》一文，其矛头指向了太常博士，从其对待诸儒的态度看，尽管政见、学术见解不甚相同，责之甚切，却也充满尊重，称他们为"二三君子"。而此处矛头则指向由末位底层而得宠上位的群邪小人，并称自己是由于惧怕这

---

① （南朝梁）萧统编，（唐）李善注：《文选》卷五八王俭《褚渊碑文》李善注引，中华书局1974年影印宋淳熙尤袤刻本。

② （南朝梁）萧统编，（唐）李善注：《文选》卷五八王俭《褚渊碑文》，中华书局1974年影印宋淳熙尤袤刻本。

些小人的陷害，而求外补河内。显然导致其外放的更主要的压力不是来自诸儒而是来自这些小人。

紧接着，赋又叙述了自己再徙五原的政治背景。即"遭阳侯之丰沛兮，乘素波以聊戾。得玄武之嘉兆兮，守五原之烽燧"。也就是说之所以要由河内大郡再徙五原，是由于"遭阳侯之丰沛"。章樵注曰："阳侯为波神。《淮南子》注曰：'陵阳国侯溺水而死，其神能为大波。'"这里"波神"之说，显然已非实写，而是袭用楚辞比兴手法，暗指遭遇到了更为严重的政治动荡。正是这种政治动荡，使其感到更加的恐惧。"聊戾"意谓恐惧、不寒而栗的样子。随着傅、丁的上尊号，与王氏外戚的斗争也更加白热化。王莽在建平二年四月的出京归国，便使得刘歆在京的最后一个支撑也丧失了。《汉书》中称刘歆是"以宗室不宜典三河"，故再徙五原。实际上，终两汉之世，并无"宗室不宜典三河"的成例。

再就整篇赋来看，随着刘歆的北上，沿途目睹史迹，怀古吊今，思绪万千。具体而言，其所引古事大体包括几个主题：一是感叹君主得失与国家兴亡。"剧强秦之暴虐兮，吊赵括于长平。好周文之嘉德兮，躬尊贤而下士。骛驷马而观风兮，庆辛甲于长子。哀衰周之失权兮，数辱而莫扶。""过下虒而叹息兮，悲平公之作台。""枝叶落而不省兮，公族阒其无人。""日不悛而俞甚兮，政委弃于家门。""始建衰而造乱兮，公室由此遂卑。怜后君之寄寓兮，喑靖公之铜鞮。"二是哀叹贤人遭嫉，群邪害贤误国。"越侯田而长驱兮，释叔向之飞患。""悦善人之有救兮，劳祁奚于太原。何叔子之好直兮，为群邪之所恶。赖祁子之一言兮，几不免乎徂落。"三是君臣遇合之难。举孔子、屈原、柳下惠、蘧伯玉之事而言之。四是举赵鞅、荀寅、士吉射，表明自己对于叛臣的憎恶以及对于叛乱之发生多源于"积习生常"，更应防微杜渐。这些用典最终都指向了对国家现实政局的深切关注。最主要的借喻恐怕就是周、晋末代之时，公族失权，"数辱而莫扶"，无疑都包含着对现实朝政的种种隐喻。驰车北上一到雁门云中境内，刘歆马上有一种如释重负的解脱感，所谓"历雁门而入云中兮，超绝辙而远逝"。因为此时的他能够免于迫害，已经万分的庆幸。由此也可以看出，在徙任五原之前，其所面临的处境是多么的严峻。

从《遂初赋》的话语指向和所传达出的信息来看，与建平二年的政治局势正相契合。也可以说，刘歆无论是出任河内太守，还是继续从河内太守任上被挤压到五原之地，已经不是通常所认为的迫于诸儒的压力，或者说是学术之争所导致的，也不仅仅是小人当道，更主要还在于后党执政后权力斗争的必然结果。

在《遂初赋》的结尾，刘歆称："反情素于寂寞兮，居华体之冥冥。玩书琴以条畅兮，考性命之变态。运四时而览阴阳兮，总万物之珍怪。虽穷天地之极变兮，曾何足乎留意。长恬淡以欢娱兮，固贤圣之所喜。"又称"处幽潜德""守信保己"。从文意来看，刘歆表达了自比圣贤、超脱世事纷争、安于现状的淡泊态度。那么，这种态度究竟是发自内心的真情流露，还是一种违心的表白？钱钟书《谈艺录》以为："又无行如刘子骏，《遂初赋》曰：'处幽潜德，抱奇内光。守信保己，窃比老彭。'亦俨然比邱尼也。"[①] 从中读出的是文行不一的虚伪。然而，其所说的"无行"，当指后来刘歆辅助王莽，并出任新朝国师一事。但《遂初赋》作于建平三年（前4），此后直到元寿二年（前1）六月，也就是三年之后，哀帝病死，王莽回朝执政，重新召回53岁的刘歆，迁"中垒校尉，羲和，京兆尹，使治明堂辟雍，封红休侯。"[②] 又至始建国元年（公元9年），也即十三年之后，王莽篡汉立新，62岁的刘歆被封为国师，都已经是后话。故而这篇赋只是模写眼中景，心中事，有感而发，对境生情，在抒情中具有明显的写实咏史特征，较为真实地反映了当时的实际政局和刘歆的复杂心理走向。

四、《遂初赋》的双重"赋史"价值

引史入赋，以赋为史，这是刘歆《遂初赋》最值得注意的特色。一方面，历古迹，兴幽情，引史事而鉴今；另一方面，真实再现了当下个人的历史，时代的历史，并贯穿书写者的深层思考。正因如此，由此一赋而可补正史之阙，并提供重新审视《汉书》中关于古文之兴、政治语境和学术语境以及评价刘歆

---

① 钱钟书：《谈艺录》，中华书局1984年版，第161—166页。
② （汉）班固：《汉书》卷三十六《楚元王传》，中华书局1962年版，第1972页。

其人其学等争议问题的独特视角。

按照《汉书》的写作逻辑，刘歆与诸儒学术观点的相左被史笔夸大为不可调和的政治矛盾，刘歆的外放和再徙五原乃由诸儒反对所致。这一记载直接对后世的认识形成了某种固定的导向。如范晔《后汉书·贾逵传》中贾逵说："建平中，侍中刘歆欲立《左氏》，不先暴论大义而轻移太常，恃其义长，抵挫诸儒。诸儒内怀不服，相与排之。孝哀皇帝重逆众心，故出歆为河内太守。"[1] 唐刘知幾《史通》外篇《申左》曰："至晋太康年中，汲冢获书，全同《左氏》。故束皙云：'若使此书出于汉世，刘歆不作五原太守矣。'"[2] 都是在今古文相争的背景下谈论刘歆作五原太守一事。

那么，《汉书》如此记载究竟出于何种考虑呢？刘歆传在《汉书》中主要分录在《楚元王传》和《王莽传》两篇之中，盖陆续载记，而非成于一时一人之手。《楚元王传》记载刘歆祖上家世，很有可能即出自刘歆自己的史笔。据《后汉书·班彪传》记载：其前即有"好事者颇或缀集时事"。唐刘知幾《史通》曰："《史记》所书，年止汉武，太初已后，阙而不录。其后刘向，向子歆及诸好事者，若冯商、卫衡、扬雄、史岑……等相次撰续，迄于哀平间，犹名《史记》。"[3] 葛洪撰《西京杂记》，在其序言中说"洪家有刘子骏《汉书》百卷，乃当时欲撰史录事，而未得缔思，无前后之次，杂记而已。后学者始甲乙壬癸为十卷。以其书校班《史》，殆全取刘书耳"[4]。从《汉书·艺文志》全取刘歆《七略》看，此说不为无据。由此也就可以理解，刘歆正是出于"为尊者讳"的想法，有意强化了自己与诸儒的矛盾，而淡化了与哀帝及后党、宠臣之间的矛盾。

与此相反，《遂初赋》作为抒发己意的私人创作，则完全可以充分表现个人的意志。其中描述了自己所居的官职，前后遭遇的变化，从最初的显禄，到机衡难运，到惧祸而至河滨，到遭阳侯之丰沛，到卜而守五原，以及历经太行、入乔关、回高都、过下虒、越侯田、登句注、历雁门、入云中、济临沃、

---

[1] （南朝宋）范晔：《后汉书》卷三十六《郑范陈贾张列传》，中华书局1965年版，第1237页。
[2] （唐）刘知幾撰，（清）浦起龙释：《史通通释》，上海古籍出版社2009年版，第391页。
[3] （唐）刘知幾撰，（清）浦起龙释：《史通通释》，上海古籍出版社2009年版，第314页。
[4] （宋）晁公武：《郡斋读书志》卷二上，文渊阁《四库全书》本，子部杂家类。

至五原，乃至一路走来的澎湃思绪，忧国忧身，种种复杂的情感，可谓原原本本，历历在目。最鲜明的就是赋中所暴露出的遭受强大政治漩涡裹挟，个体的无力、无奈和恐惧之感。这些内容，恰恰是在《汉书》中被省略的。

正是由于这些被省略的内容，遮蔽了许多历史细节，也造成了世人对于刘歆的若干误解。刘歆在哀帝建平元年改名"刘秀"，被与谶纬之言相联系，并被解释为处心积虑地想当皇帝。其文献整理工作，被解读为是给后来王莽篡位张本。其争立古学，也变得别有用心。然而，从整个时间的轨迹上看，汉哀帝建平元年，刘歆已继承父业，复领五经，集六艺群书，著《七略》《上山海经表》，作《移书让太常博士》，争立古学。这些活动除了延续其父刘向的工作，再就是对哀帝改制的维护和支持，这一点，可以通过《移书让太常博士》中彰显哀帝的态度看出。而当时，王莽并未露出任何意欲篡位的迹象。刘歆又何能在文献整理中预做手脚？而在建平二年的政治风波之下，刘歆先被外放河内，再徙五原，生命岌岌可危，恨不得插翅远翔以避祸。建平三年，流放于边地极寒的五原之地，写作《遂初赋》之时，他所面临的是倡立古学失败，哀帝改制雄心不再，后党执政，政权陷入混乱，刚刚被卷入了朝中后党争权的严重政治斗争，被排挤出朝，又一贬再贬，抱负落空，并且也看不到重新崛起的希望。只有安于边塞，保命全生之语。此时，所能做的唯有借赋抒发对仕途落差的痛心，对国家命运的忧虑。可以说，从《移书让太常博士》到《遂初赋》，个中呈现的是刘歆其人更为真实的生命轨迹和心路历程。

自《孟子》称"《诗》亡然后《春秋》作"，则春秋时代及以前，诗、史同一。此后渐趋分途，而不乏书写实事史怀之诗。直至老杜，"推见至隐，殆无遗事，故当时号为诗史"[1]。西汉赋体之兴，本以铺排夸张为主要特征，故往往被以"俳优"视之。加上汉初以来经史文献缺简断编的现实，赋与史之间并未建立起相应的关联。至成、哀之世，辞赋创作千有余篇，言语侍从之臣，"朝夕论思，日月献纳""时时间作"。[2] 但赋体大繁荣的背后，是文人对于赋体本身的批评意识和危机感。扬雄以为赋乃"雕虫小技，壮夫不为也"，称："诗

---

[1] （唐）孟棨：《本事诗》，《历代诗话续编》本上册，中华书局1983年版，第16页。
[2] （汉）班固：《两都赋序》，《文选》卷一，中华书局1974年影印宋淳熙尤袤刻本。

人之赋丽以则,词人之赋丽以淫。"① 又称:"靡丽之赋,劝百风一。"② 扬雄与刘歆过从甚密,不难想见二人在赋学观念上的一致。扬雄对汉赋的批判被写进了《汉书·艺文志》,而《汉书·艺文志》又在很大程度上是以刘歆的《七略》为底本。可见刘歆对扬雄赋学观念的认同。而其批评意见主要集中于赋体过分重视丽辞夸饰,缺乏讽谏兴寄,缺乏思考深度。而如何改革赋体,使其获得重新的价值定位,显然已是一个颇具共识的迫切问题。

刘歆《遂初赋》的问世,从理论与实践上,有效地回答并解决了这个现实问题,为辞赋的健康发展,展示了广阔的前景。其一,"纪行"的题材形式,形成了对旧有赋体的时空突破。赋至战国末及西汉而"与诗画境",自成一体。但其创作或以中心视角展开东南西北中的稳定空间世界,或是以抒发个体情感为主、关注当下内心世界以及一事一物之咏。由《遂初赋》所开创的"纪行"体赋则突破过去大赋重稳定空间表象的局限,将赋体视角引领到一个流动的时空场域中。其二,综古事古辞以入赋。《文心雕龙》卷八称:"观夫屈宋属篇,号依诗人,虽引古事,而莫取旧辞。唯贾谊《鹏赋》,始用鹖冠之说;相如《上林》,撮引李斯之书,此万分之一会也。及扬雄《百官箴》,颇酌于《诗》《书》;刘歆《遂初赋》,历叙于纪传,渐渐综采矣。至于崔、班、张、蔡,遂捃摭经史,华实布濩,因书立功,皆后人之范式也。"③ 也就是说在赋中综引古事古辞、经史故实以发己意,乃自刘歆《遂初赋》始。可见其在赋的发展史上具有不可忽视的范式意义。其三,强化了赋体的情理内涵。西汉以来,赋而抒情,主要以骚体赋为代表,但骚体赋的抒情偏于"一己之不遇失志"的情感体验。反观西汉立国,文人抒情诗作衰微,所谓"辞赋竞爽,而吟咏靡闻"④。乐府诗的创作也主要以民间和下层士人为主体。文人的抒情偏于狭隘,其载体亦是有所缺失的。《遂初赋》的出现,其情则非一己,其理则横贯古今。其情睹

---

① (汉)扬雄:《法言》,巴蜀书社1999年版,第95、96页。
② (汉)司马迁:《史记》卷一百一十七《司马相如列传》,中华书局1982年版,第3073页。此段话题为"太史公曰",但后述扬雄语。时代乖舛。考之其语与《汉书·司马相如传》"赞曰"同,疑班固之语窜入。
③ (南朝梁)刘勰著,詹锳义证:《文心雕龙义证》卷八《诠赋》,上海古籍出版社1989年版,第283页。
④ (南朝梁)钟嵘著,曹旭集注:《诗品集注》,上海古籍出版社2001年版,第14页。

物而兴,感叹议论当地当时的历史事件和历史人物,借古讽今,思考时政,并述志写怀。不仅建立在个人的体验、行迹,而且关乎国家的命运、时代的前途等等各种情思之上的综合思考,故而堪称在情的宽度和理的深度上均有一定程度的突破。

刘歆《遂初赋》在赋史上的影响可谓深远,主要表现在"述行"赋作在此之后不断为文人所学习摹写,并形成特定之一系。《文心雕龙·诠赋》云:"夫京殿苑猎,述行序志,并体国经野,义尚光大。"[1]将"述行"作为汉赋题材中的重要一类。《文选》也立"纪行赋"为一类,收班彪《北征赋》、班昭《东征赋》、潘岳《西征赋》。三赋规模体制又多为模仿刘歆《遂初赋》。故此,黄侃在《文选评点》中特别指出,作为纪行赋的首篇,《遂初赋》在辞赋发展史上具有开拓性意义[2]。此前虽有《楚辞·九章》略开其端,但毕竟抒情色彩远远大于咏史写实。而《遂初赋》出,不仅直接影响到《文选》所收"纪行赋"的创作,甚至可以说,蔡邕《述行赋》、袁宏《北征赋》、谢灵运《撰征赋》、张缵《南征赋》,以及庾信《哀江南赋》、颜介《观我生赋》、江总《修心》等具有赋史意义的作品,无不源于《遂初赋》。以赋为史,如同诗歌史上的以诗为史一样,是中国文学史上的一个历久弥新的传统。从这样的角度来看《遂初赋》,其价值和意义,确实有待于我们再做深入探讨。

(作者单位:华侨大学文学院)

---

[1] (南朝梁)刘勰著,詹锳义证:《文心雕龙义证》卷八《诠赋》,上海古籍出版社1989年版,第283页。

[2] 黄侃:《文选评点》(重辑本),中华书局2006年版,第93、96页。

关于司马相如"东受七经"

鲁红平

司马相如"东受七经"最早见于《三国志·蜀书》卷三十八秦宓与王商书。其书曰:"蜀本无学士,文翁遣相如东受七经,还教吏民,于是蜀学比于齐、鲁。故《地理志》曰:'文翁倡其教,相如为之师。'汉家得士,盛于其世;仲舒之徒,不达封禅,相如制其礼。……仆亦善长卿之化,宜立祠堂,速定其名。"[1]但《汉书》《华阳国志》关于文翁任蜀守时遣人诣京师受业博士的记载,却没明说其中所遣有司马相如,为此关于他"东受七经"之事就遭到质疑。

一

司马相如接受文翁之遣的首要条件就是文翁为蜀守时,他必须在蜀郡才有可能。

关于文翁为蜀守见于《汉书·地理志》《汉书·循吏传》,而以《循吏传》为详:

> 文翁,庐江舒人也。少好学,通《春秋》。以郡县吏察举。景帝末,为蜀郡守,仁爱好教化。见蜀地辟陋有蛮夷风,文翁欲诱进之,乃选郡

---

[1] (晋)陈寿:《三国志》,中华书局1959年版,第973页。

县小吏开敏有材者张叔等十余人亲自饬厉，遣诣京师，受业博士，或学律令。减省少府用度，买刀布蜀物，赍计吏以遗博士。数岁，蜀生皆成就还归，文翁以为右职，用次察举，官有至郡守刺史者。

又修起学官于成都市中，招下县子弟以为学官弟子，为除更繇，高者以补郡县吏，次为孝弟力田。常选学官僮子，使在便坐受事。每出行县，益从学官诸生明经饬行者与俱，使传教令，出入闺阁。县邑吏民见而荣之，数年，争欲为学官弟子，富人至出钱以求之。由是大化，蜀地学于京师者比齐鲁焉。至武帝时，乃令天下郡国皆立学官，自文翁为之始云。[1]

文翁"景帝末"为蜀守，"景帝末"当指景帝后元凡三年中的某一年。而司马相如在蜀的时间段主要有两个：一是侍从景帝前，二是从游梁回蜀到侍从武帝。司马相如生于文帝元年（前179），卒于武帝元狩六年（前117）。[2] 或认为他生于文帝九年（前171），卒于元狩五年（前118）[3]。依据汉制男子二十三而傅推算，他应在景帝元年（前156）或中元二年（前148）侍从景帝，而此时文翁还没有到蜀，他当然不可能接受文翁之遣"东受七经"。但常璩《华阳国志》所载则与《汉书》不同：

孝文帝末年，以庐江文翁为蜀守……翁乃立学，选吏子弟就学；遣隽士张叔等十八人东诣博士受七经，还以教授。学徒鳞萃，蜀学比于齐鲁。巴、汉亦立文学。孝景帝嘉之，令天下郡国皆立文学，因翁倡其教，蜀为之始也。[4]

"文帝末年"当指文帝后元凡七年（前163至前156）中靠后的某一年，如

---

[1] （汉）班固：《汉书》，中华书局1962年版，第3625页。
[2] 参见金国永校注：《司马相如集校注》，上海古籍出版社1993年版；刘开扬：《再谈司马相如游梁年代与生年》，《文学遗产》1985年第2期；《三谈司马相如生年与所谓"东受七经"问题》，《成都大学学报》（社科版）1987年第4期。
[3] 参见龚克昌：《汉赋研究·司马相如传》，山东文艺出版社1990年版；束景南：《关于司马相如游梁年代与生年》，《文学遗产》1984年第4期；《司马相如游梁年代与生平再考辨》，《文学遗产》1987年第1期。
[4] （晋）常璩撰，刘琳校注：《华阳国志校注》，巴蜀书社1984年版，第214页。

果又按司马相如生于文帝九年算，那他要到景帝中元二年才能出仕，这样从文帝末到中元二年至少有八年时间，如果在这期间司马相被文翁相中要派去京师完全有可能。① 但常璩所载为"文帝末"而不是"景帝末"，文翁在郡国立学受景帝嘉奖、景帝下令天下郡国立学，而不是武帝，如此不同，却没有任何说明，如果不是流传错误，就是撰写态度有问题。再说汉代兴儒学，下令郡国立学根本不可能发生在景帝时，只可能在武帝朝。即使假设司马相如侍从景帝前接受过经学教育，那他侍从武帝前的行事作风很难解释（后文详论之）。因此，据"文帝末"立论，认为司马相如在侍从景帝前受文翁之遣，就欠考虑。

司马相如出仕景帝与游梁时间有分歧，但他游梁回蜀时间却没有异议，即景帝中元六年。中元六年接下来就是景帝后元的最后三年，因此司马相如是否有可能受文翁之遣的关键就取决于他在蜀停留的时间，为此就必须清楚他得武帝召见、赋《天子游猎赋》的时间。而关于该赋的写作时间意见不一，笔者比较赞同刘跃进先生元光元年的看法。② 因建元六年窦太后崩，武帝才能放开手脚大兴儒学，元光元年征贤良文学，这才是武帝召见司马相如的最大可能性，也应是司马相如看准的最好时机。如果司马相如在中元六年到元光元年这十年居蜀，那么这与文翁为蜀守的时间恰好重合，并不像刘开扬、蒙文通他们所说：文翁任蜀守时，司马相如早已游宦在外，他不可能受文翁之遣"东受七经"。③ 相反，司马相如宦游失败回蜀，文翁恰好为蜀守，在时间上接受文翁之遣没有任何问题。

是否接受文翁之遣当然还得考察司马相如在侍从武帝前那段仕宦生涯所获得的名声、地位。他最初出仕是"以赀为郎"，侍从景帝，拜为武骑常侍。武骑常侍，虽然有时直接任皇帝差遣，但主要侍从皇帝格杀猛兽，凡官俸在二千石以上官员子弟援例都可得到，并且数额不限，其地位并不高，为此司马相如也不看重，愿意改投梁孝王门下。作为门客，其地位、影响高低、大小不一，

---

① 见束景南：《关于司马相如游梁年代与生年》，《文学遗产》1984 年第 4 期；《司马相如游梁年代与生平再考辨》，《文学遗产》1987 年第 1 期。

② 见刘跃进：《秦汉文学论丛·〈子虚赋〉〈上林赋〉的分篇、创作时间及意义》，凤凰出版社 2008 年版，第 72 页。

③ 见刘开扬：《再谈司马相如游梁年代与生年》，《文学遗产》1985 年第 2 期；《三谈司马相如生年与所谓"东受七经"问题》，《成都大学学报》（社科版）1987 年第 4 期。蒙文通：《巴蜀古史论述》，四川人民出版社 1981 年版；杨正苞：《司马相如与巴蜀文化》，《文史杂志》1999 年第 4 期。

如果作为心腹，当然能参政议政，为王爷出谋划策。而司马相如不说别的，仅从他回归成都时单人车骑、家徒四壁的穷困潦倒样就可知道，他在梁王门下并不像公孙诡、羊胜、邹阳、韩安国、茅兰那样得梁王赏识重用。有一篇《子虚赋》，但并没有凭此赋而在当时出名。像武帝爱辞赋，即位后就以蒲轮安车征枚乘，枚乘死，连其孽子枚皋都凭赋进用，却没有征召司马相如。即使武帝后来读到此赋，也不知何人所作。可以说司马相如这段宦游生涯是失败的，根本没有在京师、诸侯显名。回蜀后他选择托身于临邛令门下，为何不可以接受文翁之遣？显然，接受文翁之遣，根本不存在地位、影响不相称的问题。

是否接受文翁之遣，当然还得看司马相如本人是否愿意。经历宦游失败，人难免有心灰意冷的时候，但对于怀着"赤车驷马"[①]理想的司马相如来说，他内心深处的仕进之心绝不会轻易泯灭，反而可能不时去反省自己失败的原因。随着大汉王朝的建立、诸侯的逐步削弱和集权制的加强，士人不管自觉与否都会感受到时代的变化。同样，司马相如从京城到藩国，他应体味到汉初社会已完全不同于战国时代，蔺相如的时代已一去不复返了，自己别无选择只能寻求另样的出路。

出路在哪？当然在大汉中央王朝，而要进用于君王身边必须通过一定地位的人的荐举才行。对于州郡士子来说往往只能依靠地方长官，而临邛令地位太低，卓王孙之流只有财富，在蜀郡来说就只有太守文翁。司马相如想结识文翁并不难，他毕竟宦游过京师与梁孝王门下，加上他与卓文君之事，文翁肯定知其名。只不过从年龄、经历、见识、个性考虑，文翁不可能任命他为郡县小吏，他也不会接受这样的职位。在当时他们的往来极有可能是一种松散而灵活的"主""客"关系，并没有具体的职事。当文翁谈到派人去京师学习时，引起了司马相如的兴趣，他想趁机再去京师，寻求出路，主动要求前往。文翁极有可能让他带着这些郡县小吏一路进京，并一同受业博士。但他不是受文翁正式所遣的小吏，在蜀郡也没有具体官职，后又以文章在京师显名，另有传记，《循吏传》文翁所遣没有非写他不可的必要。再说《汉书》不载，并不代表司马相如不可能接受文翁之遣。实际上，游梁回蜀的司马相如果不安心做富人，

[①] 司马相如初发长安时在升仙桥的送客观题："不乘赤车驷马，不过汝下"，见（晋）常璩撰，刘琳校注：《华阳国志校注·蜀志》卷三，巴蜀书社1984年版，第227页。

想寻找仕进的出路，那么接受文翁之遣就不失为一次机会。反过来说，如果文翁派遣他"东受七经"，他理应不会拒绝。

当然，司马相如得武帝召见，并不是文翁所举荐，而是武帝读到《子虚赋》，杨得意乘机推荐的结果。这件事绝不是偶然的巧合。司马相如、杨得意虽都为蜀郡人，但是如果司马相如一直在成都，那他们难有见面的机会，彼此之间怎会熟悉呢？司马相如在梁孝王门下写的并不著名的《子虚赋》过了这么多年武帝怎会读到呢？而狗监杨得意又怎会知道是司马相如所写呢？再说如果司马相如一直在成都，那他怎会知道武帝的喜好以及京城这几年所发生的一切呢？一篇大赋，不管是谁都不能一挥而就，何况司马相如的文思本身并不敏捷，而他在武帝召见时，却胸有成竹地说"然此乃诸侯之事，未足观，请为天子游猎之赋"[①]，这到底是怎么回事呢？这诸多问题只有一个原因可以解释：司马相如接受了文翁之遣，来到京城，除了跟随博士受业外，还结识了同郡的杨得意，这次召见就是他与杨得意一起谋划的结果。

二

司马相如的一生可以以武帝召见为界分为前后两个时期。前期有四点值得关注：一是司马相如"既学"。唐人司马贞注曰："案秦宓云：文翁遣相如受七经。"[②]其实这极为不妥。文翁守蜀前蜀人虽有自己的文化传统，但并不笃信儒学。将《汉书》《后汉书》的《儒林列传》对比，前汉入儒林传的儒者没有一个是巴蜀人，而后汉四十二人中就有六人。显然，巴蜀儒学是后来发展的结果。肯定司马相如在文、景时钻研的不是经学，极有可能是战国策士的纵横之学。二改名。他改名"相如"是因慕蔺相如。其意显然，就是希望自己能像蔺相如那样不循常道，凭奇策、奇行而一举成名。三是事孝景帝。以赀为郎，必十万以上，而富于王侯的商贾子弟却不得为官。这说明武骑常侍得来不易，但

[①] （汉）班固：《汉书·司马相如传》，中华书局1962年版，第2533页。
[②] （汉）司马迁：《史记·司马相如列传》，中华书局1959年版，第2999页。

他却轻易地丢掉,这种率性、不愿受拘束的个性,与战国策士毫无二致。四是赴卓王孙的宴会。先是左请、右请不到,让所有的人等到日中,直到临邛令亲自迎接才肯前来,后又以琴心挑卓文君,使文君与自己私奔。还故意让文君和自己酤酒于市,逼得卓王孙分奴仆钱财给他们,成为富人。这是策士的一贯手段。这四点说明司马相如侍从武帝前,行动随意、不拘礼节、工于心计、好耍手腕,是一个极具战国遗风的游士。

将司马相如的后期与前期相比:司马相如前期只有一篇《子虚赋》,而后期为何却创作了《天子游猎赋》等许多作品,成为汉赋代表作家?章炳麟在《国故论衡·辩诗》中说:"纵横既黜,然后退为赋家。"其实"纵横被黜"后,不是每一个游士都能成为赋家。假设枚乘活到了侍从武帝身边、为天子作赋的这一天,恐怕也不行,他虽是赋家高手,写出了《七发》这样的大赋,但毕竟这还是藩国之赋。其子枚皋虽会作赋,从藩国而京城,为武帝所亲幸,所作甚多,但因他"不通经术,诙笑类俳倡,为赋颂,好嫚戏"[①],武帝以倡优蓄之,根本不以赋家看他。再如主父偃也从诸侯而京师,他为武帝所好,也曾"学《易》《春秋》",但身上的纵横之气并没有真正洗涤掉,自始至终挟纵横长短之术、凭说辞得见武帝,并没有成为赋家。从个体来说,要想成为汉赋代表作家必须经历思想的洗礼,脱胎换骨才行。因为真正代表汉朝的赋作必须与当时的崇儒的意识形态一致,不通经术是无法做到的。像司马相如的赋作,深深浸染了当时的儒学思想,尤其是《天子游猎赋》,之所以得武帝赏识,就是该赋以贬抑诸侯、大张天子威风为宗旨,既强化君权,又劝谏天子实行仁政,将儒家思想文学化、艺术化,实现了辞赋与经学的真正结合。

再说行事作风。他在武帝朝"为郎数岁",不得重用,却没像以前一样拂袖而去,而是兢兢业业,侍奉左右。出使西南夷,可以说是衣锦还乡,也没有像朱买臣、主父偃之流,弄出一些声响,而是认真办事,一边责唐蒙,以皇上意谕告巴蜀百姓,一边又著书借蜀父老为辞以讽天子。他仕于武帝,"未尝肯与公卿之事,常称疾闲居,不慕官爵"。司马相如变了,变得儒雅稳重起来,

---

① 邹阳、枚皋、庄忌夫子、主父偃之事分别见《汉书》中《贾邹枚路传》《严朱吾丘主父徐严终王贾传》,中华书局1962年版,第2366页。

原有的游士习气不见了。班固在给汉武帝时代的人才分类时曰："儒雅则公孙弘、董仲舒、兒宽，笃行则石建、石庆，质直则汲黯、卜式，推贤则韩安国、郑当时，定令则赵禹、张汤，文章则司马迁、相如，滑稽则东方朔、枚皋，应对则严助、朱买臣……"① 其实班固已明了司马相如不同于东方朔、枚皋、严助、朱买臣之流，不仅将司马相如与司马迁归为一类，而且还单独为之立传，其传紧接儒学大师《董仲舒传》之后。

司马相如从一个挟战国遗风的游士变为汉赋代表作家，这其间肯定接受过儒家思想的洗礼。换句话说，司马相如只有经受过这样的思想洗礼，才能将自己身上的游士习气、纵横思想除掉；只有深受儒家思想的浸染，才能实现辞赋与经学的真正结合，担负起时代的使命，成为汉赋的奠基者。而他接受儒家经典的学习最大的可能就是游梁回来后接受文翁之遣"东受七经"。

关于经及经的领域因历代儒教徒意识形态的不同而逐渐扩张，在以前每每有六经、七经、九经、十经、十二经、十三经、十四经、二十一经等称号，而这些称号并没有一致的说法，"七经"也不例外。考"七经"之名，最早见于《后汉书·张纯传》"（张纯）乃案七经谶"，《后汉书·赵典传》注引谢承书："（赵典）学孔子七经。"王先谦的《后汉书集解》曰："七经谓《诗》《书》《礼》《乐》《易》《春秋》《论语》。"② 在熹平四年由蔡邕用隶书写成的《一字石经》中，"七经"却指《易》《诗》《书》《仪礼》《春秋》《公羊》《论语》；宋刘敞《七经小传》指《书》《诗》《仪礼》《周礼》《礼记》《公羊》《论语》。其实早在司马相如之时就想在原有的"六经"之外倡"七经"之学。如《天子游猎赋》曰："游于六艺之囿。""六艺"就是《封禅书》中的"五三六经载籍之传"中的"六经"，即《诗》《书》《礼》《乐》《易》《春秋》。另外他的《封禅书》还云："将袭旧六为七，摅之无穷。"服虔在此注曰："旧为六经，汉欲七经。"③ 这时的"七经"按清代全祖望《经史问答》中的说法，就是在"六经之外，加《论语》"。退一步说，即使在汉武帝立五经博士之前，没有"七经"之名，秦

---

① （汉）班固：《汉书·公孙弘卜式兒宽传》，中华书局1962年版，第2634页。
② 分别见（清）王先谦：《后汉书集解》中《赵典传》《张纯传》，中华书局1984年版，第421、340页。
③ （南朝梁）萧统编，（唐）李善注：《文选》，上海古籍出版社1986年版，第2143页。

宓信中的"七经"是后来语,也不能据此否定司马相如被文翁遣诣京师受业博士的事实①。

三

司马相如何年被遣？笔者认为极有可能在建元元年。理由有二：一是武帝登位后就想兴儒学,在这一年的冬十月岁首即下诏丞相、御史、列侯、中二千石、二千石、诸侯相举贤良方正直言极谏之士。同时丞相卫绾上奏曰："所举贤良,或治申、商、韩非、苏秦、张仪之言,乱国政,请皆罢。"②当时武帝准奏。后又任魏其侯窦婴为丞相,武安侯田蚡为太尉。"婴、蚡俱好儒术,推毂赵绾为御史大夫,王臧为郎中令。迎鲁申公,欲设明堂,令列侯就国,除关,以礼为服制,以兴太平。"③蜀守文翁作为通《春秋》的儒学之士,无疑对儒学心存偏爱,为响应朝廷的新的政治动向,又急欲改变有蛮夷之风的蜀地,因此他极有可能在此时遣人诣京师受业,以培养人才。二是司马相如从中元六年回蜀到建元元年,已过去四年,不说宦游失败的打击完全恢复,就是与卓文君婚,生活优越、安逸,但理想没有实现,终究内心难安,此时能遣诣京师受业博士,毕竟是一次机会,想必不会拒绝。

有学者认为,"汉置五经博士是在武帝建元五年","张叔等诣博士受经必在建元五年以后","汉武帝为博士置弟子员是元朔五年,张叔东受业也可能在此时,那就更在建元五年以后十三年了"。④并据此以否定司马相如"东受七经",其实这根本站不住脚。因为文、景二帝虽不向儒学,但京师并不乏通经的博士。汉承秦制,在高祖、文帝、景帝时都立有博士,而人数大约数十人,只不过此时的博士与武帝后来所立的五经博士有所不同。文、景时所立并不限于专经的儒生,其他诸子传记也立为博士。如贾谊以"颇通诸子百家之书",

---

① 参见刘南平:《司马相如东受七经考》,《张家口师专学报》1995年第1期。
② (汉)班固:《汉书·武帝纪》,中华书局1962年版,第156页。
③ (汉)班固:《汉书·窦田灌韩传》,中华书局1962年版,第2379页。
④ 蒙文通:《巴蜀古史论述》,四川人民出版社1981年版;杨正苞:《司马相如与巴蜀文化》,《文史杂志》1999年第4期。

汉文帝召为博士；赵岐的《孟子题辞》中载："孝文皇帝欲广游学之路，《论语》《孝经》《孟子》《尔雅》皆置博士。"专经博士始于汉文帝，其实当时专经博士并不只是治"一经"，有的还兼综儒家以外的学说。如韩婴虽是《诗》博士，但"亦以《易》授人，推《易》意而为之传"；晁错在从伏生授《尚书》之前，曾"学申、商刑名于轵张恢生所"。文翁遣人诣博士受业时的博士，根本不是武帝后来所立的五经博士。再说在汉武帝下令为博士置弟子之前博士早有弟子。如叔孙通拜博士，为汉定朝仪，与其弟子百余人为绵蕞野外习之。只不过这些弟子与朝制没关系，他们来自不同的渠道，有自愿求学来的，也有受人派遣。如晁错就曾受太常派遣到伏生处学《尚书》；高后时，楚元王曾派自己的儿子郢客、申公到长安学《诗》于浮丘伯；兒宽，先"治《尚书》事欧阳生"，后"以郡国选诣博士，受业孔安国"。① 文翁所遣完全是蜀郡政府的行为，与朝制没关系，遣送博士受业的人员也与武帝后来要求地方为朝廷选送的弟子不同。可以说文翁所遣与汉武帝置五经博士、置博士弟子没有关系，而且比武帝所置时间要早。

司马相如他们何年学成回蜀？文翁派这些人是因蜀郡缺人才，希望他们学成回来充实吏治，改变蜀地民风，并且在京城的用度开销都是文翁减少政府开支挤出来的，要维持也不容易，因此会尽可能让他们早点回来。《汉书·艺文志》曰："古之学者耕且养，三年而通一艺，存其大体，玩经文而已，是故用日少而畜德多，三十而五经立也。"如果按三年算，那么他们回来应在建元四年。再说建元五年武帝置五经博士，下令郡国立学，而郡国立学是文翁的创举，设为制度是对这一创举的肯定。文翁在成都立学官肯定早于建元五年。文翁建学官在成都产生强烈反响，使蜀民震动向学，与重用这批人不无关系。因此推测他们回蜀应不晚于建元五年。如果将回蜀时间定于建元四年或五年，那么他们在京城学习了三到四年，与史书所载"数年"也相符。

《汉书》曰"蜀生皆成就还归"，司马相如应该也不例外。他回到蜀郡按秦宓与王商书所说是"还教吏民"，也就是说在成都学官执教。但有人却否定秦宓信的真实性，认为这是秦宓将《汉书》中的《循吏传》《地理志》中两事混为一事，司马相如不可能"东受七经"后"还教吏民"。《地理志》中的"相如为之师"应

---

① 晁错、楚元王、兒宽之事分别见《汉书》中《晁错传》《楚元王传》《兒宽传》，中华书局1962年版，第2276、1921、2628页。

是指"以文辞为后世师"①。秦宓是个非常有才学的人，应不至于将《汉书》中的《循吏传》《地理志》弄混。即使他真弄混，当时王商应纠正；即使王商不纠，陈寿著《三国志》时也应有所考辨，加以纠正；即使陈寿想反映历史的真实，没有加以纠正，那裴松之为《三国志》作注时如果有如此大的错误他是绝不会放过的，如秦宓写给李权书中有一处无关紧要的错误他都毫不客气地批道："书传鲁定公无善可称。宓谓之贤者，浅学所未达也。"总之，不能用"相如为之师"应指为"文辞为后世师"这样的解释来否定司马相如"还教吏民"的说法。从司马相如在武帝召见时看，他回来后还有一个进一步消化所学的儒家经典、反复体味当今圣上的治国思想的过程，只有这样，他才能抓们这两者之间的实质，才有可能精心打造出为武帝所喜爱的《天子游猎赋》。再说，从建元四年或五年到武帝召见时的元光元年，其间有两三年，司马相如完全有时间在蜀执教吏民。

　　总之，文翁在景帝末年为蜀守时，司马相如不是宦游在外，而是恰好游宦失败回到蜀郡，在时间上完全可以接受文翁之遣。司马相如虽然出仕较早，从京师到藩国，但这一段宦游可以说是以失败而结束的，他接受文翁之遣根本不存在名声、地位不相称的问题，反而是一次机会，对于有强烈仕进之心的他，应该不会拒绝。司马相如后来虽然表面看来是凭赋得见武帝，不是文翁推荐，也不是"受经"所致，但究其实却与"受经"有密切关系。因为武帝读到《子虚赋》、杨得意的推荐、司马相如见武帝的表现都不是偶然巧合，应是司马相如受文翁所遣来京城结识了杨得意并与之谋划的结果。再说司马相如侍从武帝前他是个极具战国遗风的游士，难见经学的烙印，而见武帝时却变为深通儒家经典的汉赋作家，其间必然经历过系统的经学教育，而接受这种学习的机会只能是受文翁之遣。当然，"东受七经"中的"七经"有可能是后来语，但并不能据此否定司马相如被遣诣京师"受经"的事实。其实司马相如极有可能在建元元年被遣，到建元四年或五年学成回蜀，执教吏民。

（作者单位：岭南师范学院文学与传媒学院）

---

① 见刘开扬：《三谈司马相如生年与所谓'东受七经'问题》，《成都大学学报》1987年第4期。

西汉赋家的郎官身份对其赋作的影响

蔡丹君

关于西汉赋家，人们常有这样的认识：他们政治地位低微，类于帝王近身之倡优。如黄震在其《黄氏日钞》卷四十六中云："相如文人无行，不与史事，以赋得幸，与倡优等，无足污简册，亦无足多贵责。"[1]黄震还认为司马相如"素行不谨"，亦类"倡优"。而历来武帝时文学侍从为倡优之论，多以东方朔、枚皋为例："朔、皋不根持论，好诙谐，上以俳优畜之，虽数赏赐，终不任以事也。"[2]事实上并不能如此一言概之。

西汉著名的赋家，并没有普遍沦为倡优，他们大都曾担任郎官，拥有具体职事。这种情况，尤以武帝时期及之后为甚。贾谊、严助、董仲舒、东方朔、刘向、王褒等人曾任太中大夫、中大夫；严助又与司马相如、枚皋等人曾任掌顾问应对、奉使出差之议郎；还有司马相如在景帝时所任"武骑常侍"，扬雄所任黄门侍郎，东方朔、王褒、冯商等担任过的"金马门待诏"等诸职，均属郎官系统。且需要注意的是，"在武帝身边的赋家普遍爵秩较高，十位重要赋家中，曾任二千石（包括中二千石、比二千石）的，就达七人，东方朔和枚皋虽然'常为郎'，但随扈左右，'默贵幸'，他们或尊爵显，或亲近武帝，其官衔几乎由武帝之喜怒哀乐好尚而定"[3]。"言语侍从之臣"所

---

[1] （宋）黄震：《黄氏日钞》卷四十六（附古今纪要）影印本，台湾大化书局印行1984年版，第574页。
[2] （宋）司马光：《资治通鉴》卷十七，中华书局1956年版，第562—563页。
[3] 祁峰：《论西汉赋家身份的改变》，北京大学硕士学位论文（编号：020/M200745）。

思、所论和所献纳者，大都与时政朝廷有所相关。如东方朔拜太中大夫是因奏事方获升迁："是日因奏《泰阶》之事，上乃拜朔为太中大夫给事中，赐黄金百斤。"① 过去一味称赋家为"文学侍从"，并认为其地位低下，乃是误解。

郎官这一职务，在西汉一朝的获得途径、事务内涵和政治地位往往随着政治环境的变化而变化。因而，郎官赋家在不同时期有着不同的政治际遇。这种政治身份很是重要，既是赋家仕途的起点，也是他们的话语身份。影响赋家创作赋体文学的因素有很多，但这种政治身份，应当也是其中之一。关于政治身份与文学作品之间究竟存在何种关系，本文将尝试展开论述，以见教于方家。

一、武帝时赋家以郎官出仕的基本情况

郎官制度在秦朝即已存在，《汉书·百官公卿表》云："郎中令，秦官，掌宫殿掖门户，有丞。"② 至西汉时，郎官的人员数量和职能都得到了扩充，成为一个更为庞大的系统。郎官系统主要有三类官职：第一类是"掌朝议"的"大夫"。"给事中亦加官，所加或大夫、博士、议郎，掌顾问应对，位次中常侍。中黄门有给事黄门，位从将大夫。"③ 大夫负责论议，有太中大夫、中大夫（后更名为光禄大夫）、谏大夫等。他们与外朝公卿大臣相对应，作为中央政治顾问，是为了分去丞相、御史大夫、列卿下至六百石官吏之权。④ 郎官系统中深得皇帝信任的重要人物，又形成了一个相对于从事具体事务工作的"外朝"而存在的中心决策层"内朝"（又称"中朝"）。第二类是"郎"。"郎"分为"议郎""中郎""侍郎""郎中"四级，无定员，经常多至千人。"议郎"是文官，职能与大夫同，充当皇帝顾问，参与政事，因不必在宫廷内宿卫，又称"外郎""散郎"。而"郎中署郎""侍郎""郎中"都是武官，平时宿卫宫廷，战时随皇帝出巡或一同出征、随行护卫。这类随从人员，还包括《汉书·百官公卿

---

① （宋）司马光：《资治通鉴》卷十七，中华书局1956年版，第565页。
② （汉）班固：《汉书》卷十九上《百官公卿表》，中华书局1962年版，第727页。
③ （汉）班固：《汉书》卷十九上《百官公卿表》，中华书局1962年版，第739页。
④ （汉）班固：《汉书》卷七十七《刘辅传》，中华书局1962年版，第3251—3253页。

表》提到的"侍中、左右曹、诸吏、散骑、中常侍"等职务①。第三类是级别更低的期门、谒者等。关于郎官系统本身,已经有过很多研究,在此不再赘述。

郎官出入宫禁,直接服务于皇帝,他们的政治地位在当时被视为是尊荣而重要的。在秦时和西汉早期,郎官主要是从上层社会的子弟中选拔。西汉初年的郎官,非富即贵。汉制规定,二千石以上官员出任三年,可得以一子为郎,实际上有时候还可以多子为郎,如韩延寿、李广三子皆为郎②。对此,董仲舒评价说:"夫长吏多出于郎中、中郎,吏二千石子弟选郎吏,又以富訾,未必贤也。"③而平民人才即便"以赀为郎",也可能难获升迁。如张释之"以赀为骑郎","十年不得调,亡所知名"④,司马相如在景帝时"以赀为郎,拜武骑常侍",由于不受重用,不久辞职离去⑤,皆为此例。故而武帝之前,朝廷"固不能得贤才"。⑥

当时的"贤才"大量聚于藩国。汉代前期藩国力量强大,诸多文人前往依附。但是,在藩文人一般是门客身份,心态自由,甚至声称"何王不可曳长裾"⑦。枚乘自吴王转投梁孝王门下,司马相如自梁国"归蜀"等,都反映汉初文士在身份和选择上的自由。即便名声远播,他们的社会身份、地位也并不稳定和明确,有类先秦游士。

武帝即位之后,开始着力于扩充郎官系统。当时战争频繁,为换取财力支持,于是拓宽了"以赀为郎"的渠道。《汉书·食货志》载:"武帝即位,干戈日滋,财路衰耗而不赡,入物补官……自此始也。其后府库益虚,乃慕民入奴婢,得以终身复,为郎增秩,及入羊者,为郎始于此。"⑧同时,为加强皇权,吸纳地方藩国人才,武帝"待以不次之位",天下"鬻者以千数"⑨。武帝的征士

---

① (汉)班固:《汉书》卷十九上《百官公卿表》,中华书局1962年版,第739页。
② (汉)班固:《汉书》卷七十六《韩延寿传》,中华书局1962年版,第3213页;卷五十四《李广传》,第2449页。
③ (汉)班固:《汉书》卷五十六《董仲舒传》引《天人三策》,中华书局1962年版,第2512页。
④ (汉)班固:《汉书》卷五十《张释之传》,中华书局1962年版,第2307页。
⑤ (汉)班固:《汉书》卷五十七上《司马相如传》,中华书局1962年版,第2577页。
⑥ 钱穆:《秦汉史》,生活·读书·新知三联书店2004年版,第214页。
⑦ (汉)班固:《汉书》卷五十一《邹阳传》,中华书局1962年版,第2340页。
⑧ (汉)班固:《汉书》卷二十四下《食货志》,中华书局1962年版,第1157页。
⑨ (汉)班固:《汉书》卷六十五《东方朔传》,中华书局1962年版,第2841页。

行为，打破了之前郎官系统主要为子弟所占的局面，文学人才也开始从地方向中央集中。七国之乱平息之后，虽然淮南王刘安和河间王刘德的藩地构成了新的文学中心，但朝廷的"左官之律""附益阿党之法"①和"推恩令"，使得藩国聚才之力渐微。元光元年（前134），郡国举孝廉制度颁布："冬十一月，初令郡国举孝廉各一人。……于是董仲舒、公孙弘等出焉。"②从此，这批"出入禁门腹心之臣……并在左右"，"作为重大决策的参谋、顾问，以弥补宰相才干不足的缺陷"。③

当时从地方涌向长安的文学人才，大多成为班固所说的"言语侍从之臣"："故言语侍从之臣，若司马相如、虞丘寿王、东方朔、枚皋、王褒、刘向之属，朝夕论思，日月献纳。"④当然，这个群体，还远不止《汉书》所概括的这几位，只是《汉书》取材有限，写入的是当时较为重要的文士。《汉书·东方朔传》云："是时，朝廷多贤材，上复问朔：'方今公孙丞相、兒大夫、董仲舒、夏侯始昌、司马相如、吾丘寿王、主父偃、朱买臣、严助、汲黯、胶仓、终军、严安、徐乐、司马迁之伦，皆辩知闳达，溢于文辞，先生自视，何与比哉？'"⑤汉武帝罗列的这个名单，可以让我们看到当时"言语侍从之臣"的基本阵容。《资治通鉴》卷十七亦概括道："上简拔其俊异者宠用之。庄助最先进，后又得吴人朱买臣、赵人吾丘寿王、蜀人司马相如、平原东方朔、吴人枚皋、济南终军等，并在左右，每令与大臣辨论，中外相应以义理之文，大臣数屈焉。"⑥材料中"宠用"一语，说明他们在当时深受皇帝的重视。

武帝时，主父偃、徐乐、严安、终军、东方朔等人皆是因奏事获得赏识进入到权力中心的。而以武力、刑名见长的游士，则受到排斥。"丞相卫绾奏：'所举贤良，或治申、韩、苏、张之言乱国政者，请皆罢。'奏可。"⑦这说明，征选郎官，主要的着眼点还是希望他们有益于国政，而并非为了倡优之

---

① 李乃龙、张春生：《论汉初藩国文士的文学觉醒》，《临沂师范学院学报》2008年第4期。
② （汉）班固：《汉书》卷六《武帝纪》，中华书局1962年版，第106页。
③ 祝总斌：《两汉魏晋南北朝宰相制度研究》第四章"西汉的中朝官和尚书"，中国社会科学出版社1990年版，第75页。
④ （汉）班固：《两都赋》序，费振刚主编：《全汉赋》，北京大学出版社1993年版，第311页。
⑤ （汉）班固：《汉书》卷六十五《东方朔传》，中华书局1962年版，第2863页。
⑥ （宋）司马光：《资治通鉴》卷十七，中华书局1956年版，第562页。
⑦ （宋）司马光：《资治通鉴》卷十七，中华书局1956年版，第556页。

乐。其实,"言语侍从之臣"在汉初即有,如文帝在极短时间内破格升任擅长"论议"的贾谊为"太中大夫"[①]。但此时与前代不同的是,成为郎官的途径多了一条,即"奏赋为郎"。"赋"在当时被视为一技之长,如司马相如因奏赋而再度为郎。通晓《楚辞》也是被视作一种才能,如朱买臣"武帝时得庄助之荐,拜中大夫",是因其"说《春秋》,言《楚词》,帝甚说之",于是"与严助俱侍中",成为郎官。之后,武帝令其与反对筑朔方的公孙弘辩论[②],实现内朝郎官与外朝大臣辩论之责。"武帝既招英俊,程其器能,用之如不及。时方外事胡、越,内兴制度,国家多事,自公孙弘以下至司马迁皆奉使方外,或为郡国守相至公卿,而朔尝至太中大夫,后常为郎,与枚皋、郭舍人俱在左右,诙啁而已。"[③]但是,即便如此,东方朔也常常参与了谏诤:"朔虽诙笑,然时观察颜色,直言切谏,上常用之。自公卿在位,朔皆敖弄,无所为屈。"[④]时代为文人提供了上升渠道,赋家因此在精神面貌上显得十分积极和进取。另外,武帝时的"言语侍从之臣"升迁速度也很快:"郡举贤良,对策百余人,武帝善(严)助对,由是独擢助为中大夫。后得朱买臣、吾丘寿王、司马相如、主父偃、徐乐、严安、东方朔、枚皋、胶仓、终军、严葱奇等,并在左右。是时,征伐四夷,开置边郡,军旅数发,内改制度,朝廷多事,娄举贤良文学之士。公孙弘起徒步,数年至丞相,开东阁,延贤人与谋议,朝觐奏事,因言国家便宜。上令助等与大臣辩论,中外相应以义理之文,大臣数诎。其尤亲幸者,东方朔、枚皋、严助、吾丘寿王、司马相如。相如常称疾避事。朔、皋不根持论,上颇俳优畜之。唯助与寿王见任用,而助最先进。"[⑤]又如:"(主父)偃数上疏言事,迁谒事、中郎、中大夫。岁中四迁。"[⑥]

可见,武帝对郎官系统的增秩、扩员,直接造成了文人、赋家集中于朝廷。"朝夕论思,日月献纳"的创作环境,与之前文人聚集在藩国时期相比,截然不同。

---

① (汉)班固:《汉书》卷四十八《贾谊传》,中华书局1962年版,第2221页。
② (汉)班固:《汉书》卷六十四上《朱买臣传》,中华书局1962年版,第2794页。
③ (汉)班固:《汉书》卷六十五《东方朔传》,中华书局1962年版,第2863页。
④ (汉)班固:《汉书》卷六十五《东方朔传》,中华书局1962年版,第2860页。
⑤ (汉)班固:《汉书》卷六十四上《严助传》,中华书局1962年版,第2775页。
⑥ (汉)班固:《汉书》卷六十四下《主父偃传》,中华书局1962年版,第2802页。

二、"朝夕论思,日月献纳"环境中赋颂文体之结合

在武帝扩充郎官系统、赋家聚集中央之前,赋体还仅仅是藩国文人进行个人抒怀、咏物的体裁,而此时,郎官赋家笔下之赋很自然地融入了政治话题或者对中央政权的颂美。这意味着赋文体的功能和艺术表现都得到了改变。以下来分析这一变化形成的过程和表现。

"武帝内中于辞客之侈张,而外以经术为附会"[1],他通过大臣辩论的方式,来统一政见——让郎官近臣表达以皇帝为核心的"内朝"系统[2]的意志,郎官赋家因此具备参政或提供顾问之权:"上令助等与大臣辩论,中外相应以义理之文,大臣数诎。其尤亲幸者,东方朔、枚皋、严助、吾丘寿王、司马相如。"[3]司马相如虽因为口吃较少参与政论,但其赋作吸纳了此种政治智慧。《难蜀父老》《喻巴蜀檄》等,设问辩论,主张中央王朝应"博恩广施,远抚长驾",实现"遐迩一体,中外提福",阐明开发西南夷之战略意义,以完成大一统之大局[4]。此类成熟的政治观点,当不是一朝一夕和一人的思考结果,而应是集体的政治智慧。可见,身在"内朝"的郎官赋家,从与大臣辩论和"朝夕论思"等活动中获得了富有时代智慧的政治见解。司马相如自称写一篇赋,是"几百日而后成"[5]。那么,这个时间较长的写作过程中,"朝夕论思"的政论环境,正可以给他这样的创获。

"朝夕论思,日月献纳"的开放式群体写作环境,更方便赋家从社会、政治视野中取材,这深刻地改变了过去缠绵于个人曲折心思的赋作模式。政治事件以及一些富有政治寓意的内容,在当时赋作中很常见。司马相如在"复召为郎"后"还宜春宫"、为"奏赋以哀二世行失"所写的《哀二世赋》,使用的虽然是长于抒情的兮体,但也是政论之赋。其中"观众树之蓊蔚兮,览竹林之榛

---

[1] 钱穆:《秦汉史》,生活·读书·新知三联书店2004年版,第99页。
[2] 成祖明:《郎官制度与汉代儒学》,《史学集刊》2009年第3期,第34—40页。
[3] (汉)班固:《汉书》卷六十四上《严助传》,中华书局1962年版,第2775页。
[4] (汉)司马相如:《难蜀父老》《喻巴蜀檄》,《汉书》卷六十四上《司马相如传》,中华书局1962年版,第2577—2585页。
[5] (晋)葛洪撰,周天游校注:《西京杂记》卷二,三秦出版社2006年版,第93页。

榛。东驰土山兮,北揭石濑。弭节容与兮,历吊二世"①等句子,胸怀开阔,视野宽广,于登高之际问古今,充满了自命为当政者代言的骄傲感和使命感。此外,相如大赋中的礼仪与校猎场面的描写,也是对政治气势的宣耀。即便其中"架虚行危,撇入窅冥"②的玄虚内容,下笔亦非偶然,而是暗陈皇权之神秘。此较西汉初年,已大为不同。贾谊的赋作大都是抒一己之怀:《吊屈原赋》虽用及兮体,实有类于《逍遥游》,畅谈人生追求理想;《鵩鸟赋》探讨万物天道,乃哲学之奥思。景帝时,藩国如枚乘《笙赋》,邹阳《柳赋》《酒赋》《几赋》等咏物赋,占现存藩国作品总量的近90%。藩国文人和藩王之间的知遇之恩,是这些赋作的常见主题。而枚乘的《七发》除了有个政治意味的开头,全篇仍是咏物赋的作法。其《梁王菟园赋》虽有新意,但缺乏较为开阔的政治胸怀和国家气象。可以说,在司马相如之前,西汉散体赋基本上不具备政治场合性和仪式性,本质不离于贾谊"为赋以自广"③的命意,而并不具备表达时代精神和历史使命感的功能。

另外,武帝时郎官赋家常担任出使边境、传令地方的使臣,其政治活动也对他们的赋作产生非常深刻的影响。武帝时期,"时方外事胡、越,内兴制度,国家多事,自公孙弘以下至司马迁,皆奉使方外"④。严助自吴来,武帝独擢为太中大夫,"遣助以节发兵会稽"⑤;司马相如自蜀地来,武帝就让他去安抚蜀地父老,并出使西南夷⑥;枚皋"拜为郎,使匈奴"⑦。使臣语言天分极高,心思细密,善于论辩,在外交时宣扬国威,长于夸颂。正如钱穆所云:"有辞赋文学之士颂功德,而不免于夸。"⑧司马相如之赋,正是借使臣之口"颂功德"。《上林赋》中,亡是公摆出来自中央朝廷者的姿态,来教训子虚和乌有先生:"不务明君臣之义,正诸侯之礼"⑨,即是一种"使臣之文"。宣教式的《难蜀父老赋》中,

---

① (汉)司马相如:《哀二世赋》,费振刚主编:《全汉赋》,北京大学出版社1993年版,第89页。
② (清)刘熙载著,袁津琥校注:《艺概注稿》,中华书局2009年版,第432页。
③ (汉)贾谊:《鵩鸟赋序》,费振刚主编:《全汉赋》,北京大学出版社1993年版,第2页。
④ (汉)班固:《汉书》卷六十五《东方朔传》,中华书局1962年版,第2863页。
⑤ (汉)班固:《汉书》卷六十四下《严助传》,中华书局1962年版,第2776页。
⑥ (汉)班固:《汉书》卷五十七下《司马相如传》,中华书局1962年版,第2577页。
⑦ (汉)班固:《汉书》卷五十一《枚皋传》,中华书局1962年版,第2366页。
⑧ 钱穆:《秦汉史》,生活·读书·新知三联书店2004年版,第135页。
⑨ (汉)司马相如:《上林赋》,费振刚主编:《全汉赋》,北京大学出版社1993年版,第62页。

"使者"带着政治立场和说服目的出场,"借蜀父老为辞,而已诘难之,以风天子,且因宣其使指,令百姓皆知天子意"①。其文议论之色彩甚浓,还采用了问答体。使者游历远、见识广,赋中人文地理知识也很丰富,与围绕案头物事所写的短小的藩国咏物赋迥异。

应中央政治的需要,当时郎官赋家还将施用于最高场合的"颂"体,融入赋体中。汉人乃是从《诗经》"六义"之角度来理解"颂"体的。直到东汉郑玄仍认为:"颂之言容。天子之德,光被四表,格于上下,无不覆焘,无不持载,此之谓容。于是和乐兴焉,颂声乃作。"②他认为讲述"天子之德",即是"颂"的任务。此释义为挚虞继承,云:"功成治定而颂声兴,于是奏于宗庙,告于鬼神,故颂之所美者,圣王之德也。"③其后刘勰亦云:"颂者……斯乃庙堂之正歌,非妄飨之常咏也。"④可见,最高场合、正面颂扬,乃是颂体重要特征。《汉书·艺文志》保留了多篇"颂"文题目,如《孝景皇帝颂》《圣主得贤臣颂》等,所涉社会等级均为最高。再则,颂体往往以三言、四言为主,语言较为收敛。刘师培曾因句式辨析赋颂:"颂主告神美德,与赋之'铺采'、'体物'者有殊。故文必典重简约,应用经诰以致其雅。在赋如写八句,在颂则四语尽意。盖赋放颂敛,体自各别也。"⑤四字八字之间,赋、颂文体特征有别。

当时内廷之颂声和郎官赋家的赋作相互影响。《汉书·礼乐志》载:"至武帝定郊祀之礼,祠太一于甘泉……采诗夜诵……以李延年为协律都尉,多举司马相如等数十人造为诗赋,略论律吕,以合八音之调,作十九章之歌。"⑥"多举司马相如等数十人造为诗赋"所指的"数十人",很可能就是内朝"朝夕论思,日月献纳"之人。而"十九章之歌"很可能即存于《汉书》的《郊祀歌》十九章。这些诗篇应该作于武帝时期的不同年份和不同作者之手,每篇都没有

---

① (汉)司马相如:《难蜀父老》,费振刚主编:《全汉赋》,北京大学出版社1993年版,第106页。
② 《毛诗正义·周颂谱》,北京大学出版社1999年版,第1272页。
③ (唐)欧阳询:《艺文类聚》卷五十六,上海古籍出版社1965年版,第1018页。
④ (南朝梁)刘勰著,范文澜注:《文心雕龙》卷九《颂赞》篇,人民文学出版社1958年版,第156页。
⑤ 刘师培:《中古文学论集》,中国社会科学出版社1997年版,第151页。
⑥ (汉)班固:《汉书》卷二十二《礼乐志》,中华书局1962年版,第1045页。

固定的程式，有三言，有杂言。《天地》这篇从语言上看甚至是短小的赋，《日出入》篇则是黄老滋味犹存，有似谣谚。《天马来》全篇是由四段"天马来"开头的句子组成三言体；因颂宛马，不乏草原民歌风味和言及昆仑、阊阖的想象之美。

司马相如之赋，有"颂"的影子。他的赋作言及天子，谈论诸侯之事；描写皇帝改易奢侈之风的行为，节奏鲜明，语句整齐，文势铺张，短句铿锵。如《上林赋》云："于是历吉日以斋戒，袭朝服，乘法驾，建华旗，鸣玉鸾，游于六艺之囿，驰骛乎仁义之涂，览观《春秋》之林，射《狸首》，兼《驺虞》，弋玄鹤，舞干戚，戴云干，揜群雅，悲《伐檀》，乐乐胥，修容乎礼园，翱翔乎书圃，述《易》道，放怪兽，登明堂，坐清庙，次群臣，奏得失，四海之内，靡不受获。"① 相对于骚体赋而言，减少了长句之使用，更显文风气势。三言的部分，与《郊祀歌十九章》中的《练时日》用三言来描摹"灵"之来去的祭祀场景，非常相似。《练时日》云："九重开，灵之斿，垂惠恩，鸿祐休。灵之车，结玄云，驾飞龙，羽旄纷。灵之下，若风马，左仓龙，右白虎。"② 同样是宏大华丽的。《上林赋》当早于《练时日》产生，因此当时赋、颂之间的影响不是单方向的。此外，古奥艰深之句在相如赋中也增多，有类于颂。"邹阳、枚乘之文，骈偶句式有所增加，但其文辞尚属平易精炼。至司马相如，不仅大量运用排比、对偶句式，其文辞亦渐趋华美、艰深与古奥。"③ "华美""艰深"和"古奥"，正是向颂体看齐，走向"举止矜贵，扬榷典硕"④ 的特色。

武帝时期，郎官系统的扩充以及武帝对于郎官赋家的重用，给赋的创作带来了特别的创作环境。郎官赋家在朝廷"朝夕论思，日月献纳"，丰富了政治智慧和视野，在受命"造为诗赋"用于郊祀的同时，将颂体的特征融入赋中，歌颂国家政治、时代精神，因此丰富了赋体的功能。

---

① （汉）司马相如：《上林赋》，费振刚主编：《全汉赋》，北京大学出版社1993年版，第67页。
② （汉）班固：《汉书》卷二十二《礼乐志》，中华书局1962年版，第1052页。
③ 孙少华：《汉初骈散之分途及其政治与文学功能》，《文史哲》2010年第2期。
④ （清）刘熙载著，袁津琥校注：《艺概注稿》，中华书局2009年版，第72页。

三、昭宣以后郎官赋家的政治处境和大赋价值的失落

昭帝时,"汉武帝信任近臣的措施也就发展成了中朝官制度"[①]。郎官系统拥有了相对稳定的制度,人才进入到这个系统的随意性也就减少了,"奏赋为郎"之事更是渐为鲜见。如昭帝时的盐铁会议,"诏有司问郡国所举贤良、文学民所疾苦"[②]的征辟,是临时和偶然的。这批来到中央政府的论政者最后的去向,史书没有交代,他们最终并没有像武帝时期那些擅长论议的人那样,被吸纳为郎官受到重用。关于昭帝之后内朝官僚系统逐渐封闭的原因,祝总斌先生曾总结道:霍光所需要之近臣,"不但要能出谋划策,巩固整个王朝统治,而且还要忠诚于自己,能帮助处理、调整与宰相、大臣的关系。因而一旦选中了,便长期维持下去,有功封侯益土,原来的官职却很少变动"[③]。当时,郎官系统几为霍氏一门所据。《资治通鉴·卷二十四》载:"大将军光稽首归政,上谦让不受;诸事皆先关白光,然后奏御。自昭帝时,光子禹及兄孙云皆为中郎将,云弟山奉车都尉、侍中,领胡、越兵,光两女婿为东、西宫卫尉,昆弟、诸婿、外孙皆奉朝请,为诸曹、大夫、骑都尉、给事中,党亲连体,根据于朝廷。"[④]同时,高官子弟赖祖宗之业,亦得大量进入内朝。如杨敞之子杨忠、杨恽因父任为郎,分别补常侍骑、补左曹,自称"幸赖先人余业得备宿卫"[⑤];元帝时萧望之子伋为散骑、中郎[⑥]。在这种情况下,郎官系统对于普通文人而言,相对封闭。而即使成为郎官,也不再在中朝担负与大臣论辩之职责,无法重现武帝时"朝夕论思"的盛况。

宣帝元康元年(前 65)诏曰:"朕不明六艺,郁于大道,是以阴阳风雨未时。其博举吏民,厥身修正,通文学,明于先王之术,宣究其意者,各二人,

---

① 祝总斌:《两汉魏晋南北朝宰相制度研究》,第四章"西汉的中朝官和尚书",中国社会科学出版社 1990 年版,第 85 页。
② (汉)班固:《汉书》卷七《昭帝纪》,中华书局 1962 年版,第 223 页。
③ 祝总斌:《两汉魏晋南北朝宰相制度研究》,中国社会科学出版社 1990 年版,第 83 页。
④ (宋)司马光:《资治通鉴》卷二十四,中华书局 1956 年版,第 794 页。
⑤ (汉)班固:《汉书》卷六十六《杨敞传》,中华书局 1962 年版,第 2894 页。
⑥ (宋)司马光:《资治通鉴》卷二十八,中华书局 1956 年版,第 901 页。

中二千石各一人。"① 而征召的结果是："宣帝时修武帝故事，讲论六艺群书，博尽奇异之好，征能为《楚辞》九江被公，召见诵读，益召高材刘向、张子侨、华龙、柳褒等待诏金马门。"② 可见宣帝所好者仍不离于"奇异"，对文学人才的政事才能并无期待。而且，此时皇帝对于文学的态度，是将之作为一种精神娱乐的消费。故当时也征召了一些相关的人才充为郎官，以供娱乐："上颇作歌诗，欲兴协律之事，丞相魏相奏言知音善鼓雅琴者渤海赵定、梁国龚德，皆召见待诏。"③ 当时的地方官纷纷往朝廷输送相关人才。"益州刺史王襄欲宣风化于众庶，闻王褒有俊材，请与相见，使褒作《中和》《乐职》《宣布》诗，选好事者令依《鹿鸣》之声习而歌之。时，汜乡侯何武为僮子，选在歌中。久之，武等学长安，歌太学下，转而上闻。宣帝召见武等观之，皆赐帛，谓曰：'此盛德之事，吾何足以当之！'"④ 这些有着技艺之长的文人，进入到郎官系统之后，却没有像武帝时期那样，成为"言语侍臣"，而是与国家政治之间的关系十分疏离，仅仅以一艺悦人。

昭、宣之后大多数地方征辟和内朝官出使，大多有关地方庶务或维稳。初元元年（前48），临遣光禄大夫（王）褒等十二人循行天下，存问耆老鳏寡等，因览风俗之化⑤。河平四年（前25），"遣光禄大夫博嘉等十一人行举濒河之郡水所毁伤困乏不能自存者，财振贷"⑥。元始元年（公元1年），"遣谏大夫行三辅，举籍吏民，以元寿二年仓卒时横赋敛者，偿其直"⑦。此间王褒又奉使出差益州，求"碧鸡之宝"⑧。至如后来谒者陈农求书、光禄大夫刘歆杂定婚礼等。这些活动，与之前武帝时期的郎官出使很有区别。当时郎官出使边疆者极少，仅见"光禄大夫义渠安国使行诸羌"而无功之事⑨。

当此时郎官赋家参与政治的机会逐渐减少，沦为朝廷文娱消费的对象，

---

① （汉）班固：《汉书》卷八《宣帝纪》，中华书局1962年版，第255页。
② （汉）班固：《汉书》卷六十四下《王褒传》，中华书局1962年版，第2821页。
③ （汉）班固：《汉书》卷八《宣帝纪》，中华书局1962年版，第255页。
④ （汉）班固：《汉书》卷六十四下《王褒传》，中华书局1962年版，第2822页。
⑤ （汉）班固：《汉书》卷九《元帝纪》，中华书局1962年版，第279页。
⑥ （汉）班固：《汉书》卷十《成帝纪》，中华书局1962年版，第310页。
⑦ （汉）班固：《汉书》卷十二《平帝纪》，中华书局1962年版，第349页。
⑧ （汉）班固：《汉书》卷六十四下《王褒传》，中华书局1962年版，第2826页。
⑨ （汉）班固：《汉书》卷六十九《赵充国传》，中华书局1962年版，第2971页。

他们笔下的赋作也便失去了政治的精神，真正沦为扈从之赋、后庭歌咏。王褒即专属扈从歌咏事："上令褒与张子侨等并待诏，数从褒等放猎，所幸宫馆，辄为歌颂，第其高下，以差赐帛。……顷之，擢褒为谏大夫。"其作在后宫流传："其后太子体不安，苦忽忽善忘，不乐。诏使褒等皆之太子宫虞侍太子，朝夕诵读奇文及所自造作。疾平复，乃归。太子喜褒所为《甘泉》及《洞箫》颂，令后宫贵人左右皆诵读之。"宣帝追溯武帝时《大人赋》故事，让王褒满足其愿望："上颇好神仙，故褒对及之。"①《甘泉宫颂》如今只剩下残篇，残篇中的数句，是用韵的，"十分未升其一，增惶惧而目眩。若播岸而临坑，登木末以窥泉。却而忘之，郁乎似积云，就而察之，对乎若太山"②，这几句言辞雄浑，是张耳目之娱，而非明天子、诸侯之别。扬雄的经历与王褒类似："时赵昭仪方大幸，每上甘泉，常法从，在属车间豹尾中。"他的数篇大赋都是由其独自一人以一年左右时间完成的。据《汉书·扬雄传》可知，元延二年（前11），扬雄奏《甘泉赋》；同年三月，成帝巡幸河东，祠后土，扬雄上《河东赋》；十二月，奏《羽猎赋》③。这与武帝期司马相如汉大赋写作历时百日、产生于"朝夕论思"的环境相比，可谓截然有别。越是如此，赋家越希望赋体能够"存诗赋之正"。而王褒在进入郎官系统前后所写的《四子讲德论》和《圣主得贤臣颂》④等，粉饰颂美，并无新的政治见解，无法承担"存正"使命。

赋家郎官身份出现地位下滑，也使得他们的赋作不再执着于政治见解，而是在艺术特点上更为娱乐化和形式化了。自武帝时司马相如《美人赋》就已经具有娱乐功能之赋的特征了，这篇赋言辞秾丽，基调谐谑，场景戏剧和娱乐化。《大人赋》求为神仙之乐，也有娱乐性。扈从娱乐之赋，在宣帝时遭到质疑——"（宣帝）数从褒等放猎，所幸宫馆，辄为歌颂，第其高下，以差赐帛。议者多以为淫靡不急"。汉宣帝为此亲自辩解："不有博弈者乎，为之犹贤乎

---

① （汉）班固：《汉书》卷六十四下《王褒传》，中华书局1962年版，第2829页。
② （汉）王褒：《甘泉宫颂》，费振刚主编：《全汉赋》，北京大学出版社1993年版，第150页。
③ （汉）班固：《汉书》卷八十七上《扬雄传》，中华书局1962年版，第3535页。
④ （汉）王褒：《四子讲德论》和《圣主得贤臣颂》，《汉书》卷六十四下《王褒传》，中华书局1962年版，第2822—2828页。

已！辞赋大者与古诗同义，小者辩丽可喜。辟如女工有绮縠，音乐有郑、卫，今世俗犹皆以此虞说耳目，辞赋比之，尚有仁义风谕，鸟兽草木多闻之观，贤于倡优博弈远矣。"[1]黄侃在《文心雕龙札记》中赞扬了汉宣帝这番对赋体的认可和尊崇，认为是"赞扬辞赋之词最先者"[2]，有研究者也认同黄侃之说[3]。细心品味，汉宣帝的评价未必是正面的。他是将赋之主要功能视为"音乐有郑、卫"，是为"虞说耳目"而存在的文体，没有指出赋本身的独立地位和文学价值，只当作一种比"博弈"更为高级的精神娱乐。"议者多以为淫靡不急"，也是一种负面的赋文学观。此时的人们，似乎忘却了司马相如身为郎官的政治经历，而只会强调他博得皇帝"三惊"的艳丽文字。且由于赋体发展情况的复杂性，"诙谐""优语"一体始终存在，这也使人们认为赋是博一笑的雕虫小技。

元帝之后，政治环境更为恶化，郎官赋家处境更为艰难。弘恭、石显弄政，打击萧望之集团，被视为朋党的"堪、更生皆免为庶人"。永光四年（前40），周堪、张猛相继为石显害死，刘向受到石显迫害，几经沉浮。成帝时期，王氏子弟满朝，政治更为黑暗。王凤甚至阻挠成帝任刘歆为中常侍。当时，"王氏子弟皆卿、大夫、侍中、诸曹，分据势官，满朝廷"。刘向还一度抱"经学救国"之理想，希望以著书之事，振兴王教。"光禄大夫刘向以为王教由内及外，自近者始，于是采取《诗》《书》所载贤妃、贞妇兴国显家及孽、嬖乱亡者，序次为《列女传》，凡八篇，及采传记行事，著《新序》《说苑》，凡五十篇，奏之，数上疏言得失，陈法戒。书数十上，以助观览，补遗阙。上虽不能尽用，然内嘉其言，常嗟叹之。"[4]刘向所经历的险恶政治环境，使得他在赋作之中有着含蓄的政见表达。在元、成时期，他十分专注于个人情怀，流连于语言晦昧的咏物。其《雅琴赋》《围棊赋》《松枕赋》《麒麟角杖赋》等，从表面看来，可以视作对文、景时咏物赋的"复辟"，而实则有着更为沉重的心意寄托。《雅琴赋》中说"末世锁才兮知音寡"[5]。而他的《九叹》和王褒的《九

---

[1] （汉）班固：《汉书》卷六十四下《王褒传》，中华书局1962年版，第2829页。
[2] 黄侃：《文心雕龙札记》，中华书局2006年版，第72页。
[3] 沈有珠：《汉宣帝赋论发微——兼论其在赋论经学化中的导向作用》，《济南大学学报》2007年第5期。
[4] （宋）司马光：《资治通鉴》卷三十，中华书局1956年版，第980—981页。
[5] （汉）刘向：《雅琴赋》，费振刚主编：《全汉赋》，北京大学出版社1962年版，第153页。

怀》,是对汉初楚辞主题赋的回溯[①],是新鲜而复古的尝试。《九叹》《九怀》虽然内容上都是追思屈原之作,但实质上应该都蕴含了赋家对于政治的反思,赋体的功能与价值其实在此时已经再次被重估了。

四、西汉末期郎官赋家对赋体讽喻功能的探索

西汉末期,种种原因,使得汉大赋的价值不断走向失落。这除了表现在其礼仪性的丧失,不再传达饱满的时代政治精神,形式逐渐空疏,也因为在西汉末期浓厚的经学氛围中,产生郎官赋家的渠道不断变窄,能够支撑大赋发展的文学力量在衰减。在这种情况下,当时有的赋家转向了对赋体文学意蕴的追求[②],以此来回避大赋衰落的事实,而也有郎官赋家,则是沿着经学社会所强调的文学思想和价值观念,对赋体的讽喻功能加以新的探索,以此来摆脱大赋所遭遇的价值困境。

自武帝时起,以经术培养郎官,几成西汉常制。如"吾丘寿王……年少,以善格五召待诏。诏使从中大夫董仲舒受《春秋》"[③]。发展到"西汉后期,经明行修成为国家对仕士的基本要求"[④]。宣帝时,为在郎官中教授、讲习《穀梁》,刘向、尹更始等十余人精心习经达十余年。后"以千秋为郎中户将,选郎十人从受。……自元康中始讲,至甘露元年,积十余岁,皆明习"[⑤]。钱穆说,"昭宣以下,不仅丞相御史大夫重职,乃为儒生也,即庶僚下位,亦多名儒。而其出身则往往从郎吏始"[⑥]。萧望之即是"选明经术,温故知新,通于几微谋虑之士以为内臣"[⑦]。王吉,少好学明经,举孝廉为郎,后征为博士[⑧];韦玄成,以父

---

① 徐宗文:《论王褒赋的特点及其贡献》,《社会科学战线》1993 年第 3 期。
② 孙少华:《汉赋礼仪功能的式微与文学意蕴的形成》,《中南民族大学学报》2012 年第 1 期。
③ (汉)班固:《汉书》卷六十七《董仲舒传》,中华书局 1962 年版,第 2512 页。
④ 于迎春:《秦汉士史》,北京大学出版社 1998 年版,第 116 页。
⑤ (汉)班固:《汉书》卷八十八《儒林传》,中华书局 1962 年版,第 3618 页。
⑥ 钱穆:《秦汉史》,生活·读书·新知三联书店 2004 年版,第 211 页。
⑦ (汉)班固:《汉书》卷七十八《萧望之传》,中华书局 1962 年版,第 3274 页。
⑧ (汉)班固:《汉书》卷七十二《王吉传》,中华书局 1962 年版,第 3058 页。

(韦贤)任为郎,常侍骑,又以明经擢为谏大夫[①];眭弘,从嬴公受《春秋》,以明经为议郎[②];疏广,明《春秋》,家居教授,学者自远方至,后征为博士、太中大夫[③];冯参,学通《尚书》,少为黄门郎给事中,宿卫十余年[④];京房,治《易》,以孝廉为郎[⑤];李寻,治《尚书》,丞相翟方进除为吏,后为黄门侍郎;平当,以明经为博士,论议通明,哀帝时为光禄大夫、诸吏、散骑,复为光禄勋等[⑥]。

与中央相呼应,乡郡之学亦是经学大盛,对文学产生冲击。何武的个案最能说明这种冲击。何武是蜀郡郫县人,爱文学。"是时,宣帝循武帝故事,求通达茂异士,召见武等于宣室。"但宣帝并不需要太多的文学侍从,最后,"以褒为待诏,武等赐帛罢"。被遣还的何武被没有回到益州继续习赋,而是转入了经术之途,"诣博士受业,治《易》。以射策甲科为郎,与翟方进交志相友"[⑦]。"奏赋为郎"之途,越到西汉后期越难被复制。孝平皇帝元始五年(公元5年)有诏:"征天下通知逸经、古记、天文、历算、钟律、小学、《史篇》、方术、《本草》及以《五经》《论语》《孝经》《尔雅》教授者,在所为驾一封轺传,遣诣京师。至者数千人。"[⑧]同样是不可能通过文学才能获得出仕。时代缺乏培养赋家的渠道,而王褒、扬雄等人是在地方文化传统中天然生成的赋家。

从西汉整体的文化氛围来讲,郎官身在朝廷,以应制之赋为职业,本质上逐渐变为倡优扈从,赋家一直存在对自身身份的深刻反思。武帝时期,东方朔曾说道:"使苏秦、张仪与仆并生于今之世,曾不得掌故,安敢望常侍郎乎?"[⑨]"不得掌故",应该有不通经学的意思。从武帝时期开始,朝廷对于经术的看重,使得一批不通经学赋家的发展道路颇受阻碍,东方朔因此感到并不得

[①] (汉)班固:《汉书》卷七十三《韦贤传》,中华书局1962年版,第3108页。
[②] (汉)班固:《汉书》卷七十五《眭弘传》,中华书局1962年版,第3153页。
[③] (汉)班固:《汉书》卷七十一《疏广传》,中华书局1962年版,第3039页。
[④] (汉)班固:《汉书》卷七十九《冯奉世传附参传》,中华书局1962年版,第3306页。
[⑤] (汉)班固:《汉书》卷七十三《京房传》,中华书局1962年版,第3160页。
[⑥] (汉)班固:《汉书》卷七十一《平当传》,中华书局1962年版,第3048页。
[⑦] (汉)班固:《汉书》卷八十二《何武传》,中华书局1962年版,第3481页。
[⑧] (汉)班固:《汉书》卷十二《平帝纪》,中华书局1962年版,第359页。
[⑨] (汉)班固:《汉书》卷六十五《东方朔传》,中华书局1962年版,第2864页。

志。扬雄对弥漫于郎官系统的经学风气十分不满,他自立新说,放弃辞赋"小道",其实是以新的方式投入经学:"雄见诸子各以其知舛驰,大氐诋訾圣人,即为怪迂。析辩诡辞,以挠世事,虽小辩,终破大道而惑众,使溺于所闻而不自知其非也。及太史公记六国,历楚、汉,讫麟止,不与圣人同,是非颇谬于经。故人时有问雄者,常用法应之,撰以为十三卷,象《论语》,号曰《法言》。"①扬雄转向经学,是因为辞赋已然边缘化,难显于当时的主流思潮。董治安先生认为扬雄是用赋作本身,发出了对今文经学的冲击②。扬雄论争的矛头,很难说是对准了何种经学,他的希望应该是摆脱边缘化的地位,成为融入主流的思想者。

在习晓群经的晚年,扬雄对大赋文体的艺术特征和文体功能表示了否定。"雄以为赋者,将以讽也,必推类而言之,极丽靡之辞,闳侈钜衍,竞于使人不能加也,既乃归之于正,然览者已过矣。往时武帝好神仙,相如上大人赋欲以风,帝反缥缈有凌云之志。由是言之,赋劝而不止,明矣又颇似徘优淳于髡优孟之徒,非法度所存贤人君子诗赋之正也,于是辍不复为焉。"③总结而言,一是汉大赋文体之功能应主讽谏而不是夸耀,二是其艺术特征不应该是"极丽靡之辞",从而做到"归之于正"。扬雄晚年称作赋为"雕虫篆刻",可能与他在仕途上的失望有关。扬雄曾与刘歆、王莽同时成为"给事黄门",而刘歆、王莽或因家族之势,或因经术之名,迅速从郎官的地位获升迁,扬雄却是"三世不徙官"。他早年"不为章句,训诂通而已"④,献四赋方才成为"黄门侍郎",成为郎官。其后辞去文学侍从职务,开始潜心于经术研究,申请就学于兰台石室,并在后期拟经撰文。这实际上是经学社会给赋家造成压力的反映。

扬雄后来在应制之赋中探索如何去做到"必以讽"。如《长杨赋》的写作起因是针对哀帝让农民获取野兽至长杨射熊馆,"纵禽兽其中,令胡人手搏之,

---

① (汉)扬雄:《法言》序,《汉书》卷八十七上《扬雄传》,中华书局1962年版,第3580页。
② 董治安:《关于汉赋同经学联系的一点探索——从扬雄否定大赋谈起》,《文史哲》1990年第5期。
③ (汉)班固:《汉书》卷八十七下《扬雄传》,中华书局1962年版,第3575页。
④ (汉)班固:《汉书》卷八十七上《扬雄传》,中华书局1962年版,第3514页。

自取其获,上亲临观焉。是时,农民不得收敛"。《长杨》的开篇即是劝诫哀帝"养民","仁沾而恩洽,动不为身"等。《甘泉》隐晦地提及"屏玉女,却宓妃","以微戒齐肃之事"。但言辞不离于淫靡。何焯评价中肯:"'扬雄以为靡丽之赋至不已戏乎?'此扬子笃论,盖其意虽主讽,而铺陈侈荡,不知所裁,则中人骤悦其辞,反溺其指,希不邻于劝矣。《上林》之作,不若《谏猎》之为益也;然虚词滥说之中,亦寓讽焉。扬子《甘泉》,上比于帝室紫宫,以为此非人力,当鬼神其可是已。"① 其讽喻之意,正是为了发出思考者的声音,以对抗辞赋沦为娱乐的边缘化地位。

不过,扬雄真正以经学观念的讽喻之心待之的,是后期的一些作品。写于平帝时的《十二州百官箴》,虽名为"箴",但"以精神代色相,以议论当铺排,赋之变格也"②,是对赋体讽谏功能的实践。扬雄借此主动拉近赋文学与政治之间的关系,是为了摆脱赋文学沦为精神娱乐工具的尝试。有人认为,"扬雄借助裁文来实现其讽谏的目的,显然是基于以为赋的'侈丽闳衍之词'遮蔽了赋作的'讽谕之义'的认识。但是,这种转型对赋体的发展其实是不利的。汉代赋体作者,除扬雄外,尚有崔琦、崔驰、崔缓、胡广、高彪、潘助等人,但留存至今的作品极少,这或许与这一文体的开创者扬雄过于强调其讽谕目的而忽略了其文学性有关"③。其实,从当时政治环境的实际情况看来,郎官赋家扬雄的革新行为是可以理解的,也并非削弱了赋文学的文学性,他是想将赋文学引向"存诗赋之正"的意义。也许,正因如此,扬雄才能够成为史家班固推崇的赋家,也延续了他这种对赋文学价值的认识。

综而论之,西汉赋家的郎官身份,是影响汉赋创作的一个重要因素。武帝时,身任郎官的赋家拥有实际职能,赋作因此具有强烈的政治色彩,并融入了"颂"的特点;而昭帝之后政治黑暗,郎官赋家不易进入政治核心层,只是成为"修武帝故事"的点缀,赋作的政论色彩随之减弱,沦为扈从娱乐之篇。郎官赋家此时也失去大赋写作方面的创新能力,重新回到咏物赋和个人情思的咏怀。自宣帝时起,郎官系统内更为贵重的经学风气及思潮,积年之后促成了郎

---

① (清)何焯:《义门读书记》前汉书卷,上海古籍出版社 1992 年版,第 263 页。
② (清)刘熙载撰,袁津琥校注:《艺概注稿》,中华书局 2009 年版,第 474 页。
③ 陈恩维:《试论扬雄赋的模拟与转型》,《中国韵文学刊》2003 年第 2 期。

官赋家赋体观念上的改变，如扬雄力求有意在赋作中凸显讽谏功能等。因此，赋家的郎官身份，以及这一身份在不同时期的地位变化，一直在影响他们的赋作，并使之展开对赋文体深刻的理论思考。

（本文发表于《文学遗产》2013年第5期）

（作者单位：中国人民大学文学院）

班彪《北征赋》和杜甫《北征》之比较研究

史　文

班彪的《北征赋》和杜甫的《北征》，一篇作于汉光武帝建武元年（25），一篇作于唐肃宗至德二载（757），这两篇作品相差七百多年，同名为"北征"；一篇采用的是汉代最盛行的赋体，一篇采用唐代取得辉煌成就的诗体，两篇作品都采取了它们所在时代最盛行的文体。两篇作品同是作者在战乱的年代所作，同样都是仕途失意之后的征途，如此相似的背景，并且又同为纪行性的作品，使得这两篇作品有着某种相通性。如此多的相似之处，使得这两部作品在很多地方都有了可比性。本论文首先对这两篇作品进行整体解读，然后再做进一步的比较研究。

一、《北征赋》和《北征》的解读

（一）班彪《北征赋》

班彪《北征赋》一般被认为是第一篇真正意义上的行旅赋。这篇赋作于他从长安到安定的途中，北上依附隗嚣，躲避战乱，在北征途中的所见所闻，触而生情，作了此篇赋。

在《北征赋》的开篇，对北征的原因进行了交代，即"余遭世之颠覆兮，罹填塞之陋灾。旧室灭以丘墟兮，曾不得乎少留"[1]，遭逢三辅大乱的时代，王

---

[1] 龚克昌等评注：《全汉赋评注·后汉》，花山文艺出版社2003年版，第31页。如无特殊说明，本文所引班彪《北征赋》均引自《全汉赋评注》。

道不行于天下，家室也在战乱中毁于一旦，在这种情况下，班彪不得不背井离乡，躲避灾难，而"不得少留"的紧迫就让人在赋的开篇就有压抑的紧张感。"遂奋袂以北征兮，超绝迹而远游"，"奋袂"一词所写出的是班彪离开家乡的奋激之感，下定这个远游的决心又是逼不得已的一种选择。到此处，所描写的是北征的原因，交代出走异乡的背景。

接下来就开始对北征路途的记述。"朝发轫于长都兮，夕宿瓠谷之玄宫。历云门而反顾，望通天之崇崇。乘陵岗以登降，息郇邠之邑乡"，从长安出发，一天天远离故乡，"反顾"一词写出班彪对故乡的不舍和依恋，到此处对所经之地的描述中，所体现出的作者的思绪似乎都很平静，尽管有万般的无奈，却也是在路上行走着，躲避战乱给自己造成的灾难。但是在经过周之先人公刘所创建的"邠"时，却触动了班彪的心事，"慕公刘之遗德，及行苇之不伤"，羡慕那个时代公刘惠及路旁草木的仁德，从而发出"彼何生之优渥？我独罹此百殃"的感叹。同样的地点，不一样的时空，那个时代的人怎么会有如此优越的社会环境，而"我"却要在这个人世间遭遇如此多的灾难？"故时会之变化兮，非天命之靡常"，班彪给自己的答案是他所逢的机遇不好，没能遇上一个贤能的君主，而并不是天命无常使得自己遭受如此的苦痛。这是在本赋中，班彪第一次在所经过的地方有感而发。接下来在经过赤须和义渠时，又引出对另一段历史故事的述说，"忿戎王之淫狡，秽宣后之失贞。嘉秦昭之讨贼，赫斯怒以北征"，"忿""秽""嘉"和"赫"仅这四字就极好地阐释了作者对三位历史人物的评价，对秦昭王讨伐戎王嘉奖，认为这是一件很好的事情，此句中的"北征"是指秦昭王的北伐，怒而北伐讨贼，这是一件正义之事，而身处此地的自己却是为了远离战乱可能会给自己带来的灾难而"北征"，这两个北征是有天壤之别的。

"纷吾去此旧都兮，騑迟迟以历兹"，在离开旧都长安时心情依然是纷乱的，马儿也都似乎有犹豫，经过这些地方时总是徐缓前进。"涉长路之绵绵兮，远迂回以樛流"，"迟迟""绵绵""樛流"，这些连绵词总是给人悠长的感觉。这些词所展现的是作者的一些软绵无力感，由此所呈现出的是一个垂头丧气的文人，没有慷慨激昂的前进步伐，也没有更大的志向。也许是因为他的被逼无奈，但是能够进入另一方天地会给自己施展才能的另一种机会，对于这种可能性，班彪似乎并没抱有任何的期待。他好像只是个在闷头赶路的难民，他的这种心境使得前进路途中经过的所有地方都被蒙上了一片灰色的影子。经过祖籍泥阳时，他所做的只是对祖庙不得修缮的悲叹和一声长长的叹息。在彭阳"弭节自思"，看到日暮之景，此刻的体悟"寤怨旷之伤情兮，哀诗人之叹时"，长久别离的情伤，生不逢时的哀叹，充盈胸臆的也只是满满的哀愁。"越安定与容与兮，遵长城之漫漫"，在经过安定时，仍是满心的迟疑。在离自己的目的地越来越近的时候，他所感到的不是远离灾祸的安心，而是另一种不安，这种不安在旅途之中一直都存在着，而这种不安的存在使得班彪在北征的进程中似乎总是处于进退不得的困境。故乡是不能再回去的，而对自己未来的选择却又是没有任何的确定，不能保证那就是一个安全的所在。在前进的路上，他的思绪也一直都在困扰中。看到秦时的长城，他所看到的是蒙恬为强秦筑造的深重的民怨，而这种民怨却是这位急功近利的将军到死也没有意识到的，他所看到的只是自己为秦建造了一道坚固的屏障，最后只把罪过归于"地脉"。在雄伟的长城上瞭望，看着这辽阔的河山，回想文帝的功德，这是前代的秦朝所比拟不了的。登上高平之地环顾四方，"野萧条以莽荡，迥千里而无家。风飘发以飘飘兮，谷水灌以扬波。飞云雾之杳杳，涉积雪之皑皑。雁噰噰以群翔兮，鹍鸡鸣以哜哜"，狂野千里，在这广大的地域中竟然没有一户人家。头发在狂风中飘荡，谷水翻滚波浪，云雾深远，积雪皑皑，群翔的苍鹰，鸣叫的鹍鸡，如此之情景在长安之地是很难见到的，这都是对自己所到之地的描写。在这宽广的自然情景之中，唯一放不开的是班彪本人的心境。看到如此震撼的自然景色，他的心中所想到的只是"游子悲其故乡，心怆悢以伤怀"，思乡之情在风起云涌的异地显得是如此强烈。"揽余涕以于邑兮，哀生民之多故。夫何阴曀之不阳兮，嗟久失其平度"，哀叹天下百姓在乱世中所遭遇的灾难，在混乱的世事中，时间久了，恐怕连最基本的正常准则都会消失。此刻的担忧是对天下苍生的一种嗟叹。"谅时运之所为兮，永伊郁其谁愬"，到最后又回到了自身的抑郁，生不逢时的哀叹。作者对自己时运不济，生不逢时的哀叹是贯穿北征的始终的。

而在途中的各种所思中，或者是前代昌明政治下的美好，或者是残暴统治下的民怨，班彪借古代事来书写自己的政治理想。他推崇公刘的仁德治国，汉文帝的仁让之惠；在治理国家中，最不应为的乃是筑造民怨，从此也可看出他的民本思想。

在最后的"乱"中，似乎是一种自我宽慰之词。"夫子固穷，游艺文兮"，处在穷困不达之中，在艺文之中寻找自身也要坚持自身的气节；"乐以忘忧，惟圣贤兮"，能够忘记忧愁的也只有圣贤才能做到了；"达人从事，有仪则兮。行止屈申，与时息兮"，通达知名之人在处理事情时有自己的准则，即一定要与时代的洪流同进退；"君子履信，无不居兮。虽之蛮貊，何忧惧兮"，只要守信，在任何地方都能停留，即使是在蛮貊之地也没有什么可忧惧的。"乱"是班彪对为人处世的一种总结性的述写，而这些观点也并不是要为世人树立一种为人的准则，而是班彪对自己的一种解说之词，是为自己树立一种信心。

（二）杜甫《北征》

《北征》可分为五个部分。

第一部分，从"皇帝二载秋"至"臣甫愤所切"，主要内容是杜甫拜辞阙下。从"杜子将北征，苍茫问家室"[①]中我们可看到杜甫此次北征的目的地是家乡，回乡探亲。此时正是多事之秋，从下面的"维时遭艰虞，朝野少暇日"也可看出当时社会的动荡和混乱，这就不难解释"苍茫"两字中所含的意思。在战乱的背景之下，虽然对家中的情况满含着担忧，期盼家人的平安，但是却不敢做更多的设想，也许对所有的一切都茫然未知倒是更好的一种选择。"顾惭恩私被，诏许归蓬荜"，此时杜甫因为上疏救房琯而触怒了肃宗，在朝廷之中是极其不得志的。而且杜甫在受诏回乡探亲时，并不是没有意识到这次探亲意味着自己政治命运的终结。但是即使处在这样的境况之中，杜甫所不忘的仍是对皇帝的劝谏，"君诚中兴主，经纬固密勿。东胡反未已，臣甫愤所切"，在国家罹难的关头，杜甫所关心和看到的已经不是自我命运的何去何从，更多的是对整个国家命运的担忧。

第二部分，从"挥涕恋行在"至"及归尽华发"，这一部分是杜甫在归家

[①] （唐）杜甫著，（清）仇兆鳌注：《杜诗详注》，中华书局1979年版，第395页。如无特殊说明，本文所引《北征》皆引自《杜诗详注》。

征途中的所见所闻。"挥涕恋行在,道途犹恍惚","行在"乃是肃宗所在之地,也是此刻整个大唐的核心所在,离所忠于的君主远了似乎也就意味着离杜甫所深刻关心的国家命运远了,这也是他"挥涕"离开的缘由。"乾坤含疮痍,忧虞何时毕",离开阙下,随处可见的是在战乱之下大地所受到的创伤;"忧虞何时毕",无论杜甫是在问苍茫的大地,还是旷远的天空,又或者是在自问,这个答案却是谁也说不出的,这种无力的提问所展现出的是杜甫心中深度的忧虑。"靡靡跃阡陌","靡靡"是在路途中迟缓前行,展现出的是杜甫在行进途中的无精打采,没有任何积极的情感,我们所能感到的是他带着沉重心情的一种游走状态。"人烟眇萧瑟。所遇多被伤,呻吟更流血",萧瑟的人烟,由于战争而受着精神和肉体上双重伤害的百姓随处可见。此刻的诗人却是"回首凤翔县,旌旗晚明灭",回头看自己"挥涕"而别的凤翔,君主在看到这样的满目疮痍后,又会做何感想?"前登寒山重,屡得饮马窟",一个"屡"字道出了随处可见的饮马窟,也从一个侧面写出当时战争的频繁。"猛虎立我前,苍崖吼时裂",在秋日怒号的晚风中,矗立着如猛虎的崖石好像也要被吹裂,这里所勾勒出的是在秋日中冷硬的线条。接下来的笔触却转为对纤细的花朵的描述,看到了"菊垂今秋花",内心似乎有了一种片刻的安宁,但是接下来的"石戴古车辙",看起来却是那么让人惊心,在石头上都印上了交错的车辙,这也是战争所造成的吗?此刻"青云动高兴,幽事亦可悦",在看到山中幽静的事物时也会感到愉悦,这种想要脱离世俗的情怀可以说是诗人在看到那么多令人心寒的世间事后的随感而发。既然说到自然景物,作者就开始注意到了那山中琐细的山果,"或红如丹砂,或黑如点漆;雨露之所濡,甘苦齐结实",尽管是在战乱之中,受到雨露滋润的山果还是结出了果实,但是在世间战乱中飘零的人们却没有这种美好的事情。所以才有了下面的感怀,"缅思桃源内,益叹身世拙",想要有世外桃源那种完全与现在隔离的悠闲生活,自己的命运却是让人感到无可奈何的。既然无法逃离,只有继续前行。在向家进发的途中,尽管一开始总是步履沉重,但是在越来越接近家乡的时候,脚步却是不由地加快了。"我行已水滨,我仆犹木末",这很好地写出了杜甫归心似箭的心情,对家人的担忧还是让他加快了前行的步伐。这种担忧却总是在他的眼前显现,"夜深经战场,寒月照白骨","遂令半秦民,残害为异物",在战乱中已经造成了大量百姓的惨死，这就更加剧了杜甫心中的不安，"况我堕胡尘，及归尽华发"，况且杜甫已经离开家乡那么长时间了，就更不知晓家中的情况到底是怎样的。

这一部分是对自己征途中所见所闻的描写，杜甫更关注的是细节的景物，战争给这个世界所造成的疮痍，写的是眼前景，道的是心中情。

第三部分，从"经年至茅屋"至"生理焉得说"，杜甫至家。历经艰难回到家中，看到"衣百结"的妻子，战乱后的重逢，心中总是会有各种复杂的思绪，只有"恸哭松声回，幽泉共幽咽"，这种从心底释放而出与自然和鸣的哭声，似乎能使久困的心理得到暂时的解脱，历经战乱与骨肉至亲的重逢，实在是上天给予的格外恩赐。因此，才有"生还对童稚，似欲忘饥渴"，面对不懂事的孩子们的哭闹，也是"甘受杂乱聒"的。在欣喜过后，意识到生活却是依然困窘的。

在这部分的描写中，终于没有了第二部分的压抑和沉重，更多的是家中轻松的生活场景，看着不知生活艰难的孩子们的吵闹，杜甫的心中终是有了一丝欣慰。

第四部分，从"至尊尚蒙尘"到"皇纲未宜绝"，这部分是在讲述平定叛乱。"至尊尚蒙尘"，杜甫用一个"尚"字和前一句的"生理焉得说"的"焉"相承接，自己已在家中和亲人团聚，而君主却还蒙难在外，这种转折便又开始了对国家局势的叙述。杜甫虽已经远离君王侧，但却从未放弃对政治的关切，国家的命运总是时刻牵动着他的内心。"仰观天色改，坐觉妖氛豁"，这是对当时大局的一个整体介绍，意谓叛乱终于即将被平定。"仰观"和"坐觉"两个词也刻画出了杜甫无时无刻不在关心着国家的命运，体现的是他的一颗赤诚之心。从"阴风西北来"到"旋瞻略恒碣"，写的是唐军得到了回纥军的帮助，作战彪悍勇猛的回纥军也激发出了唐军的士气，"官军请深入，蓄锐可俱发"，这种激昂的斗志意味着叛乱所持续的时间不会太久了。在接下来的四句"祸转亡胡岁，势成擒胡月。胡命岂能久？皇纲未宜绝"，在这其中我们终于看到了杜甫的慷慨激昂，这是在明确了唐军将要取得最后的胜利时的激动。

在这一部分的描写中，我们不难看到，从开始辞阙时的愤懑，到征途中的沉重，归家的欣喜，再到这里则完全是一种豁然开朗，似乎阴霾马上就要散去，一切都要回复到正常祥和的状态。

第五部分，战争的总结。从"忆昨狼狈初，事与古先别"，回忆战争发生之初的狼狈，玄宗仓皇出逃，但与前代的亡国之君不同，"不闻夏殷衰，中自诛褒妲"，玄宗在出逃中还是果断地处死了贵妃以获得军士的拥护。但是面对着"凄凉大同殿，寂寞白兽闼"，当时的盛世之殿，成就帝业之门，此刻也都是一片萧瑟之景，极致的繁华过后，如今所经历的又是让人难以言说的冷寂。尽管如此"佳气向金阙"，兴旺之气还会再次归来的。"煌煌太宗业，树立甚宏达"，唐朝的基业还是会长久地维系下去。在经历了各种沉郁和痛苦之后，杜甫所看到的还是一个乐观的前景，对国家的前途充满了希望。

杜甫拜辞阙下，北征归家，坚信战乱很快会被平定。一路走来，杜甫情绪跌宕起伏，时刻牵动他心的是国家和百姓的命运，忧国忧民之情在诗作中得到了充分的展现。

二、《北征赋》和《北征》之比较

对两篇作品进行整体解读之后，我们可以看到两者之间有许多明显的不同。比如，仅就"北征"的原因和目的来讲，两者就有很大的差异，尽管都是被迫远离所在之地，但是班彪是为了避三辅之乱的灾祸，远离的是自己的家乡，去遥远的异乡寻找自己的出路；而杜甫是奉墨制还乡探亲，这实际上也意味着杜甫政治命运的终结。但是同在社会动荡之中，背井离乡和归乡的心境毕竟是不同的。在两篇作品的内容安排上，班彪的《北征赋》大部分的篇幅是在写北征途中的所见所闻所想，杜甫的《北征》既包含北征途中，也包含至家后的情境，接下来还有更多对政治局势的书写，相比较而言，这样的内容结构应该是更加圆满的。两篇作品一个是骚体赋，一个是五言古诗，在语言的运用上也有很大的不同。尽管有如此多的不同，很多地方也有它们的相通之处，在这里，我们来重点讨论以下三个方面。

第一，这两篇作品都采用了借景抒情的手法，但是它们在借景言志中对事物的选择和引发的感思方面却有很大的不同。

在班彪的《北征赋》中，作者所选择的是有历史沉淀的古城，通过记述古城所承载的历史，借古讽今，来抒发自己的情感和政治向往。例如，"乘陵岗以登降，息郇邠之邑乡。慕公刘之遗德，及行苇之不伤。彼何生之优渥？我独罹此百殃"，在有仁德的公刘所建的邠城引出对古代有德之君的仰慕和赞美，同时感叹自己的生不逢时。而在杜甫的《北征》中，更多的是对眼前景的描述，所费笔墨更多的是细节景物，是现世的战乱给世间所造成的创伤，表达出更多的是对时事的关注，忧心民生的疾苦。看到山中"或红如丹砂，或黑如点漆"的山果，在"雨露之所濡，甘苦齐结实"中感叹受雨露恩惠的山果终于有了果实，言外之意却是在担心同在困苦挣扎中的百姓却没有任何依附。

班彪多是由典而发，或者是残暴政治下的民怨，或者是昌明政治下的美好，想到更多的是时代给个人命运所带来的不幸；而杜甫由眼前景道出的是对百姓在战争之中艰难处境的哀叹和深沉忧思。相比而言，对眼前景物的描写相比遥远的古代事物来说，对人会有更直接的冲击力，也更能触动人的情感，这也是杜甫在状物抒情方面更能打动人心的地方。

第二，既然两者同样都运用了借景抒情，情景交融在这两篇作品中肯定都是存在的，但是情景交融的程度是不同的。

《北征赋》在汉赋中应该是属于抒情性的骚体赋一类，这类赋作和颂美政治、关心时政的散体大赋是不同的，更多的是对个体感情的抒发，言己之志，属于班固所说的"抒下情以通讽谕"[1]的类别。在这篇赋作中，充盈其中的是作者生不逢时的抑郁之情。在自身情感的抒发中，班彪也在借助周边的景物来表达自身的情感，"日晻晻其将暮兮，睹牛羊之下来。寤怨旷之伤情兮，哀诗人之叹时"，此时诗人对眼前景的描述借用了《诗经·王风·君子于役》中的"日之夕矣，羊牛下来"[2]。接下来进行了直接的情感抒发，长久别离对感情的伤害，为诗人们感叹时运不济而哀叹，实际上这都是为自己而感到的悲伤。情的抒发紧随景之后，情和景是分开展开的，此时的情和景的融合程度并没有很深。《北征》作为一首纪行性的政治抒情诗，渗透其中的是诗人对国家危

---

[1] 龚克昌等评注：《全汉赋评注·后汉》，花山文艺出版社2003年版，第206页。
[2] （汉）毛亨传，（汉）郑玄笺，（唐）孔颖达疏，朱杰人、李慧玲整理：《毛诗注疏》，上海古籍出版社2013年版，第349页。

难的心酸，是沉重的忧国忧民之情，这种情愫融入每一句的述写中。"夜深经战场，寒月照白骨"，一个"寒"字不仅描述出了夜的清寒，月的清凉，更写出了在月光中白骨的幽光使人打寒战，使人感到彻骨的冰冷和寒心，此刻的心境在一个"寒"字中展现无遗；"恸哭松声回，悲泉共幽咽"，恸哭和悲哭的是人，而这种痛苦得到了松树和泉水的和鸣，在此处诗人已不是用景来写情了，而是用深情来把景带入，在这种融合中泉水和松树也同是悲痛的，情已把景融进来了。

两相比较之中，能看到的是杜甫在《北征》中情和景几乎是完满地融合在一起，而《北征赋》就有点差距了。但是毕竟《北征》比《北征赋》晚了七百多年，经过这么长时间的历史积淀和文人们的不断探索，诗歌作品的创作水平必然会有很大的提升，这也可以看作是纪行性的文学作品一个历史性的发展。

第三，同为抒情类的作品，情感的因素在这两篇作品中都很重要，但是情感在整个作品中所起到的作用却是不同的。

《北征赋》的整个情感基调是沉郁的，贯穿作品始终的是一种同样的抑郁心情。开始时"遂奋袂以北征兮"，离乡时的奋激之感，"纷吾去此旧都兮"，远离都城时的纷乱心情；"彼何生之优渥？我独罹此百殃"，生之不遇的万般无奈和不满；"过泥阳而太息兮，悲祖庙之不修"，经过祖居时候的悲叹；"游子悲其故乡兮，心怆悢以伤怀"，思乡的悲切感伤；"抚长剑而慨息，泣涟落而沾衣"，有才能却只能是泣涕叹息；"谅时运之所为兮，永伊郁其谁愬"，心怀忧郁却只能为自己未能有好的时运而悲叹。由此可知在北征途中，始终缠绕作者心中的是难言的悲伤和沉郁，这种压抑又是无可解除的，悲之不遇，贯穿了作品的始终。而在《北征》中有一条非常明显的情感波动线索，"东胡反未已，臣甫愤所切"，拜辞阙下的愤懑；征途中一路所见造成的沉重；"新归且慰意"中归家的激动欣喜；意识到终于要平定叛乱，"胡命其能久？皇纲未宜绝"时的豁然开朗；"煌煌太宗业，树立甚宏达"，对大唐前景的乐观向往。显然，这种感情的波动使整首诗有波荡起伏之感，诗歌本身也开始由静变得生动起来。

《北征赋》中悲叹抑郁使人为之扼腕叹息；《北征》读来却让人感到这不仅仅是诗人的归家之路，更像是诗人的一种心理路程，这种情感的波动带动着事情的发展，给人情感的冲击也更真实有力。在《北征》之中的情感描写是更为丰富的，这和当时作者所处的情境当然也有必不可少的联系，但是仅就作品本身来说，丰富的情感使得作品本身更为充实和生动。

三、总结

综上所述，从班彪的《北征赋》和杜甫的《北征》这两篇纪行性的作品中，我们看到的是两位文人在相似的背景下在征途中的所见所思，尽管两者之间有很大的悬殊，但是从两者之间的对比中，我们看到了纪行性的作品的继承和发展；同为抒情作品，从它们之中我们也看到了文人抒情手法的发展成熟；文人的创作手法的前进，也使得作品本身变得饱满和丰富起来。这是我们从这两篇作品中所能看到的文学作品的不断发展和进步。

（作者单位：安徽师范大学国际教育学院）